LOCUS

LOCUS

LOCUS

LOCUS

RECREATION

R42
魔法覺醒 *A DISCOVERY OF WITCHES*

作者：黛博拉・哈克妮斯（Deborah Harkness ）
譯者：張定綺
責任編輯：江怡瑩 美術編輯：蔡怡欣
校對：呂佳眞
法律顧問：全理法律事務所董安丹律師
出版者：大塊文化出版股份有限公司
台北市10550南京東路四段25號11樓
www.locuspublishing.com

讀者服務專線：0800-006689
TEL：(02) 87123898 FAX：(02) 87123897
郵撥帳號：18955675 戶名：大塊文化出版股份有限公司

總經銷：大和書報圖書股份有限公司 地址：新北市新莊區五工五路2號
TEL：(02) 89902588 FAX：(02) 22901658
排版：辰皓國際出版製作有限公司 製版：瑞豐實業股份有限公司
初版一刷：2011年12月
初版四刷：2015年7月

定價：新台幣420元
Printed in Taiwan

魔法覺醒 / 黛博拉・哈克妮斯
（Deborah Harkness）著；張定綺譯.
-- 初版. -- 臺北市：大塊文化, 2011.12
面； 公分. -- (R; 42)
譯自：A DISCOVERY OF WITCHES
ISBN 978-986-213-303-3(平裝)

874.57 100022194

魔法覺醒

A DISCOVERY OF WITCHES

黛博拉・哈克妮斯 Deborah Harkness ——著　張定綺——譯

獻給萊克西和傑克，以及他們美好的未來

第一章

那本皮面精裝書看不出有什麼特別。對一般歷史學者而言，它的外觀就跟牛津大學博德利圖書館收藏的成千上百件其他手抄本一樣，就是舊、就是破爛。但打從拿到它的那一刻起，我就知道它有點古怪。

九月後半的這個下午，杭佛瑞公爵閱覽館裡空無一人，暑假湧進來的訪問學者已經告一段落，秋季班的人潮又還沒開始，現在借閱圖書資料很快就可以拿到手。儘管如此，項恩在借閱台攔住我時，還是把我嚇了一跳。

「畢夏普博士，妳的手抄本來了。」他低聲道，聲音裡帶著點兒淘氣。他花格子毛衣的前襟上，留有一條條舊皮革封面沾到的紅鏽痕跡，他意識到了，把它拂掉。這麼做的時候，一綹淺褐色的頭髮落到他額頭上。

「謝了。」我道，拋給他一個感激的微笑。我擺明了不遵守每位學者一天之內可以借閱圖書數量的限額。想當年我們都在做研究生的時候，項恩可是跟我在對街那家粉紅牆面的酒館裡共飲過不知多少杯，一個多星期來，他對我填的借閱單一律照單全收。「還有，別再叫我畢夏普博士了。每次我都以為你在跟別人說話呢。」

他咧嘴回我一笑，從老橡木檯面上把一疊手抄本——本本都有作為博德利藏書金字招牌的精美鍊金術插圖——推過來，每份手抄本都裝在有保護作用的灰色硬紙板盒子裡。「對了，還有一本。」項恩鑽進書籠，一會兒便拿出來一件厚厚的四開本大小①、只用雜色犢牛皮裝訂的手抄本。他把它放在那疊手抄本的

① 四開本豎立時高度約三十公分，寬度會因紙張不同而有變化。

最上面，彎腰檢查一下。他金邊眼鏡的邊緣，映著固定在架上的古老銅製閱讀燈的黯淡光線閃閃發光。

「這本書有好一陣子沒人借了，妳歸還以後，我會註記它需要裝個盒子。」

「要我提醒你嗎？」

「不用。這裡已經記好了。」項恩用指尖敲敲自己的腦袋。

「你的大腦一定比我的更有條理。」我笑容擴大了。

項恩靦腆地看著我，想抽出借書單，但它留在原位，夾在封面和第一頁之間。他道：「這本書不肯放手。」

我耳畔傳來隱約的話聲，打破了圖書室裡慣有的靜默。

「你聽見了嗎？」我四下張望，對這奇怪的聲音感到困惑。

「什麼？」項恩從手抄本上抬起頭問。

書緣有少許金屑閃亮，吸引了我的視線。但幾點褪色的燙金不足以解釋那彷彿從書頁裡散出的淡淡霞光。我眨眨眼。

「沒事。」我急著把那本手抄本拉過來，我的皮膚接觸到封面皮革時覺得一陣刺痛。項恩仍用手指夾住借書單，但它輕易脫離了封面的挾持。我抱起那堆書，用下巴壓住，只覺一股神祕氣息襲來，將圖書館裡的鉛筆屑和地板蠟等熟悉的氣味一掃而空。

「戴安娜？妳還好嗎？」項恩關心地皺著眉頭問。

「很好。只是有點累。」我答道，把書放低一些，離鼻子遠一些。

我快步穿過圖書館最初在十五世紀興建的原始部分，穿過成排伊麗莎白時代留下的閱讀桌，它們滿布瘡痍的桌面上設計了階梯式的三層書架。書桌之間，哥德式高窗引領讀者的視線，向上眺望天花板的藻井，瞻仰以鮮豔色彩和金邊凸顯出的，三個王冠和攤開的書本組成的大學校徽，以及從上到下一再重複的

「上帝啟迪我」箴言。

這個週五夜晚，我在圖書館裡唯一的同伴就是一位名叫季蓮・張伯倫的美國學者。季蓮專攻古典主義，在布林莫爾大學②任教，時間都用於解讀夾在玻璃板中間的紙草殘片。我加快步伐走過她身旁，避免目光接觸，但老地板嘎吱聲洩漏了我的行藏。

我的皮膚一陣刺痛，每當別個女巫看我時，我都會有這種感覺。

「戴安娜？」她在朦朧暗影中喚道。我壓抑一聲嘆息，停下腳步。

「嗨，季蓮。」我毫無來由地忽然對手中這疊手抄本產生強烈的佔有欲，決心盡可能跟這名女巫保持距離，並且側身擋住她的視線。

「妳秋分節要怎麼過？」季蓮總是停在我桌旁，邀請我在城裡的時候多跟我的「姊妹」共處。如今再過幾天就是秋分，這是巫教的重要慶典之一，她更是卯足了勁敦促我加入牛津巫會。

「工作呀。」我不假思索道。

「這兒有些非常好的女巫，妳知道。」季蓮頗不以為然地說：「妳星期一真的應該加入我們。」

「謝謝，我會考慮的。」話聲未落，我已起步向賽頓閱覽室走去，這部分建築是十七世紀加蓋的，主軸與杭佛瑞公爵閱覽館垂直，通風特別良好。「不過我在趕一篇會議論文，所以別抱太大期望。」我的莎拉阿姨常警告我，女巫永遠騙不過別的女巫，但我並沒有因此就停止嘗試。

季蓮發出同情的嘆息聲，但她的眼睛追隨著我。

回到我面對拱形拼花窗的老位子，我努力克制把整堆手抄本扔在桌上，擦乾淨雙手的衝動，反而替它們的年代著想，將它們輕輕放下。

② Bryn Mawr是一所設於美國賓州的女子大學。

那本好像會拉著借書單不放的手抄本躺在最上面。書脊上有個屬於埃利亞斯・艾許摩爾的燙金紋章，他是十七世紀的一位藏書家兼鍊金術師，他的藏書、論文以及這本標示為七八二號的手抄本，於十九世紀從艾許摩爾博物館移交給博德利圖書館收藏。我伸手觸摸那咖啡色的皮革。

一陣溫和的震顫讓我趕緊縮回手指，但還是不夠快。刺痛直達我的手臂，讓皮膚起了小小的雞皮疙瘩，然後蔓延到肩膀，使背部和頸部的肌肉繃緊。那種感覺很快消散，卻留下一種欲求不滿的空虛感。我對自己的反應很震驚，連忙退後幾步，離閱覽桌遠一點。

即使在安全距離外，這本手抄本仍在向我挑戰——對我一手建立，區隔我的學術生涯和身為畢夏普女巫最後繼承人的高牆構成威脅。在此，我仗著辛苦得來的博士學位、終身職、即將到手的升遷和眼看著要開花結果的事業，終於揚棄家族傳統，創造奠基於理性和學術才華的人生，再也不依賴拿不出合理解釋的直覺和咒語。我來牛津完成一項研究計畫。完工後，我的心得會出版，有大量分析與腳註支持，在凡人同行面前發表，不留絲毫神祕空間，我的作品容不下任何要靠女巫第六感才能知道的東西。

但——儘管是無心之失——我借出的這件鍊金術手抄本，雖然研究用得著，卻似乎擁有不能忽視的另一個世界的力量。我的手指急於翻開它，獲得更多知識。但卻有股更大的力量牽制我：我的好奇是發乎知性、與我的學術訓練息息相關？抑或是出自我家族的巫術淵源？

我深深吸一口熟悉的圖書館空氣，閉上眼睛，希望能讓神智清明。博德利一直是我的避難所，一個跟畢夏普家族無關的地方。我把顫抖的手夾在手肘下面，在逐漸變深的暮色中，瞪著艾許摩爾七八二號，不知如何是好。

如果我母親跟我易位而處，她憑直覺就能找到答案。畢夏普家族大多數成員都是才華洋溢的女巫，但我母親芮碧嘉尤其出色。每個人都這麼說。她很早就顯露超自然的能力，上小學的時候，她與生俱來對咒語的了解、驚人的預知能力和看透人事物表面的神祕本能，已超越當地巫會大多數比她年長的女巫。母親的妹妹莎拉阿姨也是個高明的女巫，但她的才華比較傾向主流：調配魔藥的巧手，善於運用傳統巫術的咒語和靈符。

我研究歷史的同儕對我的家族一無所知，這是當然的，但在我打從七歲就跟莎拉同住的紐約州北部小鎮麥迪森，人人都對畢夏普家族耳熟能詳。我的祖先在美國獨立戰爭後，從麻州遷居到此。那時距布麗姬・畢夏普在撒冷女巫審判中被處極刑，已隔了一個多世紀。儘管如此，謠言與八卦還是跟著他們來到新家。搬到麥迪森，重新安身立命後，畢夏普家族辛勤工作，證明巫師鄰居可以幫忙治病和預測天氣，真的很有用。這家人逐漸在社區裡扎下夠深的根，不必擔心迷信和恐懼有朝一日引爆的後果。

但我母親對世界有種好奇，所以走出了麥迪森的安全網。她先是進哈佛就讀，認識一個名叫史蒂芬・普羅克特的年輕巫師。他也出身源遠流長的魔法世家，也渴望走出家族的新英格蘭歷史與影響力範疇，體驗外界的生活。芮碧嘉・畢夏普與史蒂芬・普羅克特是一對迷人的佳偶，母親典型美國式的坦率，跟父親比較正式、老派的作風剛好互補。他們成為人類學家，投身外國文化與信仰的研究，除了對彼此的摯愛，也分享他們對知識的狂熱。在地區學校取得教職——母親在她的母校，父親在衛斯理大學——後，他們到外國做研究之旅，也在劍橋自立門戶，有了新家。

我對童年往事記得的不多，但每件事都非常鮮明而且清晰得出乎意料。每幅畫面都有我父母在場：父親手肘上燈心絨布料的觸感、母親的鈴蘭花香水的味道、週五晚上他們哄我上床後共享燭光晚餐，玻璃酒杯碰撞的脆響。母親給我講床邊故事，父親把咖啡色公事包扔在前門口發出啪啦一聲。這些記憶大多數人都會覺得很熟悉。

但其他與我父母有關的回憶則不然。我母親好像從來不洗衣服，但我的衣服永遠都很乾淨，摺得整整齊齊。忘了簽的校外教學參觀動物園家長同意書，會在老師來收的時候出現在課桌上。不論我進去親親道晚安時，父親的書房處於何種狀態（通常都好像剛發生過一場爆炸），第二天早晨都會恢復井然有序。我讀幼稚園的時候，曾經問我朋友阿曼達的母親，幹嘛要花力氣用肥皂和水洗碗盤，不就是把它們堆在水槽裡，打一下手指，低聲念幾個字就行了嗎？我對家務事的怪想法逗得施密特太太哈哈大笑，但她眼睛裡有困惑的疑雲。

晚上父母告訴我，我們談到魔法時必須當心，慎選對象。母親解釋給我聽，凡人數量比我們多很多，而且會畏懼我們的力量，而恐懼是地球上最強大的力量。當時我沒說，其實魔法——尤其是母親的魔法——也會讓我害怕。

白天我母親跟劍橋其他小孩的母親看起來差不多：稍微有點邋遢，又有點兒沒條理，而且永遠處於家庭與工作的雙重壓力之下。她的金髮蓬亂得很時髦，雖然身上的衣服停留在一九七七年——搖曳生姿的長裙、寬大的長褲與襯衫，為了模仿安妮・霍爾，跑遍波士頓各二手店揀來的男用背心和西裝外套。如果你在街上遇到她，或在超市結帳排在她後面，絕不會想多看她一眼。

在我們家的私密環境裡，拉下窗簾，鎖上門，母親就變成另外一個人。她的動作充滿自信和把握，既不莽撞，也不慌亂。有時她甚至好像飄浮在空中。她在屋子裡走來走去，唱著歌，撿起填充玩具動物和書，她的臉逐漸變得超塵脫俗，十分美麗。母親被魔法照亮的時候，會讓人看得挪不開眼睛。

「媽咪身體裡頭有爆竹。」這是父親咧開大嘴，露出溺愛的笑容時給的解釋。但我後來知道，爆竹不僅明亮而刺激，還非常不可預測，它們也會帶來驚嚇與恐懼。

有天晚上，父親去聽演講，母親決定清潔銀器，卻被她放在餐桌上的一盆水催眠了。她注視著玻璃似的水面，它忽然起了霧，將自己扭曲成許多個幽靈似的小身影。牠們逐漸長大，滿屋子都是神話裡的異獸，我開心得歡呼起來。不久牠們就沿著窗簾往上爬，有的上了天花板。我喊著向母親求助，但她仍全心放在水上。她的專注不曾稍減，直到一個半人半獸的東西爬過來捏我的手臂。這讓她脫離幻境，她爆發成一片憤怒的紅色光雨，將所有幻影打回去，只留下滿屋子羽毛燒焦的味道。父親一回家就發覺氣味不對，他的緊張很明顯。他找到我們互相依偎在床上。一看到他，母親滿懷歉意地痛哭失聲。此後我在餐廳裡再也沒有安全感。

所有剩下的安全感在我七歲時也都完全消失，那年母親和父親去了非洲，再也沒有活著回來。

我甩脫過去，再次全心放在我面前的兩難抉擇上。那本手抄本放在閱覽桌上的一泓燈光裡。它的魔法拉扯著我體內某種黑暗糾結的東西。我再次用手指碰觸那光滑的皮革。這次的刺痛感覺很熟悉。我依稀記得有一次體驗過類似的感覺，是在父親書房裡翻閱桌上文件的時候。

我堅決掉開頭，不看那本皮面精裝書，強迫自己把心思放在理性事物上：先找出我離開紐海文③之前開列的一張鍊金術書目。它埋在我書桌上成堆的紙張、借書單、收據、鉛筆、鋼筆、圖書館地圖之間，按照收藏的名稱以及每本書被博德利收藏時，圖書館館員分配的編號排列。自從幾個星期前來此，我一直按照清單循序閱讀。我從目錄上抄到的艾許摩爾七八二號的說明如下：「**人類學著述，或對人的簡短描述，分為兩部分：第一部分偏重生理構造，第二部分側重心理學。**」正如同大多數我研讀過的著作，從標題看不出內容會是什麼。

或許連封面都不用翻開，我的手指就能告訴我這是一本什麼樣的書。莎拉阿姨總在拆信前用手指研判信件的內容，以防萬一信封裡有她不想付的帳單。這樣她積欠電費還可以假裝不知情。

書脊上的燙金編號在閃爍。

我坐下，思索有哪些選擇。

不理魔法，翻開手抄本，像凡人學者一樣設法閱讀它？

---

③ 耶魯大學所在城市。

把這本著魔的書推到一旁，就此走開？

莎拉若知道我的困境，一定會樂得呵呵笑。她一直認為，我努力跟魔法保持距離只是白費力氣。但自從我父母的葬禮以來，我就開始這麼做。弔唁客人中的女巫們曾詳加觀察，看我有沒有遺傳到畢夏普與普羅克特的天賦，她們不斷鼓勵地拍拍我，預言我接替母親在當地巫會的地位只是遲早的問題。也有人悄聲透露，他們不認為我父母結婚是明智之舉。

「力量太大了。」他們以為我沒在聽，嘟囔道：「一定會引起注意的——即使不去研究什麼古代宗教儀式。」

這就夠我把喪親之痛怪到父母使用的超自然力量和尋求不同生活方式的企圖上。我對所有與魔法有關的事物敬而遠之，讓自己沈浸在凡人少女癡迷的事物——馬、男孩和愛情小說——上，同時努力混跡在鎮上的普通居民之間。青春期階段，我有沮喪和焦慮的問題。這很正常，和善的凡人醫生向阿姨保證。

莎拉沒告訴他聲音的事，或我會在電話鈴響前整整一分鐘，就拿起電話，或每逢滿月之夜，她就必須在門窗上作法，免得我在睡夢中跑到外面樹林裡去遊蕩。她也沒提我一生起氣來，屋子裡的椅子就會自動組成一座搖搖欲墜的金字塔，一旦我心情又恢復正常，它們就統統跌落地上。

我滿十三歲時，阿姨研判時機已至，我得抽出一部分力量，學習基本巫術。念兩句咒點燃蠟燭，或用已通過時間考驗的魔藥遮蓋青春痘——這都是十來歲小女巫例行的入門課程。但我就是連最簡單的咒語都學不好，阿姨傳授的每一種魔藥都會被我燒焦，我也頑固地不肯讓她測驗我是否遺傳了母親神祕而準確的預知能力。

我體內的賀爾蒙安靜下來後，那些聲音、火焰和其他出乎意料的爆發現象逐漸減少，但我對學習家族企業的排斥心理依然如故。家裡有個未受訓練的女巫，讓阿姨擔心，莎拉把我送到緬因州上大學後，多少鬆了口氣。除了魔法的部分，這是一個典型的成長故事。

我之所以能離開麥迪森，主要靠我的智力，我自小是個早慧的孩子，比同齡孩子先學會說話和閱讀。倚仗照相機似的超凡記憶力——我不費吹灰之力，就記得教科書每一頁的全部內容，考試時只需把需要的資訊照抄出來——學業成績很快就為我爭取到一個不受家族魔法遺產影響的地位。我高中連跳兩級，十六歲就開始讀大學。

在大學裡，我先嘗試把自己定位在戲劇系，我的想像力深受場景與服裝吸引——劇作家用文字塑造不同時空的能力讓我著迷。教授對我最初幾場演出盛讚不已，認為是優秀演技讓平凡大學生化身不同人物的範例。但這種變化可能與戲劇天分不相干的第一批徵兆，出現在我扮演《哈姆雷特》中的奧菲利亞時。我一獲得這個角色，頭髮就開始異常快速生長，從及肩長到腰際。我一連好幾個小時坐在校內的湖邊，披著新長出來的頭髮，身不由己被湖面波光吸引。扮演哈姆雷特的男生也沈浸幻覺之中，我們談了一場熱烈卻反覆無常、險象環生的戀愛。我逐漸陷入奧菲利亞的瘋狂，把其他演員帶著入戲。

結果可能是一場扣人心弦的演出，但每個新角色都帶來新鮮的挑戰。我大二那年分配到扮演約翰・福特④的《可惜她是個婊子》⑤裡的安娜貝拉，情況愈發不可收拾。就像戲中角色，我吸引了一大堆熱烈追求者——不全都是凡人——滿校園追著我跑。最後落幕時，他們還不肯讓我安寧，很顯然釋放出來的不知名力量已然失控。我不確定魔法如何滲透到我的演出裡，也不想知道。我把頭髮剪短。不再穿飄逸長裙和多層次搭配的上衣，只穿黑色高領毛衣、卡其長褲，和腳踏實地、野心勃勃的法律預科生偏愛的便鞋。我把過剩的精力消耗在運動上。

離開戲劇系後，我又嘗試了其他幾種科系，找尋一個理性到連半吋空間都不讓給魔法的領域。但是念

④ **John Ford**，一五八六—一六三七，英國劇作家。

⑤ **'Tis Pity She's a Whore**，設定在十六世紀的義大利波隆那，劇中不但有出身上流社會的女主角安娜貝拉與哥哥亂倫的情節，她的眾多追求者也都有複雜的男女關係，所以劇中多次出現通姦及謀殺的場景。

數學我不夠精確，也缺乏耐性；生物學則是一場有許多不及格考試和未完成實驗的災難。

讀完大二那年，註冊組勒令我選系，否則就註定念五年大學。有個到英國做夏季進修的計畫，提供我進一步遠離所有畢夏普相關事物的機會。我愛上了牛津和那兒清晨街道上寧靜的光線。我的歷史課涵蓋所有國王與女王的豐功偉業，我滿腦子只聽見十六、七世紀的著作在對我輕聲細語。這完全該歸功於偉大的文學。更棒的是，大學城裡沒有人認識我，即使那年夏天這座城市裡有女巫，她們也都沒來打擾我。我回到家鄉，決定主修歷史，以破記錄的短時間修完所有必修學分，在滿二十歲之前畢業，而且名列前茅。

我決定讀博士學位時，牛津是我的第一志願。我的專長是科學史，研究重心放在科學擀走魔法的時期——占星術與獵殺女巫向牛頓與宇宙法則臣服的年代。在大自然中追尋理性秩序，而非超自然秩序，恰巧呼應我為了遠離一切神祕事物所做的努力。我在自己的理智思維與血脈中流動的天賦之間劃下的界線，因此變得更清晰。

莎拉阿姨聽說我決定專攻十七世紀化學就嗤之以鼻。一頭鮮豔的紅髮是她脾氣暴躁、口齒犀利的外在表徵。她是個直截了當、不說廢話的女巫，隨便走進哪個房間，都會成為注目焦點。莎拉是麥迪森社區的中流砥柱，每逢危機，不論大小，都會請她去處理。如今我不再被她當作人性脆弱、前後矛盾的樣本，也不用每天聽她尖牙利齒損我，我們的關係改善很多。

雖然相隔數百里，莎拉還是認為我迴避魔法的最新努力很可笑——而且直接告訴我。她道：「從前所謂的鍊金術，其中有大量魔法。」

「不對，並非如此。」我氣憤地抗議。我工作的全副重心都在於證明我的研究題目實際上多麼科學。「鍊金術讓我們了解實驗的成長，不是為了找尋能把黑鉛變黃金或使人長生不老的魔法靈藥。」

「妳想怎麼說都行。」莎拉懷疑地說：「但如果妳想混充凡人，選中這題目還真有點奇怪。」

拿到學位後，我全力爭取耶魯大學（全世界唯一比英國更有英國味的地方）的教職。同事警告我，獲得終身職的機會幾近於零。我折騰出兩本書，贏了一堆獎，收到幾筆研究獎助，終於拿到終身職，證明他們都錯了。

更重要的是，現在我的人生屬於我自己。我系裡任何一個人，包括美國古代史學者在內，都不會把我的姓跟一六九二年第一個因行使巫術被處決的撒冷婦人聯想在一起。為了維護得來不易的自主權，我繼續把所有涉及魔法或巫術的蛛絲馬跡都排除在生活圈外。當然也有例外，比方那次洗衣機不停進水，差點淹沒我位於烏斯特廣場的小公寓，我就動用了莎拉阿姨的咒語。沒有人是十全十美的。

現在，我全心全意應付眼前這場失誤，屏住呼吸，雙手捧起手抄本，把它放在圖書館為了保護珍本書而提供的楔形看書架上。我下定決心：要表現得像一個嚴肅的學者，把艾許摩爾七八二號當作一般的手抄本。我要對灼燙的指尖和書中冒出的怪味都置之不理，只記述它的內容。然後我會決定——基於超然的專業立場——它是否值得多看幾眼。但是我扳開小銅扣時，手指仍不免顫抖。

手抄本發出一聲輕嘆。

我很快回頭四顧，確定房間裡是空的。唯一的另外一個聲音是閱覽室時鐘響亮的滴答聲。

決定不把「書會嘆氣」列入記錄，我打開手提電腦，開啟一個新檔案。這件熟悉的工作——我即使沒做幾千遍，少說也做過幾百遍——就像我已經幾乎全部打過勾的書單一樣令人安心。我把手抄本的名稱和編號打進去，同時複製了目錄說明裡的標題。我端詳一下它的尺寸與裝訂，記錄下這兩項細節。

唯一剩下要做的，就是翻開手抄本了。

雖然銅扣已經打開了，但封面很難翻開，就好像它跟下面的書頁黏在一起。我壓低聲音罵了一句，把手掌在皮面上平放一會兒，希望艾許摩爾七八二號不過是需要一個機會知道我是誰。畢竟把手放在書上不算什麼魔法。我掌心刺痛，就跟女巫看著我時我的皮膚會刺痛一樣，然後手抄本的緊張消除了。之後，翻開封面變得很容易。

第一頁的紙張很粗糙。第二頁是羊皮紙，有「人類學著述，或對人的簡短描述」字樣，是艾許摩爾的手跡。他整齊的圓弧形筆跡，在我眼中幾乎跟我自己的字跡一樣熟悉。標題的第二部分——「分為兩部分：第一部分偏重生理構造，第二部分側重心理學。」——是後人添加，用鉛筆寫的。看起來也有點眼熟，但我認不出是誰的字。碰觸字跡可能會給我一點線索，但這麼做違反圖書館規則，而且我用手指收集到的訊息也不可能作為記錄。所以我只在電腦檔案裡記下，有鋼筆字和鉛筆字兩種不同筆跡，及寫字的可能年代。

我翻開第一頁時，羊皮紙感覺異常沈重，並顯示它就是這手抄本怪味的來源。它不僅是古老而已。它含有更多東西——某種無以名之的葡萄酒和麝香的混合物。我立刻注意到，有三頁被整齊地從裝訂中割掉了。

總算有些容易描述的材料了。我的手指在鍵盤上飛快舞動：「至少三頁被移除，工具為直尺或刀片。」我觀察手抄本書脊的凹處，卻看不出是否有其他書頁失蹤。羊皮紙愈靠近我的鼻子，手抄本的魔力與氣味就愈讓我分心。

我把注意力轉移到正對失蹤頁缺口的插畫上。畫中有個小女嬰飄浮在透明的玻璃容器裡。女嬰一手執一枝銀色玫瑰，另一手拿一枝金色玫瑰。她腳上有小小的翅膀，一滴滴紅色液體如雨灑在這孩子黑色的長髮上。畫的下方用濃黑墨水寫的題名，告訴我們畫中就是哲學之子或賢者之子——以寓言的方式呈現創造賢者之石的基本步驟，所謂賢者之石，就是一種承諾讓擁有者長生不老、富有、睿智的化學物質。

顏料都會發光，保存之好令人訝異。從前的畫家在顏料中混合磨碎的礦石與寶石，製造出動人的色彩。圖案本身也看得出畫者真正具備藝術造詣。我必須把手壓在屁股下面，免得它們為了想多知道一點兒而東摸西摸。

但這位畫家雖然才華顯而易見，卻把細節都畫錯了。玻璃容器的尖端應該向上，而不是向下。嬰孩應該半黑半白，顯示他是雌雄同體。他應該兼具男性生殖器和女性乳房——最起碼也要有兩個頭。

鍊金術的意象是一種因過分拐彎抹角而惡名昭彰的寓言。正因為如此，我才要研究它，找尋一種早在元素週期表出現前，就用有系統而合乎邏輯的態度看待化學反應的模式。例如月亮的意象幾乎都代表銀，而太陽的意象則為金。兩者以化學方式結合的過程以婚禮代表。後來所有的圖像被文字取代。這些文字終於構成化學的語法。

但這份手抄本使我對鍊金術師重視邏輯的信念面臨考驗。每幅插圖都至少有一個基本錯誤，也沒有附加文字幫助理解。

我要找某種可以跟我的鍊金術知識契合的東西——隨便什麼都好。黯淡的光線下，一頁紙上出現隱約的筆跡。我把檯燈打斜，讓光線變亮一點。

沒有東西。

我用很慢的速度翻頁，當它是一片脆弱的樹葉。

字句閃閃發光，在紙張表面上橫向移動——好幾百個字——除非燈光投射的角度和觀看者的視角搭配得恰到好處，否則看不見。

我壓抑住一聲驚呼。

艾許摩爾七八二號是一份重複利用的羊皮卷——手抄本中有手抄本。在羊皮紙稀少的年代，抄寫員會仔細洗掉舊書上的墨痕，把新文本寫在恢復空白的紙上。隨著時間流逝，從前寫的字往往會出現在下層，宛如文本的幽靈，通常只要借助紫外線就能照見墨水下面的字跡，讓褪色的文本重獲新生。

但所有紫外線都沒有足夠的力量能讓這裡的字跡顯現。這不是普通的重複抄本。原來的字跡並沒有被洗掉——是被某種咒語隱藏起來。但為什麼會有人花費這麼大工夫對一本鍊金術書施法呢？作者使用的隱晦文字和奇幻意象，原本就連專家都要煞費周章才能理解呀。

我把注意力從移動得太快，根本無法閱讀的模糊字跡上移開，專心撰寫一則手抄本的內容簡介：「令人困惑，文字標題出自十五世紀到十七世紀不等，圖像則以十五世紀為主。圖像來源可能更古老嗎？紙張與羊皮的混合。彩色與黑色墨水，前者品質高於一般水準。插圖繪工精細，但細節不正確，有缺漏。描述賢者之石的創造過程、鍊金之誕生／創造、死亡、復活、轉變。是某件早期手抄本錯誤百出的複製品嗎？奇怪的書，反常事例比比皆是。」

我的手指在鍵盤上猶豫。

學者發現跟他們既有知識不符的訊息時，會在兩種對策之中做一選擇。要麼把它丟在一旁，免得他們視若拱璧的理論遭受質疑，要麼就集中雷射般的注意力，追查到祕密的底層。如果這本書沒有被咒語控制，我可能會選擇第二種對策。但因為它被施了法，我強烈傾向採用前者。

有疑點時，學者通常會暫時擱置，不做決定。

我打了一行模稜兩可的結語：「需要更多時間嗎？或許下次再借？」

我屏住呼吸，輕輕闔上封面。魔法電流仍在手抄本裡穿梭，在銅扣的位置尤其強烈。

書闔起來，我也鬆了一口氣，我又瞪著艾許摩爾七八二號看了一會兒。我的手指渴望再次觸摸它咖啡色的皮革。但這次我堅持抗拒，正如同我不肯藉觸摸那些手寫字跡和插畫，獲得比凡人歷史學者循正當手段所能獲得的更多知識。

莎拉阿姨一直對我說，魔法是天賜的禮物。如果真是如此，它是有條件的，要把我跟在我之前的畢夏普女巫連結在一起。使用繼承來的魔法力量，施展女巫獨門的咒語、護符等技能，必須付出代價。我一打開艾許摩爾七八二號，就破壞了分隔魔法與學術專業的藩籬。但我回歸正確的一邊後，留在這邊的決心就比過去更加堅定。

我收好電腦和筆記，捧起那疊手抄本，刻意把艾許摩爾七八二號放在最下面。幸好季蓮不在她的位子上，雖然她的文件還散落在四周。她一定是打算開夜車，先休息一下，喝杯咖啡去了。

「全看完了？」我走到借閱台時，項恩問道。

「還沒。我想保留上面三本到星期一。」

「第四本呢？」

「看完了。」我衝口說道，把那份手抄本推到他面前。「你可以把它送回書庫去。」

項恩把它放在他已經整理好的一堆待歸位圖書的頂端。他陪我走到樓梯口，道了晚安，便消失在彈簧門後面。即將把艾許摩爾七八二號送回圖書館深處的輸送帶咯啷啷開始運作。

我差點想轉身攔住他，但還是隨它去吧。

我舉起一隻手，正準備推開一樓大門，周圍的空氣忽然緊縮，好像整個圖書館要把我抓緊不放。一瞬間，空氣微微閃爍，跟那份手抄本的書頁不久前在項恩桌上閃爍的方式如出一轍，我不由得打了個寒噤，手臂上汗毛豎立。

剛才發生了某件事。某種魔法。

我回頭望向杭佛瑞公爵閱覽館，我的腳威脅著要往那個方向走。

沒什麼啦，我想道，痛下決心走出了圖書館。

妳確定嗎？一個被忽略已久的聲音悄悄問道。

第二章

牛津鐘響了七下。黑夜不像前幾個月那麼慢吞吞、暮色降臨後遲遲不肯現身，但天色的轉換仍然停滯不前。圖書館人員三十分鐘前才開亮街燈，讓灰色天光裡浮現一汪汪的金色小光圈。

今天是九月二十一日。全世界各地的女巫都要在秋分前夕共進晚餐，慶祝秋分節，並歡迎即將來臨的冬季黑暗。但牛津的女巫少了我也只得將就。我已經排定下個月在一個重要會議中擔任主題演講者。現在觀念還沒有成形，我感到焦慮。

想到我的女巫族人可能在牛津的某處大吃大喝，我的肚子也咕嚕咕嚕叫起來。從今早九點半開始，我就待在圖書館裡，只有在午餐時稍做休息。

今天項恩請假，借書台的工作人員是新來的。我借閱一件已開始脆裂的資料時，她百般阻撓，試圖說服我改看微縮膠捲。閱覽室的主管江森先生正好聽見，便從辦公室跑出來調停。

「對不起，對不起，畢夏普博士。」他慌忙說道，把笨重的黑邊眼鏡推到鼻梁頂端。「如果妳需要這份手抄本做研究，我們樂意配合。」他親自跑去取管制的資料，交給我時，又對我蒙受的不便和新館員的行徑連聲道歉。我的學術聲望能發揮這麼大的作用，讓我心花怒放，整個下午讀書都很愉快。

我把壓在手抄本上端兩角的一對渦捲形紙鎮拿開，小心地將書闔上，對自己完成的工作分量感到很滿意。由於上星期五遇到那件中了魔法的手抄本，我週末只處理例行事務，不碰鍊金術，讓心情恢復正常狀態。我填了請款表格、付了帳單、寫了推薦信，甚至還完成一篇書評。穿插在這些工作之間的是洗衣服、喝茶、試做ＢＢＣ烹飪節目裡的食譜等家常儀式。

今早我提前開始工作，整天都專心處理手頭的事務，不去想艾許摩爾七八二號的奇怪插圖和藏在羊皮紙裡的神祕字跡。我瀏覽一眼今天陸續記下的待辦清單。我要追查四個問題，其中第三個最容易解決。答案就在神祕學期刊《筆記與疑問》裡，書在這個房間裡，擱在往挑得極高的天花板一路延伸的書架上某處。我推開椅子，決定趁離開前勾消清單上的一個項目。

賽頓閱覽室位於杭佛瑞公爵閱覽館的一隅，要拿這一區高層書架上的書，必須爬上一座舊樓梯，進入一條可以俯瞰閱覽桌的走廊。我沿著盤旋的樓梯，攀登到按出版年月排列布面老精裝書的木架前面。除了我和莫德林學院一位老文學教授，似乎沒有人用到它們。我找到所要的書時，不禁輕罵一聲。它放在最頂層我搆不到的地方。

一聲輕笑嚇了我一跳。我回頭張望，看是走廊盡頭那張桌子上坐的是誰，但那兒沒有人。我又開始聽見怪聲了。牛津仍然是個鬧鬼的城市，而且校內的人都提前一個多小時離開，趁晚餐前到所屬學院的教員餐廳，喝一杯免費的雪利酒。今天是巫教假日，就連季蓮也在午後先走了，行前她對我提出最後一次邀請，並瞇起眼睛瞄了一下我那堆尚待閱讀的資料。

我在走廊裡找墊腳凳，這一帶不見有這種東西。博德利圖書館素來以缺少這類輔助家具而惡名昭彰，下樓去找一個，再扛上樓來拿書，起碼要花十五分鐘。我猶豫著。儘管上星期五我摸過一本魔法書，但我抗拒過進一步施展魔法的強大誘惑，況且現在又沒人看見。

雖然我替自己找好藉口，皮膚卻因焦慮而刺痛。我不常打破自己的規矩，而且我心底有本帳，記錄每一個促使我求助魔法的場合。用咒語修理出毛病的洗衣機、觸摸艾許摩爾七八二號，都算在內，這是今年的第五次。現在是九月底，成績還不錯，但不是我個人最好的記錄。

我深深吸一口氣，舉起一隻手，想像書握在手中。

《筆記與疑問》第十九期往後滑動四吋，傾斜成一個角度，好像有隻看不見的手把它拿下來，然後輕輕啪一聲落進我張開的手掌。在我手中，它自動翻到我要的那一頁。

這一切只花了三秒鐘。我吁了口氣，吐出一點罪惡感。忽然我兩側肩胛骨中間，有兩個冰冷的點開始擴大。

有人看見我，而且不是凡人觀察者。

女巫觀察另一個女巫時，她們眼光觸及的部位會有刺痛感。不過，跟凡人分享這世界的超自然生物不僅女巫而已。另外還有魔族——極具創意和藝術才能，在分隔瘋狂與天才的一線鋼索上行走。「搖滾巨星兼連續殺人魔」是我阿姨給這些奇異難解生物的評語。還有古老而美麗的吸血鬼，靠鮮血維生，如果他們一開始沒殺死你，就會把你迷惑得神魂顛倒。

魔族盯著我看時，我會覺得一股輕巧而令人不安的壓力，宛如一個吻。

但是被吸血鬼盯上，感覺冰冷、專注而危險。

我在心裡逐個檢視杭佛瑞公爵館裡的閱覽者。確實有一個吸血鬼，一個臉孔胖嘟嘟像小天使的僧人，熱戀似的傾心閱讀中世紀天主教彌撒書和祈禱書。但珍本書收藏室通常看不到吸血鬼。偶爾會有一、兩個出於虛榮心和懷舊心理作祟，跑來追憶前塵往事，但不常見。

女巫和魔族在圖書館裡比較普遍。季蓮今天就來過，用放大鏡研讀她的紙草書。音樂參考室確定有兩隻魔族。我去布萊克維爾書店喝茶時，從旁經過，他們都神情恍惚地抬起頭來。有一個要我幫他帶一杯拿鐵回來，由此可見，他當時多麼沈浸在使他著迷的隨便什麼瘋狂玩意兒之中。

不對，現在看著我的是一個吸血鬼。

由於我的工作需要跟科學家打交道，世界各地實驗室裡的吸血鬼又很多，所以我遇到過不少吸血鬼。科學獎勵長時間的研究與耐心。而且科學家習慣獨自工作，除了最親密的工作伙伴以外，認識他們的人不多。這使得長達數百年，而非幾十年的壽命，比較不會引起注意。

這年頭，吸血鬼特別受粒子加速器、破解基因圖譜、分子生物學吸引。從前他們搶破頭研究鍊金術、解剖學、電學。凡是會發出轟然巨響、與血液有關，或有望解答宇宙奧祕的學科，都一定會有吸血鬼參與。

我把未循正當途徑得來的《筆記與疑問》抓在手中，轉身面對證人。他在房間另一頭的陰影裡，站在古文書學參考書前面，斜倚著一根支撐走廊、線條優雅的木柱。手中托著一本翻開的、珍納・羅伯茲寫的《公元一千五百年以前英國人書寫使用字體指南》。

我沒見過這個吸血鬼——但我很確定，他不需要什麼指南就能解讀古人龍飛鳳舞的筆跡。

凡是讀過暢銷小說或甚至看過電視的人都知道，吸血鬼有驚人之美，但實際上看到他們，還是會讓你大吃一驚。他們的骨骼構造極為精巧，像是雕刻大師的作品。而他們移動、說話的時候，你的大腦簡直來不及消化眼睛看到的一切。每個動作都那麼優雅；每個字都那麼悅耳。他們的眼睛能勾你的魂，這也正是他們捕捉獵物的方法。注視一會兒，低聲說幾個字，輕觸一下：一旦落進吸血鬼的羅網就沒有機會脫逃。

我低頭瞪著那個吸血鬼，心情一沈，這才發現我對他們的知識，唉，純屬理論。在博德利圖書館跟一個吸血鬼對峙時，似乎都派不上用場。

唯一一個跟我算是不僅點頭之交的吸血鬼，在瑞士一個核子加速器中心工作。傑勒米身材纖細，長得很帥，淺金色頭髮、藍眼睛，還有感染力很強的笑聲。他跟日內瓦幾乎每一個女人都上過床，目前正在洛桑繼續達成同樣的目標。他把女人勾搭到手後做些什麼，我從來不想深入查究，也拒絕了他鍥而不捨約我一塊兒去喝酒的邀請。我一直把傑勒米當作這個族類的代表，但跟現在站在我下方的這個比起來，他顯得瘦弱、笨拙，而且太、太年輕。

這一個非常高——即使把從走廊往下看可能導致的視角偏差算進去，他也遠超過六呎。而且他身材絕對不能用纖細形容，寬肩膀往下是苗條的臀部，再沿著肌肉發達、沒有贅肉的腿往下變窄。他的手修長靈活，引人注目，秀氣優美的生理結構使人不由得多打量幾眼，想知道它們怎麼可能長在這麼魁梧的人身上。

我上下打量他的時候，他眼睛卻盯著我的臉。隔著房間，那雙眼黝黑似夜，從一雙同樣黝黑的濃眉底下向上看，一側眉毛挑成弧形，讓人聯想到一個問號。他的臉真的很驚人——全是不同平面的組合，稜角分明，高高突起的顴骨連接保護與隱藏他眼睛的眉毛。他身上容納溫柔的空間不多，其中之一長在下巴上方——寬闊的嘴，但就像那雙修長的手一樣，好像長錯了地方。

但他最令人望而生畏之處，不在於完美的體型，而是從房間這一頭就感覺得到的，一種力量、敏捷與深刻智慧的致命結合。他穿黑長褲、柔軟的灰色毛衣，蓬鬆的黑髮從前額往後梳，留到頸根，看起來就像一頭隨時準備出擊，但不急於發動攻勢的豹子。

他笑了。是那種客氣的淺笑，沒讓牙齒露出來。但我還是強烈地意識到它們，筆直而鋒利地排列在蒼白的嘴唇後面。

光是想到「牙齒」，我的腎上腺就出於本能開始加速分泌，流竄全身。忽然之間，我想的只有一件事；離開這房間，馬上。

樓梯好像比走過去所需的四步更遙遠。我飛奔下樓，卻被最後一級樓梯絆了一下，剛好跌進吸血鬼等待的懷抱。

他當然比我先趕到樓梯口。

他的手指冰涼，手臂比較像鋼鐵而不像肌肉與骨骼。丁香、肉桂和某種讓我聯想到薰香的氣味瀰漫空中。他扶我站好，撿起地板上的《筆記與疑問》，微微一躬腰，交給我，說：「畢夏普博士，我猜？」

我從頭到腳都在顫抖，點點頭。

他伸出修長白皙的右手，從口袋裡掏出一張藍白二色的名片遞給我：「馬修．柯雷孟。」

我捏住名片邊緣，盡可能不碰到他的手指。熟悉的牛津大學標誌，三個王冠和一本攤開的書，就附在柯雷孟的名字旁邊，後面一串縮寫字母，顯示他已經是皇家學會的一員。

以一個外表才三十幾歲、近四十歲的人而言，這算是很厲害了，雖然我判斷他的實際年齡最起碼十倍於此。

說到研究的專門領域，這位吸血鬼是生物化學教授，隸屬附設於約翰•瑞德克利夫醫院的牛津神經科學研究中心，毫不令人意外。血液與人體解剖——吸血鬼的兩大最愛。名片上有三個不同實驗室的電話號碼，外加辦公室電話和電子信箱。或許我沒見過他，但要找他顯然不難。

「柯雷孟教授。」我尖著嗓門發出怪聲，然後聲音卡在喉嚨深處，但我總算壓下一路尖叫著往出口跑的衝動。

「我們沒見過。」他用一種奇怪的口音繼續說道。主要是牛津劍橋口音，但另外帶有一種我不知道屬於什麼地方的柔和腔調。我發現他那雙始終沒有離開我臉孔的眼睛，其實一點也不黑，放大的瞳孔周圍有一小圈灰綠色的虹膜。它們持續放電，令我無法移開目光。

吸血鬼的嘴又開始動：「我非常佩服妳的研究成果。」

我瞪大眼睛。生物化學教授對十七世紀的鍊金術感興趣並非絕無可能，但非常罕見。我摸摸身上白襯衫的領子，掃視這個房間。這兒只有我們兩個。古老的橡木書目櫃和附近的一長排電腦前面都沒有人。不論誰在櫃台值班，距離都太遠，幫不了我。

「我覺得妳有關色彩象徵和鍊金變化的那篇論文引人入勝，妳談到羅伯•波義爾對膨脹與收縮相關問題的處理方法，極具說服力。」柯雷孟繼續流暢地說，好像很習慣在對話時扮演唯一活躍的角色。「我還沒看完妳最近一本談鍊金術學徒制度和教育的大作，但我從中獲得很大樂趣。」

「謝謝你。」我低聲道。他的眼光從我臉上轉移到脖子上。

我不再撥弄領口的鈕扣。

他異於常人的目光又迎上我的眼睛：「妳有一種奇妙的力量能讓讀者回到從前。」我姑且把這句話當作奉承，因為這是不是一句好話，只有吸血鬼最清楚。柯雷孟頓了一下：「可以請妳吃晚餐嗎？」

我張大嘴？晚餐？即使我在圖書館裡逃不出他的手掌心，我也絕對沒有動機再流連一頓飯那麼久的時間——尤其他根本不可能跟我一起吃什麼，他的食物偏好大不相同。

「我有別的計畫。」我倉促回答，至於是哪方面的計畫，我卻編不出合理解釋。柯雷孟一定知道我是女巫，而且顯然我沒在慶祝秋分節。

「真可惜。」他喃喃道，唇上有很淡的笑。「或許下次吧。妳會在牛津待一整年，不是嗎？」

有吸血鬼在旁，總讓人膽戰心驚。柯雷孟身上的丁香味又讓我聯想到艾許摩爾七八二號的奇特氣味。我無法有條理地思考，唯有點頭。這樣比較安全。

「我想也是。」柯雷孟道：「相信我們會再相遇。牛津是個小地方。」

「很小。」我同意道，真恨不得我當初選擇到倫敦休假。

「那就後會有期嘍，畢夏普博士。很榮幸見到妳。」柯雷孟伸出手。他的眼睛除了瞥過一眼我的衣領外，始終沒有離開我的眼神。我印象中他也沒有眨過眼。我硬撐著，絕不做第一個挪開眼睛的人。

我伸手向前，遲疑了一下才握住他的手。他輕握一下，隨即縮回手。然後他後退一步，微笑，走進圖書館最古老的部分，消失在陰影裡。

我站著不動，直到發寒的雙手又能活動自如。然後我走到書桌前面，關掉電腦。《筆記與疑問》控訴地質問我，如果我連看都不要看它一眼，幹嘛去把它拿下來；我的待查清單也一樣充滿怨懟。我把它從本子上撕下來，揉成一團，扔進書桌下面的藤編字紙簍。

「一天難處一天當。⑥」我低聲道。

我把手抄本還回去的時候，閱覽室的晚班管理員低頭看一眼手錶。「今天提早離開，畢夏普博士？」

我點點頭，抿緊嘴巴，以防一開口就會問，他知不知道古文書學參考書區有個吸血鬼。

他捧起那疊裝有手抄本的灰色硬紙板盒：「這些妳明天還需要嗎？」

我悄聲說：「是的。明天。」

完成離開圖書館時最後一項必須遵守的學術規範，我就自由了。我加快腳步，劈劈啪啪走過油氈布地板，在石牆上撞出回音，我盡快走出閱覽室的格子柵門，經過用絨繩阻攔好奇手指的藏書區，下了陳舊的木頭樓梯，進入四面有高牆的一樓方庭。我靠在圍繞威廉・赫伯特⑦銅像四周的鐵欄杆上，大口把寒冷的空氣吸進肺裡，努力把殘留的丁香和肉桂氣味排出我的鼻腔。

在牛津走夜路，難免會撞到東西，我堅定地告訴自己。原來，這座城市裡還有另外一個吸血鬼。

不論我在方庭裡跟自己說了什麼，回家的路上我都走得特別快。新學院巷裡的黑暗，即使在最愉快的時刻，也還是鬼影幢幢。我把門卡插進新學院後門的讀卡機，聽大門喀嗒一聲在背後扣上，頓時覺得緊張的心情鬆懈了一半，好像凡是能把我跟圖書館隔開的每扇門、每道牆，都多少能保障我的安全似的。我從小教堂的窗下走過，穿過狹窄的走廊，進入能看到全牛津碩果僅存的中世紀花園的方庭，這兒有座傳統的四方土丘，本來用意是要學生在欣賞綠意之餘，思考上帝與大自然的神祕。但今晚這所學院裡的尖塔與拱廊顯得特別恐怖，我迫不及待想進屋裡去。

關上房門，我終於鬆了口氣，長嘆一聲。我住在教員宿舍的頂樓，是專門保留給來訪的校友使用的。我的住處包括一間臥室、一間附帶圓桌可以用餐的客廳，還有一個雖然小了點、卻很實用的廚房，牆上裝

⑥ Sufficient unto the day is the evil thereof，此句出自《新約聖經・馬太福音》第六章三十四節。

⑦ William Herbert，一五八〇—一六三〇，曾於一六一六至一六三〇年間擔任牛津大學校長。

飾著老照片和感覺溫馨的半截式護牆板。所有的家具看起來都像是在教員休息室或校長室數度輪迴之後淘汰下來的貨色，以寒酸的十九世紀晚期設計為主流。

我在廚房裡，塞了兩片麵包進烤麵包機，替自己倒了杯冷水。一口氣喝完，然後打開窗戶，讓冷空氣流進悶熱的房間。

我把點心拿回客廳，踢掉鞋子，打開小音響。莫札特純淨的樂音洋溢空中。我坐上那張紫紅色沙發，原本打算休息一會兒，洗個澡，然後把當天做的筆記重看一遍。

凌晨三點半，我帶著急遽的心跳和僵硬的脖子醒來，嘴巴裡有濃郁的丁香氣息。

我重新倒了杯水，關上廚房的窗戶。很冷，潮濕的風吹來讓我發抖。

瞥了一眼手錶，很快計算一下，我決定打電話回家。那兒現在才十點半，莎拉和艾姆都是蝙蝠一樣的夜行動物。我在屋裡走來走去，把所有燈都關掉，只留下臥室那盞，然後拿起手機。我兩三下脫掉身上的髒衣服——人在圖書館裡為什麼會弄髒？——換上舊瑜伽褲和一件領口鬆垮垮的黑毛衣。它們比任何睡衣都更舒服。

床鋪似乎很歡迎我，床墊也夠堅實，讓我覺得舒服多了，幾乎相信沒必要打電話回家。但喝水消除不了我舌上殘留的丁香味，所以我還是撥了號。

「我們一直在等妳打電話來。」這是我聽到的第一句話。

女巫就是這樣。

我嘆口氣：「莎拉，我很好。」

「所有徵兆都相反。」照例，我母親的妹妹批評我時絕不放水。「塔比塔整晚都毛糙不安，艾姆很清楚地看見妳深夜迷失在林中，我也從早餐開始就什麼也吃不下。」

真正的問題在於那隻該死的貓。塔比塔是莎拉的心肝寶貝，能以神祕的精準度察知所有家族成員不對勁的地方。「我好得很。今晚我在圖書館裡遇到一個出乎意料的人。如此而已。」

喀一聲讓我知道艾姆拿起了分機。她問：「妳為什麼不去慶祝秋分節？」

從我有記憶開始，艾米莉・麥澤就一直是我生活的一部分。她跟芮碧嘉・畢夏普從中學時代利用暑假到普利茅斯農場⑧打工就認識，她們在那兒挖洞，幫考古學家推手推車。她們結為密友，等到艾米莉進瓦薩女子大學，我母親去念哈佛，她們又是忠實的筆友。後來艾姆到劍橋做兒童圖書館管理員，她倆才又重聚。我父母去世後，艾姆來麥迪森度長週末，順便在當地小學找了份新工作。她和莎拉成為形影不離的伴侶，雖然艾姆在鎮上另有公寓，而且在我長成之前，她們兩個不計一切代價，絕不讓我看見她們一塊兒進臥室，但她們騙不了我，也騙不過鄰居或鎮上任何一個人。每個人都認定她們是一對，不論她們在什麼地方睡覺。我搬出畢夏普老屋時，艾姆就搬了進去，從此一直住在那兒。艾姆跟我的母親和阿姨一樣，出身古老的女巫世家。

「有人邀請我去參加巫會的派對，但我選擇了工作。」

「那個布林莫爾來的女巫邀請妳的嗎？」艾姆對研究古典學的季蓮感興趣，主要因為（是某個夏季夜晚，在喝了相當大量的酒之後吐露的）她曾經跟季蓮的母親約會過。艾姆只肯說：「當時是六〇年代。」

「是啊。」我的聲音很苦惱。她們兩個相信，既然我已經取得終身職，早晚必然會沐浴神光，然後開始認真看待我的魔法。什麼都不能讓她們對這種一廂情願的預言產生懷疑，每次我碰到一個女巫，她們都興奮得不得了。「但我卻跟埃利亞斯・艾許摩爾共度良宵。」

「他是什麼人？」艾姆問莎拉。

「妳知道，就是老早死掉的那個收集鍊金術書籍的人嘛。」莎拉的回答隱隱傳來。

---

⑧ Plymoth Plantation是一所生活體驗式博物館，由真人扮演一六二七年去到當地的新移民，以及他們實際的生活情形，供人參觀。

「我還在這兒呢，妳們兩個。」我對話筒喊道。

「那麼是誰嚇了妳一跳？」莎拉問。

既然她們都是女巫，我也沒什麼好隱瞞的。「我在圖書館碰到一個吸血鬼。我從來沒見過他，他名叫馬修・柯雷孟。」

艾姆那頭一陣沈默，好像在心裡翻閱超自然生物名人檔案。莎拉沈默了一會兒，考慮要不要發作。

「但願他會比妳習慣招惹的魔族容易趕走。」她尖刻地說。

「我不演戲以後，就沒有魔族來煩我了。」

「不對，妳剛開始到耶魯工作的時候，還有一個魔族尾隨妳進入班尼克圖書館⑨。」艾姆糾正我。

「他心理狀態不穩定。」我抗議道。就像用巫術修理洗衣機一樣，我莫名其妙吸引到一個好奇而落單的魔族這種事，不該拿來指控我。

「他在街上晃蕩，要去找妳。」

「妳吸引超自然生物就像花會吸引蜜蜂，戴安娜。但魔族還不及吸血鬼一半危險。跟他保持距離。」莎拉緊張地說。

「我根本沒有理由接近他。」我的手又遊走到脖子上。「我們沒有任何共通點。」

「這不是重點。」莎拉提高嗓門：「巫族、血族、魔族不應該廝混在一起，妳知道的。這麼做的時候，比較容易引起人類的注意。沒有一個魔族或吸血鬼值得冒這種險。」莎拉認為世界上唯一值得嚴肅看待的生物就是女巫。她覺得凡人對周遭世界視而不見，只是一群可悲的小東西。魔族是永遠長不大的青少年，不可信任。她的生物分級表裡，吸血鬼的地位遠在貓之下，比狗低至少一級。

「這規矩妳以前教過我，莎拉。」

「不見得每個人都守規矩，親愛的。」艾姆道：「他想要什麼？」

「他說他對我的著作有興趣。但他是一個科學家，所以很難採信。」我用手指揉弄床上的被子。「他要請我吃晚餐。」

「晚餐？」莎拉無法置信。

艾姆哈哈大笑：「餐廳的菜單沒什麼能吸引吸血鬼的食物。」

「我確信我不會再看見他。根據他的名片，他要同時管理三個實驗室，還有兩份教書工作。」

「很典型。」莎拉嘟囔道：「空閒太多，就會搞成這樣。別再摳被子了——會摳出個洞來。」她把她的女巫雷達開到最大，所以不但聽到我的聲音，還能看到我。

「他又沒有偷老太婆的錢，或把別人的財富虛擲在股票市場上。」我反駁道。吸血鬼以擁有不可思議的財富著稱，這一直是莎拉的心頭之痛。「他是個生物化學家兼不知哪一科的醫生，對大腦有興趣。」

「我相信那很有趣，戴安娜，但他究竟想要什麼？」莎拉用不耐煩迎面痛擊我的惱怒——畢夏普家的女人都是拳擊高手。

「不是晚餐。」艾姆篤定地說。

莎拉冷哼一聲：「他一定別有企圖。吸血鬼不跟女巫約會。除非他想把妳當晚餐，沒錯，他們最喜歡女巫血的滋味了。」

「也許他只是好奇。或者他真的喜歡妳的作品。」艾姆聲音帶有那麼多懷疑，逗得我哈哈大笑。

「如果妳不採取基本的防範，我們連這樣交談的機會都沒有了。」莎拉直截了當說：「下一個防護咒，使用妳的預知能力，而且——」

「我不會用魔法或巫術去調查吸血鬼為什麼要請我吃晚餐。」我堅定地說：「絕不妥協，莎拉。」

⑨ Beinecke是耶魯大學專門收藏珍本書、古本書的圖書館，在全世界同類建築中規模最大。

「如果妳不想聽，就不要打電話來找我們要答案。」莎拉道，她惡名昭彰的火爆脾氣要發作了。我還沒想到要如何應對，她就掛了電話。

「莎拉真的很擔心妳，妳知道。」艾姆帶著歉意說：「她也不懂妳為什麼不肯使用妳的天賦，連保護自己都不肯。」

因為這天賦牽扯到太多條件，我早就解釋過。我再試一次。

「那會讓我站不住腳，艾姆。今天我在圖書館裡保護自己脫離吸血鬼，明天我就會保護自己在演講時逃避一個困難的問題。很快的我就會只做我已經知道結果的研究題目，申請我一定拿得到的獎助金了。靠自己的力量建立我的聲譽，對我很重要。如果我開始用魔法，就沒有一樣東西是完全屬於我的。我不想成為下一個畢夏普女巫。」我張口想告訴艾姆關於艾許摩爾七八二號的事，但不知為什麼，我又把嘴巴閉上。

「我知道，我知道，親愛的。」艾姆的聲音帶著安撫。「我真的了解。但沙拉沒法子不擔心妳的安危。妳是她目前唯一的親人了。」

我的手指在髮間滑過，停留在太陽穴上。這樣的對話每次都會回到我父母身上。我猶豫著，不知該不該提起那件我唯一擔心的事。

「怎麼回事？」艾姆問道，她的第六感察覺到我的不安。

「他知道我的名字。我從來沒見過他，但他知道我的名字。」

艾姆考慮各種可能。「妳最新出版的書，封底裡有妳的照片，不是嗎？」

我一直沒發覺自己憋著的一口氣，忽然吁一聲全吐了出來。「是啊，一定是這麼回事。我真傻。可以幫我親一下莎拉嗎？」

「沒問題，還有，戴安娜？小心點。英國吸血鬼跟女巫在一起，可能不會像美國吸血鬼那麼守規矩。」

我露出微笑，想起馬修・柯雷孟一本正經的鞠躬方式。「我會的。別擔心了。我大概不會再見到他。」

艾姆不發一言。

「艾姆？」我催促她。

「讓時間來決定。」

艾姆擅長預測未來，跟傳聞中我母親的能力一樣高強。但有些事讓她困擾。通常幾乎不可能說服一個女巫透露模糊的預警。她不會告訴我馬修・柯雷孟哪方面讓她擔心。暫時還不會。

第三章

吸血鬼坐在橫跨新學院巷、銜接哈特福學院兩校區的懸空陸橋上，藏身陰影裡，他背靠著較新那棟建築的老石牆，腳擱在拱形橋梁的屋頂上。

女巫出現了，腳步出乎意料地穩定，穿過博德利外面高低不平的人行道。她從他下方經過，步伐愈走愈快。緊張使她顯得比實際年齡年輕，感覺更脆弱。

原來這就是那位令人敬畏的歷史學家呀，他嘲弄地想道，同時把她的學經歷在心裡復習一遍。即使看過她的照片，馬修仍預期她本人會更老一點，因為她的專業成就相當可觀。

戴安娜・畢夏普雖然很明顯受了驚嚇，仍保持抬頭挺胸。也許恐嚇她並不像他希望的那麼容易。她在圖書館裡的反應也是如此。她直視他的眼睛，沒有流露一絲馬修習慣在非吸血鬼——以及很多吸血鬼——身上看到的恐懼。

她繞過轉角，馬修沿著屋頂跟蹤，直到來到新學院的圍牆。他悄無聲息地跳進牆內。這吸血鬼熟知學院的地形，早已猜到她的房間應該在什麼位置。她開始爬樓梯時，他已經在樓梯對面的走廊裡藏好身形。

馬修看著她在公寓裡從一個房間走到另一個房間，打開每一盞燈。她把廚房窗戶推開，讓它半掩，然後就不見了。

替我省了打破窗戶或撬鎖的工夫。他想道。

馬修箭也似的衝過沒有遮蔽的空地，爬上她那棟建築，靠著銅製承霤和結實的藤蔓之助，他的手腳在古老的灰泥裡找到支撐點。在新的優越地位上，他聞到女巫的氣味，也聽到窸窣翻書的聲音。他伸長脖子往窗裡窺視。

畢夏普在讀書。他想道，休息的時候，她的臉看起來不一樣。就好像她的皮膚搭配下面的骨骼很服貼。她慢慢點著頭，發出一聲疲倦的輕嘆，往椅墊上靠去。不久，規律的呼吸聲就讓馬修知道，她睡著了。

他在牆上翻個身，抬高雙腿，穿過女巫的廚房窗戶。這個吸血鬼已經很久沒有爬進女人的房間了。即使當年，這種機會也很少，而且通常是在他被熱戀沖昏腦袋的時候。這次的動機卻大不相同。儘管如此，如果被人逮著，解釋起來可也夠他頭痛的。

馬修必須知道，艾許摩爾七八二號是否仍在畢夏普手中。他在圖書館裡沒法子搜她的書桌，但匆匆一瞥，顯然它不在她今天參考的手抄本之列。儘管如此，一個女巫——畢夏普——是無論如何都不會讓這本書脫離她的掌握。他踩著聽不見的腳步，巡視一個個小房間。手抄本不在女巫的浴室或臥室裡。他靜悄悄走過她睡覺的長沙發。

女巫的眼皮在抽搐，好像在看一部只有她看得見的電影。她一隻手握緊成拳，兩腿不時舞動。但她臉色很平靜，不受身體其他部分自以為在做的事干擾。

有件事不對勁。他從第一次在圖書館看見她就感覺到了。馬修交叉起手臂，端詳著她，但還是想不出究竟是怎麼回事。這個女巫身上沒有一般女巫的氣味——天仙子、硫磺、鼠尾草。**她在隱藏一些東西**，吸血鬼想道，**遺失的手抄本之外的東西**。

馬修轉過身，在她當書桌使用的餐桌上搜索。這是個明顯的目標，到處堆著書和紙張，她最可能把偷拿出來的書擱在這兒。他走上前一步，嗅到電流，立刻靜止不動。

有光從戴安娜・畢夏普的身體裡滲漏出來——環繞她的身體，從毛孔裡逸出。那是一種極輕淡的藍光，幾乎可說是白色，一開始它形成一層雲霧似的薄紗，短暫地貼附在她身上。忽然之間她好像會閃閃發光。馬修無法置信地搖頭。不可能。他已經好幾個世紀沒看到一個女巫像這樣發光了。

但另一件更迫切的事在催促他，馬修繼續搜尋手抄本，匆匆翻過她桌上的物品。他沮喪地抓抓頭髮。到處都是這女巫的氣味，讓他分心。他的眼光回到沙發上。畢夏普動彈一下，翻了個身，膝蓋縮到胸前。再一次，脈動的光線湧上她體表，開始閃爍，過了一會兒又退縮回去。

馬修皺起眉頭，前一晚偷聽到的話跟現在親眼目睹的一切，有明顯的差距，令他不解。有兩個女巫在聊艾許摩爾七八二號以及借閱這本書的女巫的八卦。其中一個說，那個美國歷史學者不使用魔法。但馬修看到她在博德利圖書館用過——現在又看著它以顯著的強度在她全身上下周流。他也懷疑她利用魔法做學術研究。她寫到的很多男人都曾經是他的朋友——德雷貝爾⑩、利巴威斯⑪、牛頓。她完全捕捉到這些人

⑩ Cornelius Drebbel，一五七二—一六三三，荷蘭發明家。
⑪ Andreas Libavius，一五五五—一六一六，德國醫生及化學家。

的怪脾氣和執念。若非靠魔法，一個現代女性怎麼可能了解活在那麼久以前的男人？偶一轉念，馬修不禁很好奇，畢夏普可不可能以同樣神祕的精準度了解他。

鐘敲了三下，讓他一驚。他喉嚨覺得很乾。他發現自己已經動也不動站了好幾個小時，注視那個女巫做夢，她的法力波濤般起起落落。一時之間，他考慮用這女巫的血來解渴。嘗到它的滋味，說不定就能找到失蹤的書，得知這女巫的祕密。但他克制住自己。他之所以逗留在謎樣的戴安娜・畢夏普身旁，純粹是出於找尋艾許摩爾七八二號的欲望。

如果手抄本不在這女巫的房間，那就一定還在圖書館裡。

他走向廚房，鑽出窗口，融化在黑夜裡。

第四章

我在四小時後醒來，人躺在被子外面，手抓著電話。不知什麼時候，我踢掉了右腳的拖鞋，腳懸空掛在床外。我看一眼時鐘，呻吟一聲。沒時間到河上去，甚至也沒時間跑步了。

我縮短晨間的例行儀式，沖個澡，邊擦頭髮，邊把一杯滾燙的熱茶喝下肚。我那頭稻草黃的頭髮很難控制，從不聽髮刷管束。我跟大多數女巫一樣，搞不定那頭齊肩的短髮。莎拉認為這都是魔法受壓抑的錯，她保證只要定期使用法力，就不容易累積靜電，我的頭髮也會馴服得多。

刷完牙，我換上牛仔褲和乾淨的白襯衫、黑外套。這都是我做慣的事，衣服也是穿慣的，但今天兩者都讓我不舒坦。衣服好像束手縛腳，穿上就覺得渾身不對勁。我把外套東拉西扯，看看能不能讓它變得合身點，但蹩腳的剪裁與縫工是不可能改善了。

我照照鏡子，母親的臉從鏡中回望我。我已經不記得從什麼時候開始，我變得跟她這麼像。讀大學那幾年，也許？先前沒有人提，直到我大一那年放感恩節長假返家。從那時起，凡是認識芮碧嘉・畢夏普的人，見到我第一句話就說這件事。

今天鏡中的我，皮膚因缺乏睡眠而顯得蒼白。這使得我從父親那兒繼承來的雀斑變得醒目而恐怖，眼睛下面的黑圈使我的眼珠色澤比平常更淺。疲倦又拉長了我的鼻子，凸顯我的下巴。我想到長相沒有絲毫瑕疵的柯雷孟教授，不禁好奇他一早起來會是什麼模樣。或許就跟昨晚一樣乾淨漂亮。認了吧——我是野獸。我對自己的投影扮了個鬼臉。

出門前，我停下腳步，看一眼自己的房間。有些事讓我不安——遺忘的約會，限期。我遺漏了某樣非常重要的東西。不安的感覺包覆我整個胃，用力擠捏，然後放鬆。檢查過行程表和書桌上成堆的郵件後，我姑且假設問題出在肚子餓，便到樓下去。忠於職守的廚房女職員在我經過時，遞給我一份吐司。她們打從我做研究生開始就認得我，現在只要我看起來壓力大，她們仍然會嘗試硬餵我蛋塔和蘋果派。

嚼著吐司，在新學院巷的卵石上一路打滑，已足夠說服我，昨晚只是一場夢。我的頭髮在領子上甩動，我的呼吸在清冷的空氣裡清晰可見。早晨的牛津正常得挑不出半點兒毛病，送貨卡車停在各學院的廚房門口，燒焦的咖啡噴香，攙著人行道的潮濕味，還有斜斜穿過薄霧的新鮮陽光。完全不像個窩藏吸血鬼的地方。

穿藍外套的博德利守門人照例把我的閱覽證仔細檢查一番，好像從來沒見過我，而且懷疑我是個偷書大盜似的。終於他揮手讓我通行。我先取出我的錢包、電腦、筆記本，然後把包包寄放在門旁的儲物格裡，就直奔曲折的木梯上三樓去。

圖書館的氣味總是讓我精神大振——老石頭、灰塵、蠹蟲和破布配製的古法紙張，組合得恰到好處。從窗裡流瀉進來的陽光照耀著樓梯的轉角，照亮了空中飛舞的微塵，在古老的牆壁上映出一條條光柵。陽光也照亮了已經捲邊的上學期講座系列公告。新海報還沒有貼上，但只消再等幾天，校門就要大開，讓蜂擁而入的大學部學生，打破這座城市的寧靜。

我小聲哼著歌，對站在杭佛瑞公爵閱覽館拱門兩側的湯瑪斯·博德利和英王查理一世半身像點頭致意，便推開借書台旁邊的彈簧門。

「我們今天得在賽頓閱覽室幫他安排座位。」閱覽室主任有點氣憤地說。

圖書館才開門幾分鐘，但江森先生和他的職員已在奔波忙碌。這種情形我遇到過，只發生在聲望最高的學者來訪時。

「他已經提出借閱單，人就在那兒等著。」昨天那個不熟悉的女館員對我擺出一張臭臉，調整一下手中那疊書的位置。「這些也都是他的。他叫人從博德利新館的閱覽室送過來的。」

那兒是收藏東亞圖書的地方。不是我的領域，所以我立刻興趣全失。

「那妳先把這批書送過去，告訴他，我們會在一小時內把手抄本送過去。」主任走回辦公室，聽起來很苦惱。

我向取書台走去，項恩見到我，眼珠子往上一轉。「嗨，戴安娜。要拿妳保留的手抄本嗎？」

「謝了。」我小聲說，想到等著我的那堆書就很興奮。「大日子，是嗎？」

「顯然如此。」他不怎麼起勁地說，隨即鑽進放過夜手抄本而需要上鎖的籠子。他捧著我的寶物回來。

「拿去吧，妳的座位號碼？」

「A 4。」我每次來都坐那兒，位於賽頓閱覽室的東南角，那兒有最好的自然光線。

江森先生快步走過來。「啊，畢夏普博士，我們安排柯雷孟教授坐A 3。妳可能坐A 1或A 6比較好。」他緊張地把重心從一腳換到另一腳，把眼鏡推高，隔著厚厚的鏡片對我眨眼。

我瞪著他：「柯雷孟教授？」

「是的。他正在看李約瑟報告，特別要求光線好，還要足夠的擺書空間。」

「李約瑟，那位中國科技史專家？」我太陽穴附近的血液開始沸騰。

「是的，他也是生物化學家，當然——所以柯雷孟教授對他有興趣。」江森先生解釋道，看起來愈來愈慌亂。「妳願意坐在Ａ1嗎？」

「我坐Ａ6好了。」想到坐在一個吸血鬼旁邊，即使中間隔一個空位，還是讓人非常不安。但Ａ4在他對面，更不可能。想著那兩隻奇怪的眼睛不知在看什麼，我怎麼定得下心？中世紀書庫那邊的書桌如果舒服一點，我就寧願棲身一隻捍衛窄窗的石像怪獸下方，忍受季蓮的不以為然。

「哦，那太好了。謝謝妳的體諒。」江森先生鬆了一口氣。

我走進賽頓閱覽室的明亮光線下，不禁瞇起眼睛。柯雷孟看起來完美無瑕，顯然睡了個好覺，白皙的皮膚襯著他的黑髮十分醒目。這次他的尖領毛衣上有極小的綠色碎花點，襯衫領子在後面略微豎起。往桌下瞄一眼，可以看到鐵灰色的長褲，搭配的襪子，和一雙保證比一個普通學者衣櫃裡的全部行頭加起來更值錢的黑皮鞋。

不安的感覺又回來了。柯雷孟到圖書館來做什麼？他為什麼不待在自己的實驗室裡？

我沒試圖掩飾自己的腳步聲，大步朝吸血鬼走去。跟我成對角線，坐在堆滿東西的書桌另一頭的柯雷孟，渾似沒察覺我接近，繼續埋頭閱讀，我把我的塑膠袋和手抄本往標示Ａ5的空桌上一扔，擴張我的領域。

他抬起頭，挑高眉毛，做出訝異的表情。「畢夏普博士。早安。」

「柯雷孟教授。」我忽然想到，他的聽覺跟蝙蝠一樣靈敏，閱覽室入口每一句跟他有關的對話，他都聽到了。我拒絕接觸他的眼神，開始把袋裡的東西一樣樣拿出來，用文具營建一座小城堡，擋在我和吸血鬼中間。柯雷孟看著我把所有東西拿完，然後垂下眼瞼繼續閱讀。

「你坐到北區去一定會比較舒服。」我喃喃說道，並開始搜尋我的手抄本清單。

柯雷孟抬起頭，擴張的瞳孔使他的眼睛忽然變得很黑。「我打擾到妳了嗎，畢夏普博士？」

「當然沒有。」我連忙答道，跟他的話一起湧現的濃郁丁香味使我喉頭一緊。「但我很驚訝你在朝南的窗口會覺得舒服。」

「妳並不相信妳讀到的每件事，是嗎？」他又把一側濃眉挑高，形成問號的形狀。

「如果你是說，我是否以為你一被陽光照到，就會迸發成一把烈焰，答案是不。」吸血鬼不會被陽光照到就燒成灰，也沒有獠牙。這都是凡人編的神話。「但我從來沒有見過……**你這種人**喜歡曬太陽的。」

柯雷孟的身體靜止不動，但我發誓他壓抑了一陣狂笑。「畢夏普博士，妳有多少次跟**我這種人**直接接觸的經驗？」

他怎麼會知道我跟吸血鬼接觸的次數不多？吸血鬼的感官與能耐都遠超過一般人——但他們不會讀心術或預知未來。那是女巫的專長，少數魔族也具備這種能力。這是大自然的秩序，至少我小時候，晚上睡不著，害怕吸血鬼來偷我的思想，強迫我跟他們一起飛出窗外時，阿姨是這麼給我解釋的。

我仔細打量他：「不知怎麼說，柯雷孟教授，我認為再多的經驗都不能讓我知道我現在需要知道的事。」

「我很樂意回答妳的問題，只要我能力所及。」他道，闔上書，放在書桌上。他以老師聆聽一個喜歡挑釁又不怎麼聰明的學生的耐性等待著。

「你到底要什麼？」

柯雷孟往椅背上一靠，雙手輕鬆地搭在扶手上。「我要仔細閱讀李博士的論文，研究他對型態發生

(Morphogenesis)的觀念如何演進。」

「型態發生?」

「胚胎細胞發生改變,導致器官分化——」

「我知道型態發生是什麼,柯雷孟教授。那不是我的問題。」

他嘴角牽動一下。我交叉雙臂,擋在胸前,擺出防禦姿勢。

「我明白了。」他把手肘靠在椅子上,修長的指尖搭在一起,形成一個小帳棚。「昨晚我到博德利的圖書館來借一些手抄本。既然進來了,我就決定到處逛逛——我喜歡了解身處的環境,妳知道,這兒我不常來。然後看見妳在走廊上。當然後來我看到的事,相當出乎意料。」他嘴角又開始牽動。

我想起我只為了拿一本書就動用魔法,不禁脹紅了臉。我也希望自己不要因為他用「博德利的圖書館」這種老式詞彙而放下武裝,卻不怎麼成功。

小心啊,戴安娜。我警告自己。他想要迷惑妳。

「所以按照你的說法,就只是一連串不相干的巧合,使得一個吸血鬼和一個女巫面對面而坐,像兩個普通讀者一樣閱讀手抄本?」

「我相信凡是花點兒時間把我好好看清楚的人,都不會認為我普通,妳說呢?」柯雷孟坐在椅子上,身體向前靠過來,原本已經壓得很低的聲音,變得彷彿在耳語。他潔白的皮膚映著太陽,好像會發光。

「但話說回來,是的,只是一連串巧合,很容易理解。」

「我還以為科學家已經不相信巧合了。」

他輕笑一聲:「總要有人相信。」

柯雷孟一直盯著我,真讓人說不出的心驚膽戰。那位女館員推著閱覽室的木製推車走到吸血鬼身旁,一盒盒手抄本整齊地排列在推車的層架上。

吸血鬼把眼睛從我臉上移開。「謝謝妳，范勒麗。非常感謝妳的協助。」

「應該的，柯雷孟教授。」范勒麗道，欣喜無比地望著他，臉上起了紅暈。這吸血鬼只用一聲謝謝就迷住了她。我嗤之以鼻。「您若還需要別的資料，告訴我們就行了。」她說完便回到入口旁，躲進她藏身的小窟窿去了。

柯雷孟拿起第一個盒子，用修長的手指解開繫帶，朝桌子對面望過來：「我不想耽誤妳的工作。」

馬修・柯雷孟佔了上風。憑我跟資深同事打交道的經驗，已經可以從種種跡象中體會這一點，而且我知道，任何回應都只會讓情況更加惡化。我打開電腦，毫無必要地狠狠用力按下電源開關，拿起我第一份手抄本。一打開盒蓋，我就把那本皮面書攤開，放在面前的看書架上。

接下來一個半小時，我把第一頁讀了起碼三十遍。我從頭開始，閱讀早已耳熟能詳、掛在喬治・芮普利⑫名下，號稱透露賢者之石奧祕的詩句。由於今天早晨我經歷的意外，詩中關於製作綠獅子、創造黑龍、用化學原料調配一種神祕血漿的描述，都比平常更艱澀難懂。

柯雷孟完成的工作分量卻很驚人，他拿著那支萬寶龍大班系列的自動鉛筆振筆疾書，寫了滿滿幾大張乳白色的紙。他還不時把書頁翻得窸窣響，讓我咬牙切齒，又得從頭開始。

江森先生不時到這間閱覽室來走一圈，確認沒有人把書弄壞。那隻吸血鬼只顧寫個不停。我卻怒目瞪著他們兩個。

十點四十五分，一陣熟悉的刺痛感傳來，季蓮・張伯倫匆匆走進賽頓閱覽室，她向我走來——無疑是打算要告訴我，她參加秋分節晚宴玩得多愉快。然後她看見那個吸血鬼，手中裝滿鉛筆和紙張的塑膠袋掉在地上。他抬起頭，瞪著她，直到她飛奔逃回中世紀書區為止。

十一點十分，我覺得脖子上有個圖謀不軌的親吻的壓力。是音樂參考室那個頭腦不清、咖啡成癮的魔族來了。他拿著一套白色塑膠耳機，在手指上纏繞很多圈，然後放開，讓它在空中打著轉鬆開，重複了一遍又一遍。這隻惡魔看到我，對馬修點一下頭，就坐在房間正中央一台電腦前面。螢幕上出現一行字：本機台故障，報請維修中。接下來幾小時，他一直坐在那兒，不時回頭望，然後看一眼天花板，好像想藉此知道自己身在何處，又為什麼會來到這地方。

我把注意力轉回芮普利上頭，柯雷孟的眼光冷冷注視著我的頭頂。

十一點四十分，我肩膀中間有冰冷的點開始擴大。

這是最後一根稻草。莎拉常說，每十個人形生物當中就有一個是超自然生物。但今天杭佛瑞閱覽館裡的異能生物數量是凡人的五倍。他們都是從哪兒來的？

我猛然站起來，轉過身，把那個長著小天使臉蛋的光頭僧吸血鬼嚇了一跳，他抱著滿滿一摞中世紀彌撒書，正打算坐在一張對他而言實在太小的椅子上。突如其來受到他不想招惹的注意，他不禁怪叫一聲。再看到柯雷孟，他的臉色頓時變成我原先以為即使對吸血鬼而言也不可能的那般蒼白。他愧悔地一鞠躬，忙不迭往圖書館更幽暗的深處撤退。

一整個下午，只有幾個凡人和另外三個超自然生物進入賽頓閱覽室。

兩個看來像姊妹的陌生女吸血鬼，從柯雷孟身旁滑行而過，停在窗前的本國歷史書區，挑了幾本有關貝得福郡與多塞特郡早期屯墾的書，只用一本筆記本，妳遞過來我遞過去抄了些資料。其中一人小聲說了幾句話，柯雷孟猛然扭過頭去，速度快到若是比較柔弱的生物一定會扭斷脖子。他低沈地發出一種讓我脖子上的汗毛豎立的嘶嘶聲。那兩個女吸血鬼交換一個眼色，便像來時一樣安靜地離開了。

第三個超自然生物是個老人，他站在一道直射而下的陽光裡，對格子花窗欣喜若狂地看了一會兒，然後轉過來看我。他的穿著是很尋常的學者打扮——咖啡色斜紋呢外套，肘部打著麂皮補靪，稍微有點刺眼

---

⑫ George Ripley，一四一五—一四九〇，英國鍊金術師，曾赴義大利習藝，留下二十五冊的鍊金術著作。

的綠色燈心絨長褲，領子尖端附小扣子的棉布襯衫，前胸口袋上有墨水痕跡——若非皮膚上的刺痛告訴我，他是個巫師，否則我一定把他當作是另一位牛津學者。儘管如此，他是個陌生人。我回頭專心讀我的手抄本。

但後腦勺那股溫和的壓力，使我讀不下去。那股壓力轉移到耳朵，變得更強大，開始覆蓋我的前額，我的胃在驚慌中揪成一團。這已經超出不作聲打個招呼的範疇，變成一種威脅了。但他為什麼要來威脅我呢？

那名巫師向我的書桌走來，神態自若。他走近時，我悸動的頭內部出現一個聲音。聲音太小，無法分辨它說些什麼。但我確定是這個巫師搞的鬼，他到底是什麼人？

我的呼吸變得急促。**滾出我的腦袋**，我碰觸自己的前額，凶惡而無聲地說。

柯雷孟動作極快，我根本沒看見他繞過桌子。一瞬間他已站在我旁邊，一手扶著我的椅背，另一手放在我面前的桌面上。他寬闊的肩膀環繞著我，像一隻獵鷹用翅膀捍衛他的獵物。

他問道：「妳還好嗎？」

「我很好。」我用發抖的聲音說，完全不明白為什麼一個吸血鬼會有必要在一個巫師面前保護我。

我們上方的走廊裡，有個讀者探出頭來張望下面的騷動。她站在那兒，眉頭打結。女巫、巫師加上吸血鬼，凡人是不可能視而不見的。

「別管我，凡人注意到我們了。」我咬著牙說。

柯雷孟挺直身軀，但仍然背對那名巫師，他的身體像復仇天使般擋在我們中間。

「啊，是我不對。」巫師在柯雷孟身後低聲說：「我以為這個位子可以坐。請原諒。」輕微的腳步聲退向遠處，我頭部的壓力逐漸消失。

極輕微的風，那是吸血鬼冰冷的手伸向我肩頭，停止，又回到椅背上。柯雷孟靠過來。「妳看起來好蒼白。」他聲音低沈、溫柔：「要我送妳回家嗎？」

「不必。」我搖頭，希望他坐回原位，好讓我收拾電腦。走廊裡那個凡人讀者仍然警戒地看著我們。

「畢夏普博士，我真的覺得妳該讓我送妳回家。」

「不要！」我的嗓門比預期的響亮。我連忙壓低成耳語：「休想把我趕出圖書館——不論是你，或任何人。」

柯雷孟的臉近得讓我心慌意亂。他慢慢吸一口氣，又是一陣濃郁的肉桂與丁香的氣味。我眼中的某種東西讓他相信我是認真的，所以他退開了。他嘴巴抿成一根嚴厲的線條，回到自己的位子上。

下午剩下的時間，我們都保持緩和的對峙。我設法讀完第一份手抄本的第二個對摺⑬，柯雷孟則以法官裁度死刑案的專注，翻閱殘缺的文稿和寫得密密麻麻的筆記。

三點鐘時，我的神經已疲憊到再也不能集中精神。這一天算報銷了。

我收好散落的物品，把手抄本放回盒子裡。

柯雷孟抬頭望。「回家了嗎，畢夏普博士？」語氣很溫和，但他眼睛發亮。

「是的。」我道。

吸血鬼小心保持空白的表情。

我離開的時候，全圖書館裡的異生物都瞪著我看——威脅我的巫師、季蓮、吸血鬼修士，甚至那個魔族。我不認識還書台的下午值班員，因為我從來沒有在這個時間離開過。江森先生稍微把椅子退後一點，看見是我，驚訝得低頭看錶。

走到方庭，我推開圖書館的玻璃門，暢飲新鮮的空氣。但要扭轉這一天，光靠新鮮空氣是不夠的。

⑬ 古書裝訂方式有對摺、四摺不等，一個對摺為四頁，兩個對摺為八頁。

十五分鐘後，我換上一條經得起各種方式拉扯的緊身七分褲、褪了色的新學院划船俱樂部的背心，再套上一件長袖運動衫，繫好球鞋，就朝咫尺之外的河邊走去。

來到河畔，我的壓力已消散了一部分。「腎上腺素中毒」是一位醫生給自幼困擾我的焦慮感取的別名。醫生都說，我的身體似乎基於某種他們無法理解的原因，永遠有處於危機之下的自覺。我阿姨諮詢的一位專科大夫熱心解釋道，這是狩獵採集時代遺留的生理作用。我只要用跑步排除血液中過剩的腎上腺素，就像受驚的野生山羊逃離獅子一樣，就會沒事了。

不幸的是，這位醫生有所不知，我小時候跟父母去過塞倫蓋蒂⑭，親眼目睹過這樣的一場追逐。山羊輸了。這件事給我留下深刻的印象。

從那時起，我嘗試過藥物治療和冥想打坐，但驅除慌亂沒有比運動更好的特效藥。在牛津，我每天早晨會趁大學校隊在狹窄的河道裡製造交通堵塞前去划趟船。但現在還沒有開學，今天下午河面會很空曠。

我的腳步在通往船庫的碎石小徑上嘎嘰作響。我跟船隻管理員彼得揮手打招呼，他拎著扳手和一罐機油到處巡視，設法把大學部學生受訓時因操作不當而造成的損壞修好。我在七號船庫前停下腳步，先彎彎腰，緩和肋骨兩旁因跑步產生的痛感，然後取出藏在船庫門外照明燈上方的鑰匙。

裡面一排排黃白二色的船艇向我致意。有八人座的大船是給男子隊甲組用的，稍微細長一點的船是女用的，還有其他的船按照品質與大小排列。一艘還沒有安裝配備的亮晶晶新船在船首掛了一塊牌子，要求訪客**未得到新學院划船俱樂部主席允許，不准把法國中尉的女人帶出船庫**。那艘船的名字用維多利亞式字體新鮮地漆在船側，向創造這個角色的那位新學院畢業的校友⑮致敬。

船庫後側，一艘寬不滿十二吋，長度卻超過二十五呎，幾乎不像船的船，搭在一組高度齊腰的吊索上。**上帝保佑彼得**，我想道。他還花費心思不把划艇直接擱在地板上。座位上貼著一張字條：「大學訓練下週一開始。船會放回架上。」

我脫下球鞋，從存放在門旁的船槳中選了兩支呈弧形的葉片，先把它們拿到碼頭，然後再回去取船。

我把船輕輕放進水中，一腳踏在座位上，免得它在我把槳裝上槳架前隨水漂走。彷彿拿特大號筷子般，我一隻手抓住兩根槳，小心地坐上船，用左手推一把碼頭。小船便飄浮在河面上。

划船在我心目中就像宗教，有一整套一再重複的儀式和動作，最後變得像冥想打坐一樣。我一碰到裝備，儀式就開始了，但真正的魔法來自於划船要求精確、節奏與力量的組合。從我念大學部開始，划船就能把一種無與倫比的寧靜灌注到我心裡。

我把槳打進水中，緊貼著水面掠過。我逐漸加快節奏，每划一下，槳葉向後，在水中划動時，我都利用雙腿和水流的感覺增加力道。風很冷而強勁，每打一下槳，都會切進我的衣服。

我的動作發展成天衣無縫的節拍，感覺就像在飛翔。這種幸福的時刻，時間和空間都為我停頓，只剩下流動的河水中一具無重量的軀殼。我飛快的小船箭也似的前進，我以完美的和諧跟著船和槳擺動。我閉上眼睛微笑，今天發生的事退縮到無關緊要的角落。

我隔著閉上的眼皮，忽覺得天色一暗，頭上的隆隆車聲顯示我已來到唐寧頓橋下。過了橋，來到另一頭的陽光下，我張開眼睛——因為冰冷的吸血鬼目光觸及我的胸骨。

橋上有個人影，長大衣在膝蓋旁翻飛。我雖然看不清他的臉，但那過人的身高和魁梧的身材都顯示他就是馬修・柯雷孟。又來了。

我咒罵一聲，差點弄丟了一根槳，牛津市立碼頭就在附近。想到我或能違規轉彎，橫過河面，到對岸去，用隨便什麼稱手的划船工具，痛擊他漂亮的吸血鬼腦袋，打他一個倒栽蔥，實在是很大的誘惑。我正

---

⑭ Serengeti位於非洲，從坦尚尼亞北部延伸至肯亞西南部，這地區名列世界十大自然旅遊奇觀，在此可看到全世界規模最大的哺乳類動物遷徙活動。

⑮ 指John Fowles，著有長篇小說《法國中尉的女人》（The French Lieutenant's Woman），於一九六九年初次出版。

在心中籌思計策，又看到一個瘦小的女人站在碼頭上，穿一件沾了油漆的連身工作褲，邊抽煙邊講手機。

牛津市立船庫不常看到這種景象。

她抬起頭，目光輕輕壓迫我的皮膚。一個魔族。她把嘴巴扭曲成一個猙獰的微笑，對手機說了幾句話。真太古怪了。先是柯雷孟，然後他每次現身，都會有一大群超自然生物跟來？我放棄了原來的計畫，把不安的情緒投注在划船上。

我設法沿著河划向下游，但出遊的平靜已經煙消雲散。我在愛昔絲酒店前面迴轉時，看到柯雷孟站在酒店一張桌子旁邊。他從唐寧頓橋趕到這兒——徒步——花的時間比我划賽艇還少。

我拉高船槳，讓它們離水面兩呎高，像一隻大水鳥的翅膀，直接向酒店東倒西歪的木造碼頭滑行過去。我從船上爬出來的時候，柯雷孟已經越過我們中間二十多呎寬的草坪。他的體重把浮動碼頭壓得稍微下沈，船身晃動著保持平衡。

「你到底想做什麼？」我質問，跨過船槳，越過粗糙的甲板，向他走去。我因使力而氣喘噓噓，臉頰通紅。「你和你的朋友在跟蹤我嗎？」

柯雷孟皺起眉頭：「他們不是我的朋友，畢夏普博士。」

「不是嗎？我自從十三歲那年被我阿姨拖去參加異教徒夏日慶典以來，就沒再在同一個地方看到過這麼多的吸血鬼、女巫、魔族。如果他們不是你的朋友，為什麼總是跟在你身旁？」我用手背抹一把額頭上的汗水，把潮濕的頭髮從臉上撥開。

「我的天。」吸血鬼無法置信地喃喃道：「謠言是真的。」

「什麼謠言？」我不耐煩地說。

「妳以為這些……東西喜歡跟我在一起？」柯雷孟的聲音充滿了輕蔑與某種聽起來像是驚訝的情緒：

「怎麼可能？」

我奮力把套頭運動衫拉到肩膀上，把它扯下來。柯雷孟閃動的眼光逐一掃過我的鎖骨、裸露的手臂、向下到我的指尖。我雖然穿著穿慣的划船服，卻很反常地覺得好像沒穿衣服。

「就是。」我不屑地說：「我在牛津住過。我每年來訪。這次唯一的差別就是有你出現。從昨晚你現身開始，我就在圖書館被迫讓出座位，陌生的吸血鬼和魔族跑來瞪著我看，還有個不認識的巫師來威脅我。」

柯雷孟的手臂微微抬起，好像想抓住我肩膀，用力搖我一搖。雖然我個子不算矮，接近五呎七吋高，但他實在太高，我要跟他眼神接觸，脖子幾乎要後仰成直角。我強烈意識到他相對佔優勢的體型與力量，只好退後一步，抱起手臂，扮演我的專業角色，給自己壯膽。

「他們感興趣的不是我，畢夏普博士。他們是對妳感興趣。」

「為什麼？他們從我這兒能得到什麼？」

「難道妳真的不知道，密得蘭⑯以南每一個魔族、女巫、吸血鬼都在跟蹤妳，為的是什麼嗎？」他聲音裡帶著不信，而他臉上的表情毋寧像是第一次見到我一樣。

「不知道。」我道，眼睛看著兩個在附近桌上享受午後一杯啤酒的男人。謝天謝地，他們全心全意在聊自己的事。「我在牛津只不過讀讀古老的手抄本，到河上划划船，為討論會做準備，過自己的生活。我在這兒無非就做這些事。超自然生物沒理由這麼注意我。」

「想一想，戴安娜。」柯雷孟的聲音很緊張。他直呼我名字的時候，有一陣與恐懼無關的波動穿過我的皮膚。「妳讀過些什麼？」

他垂下眼皮，遮住那雙奇怪的眼睛，但我已經看到其中貪婪的表情。

⑯ Midlands即英格蘭中部。

阿姨警告過我，馬修・柯雷孟想要某種東西。她們是正確的。

他再次用有灰色邊緣的黑眼睛盯著我。「他們跟蹤妳，因為他們認為妳找到了一件多年前失落的東西。」他有點遲疑地說；「他們要拿回那個東西，他們以為妳可以替他們拿回來。」

我回顧過去幾天來我看過的手抄本，心頭一沈，要引起這麼大的注意，只有一種可能。

「如果他們不是你的朋友，你又怎麼知道他們想要什麼？」

「我聽到消息，畢夏普博士。我的聽力非常好。」他耐心地解釋，又恢復了一貫的正經八百。「我也有很棒的觀察力。星期天晚上一場演奏會上，有兩個女巫聊起一個美國人──女巫同族──在博德利圖書館找到一本各界都以為已經遺失的書。從那時起，我就在牛津看到許多新面孔，他們讓我不安。」

「是秋分節。那足以說明女巫為什麼到牛津來。」我努力裝出像他一樣耐心的口吻，雖然他還沒有回答我上一個問題。

柯雷孟諷刺地一笑，搖頭道：「不，跟秋分節無關。是手抄本。」

「你對艾許摩爾七八二號知道些什麼？」我低聲問。

「比妳少。」柯雷孟說，他眼睛瞇成一線，使他愈發顯得像一頭致命的巨獸。「我沒有看過它。妳把它控制在手中。它現在在哪裡，畢夏普博士？妳不至於愚蠢到把它留在妳房間裡吧？」

我驚駭莫名。「你以為我偷了它？偷博德利的書？你怎麼敢說這種話？」

「妳星期一晚上沒有借閱那本書。」他道：「今天它也不在妳桌上。」

「你的觀察力還真敏銳，」我尖刻地說：「你從你今天坐的地方能看到這麼多。如果你一定要知道，我上星期五就把書歸還了。」現在想到太遲了，他很可能翻過我桌上的東西。「那本手抄本有什麼特別，你為了它來偷窺同事工作的情形？」

他微皺一下眉，但我逮著他做出這麼不妥的行為的勝利感，卻被這吸血鬼可能像現在一樣密切跟蹤我的恐懼抵銷了。

「純屬好奇。」他露出牙齒道。莎拉沒騙我——吸血鬼真的沒有獠牙。

「希望你不至於以為我會相信這種話。」

「我不在乎妳相信什麼，畢夏普博士。但妳該提高警覺。這些生物是來真的。而他們一旦發現妳是個多麼不尋常的女巫……？」柯雷孟搖搖頭。

「你是什麼意思？」我的大腦忽然缺血，讓我頭昏。

「這年頭很難得看見一個女巫這麼……有潛力。」柯雷孟的聲音低到像一陣藏在他喉嚨深處的呼嚕聲。「不是每個人都看得見——目前還不是——但我看見了。妳專心思考的時候，力量會發出閃光。妳憤怒的時候也一樣。圖書館裡的魔族即使還沒有發覺，也很快就會知道。」

「感謝你的警告。但我不需要你幫忙。」我昂首預備走開，但他飛快伸出手，抓住我手臂，攔下我。

「不要太有把握。小心一點，拜託妳。」柯雷孟遲疑了一下，他流露內心掙扎的時候，臉上的線條不復完美。「尤其如果妳再看見那個巫師。」

我瞪著我手臂上的那隻手。柯雷孟放開我。他垂下眼瞼，遮起眼睛。

划回船庫的路程緩慢而穩定，但重複的動作帶不走盤桓我心頭的困惑與不安。河邊的縴路上不時出現一道模糊的灰影，但除了騎自行車下班回家的人和一個非常普通的蹓狗婦人，沒什麼特別值得注意的。

歸還設備，鎖好船庫，我沿著縴路，開始有節奏地慢跑。

馬修·柯雷孟站在河對岸的大學船庫門口。

我拔足狂奔，再回頭看時，他已經不見了。

第五章

晚餐後，我坐在客廳裡那個處於休眠狀態的壁爐旁邊的沙發上，打開手提電腦。為什麼柯雷孟這種地位的科學家會這麼想看一本鍊金術的古抄本——就算它被施了魔法——甚至不惜跑到博德利圖書館，在一個女巫對面枯坐一整天，閱讀關於型態發生的舊筆記？他的名片還塞在我包包的某個口袋裡。我把它翻出來，豎靠在螢幕前面。

網際網路上，在一個連結到一本謀殺推理小說的不相干網站，和一堆躲也躲不掉的社交網站下面，列了一串看起來頗有希望的傳記資料：他任教科系的教職員網頁、一篇維基百科的文章，還有皇家學會現任會員的連結。

我一按開教職員網頁，就氣得哼一聲。馬修・柯雷孟是那種不願在網上張貼資料的老師——連學歷資料都沒有。在耶魯的網頁上，訪客可以取得幾乎任何一位教職員的聯絡資料和完整學經歷。牛津顯然對個人隱私採取不同的態度。難怪會有吸血鬼到這兒來教書。

雖然柯雷孟的名片上提到他在醫院工作，但那家醫院的網站上根本找不到他的名字。我在搜尋空格裡打上「約翰・瑞德克利夫醫院神經科學」，進入該部門所提供服務的簡介，但沒有一項提到任何醫生的名字，只列出又臭又長的研究領域。我逐個題目依序點開，總算在一個專門討論「腦前葉」的網頁上找到了他，但也僅此而已，沒有進一步的資料。

維基百科上的文章幫不上忙，皇家學會的網址也好不到哪兒去。凡是看起來可能有用的資料，都需要密碼才能進入。我絞盡腦汁猜測柯雷孟可能會用的使用者名稱和密碼，都沒有成功，第六次猜錯後，就被封鎖了。

受盡挫折後，我把那吸血鬼的名字打進科學期刊的搜索引擎。

「耶！」我滿意地往後一靠。

馬修・柯雷孟在網際網路上或許是個無名小卒，但在學術文獻的圈子裡卻非常活躍。我點選按日期排列搜尋結果後，便看到他學術發展的脈絡。

最初的勝利感轉眼即逝。他學術發展的脈絡不只一條，而是四條。

第一條始於大腦。大部分都非我所能理解，但柯雷孟對腦前葉如何處理驅策力與渴望的研究，似乎在科學界與醫學界都很有名。他研究神經機制在延後滿足的反應中所扮演的角色，在好幾方面都有重大突破，而且都牽涉到腦前額葉皮質。我打開一個新視窗，瀏覽解剖圖，才知道腦前額葉皮質在大腦哪個部位。

有人說，學術研究其實就是加上薄薄一層掩護的自傳。我的脈搏不禁加快。既然柯雷孟是吸血鬼，我倒很希望他精於延後滿足。

接下來點選的條目顯示，柯雷孟的研究發生驚人轉折，從人腦變成了狼——說得更精確點，是挪威的狼。研究過程中，他想必在斯坎地那維亞的夜晚度過相當可觀的時間——以吸血鬼的體溫和夜視能力而言，這不成問題。我試著想像他穿著連帽的厚皮外套和髒兮兮的衣服，在雪地裡敲手提電腦的模樣——辦不到。

接著，第一次提到血。

這吸血鬼在挪威與狼共處時，開始分析牠們的血液，追查家族歸屬與遺傳模式。柯雷孟把挪威的狼分為四大獨立的部落，其中三個是土生土長。第四個部落據他追溯，是來自瑞典或芬蘭。他下結論道，不同狼群互相交配的案例多得驚人，導致遺傳基因交換，影響物種演化。

然後他追蹤人類及其他動物的物種遺傳特徵。他最新發表的論文大都側重技術——組織樣本的染色方法、處理特別古老或脆弱的DNA的程序。

我握住一把頭髮，用力拉扯，希望藉壓力增加血液循環，讓我疲倦的神經元重新啟動。這說不通。沒有一個科學家能完成分別隸屬這麼多不同學科的這麼多研究。光學會這麼多技巧，就需要不只一生一世的時間——**不過那是凡人的一生一世**。

吸血鬼可能辦得到，如果他已經花了好幾十年研究類似的問題。那張三十來歲臉孔背後的柯雷孟，到底幾歲了呢？

我起身重新泡了杯茶。一手端著冒煙的杯子，我從包包裡翻出手機，用大拇指敲出號碼。科學家的一大優點就是他們永遠帶著電話，而且總在鈴響第二聲就接聽。

「克里斯多夫・羅伯斯。」

「克里斯，我是戴安娜・畢夏普。」

「戴安娜！」克里斯的聲音很熱烈，背景裡還傳來震耳的音樂。「聽說妳又有一本書得獎。恭喜啊！」

「謝謝。」我挪動一下屁股。「那是個意外。」

「我可不同意。說到這事，妳的研究進展如何？主題演講稿寫完了嗎？」

「還早得很呢。」我說，那是我本來該做的事，而不是在網路上調查吸血鬼的來歷。「聽著，很抱歉打到實驗室來吵你。現在有空嗎？」

「當然。」他高喊著要某人把聲音關小一點，但音量並沒有改變。「等一下。」含糊的話聲，然後安靜了。「這樣好多了。」他有點不好意思地說：「新來的小鬼頭在學期剛開始的時候精力特別充沛。」

「研究生永遠都精力充沛，克里斯。」想到今年我不會有新班級和新學生，忽然有點心慌。

「妳最了解。妳好嗎？妳需要什麼？」

克里斯和我同一年進入耶魯任教，當初他也不被看好能拿到終身職。結果他比我還早一年拿到，其間還以分子生物學方面的卓越研究，贏得麥克阿瑟獎。

有次我突然打電話給他，詢問為什麼鍊金術師會把在同一個蒸餾器裡加熱的兩種物質，形容為在同一棵樹上生長的兩根樹枝，他並沒有表現得像一個冷漠的天才。化學系其他人都沒興趣幫我忙，但克里斯指派兩名研究生準備重做這項實驗必需的材料，然後堅持要我到實驗室去。我們一起注視玻璃燒杯的杯壁，看著一團灰色的黏稠物發生燦爛的變化，變成一棵紅色的樹，長出幾百根樹枝。從此我們就成了朋友。

我深深吸一口氣：「昨天我遇見一個人。」

克里斯怪嘯一聲。這些年來，他一直設法把他在健身房認識的男人介紹給我。

「不浪漫。」我趕緊說道：「他是個科學家。」

「妳就是需要一個帥哥科學家。妳需要挑戰──需要更精彩的人生。」

「瞧瞧你說的，你昨天幾點離開實驗室？更何況，我人生中已經有一個帥哥科學家了。」我逗他。

「不要改變話題。」

「牛津是個小地方。我免不了還會遇到他。他似乎是這一帶的大人物。」但願我錯了，我暗地裡交叉手指打個叉，但恐怕很接近事實。「我查閱了他的著作，看得懂一點，但我好像遺漏了什麼，因為整件事兜不起來。」

「千萬別告訴我，他是天體物理學家。」克里斯道：「妳知道，物理是我的罩門。」

「你是天才不是嗎？」

「是啊。」他馬上應道：「但我的天才不包括橋牌和物理。請告訴我名字。」克里斯努力保持耐心，但沒有人的腦筋動得有他那麼快。

「馬修・柯雷孟。」他的名字卡住我的喉嚨，就像昨晚的丁香氣味一樣。

克里斯吹了聲口哨：「難以捉摸、遺世獨立的柯雷孟教授。」我手臂上起了雞皮疙瘩。「妳做了什麼，用妳那雙迷人的眼睛對他下咒語嗎？」

克里斯不知道我是女巫，所以他用「咒語」一詞純屬巧合。「他欣賞我對波義爾的研究。」

「是哦。」克里斯冷哼一聲：「妳認為他眼前冒出一堆藍色、金色的星星打轉的時候，滿腦子只想著波義爾定律？他是科學家，戴安娜，不是出家人。順便告訴妳，他確實是個大人物。」

「真的嗎？」我有氣無力地說。

「真的。他是奇葩，跟妳一樣，從研究生時代就開始發表著作。都是佳作，沒有垃圾——是普通人勞碌一輩子能寫出一篇就會引以為榮的好貨。」

我瞥一眼寫在黃色筆記本上的摘要。「你是指他對神經機制和腦前葉皮質的研究？」

「妳有做功課。」他贊許地說：「我沒有特別注意柯雷孟早年的作品——我只對他的化學感興趣——但他關於狼的著作受到很多關注。」

「為什麼？」

「他有驚人的直覺——狼為什麼會挑選某些地方定居，牠們如何形成社會團體，如何交配。幾乎就像他自己也是一頭狼。」

「或許他真的是。」我試著保持輕鬆的口吻，但一種苦澀的妒意在我嘴裡迸裂，使這句話聽起來很刺耳。

柯雷孟滿不在乎地運用他的超自然能力和嗜血本能，使他的事業更上層樓。如果星期五晚上艾許摩爾七八二號落到這吸血鬼手中，他一定會努力觸摸手抄本上那些插畫。我敢確定。

「如果他真的是一頭狼，他的論文寫得那麼好就容易解釋了。」克里斯不理會我的語氣，耐心解釋道：「但他不是，你只能承認他真的很棒。他獲選為皇家學會會員，就是因為那篇論文的出版。然後他消失了一陣了。」

我打賭他會。「然後他又冒出來，研究演化與化學？」

「是啊，但他對演化的興趣是從狼身上自然而然發展出來的。」

「那麼他的化學⑰又是哪方面引起你的興趣呢？」

克里斯的聲音有點躊躇：「嗯，他發現了不起的東西時，表現得就像一位科學家。」

「我不懂。」我皺起眉頭。

「我們會變得暴躁、古怪。我們躲在實驗室裡，不參加討論會，唯恐說錯話，洩漏天機，讓別人搶走你的突破性發現。」

「你們這種表現像狼一樣。」我現在對狼有深入的了解。克里斯描述的那種嚴加戒備，佔有欲強烈的行為，確實跟挪威的狼相符。

「完全正確。」克里斯大笑：「他有沒有咬過誰，或對月長嗥？」

「就我所知沒有。」我喃喃道：「柯雷孟一直都那麼隱遁嗎？」

「問我我也不知道。」克里斯承認：「他確實有醫科的學位，一定也幫人看過病，雖然他不是有名的門診醫生。狼群很喜歡他。但過去三年來，他沒有參加過任何一場知名的討論會。」他頓了一下：「且慢，幾年前發生過一件事。」

「什麼？」

「他發表一篇論文——我不記得細節——有個女人問他一個問題。那是個很聰明的問題，但他嗤之以鼻。她堅持要問。他很不高興，後來生氣了。在場的一位朋友說，他從來沒見過一個人能那麼快就從彬彬

⑰ chemistry在此為雙關語，亦有人格特質、組成人格的元素之意。

有禮變成大發雷霆。」

我已經開始打字，找尋與那場爭執有關的資訊。「像《化身博士》，教授變野獸，是嗎？網路上怎麼找不到這場爭吵的一絲情報？」

「我不意外。我們化學家很在意家醜不外揚。申請獎助的時候，這種事對每個人都不利。我們可不希望那班官僚認為我們都是神經緊繃的自大狂。我們把那種角色禮讓給物理學家。」

「柯雷孟有獎助嗎？」

「哇喃，當然。他都快被獎助淹沒了。別擔心柯雷孟教授的事業。雖然他有輕視女人的惡名在外，但財源並沒有因此枯竭。他的成績好得讓人無法忽視。」

「你見過他嗎？」我問，希望聽聽克里斯對柯雷孟這個人有何觀感。

「沒有。妳要找自稱見過他的人，恐怕充其量不過幾十個。他不教書。不過有很多傳言——他不喜歡女人、他在學識上很勢利、他不回信、也不收研究生。」

「聽起來你並不相信這些傳言。」

「不是不相信。」克里斯若有所思道：「我只是覺得這些事都無關緊要，因為他可能成為破解演化之謎或治療巴金森氏症的第一人。」

「你這麼說，好像他是沙克⑱加上達爾文除以二。」

「這麼說也對，真的。」

「他真有那麼棒？」我想起柯雷孟研讀李約瑟文件那種極端的專注，不禁懷疑「棒」這個形容詞還不夠好。

「是的。」克里斯壓低聲音：「如果我好賭，一定會押一百塊賭他翹辮子前會拿到一個諾貝爾獎。」

克里斯是個天才，但他不知道馬修・柯雷孟是個吸血鬼。諾貝爾獎絕對不能要——吸血鬼為了保護自己的匿名身分，不會容許這種事。諾貝爾獎得主必須拍照留影。

「賭了。」我笑道。

「趕快去存錢吧，戴安娜，妳輸定了。」克里斯咯咯笑道。

上次我們打賭是他輸。我跟他賭五十美元，預期他會比我先拿到終身職。他把賭注夾在相框裡，相片是麥克阿瑟基金會打電話來那天早晨拍的。鏡頭下的克里斯手指插在滿頭極為鬈曲的黑髮中間，靦腆的笑容照亮了他黝黑的面孔。九個月後，他的終身職就到手了。

「謝了，克里斯，你幫了大忙。」我很誠懇地說：「你該回去照顧那群小鬼頭了，說不定他們已經炸掉什麼東西了。」

「是啊，我得去瞧瞧。不過火警警報還沒響，這是好現象。」他遲疑一下：「招認吧，戴安娜。以妳的作風，如果在雞尾酒會上遇見柯雷孟，根本不會擔心說錯話。妳做研究時處理問題，一向採取這種態度。他到底是哪一點讓妳動心？」

有時克里斯好像會懷疑我有點不同。但我絕對不會告訴他真相。

「聰明男人是我最大的弱點。」

他嘆口氣：「算了，不說就不說。妳撒的謊實在不高明。但妳小心點。如果他傷了妳的心，我要踢爛他屁股，而這個學期我已經夠忙了。」

「柯雷孟不會傷我的心。」我堅持道：「他是同事——閱讀興趣特別廣泛，如此而已。」

「以妳這麼聰明的人，判斷力實在很差。跟妳賭十元，一個星期之內他會找妳約會。」

我笑起來。「你永遠學不到教訓嗎？那就十元——或等值的英鎊。」

---

⑱ Jonas Edward Salk，一九一四—一九九五，美國生物學家與醫學家，小兒痲痺預防疫苗的發明者。

我們互道再見。我對柯雷孟仍然所知不多，但對剩下的問題比較有概念，其中最重要的就是，為什麼一個希望在演化理論上有所突破的人，會對十七世紀鍊金術感興趣。

我在網路上到處瀏覽，直到眼睛疲倦得無法繼續。鐘敲午夜時，我四周堆滿狼和遺傳學的筆記，距離解開柯雷孟對艾許摩爾七八二號感興趣的祕密，卻是毫無進展。

第六章

第二天早晨灰濛濛的，屬於更典型的早秋天氣。我只想穿上好幾層毛衣，把自己裹起來，待在房間裡。

瞥一眼陰沉的天氣，我就決定不到河上去，改為慢跑。我跟宿舍值晚班的門房揮揮手，他用無法置信的表情看我一眼，然後豎起大拇指給我加油。

踏在人行道上的每一步，都從我身上卸除一些僵硬感。來到大學公園的碎石小徑時，我的呼吸已變得深沈，全身放鬆，可以面對圖書館漫長工作的一天了——不論有多少怪物聚集在那兒。

我回去時，門房攔住我：「畢夏普博士？」

「什麼事？」

「很抱歉昨晚沒有讓妳的朋友進入，但這是學校的規定。下次妳有訪客，請先讓我們知道，我們會請他們直接上樓。」

跑步換來的神清氣爽一下子消失了。

「來人是男的還是女的？」我迫切問道。

「女的。」

我聳到耳際的肩膀鬆弛下來。

「她人很和氣，我也一直很喜歡澳洲人。他們很友善，卻不至於，妳知道……」門房說到一半打住，但我懂他的意思，澳洲人像美國人——卻不那麼咄咄逼人。「我們試過打電話到妳的房間。」

我皺起眉頭。我關掉了電話鈴聲，因為莎拉從麥迪森打電話到牛津從不算時差，總是三更半夜打來。就這麼回事。

「謝謝你告訴我。以後有訪客我一定會先通知你。」我承諾。

回到房間，我打開浴室燈，就看到過去兩天留下的痕跡。昨天出現在我眼睛底下的黑圈，已經擴大成一片淤青。我查看手臂，很意外倒沒有淤痕。那個吸血鬼的掌握那麼有力，我還以為皮下血管一定破裂了呢。

我沖過澡，穿上寬鬆的長褲和高領毛衣。一身黑衣可以強調我的身高，隱藏我的運動員體格，同時使我看起來像具屍體，所以我又挑了一件柔軟的藍紫色毛衣披在肩上。這麼一來，我的黑眼圈顯得有點藍，至少不再死氣沈沈。我的頭髮威脅著要豎在頭頂，隨便我做什麼動作都劈啪作響。唯一的對策就是把它束在腦後，亂七八糟綁在一起。

柯雷孟的推車上堆滿了手抄本，他再度在杭佛瑞公爵閱覽館現身，我實在無可奈何，唯有挺起肩膀，向借書台走去。

再一次，閱覽館主任和兩名館員像緊張的小鳥般到處撲騰。這次他們的活動範圍局限在借書台、手抄本檔案櫃和主任辦公室的三角區域裡。他們捧著一疊疊盒子、推著滿載手抄本的推車，在成群石像怪獸的監督下，進入古典書區的前三個隔間。

「謝謝你，項恩。」柯雷孟低沈而客氣的聲音從後面傳來。

好消息是我不需要再跟吸血鬼共用一張書桌。

壞消息是我進出圖書館——或借閱圖書或手抄本——都逃不出柯雷孟的耳目。而且今天他還部署了後備人員。

一個非常矮小的女孩正在第二個隔間裡整理文件與檔案夾。她穿一件鬆垮垮的咖啡色長毛衣，幾乎垂到膝蓋。她轉過身來，我很訝異地看到她其實是個成年人，眼睛是琥珀色與黑色，態度冰冷得像凍瘡。

不需要目光接觸，她光潔的白皮膚和濃密得不自然的油亮頭髮，都已透露她是個吸血鬼。波浪起伏的長髮蛇一般圍繞著她的臉，披在她肩上。她向我走上前一步，毫不掩飾那種迅速、穩健的移動方式，狠狠瞪了我一眼。顯然她不想待在這種地方，而且把一切都怪到我頭上。

「密麗安。」柯雷孟低聲喊道，走到中央走道上。他立刻停下腳步，掛上客氣的笑容：「畢夏普博士，早安。」他伸手抓抓頭髮，卻只是讓它更加亂得有藝術氣質。我下意識地摸摸自己的頭髮，把一綹掉下來的頭髮塞到耳朵後面。

「早安，柯雷孟教授。你又來了，我看到了。」

「是的。但今天我不去賽頓閱覽室跟妳坐一桌了。館方安排我們坐這裡，這樣不會打擾任何人。」

那個女吸血鬼把一疊文件重重放在書桌上。

柯雷孟微笑道：「容我為妳介紹我的研究同事，密麗安・薛柏博士，這位是戴安娜・畢夏普博士。」

「畢夏普博士。」密麗安冷漠地說，向我伸出手。我握住它，感覺到她冰冷的小手和我熱呼呼的大手之間的強烈對比。我已經要縮手時，她卻握得更緊，把所有骨頭擠壓在一起。她終於放開時，我必須克制把手拿起來甩一甩的衝動。

「薛柏博士。」我們三個尷尬地站著。一大早遇見吸血鬼，第一句話該說什麼？我選擇彈凡人的老調：「我該回去工作了。」

「祝妳生產力旺盛。」柯雷孟道，他像密麗安一樣冷漠地點一下頭。

江森先生從我身旁冒出來，懷中抱著我的一小疊灰色紙盒。

「我們今天安排妳坐A４，畢夏普博士。」他自鳴得意地鼓起臉頰說。「我幫妳把這些送過去。」柯雷孟的肩膀太寬，擋著我看不見他書桌上有沒有手抄本。我壓抑下好奇，尾隨閱覽館主任回到賽頓閱覽室的老位子。

即使柯雷孟不坐在對面，我取出鉛筆、開啟電腦時，還是強烈意識到他的存在。我背對著空蕩蕩的房間，拿起第一個盒子，取出皮面精裝的手抄本，把它放上看書架。

駕輕就熟的閱讀與記筆記的工作，不久便凝聚了我全部的注意力，不到兩小時，我就讀完了第一個手抄本。手錶顯示還不到十一點，午餐前還來得及讀第二本。

下一盒手抄本比前一本來得小，但書中有非常有趣的鍊金工具插圖，有些描述化學變化過程的片段，讀起來就像把《下廚之樂》⑲和某個下毒者筆記的不當混合。有一則說明：「把你那罐水銀放在爐子上燜三小時，它跟哲學之子充分融為一體後，將它取出，讓它腐敗，直到黑烏鴉將它帶走，送入死亡。」我的手指在鍵盤上運作如飛，愈讀愈帶勁。

我有心理準備，今天會有各種各樣想像得到的怪物跑來瞪著我瞧。但直到鐘敲一點時，賽頓閱覽室還是我一個人的天下。唯一另一名讀者是個圍著基布爾學院紅、白、藍三色圍巾的研究生。他神情沮喪地呆

⑲ Joy of Cooking是美國一本甚受歡迎的食譜，由Irma Starkloff Rombauer（一八七七—一九六二）撰寫，從一九三六年出版以來，未曾斷版，迄今總印刷數量接近兩千萬冊。

望著一大摞珍本書，沒有閱讀，一味啃著自己的指甲，不時發出響亮的咂舌頭的聲音。

我填好兩張新借閱單，收妥我的手抄本，離開座位去吃午餐，對這個上午的工作進度很是滿意。季蓮·張伯倫坐在古鐘附近一個看起來很不舒服的位子上，在我經過時不懷好意地看著我，昨天那兩個女吸血鬼往我身上射來一堆小冰柱，音樂參考室那個魔族勾搭來另兩個魔族。他們三個正在拆散一台微縮膠捲閱讀器，零件落了滿地，一卷膠片掉在地上，散開在他們腳邊，卻沒人發現。

柯雷孟和他的吸血鬼助手仍駐紮在借書台附近。這傢伙說，怪物麇集的目標是我，不是他，但從他們的行為判斷，事實正好相反，我勝利地想道。

我歸還手抄本時，柯雷孟冷冷看我一眼。這要費我很大的努力，但我就是不理他。

「這些都看完了嗎？」項恩問。

「是的，我桌上還有兩本。如果能把這些也借到就太好了。」我把借閱單遞過去。「要跟我一塊兒吃午餐嗎？」

「范勒麗剛離開。我恐怕暫時只能守在這兒。」他遺憾地說。

「那就下次吧。」我抓起皮包，轉身要走。

柯雷孟低沈的聲音讓我停下腳步。「密麗安，該吃午餐了。」

「我不餓。」她用清晰、悅耳的女高音回應，聲音裡蘊藏著隆隆的怒意。

「新鮮空氣可以幫助妳集中注意力。」柯雷孟語音中的命令口吻不容爭辯。密麗安大聲嘆口氣，啪一聲把鉛筆扔在桌子上，便從陰影中走出來跟隨我。

我所謂的午餐，照例就是到附近書店二樓的咖啡廳消磨個二十分鐘。想到這段時間裡，密麗安只好困在布萊克維爾書店，跟一大群在牛津導覽書和推理小說中間選購明信片的觀光客為伍，不禁暗笑。

我拿著三明治和茶，鑽進擁擠的房間裡一個偏遠的角落，坐在一個跟我半生不熟、正在看報紙的歷史系教師和一個同時要兼顧音樂播放器、手機和電腦的大學部學生中間。

吃完三明治，我雙手捧著茶杯朝窗外望去。我皺起眉頭，杭佛瑞公爵閱覽館遇到過的陌生魔族中的一個，正懶洋洋靠在圖書館門口，朝布萊克維爾書店的窗戶眺望。

我的臉頰被碰觸了兩下，輕柔而短暫，像一個吻。我抬頭使看見另一個魔族的臉。她長得很漂亮，五官醒目而對立——嘴巴寬得跟秀氣的臉不相稱，巧克力色的眼睛大得不適合靠那麼近，頭髮的色澤搭配蜜糖色的皮膚也嫌太淺。

「畢夏普博士？」這女人的澳洲口音讓我從脊椎底下發冷。

「是。」我小聲道，瞥一眼樓梯。密麗安的黑髮沒有從下面出現。「我是戴安娜・畢夏普。」她露出微笑：「我是艾嘉莎・魏爾遜。妳樓下那位朋友不知道我在這兒。」

對一個年紀充其量比我大個十歲，裝扮卻比我時髦一百倍的人而言，取這種過時的名字實在有點不搭。不過她的名字有點耳熟，好像在時尚雜誌上看過。

「可以坐下嗎？」她指著那位歷史學者剛騰出的空位問道。

「當然可以。」我喃喃道。

星期一我遇見一個吸血鬼。星期二一個巫師試圖窺探我的思維。看來星期三輪到魔族是理所當然。

雖然我大學時代在校園裡被他們追逐過，但我對他們的了解比吸血鬼還少。似乎沒什麼人了解這種生物，我對魔族有重重疑問，莎拉都無法解答。根據她的說法，魔族是一種有犯罪傾向的下層階級。過多的聰明與創意，使他們慣於撒謊、偷竊、作弊，甚至殺戮，因為他們總以為逃得過制裁。莎拉說，他們的出生方式更令人頭痛。魔族會在何時何地出生，幾乎無從預測，因為他們的父母通常都是凡人。我阿姨認為，這使他們在超自然生物當中原本就處於邊緣的地位更加惡劣。她向來珍惜巫師家族的血緣與傳統，特別不欣賞魔族的來歷不明。

剛開始，艾嘉莎對於能坐在我旁邊，看我端著茶杯，就已感到滿足。然後她就開始講一大串拐彎抹角、讓人頭昏腦脹的話。莎拉常說，根本不可能跟魔族對話，因為他們總是從中間開始說。

「那麼多能量一定會吸引我們。」她就事論事地說，好像我剛提出了一個問題似的。「女巫到牛津慶祝秋分節，喋喋不休，好像世界上沒有什麼都聽得見的吸血鬼似的。」她沈默了片刻：「我們不確定是否還看得見它。」

「什麼？」我低聲問。

「那本書。」她壓低聲音，推心置腹地說。

「那本書。」我用平板的聲音重複。

「是啊，那群女巫那麼對待它以後，我們都以為再也沒有機會看見它了。」她的魔族眼睛聚焦在房間正中央的某個點上。「當然，妳也是個女巫。或許不該跟妳說。但我認為所有女巫當中，唯有妳最可能猜到她們是怎麼做的。而且現在還有這個，」她悲傷地說，撿起那份被遺棄的報紙，交給我。

用詞聳動的頭條新聞立刻吸引我的注意：**吸血鬼大鬧倫敦**。我連忙閱讀報導內容。

市警局對西敏寺兩名男子遇害的棘手案件沒有新線索。週日早晨，二十二歲的丹尼・班奈特和二十六歲的傑森・般賴特，被白鹿酒吧老闆芮格・史考特發現陳屍在酒吧後面的巷子裡。兩人頸動脈均被切斷，頸部、手臂、上半身並有多處裂傷。法醫檢驗顯示死因為大量失血，雖然現場沒有血跡。

調查這件附近居民稱做「吸血鬼謀殺案」的單位，向彼得・諾克斯請教。暢銷小說作家諾克斯專攻現代神祕學，著有《黑暗元素：現代魔鬼》及《魔法興起：科學時代的神祕需求》等書，曾為世界各國的調查單位，針對涉及魔鬼崇拜或連續殺人的案件提供建議。

「沒有儀式殺人的證據。」記者會上，諾克斯表示：「本案也不像是連續殺人犯的傑作。」雖然去年夏天哥本哈根的克莉絲汀娜・尼爾森命案，二○○七年秋季聖彼得堡的瑟格・莫洛佐夫命案，均與本案類似，諾克斯仍提出這項結論。一再追問下，諾克斯承認，倫敦命案可能出自模仿者之手。

擔心的民眾已組成守望相助隊，當地警方也展開家戶安全加強服務，答覆疑問、提供支援與指導。警方敦促倫敦居民格外注意自身安全，尤其在晚間。

我把報紙還給那女魔族，說道：「這不過是報社炒作新聞罷了。新聞界就是靠人類的恐懼為生。」

「是嗎？」她朝室內掃視一眼，道：「我可不那麼確定。我認為沒那麼簡單。你永遠不知道吸血鬼是怎麼回事。他們跟野獸不過一步之遙。」艾嘉莎抿緊嘴唇，做出憎恨的表情：「你們卻認為**我們**不穩定。儘管如此，我們任何一員引起人類注意都很危險。」

在公開場合這樣談論女巫和吸血鬼，實在太囂張了，好在那個研究生仍戴著耳機，其他顧客也沈浸在自己的思維裡，或跟用餐的同伴密切交談。

「我對那個手抄本一無所知，也不知道女巫對它做了什麼，魏爾遜小姐，它也不在我手上。」我倉促道，以防萬一她也以為我偷了那本書。

「妳一定要叫我艾嘉莎。」她專心看著地毯上的圖案。「目前書在圖書館。是他們叫妳還回去的嗎？」

她是指女巫？吸血鬼？或圖書館員？我選擇最可能被歸罪的對象。

「女巫嗎？」我悄聲問。

艾嘉莎點點頭，眼睛卻在房間裡瞄來瞄去。

「不是。我看完就直接還回書庫了。」

「啊，書庫。」艾嘉莎一副什麼都知道的表情：「每個人都以為圖書館不過是一棟建築，但事實並非如此。」

我再次想起項恩把那份手抄本放上輸送帶時，我那種怪異的緊縮感。

「圖書館完全聽命於女巫。」她繼續道：「但那本書不屬於妳們。女巫沒有資格決定它該放在哪裡或誰能讀它。」

「那份手抄本有什麼特殊？」

「這本書解釋我們為什麼會在這裡。」她說，聲音中洩漏一絲絕望：「它敘述我們的故事——開始、中間，甚至結束。我們魔族要了解我們在這世界上的地位。我們的需求比女巫和吸血鬼都更迫切。」她看起來已經不昏亂了。方才她就像一台長時間失焦的照相機，但現在已經有人把鏡頭調整好了。

「妳知道你們在這世界上的定位。」我道：「一共有四種生物——凡人、魔族、吸血鬼和女巫。」

「魔族從哪兒來？我們如何產生？為什麼會在這裡？」她的褐眼盯著我：「妳知道妳的力量來自何方嗎？」

「不知。」我回答得很小聲，搖搖頭。

「沒有人知道。」她惆悵地說。「我們天天東想西想。凡人最初把魔族當作守護天使。後來又認為我們是神，困處地上，被我們自己的激情連累。凡人憎恨我們，因為我們跟他們不一樣，一發現自己的孩子是魔族，就狠心將他們遺棄。他們指控我們攫奪他們的肉體，害他們發瘋。我們魔族很聰明，但並不邪惡——不像吸血鬼。」她聲音明顯帶著怒意，雖然仍維持耳語的音量。「我們絕對不會害人發瘋。我們深受凡人的恐懼與妒忌之害，比女巫更慘。」

「女巫在傳說中也有一大堆洗也洗不乾淨的污名。」我道，想著獵殺女巫和處死她們的極刑。

「女巫生來就是女巫。吸血鬼會創造其他吸血鬼。你們寂寞徬徨的時候，都可以從家族的故事和回憶中得到慰藉。我們卻只有凡人告訴我們的故事。難怪那麼多魔族都意氣消沈。我們唯一的希望就是有朝一日遇見別的魔族，發現我們跟他們一樣。我兒子是為數極少的幸運兒。雷瑟尼有個魔族母親，看到種種徵兆後，能夠幫他解釋。」她把目光移向別個地方，恢復了冷靜。回過頭來看我時，她的眼神變得很悲傷。「或許凡人是對的。或許我們被附體。我看到一些東西。戴安娜。我不該看見的東西。」

魔族會看見幻象。但他們看到的景象未必會像女巫看到的一樣成為事實。

「我看見血與恐懼。我看見妳。」她道，眼睛又變得朦朧。「有時我看見吸血鬼。他想要這本書已經很久了。但他卻找到了妳。真奇怪。」

「馬修・柯雷孟為什麼要這本書？」

艾嘉莎聳聳肩膀。「吸血鬼和女巫都不會把他們的想法告訴我們。就連妳的吸血鬼也不告訴我們他知道些什麼，雖然跟他的同類比起來，他還算比較喜歡我們魔族的。這年頭有那麼多祕密，那麼多聰明的凡人。如果我們不小心點，他們會猜到的。凡人喜歡權力──也喜歡祕密。」

「他不是**我的**吸血鬼。」我紅了臉。

「妳確定嗎？」她望著濃縮咖啡機上亮晶晶的鍍鉻面板，好像那是一面魔鏡。

「是的。」我堅持道。

「小書可能隱藏大祕密──或許能改變全世界。妳是女巫。妳知道字句裡蘊藏著力量。妳的吸血鬼若知道祕密，就不需要妳了。」艾嘉莎的眼神變得溫柔而親切。

「柯雷孟如果那麼想要那本書，可以自己去借呀。」想到他說不定正在做這件事，我忽然沒來由地心頭一涼。

「妳把書拿回來的時候，」她急切地抓住我手臂：「答應我，要記得妳不是唯一需要知道其中祕密的人。魔族也是這故事的一部分。答應我。」

她的觸摸讓我起了一陣慌亂，我忽然意識到房間裡多麼熱，擠了多少人。我出於本能找尋最近的出口，同時調節呼吸，設法壓抑那股不逃跑就要迎接挑戰的衝動。

「我答應。」我遲疑地喃喃道，不確定自己究竟答應了什麼。

「很好。」她說，心不在焉地放開我的手臂，眼神飄往別處。「謝謝妳跟我聊。」艾嘉莎又盯著地毯看。「我們會再見面的。記住，某些承諾比別的承諾重要。」

我把茶壺和杯子扔進灰色塑膠桶，也把我那份三明治的包裝袋扔掉。回頭望去，艾嘉莎正在閱讀那位歷史學者丟下的倫敦日報的體育版。

走出布萊克維爾時，我沒看見密麗安，卻感覺得到她的眼光。

我不在期間，一大群普通的人類進入賽頓閱覽室，把這兒坐得滿滿的，他們都忙於自己的工作，對周遭的怪物大會串毫無所覺。我對他們的無知真是無限嫉妒，拿起一份手抄本，打定主意要專心研讀，卻情不自禁開始回顧布萊克維爾的對話和過去幾天來發生的事。就我當下的了解，艾許摩爾七八二號上的插圖似乎跟艾嘉莎．魏爾遜描述的內容無關。況且，如果柯雷孟和魔族真的對那本手抄本那麼感興趣，為什麼不自己去借呢？

我閉上眼睛，回顧我跟那本手抄本邂逅的過程，試著從這幾天的事件當中找出某種模式，我清空腦袋，把問題想像成白色桌面上的拼圖碎片，有待重組成彩色的圖形。但無論怎樣排列，都拼不出清晰的畫面。我沮喪地把椅子推離書桌，向出口走去。

「要借書嗎？」項恩接過我手中的手抄本，問道。我遞給他一疊剛填好的借書單。他掂著那疊單子的厚度，露出微笑，卻什麼也沒說。

離開前，我必須先做兩件事。第一件事純屬禮貌問題。我不確定他們是怎麼做到的，但那兩個吸血鬼讓我不至於被川流不息湧進賽頓閱覽室的怪物分心。女巫和吸血鬼不常有機會感謝彼此，但柯雷孟在兩天之內保護了我兩次，我不想表現得忘恩負義，也不願意像莎拉和她麥迪森的朋友那樣心胸狹窄。

「柯雷孟教授？」

吸血鬼抬起頭來。

「謝謝你。」我直截了當說，迎上他的眼神，跟他對視，直到他移開目光為止。

「不客氣。」他喃喃道，聲調略帶詫異。

第二件事比較經過規劃。如果柯雷孟需要我，我也需要他。我希望他告訴我，艾許摩爾七八二號為什麼會引起這麼多注意。

「或許你可以叫我戴安娜。」我趁自己喪失勇氣前，趕快說道。

柯雷孟露出笑容。

我的心臟瞬間停止跳動。這不是我已經逐漸習以為常的那種客套的淺笑。他的嘴角向眼睛彎去，整張臉頓時亮起來。天啊，他真好看，我有點頭昏腦脹地再次想道。

「好啊。」他柔聲道：「那妳也要叫我馬修。」

我同意地點頭，我的心仍跳成一種忽強忽弱的古怪節奏。有什麼東西擴散到我全身，解除了因意外遇見艾嘉莎・魏爾遜而殘留的焦慮。

馬修的鼻孔微微掀開。他的笑容更加擴大。不論我的身體做了什麼，都被他嗅到了。更有甚者，他好像已經辨認出那是什麼。

我脹紅了臉。

「祝妳有個愉快的夜晚，戴安娜。」他的聲音在我的名字上停留，讓它聽來有陌生的異國情調。

「晚安，馬修。」我答道，倉促撤退。

那天傍晚，在安靜的河上划著船，看落日餘暉轉為薄暮時，我不時瞥見縴道上有個灰色的斑點，總出現在我前方不遠處，像一顆無光的星，引導我回家。

第七章

兩點十五分，一種即將溺斃的可怕感覺把我從夢中驚醒。我揮舞著手臂，從夢境中變成濕漉漉的笨重水草的被子底下鑽出來，衝進上方比較輕盈的水中。正當有進展時，忽然有東西抓住我的腳踝，把我拖進更深的水裡。

正如所有的噩夢，我還沒有發現抓我的是誰，就一驚而醒。有好幾分鐘，我不知所措躺在那兒，滿身冷汗，心臟達達達達狂跳，在胸腔裡發出回音。我小心翼翼坐起身來。

一張白色的臉在窗上瞪著我，眼睛黑暗而空洞。

我發覺那不過是玻璃上我自己的倒影時，已經太遲了。我只勉強趁反胃前衝進浴室。接下來三十分鐘，我都縮成一個球，躺在冰冷的瓷磚地上，怪罪馬修・柯雷孟和聚結在此的所有其他怪物造成我的不安。最後我爬回床上，再睡幾小時。黎明時分，我硬給自己套上划船的裝備。

我來到門口，門房驚訝地看著我：「妳不至於在這種時候走進霧裡去吧，畢夏普博士？妳看來操勞過度，好像一根蠟燭兩頭燒，如果妳不介意我這麼說。睡個好覺不是比較好嗎？明天河也還是會在老地方的。」

考慮一下福瑞的建議，我搖搖頭：「不，動一動會讓我好過點。」他滿臉不信。「而且學生週末就要回來了。」

潮濕的步道有點滑，所以我跑得比平常慢，一方面因為天氣，一方面因為我疲倦。我沿著熟悉的路線，經過奧瑞爾學院，來到莫頓學院與基督聖體學院之間那道高大的黑色鑄鐵大門。這扇門從傍晚到黎明都上鎖，以免有人跑到緊鄰著河邊的草地上去。但在牛津划船，你得學會的第一件事就是爬過這扇門。我輕輕鬆鬆就翻了過去。

把船搬進水裡這項熟悉的儀式，效果卓著。船滑離碼頭，進入霧中時，我就覺得差不多恢復正常了。起霧的時候，划船感覺更像飛行。空氣掩蓋了鳥鳴車聲等常態的聲音，卻也擴大了船槳拍擊水面和船身滑行的細微聲響。沒有水岸和熟悉的地標指引方向，唯有靠直覺航行。

我很快進入獨木舟輕搖款擺的節奏，耳朵凝聚在槳聲最微小的變化上，那會告訴我是否太接近河岸，眼睛緊盯著有沒有顯示另一艘船迎面划來的黑影。霧氣濃得我有點想回頭，但那長長一段筆直的河面，想起來就覺得十分吸引人。

距離酒館不遠處，我小心地把船掉個頭。下游來了兩個划船手，正熱烈討論在頗具牛橋特色的、人稱「撞船比賽」的獲勝策略。

「你們要走前面嗎？」我喊道。

「當然！」回應極快。那兩人箭一般衝過去，打槳的動作絲毫沒有停輟。

他們的槳聲消失後，我決定划回船屋，結束這趟行程。今天的運動為時很短，但連續三個晚上睡眠不足的僵硬感已經緩和了很多。

收拾好裝備，我鎖上船屋，慢慢沿著小徑走回市區。清晨的霧中靜謐無聲，時間和空間都變得模糊。我閉上眼睛，假裝置身一個不存在的地方——不在牛津，不在任何一個有名字的地方。

再張開眼睛，面前忽然出現一個黑色的輪廓，我嚇得大叫一聲。那人形向我衝過來，我直覺地伸手抵擋危險。

「戴安娜，真對不起。我以為妳早就看見我了。」是馬修•柯雷孟，他皺著眉頭，滿臉擔憂。

「我剛才閉著眼睛走路。」我拉緊外套領口，他稍微後退幾步。我靠在一棵樹上，直到呼吸緩和下來。

「可以告訴我一件事嗎？」我心跳一恢復正常，柯雷孟就問。

「如果你要問的是，到處有吸血鬼、魔族、女巫在跟蹤我，為什麼我要在霧中到河上去，就不可以。」我不打算聽訓——尤其今天早上。

「不是的，」——他聲音裡帶著尖酸——「雖然那也是個非常好的問題。我是要問，妳為什麼要閉著眼睛走路？」

我笑起來：「怎麼——你不會嗎？」

馬修搖頭。他用嘲諷的語氣說：「吸血鬼只有五種感官。我們覺得最好讓它們統統發揮作用。」

「這與魔法無關，馬修。這是我從小玩的一種遊戲。我阿姨常氣得發瘋。我經常回家時滿腿淤青刮傷，因為撞到灌木叢或大樹。」

那吸血鬼看起來若有所思。他把手插進灰藍色的長褲口袋，向霧中望去。今天他穿一件灰藍色毛衣，把他頭髮的顏色烘托得更黑，卻沒有穿外套。以這種氣溫而言，這樣的省略很引人注目。我忽然自覺很邋遢，真恨不得划船緊身褲左大腿後側，那個被索具勾出來的大洞不存在。

「妳今天早晨划得愉快嗎？」最後柯雷孟問道，好像他還不知道似的。他一早出來當然不是為了散步。

「很好。」我簡短答道。

「這麼早這一帶人不多。」

「沒錯，我就喜歡河上不那麼擁擠的時候。」

「這種天氣划船是不是有點危險，外面的人那麼少？」他的語氣很溫和，若非因為他是個成天監督我每一個行動的吸血鬼，我說不定會把這問題當作一個笨拙的攀談企圖。

「有什麼危險？」

「如果發生什麼事，很可能不會有人看見。」

我在河上從來沒有害怕過，但他說得有道理。儘管如此，我還是聳聳肩膀，置之不理。「星期一這兒就會有一大堆學生，我要趁還有機會，享受這份寧靜。」

「下星期真的要開學了嗎？」柯雷孟聽起來真的很驚訝。

「在這兒教書的是你，不是嗎？」我笑起來。

「技術上來說，但我很少跟學生見面。我在這兒主要是做研究。」他抿緊嘴唇。他不喜歡人家笑他。

「那一定很棒。」我想到我有三百個座位的入門課程班，還有那群焦慮的新鮮人。

「很安靜。我的實驗設備對我長時間工作沒有意見。我有薛柏博士和另一位助理惠特摩博士，所以也不算孤單。」

濕氣很重，我覺得冷。而且跟一個吸血鬼在濃湯似的陰暗天氣裡話家常，怎麼說都不對勁。「我真的該回去了。」

「想搭便車嗎？」

四天前，我絕對不會接受搭吸血鬼便車的邀請，但今天早晨，這似乎是個絕妙主意，這是我查問生物化學家為何會對十七世紀的鍊金術手抄本感興趣的好機會。

「當然。」我說。

柯雷孟帶點羞澀的愉快表情，讓我完全放棄武裝。「我的車停在附近。」他指著基督教堂學院的方向說。我們在沈默中步行了幾分鐘，籠罩在灰色濃霧和女巫與吸血鬼單獨相處的奇異感覺之中。他刻意縮小腳步，配合我的步伐，他在戶外似乎也比在圖書館裡輕鬆。

「這是你的學院？」

「不是，我沒做過這所學院的院士。」他措辭的方式使我好奇，不知道他做過哪幾所學院的院士。然後我開始估算他到底活了幾歲。有時候他好像跟牛津一樣老。

「戴安娜？」柯雷孟停下腳步。

「嗯？」我正朝著學院停車場的方向走去。

「走這邊。」他指著反方向說。

馬修帶我走到一片圍起來的小空地，一輛車身低矮的黑色捷豹停在醒目的「嚴禁停車」黃色告示牌下面。那輛車的後視鏡上掛著瑞德克利夫醫院的停車許可證。

「我明白了。」我手扠著腰說：「你根本就是高興把車停哪兒就停哪兒。」

「正常情形下，停車這方面我是個好公民，但今天早晨的天氣暗示我不妨例外一下。」馬修自衛地說。他伸長手臂，從我背後開鎖。這輛捷豹是比較老的車型，沒有無需鑰匙就能開門的裝置，也沒有導航系統，但外觀就像是剛從展示廳開出來的一樣。他把門拉開，我爬上車，駝黃色的皮革椅墊立刻服貼地托住我的身體。

我從來沒坐過這麼豪華的車。莎拉對吸血鬼最惡毒的猜疑會得到證實，如果她知道他們開捷豹，而她那輛破破爛爛的紫色喜美，已經鏽到從帶咖啡調的薰衣草紫變為烤過的茄子色。

柯雷孟沿著車道開到基督教堂學院的大門，在這兒，他必須等送貨車、巴士、腳踏車為主的晨間交通出現空隙。「我送妳回家前，要不要先吃個早餐？」他握著打過蠟的方向盤隨口問道。「做了那麼多運動，妳一定餓了。」

這是柯雷孟第二次邀我吃（他無法分享的）飯了。這是吸血鬼的嗜好嗎？他們喜歡看別人吃東西嗎？吸血鬼加上吃飯，讓我聯想到吸血鬼的飲食偏好。世界上每個人都知道，吸血鬼吸人血為生。但他們只吃那個嗎？我忽然很篤定，跟一個吸血鬼坐著車到處跑，絕不是什麼好主意。我把運動外套的拉鍊一直拉到脖子上，朝車門挪動了一吋。

「戴安娜？」他催我。

「我可以吃。」我有點遲疑地說：「為了一杯茶我可以殺人。」

他點點頭，眼睛回到交通上。「我知道一個好地方。」

柯雷孟開了一段上坡路，在高街右轉。我們經過皇后學院的圓頂下面那座喬治二世妻子的立像，便直駛牛津植物園。安靜而封閉的車上空間使牛津顯得比平常更加遺世獨立，尖頂與高塔不時突兀地在闃靜與濃霧之間冒出來。

我們沒有交談，他的靜止讓我強烈意識到我的動作多麼頻繁，不斷地眨眼、呼吸、調整姿勢。柯雷孟不做這些事。他從不眨眼，幾乎不呼吸，每個迴轉方向盤或踩油門的動作，都盡可能輕微而講究效率，好像他因為壽命長而特別需要節約能源。我不禁又想知道他活了幾歲。

他飛快轉進一條小街，停在一家小咖啡館門前，店裡擠滿了大口吞嚥一盤盤食物的本地人。有人在看報，也有人在跟隔壁桌的人聊天。我很高興地注意到，他們每個人都捧著極大的杯子正在喝茶。

「我沒來過這地方。」我說。

「這是個保存得很好的祕密。」他頑皮地說：「他們不希望大學教授破壞這裡的氣氛。」

我習慣性地轉身要自行開車門，但還沒碰到把手，柯雷孟已經站在外面，替我開了門。

「你怎麼來得這麼快？」我抱怨道。

「魔法。」他嘟著嘴說道。顯然柯雷孟不贊成女性自己開車門，就跟外傳他不喜歡女性跟他辯論如出一轍。

「我可以自己開車門。」我下了車，說道。

「為什麼現在的女性會認為自己開車門很重要？」他冷酷地問：「妳認為這麼做可以證明妳體力好？」

「不，但這是我們獨立的象徵。」我交叉手臂站在那兒，向他挑釁，但隨即想起克里斯提到過，柯雷孟在討論會上如何對待一個提出太多問題的女人。

他一言不發，關上我身後的車門，打開咖啡館的門。我下定決心站著不動，等他先入內。一陣潮濕的熱風吹出來，夾帶著培根的油香和烤麵包的焦香。我口水開始湧現。

「你真是個無藥可救的老古板。」我嘆口氣，決定不再對抗。只要他請我吃一頓熱騰騰的早餐，今天早晨就讓他替我開門也罷。

「妳先請。」他低聲道。

進到裡面，我們得從擁擠的桌位間穿過。柯雷孟在霧中看起來很正常的皮膚，在咖啡館強烈的頂燈照耀下，蒼白得十分醒目。幾個凡人在我們經過時瞪大眼看。那吸血鬼的身體變得僵硬起來。

這不是個好主意。隨著更多凡人的眼睛觀察我們，我不安地想道。

「你好，馬修。」一個愉快的女性聲音從櫃台後面喊道：「兩位吃早餐嗎？」

他臉色一亮：「兩位，瑪莉。丹恩好嗎？」

「嗯，好到開始抱怨他受夠臥床的日子了。我看他絕對是快好了。」

「這真是好消息。」柯雷孟道：「妳有空的時候可以幫這位小姐倒些茶嗎？她威脅說，為了喝茶她可以殺人呢。」

「沒必要，親愛的。」瑪莉笑著對我說：「不需要流血，就可以喝到我們供應的茶。」她把肥大的身軀從美耐板的櫃台後面擠出來，把我們帶到廚房門旁，僻處角落裡的一張桌子，啪一聲扔了兩份包著塑膠套的菜單在桌上。「你們坐這兒不礙事的，馬修。我會交代史泰芙送茶過來。愛坐多久就坐多久。」

柯雷孟刻意安排我坐靠牆的位子，他坐我對面，介於我和整個房間中間。他把護貝的菜單捲成圓筒狀，然後讓它在他顯然已汗毛根根豎立的手指間緩緩鬆開。有別人在場，他就顯得坐立難安，容易激怒，像在圖書館時一樣。我們兩人獨處時，他自在得多。

得感謝我關於挪威野狼的新知識，讓我能分辨這種行為的意義。他在保護我。

「你到底以為誰對我有威脅，馬修？我說過我照顧得了自己的。」我的聲音比我預期的更尖刻。

「是啊，我確定妳可以。」他懷疑地說。

「聽著，」我道，盡量保持語氣平緩：「你設法讓……他們遠離我，以便我完成一些工作。」周圍的桌子距離太近，我不能講太多細節。「我很感謝你。但這家咖啡館裡都是凡人，目前唯一的危險就是你會引起他們的注意。所以你可以下班了。」

柯雷孟朝收銀機的方向歪歪頭。「那邊那個男人剛跟他朋友說妳看起來『很可口』。」他試圖說得很輕鬆，臉色卻一沉。我不得不忍住笑意。

「我想他不會咬我。」我道。

那吸血鬼的皮膚忽然泛灰。

「就我對現代英國俚語的理解，『可口』是一種讚美，不是威脅。」

柯雷孟仍然滿臉怒容。

「如果你聽見的話讓你不高興，就不要去偷聽別人聊天的內容。」我建議，對他這種大男人架式感到不耐煩。

「說得容易。」他隨手拿起一罐抹麵包的酵母醬道。

一個看起來年輕一點兒、苗條一點兒的瑪莉，拿著一個巨大的咖啡色陶製茶壺和兩個杯子走過來。

「牛奶和糖都在桌上，馬修。」她道，好奇地看著我。

馬修做了必要的介紹：「史泰芙，這位是戴安娜。她是美國來的。」

「真的？妳住加州嗎？我好想去加州啊。」

「不，我住康乃狄克州。」我遺憾地說。

「那是個面積較小的州，不是嗎？」史泰芙顯然覺得很失望。

「是啊，而且會下雪。」

「我喜歡椰子樹和陽光，就這樣。」一提到雪，她就對我興趣全失了。「吃點什麼？」

「我好餓。」我有點不好意思地說，點了兩個炒蛋、四片吐司，外加幾條培根。

顯然見識過更大食量的史泰芙，一言不發寫下我點的食物，便把我們的菜單收走。「只要茶，馬修？」

他點點頭。

史泰芙走到聽不見我們講話的地方，我就挨過桌面，問道：「他們知道你的來歷嗎？」

柯雷孟也俯身過來，他的臉距我的臉不到一呎。今天早晨他聞起來更香，像新摘的康乃馨。我深深吸入一口。

「他們知道我不一樣。瑪莉可能懷疑我不只一點點不一樣，但她相信我救了冄恩一命，所以她覺得無所謂。」

「你怎麼會救她的丈夫？」吸血鬼通常只會奪人性命，不會救他們。

「有一陣子瑞德克利夫人手不足，我值班時碰到他。瑪莉看過一個介紹心臟病猝發症狀的節目，所以她丈夫一開始掙扎的時候，她就知道是怎麼回事。要是沒有她，他即使沒送命，也變成殘廢了。」

「但她以為是你救了丹恩？」這吸血鬼的香氣讓我頭昏。我掀開茶壺的蓋子，讓紅茶的單寧香取代康乃馨的味道。

「第一次是瑪莉救了他，但他住院後，對藥物產生激烈反應。我告訴過妳她觀察力很強。她跟一位醫生訴說她的擔憂，但他不當一回事。我……從旁聽到——就幫忙處理了。」

「你常替病人看病嗎？」我替我們各自倒了一杯熱騰騰、濃到把茶匙放在杯裡可以保持直立的茶。想到收容許多病人和傷患的瑞德克利夫醫院，有個吸血鬼在病房裡自由行動，我的手不禁微微顫抖。

「不常。」他玩弄著糖罐，答道：「只在緊急狀況時。」

我把一杯茶推到他面前，眼睛盯著糖罐看。他把糖罐遞到我手邊。我放了恰恰好半茶匙的糖和半杯牛奶到我的茶裡。這是我喜歡的喝法——黑如焦油，些許甜味讓苦味不那麼強烈，牛奶的作用則是使它外觀不那麼像燉肉的醬汁。完工後，我循順時鐘方向攪拌我的配方。根據經驗判斷，茶溫已經不會燙傷舌頭時，我就啜飲一口。完美。

吸血鬼在微笑。

「什麼？」我問。

「沒看過有人喝茶花那麼多心思在細節上。」

「那你一定沒有接觸過真正講究喝茶的人。最重要的是在加糖和牛奶之前，正確評估茶的濃度。」他冒煙的杯子原封不動放在面前。「你喜歡喝原味的茶，我明白了。」

「其實我不喜歡喝茶。」他道，聲音有點消沈。

「你喜歡喝什麼？」這問題一出口，我就恨不得立刻收回。他頓時失去好心情，抿緊嘴唇，非常不悅。

「妳一定要問嗎？」他嚴苛地問：「就連凡人都知道答案。」

「對不起，我不該問的。」我拿起杯子，努力穩住自己。

「對，妳不該問。」

我默不作聲喝自己的茶。史泰芙端著一個裝滿烤好的切片麵包的小鐵架，和一個堆滿炒蛋和培根的盤子走過來時，我們不約而同抬起頭。

「媽覺得妳該吃點蔬菜。」我瞪大眼睛看著搭配早餐的那堆小山似的炒蘑菇和番茄，史泰芙解釋道。「她說妳的氣色像死神。」

「謝謝妳！」我道。瑪莉對我外表的評語沒有讓我對額外食物的胃口稍減。

史泰芙咧嘴一笑，柯雷孟見我拿起叉子，向盤子進攻，也露出一點兒笑容。

每一口食物都冒著熱氣，氣味誘人，香酥的外層和入口即化的柔嫩內層，搭配得恰到好處。飢餓紓解後，我開始有條不紊地解決吐司，拿起第一片三角形的冷吐司，把牛油塗在上面。那吸血鬼用看我調配紅茶同樣的專注，旁觀我進食。

「為什麼選科學？」我搭訕，把吐司塞進嘴巴，這樣他就非回答不可。

「為什麼選歷史？」他語氣很冷淡，但我可沒那麼容易放棄。

「你先說。」

「大概是我想知道我為什麼會在這裡吧。」他眼睛盯著桌面說。他正在用糖罐和一圈藍色的人工甘味糖包搭建一座有護城河的城堡。

我呆住了，這個答案跟我昨天和艾嘉莎聊到艾許摩爾七八二號時，她對我說的話如出一轍。「那是哲學問題，與科學家無關。」我把手指上沾的一滴牛油吮掉，掩飾我的困惑。

他目光中閃現另一波突如其來的怒火。「妳不至於真的那麼想——科學家不在乎為什麼。」

「從前他們確實對為什麼很感興趣。」我同意道，提高警戒看著他。他變化莫測的心情實在讓人害怕。「但現在似乎他們唯一想知道的就是如何——身體如何運作，星球如何運動？」

柯雷孟嗤之以鼻。「優秀的科學家才不是那樣。」坐他後面那桌的人起身離開，他全身繃緊，準備一旦他們對我們發動攻勢時迎戰。

「而你是個優秀的科學家。」

他對我的評語不做回應。

「哪天要請你告訴我，神經科學、基因研究、動物行為、演化之間有什麼關係。乍看之下，它們好像兜不到一起。」我又咬了一口吐司。

柯雷孟左邊眉毛挑高到他的髮際。「妳讀了不少科學期刊。」他反應靈敏地說。

我聳聳肩膀：「你有不公平的優勢。你知道我所有的作品，我只是調整一下競賽的立足點罷了。」

他低聲嘟囔了幾個聽起來像法文的字句。「我思考的時間很多，」他平淡地用英文回答，並且用一圈糖包擴大他城堡的護城河。「它們本來就沒有關係。」

「騙人。」我輕聲說。

我的指控讓柯雷孟再度勃然大怒是意料中事，但他變化的速度仍然嚇了我一跳。這提醒我，自己正跟一個隨時可能置我於死地的生物共進早餐。

「那就請妳告訴我，其間有什麼關係。」他咬緊牙關說。

「我不確定。」我老實說：「有某種因素把它們結合在一起，有一個疑問銜接你的各種研究興趣、並賦予它們意義。要不然，只能說你是個知識的拾荒者，像喜鵲一樣撿到什麼都收進巢裡——但以你研究成果受到的重視，這種推論太不合理——或者你很容易厭倦。但你又不是容易對知識厭倦的人。事實上還正好相反。」

柯雷孟端詳著我，直到沈默變得難以忍受。我的胃開始抱怨我以為它能吸收的食物超出負荷。我重新斟了茶，一邊調味，一邊等他開口。

「以女巫而言，妳還滿有觀察力的。」吸血鬼目光中流露不怎麼情願的讚賞。

「吸血鬼不是唯一會狩獵的生物，馬修。」

「沒錯。我們都在狩獵某種東西，不是嗎，戴安娜？」他把我的名字念得特別慢。「現在輪到我了。為什麼選擇歷史？」

「你還沒有回答我所有的問題。」我也還沒有問到我最重要的問題。

他堅決搖頭，我只好把精力從刺探資訊轉為自保，不讓柯雷孟從我這兒挖到資訊。

「一開始是因為它很有秩序吧，我猜。」我的聲音非常沒有把握，連我自己都很意外。「過去好像很容易預測，好像沒發生過什麼出乎意料的事。」

「說得像個外行。」吸血鬼冷然道。

我打個哈哈。「我很快就覺悟了。但剛開始我真的這麼想。牛津的教授把過去講成一個井井有條的故事，起承轉合。每件事都符合邏輯，所有的結局無可避免。他們講的故事讓我著迷，就這麼簡單。其他課程吸引不了我。我成為一個歷史學者，從來沒有後悔過。」

「即使妳發現人類——過去或現在——都不講邏輯？」

「歷史若不那麼有條理，只變得更有挑戰性。我每次拿起一本書或一份過去的文件，就跟活在幾百年前的人展開一場戰爭。他們有他們的祕密與執著——他們不願意或無法揭露的事。發掘它們、加以解釋，就是我的工作。」

「如果妳解釋不了呢？如果那些事無法解釋呢？」

「從來沒有這種事。」我思考過他的問題後答道：「至少我不認為有這種事。你只需要做一個好聽眾。沒有人真的想守住祕密，即使死者也一樣。人們在各處留了線索，只要你用心，就能把它們串連起來。」

「所以妳是歷史學家兼偵探。」他道。

「是的，不過我的風險很小。」我往椅背上一靠，以為訪問到此結束。

「那又為什麼選擇科學史呢？」他繼續問道。

「向偉大的心靈挑戰，我想？」我盡可能避免油腔滑調，也極力不讓說話的音調在句子結束時挑高，變得像疑問句，卻在兩方面都失敗了。

柯雷孟低下頭，慢慢拆除那座有護城河的城堡。

常識要我保持沈默，但我自己打了千萬個結綁緊的祕密，線頭卻鬆弛開來。我忽然補充道：「我要知道，凡人為什麼會認為這個世界幾乎沒有魔法的成分。我要知道他們如何說服自己相信魔法不重要。」

吸血鬼抬起冰冷的灰眼，迎上我的眼睛：「妳找到答案了嗎？」

「可以說找到，也可以說沒有。」我略帶遲疑：「我看到他們應用的邏輯，實驗科學家用千刀萬剮、凌遲的手法，將這世界是由無法解釋的強大魔法控制的信念，一小片一小片破壞殆盡。但他們終究還是失敗了。魔法並沒有真正消失。它只是在等待，靜靜等候人類有朝一日發現科學的不足，重新回頭找它。」

「所以選擇鍊金術。」他道。

「不對。」我抗議道：「鍊金術是實驗科學最早期的形式。」

「或許如此，但妳不能說鍊金術裡沒有魔法的成分。」馬修的聲音很有把握。「我讀過妳的著作。就連妳也不能完全排除魔法。」

「那就說它是帶有魔法的科學吧，或帶有科學的魔法，如果你高興。」

「妳喜歡哪種說法？」

「我不確定。」我防禦地說。

「謝謝。」柯雷孟的表情顯示他很了解，談論這題目對我是多麼困難。

「不客氣，大概吧。」我把擋住眼睛的頭髮撩開，有點顫抖的感覺。「可以問你另外一個問題嗎？」他眼神充滿警覺，但還是點點頭。「你為什麼會對我的研究——對鍊金術——感興趣？」

他差點想不作答，對這問題置之不理，但又考慮了一下。我已經告訴他一個祕密。輪到他回饋了。

「鍊金術師也想知道我們為什麼會出現在這裡。」柯雷孟說的是實話——我看得出——但這不能幫助我理解他對艾許摩爾七八二號感興趣的動機。他瞥一眼手錶：「如果妳吃飽了，我該送妳回學院。妳一定想換上溫暖的衣服再去圖書館。」

「我最需要的是淋浴。」我站起來，伸展一下四肢，扭動脖子，紓解長期以來的緊繃。「今晚我得去做瑜伽。我在書桌前面坐太久了。」

那吸血鬼眼睛一亮：「妳做瑜伽？」

「沒有它我不能活。」我答道：「我愛它的動作，也愛冥想。」

「我不意外。」他道：「妳划船的方式也一樣——動作與冥想的結合。」

我的臉又紅起來。我在河上時，他也像在圖書館裡一樣密切監視著我。

柯雷孟在桌上留下一張二十鎊的紙鈔，向瑪莉揮揮手。她揮手回應，他輕觸我的手肘，引導我從桌子和剩下的少數顧客之間穿過。

「妳跟誰上瑜伽？」他打開車門，讓我坐進車內後，問道。

「我都去高街那家工作坊。我還沒找到喜歡的老師，但那兒比較近，形勢由不得我挑選。」紐海文有好幾家瑜伽工作坊，牛津在這方面落後一大截。

吸血鬼坐上車，發動引擎，靈巧地利用附近的車道倒車，然後開回市區。

「妳在那兒上不到需要的課程。」他很有把握地說。

「你也做瑜伽？」想到他魁梧的身軀在練瑜伽時扭曲成一團，讓我覺得不可思議。

「做一點。」他道：「如果妳願意明天跟我一起去上瑜伽，我可以六點正到哈特福學院門口接妳。今晚妳只好將就使用市區的工作坊，但明天妳可以練個痛快。」

「你的工作坊在哪裡？我打電話去問他們今晚有沒有課程。」

柯雷孟搖搖頭。「他們今天不開班。只有星期一、三、五和星期六晚上。」

「哦。」我很失望。「是什麼樣的班？」

「妳會知道。很難形容。」他努力憋著笑意。

我很意外，宿舍已經到了。福瑞在大門內伸長脖子，想看清楚是誰在車上，見到瑞德克利夫的標誌，便走出來察看。

柯雷孟開門讓我下車。我在車外向福瑞揮揮手，然後伸出手道：「早餐吃得很愉快，謝謝你請我喝茶，跟我作伴。」

「隨時效勞。」他道：「我們圖書館見。」

柯雷孟把車開走時，福瑞吹了聲口哨。「好車，畢夏普博士。妳的朋友？」他的職責就是把學校裡發生的事無分大小都打聽得一清二楚，不僅基於安全考量，也為了滿足成為好門房必須具備的無止境好奇心。

「大概吧。」我含蓄道。

回到房間，我從護照夾裡取出一張十元面額的美鈔，又花了幾分鐘，找出一個信封。我沒附信，直接把鈔票裝進信封，在信封上用大寫字體註明「航空」字樣，在右上角貼上足額的郵票，寄給克里斯。

克里斯永遠不會讓我忘記他贏了這次賭注。永遠不會。

第八章

「說真的，吸血鬼開那種車真是老掉牙的配套。」頭髮纏在我手指上，我試圖把它從臉上拂開，它就劈哩啪啦發出靜電的爆響。

柯雷孟斜倚在他的捷豹上，從頭到腳一絲不亂，儀態瀟灑自在。就連他的瑜伽服，雖然只有標準的灰、黑二色，遠不及他穿去圖書館的服裝是經過量身訂製，卻也彷彿剛從禮盒裡拿出來一般光鮮服貼。

看著那輛亮晶晶的黑車和這隻風度翩翩的吸血鬼，我就一肚子氣。今天諸事不順。圖書館裡的輸送帶壞了，等了幾百年也沒拿到我要的手抄本。我的主題演講還沒有頭緒，我已經開始看到日曆就心慌意亂，眼前浮現滿屋子同行爭相提出棘手問題，對我密集拷問的場面。十月眼看著就要到了，而會議訂在十一月舉行。

「妳認為我開小客車比較有說服力？」他問道，伸手接過我的瑜伽墊。

「未必。絕對不會。」他站在秋天的暮光下，一望即知是個不折不扣的吸血鬼，但人數一天天增多的大學部學生和導師們，從他身旁經過，沒有人多看他一眼。他們非但對他的真面目——雖然在光天化日下看見他——視若無睹，也好像看不見那輛車似的。憤怒在我皮膚底下滋生。

「我做錯了什麼嗎？」他瞪大灰綠色的眼睛問，滿臉真誠。他打開車門，我一閃而入，他趁機深深吸了一口氣。

我忍不住爆發了。「你聞到我什麼？」從昨天開始，我就懷疑我的身體會提供他各種各樣我不希望他知道的情報。

「別誘惑我。」他喃喃道，把我關進車裡。我想通他這句話的意涵時，脖子上的汗毛不禁豎了起來。

他打開後車廂，把我的墊子放進去。

一陣晚風撲進車裡，吸血鬼毫不費力，也沒做出任何彎腰駝背的笨拙動作，就上了車。他眉頭微皺，做出一個類似同情的表情。「今天過得不順利？」

我狠狠瞪他一眼。柯雷孟對我今天遇到的事瞭如指掌。他跟密麗安仍然坐鎮杭佛瑞公爵閱覽館，讓所有超自然生物無法接近我。我們離開去換瑜伽服時，密麗安留在後面，確保我們不會被一拖拉庫的魔族跟蹤——或遇到更惡劣的事。

柯雷孟發動汽車，便向烏斯托克路駛去，不再嘗試跟我攀談。這條路上除了房屋什麼也沒有。

「我們要去哪？」我懷疑地問。

「做瑜伽。」他冷靜地回答：「妳情緒這麼壞，我看很需要。」

「到哪兒做瑜伽？」我追問。我們向布倫罕方向的鄉村駛去。

「妳改變主意了嗎？」馬修的聲音帶著不悅。「要我送妳回高街那個工作坊嗎？」

想起昨晚無趣到極點的瑜伽課，我打了個寒噤。「不要。」

「那就放輕鬆。我不會綁架妳。把責任交給別人，也可以是件愉快的事。況且這是一個驚喜。」

「嗯。」我道。他打開音響，古典音樂湧出。

「不要胡思亂想，聽音樂。」他命令道：「有莫札特在，就不可能緊張。」

我像變了個人，往椅背上一靠，嘆口氣，閉上眼睛。捷豹的動作無比輕柔，幾乎聽不見外面的聲音，我彷彿被音樂無形的手托起，飄浮在空中。

車速放慢，我們停在一組鑄鐵大門前面，門高得即使像我這麼久經鍛鍊也爬不過去，兩旁的圍牆是溫暖的紅磚砌成，牆上有錯綜交織的不規則圖案。我稍微坐直上身。

「從這兒看不見教室的。」柯雷孟笑道。他搖下車窗，在一個擦得雪亮的鍵盤上敲了一串數字。一段樂聲響起，大門向兩側敞開。

碎石在輪胎下面嘎吱作響，我們又穿過一道更加古色古香的門。這兒沒有安裝渦卷花樣的鑄鐵大門，只在磚牆中間架起一座圓拱，高度遠不及面對烏斯托克路的大門。圓拱頂端有個小房間，四面八方都開了窗，像一盞燈籠。門的左側有個氣派的磚造警衛室，裝了彎曲的煙囪和格子花窗。一塊邊緣坑坑疤疤滿是歲月痕跡的小銅牌寫著：「老房子」。

「好漂亮！」我輕呼。

「我就知道妳會喜歡。」吸血鬼顯得很雀躍。

我們穿過漸濃的暮色，進入一個大庭園。一小群鹿聽見車聲，疾奔逃逸，在橫掃空地的捷豹燈光中飛躍而過，躲進提供牠們保護的暗影。我們攀上一座小丘，繞過一個彎道。來到山頂時，車燈射進下方的黑暗，車速逐漸放慢。

「在那兒。」柯雷孟用左手指著說。

一棟兩層樓的都鐸式莊園建築環抱著一個中庭。盤根錯節的橡樹枝椏間布置了強力聚光燈，為建築物的正面打光，磚牆被照耀得一片輝煌。

我訝異得一句三字經脫口而出。柯雷孟驚奇地看我一眼，然後輕笑一聲。

他把車開上屋前的圓形車道，停在一輛新款的奧迪跑車後面。那兒已經停了另外十多輛車，山坡上仍不斷有車燈閃過。

「你確定我做得來嗎？」我已經做了十幾年瑜伽，但做得久不等於做得好。我一直沒想到要問，這會不會是個每人都能單手倒立的高手班。

「這是個混合程度班。」他安慰我。

「好吧。」雖然他答得輕鬆，我的焦慮還是升高了一級。

柯雷孟把我們的瑜伽墊從後車廂取出。他動作放得特別慢，最後趕到的人都已經向寬敞的入口走去了，他才終於來到我這側的車門，伸出手來。這是新花樣。我把手放進他掌心前想道。接觸他的身體仍多少令我不安。他冷得出乎意料，我們體溫的強烈對比仍令我猝不及防。

他輕輕拉住我的手，溫柔地扶我下車。放開我之前，他鼓勵地輕捏我一下。我不解地抬頭看他，卻發現他也在看我。我們不約而同困惑地把頭別開。

我們穿過另一道拱門和中庭，進入室內。這個莊園保存良好得難以置信。沒有讓後來的建築師開一堆講究對稱的喬治王式的窗戶，也沒有增建多此一舉的維多利亞式暖房。倒像我們隨著時光倒流，回到了過去。

「難以置信。」我喃喃道。

柯雷孟咧嘴一笑，領我走進一扇用鑄鐵門擋撐開的巨大木門。我輕呼一聲。這棟房子的外觀已讓人嘆為觀止，但室內更看得人目瞪口呆。連綿好幾哩的雕花嵌板向四面八方延伸，全都擦拭得發亮。有人在這房間的大壁爐裡生了火。整個房間裡只擺了一張搭在活動支架上的桌了和幾張長板凳，它們看起來都跟房子一樣老，電燈是我們置身二十一世紀唯一的證據。

長凳前面擺了一排排的鞋子，堆成小山似的毛衣和外套覆蓋了板凳黝黑的橡木表面。柯雷孟把鑰匙放在桌上，脫下鞋子，我依樣畫葫蘆脫下我的鞋子。

「記得我說過這是個混合程度班嗎？」我們走到一扇嵌板設計成　整體的門外時，他忽然問道。我抬起頭，點點頭。「確實是這樣的。但是要進入這房間有一個條件——妳必須是我們的一員。」

他把門拉開。幾十雙好奇的眼睛紛紛投往我這方向，製造按壓、刺痛、冰冷不等的感覺。滿滿一房間都是魔族、巫族和吸血鬼。他們坐在色彩鮮豔的墊了上——有人盤腿，有人跪著——等課程開始。幾個魔族耳朵裡塞著耳機。巫族閒話家常，是室內不絕如縷嚶嚶嗡嗡聲的來源。吸血鬼都靜靜坐著，臉上不露出絲毫情緒。

我張大嘴巴。

「抱歉。」柯雷孟道：「我擔心如果告訴了妳，妳會不肯來——這真的是全牛津最棒的瑜伽班。」

一個留一頭烏黑短髮、皮膚色澤像咖啡牛奶的高個子女巫向我們走來，室內其他人轉開頭，繼續做各自的冥想功課。剛進來時有點緊張的柯雷孟，見這名女巫走來，明顯地鬆弛下來。

「馬修。」她略帶沙啞的聲音有點印度口音。「歡迎。」

「阿米拉。」他點頭招呼：「這是我跟妳提到過的那位小姐，戴安娜・畢夏普。」

那女巫仔細打量我，把我臉上所有細節都看在眼裡。她微笑道：「戴安娜，很高興見到妳。做過瑜伽嗎？」

「做過。」新湧上來的焦慮讓我心跳加速。「不過這是我第一次來這兒上課。」

她笑容擴大了：「歡迎妳來老房子。」

我不知道這兒是否有人知道艾許摩爾七八二號，但我沒看到熟面孔，教室裡的氣氛輕鬆而開放，完全沒有不同生物之間常見的緊張對峙。

一隻溫暖、堅定的手握住我的手腕，我的心跳慢了下來。我驚訝地看著阿米拉。她怎麼做到的？

她放開我的手腕，我的脈搏仍保持穩定。「我相信你和戴安娜在這兒會很舒服。」她對柯雷孟說：「找個位子，我們要開始了。」

我們在教室後面，靠近門口的地方打開瑜伽墊。我右邊沒有人為鄰，但隔著一小片地板，有兩個魔族正閉著眼睛做蓮花式。我的肩膀刺痛。我嚇了一跳，不知誰在看我。但那種感覺很快就消散了。

對不起，一個歉疚的聲音在我腦中清晰地說。

那聲音來自教室前端，跟搔癢同一個方向。阿米拉先對第一排的某個人微一皺眉，然後才開始上課。

純屬習慣，她開始講話時，我的腿乖乖疊合成交叉的姿勢，過沒多久，柯雷孟也跟著做。

「現在閉上眼睛。」阿米拉拿起一個小遙控器，壁上和天花板便傳出低柔的沈思經誦。聽來像中世紀的語言，有個吸血鬼滿足地嘆了口氣。

我四下張望，被這間想必曾經充當大廳之用的房間裡的華麗石膏雕飾分散了注意力。

「閉上眼睛。」阿米拉再次柔和地暗示。「放開憂慮、放開心事、放開自我，可能有點困難，所以我們今晚才會來到這裡。」

這些字句很熟悉——我聽過類似的說法，在其他瑜伽班上——但它們在這間教室裡具有新的意義。

「我們今晚來這裡學習管理我們的能量。我們花很多時間扮演跟自己不一樣的角色，花了很多時間掙扎、壓抑。丟開那些欲望。認清本來的你。」

阿米拉帶我們做了一些溫和的伸展動作，要我們跪下，為脊椎暖身，然後我們向前趴下，做下犬式。我們保持這姿勢，做了幾次吐納，然後雙手慢慢拉回腳邊，站起來。

「把腳扎根在泥土裡。」她指示道：「做山式。」

我專心在兩腳，忽覺得地板一陣突如其來的震動。我瞪大眼睛。

我們跟著阿米拉開始做串連動作。我們把手臂伸向天花板，然後急速下轉，把手貼在腳邊。我們抬起上半身，讓脊椎跟地板平行，然後整個趴下，兩腿後伸，變成伏地挺身的姿勢。幾十個魔族、吸血鬼和女巫把身體下彎、抬起，做出優美的微笑弧線。我們繼續彎腰，抬起，再次雙臂高舉到空中，掌心輕觸。然後阿米拉讓我們照自己的步調做動作。她按下音響遙控鍵，艾爾頓・強的〈火箭人〉緩慢而悠揚的改編曲便流瀉滿室。

這首曲子很奇怪地感覺非常適切。我按照它的節拍重複熟悉的動作，用呼吸調節緊繃的肌肉，讓課程的進展把腦子裡所有思緒排空。我們第三遍開始重複做那套動作時，室內的能量改變了。

三個巫族脫離了地板，飄浮在空中。

「不要離開地面。」阿米拉用不帶情緒的聲音說。

其中兩個靜靜回到地面，第三個必須用天鵝潛水式才能下來，即使如此，他的手還是比腳先著地。

魔族和吸血鬼都有點跟不上節拍。有幾個魔族動作慢到我懷疑他們被黏住了。吸血鬼面臨的問題剛好相反，他們強大的肌肉會緊縮起來，蓄積極大的能量後忽然彈開。

「慢慢來。」阿米拉道：「沒有必要追趕，沒有必要壓抑。」

室內的能量逐漸沈澱下來。阿米拉讓我們做了一連串立姿的動作。這顯然是吸血鬼最擅長的部分，他們可以保持同樣的姿勢好幾分鐘，一點不覺費力。不久我就不再在乎教室裡是誰跟我在一起，或我是否跟得上他們的動作。我心中只有當下正在做的動作。

我們又回到地板上做後彎和前彎時，室內每個人都大汗淋漓——吸血鬼例外，他們連一滴汗都沒有。有人表演不怕死的手平衡式與倒立式，但我敬謝不敏。柯雷孟當然在其中。有片刻他好像只有一側耳朵碰到地板，整個人倒豎，挺得筆直。

對我而言，每次上瑜伽最困難的部分就是最後那個攤屍式。我簡直做不到仰天平躺，動也不動。然而所有其他人都覺得這麼做有助鬆弛，讓我更覺得焦慮。我盡可能安靜地躺著，閉上眼睛，努力保持不動。一陣腳步聲來到我與柯雷孟中間。

「戴安娜。」阿米拉低聲道：「這姿勢不適合妳。翻身側躺。」

我張開眼睛，正好直視那女巫黑色的大眼，她不知怎麼得知了我的祕密，讓我窘迫難當。

「捲縮成一個球。」我困惑地照她的話做。我的身體立刻放鬆了。她拍拍我肩膀：「還有，要張開眼睛。」

我轉身面對柯雷孟。阿米拉已經把燈光調暗，但他發光的皮膚讓我仍能把他看得一清二楚。

從側面看去，他就像一個躺在西敏寺墳墓上的中世紀騎士：腿長、身體長、手臂長，還有輪廓分明的五官。他的外表有種蒼老的成分，雖然他看起來只比我大幾歲。我在心裡用想像的手指描畫他前額的線條，從他不對稱的髮際線開始，沿著稍微突起、長著兩道烏黑濃眉的眉骨上移。我想像的手指先爬上他鼻尖的山巔，接著又攀登他弓形的唇峰。

他吐納時我在旁數息。數了兩百下，他胸腔才抬高。然後又等了許久、許久，再也不見他吐氣。

終於阿米拉告訴全班，又到了重新加入外在世界的時刻。馬修轉向我，張開眼睛。他臉孔變得柔和，我自己的也一樣。周圍的人都動了起來，但我並不在乎跟隨團體行動。我待在原來的位置，盯著吸血鬼的眼睛。馬修等待著，完全靜止，看著我看他。我坐起身，體內血液忽然恢復流動，頓時覺得天旋地轉。

好容易等到教室不再轉動。阿米拉一邊吟唱，一邊敲擊繫在手指上的小銀鈴，結束這次練習。下課了。

室內瀰漫低語聲，吸血鬼跟吸血鬼打招呼，女巫跟女巫打招呼。魔族比較熱情，忙著安排在牛津周圍的夜店續攤，互相詢問哪兒有最好的爵士樂。他們在追逐能量，我微笑著想道，憶起艾嘉莎所謂的拉扯魔族靈魂的東西。兩個倫敦來的投資銀行家——都是吸血鬼——正在談論倫敦最近發生的一連串未破的謀殺案。我想到西敏寺那件命案，忽然心頭不安。馬修對他們沈下臉，他們便轉換話題，相約明天吃午餐。

所有的人都在我們旁邊列隊離開。巫族好奇地對我們點點頭。就連魔族也直接看過來，咧嘴微笑，交換別有深意的眼色。吸血鬼刻意離我遠一點，但都會跟柯雷孟說哈囉。

最後只剩下阿米拉、馬修和我。她收拾好自己的瑜伽墊，光著腳走過來。「練習得不錯，戴安娜。」她道。

「謝謝妳，阿米拉。我永遠不會忘記今天這堂課。」

「隨時歡迎妳來，不論有沒有馬修在。」她道，又輕拍柯雷孟的肩膀說：「你該警告她的。」

「我唯恐戴安娜不肯來。但我認為只要有機會嘗試，她就會喜歡。」他有點不好意思地看我一眼。

「你們離開時把燈關掉，好嗎？」阿米拉快要走出教室時，扭過頭喊道。

我四下打量這間精緻完美的大廳。「真的是個驚喜。」我冷淡地說，還不想放過他。

他快速無聲來到我背後。「希望妳真的喜歡。這個班不錯吧？」

我緩緩點頭，轉身準備答話。他離我太近，令我心慌意亂，而且我們身高的差距迫使我非得把眼睛抬高，才不至於對著他的胸骨說話。「真的很棒。」

馬修臉上綻露一個那種讓人心跳停止的微笑。「很高興聽妳這麼說。」要擺脫他眼睛的魔力牽引實在很困難。為了打破魔咒，我彎腰捲起瑜伽墊。馬修把燈關掉，拿起他自己的裝備。我們在門廳裡穿回鞋子，爐火已經只剩餘燼了。

他拿起車鑰匙。「回牛津前請妳喝杯茶好嗎？」

「哪兒喝？」

「去門房喝。」馬修理所當然地說。

「那兒有咖啡館？」

「沒有。不過那兒有廚房。也有地方坐。泡茶就由我服務。」他半開玩笑道。

「馬修，」我大吃一驚道：「這房子是你的嗎？」

這時我們已站在門口，面對屋外的庭院。我看見大門楔石上刻著年份：一五三六。

「我蓋的。」他緊盯著我說。

馬修・柯雷孟少說也有五百歲了。

「英國宗教改革時期的戰利品。」他繼續道：「亨利給我這塊地，條件是我得拆掉原來在這兒的教堂，全部重建。我盡可能保留原狀，但能做到的其實不多。那年國王情緒很不好。這兒那兒留下幾個天使，還有些我實在狠不下心來摧毀的石雕。除此之外，其他都是新建的。」

「我從來沒聽過有人把十六世紀初期蓋的房子稱做『新建的』。」我試著不僅從馬修的角度看這棟房子，也把這房子當作他的一部分。這是他在五百年前想住的房子。看到它，我對他有了進一步的了解。它沈默而靜止，就像他一樣。更有甚者，它堅固而實在。完全沒有不必要的東西——沒有額外的裝飾，不會分散注意力。

「很漂亮。」我只說。

「現在住起來太大了，」他答道：「況且也太脆弱。每次我打開窗戶，總好像會有些東西掉下來，再怎麼小心維修也一樣。我騰出幾個房間給阿米拉住，還有每週開放幾次給她的學生。」

「你住門房？」我們穿過鋪了圓石和磚塊的大院子，向汽車走去時，我問道。

「一部分時間。我平時住牛津，但是來這兒度週末。這兒比較安靜。」

我想，一個吸血鬼被嘈雜的大學部學生包圍，他們的對話他絲絲入耳，又不能不聽，真是很大的挑戰。

我們回到車上，開一小段路便到達門房。這兒一度是莊園與外界接觸的門面，所以比主屋多了些花俏的裝飾。我細看那根彎曲的煙囪和磚塊砌成的複雜圖案。

馬修呻吟一聲：「我知道，煙囪是個錯誤。石匠想死了要嘗試這玩意兒。他的表兄在漢普敦宮幫沃爾西[20]工作，那人就是聽不進人家跟他說不要。」

他把門旁的電燈開關打開，門房的主房便沐浴在金色光線中。大石塊鋪的地板還堪使用，另有一個大

---

[20] Thoma Wolsey，一四七三—一五三〇，英國政治家，亦為羅馬天主教之樞機主教，曾得英王亨利八世寵信，獲准興建一棟足夠款待國王及其隨扈的豪宅，即漢普頓庭園（Hampton Court）。他失寵後，於一五二九年自動交出這筆產業，隨即被亨利八世接收。

到可以烤全牛的石砌大火爐。

「妳冷嗎？」馬修走進那塊被改裝成現代化流線型廚房的空間，問道。這兒的主要裝備是一台冰箱，而不是爐灶。我努力不讓自己去猜，他會在冰箱裡儲存些什麼東西。

「有一點。」我拉緊身上的毛衣。這時節牛津還算溫暖，但半乾的汗水迎著晚風就覺得冷。

「那就把火生起來吧。」馬修提議道。柴薪都安排好了。我從一個錫製的古董杯裡抽出一根長火柴將它點燃。

馬修把水壺放到爐子上，我繞室走了一圈，把他喜愛的品味元素看進眼裡。大量的咖啡色皮革和打磨光亮的深色木頭，襯托著大石板非常出色。一塊紅、藍、赭黃的暖色系地毯提供適量的色彩。壁爐架上有幅巨大的畫像，畫中是個穿黃色禮服、十七世紀晚期的黑髮美女，不消說是出自萊利爵士㉑之手。

馬修注意到我的興趣。「我妹妹露依莎。」他繞過流理台，端著一托盤齊全的茶具過來。他抬頭看一眼畫布，神情很悲哀：「天啊，那時候她好美。」

「她發生了什麼事？」

「她去巴貝多，打算要當西印度群島的女王。我們試著說服她，她對年輕紳士的喜好，在一座小島上要不引起注意很難，但她不肯聽。露依莎喜愛莊園生活。她投資蔗糖——還有奴隸。」他臉上閃過一道陰影。「島上一次叛亂中，其他莊園的主人猜出她的真實身分，決定消滅她。他們砍掉露依莎的頭，把她的身體切成許多片。然後將她焚化，歸罪到奴隸頭上。」

「我很遺憾。」我說，雖然明知這麼一句話根本無濟於安撫喪失至親的痛苦。

他勉強擠出一個笑容。「她也是咎由自取。我愛我妹妹，但愛她不是一件容易的事。她專門從經歷過的每一個時代之中學習種種惡行。但凡有縱欲無度的機會，露依莎都要去嘗試。」馬修頗費了一番力氣，才把視線從他妹妹冷酷美麗的臉上挪開。「請妳斟茶好嗎？」他把托盤放在壁爐前面一張打磨得發亮的橡木矮桌上，桌子兩旁有兩座極為厚實的皮沙發。

我欣然從命，很高興有機會沖淡凝重的氣氛，雖然我有一大堆問題，一個晚上都聊不完。露依莎黑色的大眼睛盯著我，我小心翼翼不讓一滴茶水濺在桌子光亮的木頭表面上，以防這張桌子曾經屬於她。馬修記得準備一大壺鮮奶和糖，我把茶再三調勻，直到它顏色恰到好處，才喘口氣，往後靠在墊子上。

馬修禮貌地端著茶杯，卻一次也沒有把它湊到口邊。

「你不必為我而喝茶，你知道。」我看一眼那個杯子，說道。

「我知道。」他聳聳肩膀。「這是習慣，照著做一遍有安心的感覺。」

「你從什麼時候開始練瑜伽？」我換個話題問道。

「就從露依莎去巴貝多開始。我去了東印度群島，雨季被困在臥亞。除了喝過量的酒、學習印度文化外，沒別的事做。那時候的瑜伽行者不一樣，比現代的老師重視靈性多了。我幾年前到孟買一個討論會演講時，遇到阿米拉的。我一聽說她在帶瑜伽班，就清楚地知道她擁有古代瑜伽行者的天賦，她也不像某些女巫對於跟吸血鬼做朋友有很多顧忌。」他聲音裡帶有些許怨懟。

「你邀請她到英國來？」

「我解釋這兒有哪些可能，她同意試試看。已經快十年了，每週來上課的人數都達到上限。當然，阿米拉也教一對一的課程，主要是針對凡人。」

「我不曾看到過巫族、吸血鬼、魔族一起參與任何活動——別說瑜伽班了。」我承認。有很嚴格的禁忌禁止異種生物雜處。「如果你先告訴我有這種事，我不會相信。」

「阿米拉是樂觀主義者，她熱愛挑戰。剛開始確實不容易。吸血鬼根本不肯跟魔族待在同一個房間

㉑ Sir Peter Lely，一六一八—一六八〇，原籍荷蘭的畫家，於一六四一年到達倫敦，受宮廷喜愛，成為御用畫家。

裡，女巫出現時，也沒有人願意信任她們。」他的聲音透露出他也有根深柢固的成見。「現在來上課的人，大部分都承認我們相似之處比差異來得大，而且願意以禮相待。」

「我們看起來可能差不多。」我喝一大口茶，把膝蓋縮到胸前：「但我們絕對不會覺得彼此很相似。」

「妳這話是什麼意思？」馬修專注地看著我道。

「好比我們知道某人跟我們是一樣的——是超自然生物。」我答道，有點困惑。「推壓、搔癢、冰冷的觸感。」

馬修搖搖頭：「不，我不懂。我不是女巫。」

「我看你的時候你沒感覺？」我問。

「沒有，妳有嗎？」他的眼神毫無掩飾，讓我皮膚起了熟悉的反應。

我點點頭。

「告訴我是什麼樣的感覺。」他湊上來。好像一切都很平常，但我覺得好像走進了陷阱。

「感覺……冷。」我緩緩道，不確定該透露多少。「就像是皮膚下面長出一塊冰。」

「聽起來不怎麼舒服。」他額頭上起了淡淡的皺紋。

「並不會。」我誠實地回答：「只是有點奇怪。魔族最糟糕——他們看我的時候，感覺像被偷親了一下。」我扮個鬼臉。

馬修笑了起來，把茶杯放在桌上。他把手肘撐在膝上，身體呈一個向我開放的角度。「所以妳還是會使用一部分的魔力。」

陷阱啪一聲關上。

我憤怒地看著地板，脹紅了臉。「我但願從來沒有翻開艾許摩爾七八二號，或把那本該死的期刊從架子上拿下來！那不過是我今年第五次使用魔法，而且洗衣機也不應該算在裡面，因為如果不用咒語，就會引起水災，對樓下那間公寓造成破壞。」

他舉起雙手做出投降的姿勢。「戴安娜，我不在乎妳用不用魔法。讓我訝異的是，妳竟然這麼在乎。」

「我不用魔法、魔力、巫術，或隨便你稱之為什麼。用了我就不是我了。」我臉頰上起了兩塊熱辣辣的紅斑。

「它是妳的一部分。它在妳的血脈裡，在妳的骨髓裡。妳生來就是一個女巫，就像妳生來有金髮藍眼一樣。」

我一直沒辦法跟任何人解釋我迴避魔法的理由。莎拉和艾姆始終不理解。馬修也不會懂。我努力規避他的盤問時，茶涼了，我的身體縮成一顆球。

「我根本不要它。」最後我咬牙切齒道：「從來沒有要過。」

「它有什麼不好？今晚妳就該慶幸阿米拉有洞察他人心靈的力量。這佔她魔力很大的一部分。擁有女巫的天賦就像擁有作曲或寫詩的天分，並不比較好或比較壞——只是不一樣。」

「我不要不一樣。」我凶猛地說：「我要一個簡單、平凡的人生……就像凡人擁有的那種。」**不要沾染死亡或危險，不用擔心被發現**，我想道，但我的嘴巴緊閉，不肯說這些話。「你一定也很希望自己是個正常人。」

「我可以基於科學家的立場告訴妳，戴安娜，根本沒有『正常』這回事。」他的聲音失去了細心維護的柔和。「『正常』是床邊故事——是凡人在面對壓倒性的證據，顯示發生在他們周遭的事一點都不『正常』時，說給自己聽、安慰自己的無稽之談。」

隨便他怎麼說，都不能動搖我的信念，我就是相信，在凡人主宰的世界裡當一個超自然生物很危險。

「戴安娜，看著我。」

我違反自己的直覺，服從他的話。

「妳試圖把自己的魔法擱在一邊，妳認為妳研究的科學家幾百年前也是這麼做的。問題在於，」他平靜地說下去：「這麼做行不通。就連科學家之中的凡人，也沒有辦法把魔法完全排除在他們的世界之外。妳自己也說過，魔法會一再回來。」

「這不一樣。」我囁嚅道：「這是我的人生。我可以控制自己的人生。」

「沒什麼不一樣。」他的聲音鎮定而有把握：「妳可以嘗試排除魔法，但就是行不通，就像虎克[22]和牛頓一樣。他們都知道，沒有所謂沒有魔法的世界。虎克很聰明，他能用三度空間思考科學問題，還會製造儀器、設計實驗。但他始終不能把所有的潛力發揮出來，因為他對大自然的神祕滿懷恐懼。牛頓呢？他有我所僅見最天不怕地不怕的頭腦。牛頓對肉眼看不見，也無法輕易解釋的東西，一點也不害怕——他什麼都能接受。身為歷史學家，妳該知道，他是透過鍊金術並且對生長、改變等看不見的強大力量深信不疑，才發現萬有引力定律的。」

「那麼就讓我做這個故事裡的虎克吧。」我道：「我不想成為傳奇人物，像牛頓那樣。」**或像我母親。**

「虎克的恐懼使他滿心怨恨與妒忌。」馬修警告道：「他一輩子都不斷往後看，只會替別人設計實驗。那種日子不是人過的。」

「我就是不要魔法介入我的工作。」我頑固地說。

「妳不是虎克，戴安娜。」馬修提高聲音說。「他是凡人，他抗拒魔法的誘惑，毀了自己一生。妳是女巫。照他那麼做，妳會被毀滅。」

恐懼開始鑽進我的思維，讓我遠離柯雷孟。他很有魅力，但照他的說法，好像身為超自然生物不需要擔憂，也不必擔心反挫。但他是個不可信任的吸血鬼。他對魔法的觀點完全錯誤。他一定是錯的。要不然我這輩子豈不就都浪費在跟純屬想像的敵人搏鬥了。

我害怕的其實是我自己的錯誤。我容許魔法進入我的生活——違反我自己訂的規則——吸血鬼就乘機竄進我的生活。好幾十個超自然生物跟著進來。想到魔法如何害得我父母雙亡，我開始呼吸急促、皮膚刺痛，恐慌即將來臨。

「跟魔法劃清界限是我所知唯一的求生方式，馬修。」我放慢呼吸，不讓慌亂的心情有機會扎根，但我父母的幽靈出現在這個房間裡，很困難。

「妳活在謊言裡——而且這謊言毫無說服力。妳自以為可以混充凡人。」馬修的語氣很實際，幾乎像醫生在診病。「除了妳自己，妳沒騙過任何人。我看過他們怎麼看妳。他們知道妳跟他們不一樣。」

「胡說。」

「每次妳看著項恩，他就說不出話來。」

「我讀研究所的時候，他迷戀過我。」我對這例子嗤之以鼻。

「項恩仍然迷戀妳——這不是重點。江森先生也是妳的愛慕者嗎？他簡直跟項恩一樣可憐，妳情緒有一點點不好，他就發抖，不過把妳換個位子，他就擔心得要命。而且不僅凡人而已。妳回頭怒瞪他一眼，貝諾修士就差點嚇死了。」

「圖書館裡那個僧侶嗎？」我的口氣是全然不信。「嚇到他的是**你**，不是**我**！」

「我從一七一八年就認識貝諾修士。」馬修冷然道：「他跟我熟識到不可能會怕我。我們在強督斯公爵在自宅舉行的派對中相識，他在韓德爾的清唱劇《阿其斯與加拉塔》中唱達蒙的角色。我向妳保證，讓

㉒ Robert Hooke，一六三五—一七〇三，英國科學家。

他受驚的是妳的力量，不是我的。」

「這是凡人的世界，馬修，不是個童話故事。凡人的數量遠超過我們，而且畏懼我們。沒有比凡人的恐懼更強大的力量——魔法擋不住，吸血鬼的力量也擋不住。什麼都抵擋不了。」

「凡人最拿手的是害怕和自欺，戴安娜。但這兩種手段女巫都不能用。」

「我不害怕。」

「不對，妳害怕。」他柔聲道，站起身來。「我看時間不早了，該送妳回去了。」

「聽著，」我說，我亟需那份手抄本的資訊，其他念頭都可以暫時擱在一旁。「我們都對艾許摩爾七八二號有興趣。吸血鬼和女巫不能做朋友，但我們還是可以合作。」

「我不確定。」馬修無動於衷地道。

回牛津途中很安靜。我思索著，凡人對吸血鬼的看法全都錯了。他們把吸血鬼塑造成可怕的嗜血者。但馬修令我害怕的卻是他的冷淡，加上一觸即發的怒火和變幻莫測的情緒起落。

我們抵達新學院的宿舍，馬修從後車廂取出我的瑜伽墊。

「週末愉快。」他道，不帶一絲感情。

「晚安，馬修，謝謝你帶我去上瑜伽。」我的聲音跟他一樣冷漠，而且我打定主意不回頭看，雖然他以冰冷的眼神目送我走開。

第九章

馬修開車沿著高架的拱橋渡過埃文河。拉納克郡山峰嵯峨、天色晦暗，呈強烈對比的熟悉風景彷彿能讓他平靜。蘇格蘭這一帶的景致談不上秀麗，也不引人入勝，但它自有一番令人望而生畏的美感，相當契合他現在的心情。他換到低速檔，穿過兩旁種滿椴樹的窄徑，這條路一度通往一座王宮，現在卻哪兒也去不了，成為一種再也沒有人放在眼裡的豪奢生活的遺跡。車子來到一棟古老獵舍的後門口，褐岩砌的粗糙牆壁跟用灰泥塗刷成乳白色的屋舍正面有明顯的反差。他下了車，從後車廂取出旅行袋。

獵舍的白色大門歡迎地敞開。「你看起來糟透了。」一個精瘦有力、滿頭黑髮、長了一雙亮閃閃褐眼和鷹勾鼻的魔族，扶著門栓站在門口，把他最要好的朋友從頭打量到腳。

哈米許．歐斯朋跟柯雷孟將近二十年前在牛津相識。他們跟大多數超自然生物一樣，被教導要互相畏懼，不懂得該如何相處。但他們一發現彼此有同樣的幽默感、也同樣對觀念充滿狂熱後，就成為形影不離的好友。

憤怒與聽天由命的表情在馬修臉上不斷變幻。「我也很高興見到你。」他粗聲道，把袋子扔在門旁。他深深吸入一口這棟房子冷冽清新的味道，帶有舊灰泥和老木頭的餘韻，加上哈米許身上獨特的薰衣草香和薄荷香。他迫切想把那女巫的味道從鼻子裡趕出來。

哈米許的凡人管家喬登悄無聲息出現，帶來檸檬家具蠟和洗衣漿的氣味，雖不足以完全消除馬修鼻腔裡屬於戴安娜的金銀花與苦薄荷氣味，但多少還是有幫助。

「很高興見到您，先生。」他拎著馬修的行李向樓梯走去前，先招呼道。喬登是老派的管家，即使沒有因為要替雇主保密而拿到特別優渥的待遇，也絕不會向任何人透露，歐斯朋是個偶爾會招待吸血鬼朋友的魔族。這跟他有時被要求供應花生醬香蕉三明治當早餐一樣，都是不能說的祕密。

「謝謝你，喬登。」馬修掃視樓下的大廳，免得接觸到哈米許的眼神。「你新買了一幅漢彌頓的畫，我看到了。」他專心凝視對面牆上陌生的風景畫。

「你通常不注意我添置了什麼新貨。」哈米許跟馬修一樣，在濃重的牛橋口音中夾雜了一點別的什麼。以他而言，那是格拉斯哥的市井腔。

「說到新貨，威廉撫子好嗎？」威廉是哈米許的新歡，一個長相甜美、性情柔順的凡人，所以馬修給他取了這種春天開放的小花當綽號㉓。這名字就這樣沿用下來，哈米許用它當暱稱，威廉則把全城花店的老闆煩了個夠，到處找這種花的盆栽送朋友。

「心情不好。」哈米許輕笑一聲。「我本來答應他安安靜靜在家裡度週末的。」

「你不必來的，你知道。我沒有預期你這麼做。」馬修聽起來心情也不好。

「是啊，我知道。但我們好一陣子沒見面了，而且鎧臼地區在這個季節很美。」

馬修怒目瞪著哈米許，滿臉的不信。

「天啊，看起來你真的很想去打獵，是吧？」哈米許唯有這麼說。

「想死了。」吸血鬼答得也簡潔。

「我們還有時間先喝杯酒，或者你要立刻出發？」

「我想可以先喝一杯。」馬修的聲音有氣無力。

「好極了，我幫你準備了一瓶葡萄酒，還有我自己的威士忌。」天剛破曉，哈米許接到馬修的電話時，已吩咐喬登從地窖裡取出幾瓶上好的葡萄酒。他討厭獨飲，但馬修不肯喝威士忌。「然後你可以告訴我，這麼美好的一個九月週末，你幹嘛那麼迫切想打獵。」

哈米許領路，穿越亮晶晶的地板，上樓去還有他的書房。溫暖的褐色嵌板是十九世紀添加的，原始建築師為那些在此等候她們的丈夫從事劇烈運動撞得滿身青腫歸來的十八世紀仕女，提供寬敞、通風空間的苦心孤詣，因而破壞無遺。但綴滿石膏花環和忙碌天使的白色大花板仍保留原貌，對新式的玩意兒宣泄永恆的不滿。

兩名男性在壁爐旁兩張皮椅上坐定，熊熊火焰將秋天的寒意一掃而空。哈米許拿一瓶酒給馬修看，吸血鬼發出讚嘆：「酒不錯。」

「我想也是。貝利魯德㉔的人跟我保證這是上等貨。」哈米許先倒了葡萄酒，然後拔掉自己那瓶酒的塞子。兩人手拿著杯子，在沈默中相伴。

「很抱歉把你拖進這件事。」馬修道：「我的處境很困難。有點……複雜。」

哈米許輕笑一聲：「永遠如此，只要有你在。」

馬修之所以會被哈米許吸引，一部分是因為他直接，一部分則是因為他跟一般魔族很不一樣，頭腦清晰、絕少三心兩意。許多年來，這吸血鬼也交了不少魔族朋友，都是資質出眾卻又討人厭的傢伙。跟哈米許在一起卻愉快多了。沒有火爆的辯論、突發奇想的瘋狂舉止，也不會有危險的抑鬱。跟哈米許共度的時光通常包括長時間的沈默，穿插令人目眩神迷的機鋒對話，而一切都不脫他寧靜的人生觀。

哈米許的與眾不同也表現在他的工作上，他不像一般魔族投身音樂或藝術，他的強項是金錢——擅長賺錢，也擅長挖掘跨國理財工具與國際金融市場的致命傷。他把魔族特有的創意施展在財務報表而非奏鳴曲上，對外匯市場的錯綜複雜有無比準確的認識，所以無分總裁、帝王、總理，都要來向他求教。

這個魔族罕見的經濟天賦，以及他跟人類相處時的泰然自若，都令馬修著迷。哈米許喜歡跟凡人相

㉓ Sweet William是石竹花的別名，這種花甚受日本人喜愛，將它命名為「撫子」，作為日本女性的象徵，同時Sweet William 直譯即「可愛的威廉」，可見這綽號兼有調侃與讚美之意。

㉔ Berry Brothers and Rudd，英國的酒類專賣連鎖店。

處，而且不會因凡人的缺點生氣，反而覺得它們很具啟發性。這都得感謝他自幼的家庭環境，有個保險掮客爸爸和家庭主婦媽媽。馬修見過堅定不移的歐斯朋夫婦後，就能夠理解哈米許的偏好了。

火焰劈啪作響，空中飄散的威士忌醇香，開始發揮作用，吸血鬼鬆弛了下來。他湊身向前，酒杯輕托在指間，紅色酒液映著火光閃爍。

「我不知道該從哪兒開始。」他有點緊張地說。

「從結尾，當然。你為什麼拿起電話打給我？」

「我必須擺脫一個巫族。」

哈米許盯著他的朋友看了一會兒，注意到馬修明顯的煩亂不安。他不知怎麼就能確定，這個巫族一定不是男性。

「這個巫族有哪方面特別？」他低聲問。

馬修從濃眉底下看上來：「每方面。」

「啊，那你麻煩大了，不是嗎？」同情與好笑交相作用，使哈米許的市井口音變得明顯。

馬修苦惱地打個哈哈。「可以那麼說，是的。」

「這個巫族有名字嗎？」

「戴安娜。她是歷史學者。美國人。」

「與狩獵女神同名。」哈米許緩緩道：「除了有個古老的名字之外，她是個普通女巫嗎？」

「不是。」馬修斷然道：「她非常不普通。」

「啊，形勢複雜。」哈米許研究他朋友的臉，看他有沒有平靜下來，卻發現馬修一副想找人打架的架式。

「她出身畢夏普家族。」馬修等著。他早就知道，不論多麼輕描淡寫的暗示，都別指望會被魔族忽略。

哈米許在腦子裡過濾一番，很快便找到需要的資料：「來自麻州撒冷市？」

馬修嚴肅地點點頭。「她是最後一個畢夏普女巫。她父親出身普羅克特家族。」

魔族輕吹了一聲口哨：「雙料巫族，優秀的魔法家譜。你從不挑次等貨，是吧？她的法力一定很強大。」

「她母親是。我對她父親所知不多。不過芮碧嘉‧畢夏普——真的天賦異稟。她十三歲施展的咒語就是大多數女巫花了一輩子修練都做不來的。她小時候的預言能力也很驚人。」

「你認識她嗎，老馬？」哈米許忍不住問。馬修活了許多個世代，遇見過太多人，身為他的朋友，根本不可能記住那麼多。

馬修搖搖頭。「沒有，但經常有人談起她——很多人妒忌她。你知道巫族是怎麼回事。」照例，每當他提到巫族，語氣都有那麼一點兒讓人不愉快的成分。

哈米許沒追究他對巫族的評語，只從眼鏡上方盯著馬修。

「那麼戴安娜呢？」

「她宣稱她不用魔法。」

這個簡單的句子裡有兩條線索要追一追。哈米許從比較簡單的那條開始。「什麼，任何事都不用嗎？比方找尋失落的耳環？染染頭髮？」聽起來他滿腹狐疑。

「她不是戴耳環、染頭髮的那一型。她是喜歡慢跑三哩路再到河上划一小時危險小船的那型。」

「以她的背景，我很難相信她從來不用魔法。」哈米許是個夢想家，卻也很務實，所以他才有本事管好別人的錢。「你也不相信，要不然你不會暗示她有撒謊的嫌疑。」這是第二條線索。

「她說她只偶爾使用魔法——做些小事。」馬修遲疑一下，用手抓抓腦袋，讓一半的頭髮都豎了起來，然後喝下一大口酒。「但我監視她，她使用的魔法遠不止於此。我聞得出來。」這是他進門以來第一次用坦白直接的口吻說話。「那股味道就像一陣即將爆發的電磁風暴或夏季雷電。有時候我甚至能看見。戴安娜發怒或沈浸在工作中的時候，身體會發光。」還有她熟睡的時候，他皺起眉頭想道。「天啊，有時候我甚至嘗得出來。」

「她會發光？」

「那是看不見的，不過你可以透過其他方式察覺那股能量。她的女巫閃光很微弱。但即使在我還是個年輕的吸血鬼時，也只有力量最強大的巫族能發出這種小小的脈衝光。如今幾乎看不到了。戴安娜不知道她自己能這麼做，也不在乎它代表的意義。」馬修打了個寒噤，手握緊成拳。

哈米許看一眼手錶。今天才剛開始，但他已經知道他的朋友為何趕到蘇格蘭來了。

馬修．柯雷孟戀愛了。

喬登走進來，時間拿捏得恰到好處。「嚮導把吉普車送來了，先生。我告訴他，您今天不需要他服務。」管家知道，有吸血鬼在的時候，不需要嚮導幫忙追蹤鹿群。

「好極了。」哈米許道，站起身，把杯中酒一飲而盡。他很想喝更多威士忌，但目前還是保持清醒為上。

馬修抬起頭：「我一個人去，哈米許，我寧可一個人打獵。」吸血鬼不喜歡跟溫血的族類一起打獵，這包括凡人、魔族和巫族。他通常願意為哈米許破例，但今天他要設法控制自己對戴安娜．畢夏普的欲望，他想要獨處。

「哦，我們不是要去打獵。」哈米許目光中有抹淘氣的閃光。「我們只是去追蹤。」這魔族有個計畫，他要盤據朋友的心思，直到他放鬆戒備，心甘情願把牛津發生的一切和盤托出，而不是靠他一句句套出來。「來吧，今天天氣好極了。你會玩得很開心。」

到了外面，馬修悶著頭鑽進哈米許的陳年老吉普。他們兩人在鎧臼的時候，就喜歡開這輛車到處跑，雖然照理來說，蘇格蘭豪華獵舍的首選車應該是越野路華，但馬修不介意這輛車開起來冷得要命，哈米許更覺得它別有一番大男人氣概的趣味。

哈米許在丘陵上猛踩吉普車油門——馬修每次聽到那種聲音都會縮一下身體——終於爬到野鹿齧草的地方。馬修看到前方峭壁上有兩頭雄鹿，連忙叫哈米許停車。他靜靜下了車，蹲在前輪旁邊，彷彿已被催眠。

哈米許微笑著來到他身旁。

他曾經跟馬修獵過鹿，所以懂得他的需要。吸血鬼不見得會進食，但哈米許可以確定，今天如果聽任馬修自由行動，他會在入夜後饜足地回來——這片產業上也從此少了兩頭雄鹿。他的朋友是攫食者，也是肉食者，吸血鬼的自我認知建立在他們狩獵的方式上，而非他們的食物。有時當馬修覺得坐立不安，他會出去追蹤任何可以追蹤的獵物，卻不殺生。

吸血鬼監視雄鹿時，魔族在旁監視馬修。牛津的事很棘手，他感覺得出來。

馬修耐心坐了好幾個小時，考慮著那兩頭公鹿是否值得追蹤。他藉由超越常人的嗅覺、視覺和聽覺，跟蹤牠們的動作，了解牠們的習性，評估牠們對樹枝斷裂或鳥兒飛行的每個反應。吸血鬼的注意力極為貪婪，但他沒有流露一絲不耐煩。對馬修而言，關鍵時刻就是他的獵物承認落敗並且投降的那一刻。

光線逐漸黯淡，他終於站起身，對哈米許點點頭。第一天做到這地步已經夠了，雖然他不需要光線就能看見鹿，但他知道哈米許需要光線才能下山。

回到獵舍時，天已全黑，喬登開亮了所有的燈，使那棟坐落在荒郊野外一塊高地上的房子，顯得更加荒誕。

「這座獵舍毫無存在的意義。」馬修雖然採用聊天的口吻，真正的企圖卻是譏誚。「羅伯・亞當㉕接下這份工作真是瘋了。」

「你對我的小奢侈的這句評語，已經說了很多遍，馬修。」哈米許平靜地說：「我不在乎你是否比我更懂建築設計的原則，或你是否真的相信，亞當發神經才會在拉納克郡的曠野裡蓋出一棟——你怎麼說的？——『構想有問題的蠢房子』。我愛這棟房子，隨你怎麼說都不會改變。」自從哈米許宣布他向一個用不到這棟房子，也沒錢整修的貴族買下這棟獵舍——包括所有的家具、專任嚮導，以及喬登——以來，這番對話已經反反覆覆說了不知多少遍。馬修很反對。哈米許卻認為，有能力在鎧臼購買這麼一件完全不實用，但他偏偏喜歡的東西，可以充分證明他不斷向上攀升，已經離格拉斯哥的根多麼遙遠。

「哼。」馬修有不豫之色。

生氣總比緊張好，哈米許想道。他把計畫推動到下一步。

「八點鐘晚餐。」他道：「在餐廳吃。」

馬修討厭餐廳，那是個有挑高天花板的大房間，通風良好。這吸血鬼討厭它，主要是因為它浮華不實而女性化。但那是哈米許最喜歡的房間。

馬修呻吟道：「我不餓。」

「你餓壞了。」哈米許毫不留情地說，把馬修皮膚的色澤與紋理都看在眼裡。「你上次真正用餐是什麼時候？」

「幾個星期前吧。」馬修以他一貫對時間的不在意聳聳肩膀。「不記得了。」

「今晚你喝酒、喝湯。明天——吃什麼就看你了。你要趁晚餐前休息一下，或者要冒險跟我打撞球？」哈米許是撞球高手，斯諾克㉖球技更是高強，十來歲就已經是箇中老手。他最早賺的錢就是在格拉斯哥的彈子房，幾乎所向無敵。如今馬修已經拒絕跟他玩斯諾克，理由是每次都輸沒有樂趣，即使對方是朋友。吸血鬼曾試圖教他玩開侖撞球㉗，那是一種用到球和球桿的古老法國球戲，但玩的時候又是每次都馬修贏，所以撞球就成了合理的妥協。

對任何種類的戰鬥都沒有抗拒之力的馬修，立刻同意：「我換個衣服就去找你。」

哈米許的撞球台就擺在書房對面的房間裡。一身白襯衫、牛仔褲的馬修入內時，見他穿的是毛衣和長褲。吸血鬼避免穿白色，因為會讓他顯得蒼白得像鬼一樣，但這是他帶來的唯一像樣的襯衫。他收拾的是打獵的行裝，不是赴餐宴。

他挑好球桿，站在球桌一端。「準備好了嗎？」

哈米許點點頭。「我們就玩一小時，好吧？然後到樓下喝一杯。」

兩人趴在球桿上。「對我溫柔一點，馬修。」他們擊球前，哈米許喃喃道。馬修哼了一聲，球飛到另一頭，撞到桌邊，反彈回來。

球停止滾動時，馬修的球較近。他道：「我選白球。」他抓起另一顆球，扔給哈米許。後者拿出一顆紅球做標的，向後退開。

正如同打獵時一樣，馬修不急於得分。他一連打了十五顆三分落袋球，每次都把紅球打進不同的球袋。「如果你不介意，」他拉長尾音，指著桌面。哈米許一言不發，把自己的黃球放在桌面上。

馬修綜合把紅球敲進球袋的簡單打法和一種他並不拿手的、稱做加農碰撞的高難度打法。加農碰撞要求一擊之下既能打中哈米許的黃球，也能打中紅球，不僅需要力道，也要技巧和謀略。

㉕ Robert Adam，一七二八—一七九二，蘇格蘭建築師。

㉖ 此處所謂的撞球是指英式撞球（English Billiard）而非花式撞球（pool）。斯諾克（snooker）球桌設計六個口袋，使用十五顆紅球、六顆不同顏色的色球及一顆白色母球。英式撞球則是結合開侖撞球觀念的落袋式撞球。正規的英式撞球競賽使用標準斯諾克球台，但台面上只有三顆球。這兩種撞球採用的桌面都比花式撞球大，而球及袋口較小。

㉗ Carambole是一種球桌上沒有設計口袋的撞球運動。競賽方式是使用撞球桿來撞擊母球，使它撞擊其他球及桌邊，完成特定路線始能得分。

「你在哪兒找到那個女巫？」哈米許在馬修撞擊黃球與紅球時，隨口問道。

馬修取回白球，準備攻下一球。「博德利圖書館。」

魔族的眉毛驚訝地挑起。「博德利？你什麼時候變成圖書館的常客了？」

馬修沒打好這一球，白球跳過桌邊，掉到地板上。「從我參加演奏會，聽到兩個女巫聊到一個美國女人拿到一份失蹤已久的手抄本開始。」他道：「我不懂女巫為什麼會在意這種事。」他從球桌前退開，對自己的失誤深為懊惱。

哈米許很快就打完他的十五個三分球，馬修把他的球放在檯面上，拿起粉筆，記錄哈米許的得分。

「所以你就走進圖書館找她攀談，查明真相？」魔族一擊就把三顆球都打進袋。

「我去找她，沒錯。」馬修盯著哈米許繞桌走動。「我很好奇。」

「她高興見到你嗎？」哈米許溫和地問，嘗試另一個需要高度技巧的問題。他知道血族、巫族和魔族之間，幾乎不打交道。他們只喜歡在同族的親密小圈子裡消磨時光。他跟馬修的友誼相當罕見，哈米許的魔族友人都認為，讓血族近身到這種程度，簡直就是瘋狂。像今天這種晚上，他覺得他們的觀點未始沒有道理。

「不怎麼高興。戴安娜先是害怕，雖然她正視我的眼睛沒有退縮。她的眼睛很不尋常——藍色、金色、綠色、灰色。」馬修沈思道：「後來她想打我。她聞起來好憤怒。」

哈米許硬吞下一陣笑聲。「聽起來像是在博德利圖書館遭到被吸血鬼突襲的正常反應。」他決定對馬修仁慈一點，豁免他回答的壓力。他把黃球推向紅球，故意讓兩顆球輕觸一下，紅球被帶著向前滾動，跟黃球撞在一起。「該死。」他呻吟道：「失誤。」

馬修回到桌上，打了幾個三分球，又試打了一、兩次加農碰撞。

「你們在圖書館以外的地方見過面嗎？」吸血鬼恢復鎮定後，哈米許又問道。

「事實上，我跟她見面的機會不多，即使在圖書館裡。我坐在一個地方，她坐另一個地方。不過我請她吃過早餐，還去了老房子，跟阿米拉見面。」

哈米許費盡九牛二虎之力，緊緊合攏下巴。馬修連認識好幾年的女人都未必會帶去老房子。而這樣在圖書館各據一角，又是搞什麼名堂？

「在圖書館裡坐她旁邊，不是比較方便嗎，如果你對她感興趣？」

「我才沒有對她感興趣！」馬修的球桿像炸彈般攻進白球。「我要的是那份手抄本。我花了一百多年想拿到它。她不過填了張借閱單，書就從書庫裡跑出來。」他的聲音充滿妒意。

「什麼手抄本，馬修？」哈米許極力保持耐性，但這樣的對話很快就讓人無法忍受。馬修像個守財奴，給出的情報錙銖必較。對一個心思敏捷的魔族而言，跟認為凡是少於十年的時間都不值得一顧的生物打交道，真是莫大的折磨。

「一本原來屬於埃利亞斯・艾許摩爾的鍊金術的書。戴安娜・畢夏普是研究鍊金術深受敬重的歷史專家。」

馬修再次擊球太用力，犯了失誤。哈米許把球重新排好，趁他的朋友冷靜下來之際，繼續得分。終於喬登來通報他們，樓下已備妥飲料。

「成績如何？」哈米許凝神看粉筆的記號。他知道自己是贏家，但身為紳士就得開口問——至少馬修是這麼告訴他的。

「你贏了，當然。」

馬修走出房間，下樓的腳步聲比凡人明顯地沈重許多。喬登擔心地看一眼打磨得極亮的樓梯板。

「柯雷孟教授今天不好過，喬登。」

「看來是這樣。」管家喃喃道。

「最好再拿一瓶紅酒來。這會是個漫長的夜晚。」

他們在獵舍原來充作會客室的房間裡喝酒。這房間的窗戶正對著由井井有條的古典式花壇組成的花園，問題是這些花壇的比例跟獵舍全然不相稱，規模太宏偉——適合王宮，卻不適合愚行。

哈米許在壁爐前面，手端著酒，終於可以進逼神祕的核心。「告訴我戴安娜的手抄本是怎麼回事，馬修。它的內容到底是什麼？能點錫成金的賢者之石的配方嗎？」哈米許的聲音帶著淡淡的嘲弄。「還是教人如何調製長生不老藥，讓你把凡人變成神仙？」

馬修抬頭看一眼這魔族，讓他立刻停止開玩笑。

「你不可能是說真的。」哈米許小聲道，聲音流露無限震驚。賢者之石只是傳說，就跟聖杯或亞特蘭提斯一樣。它不可能是真的。他遲了一步想到，血族、魔族、巫族在一般人心目中，也不可能是真的。

「我像在說假的嗎？」馬修問道。

「不像。」魔族打了個寒噤。馬修一直相信，他能靠科學的技巧了解，是什麼東西使血族對死亡與腐朽免疫。賢者之石恰好符合他的夢想。

「它就是那本失落的書。」馬修鄭重地說。「我知道。」

哈米許跟很多超自然生物一樣聽過很多這類的故事。有個版本說，巫族從血族那兒偷走了這本寶貴的書，藏有永生祕訣的書。又有種說法是，血族搶走了一本巫族的古老咒語祕笈，但又失去了。有些耳語說，那不是咒語祕笈，而是涵蓋地球上四個人形物種基本特徵的啟蒙書。

馬修對這本書可能有哪些內容，自有他一套理論：解釋血族為何那麼不容易殺死、敘述早期凡人與超自然生物的歷史，只佔其中很小的一部分。

「你真的以為這本鍊金術手抄本就是你說的那本書？」他問。見馬修點頭，哈米許長嘆一聲：「難怪那些女巫要竊竊私語。但她們又怎麼知道書被戴安娜找到了呢？」

馬修憤怒地轉過身，凶猛地說：「誰知道，誰在乎？她們不能把嘴巴閉緊，問題就出現了。」

哈米許再次想起，馬修和他的家人其實都不喜歡巫族。

「星期天聽見她們交談的不止我一個。其他血族也聽見了。後來魔族也發覺有意思的事發生了，於是——」

「現在牛津滿地都是超自然生物。」哈米許替他把話說完。「真是一場糊塗。不是馬上就要開學了嗎？接下來就輪到凡人了。他們即將成群結隊回來。」

「情況還更糟。」馬修沈著臉。「手抄本不是單純的遺失而已。它受咒語控制。戴安娜破除了咒語。然後她又把書送回書庫，而且沒有意願再把它借出來。我不是唯一等著她去借書的人。」

「馬修，」哈米許的聲音有點緊張：「你在保護她，不讓別的巫族打擾她嗎？」

「她好像不知道自己的力量多麼大。這讓她面臨更大的危險。我不能讓他們先找到她。」馬修好像忽然變得驚惶失措，顯得軟弱。

「唉，老馬。」哈米許搖頭道：「你不該介入戴安娜和她自己族人的事。你只會惹出更多麻煩。更何況，」他繼續道：「任何巫族都不會公然與畢夏普為敵的。她的家族太古老，也太出名。」

現在超自然生物除非出於自衛，再也不會自相殘殺了。他們的世界不容許攻擊行為。馬修曾經告訴哈米許，從前血仇與報復猖獗時，這世界是什麼模樣，而且超自然生物很容易引起凡人的注意。

「魔族宛如一盤散沙，吸血鬼不敢招惹我。但巫族，絕對不能信任。」馬修站起身，拿著酒走到壁爐前面。

「隨戴安娜去吧。」哈米許建議道：「況且，如果手抄本中了魔法，你即使拿到也無法閱讀。」

「只要她幫我，我就能讀。」馬修盯著爐火，用自欺欺人的輕鬆語氣說。

「馬修，」哈米許用他通知年輕合夥人眼前有重大危機時的腔調說：「不要碰那個女巫和那份手抄本。」

馬修小心地把酒杯放在爐台上，背過身去。「我想我做不到，哈米許。我……渴望她。」即使只是把這幾個字說出口，飢餓也隨之擴散開來。當他的飢餓有一個焦點，而且是如此的堅持，就不能用隨便什麼人的血解飢。他的身體要求更為特定的東西。只要讓他品嘗一口——嘗一口戴安娜——他就會滿足，痛苦的渴望就會平息。

哈米許仔細打量馬修緊繃的肩膀。他對朋友渴望戴安娜．畢夏普並不詫異。血族必須對其他超自然生物產生比任何人、事、物都更強烈的欲望，才能交配，渴望就扎根在欲望之中。哈米許有充分的理由相信，目前的馬修——雖然他曾慷慨陳詞，揚言自己就是找不到一個能挑起這種感覺的對象——正值交配期。

「那麼你現在面臨的問題既不是巫族，也不是戴安娜，當然更不是某件或許可能解答你疑問的古老手抄本。」哈米許給自己的話一段沈澱的時間，然後才繼續道：「你知道你在狩獵她嗎？」

馬修喘了口氣，有人替他大聲說出這句話，真讓他鬆了口氣。「我知道。她睡覺的時候，我從她窗戶爬進去。她跑步的時候，我跟在後面。她拒絕我幫助她，但她愈這麼做，我就愈覺得飢渴。」他顯得不知所措，哈米許得咬緊嘴唇才不至於笑出來。馬修的女人通常不會拒絕他。她們對他言聽計從，拜倒在他的俊美外貌和魅力之下。難怪這次他要神魂顛倒了。

「但我不要吸戴安娜的血——不是實質的吸血。我不會向這種渴望屈服。接近她不成問題。」馬修的臉忽然又皺成一團。「我在說什麼呀？我們不能太接近。我們會引起注意。」

「未必，**我們**共處的時間也很多，沒有人在意。」哈米許指出。他們剛成為朋友之初，曾經努力掩飾他們的差異，迴避好奇的眼光。他們單獨現身，已經耀眼得足以招惹凡人的注意。一起露面——晚餐時腦袋靠在一起分享一則笑話，或凌晨坐在廣場上，腳邊堆著香檳酒瓶——更讓人無法忽視。

「不是同一回事，你知道的。」馬修不耐煩地說。

「哦，對了，我忘了。」哈米許發火了。「魔族幹什麼，沒有人會在意。但血族跟女巫？那可不得了了。你們是這個世界上真正有分量的生物。」

「哈米許！」馬修抗議道：「你知道我沒有那種想法。」

「你不能免於血族對魔族典型的輕蔑，馬修。巫族也一樣，我不妨告訴你。你把那個女巫搞上床之前，最好花點時間，把自己對其他生物的感覺好好想個清楚。」

「我根本不想跟戴安娜上床。」馬修道，聲音很尖刻。

「晚餐好了，先生。」喬登已經在門口站了一會兒，沒人注意到他。

「謝天謝地。」哈米許如獲大赦，連忙從椅子上站起來。如果除了對話，還有別的東西——任何東西——可以讓這吸血鬼分心，應付他就會容易一點。

坐在餐廳那張坐得下滿滿一屋子客人的大餐桌一端，哈米許盡情享用好幾道菜的第一道，馬修則玩弄著湯匙，直到食物變冷。他湊到湯碗上，嗅了嗅。

「蘑菇和雪利酒？」他問。

「是的，喬登想試做新菜，既然裡頭沒有你會討厭的東西，我就隨他安排了。」

馬修在鎧臼獵舍通常不怎麼需要補充食物，但喬登煮湯的本領出神入化，而哈米許除了不喜歡一個人喝酒之外，也不喜歡一個人用餐。

「對不起，哈米許。」馬修看著朋友進食，說道。

「我接受你的道歉，老馬。」哈米許道，湯匙懸在口邊。「但你無法想像作為魔族或巫族的難處。吸血鬼的處境是確定而無可爭議的。你要麼是一個吸血鬼，要麼就不是一個吸血鬼。毫無問題，沒有懷疑的空間。但我們其他人必須等待、觀察、猜測。這使得你們血族的優越感加倍難以忍受。」

馬修拿著湯匙，像指揮棒般在指間旋轉耍弄。「巫族都知道自己是巫族。他們跟魔族完全不一樣。」他皺著眉頭說。

哈米許砰一聲放下湯匙，拿起酒杯一飲而盡。「你很清楚知道，巫族的父親或母親不保證會生下巫族。你可能是個十足的凡人，但也可能把自己的搖籃燒掉。你的魔力會以何種方式在什麼時間顯現，也都無法預知。」哈米許不像馬修，他有個女巫朋友。佳寧幫他理髮，他的髮型從來沒那麼好看過，她也自行調配護膚乳液，效驗如神。他懷疑其中有魔法。

「但那不盡然是意外。」馬修堅持道。他舀了一些湯，輕輕搖晃湯匙，讓它快點兒冷卻。「戴安娜有幾世紀的家族史可以仰賴。這跟你青少年時期經歷的不一樣。」

「我日子過得很輕鬆。」哈米許道，憶起這些年他聽來的一些魔族成年故事。

哈米許十二歲的時候，人生在一個下午之間天翻地覆。漫長的蘇格蘭秋季裡，他忽然發現自己比所有的老師都聰明得多。大多數年滿十二歲孩子都會有這種想法，但哈米許卻別有一種讓他打從心底感到不安的篤定。他用裝病逃學因應這件事，這一招不再管用時，他就盡可能以最快速度把功課做完，並且放棄了一切正常的偽裝。哈米許幾分鐘就能解開他的同學至少一星期才解得出的題目，校方無計可施，只好向大學數學系求助，請專人來評估這種令人頭痛的能力。

來自格拉斯哥大學的傑克・華特生，是個有雙明亮藍眼睛的紅髮魔族，看到小精靈似的哈米許・歐斯朋第一眼，就猜到他可能也是個魔族。經過正式評量程序，取得意料中的書面證據，證實哈米許是個數學神童，他的心智不適應一般的規範，華特生便邀請他到大學聽課。他還對小學校長說，若強迫這孩子待在普通教室裡，恐怕會變成縱火狂或具有其他破壞傾向的人。

然後華特生拜訪歐斯朋夫婦的小康之家，對震驚的全家人說明這世界運作的方式，有哪些超自然生物存在。出身堅強長老會背景的波西・歐斯朋，拒絕相信有多種超自然生物，直到他的妻子指出，他從小就相信有女巫——那為什麼不能有魔族和吸血鬼？哈米許不再覺得孤單，心情一放鬆，便喜極而泣。他的母親用力把他抱在懷裡，告訴他，她一直覺得他是個特別的孩子。

正當華特生坐在他們家的電火爐前，跟她先生和兒子一塊兒喝茶時，潔西卡・歐斯朋也趁此機會，提出哈米許人生中另一個可能令他自覺與眾不同的面向。她在吃巧克力餅乾的當兒告訴兒子，她知道他不可能跟隔壁那個迷戀他的女孩結婚。哈米許反倒很受那女孩的哥哥吸引，那個高大健壯的十五歲男孩，足球踢得比這一帶隨便那個人都遠。波西和傑克聽了這個消息，似乎都毫不意外，也不難過。

「儘管如此，」馬修喝下第一口溫吞吞的湯，說道：「戴安娜的家人一定都預期她會成為一個女巫——而她不論用不用魔法，都已經是個女巫了。」

「我想那就跟置身一群摸不著頭腦的凡人中間一樣糟。你能想像那種壓力嗎？且還不提自己的人生好像不屬於自己那種可怕的感覺？」哈米許打了個寒噤：「我寧可一無所知還比較好。」

「那是什麼感覺，」馬修有點猶豫地問道：「第一次清醒，知道自己是魔族？」這血族通常不會提出這麼私人的問題。

「像重生。」哈米許道：「就像你醒來渴望喝血，而且聽見每一葉小草生長的聲音，同樣強大而令人迷惑。所有的東西看起來都不一樣。感覺起來都不一樣。大部分時間，我笑得像個中了彩券的傻瓜，其餘時間，我躲在房間裡哭泣。但我想我不相信這件事——你知道，**真正的**相信——直到你偷偷把我帶進那家醫院。」

馬修和哈米許成為朋友之後，送他的第一件生日禮物，包括一瓶庫克香檳和一趟瑞德克利夫醫院之旅。馬修讓哈米許一邊做核磁共振，同時問了他一系列的問題。事後他們拿哈米許的檢驗圖跟醫院裡一位聲譽卓著的腦科大夫的圖形比較，當時兩人都喝著香檳，哈米許身上還罩著檢驗衣。哈米許要求馬修連續好幾次重複播放掃瞄圖形，對他自己的大腦即使在回答最基本的問題時，也整個點亮發光，像一台彈球機一樣，深感著迷。這是他有生以來收到最棒的生日禮物。

「根據你告訴我的一切，戴安娜就處於我做核磁共振之前的階段。」哈米許道：「她知道自己是個女巫，但她覺得自己的人生是一則謊言。」

「她生活在謊言之中。」馬修咆哮道，然後又喝了一口湯。「戴安娜假裝自己是個凡人。」

「如果能知道原因何在，豈不很有趣？更重要的是，你能跟這樣的人相處嗎？你不喜歡謊言。」

馬修陷於沉思，沒有回答。

「另外還有一件事。」哈米許繼續道：「以一個像你這麼痛恨撒謊的人，你保留了很多祕密。如果你需要這個女巫，不論基於什麼理由，你都必須贏得她的信任。要做到這一點，唯一的辦法就是把你不願意讓她知道的事都告訴她。她已激起你保護的本能，你總有一天要與之對抗。」

馬修重新思考整個情況時，哈米許把話題轉到政府與倫敦最近的災難。馬修沈浸在千頭萬緒的金融與政策變化中，心情更為冷靜。

「你聽說了西敏寺的謀殺案吧，我想。」馬修整個兒輕鬆下來時，哈米許道。

「我聽說了。必須有人制止這種事。」

「你嗎？」哈米許問。

「不是我的工作——還不到時候。」

哈米許知道馬修對謀殺有套理論，跟他的科學研究有關。「你仍然認為謀殺是吸血鬼逐漸絕跡的徵兆？」

「是的。」馬修道。

馬修相信超自然生物在逐漸滅絕當中。哈米許最初對他朋友的假說嗤之以鼻，但他逐漸開始承認，馬修可能是對的。

他們又回頭聊比較不會引起不安的話題，晚餐後，他們回到樓上。哈米許把獵舍裡多出來的會客室改成一間客廳和一間臥室。客廳裡最醒目的是一個古老的大棋盤，配備有象牙和黑檀木雕刻的棋子，怎麼看都應該收藏在博物館裡，用玻璃罩保護，而不是放在涼風颼颼的獵舍裡。就像核磁共振，這套棋子和棋盤也是馬修的禮物。

就在這樣的漫漫長夜裡，他們邊下棋邊聊各自的工作，培養出更深厚的友誼。不知哪個晚上開始，馬修講他從前冒險的故事給哈米許聽。如今這魔族對馬修幾乎瞭如指掌，而馬修也是他所僅見、不畏懼他高超智力的超自然生物。

哈米許習慣性下黑子。

「我們上次那局棋下完了嗎？」馬修問，對收拾整齊的棋盤裝出意外的模樣。

「是啊，你贏了。」哈米許簡單回答，讓他朋友露出難得的滿面笑容。

他們開始移動棋子，馬修好整以暇，哈米許的動作卻果斷而迅速。除了爐火畢剝、時鐘滴答，沒有別的聲音。

下了將近一小時，哈米許進入他規劃的最後階段。

「我有個問題。」他在等候馬修出下一著棋，聲調很謹慎：「你要那個女巫是因為她本人——或因為她有控制那份手抄本的法力？」

「我才不要她的法力！」馬修勃然大怒，拿他的城堡下了一步壞著，立刻被哈米許吃掉了。他垂下頭，比往常更像一個專心思考天堂祕密的文藝復興時期的天使。「天啊，我不知道我要什麼。」

哈米許盡可能坐著不動。「我認為你知道，老馬。」

馬修移動一顆卒子，沒有回答。

哈米許繼續道：「牛津其他那些生物很快就會知道，說不定已經知道了，你感興趣的不止是那本古書而已。你要如何收尾？」

「我不知道。」吸血鬼小聲說。

「愛情？咬她一口？讓她喜歡你？」

馬修怪吼一聲。

「很有說服力。」哈米許用厭煩的語氣說。

「這檔子事很多方面我都不懂，哈米許，但我確定三件事。」馬修強調，並且把酒杯從腳邊的地板上拿起來。「我不會對自己的渴望讓步而去吸她的血。我不要控制她的力量。我無論如何都不想把她變成吸血鬼。」想到這種念頭，他就打了個寒噤。

「那就只剩下愛情。所以你已經知道答案了。你其實知道自己要什麼。」

馬修咕嘟吞下一口酒。「我要我不該要的，我渴望一個我永遠不能擁有的人。」

「你不是害怕自己會傷害她吧？」哈米許溫柔地問：「你跟溫血的女人談過戀愛，你也沒有傷害她們呀。」

馬修手中那個沈重的水晶玻璃酒杯斷裂成兩半，上半截的碗掉到地上，紅酒灑在地毯上。哈米許看見吸血鬼的食指與大拇指上有玻璃粉末的閃光。

「哦，老馬。你為什麼不早告訴我？」哈米許控制住臉部表情，完全不讓內心的震驚流露出來。

「我怎麼能夠？」馬修瞪著自己的手，用指尖搓揉玻璃碎屑，直到玻璃與血混合成一片，發出暗紅色的光澤。「你一直對我太有信心，你知道。」

「對方是誰？」

「她名字叫愛琳娜。」這名字讓馬修說不下去。他抬起手臂，用手背遮住眼睛，徒勞無功地試圖從心版上抹去她的臉。「我哥哥跟我打架。現在我連爭執的原因都想不起來。當時我只想赤手空拳殺死他。愛琳娜想要我恢復理性。她插身我們中間，然後——」馬修的聲音斷了。他沒有擦掉已經癒合的手指上殘餘的血跡，就用手摀住臉。「我好愛她，但我殺了她。」

「這是什麼時候的事？」哈米許輕聲問。

馬修放下手，翻轉過來，研究自己修長有力的手指。「幾百年前。昨天。有什麼差別？」他用血族對時間一逕的輕蔑問道。

「差別很大，如果你犯這個錯誤時，是個不能充分掌控自己的力量和飢餓的新血族。」

「哦。那麼不過一世紀前，我殺死一個名叫席西利亞•馬丁的女人時，差別就很大了。那時候我可不是什麼『新血族』了。」馬修站起身，走到窗前。他很想跑進夜的黑暗裡就此消失，免得看到哈米許眼中的震驚。

「還有別人嗎？」哈米許追問。

馬修搖搖頭。「兩個就夠了。不會有第三個。永遠不會。」

「告訴我席西利亞的事。」哈米許命令道，並從椅子上俯身向前。

「她是一個銀行家的妻子。」馬修遺憾地說：「我在歌劇院看見她，迷戀上她。當時巴黎每個男人都迷戀別人的老婆。」他的手指在面前的玻璃窗上描繪一個女人臉部的輪廓。「當時我沒把這件事當作挑戰。我只想嘗嘗她的滋味，那天晚上，我就到她家去。但一旦開始，我就停不下來。我又不能讓她死——她是我的，我不願意放棄她。我差點就來不及停止吸血。天啊，她恨透了成為吸血鬼。後來我來不及阻攔，席西利亞就走進一棟燃燒的房子。」

哈米許皺起眉頭：「那麼不是你殺了她，老馬。她是自殺。」

「我一直吸她的血，直到她垂死邊緣，又強迫她喝我的血，未得她允許就把她變成超自然生物，因為我既自私又害怕。」他憤恨地說：「從哪方面可以說不是我殺了她？我奪走了她的生命、她的自我認知、她活下去的意願——那就是死亡，哈米許。」

「你先前為什麼不告訴我這件事？」哈米許試著不去在意他最好的朋友有所隱瞞，但是很難。

「就連吸血鬼也有羞恥心。」馬修艱澀地說：「我因為自己對待這兩個女人的行徑憎恨自己——理應如此。」

「所以你才不應該保守祕密，老馬。它們會從內心毀滅你。」哈米許說話之前，先考慮過自己即將要說的話：「你不曾起意要殺死愛琳娜和席西利亞。你不是兇手。」

馬修的指尖貼著漆成白色的窗框，把額頭靠在冰涼的玻璃上。他再開口時，聲音變得平淡而死氣沈沈。「不對，我是個惡魔。愛琳娜原諒了我，但席西利亞不曾饒恕我。」

「你不是惡魔。」哈米許道，馬修的口吻讓他擔心。

「也許不是，但我很危險。」他轉過身，面對哈米許。「尤其在戴安娜周遭。就連愛琳娜都不能讓我有那種感覺。」光是想到戴安娜，那種飢渴就又回來了，使他從心臟到小腹都繃得緊緊的。努力控制這種感覺時，他的臉色變得陰鬱。

「回來把這局棋下完吧。」哈米許道，他的聲音有點沙啞。

「我可以離開，哈米許。」馬修沒把握地說：「你不需要跟我待在同一片屋頂下。」

「別蠢了。」哈米許的回應快得像鞭子。「你哪兒都不准去。」

馬修坐下。隔了幾分鐘，他道：「我不懂，怎麼你聽了愛琳娜和席西利亞的遭遇會不恨我？」

「我想不出你能做什麼事讓我恨你，馬修。我愛你就像愛自己的哥哥，我會愛你直到我最後一口氣。」

「謝謝你。」馬修道，表情很憂戚。「我會試著讓自己值得。」

「不要試。做就是了。」哈米許粗魯地說。「順便告訴你，你的主教快完蛋了。」

兩人頗為費力地把注意力轉回到棋局上，凌晨喬登送哈米許的咖啡和馬修的波特酒上來時，他們還在下棋。管家不發一言撿走毀了的紅酒杯，哈米許讓他上床休息。

喬登離開後，哈米許掃視一眼棋盤，發動最後攻勢。「將軍。」

馬修吁一口氣，往椅背上一靠，瞪著棋盤。他的王后被他自己的棋子——幾顆卒子、一顆騎士、一顆城堡——團團圍住。棋盤另一端，他的國王被一顆低階的黑色卒子攻陷。棋局結束了。他輸了。

「下棋的目標不僅是保護你的王后而已。」哈米許道：「你為什麼記不住，真正左右大局的是王棋啊？」

「國王只不過坐在那兒，一次移動一格。王后可以自由移動，我想我寧可輸棋，也不願意她喪失自由。」

哈米許暗忖，不知他說的是下棋還是戴安娜。「她值得這個代價嗎，老馬？」他柔聲問。

「是的。」馬修毫不猶豫地答道，從棋盤上拿起白王后，夾在手指中間。

「我想也是。」哈米許道：「你現在不覺得，但終於能夠找到她是你的運氣。」血族的眼睛閃閃發光，嘴唇扭曲成一個乜斜的笑容。「但她幸運嗎，哈米許？有我這麼一隻超自然生物追求她，是她的運氣嗎？」

「那得看你了。只要記住一件事——不能有祕密。如果你愛她，就不能有。」

馬修看著手中王后平靜的臉，他以保護的姿勢把那顆雕刻的小人形捧在掌心裡。

太陽升起來時，他仍捧著它，哈米許早已去睡了。

第十章

我一邊試著甩脫馬修的凝視留在我肩膀上的冰塊，一邊開了房門。室內，答錄機用閃爍的紅字「13」歡迎我。我的手機裡還有另外九則留言。它們都來自莎拉，顯示她憑第六感得知牛津這邊發生了一些事，而且愈來愈擔心。

我沒法子面對無所不知的阿姨，只好先把答錄機音量調小，然後關掉兩支電話的響鈴，筋疲力盡爬上了床。

第二天早晨，我去晨跑，從門房經過時，福瑞拿著一疊留言條向我揮舞。

「我等一下來拿。」我喊道，他豎起大拇指表示知道。

我的腳踏在熟悉的泥土路上，穿過市區北端的田野與沼澤，體能鍛鍊幫助我把不回阿姨電話的罪惡感和馬修冰冷臉孔的回憶拋在一旁。

回到學院，我收下了那些留言，把它們扔進垃圾桶。然後用我最珍愛的週末儀式拖延無可避免要打回家的那通電話：煮一顆蛋、泡茶、集中該洗的髒衣服、把散落各處的紙張疊成一堆。整個上午都幾乎浪費掉以後，就只剩下打電話回紐約一事了。那兒還很早，但絕對可以確定，已經沒有人賴在床上了。

「妳以為自己在幹什麼，戴安娜？」莎拉用質問取代了哈囉。

「早安，莎拉。」我一屁股坐進廢棄壁爐旁邊的扶手椅，交叉雙腿，翹在旁邊的書架上。這要花點時間。

「一點都不安。」莎拉尖刻地說：「我們急瘋了。發生了什麼事？」

艾姆拿起分機。

「嗨，艾姆。」我道，兩腿交換位置。這要花很長的時間。

「那隻吸血鬼騷擾妳嗎？」艾姆焦慮地問。

「不盡然。」

「我們知道妳跟吸血鬼和魔族混在一起。」阿姨不耐煩地插嘴道：「妳昏頭了嗎，還是有什麼嚴重的問題？」

「我沒昏頭，也沒有什麼問題。」後半句是謊言，但我暗地裡希望不至於穿幫。

莎拉喊道：「妳真以為騙得過我們？妳不能對女巫同族撒謊的！講出來吧，戴安娜。」

我的計畫吹了。

艾姆道：「讓她說，莎拉。我們要相信戴安娜會做正確的抉擇，記得嗎？」

接下來的沈默讓我相信，這件事曾經引起一些爭論。

莎拉深深吸一口氣，但艾姆打斷她：「妳昨晚到哪兒去了？」

「做瑜伽。」雖然沒有可能逃脫這場審判，但回答得盡可能簡單扼要，對我比較有利。

「瑜伽？」莎拉難以置信地問。「妳幹嘛跟超自然生物一起做瑜伽？妳明明知道跟血族和魔族來往是很危險的。」

「帶班的是一個女巫！」我開始憤懣不平，眼前浮現阿米拉恬靜、美麗的臉。

艾姆問：「這個瑜伽班，是他的主意嗎？」

「是的，場地就是柯雷孟的房子。」

莎拉發出作嘔的聲音。

「就告訴妳是他。」艾姆低聲對阿姨說。接著她又對我發問：「我看到吸血鬼站在妳和……某個東西之間。我不確定那是什麼。」

「我一直跟妳說，艾米莉・麥澤，那全是胡說八道。吸血鬼不會保護女巫的。」莎拉的聲音充滿自信而乾脆。

「這一個會。」我說。

「什麼？」艾姆是問句，莎拉是驚呼。

「他已經這麼做了好幾天。」我咬緊嘴唇，不確定如何敘述這個故事，然後決定試試看。「圖書館出了點事。我借出一件手抄本，書上被施了巫術。」

沈默。

「有巫術的書。」莎拉的聲音很感興趣。「是一本魔法書嗎？」她是魔法書專家，她最珍貴的財產就是一本畢夏普家族代代相傳的咒語大全。

我說：「我想不是。只看到很多鍊金術插圖。」

「還有什麼？」我阿姨知道，以巫術控制的書而言，看得到的東西只是個起點。

「有人對手抄本的正文施了咒語。有模糊的一行行字跡——一層又一層的——在書頁的表面下移動。」

遠在紐約，莎拉砰一聲放下咖啡杯。「那是在馬修・柯雷孟出現之前或之後？」

「之前。」我低聲道。

「妳告訴我們妳遇到一個吸血鬼的時候，不認為這件事值得順便提一提？」莎拉毫不試圖掩飾她的憤怒。「看在女神分上，戴安娜，妳怎麼會這麼魯莽？那本書受到什麼樣的巫術控制？可別告訴我妳不知道。」

「它聞起來很奇怪。感覺……不對勁。剛開始的時候，我翻不開那本書的封面。我就把手按在上面。」我攤開手掌，放在腿上，回憶我和那本書相認的剎那，有點期待能目睹馬修提到的閃光。

「然後？」莎拉問。

「它讓我的手有點刺痛，然後嘆了口氣，然後……就鬆開了。我感覺到，透過皮革和木板。」

「妳用什麼方法解開符咒？妳有沒有說什麼字句？妳當時在想什麼？」莎拉的好奇心全面發動了。

「完全沒有用到巫術，莎拉。我為了做研究必須讀那本書，我就把手平放在書上，如此而已。」我吸一大口氣。「書一打開，我做了些筆記，把書闔上，就還回去了。」

「妳把書還回去了？」一陣響亮的嘩啦聲，莎拉的電話掉落地上，我皺起眉頭，把話筒拿開，但她聲色俱厲的詈罵還是清晰可聞。

「戴安娜。」艾姆的聲音很模糊：「妳還在嗎？」

「還在。」我立刻回答。

「戴安娜・畢夏普，妳怎麼這麼不懂事？」莎拉的聲音充滿責備：「妳怎麼可以把一件自己不完全了解的魔法物品送回去？」

阿姨教我如何辨識被施了魔法和下了符咒的物品——以及如何處理它們。在了解這些東西的魔法如何運作之前，應該盡可能避免碰觸或移動它們。符咒需要審慎處理，其中很多都設計有保護的機制。

「那我應該怎麼辦，莎拉？」我聽見自己在辯解。「待在圖書館裡不走，直到妳檢查過那本書？那是星期五晚上。我想回家。」

「妳還書的時候發生了什麼事？」莎拉緊迫追問。

「空氣好像有點兒奇怪。」我承認。「圖書館好像有種瞬間收縮的感覺。」

「妳把書還回去，咒語又開始運作。」莎拉道。她又開始咒罵。「很少巫師有能力下這種解除後還能自動恢復作用的咒語。跟妳交手的可不是玩票的。」

「就是那股能量把他們吸引到牛津來。」我忽然明白了。「不是因為我打開那個手抄本。我不僅在瑜伽課上碰到超自然生物，莎拉。我在博德利圖書館就已經被血族和魔族包圍了。柯雷孟星期一晚上專程來圖書館，因為他聽兩個女巫談論那份手抄本，希望能看它一眼。等到星期二，就滿圖書館都是他們的人了。」

「又來了。」莎拉嘆氣道：「等不到一個月，就會有魔族到麥迪森來找妳了。」

「一定有能幫助妳的巫族。」艾姆努力保持聲音平和，但我聽得出她在擔憂。

「是有巫族。」我有點遲疑：「但他們不是來幫忙的。有個穿咖啡色人字呢外套的巫師，試圖硬闖進我的大腦。要不是馬修在，他很可能會成功。」

「那個吸血鬼插手妳跟另一個巫師的事。」艾姆大為震驚。「這不可以。如果不是我們的一員，就不可以干預巫族之間的事。」

「妳該感激他！」即使我不喜歡聽柯雷孟訓話，也不想再跟他一塊兒吃早餐，但這吸血鬼畢竟做過值得嘉獎的好事。「要不是因為有他在，我不知道會發生什麼事。過去從來沒有巫族對我做出那麼……侵略性的行為。」

「也許妳該離開牛津一段時間。」艾姆建議道。

「我不會因為這兒有個不懂禮貌的巫師就離開。」

艾姆和莎拉低聲交談了幾句，她們用手摀住話筒。

「我非常不喜歡這樣。」最後我阿姨用世界已天崩地裂的口吻說：「魔法控制的書？魔族跟蹤妳？吸血鬼帶妳去上瑜伽？巫族威脅畢夏普家的人？女巫應該避免引起注意，戴安娜。就連凡人都會察覺有些事在醞釀。」

「如果妳留在牛津，就必須更加避人耳目。」艾姆同意道：「如果做不到，不妨先回家來住一陣子，等風聲過去。反正手抄本已經不在妳手上。說不定他們會失去興趣。」

但我們都不相信有那種可能。

「我不要逃跑。」

艾姆反駁道：「那不是逃跑。」

「就是。」只要馬修・柯雷孟在旁，我就不能表現一丁點的懦弱。

「他不可能每天的每一分鐘都守著妳。」艾姆憂傷地說，她聽見了我沒說出口的思維。

「最好不要有這種可能。」莎拉氣鼓鼓地說。

「我不需要柯雷孟幫忙。我有能力照顧自己。」我抗議道。

「戴安娜，那個吸血鬼之所以保護妳，不是因為他天性良善。」艾姆道。「妳代表某種他渴望的東西。妳必須知道那是什麼。」

「說不定他對鍊金術有興趣。也說不定他只是無聊。」

「吸血鬼不會無聊。」莎拉斬釘截鐵道：「尤其附近有女巫的血。」

我阿姨的偏見無藥可救。我很想跟她講瑜伽班的事，那一個多小時裡，我擺脫了對所有其他超自然生物的恐懼，覺得無比自由。但說這種話沒有意義。

「夠了。」我態度很堅決。「我不會再跟馬修・柯雷孟接近，妳們也不用擔心我翻閱別件著魔的手抄本。但我不離開牛津，就這麼說定。」

「好吧。」莎拉道：「但萬一出事，我們在這裡做不了什麼。」

「我知道，莎拉。」

「下次妳再拿到魔法物品——不論是否在妳意料之中——要表現得像個女巫，而不是一個愚蠢的凡人。不要忽視它，也不要告訴自己一切出於妳的想像。」莎拉最厭惡的凡人劣行中，任意忽略與否定超自然現象名列前茅。「要必恭必敬對待它，如果妳不知道該怎麼辦，記得要求助。」

「保證。」我趕快答應，希望結束通話，但莎拉還沒講完呢。

「我從來沒想到有生之年，會看到畢夏普家的人不能自保，竟然要靠吸血鬼保護。」她道：「我母親在墳墓裡也不會安寧。這都是因為妳不肯面對真正的自己，戴安娜。妳現在的處境一團糟，都因為妳以為可以無視自己的血緣。這樣是行不通的。」

莎拉的怨懟使我的房間在掛掉電話很久以後，仍覺得氣氛酸澀不適。

第二天早晨，我做了半小時的瑜伽伸展動作，然後泡了一壺茶。茶裡的草香和花香有舒緩作用，又含有恰到好處的咖啡因，讓我下午不至於打瞌睡，晚上也不會睡不著。茶葉都舒展開以後，我用毛巾包起白瓷壺保溫，把它端到火爐前面我沈思專用的那把椅子旁。

我在熟悉的茶香裡靜下心來，把膝蓋縮到下巴，回顧過去這一週。不論從哪 點開始，都會回到我跟柯雷孟的最後一次對話。難道我為了阻止魔法滲透我的生活所做的一切努力都毫無意義？

每次我的研究停滯不前，我都會想像有一張白色的桌子，桌面乾淨得發亮，我需要的證據就像一套拼圖遊戲等我去組合。這可以減輕壓力，感覺就像在玩遊戲。

現在我把過去一週收集的碎片統統倒在桌上——艾許摩爾七八二號、柯雷孟、艾嘉莎遊移不定的注意力，穿人字呢的巫師、我閉著眼睛走路的習慣、博德利圖書館裡的超自然生物，我如何從書架上取下《筆記與疑問》、阿米拉的瑜伽課。我讓發亮的零碎圖片繞圈子運行，把其中一部分拼湊起來，試圖組成圖形，但還有太多空白，看不出明確的圖案。

有時隨手撿起一塊碎片，能幫助我明白最重要的是什麼。我把想像的手指放在桌上，畫出一個形狀，預期會看到艾許摩爾七八二號。

回望我的是柯雷孟的黑眼睛。

這個吸血鬼為什麼那麼重要？

我的拼圖碎片開始照自己的意願移動，圖形旋轉太快，看不清楚是什麼圖案。我用想像的手拍一下桌面，碎片中止了舞蹈。我的手掌有似曾相識的刺痛感。

這已經不像遊戲。它更像是魔法。如果這是魔法，我做中學的功課、修習大學的學分，以及現在做學術研究的時候，都用了它。但我生活中容不下魔法，想到我很可能已經在不知不覺之間觸犯了自己訂的規則，我就斷然拒絕再想下去。

第二天，我照自己例行的時間走進圖書館，走上樓，轉個彎，來到借書台附近，打起精神，為看到他做準備。

柯雷孟不在那兒。

「妳要什麼？」密麗安不悅地問，她站起來時，椅子在地板上刮出刺耳的聲音。

「柯雷孟教授在哪兒？」

「他去打獵。」密麗安道，眼中有一閃而逝的厭惡。「在蘇格蘭。」

打獵。我吞了一口口水。「哦。他什麼時候回來？」

「我實在不知道，畢夏普博士。」密麗安交叉手臂，一隻小腳向前踏出。

「我本來希望他今晚會帶我去老房子上瑜伽課。」我有氣無力地說，試圖編一個闖到這兒來的合理藉口。

密麗安轉過身，拿起一個捲成一球的黑色物品。她把它向我扔來，我在它從我臂側飛過時一把接住。

「妳星期五把這個留在他車上了。」

「謝謝妳。」我的毛衣上有康乃馨和肉桂的味道。

「妳應該對自己的東西當心一點。」密麗安埋怨道：「妳是個女巫，畢夏普博士。照顧好自己，不要讓馬修這麼為難。」

我一言不發，轉身就走，找項恩去拿我的手抄本。

「一切都好嗎？」他問，皺著眉頭瞪了密麗安一眼。

「好極了。」我把我慣用的座位號碼牌交給他，見他仍憂形於色，再給他一個親切的微笑。

密麗安怎敢對我說那種話？坐下來工作時，我仍覺得很氣憤。

我的手指發癢，好像皮膚下面有幾百隻小蟲子在爬。手指縫裡竄出小小的藍綠色火花，那是能量從我身體邊緣迸發出去留下的痕跡。我連忙握緊拳頭，把雙拳壓在屁股下面。

情況不妙。我跟所有其他大學成員一樣，曾經宣誓絕不帶火種進入博德利圖書館。而上次發生這種事是在我十三歲的時候，當時還必須勞動消防隊來撲滅廚房裡的火災。

灼燒的感覺緩和後，我小心張望四周，總算鬆了口氣。賽頓閱覽室裡只有我一個人，沒有人看見我的煙火博覽會。我從大腿底下把手抽出來，仔細檢查有沒有進一步超自然活動的跡象。藍焰萎縮成銀灰，魔力已從我指尖退卻。

我確定不會引起火災後，就裝作若無其事，打開第一個盒子。儘管如此，我碰觸電腦前還是遲疑了一下，唯恐我的手指會融化塑膠鍵盤。

可想而知，專心變得很困難，到了午餐時間，攤在我面前的還是同一份手抄本。或許來杯茶可以讓我冷靜下來。

學期開始時，照例會在杭佛瑞公爵館的中世紀書區看到一小群凡人讀者。今天卻只有一個上了年紀的女人，拿著放大鏡在研究一本有泥金插畫的手抄本。她被一個我不認識的魔族和 個我上週見過的女吸血鬼夾在中間。季蓮•張伯倫也在，跟其他四個女巫對我怒目而視，好像我讓整個巫族蒙羞似的。

我匆匆走過，在密麗安的桌前稍做停留。「我想妳奉命午餐時要跟蹤我。一起來嗎？」

她用誇張的小心翼翼姿勢放下鉛筆：「妳先走。」

我走到後側樓梯口時，密麗安已趕到我前面。她指著另一邊的梯子說：「從那邊下樓。」

「為什麼？有什麼不一樣？」

「隨妳便。」她聳聳肩膀。

下了一層樓，我朝通往二樓閱覽室那扇彈簧門上嵌的小窗戶看一眼，不由得大吃一驚。

那房間裡滿滿都是超自然生物。他們各覓同類，聚集成群。有一張長桌坐的全是魔族，一望即知，因為他們全體的面前都沒半本書——不論合攏或翻開。血族坐另一張桌子，身體完全靜止，眼睛絕不眨動。女巫看起來很好學，但她們緊皺眉頭其實是因為生氣而非專注，因為最靠近樓梯的桌位被魔族和吸血鬼搶先盤據了。

密麗安評道：「難怪我們被禁止互相來往。凡人對這種事不可能視若無睹的。」

「我又做了什麼？」我悄聲問。

「沒什麼。只是馬修不在。」她很實際地答道。

「為什麼他們那麼怕馬修？」

「這妳得問他。吸血鬼不講故事。不過不用擔心。」她亮出尖銳的白牙，繼續道：「這也很好用，所以妳沒什麼好怕的。」

我把手插進口袋，大步走下樓梯，在廣場上從觀光客中間擠出去。我在布萊克維爾吞下一客三明治和一瓶水。我經過密麗安身旁，往出口走去時，跟她交換一個眼色。她放下一本謀殺推理小說，跟上我。

我們穿過圖書館大門時，她低聲道：「戴安娜，妳要做什麼？」

「不關妳事。」我頂回去。

密麗安嘆口氣。

回到杭佛瑞公爵閱覽館，我找到那個穿人字呢的巫師。密麗安站在中間走道上專注地觀察，像一尊雕像般靜止不動

「這裡你是頭兒？」

他歪一下腦袋表示承認。

「我是戴安娜・畢夏普。」我伸出手說。

「彼得・諾克斯。我很清楚妳的來歷。妳是芮碧嘉和史蒂芬的孩子。」他用手指輕輕碰一下我的指尖。他面前攤開一本十九世紀的魔法書，旁邊還有一大疊參考書。

這名字很耳熟，但我一時想不起細節，而且聽我父母的名字從一個巫師嘴裡說出來，讓我很感不安。我吞了口口水，有點費力。「拜託，請你的……朋友離開圖書館。今天有新牛來，我們不希望嚇著他們。」

「如果我們可以私下談談，畢夏普博士，我確信我們可以做一些安排。」他把眼鏡往鼻梁上推。我愈接近諾克斯，就愈覺得危機重重。我指甲下面的皮膚開始蠢蠢欲動，傳來一陣陣刺痛。

「妳沒什麼好怕我的。」他遺憾地說。「倒是那個吸血鬼——」

「你認為我找到了某種屬於巫族的東西。」我打斷他：「它已經不在我手上了。如果你要艾許摩爾七八二號，你面前就有借閱單可以填。」

「妳不了解情況的複雜性。」

「是不了解，我也不想了解。拜託，別來煩我了。」

「外表上，妳跟妳母親很像。」諾克斯的眼睛掃過我的臉。「但我看得出來，妳也有史蒂芬的固執。」

照例，每當巫族提到我的父母和家族歷史——好像他們跟我一樣有資格似的——我都會油然產生一股夾雜著妒忌與不滿的情緒。

「我試試看。」他繼續道：「但我不能控制那些生物。」他對走道另一頭比個手勢，吸血鬼姊妹花之中的一個正興趣盎然地看著諾克斯和我。我遲疑了一下，便走到她座位旁邊。

「我相信妳已經聽見我們的對話，妳一定也知道我已經在兩個吸血鬼的直接監護之下。」我說：「如果妳不信任馬修和密麗安，請儘管留下，但拜託妳叫二樓閱覽室裡的其他人離開。」

「幾乎沒有女巫值得吸血鬼投資時間，但妳今天的表現真的非常令人意外，畢夏普博士。我簡直等不及要告訴我妹妹克萊麗莎她錯過了什麼。」這個女吸血鬼說話拖著圓潤而慢條斯理的尾音，充分顯示她的出身高貴，受過良好的教育。她微微一笑，牙齒在中世紀書區的黯淡光線裡閃亮，「向諾克斯挑戰——妳這麼一個孩子？真是一則精彩的故事！」

我硬把眼睛從她完美無瑕的臉上移開，轉而去搜尋熟悉的魔族。

那個愛喝拿鐵的魔族戴著耳機，在電腦終端機附近遊蕩，雖然耳機線另一頭鬆垂在他大腿旁邊，他卻跟著聽不見的音樂在低聲哼唱。一等他把白色塑膠圓盤從耳朵上取下，我就試著跟他解釋情況的嚴重性。

「聽著，你儘管可以在這兒上網，但樓下有個問題。沒必要出動二十四個魔族監視我吧？」

那魔族發出一種放縱的聲音。「妳很快就會知道的。」

「他們不能從比較遠的地方監視我嗎？比方謝爾登劇場㉘？或白馬酒店㉙？」我盡可能替他著想。「要不然凡人讀者會開始問東問西。」

「我們跟妳們不一樣。」他做夢似的說。

「你的意思是你幫不上忙，或你不願意幫忙？」我努力不讓心中的不耐煩流露出來。

㉘ Sheldonian為牛津的大禮堂，是舉行畢業典禮及其他大型活動的場地，在博德利圖書館隔壁。

㉙ The White Horse，牛津最老的一家酒吧，在布萊克維爾書店旁邊。

「都一樣。我們也要知道。」

簡直不可理喻。「不論你採取什麼方式，只要能讓座位不足的壓力減輕一點，就感激不盡了。」

密麗安仍盯著我看。我不理她，回到自己的位子上。

這個毫無生產力的一天結束時，我按摩著鼻梁，喃喃咒罵，開始收拾帶來的物品。

第二天早晨，博德利圖書館擁擠的情形大有改善。密麗安埋著頭振筆疾書，我經過時她連頭都不抬。仍然沒有柯雷孟的蹤影。儘管如此，每個人都遵守顯然是由他（可能透過默契）訂下的規則，他們也絕不涉足賽頓閱覽室。季蓮在中世紀館藏區專心讀她的紙草書，吸血鬼姊妹花和幾個魔族也在那兒。除了真正在做研究的季蓮，其他人也都做出上圖書館的樣子。我上午去喝了杯熱茶，隔著彈簧門朝二樓閱覽室張望時，只有少數幾個超自然生物抬頭。那個愛音樂也愛咖啡的魔族是其中之一。他心照不宣地抬一下手，對我眨眨眼。

我完成了合理分量的工作，雖然還不夠彌補昨天的損失。我先讀號稱是摩西的妹妹瑪莉作的鍊金術的詩——最費解的一種文本。有首詩寫道：「你若看守三小時，三件東西／到頭來會鍊鎖在一起。」這兩句詩的意義始終是個謎，雖然最可能的解釋是金、銀與水銀的化學反應。克里斯能不能根據這首詩設計一項實驗？我想到可能涉及的化學過程，不禁很好奇。

我翻到另一首無名氏的作品，詩題是〈詠三層次的科學之火〉，詩中意象毫無疑問跟我昨天在插畫中看到的一座鍊金術之山雷同，那座山上到處在開礦，到處是在地上挖掘珍貴的金屬與寶石的礦工。

此礦出土兩塊遠古之石，
是故古人以聖地名之；

他們了解其價值、力量與功效，
及其與天然元素作用的訣竅
只要與天然黃金、白銀醞釀
就展現埋藏其中的寶藏。

我壓住一聲呻吟。如果不僅要把工藝跟科學結合在一起，還要把工藝與詩結合在一起，我研究的複雜程度就會無限度增加。

「吸血鬼在旁監視妳，專心做研究很困難吧？」

季蓮・張伯倫站在我旁邊，棕眼裡閃爍著壓抑的惡意。

「妳想怎樣，季蓮？」

「我只是表示友善，戴安娜。我們是姊妹，記得嗎？」季蓮柔亮的黑髮垂在衣領上。髮絲滑順，顯然沒有突如其來靜電走火的問題。她的法力一定都定期宣泄。我打了個寒噤。

「我沒有姊妹，季蓮。我是獨生女。」

「那倒也不錯。妳們家族惹的麻煩已經夠多了。看看撒冷事件，都是布麗姬・畢夏普的錯。」季蓮的語氣很惡毒。

又來了，我闔上面前的書想道。照例，畢夏普這姓氏又成了令人無法抗拒的話題。

「妳說的什麼話，季蓮？」我的聲音很嚴厲：「布麗姬・畢夏普因使用巫術被判罪，遭到處決。獵女巫行動不是她引起的——她是受害者，就跟其他人一樣。妳明明知道，就跟這個圖書館裡的其他女巫一樣。」

「布麗姬・畢夏普引起人類的注意，先是她那些人偶，後來是她暴露的衣著和不道德的行為。要不是因為她，凡人也不會歇斯底里。」

「判決說她沒有行使巫術。」我反駁道，開始生氣了。

「那是一六八〇年的事——但沒有人相信。他們在她家地下室的牆壁找到那些身上插針，頭被扯掉的人偶以後，就更不可能了。事後布麗姬沒有採取任何行動幫助女巫同族免於懷疑。她太獨立了。」季蓮降低了音量：「那也是妳母親的致命傷。」

「別說了，季蓮。」我們周遭的空氣變得反常地寒冷而透明。

「妳的父母都很孤僻，跟妳一樣，以為結婚之後就不需劍橋巫會的支持。他們受到了教訓，不是嗎？」

我閉上眼睛，卻沒辦法把我一輩子試圖要忘記的那幅畫面屏擋在外：奈及利亞某處，死去的母親和父親躺在一個粉筆畫的圓圈中央，屍身破碎而鮮血淋漓。當年阿姨不肯告訴我他們死亡的細節，所以我偷偷到公共圖書館去查。就在那兒，我第一次看到那張照片和驚心怵目的新聞標題。接下來好幾年，我一直做噩夢。

「劍橋巫會根本無從防範我父母親遇害。他們是在另一個大陸上被恐懼的凡人殺死的。」我緊緊抓住椅子的扶手，希望她不至於看到我的指節泛白。

季蓮發出一陣令人不快的笑聲。「不是凡人，戴安娜。如果是的話，就該抓到兇手繩之以法。」她蹲下來，臉湊到我面前。「芮碧嘉•畢夏普和史蒂芬•普羅克特當時有一些祕密瞞著其他巫族。我們要知道那是什麼。他們死了很可惜，但非得如此不可。妳父親的法力是我們做夢也想不到的強大。」

「不要再提我的家族和我的父母，好像他們是妳的私人財產。」我警告道：「他們是被凡人殺害的。」我耳中隆隆震響，環繞我們的寒意更加凜冽。

「妳確定嗎？」季蓮低聲道，把一股新起的寒氣送進我骨頭裡。「身為女巫，妳會知道我有沒有騙妳。」

我努力控制自己的五官，決心不流露一丁點的困惑。季蓮說我父母的話不可能是真的，但我絲毫沒感覺到女巫之間說了假話時，必定會出現的那種微妙警訊——憤怒的火花、排山倒海而來的輕蔑。

「下次妳拒絕巫會的邀請時，先想想布麗姬‧畢夏普和妳父母的遭遇吧。」季蓮低聲道，她的嘴離我的耳朵那麼近，她的呼吸吹在我皮膚上。「女巫不應該有祕密瞞著其他女巫。這麼做會發生不好的事。」

季蓮挺直身軀，盯著我看了幾秒，她看得愈久，她目光造成的刺痛感就愈不舒服。我定睛看著面前合攏的手抄本，堅持不肯接觸她的目光。

她離開後，空氣的溫度恢復正常。我的心不再劇跳，耳鳴也緩和以後，我用發抖的手收拾自己的東西，迫切渴望回我的房間去。腎上腺素在我體內穿梭，我不確定還能抵擋內心的恐慌多久。

我好不容易躲開密麗安凌厲的目光，離開圖書館，沒有發生任何事故。如果季蓮沒說錯，那麼我該提防的是女巫同族的妒忌，而不是凡人的恐懼。她提到我父親不為人知的力量，讓我在記憶的邊緣隱約捕捉到一些模糊的蛛絲馬跡，但我試圖定焦較長的時間，以便看得更清楚一點時，線索又消失了。

到了新學院，福瑞拿著一疊信件，在門房喊住我。最上面是一個乳白色的信封，紙張光潔，觸感厚實。

是院長的邀請函，邀我在晚餐前小酌一杯。

我回到房間，考慮打電話給他的祕書，藉口生病，擺脫這個場合。我頭昏腦脹，以目前的狀況，我的胃恐怕連一滴雪利酒都容不下。

但我要求一個住處時，學院表現得非常慷慨。我起碼也該親自表達謝意。專業的責任感逐漸勝過了季蓮挑起的焦慮。我把學者的身分就像生命線一般牢牢抓住，決心專程去致謝。

換好衣服，我便向院長宿舍走去，按了門鈴。一個學院職員來開門，引導我入內，把我帶進客廳。

「哈囉，畢夏普博士。」尼可拉斯．馬栩的藍眼睛在眼角瞇出許多條皺紋，他雪白的頭髮和圓滾滾的紅潤臉頰，看起來活像耶誕老人。他的親切讓我安心，靠著專業責任感支撐，我回報一個微笑。

「馬栩教授。」我握住他伸出的手：「謝謝你請我來。」

「有點晚，我恐怕。前一陣子我去了義大利，妳知道。」

「是的，會計告訴我了。」

「那麼妳會原諒我忽視妳這麼久了。」他道：「我希望能藉著介紹我的一個老朋友給妳稍做彌補，他剛好來牛津小住。他是一位知名作家，妳可能會對他寫作的題材感興趣。」

馬栩退到一旁，讓我瞥見一顆夾雜著白髮的碩大褐髮腦袋，以及一件咖啡色人字呢外套的袖子。我困惑地呆在當場。

「來見見彼得．諾克斯。」院長輕輕拉著我手肘道：「他對妳的作品很熟悉。」

那名巫師站起身。我終於知道一直沒想起來的事是什麼了。諾克斯的名字出現在那則報導吸血鬼謀殺案的新聞裡。他是警方每逢兇殺案可能涉及祕密宗教時都會求教的那位專家。我的手指開始發癢。

「畢夏普博士。」諾克斯伸出手道：「我在博德利圖書館見過妳。」

「是的，我相信你見過。」我伸出手，很慶幸它沒有噴濺火花。我們盡可能在最短時間內結束握手。他的右手指尖輕輕抖了一下，骨骼與皮膚幾乎不可見地一收一舒，凡人絕對不會發現。這讓我想起小時候母親的手也是這麼一抖一縮，就做好了鬆餅或摺好了衣服。我嚴陣以待，準備面對魔法湧現。

電話鈴響了。

「恐怕我得去接電話。」馬栩致歉道：「兩位請坐。」

我盡量坐得離諾克斯遠一點，屁股只沾著一張通常保留給學院最不受重視的新進教員的直背木椅邊緣。

諾克斯和我保持沈默，馬栩對著電話輕聲細語，但語氣頗不耐煩。他按下話機一個按鍵，端起一杯雪利酒向我走來。「是副校長來電。兩個新鮮人失蹤了。」他用大學裡對大一新生的稱謂。「兩位聊聊，我到書房去處理這件事。請別見怪。」

遠處有扇門開了又關上，走廊裡有含糊的聲音商量一些事，然後又歸於沈默。

「學生失蹤？」我漠然道。絕對是諾克斯用魔法設計了這場危機和來電，把馬栩引開。

「我不知道，畢夏普博士。」諾克斯低聲道：「校方找不到兩個孩子，似乎很不幸。不過這給我們一個私下聊聊的機會。」

「我們有什麼好聊的？」我嗅嗅那杯雪利酒，一心巴望院長早點回來。

「很多事情。」

我瞟一眼大門。

「我們結束前，尼可拉斯都有得忙的。」

「那就趕快說吧，讓院長繼續喝他的酒。」

「如妳所願。」諾克斯道：「告訴我妳來牛津的目的，畢夏普博士。」

「鍊金術。」為了讓馬栩回來，我願意回答這個人的問題，但除了必要的答案，我不會多透露任何消息。

「妳一定知道艾許摩爾七八二號有巫術控制。即使血管裡只有一滴畢夏普血液的人，都不可能沒發現這件事。妳為什麼把它還回去？」諾克斯的褐色眼睛充滿專注，他跟柯雷孟一樣想得到那份手稿——甚至欲望更高。

「我看完了。」很難保持聲音平穩。

「那份手抄本難道沒有引起妳的興趣？」

「沒有。」

彼得・諾克斯的嘴巴扭曲成醜陋的表情。他知道我在撒謊。「妳可曾把妳的想法告訴過那個吸血鬼？」

「我想你是指柯雷孟教授。」超自然生物不肯提名道姓，代表他們不承認跟自己不一樣的生物有平等的地位。

諾克斯的手指又扭轉了一次。我還以為他要對我作法，但他卻用手握住椅子的扶手。「我們都尊重妳的家族，還有妳經歷的磨難。儘管如此，妳跟這個生物違反傳統的交往已經引起議論。妳這種為所欲為的舉止等於背叛了祖先的血統。一定要停止。」

「柯雷孟教授是我的同行。」我說，試圖把話題帶離開我的家族。「而且我對那份手抄本一無所知。基於我的專業，我跟它有幾分鐘的接觸。是的，我知道它被下了咒。但那對我不重要，我借它出來是為了研究它的內容。」

「那個吸血鬼想弄到那本書已經一個多世紀了。」諾克斯道，聲音很猙獰：「絕對不能讓他得手。」

「為什麼？」壓抑的怒火在我的聲音裡劈啪作響。「因為它屬於巫族？吸血鬼和魔族不對物品下咒。只有巫族能對那本書下咒，現在它回到相同的咒語控制下。你擔心什麼？」

「遠超過妳能了解的程度，畢夏普博士。」

「我相信只要你說我就聽得懂，諾克斯**先生**。」我答道。聽到我刻意強調他學術圈外的身分，諾克斯不悅地抿緊嘴巴。這巫師每次提到我的博士頭銜，那種正式的態度都像是嘲弄，好像他企圖指出，他才是真正的專家，而我不是。我雖不想動用自己的法力，而且我連自己遺失的鑰匙都變不出來，卻無法忍受這個巫師高高在上的姿勢。

「妳身為畢夏普家的人，竟然跟一個吸血鬼來往，我覺得很不安。」抗議湧到我嘴邊，但他舉手阻止：「我們不要用更多不實在的話來羞辱對方。妳對那隻動物與生俱來的厭惡，已經被感激取代。」

我保持沈默，心中卻怒火洶湧。

「我擔心是因為我們已到了引起凡人注意的危險邊緣。」他繼續道。

「我曾經嘗試讓那些超自然生物離開圖書館。」

「啊，但不僅是圖書館，不是嗎？吸血鬼把吸乾了血的屍體扔在西敏寺旁邊。魔族異常不安，照例對他們自己的瘋狂和世界上能量的波動束手無策。我們沒有引起注意的本錢。」

「你自己告訴記者說，那些命案沒有超自然的成分。」

諾克斯一臉的難以置信：「妳不至於期望我把每件事都告訴凡人吧？」

「事實上，我期望如此，尤其因為他們付錢給你。」

「妳不僅是為所欲為，妳根本是愚蠢。我很意外，畢夏普博士。令尊以通情達理著稱。」

「我今天很累了。你講完了嗎？」我忽然站起身，向門口走去。即使在正常情形下，聽莎拉和艾姆以外的人談起我父母，我也會很難過。現在——季蓮透露消息後——這種話簡直就是褻瀆。

「沒有，還沒完。」諾克斯令人討厭地說：「目前我最感興趣的問題就是，一個沒受過訓練的無知女巫，怎麼能破解一個那些法力比妳高強不知多少倍的人再怎麼努力也解不開的咒語。」

「所以你們大家來監視我，就為這個原因。」我重新坐下，背部緊貼著椅背的板條。

「不要那麼自鳴得意。」他不以為然地說：「妳的成功也許只是僥倖——當初下咒時留下的某種週年反應。巫術可能受到時間流逝的干預，週年可能是它特別脆弱的時刻。妳還沒有嘗試把它再借出來，如果妳嘗試，可能就沒有第一次那麼容易。」

「你說的是哪個週年？」

「一百五十週年。」

我一直想不通，打從一開始，為什麼會有女巫要對那個手抄本施咒。早在那麼多年前，就有人在找它的下落。我臉色忽然發白。

我們又回到馬修．柯雷孟和他對艾許摩爾七八二號的興趣上了。

「妳真的想了解，不是嗎？下次妳看到妳的吸血鬼，不妨問問他，一八五九年的秋季他在做什麼。我不認為他會告訴妳真相，但他可能透露足夠的資料，妳就可以自行揣摩出事實。」

「我試過了。你何不告訴我，巫族對巫族，你為什麼對艾許摩爾七八二號感興趣？」我聽說了魔族要這份手抄本的理由。甚至馬修也給了我一些解釋。諾克斯為何對它著迷，必然是一塊重要的拼圖片。

「那份手抄本屬於我們。」諾克斯凶猛地說：「我們是唯一能了解它祕密的生物，也是唯一值得信任，能守住這個祕密的生物。」

「**手抄本裡有什麼**？」我說，終於動怒了。

「最早的咒語。維繫這世界的魔法說明書。」諾克斯的臉變得夢幻。「長生不老的祕密。女巫如何創造最初的魔族。如何把吸血鬼永遠消滅。」他眼神刺透我眼睛。「它是我們所有力量的來源，從過去到現在。絕不能讓它落到魔族或吸血鬼手中——凡人也不可以。」

我憶起當天下午發生的事，我得壓緊膝蓋，不讓它們發抖。「沒有人會把那麼多資料寫在一本書裡。」

「第一個女巫就是這麼做的。」諾克斯道。「還有她的兒女，代代相傳。那是我們的歷史，戴安娜。妳一定要保護它遠離窺探。」

院長走進房間，好像一直守在門口似的。氣氛緊張得令人窒息，但他看起來悠遊自在，毫無感覺。

馬栩搖著滿頭白髮道：「真是窮忙一場。新鮮人非法取得一艘平底小船。人已經找到了，卡在一座橋底下，還喝了點酒，使情況更糟，但他們對目前的處境非常滿意。可能發展成一段羅曼史。」

「我很慶幸。」我喃喃道。鐘敲四十五分，我站起身。「這麼晚了嗎？我晚餐有約。」

「妳不跟我們一起吃晚餐嗎？」院長皺起眉頭道：「彼得很期待跟妳聊鍊金術呢。」

「我們會再見的，很快。」諾克斯圓滑地說：「我這次來訪純屬意外。這位小姐當然有比跟我們兩個這種年紀的男人吃晚飯更好的事做。」

當心馬修・柯雷孟。諾克斯的聲音在我腦子裡迴盪。他是個殺手。

馬栩微笑道：「當然。希望再見到妳——等新鮮人都安頓好以後。」

問他一八五九年的事。看他會不會跟一個女巫分享祕密。

如果連你都知道，就不是什麼祕密了。我回應諾克斯用思想波發出的警告，他露出訝異的表情。這是我今年第六次使用魔法了，但這次的處境絕對非常值得原諒的。

「我樂於從命，院長。再次謝謝你今年讓我住在院裡。」我對巫師點點頭：「諾克斯先生。」

從院長宿舍逃出來，我鑽進迴廊，這是我的老避難所，在柱子間踱步，直到脈搏不再狂奔為止。我滿腦子只有一個問題：同一天下午，受到兩個巫族——我自己的族人——威脅後，我該怎麼辦。忽然靈機一動，我知道答案了。

我回到房間，在袋子裡搜了半天，摸出柯雷孟皺巴巴的名片，然後撥了第一個號碼。

他沒有接聽。

一個機械化的聲音表示預備記錄我的留言後，我開始說話。

「馬修，我是戴安娜，很抱歉在你出城時打擾你。」我深深吸一口氣，試著擯除因為決定不對柯雷孟透露季蓮和我父母的事，只提諾克斯而起的罪惡感。「我們需要談談。發生了一些事。關於圖書館那個巫師。他名叫彼得・諾克斯。如果你聽到留言，請回電給我。」

我曾經向莎拉和艾姆保證，不會讓吸血鬼攪混我的生活。但季蓮和諾克斯讓我改變了心意。我用發抖的手拉下窗簾，鎖上門，但願從來不曾聽說過艾許摩爾七八二號。

第十一章

那天晚上我輾轉難眠。我先坐在沙發上，然後換到床上，電話不離手。就連一壺熱茶和一大堆的電子郵件，也不能讓我忘懷這一天裡發生的事。我的父母可能遭巫族殺害，這件事遠非我所能理解。把這個念頭推到一旁，我開始思索艾許摩爾七八二號上的咒語和諾克斯對這本書的興趣。

我保持清醒直到天亮，淋浴過後，換好衣服。想到吃早餐，我異乎尋常地感到反胃。我沒吃東西，就枯坐在門口等到博德利開門時間，然後走短短一段路去圖書館，坐上我的老位子。我把手機放在口袋裡，設定為來電振動，雖然我最討厭別人的電話在肅靜的時刻出聲或跳動。

十點半，諾克斯走進來，坐在閱覽室的對角。我假借歸還一份手抄本，走到借書台那兒去確認密麗安還在圖書館裡。她在——而且很生氣。

「告訴我那個巫師沒跑進去坐。」

「他坐了。而且我工作的時候，他一直盯著我背後看。」

「但願我長得魁梧一點。」密麗安皺著眉頭說。

「依我看，要制止那傢伙光靠體型是不夠的。」我撇撇嘴，對她一笑。

馬修沒有預警，悄無聲息地走進賽頓閱覽室。他這次到來沒有讓我身體結冰，而是像雪花片片掉落在頭髮上、肩上、背上，好像他在快速察看一遍，確認我完好無缺。

我緊緊抓住面前的書桌。好一會兒不敢轉身，生怕來的只是密麗安。等我看見確實是馬修時，我的心跳發出一聲轟隆巨響。

但他已經沒在看我這方向。他瞪著諾克斯，表情非常凶惡。

「馬修。」我低喊一聲，站起身來。

他把眼光從那巫師身上移開，大步向我走來。見他目露凶光，我不安地皺起眉頭，他給了一個讓我恢復信心的微笑。「我知道最近這兒有些騷動。」他挨我很近，他身體的涼意就像夏日微風般清新提神。

「沒什麼我們應付不了的。」我平淡地說，因為諾克斯在旁。

「我們晚點再聊——等今天忙完好嗎？」馬修問，他舉手輕觸胸口，柔軟的毛衣下清晰可見胸骨上有塊突出物。我很好奇他把什麼東西帶在貼近心臟的位置。「我們可以去做瑜伽。」

雖然我一夜沒睡，但一想到坐著一輛隔音良好的汽車開去烏斯托克路，接著又有一個半小時的冥想運動，聽起來很棒。

「那太好了。」我全心全意地說。

「妳希望我在這兒工作，跟妳一起嗎？」他問，向我靠過來。他的氣味濃烈得讓我頭昏。

「沒有必要。」我堅決地說。

「如果妳改變主意就讓我知道，否則我們六點鐘在哈特福學院外面見。」馬修又盯著我的眼睛看了一會兒。然後他朝諾克斯的方向投出一個憎恨的眼神，便回到座位上。

午餐時間，我從他桌前經過，馬修咳嗽一聲。密麗安不悅地砰一聲丟下鉛筆，跟上我。諾克斯沒辦法跟蹤我去布萊克維爾。馬修會處理這件事。

下午漫長得好像永遠過不完，幾乎不可能保持清醒。到了五點，我已經迫不及待想離開圖書館。諾克斯仍留在賽頓閱覽室，混在雜七雜八的凡人中間。馬修陪我走下樓，我的心開始雀躍，我飛奔回學院，換衣服，拿瑜伽墊。他把車停在哈特福學院的鐵欄杆前面時，我已經在那兒等候了。

「妳來早了。」他微笑道，接過墊子，放進後車廂。他扶我上車時，深深吸了一口氣，我很好奇我的身體傳遞給他什麼訊息。

「我們得談談。」

「不急。先離開牛津。」他為我關上車門，爬進駕駛座。學生和老師變多了，烏斯托克路上的交通有點擁擠。馬修靈活地繞過堵車的地點。

「蘇格蘭好玩嗎？」我們開出市界時，我問道，我只想要他說話，說什麼都無所謂。

馬修看我一眼，目光隨即回到路上。「還好。」

「密麗安說你去打獵。」

他輕輕吁一口氣，手指碰觸毛衣下面的突起物。「她不該說的。」

「為什麼？」

「因為有些事不適合當著圈外人談論。」他有點不耐煩地說：「難道女巫會告訴巫族以外的超自然生物，她們一連花了四天施咒和煮蝙蝠，剛剛才回來？」

「女巫不煮蝙蝠。」我不悅道。

「意思是一樣的。」

「你一個人去嗎？」我問。

馬修隔了很長一段時間才回答：「不是。」

「我在牛津也不是一個人。」我開始道：「超自然生物——」

「密麗安告訴我了。」他收緊握方向盤的手：「如果早知道騷擾妳的巫師是彼得・諾克斯，我絕不會離開牛津的。」

「你說得對。」我脫口說道，我必須在談論諾克斯之前吐露心聲：「我不應該把魔法排除在人生之外。我做研究的時候經常使用它，只是自己不知道。它存在所有的事物當中。這些年來我一直在自欺。」話從我嘴裡流瀉出來。馬修仍專心應付塞車。「我好害怕。」

他冰冷的手輕觸我膝蓋。「我知道。」

「我該怎麼辦？」我低聲道。

「我們會想出辦法。」他鎮靜地說，把車開進老房子的大門。從爬上山坡直到停在環形車道上，他一直端詳著我的臉。「妳累了。做得動瑜伽嗎？」

我點點頭。

馬修下了車，替我開門。這次他沒有扶我下車，而是轉往後車廂，取出我們的瑜伽墊，獨力扛起兩個墊子。班上其他人絡繹走過，對我們投以好奇的眼光。

等到車道上只剩我們兩個，馬修才低頭看我，一副內心在為什麼事掙扎的表情。我皺起眉頭，仰頭迎上他的眼神。我剛承認自己在不自覺中用了魔法。難道他還有什麼更見不得人的事不能告訴我嗎？

「我跟一個朋友去蘇格蘭，哈米許・歐斯朋。」最後他說道。

「就是報上說要競選國會議員，當財政部長的那個人？」我驚訝地說。

「哈米許不會競選國會議員。」馬修冷淡地說，微聳一下肩，調整瑜伽袋的肩帶。

「所以他真的是同性戀！」我道，憶起最近的一個深夜新聞節目。

馬修狠狠瞪我一眼。「是的。但更重要的是，他是魔族。」我對超自然生物的世界所知不多，但介入凡人的政治與宗教是禁忌。

「哦。對魔族而言，從事金融業是很奇怪的選擇。」我思索了一下：「但這也說明了他為什麼那麼善於理財。」

「他也善於解決問題。」沈默持續，馬修毫無向大門走去的意思。「我需要離開，打個獵。」

我一臉困惑。

「妳把毛衣忘在我車上。」他道，好像那可以解釋一切。

「密麗安已經還給我了。」

「我知道。我不能留下它。妳知道為什麼嗎？」

我搖頭，他嘆口氣，用法文咒罵了一句。

「我車上滿是妳的氣味，戴安娜。我必須離開牛津。」

「我還是不懂。」我承認。

「我不停想著妳。」他望著車道另一頭，手抓亂了頭髮。

我的心噗噗亂跳，血液流量減少使我思考速度變慢。但最後我還是聽懂了。

「你不怕你會傷害我？」我對吸血鬼的畏懼很健康，但馬修似乎不是一般的吸血鬼。

「我不確定。」他眼神非常審慎，他的聲音帶著警告意味。

「所以你不是因為週五晚上的事而離開。」我忽然鬆了一口氣。

「不是。」他柔聲道：「跟那件事毫無關係。」

「你們兩個要不要進來，還是你們要在外面車道上做瑜伽。」阿米拉站在門口喊道。

我們進去上課，每當有一個人以為另一個人沒在看的時候，就會瞥對方一眼。這是我們第一次誠實交換情報，很多事都因而改變。我們都想知道接下來會發生什麼事。

課程結束後，馬修重新穿上套頭毛衣，一個亮晶晶的銀色物體引起我注意。那東西用一條細細的皮繩繫在他脖子上。那就是他隔著毛衣一遍又一遍觸摸的東西，像一個護身符。

「那是什麼？」我指道。

「提醒。」馬修簡單說道。

「提醒什麼？」

「憤怒的力量有毀滅性。」

諾克斯曾經警告我，跟馬修相處要小心。

「是朝聖者的徽章嗎？」那形狀讓我聯想到在大英博物館看過類似的收藏品。它看起來很古老。

他點點頭，拉著繩子把徽章舉高。它搖晃不定，被光線照到會反光。「這是伯大尼的聖水瓶。」這個形狀像棺材的容器，充其量只能容納幾滴聖水。

「拉撒路。」我看著那口棺材低聲說。基督就在伯大尼讓拉撒路死後復活。我雖然自幼是個異教徒，卻也知道基督徒朝聖的動機。這麼做是為了贖罪。

馬修把聖水瓶塞回毛衣裡，不讓仍在陸續走出教室的其他生物看見。

我們向阿米拉道了晚安，站在老房子外面清冷的秋天空氣裡。雖然磚牆上打著聚光燈，周遭仍很黝暗。

「妳覺得好一點了嗎？」馬修問道，打斷了我的思緒。我點點頭。「那就告訴我發生了什麼事。」

「是那本手稿。諾克斯要它。艾嘉莎・魏爾遜──我在布萊克維爾遇見的魔族──說魔族要它。你也想要它。但艾許摩爾七八二號被咒語控制了。」

「我知道。」他道。

一隻白色貓頭鷹猛然撲到我們面前，翅膀拍打著空氣。我嚇得往後一縮，以為牠會用喙和爪攻擊我，連忙舉起雙臂保護自己。但貓頭鷹隨即改變了心意，飛往車道旁的橡樹林裡去了。

我的心劇跳不已，忽然一陣恐慌從腳底湧上來。馬修毫無預警地拉開捷豹的後車門，推我坐到位子上。「低下頭，用力呼吸。」他蹲在碎石路上，用手指壓著我的膝蓋。膽汁上湧──我胃裡除了水什麼也沒有──鑽進我喉嚨，讓我窒息。我用手摀住嘴巴，乾嘔痙攣。他伸手替我把一綹亂髮攏到耳後，他手指清涼，有撫慰的作用。

「妳很安全。」他道。

「對不起。」我用發抖的手掩住嘴巴，反胃的感覺逐漸消退。「從昨晚看到諾克斯起，我就開始恐慌。」

「妳要散個步嗎？」

「不要。」我倉促道，這花園顯得太大，又很黑，而且我的腿感覺像橡皮筋做的。

馬修用銳利的眼神把我打量了一遍。「我送妳回家。其餘的事以後再聊。」

他把我從後座拉起來，輕握著我的手，直到把我在汽車前座安頓好才放開。他上車時，我閉起眼睛。我們默默無語坐了一會兒，馬修才發動汽車。捷豹馬上變得生龍活虎。

「這種事常發生嗎？」他問，聲音不帶任何批判。

「不，謝天謝地。」我說：「我小時候常發生，但現在好多了。只是腎上腺素過度分泌罷了。」我把臉上的頭髮撩開時，馬修的眼光一直停留在我手上。

「我知道。」他又說了一遍，放開手煞車，把車開上車道。

「你聞得出來？」

他點點頭。「從妳告訴我妳在使用魔法開始，它就在妳體內不斷累積。妳是為這個原因所以做那麼多運動嗎——跑步、划船、瑜伽？」

「我不喜歡服藥。那會讓我頭昏。」

「反正運動應該更有效。」

「這次沒有成功。」我低聲道，想起最近才冒出電光的手。

馬修開出老房子的庭院，上了公路。他專心開車，車子流暢前進的動作輕搖著我。

「妳為什麼打電話給我？」他忽然問，打斷了我的幻想。

「因為諾克斯和艾許摩爾七八二號。」我道，他變化莫測的情緒重新掀起恐慌的火苗。

「那個我知道。我問的是妳為什麼打電話給**我**。妳一定有其他可以幫助妳的朋友——巫族、凡人。」

「不見得，我所有的凡人朋友都不知道我是女巫。光是解釋這個世界的真面目就要花好幾天——而且他們未必願意留下來聽我把話說完。我沒有巫族的朋友，我也不能把我阿姨牽扯進來。我做了蠢事，根本還不了解那手抄本是怎麼回事，就先把它歸還回去，不是她們的錯。」我咬緊嘴唇：「我不應該打電話給你嗎？」

「我不知道，戴安娜。星期五妳才說過，女巫跟吸血鬼不可能成為朋友。」

「星期五我跟你說了很多事。」

馬修沈默不語，用全副注意力應付道路的轉彎。

「我已經不知道該怎麼思考了。」我頓了一下，小心斟酌接下來怎麼措辭：「但有一件事我可以確定。我寧可跟你，也不要跟諾克斯共用圖書館。」

「絕對不能完全信任一個吸血鬼——當他們跟溫血生物共處的時候。」馬修冷冰冰瞥了我一眼。

「溫血生物？」我皺著眉頭問。

「凡人、巫族、魔族——只要不是吸血鬼。」

「與其讓諾克斯鑽進我腦子裡挖掘情報，我寧可冒被你咬一口的危險。」

「他試過那種事？」馬修的聲音很平靜，但裡頭蘊含著暴力的可能。

「沒什麼啦。」我連忙道：「他只是警告我，要我提防你。」

「他應該那麼做。沒有人能違反本性，不論多麼努力。妳不可以把吸血鬼想得太浪漫。諾克斯雖然不見得是為妳著想，但他對我的評價沒有錯。」

「我不會讓別人替我挑選朋友——尤其是諾克斯這種心胸狹隘的人。」我怒氣上升，手指開始發癢，我把雙手壓在大腿下面。

「所以我們的關係是那樣嗎，朋友？」馬修問。

「我想是。朋友會告訴對方真相，即使那麼做有困難。」這麼嚴肅的話題讓我有點慌亂，我開始玩弄毛衣上的繩結。

「吸血鬼不擅長交朋友。」他的聲音又憤怒起來。

「這樣好不好，如果你不要我煩你——」

「當然不是。」馬修打斷我：「只是吸血鬼的人際關係……有點複雜。我們可能有很強的保護欲——甚至是佔有欲。妳可能不喜歡。」

「以我目前而言，一點兒保護欲聽起來滿好的。」

我的回答使馬修眼中湧現一種脆弱而傷痛的表情。「妳開始抱怨的時候，我會提醒妳這句話。」他道，傷痛很快就被促狹的興味取代。

他在霍利威街轉彎，把車停在宿舍大門前。福瑞瞄車子一眼，咧嘴一笑，才慎重地把眼光轉往別處。我等馬修來開門，同時仔細檢查車子，確定我沒有把任何東西——包括一條綁頭髮的橡皮筋——遺落在車上，免得再逼得他跑到蘇格蘭去。

「但這整件事不僅是諾克斯和手抄本而已。」他把瑜伽墊遞給我時，我急切地說。從他的舉止完全看不出超自然生物正從四面八方向我逼近。

「以後再說，戴安娜。不用擔心，諾克斯不會再接近到妳身邊五十呎的範圍內。」他的聲音很冷酷，並且又摸了一下藏在毛衣裡面的聖水瓶。

我們需要共處——不僅在圖書館，而是單獨見面。

「你明天來我這兒晚餐如何？」我問他，聲音很小。「到時候我們可以談談發生的事。」

馬修一愣，臉上閃過困惑和一種我不知道是什麼的表情。他的手輕輕握住那個朝聖者的徽章，然後鬆開。

「我很樂意。」他緩緩道。

「很好。」我微笑道：「七點半怎麼樣？」

他點點頭，露出一個羞澀的微笑。我走了兩步才忽然想到，明晚之前，有個重要的問題得先解決。

「你吃什麼？」我脹紅了臉，低聲問道。

「我什麼都吃。」馬修道，他顯得愈發開心，展現一個燦爛的微笑，讓我心跳停了一拍。

「那就七點半。」我轉過身，對他一點也沒幫上忙的答案搖著頭，笑了起來。「對了，還有一件事。」我又回身道：「讓密麗安忙她自己的事去吧，我會照顧自己的。」

「她也這麼跟我說。」馬修走到駕駛座旁。「我會考慮。但妳明天還是會在杭佛瑞公爵閱覽館看到我。」他上了車，見我沒有離開的意思，他搖下窗戶。

「妳走出視線前，我不會離開的。」他不贊成地看著我說。

「吸血鬼。」我喃喃道，對他的老派作風不住搖頭。

第十二章

我這輩子的烹飪經驗都沒教過我，請吸血鬼來晚餐時該給他吃些什麼。

在圖書館裡，我大半天都花在上網搜尋用生食材烹調的食譜，手抄本被遺忘在桌上。馬修說他什麼都吃，但那不可能是真的。吸血鬼習慣喝血，所以應該比較能容忍沒煮過的食物。但他非常講究禮貌，只要是我放在他面前的東西，他大概都會吞下去。

做了廣泛的美食研究，下午才過一半，我就離開了圖書館。今天馬修獨自坐鎮畢夏普要塞，密麗安想必很開心。杭佛瑞公爵閱覽館裡沒有季蓮或諾克斯的蹤影，我也覺得很開心。我大步沿著走道去還書時，看到馬修也顯得心情很不錯。

經過專門供大學部學生閱讀指定參考書的瑞德克利夫閱覽館圓頂建築，沿著耶穌學院的中世紀古牆，我到牛津集中市場挨家挨戶採購。手拿著清單，先去肉店買了新鮮的鹿肉和兔肉，然後到魚販那兒選購蘇格蘭鮭魚。

吸血鬼吃青菜嗎？

幸好我帶著手機，可以立刻打去動物系詢問狼的飲食習慣。他們問我是哪個品種的狼。很久以前的一次校外教學，我在波士頓動物園看過灰狼，灰色也是馬修最喜歡的顏色，所以我順口給了這個答案。電話另一端那個厭倦的聲音，喋喋不休念了一長串美味的哺乳類名稱，解釋說那是「偏好的食物」，然後提到灰狼也吃核果、種子和莓子。那聲音警告道：「不過妳不該餵牠們。狼不是適合養在家裡的寵物。」

「謝謝你的忠告。」我忍著笑意說。

蔬果商帶著歉意賣給我今夏最後一盒黑醋栗和一把氣味芬芳的野草莓。一袋栗子也進了我脹鼓鼓的購物袋。

然後該去酒店，我落入一個葡萄栽培法研究狂的掌握，他問：「那位先生懂葡萄酒嗎？」光這個問題我就無言以對。店員趁我心慌意亂之際，用可以為國王贖身的高價賣給我幾瓶稀世難尋的法國葡萄酒和德國葡萄酒，然後把我送上一輛計程車，讓我在回學院途中，慢慢從價格震撼中恢復。

回到房間，我清乾淨那張兼充書桌和飯桌的十八世紀破桌上的紙張，把桌子搬到離壁爐近一點兒的地方。我細心布置餐桌，拿出餐櫥裡的陳年瓷器和銀器，外加幾個厚重水晶杯，想必是教員交誼廳用過的愛德華七世時期套裝酒器最後的殘餘。那批忠於職守的廚娘們供應我好幾疊熨得筆挺的白色麻紗桌布和餐巾，正好鋪在桌上，摺好放在刀叉旁，還可以墊我用來把東西從廚房裡端出來的有裂縫的木製托盤。一開始做晚餐，我就發現做飯給吸血鬼吃，幾乎不花時間。大部分的材料根本不用煮。

七點鐘，蠟燭點亮了，除了非到最後一刻才能執行的步驟，所有的食物也都準備好了，最後需要打點的就只剩我自己了。

我的衣櫃裡簡直沒有「與吸血鬼共進晚餐」可穿的衣服。我不可能穿正式套裝或穿去見校長時的衣服與馬修共餐。我擁有的黑色長褲和緊身褲的數量多到讓人腦袋打結，每件長褲都有不同程度的伸縮性，但大多數都沾了茶漬、船上的機油，或兩者都有。終於我找到一件飄逸感的黑長褲，下襬寬鬆得有點像睡褲，但比較有型。就用它湊數吧。

我身上只穿胸罩和那件褲子，衝進浴室，拿起梳子用力梳我齊肩的草黃色頭髮。我的頭髮不僅髮梢打結，每梳一下還會從頭皮上豎立起來，簡直是向我挑釁。我差點考慮動用電捲髮器，但極有可能馬修上門時我的頭髮還只整理到一半。他一定會準時到達，我確定。

刷牙的時候，我決定處理頭髮唯一的辦法就是把它綰成一個髮髻，讓它不要遮住我的臉。這會讓我的下巴和鼻子顯得更尖，但也會製造顴骨很高的假象，而且頭髮不會掉到眼睛裡，這幾天它老做這種事。我剛把頭髮夾到後面，立刻就有一綹頭髮跳到前面。我嘆口氣。

母親的臉從鏡子裡對我看。我想起她坐下來用晚餐時多麼漂亮，我真想知道她是怎麼辦到的，為什麼她淺色的眉毛和睫毛會變得那麼顯眼，而每當她對我或我父親微笑時，寬闊的嘴看起來又那麼不一樣。時鐘打消了所有靠化妝品達成類似效果的念頭。我只剩三分鐘去找一件上衣，否則我就要穿內衣去歡迎生物化學和神經科學界的知名教授馬修・柯雷孟了。

櫃子裡只有兩個選擇，一件黑色、一件深藍色。深藍色那件的優點是乾淨，這是決定性的優勢。但它有個奇怪的領子，後面是豎起來的，前面像翅膀夾住我的臉兩側，然後順勢向下形成V形的領口。袖子比較貼身，有較長的硬式袖口，末端呈喇叭狀，遮住我半個手背。正當我把一副銀耳環往耳朵上戴時，門上傳來剝啄聲。

敲門聲讓我心狂跳，好像當真是約會似的。我立刻推翻了這種想法。

我拉開門，站在門外的馬修看起來就像童話故事裡走出來的王子，站得又高又直。他打破了平日的習慣，穿一身純正的黑，這讓他看起來更引人注目——也更像吸血鬼。

他站在樓梯口耐心等我把他從頭到腳打量一遍。

「啊，我真失禮。請進，馬修。這麼說可以算進到我家來的正式邀請嗎？」我不記得是在電視上看到或哪本書上讀到相關的說法了。

他的嘴唇勾勒出一個微笑。「不要把妳道聽塗說的吸血鬼知識放在心上，戴安娜。我只是秉持正常的禮貌。我跟任何美女之間都絕對沒有什麼神祕屏障。」馬修必須稍微彎腰才能從門框裡走進來。他臂彎裡抱著一瓶葡萄酒，還拿了一把白玫瑰。

「送妳的。」他贊許地看我一眼，把花遞給我。「我可以把這放在什麼地方，直到吃甜點的時候嗎？」他對手中的酒瓶示意。

「謝謝你，我最喜歡玫瑰花。酒放窗台上怎麼樣？」交代完，我就衝進廚房去找花瓶。我本來還有另外一個花瓶，但幾個小時前，教職員餐廳的酒侍聽我說我不相信自己房裡有酒瓶，特地到我房間來驗明正身，宣稱它其實是個酒瓶。所以我就只剩一個花瓶了。

「完美。」馬修答道。

我捧著花回來時，他正在房間裡走來走去，欣賞版畫。

「妳知道嗎，這些畫真的還不錯。」我把花瓶放在瘡痍滿布的拿破崙時代的五斗櫃上時，他說道。

「恐怕大部分都是打獵場景。」

「我注意到了。」馬修道，嘴唇彎成似笑非笑的弧度。我窘得滿臉通紅。

「你餓了嗎？」我完全忘了晚餐前照理該供應一些點心和飲料。

「我吃得下。」他咧嘴笑道。

我放心回到廚房，從冰箱裡拿出兩個盤子。第一道菜是煙燻鮭魚，上面撒著新鮮蒔蘿，一小撮酸豆和醃黃瓜頗具美感地妝點在一旁，如果吸血鬼不吃蔬菜，它們也算是純粹的盤飾。

我端著食物回來，馬修已坐在距廚房較遠的椅子上等候。酒也在一個高邊銀盤裡擱著，我本來用這盤子裝零錢，也多虧那位教職員餐廳的員工指點，我才知道它原來是用來放酒瓶的。馬修坐著看我打開一瓶德國麗絲玲酒的軟木塞。我倒了兩杯，一滴都沒有濺出來，然後跟他一起入座。

我的客人端著那杯麗絲玲，專心一意湊在他的鷹鉤長鼻前。我靜待他完成他的儀式，吸血鬼鼻子裡到底有多少嗅覺受體，跟狗比較何者孰多，令我十分好奇。

我真是對吸血鬼一無所知啊。

「很好。」他終於說道，睜開眼睛，對我微笑。

「酒不是我的責任。」我連忙道，同時把餐巾鋪在腿上。「全都是酒類專賣店裡那個人挑的，所以如果不好喝，可不是我的錯。」

「很好。」他又說一遍：「而且鮭魚看起來好極了。」

馬修拿起刀叉，叉起一塊魚肉。我一邊從睫毛下面觀察他是否真的吃，同時把一些醃黃瓜、酸豆和鮭魚堆在自己的叉子上。

「妳的吃法不像美國人。」他喝了一口酒，評道。

「是不像。」我看看左手的叉子和右手的刀。「我想我大概在英國住太久了。你真的吃這些東西嗎？」我再也忍不住了，脫口問道。

他笑了起來：「是啊，我剛好很喜歡燻鮭魚。」

「但你不是什麼都吃。」我堅持道，把注意力轉回面前的盤子上。

「確實。」他承認道：「大部分食物我都可以設法吃上幾口。不過沒什麼滋味，除非是生的。」

「真奇怪，試想吸血鬼擁有那麼完美的感官，我還以為所有的食物都會很美味。」我的鮭魚吃起來就像清新、冰涼的水一樣純淨。

他拿起酒杯，深深注視那淺黃色的液體。「葡萄酒的味道很美好。食物一旦被煮死，吸血鬼就會覺得味道不對。」

我趕緊檢討一下今晚的菜單，大大鬆了一口氣。

「如果食物不好吃，你為什麼還一直邀我出去吃飯？」我問。

馬修的眼光從我的臉頰跳到眼睛，然後停留在嘴巴上。「妳吃東西的時候比較容易接近。烹調過的食物味道會讓我反胃。」

我眨眨眼睛，仍然聽不懂。

「我反胃的時候，就不覺得餓。」馬修道，聲音透著怒意。

「哦！」忽然所有的線索湊攏在一起。我已經知道他喜歡我的氣味，顯然那會讓他飢餓。

哦。我驀然脹紅了臉。

「我還以為妳知道吸血鬼有這個毛病。」他比較溫和地說：「所以才請我來晚餐。」

我搖搖頭，把另一團鮭魚肉捲在一起。「我對吸血鬼的認識可能比大多數凡人還少。莎拉阿姨教我的那一點點知識也非常不可靠，因為她偏見很深。比方，她對你們吃什麼東西說得很清楚。她說吸血鬼只喝血，你們只靠血就能生存。但那不是事實，是嗎？」

馬修瞇起眼睛，語氣忽然變得很冷漠。「沒錯，你們必須喝水才能生存。但你們只喝水嗎？」

「我是否不該談這件事？」我的問題惹他生氣。我緊張地用腿勾住椅子腳，忽然察覺我沒穿鞋子。我光著腳在招待客人。

「妳無法忍住好奇，我想。」馬修把我的問題思索了很久才答道：「我喝酒，也可以吃東西——最好是生的，或冷的，不會有氣味。」

「但食物和酒不能供給你營養。」我猜測道：「你靠血維生——任何種類的血。」他瑟縮了一下。「你也不需要等在外面，直到我開口邀請你才能進來。我對吸血鬼的觀念還有哪些是錯的？」

馬修滿臉受盡折磨、極力忍耐的表情。他往椅背上一靠，拿起酒杯。我欠過身，伸臂到桌子另一頭去替他再倒些酒。既然要拿一堆問題騷擾他，不妨多灌他一點酒。我湊在蠟燭上，差點燒著了我的上衣。馬修奪過酒瓶。

「何不讓我來？」他建議道。他替自己添了酒，順手又把我的杯子斟滿，然後答道：「關於我——關於吸血鬼——妳所知道的一切，大部分都是凡人想像出來的。那些傳說使凡人可以生活在我們周圍。超自然生物令他們恐懼。我說的不僅是吸血鬼而已。」

「黑帽子、蝙蝠、掃把。」巫術傳說的三大邪惡象徵，年年在萬聖節大放異彩，迸發出荒誕的生命力。

「正是如此。」馬修點頭道：「所有這些故事都有多多少少真實的成分，某種令凡人害怕，幫助他們一口咬定我們不存在的東西。凡人最大的特徵就是這股否定的力量。我們很強壯，壽命很長，你們有魔法，魔族有令人嘆為觀止的創意。凡人則是能說服他們自己，上下顛倒，指黑為白。這是他們獨特的天賦。」

「關於吸血鬼未經邀請就不能進到室內的傳說，有多少真實的成分呢？」我已經追問過他的飲食習慣，現在把焦點移轉到登堂入室的禮節上。

「凡人一直跟我們生活在一起。但他們不肯承認我們的存在，因為他們有限的世界觀，無法對我們的存在提出一個合理的解釋。他們一旦接納我們——承認我們真正的本質——我們就再也不會離開，像是請神容易送神難。他們就不能再對我們視若無睹了。」

「所以吸血鬼見光死的故事也是同樣的道理。」我緩緩說道：「並非你們在陽光下不能存活，而是你們走到陽光下，凡人就再也不能裝作看不見。所以凡人說吸血鬼一照到陽光就會灰飛煙滅，是為了不想承認你們可以混跡他們之間。」

馬修再次點頭。「他們無論如何都會裝作看不見我們，當然。我們不可能躲在室內直到天黑。但暮色降臨後，凡人比較容易接受我們——這也適用於妳。妳該看看妳走進一個房間或走在街上時，那些凡人的表情。」

我想著自己平凡的外表，懷疑地看他一眼。馬修輕笑一聲。

「妳不相信我，我知道。但這是真的。凡人在光天化日下看到超自然生物都會覺得不安。我們對他們而言太厲害了——太高大、太強壯、太自信、太有創意、太有力量、太不一樣。白天他們不斷嘗試把我們的方柄塞進他們的圓柄裡。晚上就比較容易把我們歸類為不過是與眾不同罷了。」

我起身撤掉魚盤，很開心看見馬修把盤飾以外的食物都吃光了。我從冰箱裡取出另外兩個盤子，他替自己又添了些德國葡萄酒。兩個盤裡都整整齊齊排列著切得極薄的生鹿肉片，屠夫堅持說，這些肉片薄到把它們鋪在《牛津郵報》上還可以照樣讀報。吸血鬼不喜歡吃蔬菜。我們且看根莖類和起司的效果如何。

我把甜菜堆在盤子中央，上面再刨幾片巴馬乾酪。

一個裝滿紅酒的闊底酒瓶放到桌子正中央，立刻引起馬修的注意。

「我來倒酒好嗎？」他問，無疑很擔心我把學院燒掉。他拿起那個沒有裝飾的玻璃瓶，替我們各倒了一些酒，然後把杯子湊到鼻子前面。

「Côte-Rôtie。」他滿意地說：「我最喜歡的酒之一。」

我看一眼那個平凡無奇的玻璃瓶：「你聞一聞就知道？」

他哈哈大笑：「有些吸血鬼的傳聞是真的。我的嗅覺絕佳——視力和聽力也都不錯。但即使凡人也能聞出這是Côte-Rôtie。」他再次閉上眼睛：「二〇〇三年份是嗎？」

我張大嘴：「是的！」這比看電視上的益智問答還精彩。標籤上有個小王冠。「你的鼻子告訴你是誰生產的嗎？」

「是的，但那是因為我曾走過那片葡萄園。」他有點不好意思地承認，好像耍了一個花招愚弄我被逮著似的。

「你可以在酒杯裡聞到葡萄園？」我把鼻子伸進杯子，很慶幸馬糞的氣味已經消失了。

「有時候我認為我能記住我聞過的所有東西。那可能只是虛榮。」他帶著遺憾說道：「但氣味能喚回強烈的回憶。我記得第一次聞到巧克力，好像就是昨天的事。」

「真的？」我坐在椅子上，身體前傾。

「當時是一六一五年。戰爭還沒有爆發，法國國王娶了一個不討人喜歡——尤其是國王本人——的西班牙公主㉚。」我微笑，他也回報微笑，雖然他的眼睛固定在遙遠的畫面上。「她把巧克力帶到巴黎。它像罪惡一樣苦，也一樣腐敗。我們喝純巧克力，只加水，不加糖。」

㉚ 即奧地利的安妮（Anne of Austria，一六〇一——一六六六），西班牙國王腓力三世之女，法王路易十三世之妻，路易十四世之母。大仲馬小說《三劍客》為這位大半輩子都處於陰謀中心的皇后安排了一個重要角色。

我笑起來。「聽起來好可怕。謝天謝地終於有人想到巧克力應該是甜的。」

「那恐怕是凡人。吸血鬼喜歡它又苦又濃。」

我們拿起叉子，開始吃鹿肉。「更多蘇格蘭食物。」我用刀比著鹿肉說。

馬修咀嚼一片肉。「紅鹿。滋味像一頭年輕的高地公鹿。」

我無法置信地搖頭。

「我說過，」他繼續道：「有些傳聞是真的。」

「你會飛嗎？」我問，但已經知道答案了。

他輕哼一聲。「當然不會。我們把這種事留給女巫，因為妳們能控制魔法元素。但我們強壯、速度快。吸血鬼善於跑跳，所以凡人以為我們會飛。我們也很有效率。」

「效率？」我放下叉子，不確定自己是否喜歡生的鹿肉。

「我們身體不浪費能量。所以在必要時，就有很多能量可用於行動。」

「你不怎麼呼吸。」我想起瑜伽課的情形，同時喝了一口酒。

「沒錯。」馬修道：「我們的心臟也不常跳。我們不需要經常進食。我們體溫低，這讓身體大部分的過程都放慢速度，也可以解釋我們為什麼能活那麼久。」

「棺材的故事！你們睡不多，但一睡就像死人一樣。」

他咧嘴一笑：「看得出來，妳逐漸抓住重點了。」

馬修的盤子裡除了甜菜以外都吃完了，我的盤子裡除了鹿肉以外也都吃完了。我撤掉第二道菜，請他再多倒些酒。

主菜是這頓飯唯一需要加熱的，但也費不了多少火。我已經用磨碎的栗子泥做了一個奇形怪狀、有點像比斯吉的東西。接下來就是把兔肉輕煎一下。標準調味料包括迷迭香、大蒜和芹菜。我決定放棄大蒜。

以他那麼靈敏的嗅覺，大蒜會凌駕所有其他食材的味道——關於這一點，吸血鬼傳說也是有道理的。芹菜也不能放。吸血鬼對所有的蔬菜都不愛。香料似乎不成問題，所以我保留迷迭香，然後趁兔肉在平底鍋裡滋滋響的時候，磨了點胡椒上去。

我把馬修的兔肉做得比較生，自己的那份則煎得特別熟，希望藉此驅散我嘴裡的生鹿肉味道。我把所有的食物在盤子裡排放得很有藝術感，然後送上桌。「這道菜是熟的，恐怕——但沒有煮很久。」

「妳不是要對我做某種考驗，是吧？」馬修皺起了眉頭。

「不，不。」我連忙道：「只不過我從來沒有招待過吸血鬼。」

「這麼說我就放心了。」他喃喃道。他嗅了嗅兔肉：「聞起來很美味。」他低頭看盤子的時候，兔肉的熱氣使他身上特有的肉桂與丁香氣味更加濃郁。他叉起一小塊栗子比斯吉，送進嘴巴時，他瞪大眼睛：「栗子？」

「就只是栗子、橄欖油，還有一點發粉。」

「還有鹽，以及水、迷迭香、胡椒。」他冷靜地說，然後又吃了一口比斯吉。

「你吃東西有那麼多限制，有能力辨識你放進嘴裡的每一種成分，倒不失為一大優點。」我開玩笑地抱怨道。

大部分晚餐都已下肚，我開始放鬆。我清理盤子，然後把起司、莓子和烤栗子端上桌，同時我們聊著牛津。

「請自己動手。」我把一個空盤放在他面前。馬修嗅著小粒草莓的香氣，拿起一顆栗子，發出愉快的嘆息。

「這玩意兒真的吃熱的比較好。」他道。輕鬆地用手指剝開硬殼，取出栗子肉。有吸血鬼在場，掛在碗緣的核果鉗顯然沒有必要。

「我聞起來像什麼？」我玩弄著高腳酒杯的腳柱，問道。

好一陣子，他似乎不打算作答。沈默拉長到令人無法忍受的程度，終於他把深思的眼神挪移到我身上，垂下眼瞼，深深吸一口氣。

「妳聞起來像柳樹的汁液，一朵在腳下踩碎的甘菊花。」他又嗅了嗅，露出一個淺淺的、悲傷的微笑。「還有金銀花和墜落的橡葉。」他輕柔地吐氣：「以及金縷梅的花朵和春天綻放的第一朵水仙。還有古老的東西——苦薄荷、乳香、羽衣草。我一度以為我已經遺忘的氣味。」

他緩緩張開眼睛，我望進他灰眼珠的深處，唯恐一呼吸就會打破他這些話產生的魔咒。

「我呢？」他緊緊盯著我問。

「肉桂。」我的聲音很遲疑：「還有丁香。有時候我覺得你有康乃馨的味道——不是花店裡那種，而是生長在英國茅舍花園裡的老品種。」

「香石竹。」馬修道，他眼角泛起開心的皺紋。「以一個女巫而言，很不錯。」

我伸手去拿栗子。把栗子攏在手心裡，從一手換到另一隻手，暖意竄上我忽然變得冰冷的手臂。

馬修再次往椅背上一靠，若即若離地看了幾眼我的臉。「妳怎麼決定今晚做什麼菜？」他指著晚餐剩下的莓子和核果問。

「嗯，沒什麼魔法。動物系幫了很多忙。」我解釋道。

他吃了一驚，然後哈哈大笑：「妳向動物系打聽該做什麼樣的晚飯給我吃？」

「不完全是。」我抗議道：「網路上有生食的食譜，但我買了肉以後，不知道下一步該怎麼辦。他們告訴我灰狼都吃些什麼。」

馬修搖搖頭，但仍在微笑，我的不悅消失了。他簡單地說：「謝謝妳，已經很久沒有人做飯給我吃了。」

「不客氣。酒是最棘手的部分。」

馬修的眼睛一亮。「說到酒，」他站起身，把餐巾摺好：「我帶了 瓶來，準備我們餐後一起喝。」他要我去廚房裡拿兩個乾淨的酒杯。我回來時，桌上擺著一個略微歪斜的古老酒瓶。瓶子上有褪色的乳白色標籤，印著樸實的字母和一個小冠冕。馬修正小心地把開瓶器旋進年深月久、碎裂發黑的軟木塞。他把瓶塞拉開時，鼻孔翕張，表情活像一隻已經把美味的金絲雀擒在掌中的貓。瓶中倒出的酒又甜又稠，金黃的色澤在燭光下閃耀。

「聞聞看。」他命令道，把一個酒杯遞給我：「然後告訴我妳的想法。」

我嗅一嗅，驚呼道：「聞起來像牛奶糖和莓子。」真不知道為什麼這麼黃的東西會有紅色食物的香味。

馬修密切注視著我，對我的反應興趣濃厚。「喝一口。」他建議道。

酒的甜味在我口腔裡爆發。杏桃香草布丁的滋味在我舌頭上滾動，嚥下去很久以後，我嘴裡還有亢奮的餘韻，彷彿喝下了魔法。

「這是什麼？」酒的滋味消散後，我終於問道。

「這是用很久很久以前採摘的葡萄釀的。那年夏季非常熱，陽光燦爛，農人擔心萬一下雨，收成就毀了。但好天氣一直持續，他們趁變天前完成葡萄的採收。」

「嘗得出陽光。」我說，替自己贏得另一個好看的微笑。

「採收時，葡萄園上空有一顆彗星照耀。天文學家連續好幾個月都可以從望遠鏡看見它，但到了十月，它變得極為耀眼，你幾乎可以就著它的光芒看書。農場工人都認為這是葡萄受到祝福的徵兆。」

「是一九八六年嗎？是哈雷彗星嗎？」

馬修搖頭。「不對。是一八一一年㉛。」我目瞪口呆望著杯子裡那將近兩百年前釀的酒，唯恐它會在我眼前變成空氣。「『霍雷』彗星出現在一七五九年和一八三五年。」他的發音跟一般人不一樣。

「你在哪兒買到的？」火車站旁邊的酒類專賣店可沒有這樣的貨色。

「安東—馬利告訴我這酒會不同凡響，我就跟他買下了。」他頗為得意地說。

我轉過瓶子看標籤。伊肯堡。就連我也聽過。

「然後你就一直留著它。」我道。他一六一五年在巴黎喝巧克力，一五三六年從亨利八世取得建築許可——當然也可以在一八一一年買酒。還有他戴在脖子上的那個看起來很古老的護身符，繫繩就掛在他脖子兩旁。

「馬修，」我說得很慢，注意他有沒有發怒的徵兆。「你幾歲了？」

他嘴唇的線條變得僵硬，但他讓聲音保持輕柔。「我比我看起來老。」

「這我知道。」我說，無法掩飾心中的不耐煩。

「我的年紀有什麼重要？」

「我是歷史學家。如果有人告訴我，他記得巧克力是什麼時候引進法國、一八一一年有顆彗星掠過天空，就很難不對他可能親身經歷的其他事件感到好奇。你一五三六年就活在這個世界上——我去過你蓋的那棟房子。你認識馬基維利嗎？逃脫過黑死病嗎？阿伯拉㉜在巴黎大學教書的時候，你在那兒上學嗎？」

他保持沈默。我後頸的頭髮開始刺痛。

「你的朝聖徽章告訴我，你曾經去過聖地。那時你參加了十字軍？你可曾在一〇六六年看到哈雷彗星通過諾曼地上空？」

仍然沒有回應。

「查里曼大帝加冕㉝你曾經觀禮？迦太基淪亡㉞你逃過一劫？阻止匈奴王阿提拉打進羅馬㉟，你出過一臂之力？」

馬修舉起右手食指；「哪一次迦太基淪亡？」

「你告訴我吧！」

「該死的哈米許・歐斯朋。」他嘟囔道，手在桌面上不斷握緊放鬆。兩天之內，馬修第二度不知該說什麼才好。他凝視著燭光，伸出手指，慢慢劃過火焰。指頭頓時被燙出幾個紅腫的水泡，但沒多久便自動復元，恢復冰冷、白皙的完美，而他臉上沒有流露一絲痛苦的痕跡。

「我相信我的身體年齡大約是三十七歲。我出生在克洛維㊱改宗皈依基督教的年代。我父母記得這件事，但我完全沒有概念。那時候我們不過生日什麼的。就算我是五百年出生的，比較簡單。」他抬起頭，很快瞥我一眼，然後又把注意力放回蠟燭上。「我在五三七年重生，成為吸血鬼，除了阿提拉之外——他比我早出生——妳提到的都是從那一年直到我為烏斯托克路那棟房子打下基石的一千年間發生的大事，有好事也有壞事。因為妳是歷史學家，我覺得有義務告訴妳，馬基維利並沒有你們以為的那麼了不起。他不過是個佛羅倫斯政客——而且不算是個高明的政客。」一絲疲憊悄悄溜進他的聲音。

馬修・柯雷孟已經一千五百多歲了。

「我不該刺探。」我懷著歉意說，不確定該往哪個方向看，也想不通我怎麼會以為，多知道一些這個吸血鬼經歷過的歷史事件，有助於我多了解他一點。班・強森㊲的一行詩忽然浮上我心頭。它似乎比查里

㉛這顆彗星的發現者為法國天文學家傅羅哲克（Honoré Flaugergues）。

㉜Pierre Abélard，一〇七九—一一四二，中世紀法國神學家，因與哀綠伊絲（Héloïse）戀愛遭受閹割。

㉝西元七八六年。

㉞迦太基是一個由腓尼基人建立的古國，位於非洲北部。西元前一四六年，迦太基被羅馬帝國滅亡。羅馬在此建立殖民地，西元七世紀末，這座城市落入阿拉伯人之手。一二二一年第五次十字軍渡海東征，終於將這座古城完全毀滅，只剩廢墟。

㉟西元四五二年。

㊱Clovis指法蘭克國王克洛維一世，他在四九六到五〇六年之間，受洗成為天主教徒，此舉對後來西歐與中歐的歷史發展有重大影響。

㊲Ben Jonson，一五七二—一六三七，英國詩人與劇作家。莎士比亞去世後，強森曾協助編輯他的第一對開本劇作集於一六二三年出版，並撰寫一首悼亡詩〈紀念我愛的人〉（To the Memory of My Beloved）刊登在書前。下引句即出自這首詩。

曼大帝的加冕典禮更能解釋馬修：「他不屬於一個時代，而屬於每一個時代。」

「跟妳閒聊天，忘了時間是何物。」他回應道，進一步深入十七世紀文學的領域，引用了一行密爾頓㊳的作品。

我們四目相望良久，直到彼此忍耐的極限，在我倆之間布下一道脆弱的符咒。我打破了它。

「一八五九年秋季，你在做什麼？」

他臉色一沉：「諾克斯跟妳說了什麼？」

「他只說，你不會跟一個女巫分享你的祕密。」我的聲音聽起來比我的心情平靜。

「是嗎？」馬修低聲道，他顯然比聽起來更覺得憤怒。我從他下巴和肩膀的姿勢就看得出來。

「一八五九年九月，我在艾許摩爾博物館閱讀所有的手抄本。」

「為什麼，馬修？」請告訴我，我無聲地催促，放在腿上的手指交疊在一起。我用激將法促使他告訴我前一半的祕密，但現在我要他心甘情願把剩下的部分告訴我。不要玩遊戲，不要打啞謎。直接告訴我。

「我剛讀完一本即將出版的新書的手稿。是劍橋一位博物學家的著作。」馬修放下酒杯。

我的手飛快摀到嘴上，因為這時間點太重要了。《物種起源》。就像牛頓那本偉大的物理學著作《自然哲學的數學原理》，不必說全名，只說《原理》，聽到的人都知道。凡是高中生物學沒當掉的人，都對達爾文的《物種起源》耳熟能詳。

「前一年夏季，達爾文在論文中提出了他的物競天擇理論，但這本書不一樣。它寫得太好了，他利用自然界很容易就能觀察到的變化，一步一步誘導你接受極具革命性的觀念。」

「但鍊金術跟演化論沒有關係。」我拿起酒瓶，為自己倒了更多那種珍貴的酒，我擔心自己失態遠超過在意它被喝光。

「拉馬克㊴相信，所有物種都來自不同的祖先，各自獨立向更高形式的存在發展。這跟妳的鍊金術師的信念非常類似——賢者之石是劣質金屬自然演變成銅、銀、金等高級金屬的過程之中，難以捉摸的終極產物。」馬修伸手拿酒，我把瓶子向他推過去。

「但達爾文不同意拉馬克的觀念，雖然他一開始討論演化時，也採用同一個字眼——『演變』。」

「他反對線性演變，確實。但達爾文的天擇理論仍然可以視為一連串互相關聯的演變。」

也許馬修說得對，真的所有東西裡都藏著魔法。它存在於牛頓的萬有引力理論裡，也可能存在於達爾文的演化論之中。

「全世界到處都有鍊金術手抄本。」我希望在宏觀畫面前仍能掌握細節。「為什麼選中艾許摩爾的手抄本？」

「我讀達爾文時，發現他好像透過生物學在探討鍊金術的演變理論，就想起有則傳聞，說是一本神祕的書，能解釋我們三個物種——魔族、巫族、血族——的起源。我一直對這種說法嗤之以鼻，認為它純屬幻想。」他啜了口酒。「大多數人主張，這故事藏在一本鍊金術的手冊裡，避開凡人的耳目。《物種起源》的出版促使我去找這本書，如果真有這麼一本書，艾許摩爾一定會買。他有神奇的天賦，專會找古怪的手抄本。」

「你從一百五十年前開始，就到牛津來找它？」

「是的。」馬修道：「而且在妳拿到艾許摩爾七八二號之前一百五十年，他們就告訴我，書不見了。」

我的心跳加速，他關心地看著我。「繼續說。」我道，揮手要他講下去。

「從那時候開始，我就一直想取得那本書。所有其他艾許摩爾的手抄本都在，卻沒有一本符合我的期

㊳ John Milton，一六〇八—一六七四，英國詩人，此句引自他的名作《失樂園》第四卷，是亞當在對夏娃說話。

㊴ Jean-Baptiste Lamarck，一七四四—一八二九，法國博物學家，演化觀念的先驅者。

望。我也曾看過其他圖書館的手抄本——德國的荷索・奧古斯特圖書館，法國國家圖書館、佛羅倫斯的梅迪奇圖書館、梵諦岡、美國國會圖書館。」

我眨眨眼，想到一個吸血鬼在梵諦岡的走廊裡遊蕩。

「我唯一沒看過的手抄本就只剩艾許摩爾七八二號了。用簡單消去法，我們的故事一定就在這本書裡——如果它還存在。」

「你讀過的鍊金術手抄本比我還多。」

「或許。」馬修承認：「但這不代表我像妳一樣了解它們。不過，我讀過的所有手抄本都有一個共同點，就是對鍊金術師能夠幫助一種物質變成另一種物質，創造新的生命形式，有絕對的信心。」

「聽起來像演化。」我不動聲色道。

「正是。」馬修低聲道：「確實如此。」

我們換到沙發上坐，我蜷起身子，縮成一顆球，坐在一張沙發的角落裡，馬修則伸展四肢，坐在另一張沙發的一端。好在他把酒也拿了過來。我們一安頓好，就輪到進一步的開誠布公了。

「上星期我在布萊克維爾書店遇見一個名叫艾嘉莎・魏爾遜的魔族。網路上說她是一位知名的設計師。艾嘉莎告訴我，魔族相信艾許摩爾七八二號講的是所有物種的起源——甚至包括凡人。諾克斯的說法卻不一樣。他說它是第一本魔法書——巫族所有力量的來源。諾克斯相信這份手抄本裡有長生不老的祕密，」我看一眼馬修，說道：「還有消滅吸血鬼的方法。我聽過了魔族和巫族的版本——現在我要聽聽你的。」

「吸血鬼相信失落的手抄本裡，對我們的長壽和我們的力量有所說明。」他道：「過去，我們害怕的是這個祕密——如果落入巫族之手——會給我們帶來滅亡。有人害怕我們的創造涉及魔法，因此巫族可能從中找到逆轉魔法、消滅我們的途徑。似乎這方面的傳說有可能是真的。」他輕輕吁一口氣，看起來很擔心。

「我還是不懂，為什麼你這麼有把握，這本起源之書——不論它內容是什麼——一定藏在某本鍊金術書裡面。」

「鍊金術的書可以光明正大掩飾這些祕密——就像諾克斯用神祕學專家的外表隱藏他的巫師身分。我想吸血鬼最先得知這是一本鍊金術的書。這實在天衣無縫，不可能是巧合。凡人當中的鍊金術師寫到賢者之石時，似乎就以吸血鬼做範本。成為吸血鬼使我們幾乎永遠不會死，也讓我們大多數極為富有，還讓我們有機會取得超乎想像的知識與學問。」

「賢者之石就是這麼回事，沒錯。」神奇魔法石跟坐在我對面這個生物之間的相似點，確實很驚人。「但要相信有這麼一本書存在，還是很困難。別的不說，所有的故事都互相矛盾。誰會蠢到把那麼多情報集中在一個地方？」

「正如同吸血鬼和女巫的傳奇，所有與這個手抄本有關的故事，至少有一點是真的。我們只要弄清楚這一點真實是什麼，把其餘的部分剝掉，就會明白了。」

馬修臉上沒有一絲欺騙或逃避。受到他使用「我們」一詞的鼓勵，我決定他已賺到聽取更多情報的資格。

「你對艾許摩爾七八二號的判斷是正確的。你要找的書確實在裡面。」

「繼續。」馬修輕聲說道，努力克制他的好奇心。

「它表面上是一本鍊金術的書。插圖中有很多錯誤，可能是蓄意的錯誤——我仍然不確定。」我咬緊嘴唇，專心思索，他眼睛盯著我的牙齒咬破嘴唇，帶出一小滴血珠的位置。

「妳說『它表面上是一本鍊金術的書』是什麼意思？」馬修把酒杯湊到鼻子前面。

「那是一本刮過重寫過的羊皮紙書，但原有的字跡並沒有刮洗乾淨。魔法藏在文本裡。我幾乎錯過了那些字跡。它們隱藏得非常巧妙。但翻開其中一頁，如果光線的角度正確，就會看到一行行字跡在下面移動。」

「妳能閱讀嗎？」

「不能。」我搖搖頭。「如果艾許摩爾七八二號真的隱藏著我們的來歷、如何發展成今天這樣、如何毀滅我們等情報，也藏得非常深。」

「它繼續藏著也好。」馬修嚴肅地說：「至少就目前而言。但我們需要那本書的時刻很快就會來臨。」

「為什麼？什麼事那麼迫切？」

「我寧願展示給妳看，而不是講給妳聽。妳可以明天到我實驗室來嗎？」

我點頭，深為困惑。

「我們可以午餐後走路過去。」他站起來，伸伸腰。我們聊祕密與起源之際，已經喝完了那瓶酒。

「時間不早了，我該走了。」

馬修握住門把，旋轉一下。門喀喀作響，扣環輕易就彈開了。

他皺起眉頭。「這門鎖有問題嗎？」

「沒有。」我道，把鎖扣推進推出幾次：「就我所知沒有。」

「妳該找鎖匠來看看。」他說，又把鎖上下轉動一番，「否則門可能會鎖不上。」

我抬起頭，看到一種無以名之的情緒在他臉上一閃而逝。

「真抱歉，今晚最後會提到這麼嚴肅的一件事。」他柔聲道：「我過得很愉快。」

「晚餐真的還可以嗎？」我問。我們談到宇宙的祕密，但我更擔心的卻是他腸胃的反應。

「好得不得了。」他向我保證。

看著他俊美古典的相貌，我的臉也柔和下來。一般人走在街上，從他身旁經過，怎麼可能不驚呼？我還來不及制止自己，腳趾頭就緊扣住舊地毯，我踮起腳尖，很快地親一下他的臉頰。他的皮膚感覺冰涼、光滑像絲緞，我的嘴唇跟他的臉相較，只覺格外灼熱。

*妳為什麼這麼做？*我自問，放下腳跟，看著有問題的門把，藏起內心的困惑。

這動作幾秒鐘就結束了，但根據我用魔法從博德利圖書館的架子上取得《筆記與疑問》的經驗，幾秒鐘就足以改變你的人生。

馬修仔細打量我。見我沒有歇斯底里或試圖逃跑，便湊過來以很慢的速度吻了我一次、兩次，是法式的吻。他的臉在我臉上遊移，他深深吸入我柳樹的汁液和金銀花的氣息。他再次站直時，眼神比平時更加迷濛。

「晚安，戴安娜。」他微笑道。

幾分鐘後，我背靠著關上的門，看到我的答錄機正在瘋狂閃爍。叨天之幸，那機器的音量已關掉了。

莎拉阿姨要問我方才自問的同一個問題。

我就是不想回答。

第十三章

午餐後，馬修來接我——如今是賽頓閱覽室眾多凡人讀者當中唯一的超自然生物。他陪著我走在彩繪得富麗堂皇的外露梁柱下，不斷就我的工作和我目前讀的書提出問題。

牛津已變得陰暗寒冷，我把領子掀起來，在潮濕的空氣中發抖。馬修好像不在乎，連外套都沒穿。陰沈的天氣讓他俊美的外表稍微失色，但仍顯得跟周圍環境格格不入。博德利圖書館中庭裡很多人回過頭來瞪著眼看他，然後搖頭。

「你受到注意了。」我告訴他。

「我忘了穿外套。況且他們看的是妳，不是我。」他給我一個燦爛的微笑。一個女人張大嘴巴合不攏，她推推她的朋友，朝馬修這方向歪歪頭。

我笑道：「你錯了。」

我們往基布爾學院和大學公園的方向走，在羅德學舍右轉，走進一大片實驗室和電腦中心組成的迷宮。素有科學大教堂之譽的自然科學博物館維多利亞式紅磚建築的龐大陰影，籠罩在這批毫無想像力、功能掛帥的現代建築之上。

馬修指給我看我們的目的地——一棟毫無特徵的低矮建築——並從口袋裡摸出一張塑膠識別卡。他拿卡片插進門把上的讀卡器刷一下，然後鍵進一套兩組不同序列的密碼。門開了以後，他帶我到警衛室，把我登記為訪客，並交給我一張可以別在毛衣上的通行證。

「以一個大學實驗室而言，你們的防衛還真嚴密。」我把玩著那張通行證說。

我們沿著從房舍樸實的外表完全看不出來、內部卻長達好幾哩的走道前行，警戒愈來愈森嚴。到了一條走廊盡頭，馬修從口袋裡取出另一張卡片，刷卡，然後把他的食指放在門旁一塊玻璃板上。玻璃板發出音樂聲，表面出現一個小鍵盤。馬修的手指飛快敲打數字鍵。門輕輕地喀一聲打開，冒出一股略帶消毒水味、令人聯想到醫院的乾淨氣味，裡面是一個空蕩蕩的專業級廚房。連綿一大片，望去盡是瓷磚表面、不鏽鋼和電子器材。

我們前方有整排用玻璃隔間的小房間。第一間擺著一張開會的圓桌、一個像塊大石板的黑色監視器，以及幾台電腦。另一間裡有張舊木桌、一張皮椅、一塊一望即知價值連城的波斯地毯、電話、傳真機，以及更多的電腦與監視器。再過去的其他房間裡擺著成排的檔案櫃、顯微鏡、冰箱、壓力消毒鍋、一架又一架的試管、離心機，還有好幾十種我不認識的裝置和儀器。

整個這塊區域好像都沒有人，雖然遠方依稀傳來巴哈的大提琴協奏曲，還有一種很像是歐洲電視歌唱比賽優勝者最近錄製的暢銷曲的樂聲。

我們經過那兩間辦公室時，馬修指著鋪地毯那間說：「我的辦公室。」然後他帶我進入左邊第一間實驗室。每張桌面上都有電腦和顯微鏡，標本容器整齊地排列在架子上。檔案櫃環繞四壁。其中一個抽屜的標籤寫著「∧0」。

「歡迎來到歷史實驗室。」藍光下他的臉顯得更白，頭髮更黑。「這就是我們研究演化的地方。我們從古代墓地、發掘遺址、變為化石的殘骸，以及活體採集人體標本，再從這些標本裡抽取DNA。」馬修打開另一個抽屜，取出幾份檔案。「全世界有幾百個利用遺傳學研究物種起源與滅絕的實驗室，我們不過是其中之一。我們實驗室和其他實驗室的差別在於，我們研究的物種不僅是凡人而已。」

他的話冰冷而清晰地掉落在我四周。

「你在研究吸血鬼的遺傳？」

「還有巫族和魔族。」馬修用腳勾來一個有滑輪的凳子，溫柔地扶我坐上去。

一個穿黑色Converse高筒球鞋的吸血鬼從轉角衝進來，嘎吱一聲停下來，開始戴一雙乳膠手套。他約莫二十七、八歲，長著加州衝浪選手那樣的金髮藍眼。雖是中等身材，站在馬修身旁卻顯得矮小，但他的身體瘦長有力，勁道十足。

「Rh陰性AB型。」他欣賞地打量我。「哇，好貨色。」他閉上眼睛，深深吸一口氣：「而且還是個女巫！」

「馬卡斯・惠特摩，來見過戴安娜・畢夏普，她是耶魯來的歷史教授。」——馬修對年輕的吸血鬼皺起眉頭——「她來作客，不是當針插的。」

「哦。」馬卡斯顯得很失望，轉念一想，又笑逐顏開。「妳不介意我抽一點妳的血吧？」

「不行，我很介意。」我可不想讓一個吸血鬼抽血人員在我身上戳來刺去。

馬卡斯吹了聲口哨：「妳已經產生打不過就逃的反應，畢夏普博士。我聞到腎上腺素的味道了。」

「怎麼回事？」一個熟悉的女高音喊道。幾秒鐘後，密麗安嬌小的身形便出現了。

「畢夏普博士在實驗室裡有點不安，密麗安。」

「抱歉，我沒注意到是她。」密麗安道：「她聞起來不一樣。是腎上腺素嗎？」

馬卡斯點點頭：「沒錯。妳每次都這樣嗎？裝了滿滿一身腎上腺素卻無用武之地？」

「馬卡斯。」馬修可以用極少的幾個音節發出令人寒徹骨髓的警告。

「從我七歲開始。」我望向他那雙藍得不可思議的眼睛說。

馬卡斯又吹了聲口哨。「這說明了很多事。這種國色天香，沒有一個吸血鬼能抗拒得了。」馬卡斯說的不是我的外貌，雖然他手指著我的方向。

「你在說什麼？」我問，好奇心超越了膽怯。

馬修拉扯他太陽穴上的頭髮，並給了馬卡斯一個能讓牛奶結凍的憤怒眼色。那個年輕的吸血鬼一臉的不在乎，還把指節扳得喀喀作響。刺耳的怪聲嚇得我跳起來。

馬修解釋道：「吸血鬼是掠食性動物，戴安娜。打不過就逃的反應會吸引我們。我們聞得出人或動物的驚慌。」

馬卡斯說：「我們也嘗得出那味道。腎上腺素會使血液更美味、更香、更柔滑順口，還有一股甜味。

真的好喝極了。」

馬修喉頭發出一陣低吼。他的嘴唇縮起，暴露出牙齒，馬卡斯退後一步。密麗安伸出手，緊緊握住那隻金髮吸血鬼的手臂。

「怎麼了？我又不餓？」馬卡斯抗議道，甩開密麗安的手。

「畢夏普博士可能不知道，吸血鬼不見得要等肚子餓才會對腎上腺素特別敏感，馬卡斯。」馬修明顯地花了不少力氣克制住自己。「吸血鬼不常需要進食，但我們很喜歡打獵和獵物面對狩獵者時腎上腺素加速分泌的反應。」

我時時刻刻在克制焦慮，難怪馬修那麼喜歡邀我共餐。讓他感覺飢餓的不是我身上的金銀花香氣——而是分泌過量的腎上腺素。

「謝謝你解釋給我聽，馬修。」即使有昨晚的經驗，我對吸血鬼仍相當無知。「我會努力保持鎮定。」

「沒必要。」馬修立刻回答道：「保持鎮定不是妳的職責，我們才應該要保持起碼的禮貌和自制。」

他怒目瞪著馬卡斯，並抽出一個檔案。

密麗安有點擔心地看了我一眼。「也許我們該從頭開始。」

「不要。我認為最好從最後開始。」他駁回提議，打開了檔案。

「他們知道艾許摩爾七八二號嗎？」我看密麗安和馬卡斯沒有要離開的跡象，便詢問馬修。他點點頭。

「你把我看到的東西告訴他們了？」他再次點點頭。

「妳還告訴過別人嗎？」密麗安對我提出的問題充分反映我們兩族幾百年來的猜忌。

「如果妳是指諾克斯，沒有。只有我阿姨和她的伴侶艾米莉知道。」

「三個女巫和三個吸血鬼分享一個祕密。」馬卡斯沈思道，他看馬修一眼：「有趣。」

「但願我們的保密工作能做得比隱藏這個還好。」馬修把檔案遞給我。

我翻開檔案時，三雙吸血鬼的眼睛專注地看著我。刺眼的標題吶喊：**吸血鬼在倫敦肆虐**。我的胃整個翻了過來。我把那頁剪報翻到一旁，下面又是一則屍體沒有血液的離奇命案報導。再下面的一篇雜誌文章，光從附帶的照片就能猜到它的內容，雖然我看不懂俄文。受害者的脖子從下巴直到頸動脈整個掀了開來。

另外還有好幾十宗謀殺案的報導，所有想像得到的語言都有。有些是砍頭。有些是屍體的血被抽乾，現場採證找不到一滴血跡。有些根據屍身與頸部傷勢的嚴重性，研判是野獸所為。

「我們正在死亡。」我把最後一篇報導放下時，馬修說道。

「凡人會逐漸死亡，那是確定的。」我的聲音乾澀。

「不僅是凡人。」他道：「這些證據顯示吸血鬼這個物種正在全面走下坡。」

「你就是要給我看這個？」我的聲音在顫抖：「這跟艾許摩爾七八二號提到的超自然生物起源有什麼關係？」不久前，季蓮給我的警告才勾起痛苦的回憶，這些照片徒然讓那些記憶變得更清晰。

「好好聽我說。」馬修道：「拜託。」

他的言行舉止雖然難以理解，但他絕對不是故意嚇唬我。馬修告訴我這些事一定有很好的理由。我抱著檔案，重新在圓凳上坐下。

他輕輕從我手中抽走檔案，開始說道：「這些命案都是因為把凡人改造成吸血鬼的過程失敗而造成。一度對我們輕而易舉的動作現在變得很困難。我們的血液愈來愈沒有能力從死亡之中創造新的生命。」

無法繁殖會導致物種滅亡。但是依據我剛才看到的照片，這世界不需要更多吸血鬼。

馬修繼續道：「年紀大的吸血鬼——像我這樣，年輕時主要喝人血維生的吸血鬼——比較容易適應。隨著吸血鬼年齡漸長，我們製造新吸血鬼的欲望變得不那麼強烈。但年輕的吸血鬼卻大不相同。他們需要建立家族，排遣新生命的寂寞。當他們遇見想結為伴侶或生兒育女的凡人，卻發現他們的血液力量不足。」

「你說我們都要滅絕了。」我面無表情地提醒他，心情仍很不愉快。

「現代巫族的力量也不及他們的祖先強大。」密麗安的聲音很實際：「你們生育的子女也不及過去那麼多。」

「這聽起來不像是證據——倒像主觀的評估。」我說。

「妳要看證據？」密麗安拿起另兩個檔案夾，從光可鑑人的桌面上推過來，正好滑到我手頭。「就在這兒——雖然我想妳可能看不大懂。」

一個檔案夾貼著紫色邊框的標籤，用非常整齊的字體寫著「班芬古妲」。另一個標籤有紅色邊框，寫著「貝雅翠絲．古德」的名字。兩個檔案夾裡都只有圖表。最上面的圖表都呈圓環形，分隔成鮮豔的色塊。下面的白紙上卻只見黑色和灰色的粗線條一路排列到底。

「這不公平。」馬卡斯抗議道：「歷史學家讀不懂那個。」

「這是DNA的排列次序。」我指著黑白圖像說：「但那些彩色圖表是什麼？」

馬修把手肘靠在我旁邊的桌面上。「也是基因測試的結果。」他把圓環圖表拉近一點說：「這兒記錄的是一個名叫班芬古妲的女性的粒線體DNA，這是她從她母親和之前每一個女性祖先繼承來的。它告訴我們她的母系基因。」

「那她父親的基因呢？」

馬修拿起黑白的DNA圖表。「班芬古妲的凡人父親在這兒，在她的細胞核DNA——基因圖譜——裡，跟她的女巫母親一起存在。」他又拿起彩色圓圈圖表：「但是細胞核外的粒線體DNA，只有她母系祖先的記錄。」

「你為什麼既研究她的基因圖譜，又研究她的粒線體ＤＮＡ？」我聽說過基因圖譜，但粒線體ＤＮＡ對我而言是個全新的領域。

「妳的細胞核ＤＮＡ告訴我們妳是怎樣一個獨一無二的個體——妳父母的遺傳基因如何在妳身上重組，造成妳這個人。妳父親和妳母親的基因混合之後，賦予妳金髮、碧眼和雀斑。粒線體ＤＮＡ卻幫助我們了解一整個物種的歷史。」

「換言之，物種的起源與演化都記錄在我們每個人身上。」我緩緩說道：「在我們的血液和全身每一個細胞裡。」

馬修點頭：「但所有起源故事都是在講另一則故事——不是開始，而是結束。」

我皺起眉頭說：「我們又回到達爾文了。《物種起源》不全然是講不同物種從何而來。它也講物競天擇和物種滅絕。」

「有人會說，《物種起源》大部分都在講滅絕。」馬卡斯推著轉椅坐到實驗桌另一頭，發表贊同的看法。

我看著班芬古妲的彩色圓環圖表。「她是什麼人？」

「一個非常強大的女巫。」密麗安道：「她生存在第七世紀的不列塔尼，在一個製造了許多奇蹟的時代，她本身就是個奇蹟。貝雅翠絲．古德則是已知的她最後一個直系後代。」

「貝雅翠絲．古德的家族來自撒冷嗎？」我摸摸她的檔案夾，低聲問道。我的老家有古德家族跟畢夏普家族和普羅克特家族生活在一起。

「貝雅翠絲的後裔包括撒冷的莎拉與桃樂絲．古德姊妹。」馬修道，肯定了我的直覺。他翻開貝雅翠絲的檔案，把她的粒線體測試結果放在班芬古妲的旁邊。

「但它們很不一樣啊。」我說。從顏色和排列方式都看得出來。

「未必。」馬修糾正我。「貝雅翠絲的DNA比較缺少巫族常見的幾種特徵。這代表她的祖先過去幾百年來，在求生的掙扎中愈來愈不仰賴魔法和巫術。這些需求上的改變開始強迫她的DNA發生突變──把魔法排除在外的突變。」他這番話聽起來完全合乎科學，但其實是講給我聽的。

「貝雅翠絲的祖先把魔法丟在一旁，這種行為最後毀滅了家族？」

「不完全是這一家巫族的錯。大自然也要負一部分責任。」馬修的眼神很悲傷。「似乎巫族跟血族一樣，在凡人愈來愈多的世界裡面臨求生的壓力。魔族也一樣。他們展現的天才──這是我們區分他們與凡人的指標──反不及瘋狂來得多。」

「凡人不會滅絕？」我問。

「可能會，也可能不會。」馬修道。「我們認為凡人──截至目前為止──比較有適應力。他們的免疫系統反應比較好，而且他們的繁殖意願也比巫族和血族來得強烈。從前這世界上，凡人和超自然生物是勢均力敵，現在凡人卻佔多數，超自然生物只佔世界人口的百分之一。」

「超自然生物和凡人的數量相當時，是個不一樣的世界。」聽起來，密麗安對於失去基因優勢感到很遺憾。「但凡人的免疫系統太敏感，到頭來還是會讓他們走上末路。」

「我們──超自然生物──跟凡人有多大的差異？」

「相當大，至少在基因的層次上。我們外表很類似，但表面之下，染色體的結構很不一樣。」馬修在貝雅翠絲．古德的檔案夾外面畫了一張簡圖。「凡人每個細胞核裡有二十三對染色體，每一對都按照一長串密碼序列排列。血族和巫族有二十四對染色體。」

「比凡人、黑皮諾葡萄或豬都多。」馬卡斯擠擠眼睛。

「魔族呢？」

「他們的染色體對數跟凡人一樣──但他們另外有個單獨的染色體。就我們所知，是那個額外的染色體使他們成為魔族，」馬修道：「而且比較不穩定。」

我研究他用鉛筆畫的圖形時，一綹頭髮掉到眼前，我不耐煩地把它拂開。「那個單獨的染色體裡有什麼。」聽懂馬修的解說就跟考及格大學生物學一樣困難。

馬修道：「使我們跟凡人不一樣的遺傳物質、控制細胞功能的物質，以及科學家稱之為『垃圾DNA』的物質。」

「不過那不是垃圾。」馬卡斯道：「所有的遺傳物質都是上次天擇保留下來的，要不就等著下次演化突變時發揮作用。但我們還不知道它的作用——時間未到。」

「且慢。」我打岔道：「巫族和魔族是生出來的。我生來就多一對染色體，你的朋友哈米許是多一個染色體。但吸血鬼不是生出來的——你們是用凡人的DNA製造出來的。你們那額外的一對染色體又是怎麼來的？」

「凡人重生成為吸血鬼的時候，創造者先移除凡人全部的血液，這會導致器官衰竭。死亡之前，創造者會把自己的血輸給預定重生的人。」馬修答道：「我們猜測，吸血鬼的血液輸入時，會強制全身所有的細胞基因同時發生突變。」

昨晚馬修用過「重生」這字眼，但我還從來沒聽說過「創造者」一詞用在吸血鬼身上。

「創造者的血覆蓋重生者的全身系統，帶去了新的遺傳資訊。」密麗安繼續道：「類似情況在凡人輸血時也會發生。但吸血鬼的血會對DNA做數百種修訂。」

「我們開始在基因圖譜中找尋這種大規模改變的證據。」馬修解釋道：「我們找到了——證明所有新吸血鬼吸收創造者的血以後，身體會立即做出種種求生的突變。因此長出了一對額外的染色體。」

「遺傳上的大爆炸。你就像一個從垂死的恆星誕生的銀河。極短的時間裡，基因就把你變成不一樣的生物——不再是人。」我無法置信地看著馬修。

「妳還好吧？」他問道：「我們可以休息一下。」

「我可以喝點水嗎？」

「我去拿。」馬卡斯從高腳凳上跳下來。「放標本的冰箱裡有。」

「凡人提供最早的線索，細胞基因受到細菌或其他形式的猛烈攻擊，承受強大壓力時，會迅速觸發突變，速度比天擇快得多。」密麗安從檔案櫃裡抽出另一個檔案。打開檔案，她指著一段黑白圖形說：「這個男人死於一三七五年。他活過了天花，但他的身體在細菌入侵時迅速反應，迫使第三對染色體發生突變。」

馬卡斯端著我要的水回來，我旋開瓶蓋，飢渴地狂飲。

「吸血鬼的ＤＮＡ到處都是類似的、因抵抗疾病引起的突變。這些改變可能會慢慢導致我們的滅絕。」馬修顯得很擔憂。「現在我們嘗試把研究焦點放在吸血鬼的血為什麼會產生新一代染色體方面。答案可能就藏在粒線體裡面。」

密麗安搖搖頭：「不可能。答案應該在細胞核ＤＮＡ裡面。人體遭受吸血鬼的血液攻擊時，一定會引發某種使身體能夠接受並吸收改變的反應。」

「或許，但如果是這樣，我們必須也更密切注意垃圾ＤＮＡ。必須萬事齊備才有可能產生新染色體。」馬卡斯堅持道。

趁他們三個爭論不休，我忙著捲衣袖。見到我的手肘沒有衣服的掩蔽，手臂上的靜脈暴露在實驗室的冷空氣裡，他們一致目瞪口呆，瞪著我的皮膚。

「戴安娜。」馬修觸摸他的拉撒路徽章，冷峻地說：「妳在幹什麼？」

「你的手套還在手頭嗎，馬卡斯？」我問道，同時繼續把袖子往上捲。

馬卡斯咧嘴一笑：「在啊。」他站起身，從旁邊抽屜裡取出一副乳膠手套。

「妳不必這麼做。」馬修的聲音梗在喉嚨裡。

「我知道。但是我想做。」實驗室燈光下，我的靜脈顯得更藍。

「好靜脈。」密麗安點頭稱許，我身旁那個高大的吸血鬼不禁從喉頭發出警告的呼嚕聲。

「如果你看不下去，馬修，到外面去等。」我鎮定地說。

「妳這麼做之前，我希望妳考慮清楚。」馬修以保護的姿勢彎腰罩住我，就跟諾克斯在博德利圖書館接近我時，他的反應一樣。「我們無法預知測試的結果。妳整個的生命、妳家族的歷史，都會呈現在黑白線條裡。妳真的確定要檢視這一切？」

「你什麼意思，我整個的生命？」他目光的強度讓我瑟縮。

「測試告訴我們的事，遠不止妳眼睛和頭髮的顏色而已。它們會顯示妳母親和父親遺傳給妳的其他特徵。再加上妳所有的女性祖先遺傳的特徵。」我們相對凝視了很久。

「所以我才要你在我身上採樣。」我耐心地說。他臉上掠過一片困惑。「我一輩子都想不通，畢夏普的血液流過我的血管時，做了些什麼。凡是認識我們家的人都對這一點很好奇。現在我們終於要知道了。」

這在我看來很簡單。我的血樣可以告訴馬修我不想意外發現的情報。我不願意放火燒家具，在樹林裡飛行，或對某人感到不滿，兩天後他就生場大病。馬修可能覺得抽血很危險。對我而言，怎麼說它都跟玩家家酒一樣安全。

「更何況，你告訴我巫族瀕臨絕滅。我是最後一個畢夏普。說不定我的血可以幫你想出原因。」

我們互瞪著對方，吸血鬼對女巫，密麗安和馬卡斯耐心地在旁等候。最後馬修氣鼓鼓哼了一聲，對馬卡斯說：「採樣工具交給我。」

「我可以做。」馬卡斯抗議道，緊緊捏住那副乳膠手套不放。密麗安企圖拉住他，但端著一盒試管和針頭的馬卡斯，偏要向我衝過來。

「馬卡斯。」密麗安警告道。

馬修從馬卡斯手中奪走工具，並用宛如有深仇大恨的駭人表情制止這年輕吸血鬼蠢動。「抱歉，馬卡斯。但如果要抽戴安娜的血，只准我動手。」

他用冰冷的手指抓住我手腕，先把我手臂上下彎曲幾次，然後拉直，輕柔地將我手臂靠在不鏽鋼桌面上。讓一個吸血鬼把針刺進靜脈，無可否認感覺很詭異。馬修把一根橡皮管綁在我手肘上方。

「握拳。」他低聲道，戴上手套，備妥空針和第一支血瓶。

我照他的話做，握緊拳頭，看著血管突起。馬修沒有做例行的宣告，說我會覺得輕微的刺痛等等，就直接俯下身，把尖銳的針頭刺進我的手臂。

「做得很好。」我放開拳頭，讓血液順暢地流出。

馬修更換血瓶時，抿緊寬闊的嘴唇。完成後，他抽出針頭，扔進一個密封的生物危險品專用容器。馬卡斯接過血瓶，交給密麗安，她用細小、精確的字跡寫好標籤。馬修把一小方紗布壓在抽血的位置，用冰冷有力的手指壓住。他再用另一隻手拿起一卷膠布，把紗布貼牢。

「出生年月日？」密麗安簡潔地問，筆尖停留在試管上。

「一九七六年八月十三日。」

密麗安瞪大眼：「八月十三日？」

「是啊。怎麼了？」

「只是確認一下。」她低聲道。

「大多數情形下，我們也做口腔抹片。」馬修打開一個小包，取出兩個白色塑膠片。它們的形狀像小型船槳，寬的一頭表面稍微有點粗糙。

我不發一言，張開嘴巴，馬修把兩根抹片棒先後在我臉頰的內側摩擦一下，然後分別放進不同的密封塑膠管。「完成了。」

朝實驗室四下張望，不鏽鋼與藍光的沈默與寧靜讓我聯想到我的鍊金術師，在黯淡的光線下，對著熊熊炭火，只有貧乏的工具和殘缺的陶製坩鍋。若有機會在這麼一個地方工作——擁有或能幫助他們破解創造之謎的工具——他們會願意付出什麼樣的代價啊。

「你們在找第一隻吸血鬼嗎？」我指著檔案櫃問道。

「有時候。」馬修慢條斯理道：「大多數時間，我們追蹤的是食物和疾病對物種的影響，還有某些家族的血胤如何在什麼時候斷絕。」

「我們真的是四個不同的物種嗎？或者魔族、凡人、血族和巫族有共同的祖先？」莎拉堅持巫族跟凡人或其他超自然生物沒有關係，但我一直很好奇，這種觀念除了傳統或一廂情願，是否有進一步的根據。

早在達爾文時代，很多人都認為，一對普通的凡人祖先不可能製造出那麼多不同的人種。一部分白種歐洲人看到黑種非洲人時，就接受了多源發生論，主張各色人種是互不相關的不同祖先的後代。

「魔族、凡人、血族和巫族在遺傳層次上有很大的差異。」馬修的目光有穿透力，他知道我為什麼提出這問題，雖然他不願意給我一個直接的答案。

「如果你能證明我們並非不同的物種，而是同一個物種不同的後裔，一切都會改變。」我提醒道。

「早晚我們會查出這四個族群之間的關係——如果有的話。不過有待努力的事還很多。」他站起身：「我想今天談的科學夠多了。」

向密麗安和馬卡斯告別後，馬修開車送我回新學院。他回家換衣服，然後再來接我去上瑜伽。我們開車去烏斯托克途中，幾乎一言不發，沈浸在各自的思緒當中。

到了老宅，馬修照例為我開門，從後車廂取出墊子，搭在肩頭。

一對吸血鬼從我們身旁走過，其中一個碰了我一下，馬修像閃電般牽起我的手，與我十指交叉。我倆之間的對比十分強烈，他的皮膚極度蒼白冰冷，相形之下，我顯得生氣勃勃而溫暖。

馬修握著我的手，直到走進室內。上完課，我們開車回牛津，先是聊阿米拉說過的某些話，然後聊到魔族不小心做了或沒有做，因而似乎能充分顯現魔族特性的事。一開進新學院大門，馬修反常地先把車熄火，然後才為我開門。

福瑞從監視螢幕上抬起頭，望著馬修走到玻璃窗前。他開窗問道：「什麼事？」

「我想送畢夏普博士到她房間去。我把車留在這兒，鑰匙也留下，以備萬一你需要移車，這樣可以嗎？」

福瑞看看車身上瑞德克利夫的標誌，點點頭。馬修隔著窗戶把鑰匙扔過去。

我連忙道：「馬修，就在對面。你不需要送我。」

「我還是要送。」他的口氣絲毫沒有商談的餘地。走進宿舍的拱門，離開了福瑞的視線，他又牽起我的手。這一次，隨著他冰冷皮膚帶來的震撼，我的小腹漾起一股令人不安的熱流。

到了我的樓梯底下，我轉身面對馬修，仍握著他的手。「謝謝你帶我去上瑜伽——再謝一次。」

「不客氣。」他替我把那綹無法無天的頭髮掠到耳後，手指停留在我臉頰上。「明天來吃晚餐。」他柔聲道：「輪到我做飯。七點半來接妳好嗎？」

我的心狂跳。**說不要**，我無視它的噗噗亂跳，嚴厲地告訴自己。

「我很高興去。」脫口而出的卻是這句話。

吸血鬼冰冷的唇先輕貼我一邊臉頰，然後另一邊。「我勇敢的姑娘。」他用法文對著我耳朵輕聲細語。他令人暈眩的迷人氣息洋溢我鼻中。

上了樓，已經有人應我要求，把門鎖上緊了，用鑰匙開鎖得花不少力氣。答錄機以閃燈迎迓我，顯然莎拉又打了電話來。我走到窗口向下望，正好看見馬修抬頭望。我揮手。他微笑，把手放在口袋裡，轉身背對宿舍，一溜煙鑽進夜的陰影，彷彿黑暗就屬於他。

第十四章

七點半馬修在宿舍等我，以他一貫的灰階配色，把鴿灰和鐵灰搭配得完美無瑕，黑髮全部往後梳，露出不規則的髮線。他耐心靜候週末值班的門房把他打量個夠，然後點一下頭，刻意用一聲：「待會兒見，畢夏普博士。」送我出門。

「妳真能挑起別人保護妳的衝動。」我們穿過大門時，馬修低聲道。

「我們要去哪？」街上看不見他的車。

「今晚我們在學院裡吃飯。」他答道，朝博德利的方向比個手勢。我一直預期他會帶我去烏斯托克路的老房子，或牛津北區某座維多利亞式的公寓大樓，卻從來沒想到他竟然住在學院裡。

「在大堂吃飯，坐院長席？」我覺得自己穿得太隨便，不由得拉扯絲質黑上衣的下襬。

馬修仰頭大笑。「我盡可能不進大堂，也絕不會把妳帶到那兒去，坐在危險的寶座㊵上讓我的同事評鑑。」

我們轉個彎，向瑞德克利夫閱覽館的方向走去。見他走過哈特福學院大門口，沒有停下腳步，我拉住他手臂。牛津只有一所學院以強烈排外和講究禮節而惡名昭彰。

同樣也是這所學院，以成員的卓越才智聞名。

「你不是吧？」

馬修停下腳步。「我隸屬哪所學院有關係嗎？」他別開頭。「如果妳寧可有很多人在場，我當然可以理解。」

「我並不擔心你把我當晚餐吃掉，馬修。只不過我從來沒進去過裡面。」兩扇富麗堂皇、有渦卷形裝飾的大門捍衛他的學院，好像裡面是什麼仙境。馬修不耐煩地哼一聲，拉住我的手，不讓我用它摀住眼睛，從指縫裡偷窺。

「不過就是幾間老房子裡的一群人。」粗魯的語氣也不能掩蓋他是一所不收學生的學院裡七十多名院士中的一員的事實。「何況，我們要去的是我的宿舍。」

我們走完剩下的這段路，馬修走入黑暗中，腳步愈來愈輕鬆，好像跟一個老朋友作伴。我們穿過一扇把公眾擋在他學院的寧靜氛圍之外的低矮木門。宿舍裡除了門房沒有別人，前庭的長凳上，既沒有大學部學生，也沒有研究生。靜得鴉雀無聲，好像這裡的成員真的都是「在牛津大學亡故的所有虔誠信徒的靈魂」㊶。馬修低下頭，略帶靦腆地微笑道：「歡迎光臨萬靈學院。」

萬靈學院是晚近哥德式建築的經典之作，可說是結婚蛋糕與大教堂的混合體，有輕靈的尖塔和纖細的石雕。我愉快地嘆口氣，幾乎無話可說——至少暫時沒有。但待會兒馬修可有很多需要解釋的。

「晚安，詹姆士。」他對門房道，門房從雙焦距眼鏡上端望過來，點頭表示歡迎。馬修舉起手。一把

㊵ siege perilous是出自圓桌武士傳奇的典故。圓桌周圍每個座位上都刻有應該坐該位置的武士的名字，唯有一個空位要保留給註定尋回聖杯的武士，任何不夠格的人坐上那個位子，都有生命危險。

㊶ 萬靈學院的正式名稱即為「在牛津大學亡故的所有虔誠信徒靈魂之看守者與學院」（The Warden and the College of the Souls of all Faithful People deceased in the University of Oxford）。

繫在皮繩上的老鑰匙掛在他食指上。「我馬上回來。」

「好的，柯雷孟教授。」

馬修又拉起我的手。「來吧，我們給妳惡補一下。」

他就像一個正在尋寶的頑皮小孩，拉著我往前衝。我們鑽進一扇陳舊得發黑、滿布裂痕的門，馬修開亮一盞燈。他的白皮膚在黑暗中特別顯眼，看起來就是個不折不扣的吸血鬼。

「幸好我是女巫。」我開玩笑道：「人類看到你，搞不好就活活嚇死了。」

下到樓梯底，馬修把一長串數字敲進密碼鎖，然後按星號。我聽見輕微的喀答一聲，他把另一扇門打開。年深月久的霉味和另一種我說不出來的味道，一波波向我湧來。樓梯間照明燈的光圈之外，黑暗向四面八方延伸。

「這真像恐怖小說的情節。你要帶我去哪？」

「耐心點，戴安娜。沒多遠了。」天啊，耐心可不是畢夏普家女人的強項。

馬修伸手越過我肩膀，打開另一個開關，便見成串的老燈泡空中飛人似的掛在一條電線上，把一圈圈光線投射在一排像飼養迷你馬用的馬廄上。

我望著馬修，眼睛裡浮現幾百個疑問。

「妳先請。」他躬身道。

一步步向前走，我認出了那味道。那是不新鮮的酒精——就像星期天早晨的酒吧。「葡萄酒？」

「葡萄酒。」

我們經過幾十個小房間，裡面的酒瓶或排放在架上，或堆在地上，或放在板條箱裡。每間都有塊小石板標示，上頭用粉筆寫著年份。我們經過的貯藏室裡保存的，從第一次世界大戰、第二次世界大戰，乃至南丁格爾赴克里米亞戰爭時可能會在行李箱裡塞一瓶的酒。有柏林圍牆建造那年和被推翻那年釀的酒。再往地窖深處走，寫在石板上的年份漸漸變為比較廣泛的類別，像是「老波爾多紅」和「精選波特」。

終於我們來到房間盡頭。十來扇小門上了鎖，默默無語，馬修打開其中一扇。這兒沒有電，但他拿起一根蠟燭，先在銅燭台上插定才點燃。

門裡面所有的東西都像馬修這個人一樣整潔有序，只不過蒙了一層灰。排得非常緊密的木架使酒瓶不至於接觸地面，而且取出一瓶酒時，也不虞打翻整排酒瓶。柱子旁邊有紅色漬印，是年復一年酒汁潑灑的痕跡。陳年葡萄和木塞的氣味，還有隱約的霉味，瀰漫在空氣裡。

「這都是你的嗎？」我無法置信地問。

「是啊，是我的。少數幾位院士擁有私人酒窖。」

「你這裡難道還收藏了什麼外面那間沒有的貨色嗎？」我背後那個房間恐怕已蒐羅了有史以來生產過的每一種葡萄酒。牛津最好的名酒專賣店相形之下只顯得荒蕪，簡直一無所有。

馬修露出神祕的笑容：「多得很。」

他在這個沒有窗戶的小房間裡快步走來走去，興高采烈地從這兒抽出一瓶，又從那兒抽出一瓶。他交給我一個沈重的、標籤做成一面金盾牌的黑色酒瓶，木塞外面編織了一個鐵絲罩子。香檳——唐・貝利農。

第二瓶酒裝在深綠色的瓶子裡。簡單的米色標籤上寫著黑色字體。他用誇張的手勢交給我，我看見上面的日期：一九七六年。

「我出生的那年。」

馬修又拿出兩瓶酒：一瓶貼著八角形的長標籤，上面有座古堡圖案，瓶口有厚厚的紅色封蠟；另一瓶是黑色，瓶身歪斜，沒有標籤，用一種看起來像柏油的東西封口。這瓶酒的瓶頸上還用一根骯髒的繩子綁著一張黃色牛皮紙標籤。

「我們走吧？」馬修問，隨即吹熄了蠟燭。他小心翼翼把門鎖好，用另一隻手拎著兩瓶酒，把鑰匙放進口袋。我們把滿室酒香留在後面，爬回地面上。

暮色下，馬修抱著滿懷酒瓶，他的愉悅彷彿會發光。「多麼美好的夜晚。」他開心地說。

我們上樓到他的宿舍去，它在某些方面比我想像的豪華，但在其他方面又不怎麼豪華。他的房間比我新學院的房間小，位在萬靈學院最古老區域的頂層，到處是奇怪的角度和不合時宜的斜頂。雖然天花板的高度配得上馬修的身高，但房間對他而言仍然嫌小。他通過每扇門都得低頭彎腰，窗沿又矮到他膝蓋的高度。

房間雖小，家具卻差堪彌補。地上滿鋪一條褪色的奧布松地毯，幾件威廉・莫里斯㊷原廠出品的家具坐鎮其上。說也奇怪，十五世紀的建築、十八世紀的地毯，和十九世紀粗獷風格的橡木家具竟然是絕配，擺在一起，整個房間便有一種對成員精挑細選的愛德華時代㊸紳士俱樂部的氣氛。

一張極大的餐桌擺在客廳另一頭，報紙、書和學術生涯各個層次的片段——新規章的備忘錄、學術期刊、寫推薦或書評的邀請函——都整齊地堆在桌子一頭。每堆東西都用不同的物品壓住。馬修的紙鎮包括沈重的玻璃吹製的真紙鎮、一塊舊磚頭、一個無疑是他贏來的獎牌，還有一根小撥火棒。桌子另一頭，木桌面上鋪了一幅柔軟的麻紗桌巾，用我除了博物館外，僅見最漂亮的喬治時代㊹款式的銀燭台壓住。一大排不同形狀的酒杯捍衛著單純的白盤子和更多的喬治式銀器。

「我好喜歡。」我愉快地四下張望。這個房間裡沒有一件家具或飾品是學校的。完全是馬修的個人風格。

「請坐。」他從我有氣無力的指縫間搶救出兩個酒瓶，放進一個說得好聽點像是壁櫃的地方。「萬靈學院認為院士不應該在房間裡吃東西。」見我打量著乏善可陳的廚房設備，他解釋道：「所以我們盡量湊合著用。」

不用懷疑，我即將享用全城最豐盛的晚餐。

馬修把香檳放進一個裝滿冰塊的銀桶，便來陪我坐在他沒有作用的火爐前一張舒服的椅子上。「現在再也不准在牛津的壁爐裡生火了。」他看著空蕩蕩的石砌爐台，遺憾地說。「每戶人家的爐子都生起火來，就弄得全城都是煙火氣。」

「你第一次來牛津是什麼時候？」我希望這麼一個開放的問題，能讓他相信我沒有刺探他過去的企圖。

「這次是一九八九年。」他放鬆地舒口氣，伸展兩條長腿。「我以理科學生的身分進入奧瑞爾學院，本來打算在那兒攻讀博士學位。後來我贏得萬靈學院的研究員獎，就轉到這兒。幾年後，我取得學位，校方提供我一個職位，院士又選我成為他們的一員。」每次他說話，我都會聽到意想不到的事。得獎的研究員？每年只有兩個名額耶。

「這是你第一次進萬靈學院？」我咬緊嘴唇，他笑了起來。

「我統統講給妳聽好了。」他道，豎起手指，開始逐個點數各家學院。「我做過一次院士的學院——莫頓、莫德林、大學院。我做過兩次院士的學院有新學院和奧瑞爾學院。這是萬靈學院第一次對我感興趣。」

這個答案加上劍橋大學、巴黎大學、義大利的帕多瓦大學和法國的蒙彼利埃大學——我相信所有這些學校，學籍資料中都曾經出現過一個名叫馬修．柯雷孟（或其他化名）的學生——讓我腦海中浮現無數個

㊷ William Morris，一八三四—一八九六，英國工藝美術運動的倡導人。這一運動的宗旨是抵制工業革命大量生產、罔顧設計水平的趨勢，重建手工藝的價值。他成立家具公司，製造合乎他理想的家具，這些產品如今都是收藏家搶購的標的。

㊸ Edwardian，指二十世紀初葉，愛德華七世治下的英國。

㊹ Georgian，指一七一四至一八三〇年，連續由四個名叫喬治的國王統治下的英國。

令人眼花撩亂的學位。這麼多年來，他上過哪些課，做過誰的學生？

「戴安娜？」馬修忍俊不住的聲音穿入我的思緒。「妳聽見我說話了嗎？」

「對不起。」我閉上眼睛，雙手扣緊大腿，努力不讓自己分心。「像一種病。你開始回顧時，我就控制不住好奇心。」

「我知道。這是吸血鬼嘗試跟一個研究歷史的女巫相處時，面臨的一大難關。」他嘴巴諧謔地扭曲，故作苦悶狀，但他的眼睛閃爍像黑色的星辰。

「如果你不希望再遇到同樣的難關，我建議你不要再踏進博德利圖書館的古文書學參考室。」我尖刻地說。

「我一次只能應付一位歷史學家。」馬修優雅地站起身。「我剛才問妳，是不是餓了。」

他老是這麼問，真是令人不解——我什麼時候肚子不餓過？

「是的。」我邊說邊試著從深陷的莫里斯椅子上起身。馬修伸出手，我一把抓住，他輕輕鬆鬆便把我拉起來。

我們站著面對面，身體差點就要接觸，我把注意力集中在他毛衣下面突起的伯大尼徽章上。

他眼光在我身上閃動，留下雪花的軌跡。「妳看起來好漂亮。」我垂下頭，照例那綹頭髮又掉到臉上。他伸出手，像最近幾次那樣，替我把它掠到耳後。這次他的手繼續移動到我後腦。他撩起我脖子上的髮絲，讓它像水一般從他指間穿過。冷風觸及我的皮膚，讓我打了個寒顫。

「我喜歡妳的頭髮。」他喃喃低語：「它有所有想像得到的顏色——甚至有幾綹紅色和黑色。」我聽見清晰的吸氣聲，這代表他又聞到新的氣味。

「你在聞什麼？」我的聲音含混，我仍然不敢直視他的眼睛。

「妳。」他吸氣道。

我抬眼看他。

「吃晚餐吧。」

這一切之後，很難把注意力集中在食物上，但我盡力而為。馬修替我拉開葦草席面的椅子，從這位置可以看到整個溫馨美麗房間的全貌。他從迷你冰箱裡拿出兩個盤子，每個盤子上有六顆新鮮牡蠣，排放在碎冰圍成的窩裡，形成星芒的圖案。

「品酒補習第一課：牡蠣與香檳。」馬修坐下來，豎起一根手指，一副牛津導師要開講喜歡的題目的模樣。他伸手去拿部署在他長手臂半徑範圍內的酒瓶，將它抽出冰桶。輕輕一轉，就把木塞拔出瓶頸。

「我通常都覺得這很困難。」我看著他優雅有力的手指，淡然道。

「想要的話，我可以教妳用劍一記就敲掉木塞。」馬修笑道：「當然，如果手頭沒有劍，用刀也可以。」他倒了一些酒到我們的杯子裡，酒汁吱吱冒泡，在燭光下舞踊。

他舉杯向我：「敬妳。」

「也敬你。」我拿起自己的酒杯，看著泡沫在表面綻裂。「為什麼泡沫這麼小？」

「因為酒太老了。大部分香檳放不到這麼久就喝掉了。但我喜歡老酒——它讓我想起香檳舊有的滋味。」

「它有多老？」

「比妳老。」馬修答道。他正忙著徒手擘開牡蠣殼——通常做這種事需要非常鋒利的刀和很多技巧——並把空殼扔進桌子中央的一個玻璃碗。他把一個盤子遞給我。「是一九六一年釀的。」

「拜託告訴我，這是我們今晚喝的最老的酒。」我想起星期四晚餐他帶來的那瓶酒，酒瓶裡正插著他送的最後幾朵白玫瑰，放在我床頭櫃上。

「錯。」他咧嘴笑道。

我把第一個牡蠣殼的內容倒進嘴裡。滿嘴大西洋的味道，讓我立刻瞪大了眼睛。

「現在喝酒。」他拿起自己的杯子，看著我啜飲金色的酒液。「妳嘗到了什麼？」

酒和牡蠣醇厚的香氣與海鹽的滋味碰撞，令人沈迷其中。「好像整個大海都在我嘴巴裡。」我答道，又喝了一口酒。

我們吃完牡蠣，接著是一大盤沙拉。裡頭放了每一種人類所知的昂貴蔬菜，加了核果、莓果，還有馬修在桌上用香檳醋和橄欖油拌和的美味醬汁。點綴的小肉片是老房子附近獵獲的鷓鴣。我們啜飲馬修所謂我的「生日酒」，它聞起來像混了煙燻味的檸檬地板蠟，喝起來像粉筆加白脫糖。

下一道是燉菜。香氣撲鼻的醬汁裡有大塊的肉。我第一口便嘗出是小牛肉，跟蘋果和奶油同煮，跟米飯拌著吃。馬修看著我進食，我第一次品嘗出蘋果的酸甜滋味時，他微笑道：「這是諾曼地的老食譜。妳喜歡嗎？」

「好好吃。你做的嗎？」

「不是。」他道：「牧師老公館餐廳的大廚做的——他給我非常精確的指示，交代我重新加熱時千萬不要把它燒成脆餅。」

「隨時歡迎你來幫我熱晚餐。」我讓燉菜的熱氣浸潤到身體裡面。「可是你沒吃。」

「對啊，我不餓。」他看著我繼續吃了一會兒，然後到廚房去取另一瓶酒。是用紅蠟封口的那瓶酒。他割開封蠟，拔出瓶塞。「完美。」他宣稱，仔細地把深紅色酒汁倒進旁邊的醒酒瓶。

「你已經聞到了嗎？」我對他嗅覺的敏銳度還是不太了解。

「哦，是啊。這瓶酒很特別。」馬修替我倒了一點，又在自己的杯中倒了幾滴。「妳準備好品嘗奇蹟了嗎？」他問，我點點頭。「這是瑪歌酒莊一個非常好的年份。有人說這是有史以來最好的紅酒。」

我們拿起酒杯，我模仿馬修的每一個動作。他把鼻子湊進杯子裡，我也依樣畫葫蘆。一陣紫羅蘭的香氣淹沒了我。我嘗到的第一口滋味像天鵝絨。然後出現了牛奶、巧克力、櫻桃，蜂擁而來的滋味無從解釋，卻喚回許多年前我父親在書房裡抽煙過後那股氣味的記憶，還有我小學二年級用完削鉛筆機清理木屑的記憶。我注意到的最後一件事，是一種讓我聯想到馬修的辛香味。

「這像是你的味道。」我說。

「怎麼說？」他問。

「有點辣。」我說，忽然滿臉通紅。

「只是辣而已？」

「不。最初我以為它滋味會像花——紫羅蘭——因為那是它聞起來的味道。但後來我卻嘗到各式各樣的東西。你嘗到什麼味道？」

這比我的反應有趣多了，也不那麼令人尷尬。他先嗅一嗅，搖晃杯子，再喝一口。「紫羅蘭，到這兒我的看法跟妳一樣。是那種沾滿糖粉的深紫色紫羅蘭。都鐸王朝的伊麗莎白愛吃糖漬紫羅蘭，結果毀了她的牙齒。」他再喝一口：「上等雪茄的煙味，就像從前威爾斯王子到訪時，他們在馬勃羅俱樂部抽的那種。還有老房子外面的樹籬裡採到的野生黑莓，以及浸泡白蘭地的紅醋栗。」

觀察吸血鬼發揮嗅覺的功能，想必對任何人而言，都是最為超現實的經驗。不單單因為馬修能看到和聽到我無法察覺的東西，而是因為察覺某些事物時，他的感受是那麼清晰而精確。所謂黑莓，不是隨便什麼黑莓——是特定的黑莓，在特定的時間生長在特定的地方。

馬修繼續喝著酒，我也吃完了燉肉，拿起酒杯，發出滿足的嘆息，轉動杯子的高腳，讓它映著燭光閃閃生輝。

「你覺得我會是什麼滋味。」我大聲吐露心中的好奇，帶著玩笑的口吻。

馬修霍然站起身，臉孔氣得煞白。他的餐巾掉在地上，自己卻沒有發現。他額頭上一條青筋劇跳一下，又歸於沈寂。

我沒說錯什麼話。

一眨眼，他已站在我身旁，把我從椅子上拉起來，他的手指用力扣住我手臂。

「還有一個與吸血鬼有關的傳說我們沒討論，是嗎？」他的眼神怪異，他的臉讓人害怕。我企圖掙脫他的掌握，但他抓得更緊。「就是有個吸血鬼深深愛上一個女人，他無法自拔。」

剛才發生的事在我心頭飛快掠過。他問我嘗到什麼滋味。我嘗到了他。接著他告訴我，他嘗到哪些滋味，然後我說——「哦，馬修。」我低聲道。

「妳想知道我來嘗妳會是什麼樣的情形嗎？」馬修的聲音從打呼嚕一變為某種更深沈而危險的東西。一時之間，令我覺得厭惡。

但在那種感覺擴大前，他鬆開了我的手臂。來不及反應或退縮了。馬修把手指穿進我的髮絲，大拇指抵住我頭顱的根部。我又被抓住了，動彈不得的感覺從他冰冷的碰觸擴散開來。兩杯酒就讓我醉了嗎？被下了藥？還有什麼能解釋那種無法脫身的感覺。

「我喜歡的不僅是妳的氣味。我也聽得見妳的女巫血在脈管裡流動。」馬修冰冷的嘴唇貼著我的耳朵，他的呼吸有種甜香。「妳可知道女巫的血會唱歌？就像對水手唱歌、唆使他把船開去撞岩石的海妖賽蓮，妳血液的召喚可能給我——和妳——帶來毀滅。」他的話聲低微而親密，好像直接對著我的心傾訴。

吸血鬼的嘴唇開始一點一點沿著我的下巴移動。他碰過的每一處地方都會結冰，然後在我的血湧回皮膚表層時火燒般的灼痛。

「馬修。」我只能找喉嚨哽咽的空檔呼吸。我閉上眼睛，以為會有獠牙齧進脖子，卻無法——也不願——移動。

結果卻是馬修飢渴的唇碰上我的唇。他手臂牢牢鎖住我，指尖捧著我的頭。我的嘴唇迎著他的嘴唇分開，雙手夾在我們的胸膛之間。在我的手掌下，他的心臟跳了一下。

隨著那下心跳，吻發生了變化。馬修的需索沒有減少，但他碰觸中的飢渴變得苦甜攙雜。他的手流暢地移向前，直到把我的臉捧在掌心，然後他依依不捨地放開我。我第一次聽見一陣輕柔而嘶啞、與人類呼吸截然不同的聲音。那是少量氧氣穿過吸血鬼強而有力的肺的聲音。

「我利用妳的恐懼佔了妳的便宜。我不該做這種事。」他低聲道。

我閉著眼睛，仍感到沈醉，他身上的肉桂和丁香氣息驅散了酒的紫羅蘭香。我心情不安，在他掌握中微微掙扎。

「不要動。」他的聲音很嚴厲：「如果妳離開，我可能無法控制自己。」

在實驗室裡，他已經警告過我掠食者和獵物的關係。現在他又想叫我裝死，好讓他內心的那隻掠食者對我失去興趣。

但我並不是真的死了。

我的眼睛刷地張開。他臉上的表情絕對沒有錯，那是種貪婪的飢渴，馬修已經變成本能的動物，但我也有我的本能。

「我跟你在一起很安全。」我的嘴唇不適應吸血鬼的吻，感覺既冰冷又灼痛，只能用唇形表達。

「女巫——跟吸血鬼在一起很安全。千萬不要相信這種事。發生變故只要一分鐘。如果我發動攻擊，妳根本阻止不了我，我也阻止不了自己。」我們目光接觸，鎖定，沒有人眨眼。馬修驚訝地輕呼：「妳真勇敢。」

「我從來都不勇敢。」

「在實驗室抽血的時候，妳直視吸血鬼的方式，妳勒令所有超自然生物離開圖書館，甚至就憑妳每天回去，不讓別人阻撓妳做妳要做的事——都很勇敢。」

「那是頑固。」莎拉曾經解釋過兩者之間的差異，很久以前。

「我看過像妳這樣的勇氣——大部分是在女性身上。」馬修繼續道，好像沒聽到我的話似的。「男人沒有這個。我們的決心都來自恐懼。只是虛張聲勢。」

他的眼光像雪花般在我身上閃過，碰到我時都融化成點點涼意。一根冰冷的手指伸出來，接住我睫毛上的一滴眼淚。他溫柔地把我放回椅子上，眼神充滿悲傷，在我身旁蹲下，把一隻手放在我膝上，另一隻手扶著葦草面的椅子扶手，做出一個保護的半圓。「答應我，妳再也不在吸血鬼——包括我在內——面前，拿鮮血或妳的滋味開玩笑。」

「對不起。」我低聲道，強迫自己不把頭轉開。

他搖搖頭：「妳告訴過我，妳對吸血鬼了解不多。妳必須知道，沒有一隻吸血鬼能抗拒這樣的誘惑。有良心的吸血鬼大部分時間都用於自我克制，不去想像凡人的滋味。如果妳碰到的是一隻沒有良心的吸血鬼——這種吸血鬼數量很多——就只有靠上帝保佑了。」

「我沒在用大腦。」我還是做不到這一點。我滿腦暈陶陶，回憶著他的吻、他的怒火，還有他明顯可見的飢餓。

他低下頭，把額頭靠在我肩上。伯大尼的護身符從他毛衣領口掉出來，像鐘擺般晃動，上頭的小棺材在燭光下閃爍。

他說話很小聲，我要豎起耳朵才聽得見。「女巫和吸血鬼不應該有這種感覺。我經歷到的這種情緒，是我從來沒有——」他忽然中斷。

「我知道。」我小心地把臉頰依偎在他頭髮上，觸感就像看起來那麼柔滑。「我也感覺到了。」

馬修的手仍留在方才的位置上，一手按著我的膝蓋，一手扶著椅子。聽了我的話，他慢慢移動雙手，抱住我的腰。他身體的寒氣穿透我的衣服，但我沒有發抖，反而更湊上前去，把手靠在他肩膀上。

吸血鬼顯然可以保持這種姿勢好幾天都不會累。但單純的女巫卻沒這種本事。我略微調整一下角度，他困惑地看我一眼，然後露出恍然大悟的表情。

「我忘了。」他道，以流暢的動作迅速站起，退後一步，放開我。我先動彈一下一條腿，然後另一條腿，讓雙腳的血液恢復循環。

馬修把我的酒遞給我，回到他自己的位子上。他一坐好，我就設法提出一個與我的滋味無關的題目供他思考。

「你參加研究員獎的考試時，第五場考試的題目是什麼？」參賽者必須參加考試，先回答四個廣度與深度都需要多方面思索，拐彎抹角、古靈精怪的問題。如果沒有被這四個題目難倒，就會面臨著名的「第五個問題」。那根本不是個問題，而是諸如「水」或「缺席」之類的一個單字。由應試者決定如何應對，只有最機智的答案才能為你贏得萬靈學院的一席之地。

他伸手越過桌面——沒有讓自己被火燒到——在我的杯子裡添了些酒。「欲望。」他答道，刻意避免接觸我的眼睛。

千方百計轉移注意力，結果又回到這裡。

「欲望？你寫了什麼？」

「就我所知，年復一年，世界全靠兩種情緒維持它的運轉不息。」他猶豫一下，然後繼續道：「一種是恐懼，另一種就是欲望。我寫的就是這麼回事。」

我注意到，愛情在他的答案裡毫無地位。那是一幅殘酷的畫面，兩股對峙而勢均力敵的衝動互相拔河。但其中不乏真理，遠比說得花俏的什麼「愛讓世界運轉不息」有道理多了。馬修一直在暗示，他的欲望——主要是對血的渴望——強烈到所有其他的一切都蒙受威脅。

但超自然生物當中，不只是吸血鬼需要克制強烈的衝動而已。凡是稱得上魔法的東西，大致而言，就是把欲望付諸行動。巫術有點不一樣——需要咒語和儀式。但魔法是什麼？願望，需求，強烈到不容否定的飢渴——這些東西一旦出現在巫族心頭，就有可能成為事實。

既然馬修要把他的祕密告訴我，我若還嚴守自己的祕密，似乎有點不公平。

「魔法就是使欲望成為事實。我們第一次見面那晚，我就用這種方式拿到高處書架上的《筆記與疑問》。」我慢條斯理說道：「女巫專心思考她要的東西，想像用某種方式取得它，就會真的成為事實。所以我做研究的時候不得不格外小心。」我喝了一口酒，端著玻璃杯的手在顫抖。

「所以妳大部分時間都用於自我克制，努力使自己不想要任何東西，就跟我一樣。有時候我們的出發點也是一樣的。」馬修的目光雪片般輕輕拍打我的臉頰。

「如果你的意思是說，我怕一旦放縱，就無法回頭——是的，我不願意將來回顧自己的一生，擁有的一切都是巧取豪奪，沒有一件是靠自己努力爭取得到。」

「所以妳想要任何東西都得付出兩倍的努力。首先妳要禁止自己走捷徑，然後妳靠努力工作真正贏得。」他笑中帶著苦澀。「身為超自然生物，實在沒佔到什麼便宜，不是嗎？」

馬修提議我們換到他沒生火的壁爐前面坐，我斜倚在沙發上，他先把核仁餅乾端到我旁邊的茶几上，又鑽進廚房。再回來時，他用托盤端出那個外觀很古老的黑酒瓶——已經拔掉了瓶塞——還有兩個盛著琥珀色液體的玻璃杯。他把其中一杯遞給我。

「閉上眼睛，告訴我妳聞到什麼。」他用牛津導師的語氣指示我。我順從地閉上眼睛。這酒好像既古老又充滿活力。它的香氣中有花朵、核果、糖漬檸檬和一個消逝已久、我——截至目前——只讀過或想像過的世界。

「聞起來像過去的時光。但不是個死寂的世界，是生氣勃勃的。」

「張開眼睛，喝一口。」

甜美開朗的酒液流下我的喉嚨，一股古老而強大的力量湧進我的血液。吸血鬼的血一定就是這種味道，我暗自想道。

「你要告訴我這是什麼嗎？」口中千百種滋味交陳，我奮力問道。

「馬姆齊葡萄酒㊺。」他微笑答道：「非常、非常老的馬姆齊。」

「有多老？」我半信半疑地說：「跟你一樣老？」

他哈哈笑道：「不。妳不會想喝跟我一樣老的酒。這是一七九五年用馬德拉島的葡萄釀的，曾經很暢銷，但現在沒有人當它一回事了。」

「很好。」我貪婪又滿足地說：「這樣我更高興。」他又笑了，在他的莫里斯椅子上輕鬆落座。

我們聊到他在萬靈學院度過的時光，也聊到哈米許——原來是跟他同時得獎的另一位研究員——以及他們在牛津的冒險。他在大堂用餐的故事聽得我哈哈笑，每次餐畢，他都要衝回烏斯托克，清除嘴巴裡那種煮過頭牛肉的味道。

「妳看起來累了。」又聊了一個鐘頭，又喝了一杯馬姆齊，他終於站起身說。

「我確實累了。」雖然很疲倦，但有件事我必須趁他送我回家前告訴他。我慎重地放下酒杯：「我決定了一件事，馬修。星期一我要把艾許摩爾七八二號再借出來。」

吸血鬼忽然又坐下去。

「我不知道第一次我是怎麼破解那個咒語的。但我要嘗試再做一次。諾克斯不相信我還做得到。」我抿緊嘴唇。「他懂什麼。他連破解一次的能力都沒有。說不定你能看見圖像下面的魔法羊皮紙寫了些什麼。」

㊺ Malmsey，用馬德拉島出產的甜葡萄製作的酒。

「妳是什麼意思？妳不知道自己怎麼破解那個咒語？」馬修困惑地皺起眉頭。「妳說了什麼字句？妳召喚了什麼力量？」

「我沒有意識到自己破解了咒語。」我解釋。

「天啊，戴安娜。」他又突然站起來。「諾克斯知道妳沒有用巫術嗎？」

「即使他知道，也不是我告訴他的。」我聳聳肩膀：「再說，這有什麼關係？」

「有關係，因為如果妳不曾破解魔咒，那麼就是妳符合它的條件。目前所有的超自然生物都等著看妳用什麼方式解咒，企圖依樣畫葫蘆，自行取得艾許摩爾七八二號。但如果妳的同族發現，咒語是因妳而解除，他們就不會有那麼大的耐性，也不會照規矩行事了。」

我眼前浮現季蓮憤怒的臉，還有她揚言巫族曾不擇手段逼我父母吐露祕密的鮮明回憶，但我把這念頭擻在一旁，我的胃也在翻騰，但我專心思考馬修觀點中的漏洞。

「那個咒語至少是在我出生前一百年設定的。這不可能。」

「乍看不可能的事，未必乖離事實。」他嚴肅地說：「牛頓最了解這一點。諾克斯一旦了解妳跟咒語的關係，不知道會採取什麼手段。」

「不論我是否把那份手抄本再借出來，生命都有危險。」我指出：「諾克斯不會放手的，不是嗎？」

「確實。」他不情願地表示同意。「而且他會毫不猶豫地在博德利圖書館當著所有凡人的面前，用魔法對付妳。我很可能來不及趕到妳身旁。」

吸血鬼行動很快，但魔法更快。

「那我就坐在你的書桌附近。手抄本一借出來，我們就會知道。」

「我不喜歡這樣。」馬修顯然很擔心。「勇敢跟輕舉妄動只有一線之隔，戴安娜。」

「這不是輕舉妄動——我只想恢復正常人生。」

「萬一妳的人生註定是這樣呢？」他問：「萬一妳終究無法跟魔法保持距離呢？」

「那我就保留一部分魔法。」想起他的吻，還有隨之而來的那種突兀而強烈的活力，我直視他的眼睛，讓他知道他會包括在內。「但我不願意受脅迫。」

馬修陪我走回家的途中，一路仍在擔心我的計畫。我彎進新學院巷，準備由後門入內時，他拉住我的手。

「這樣不成。」他道：「還記得那個門房看我的眼光嗎？我要他知道妳安全回到學院了。」

我們穿過霍利威街凹凸不平的人行道，從草皮酒吧門前走過，終於走進新學院大門。我們漫步從警覺的門房面前走過，仍然牽著手。

「妳明天要去划船？」馬修在我的樓梯底下問。

我呻吟一聲。「不去。我有幾千封推薦信要寫。我會待在房間裡，把桌面清乾淨。」

「我要去烏斯托克打獵。」他隨口道。

「那就祝你打獵愉快。」我同樣隨口答道。

「妳知道我要去篩選自己的鹿，一點都不覺得不安嗎？」馬修的口吻很驚訝。

「不會呀。我自己也偶爾吃鷓鴣。你偶爾吃鹿。」我聳聳肩膀：「我真的不覺得有差別。」

馬修的眼睛一亮。他伸展一下手指，但沒有放開我的手，而是把它舉到唇邊，在我掌心柔嫩的凹處印下一個緩慢的吻。

「該上床了。」他鬆開我的手指說。他的眼光留下一道冰和雪的軌跡，不僅流連在我臉上，也在我身上。

我無言回望他，掌心的一吻可以如此親暱，我很吃驚。

「晚安。」這兩個字跟我下一口氣一起吁出。「星期一見。」

我沿著狹窄的樓梯回到房間。不論負責調緊門把的是什麼人，都把鎖搞得一團糟，金屬和木頭上滿布新鮮的刮痕。進入室內，我開亮燈。答錄機當然在閃。我到窗前揮揮手，確認安全抵達。隔了幾秒再看出去，馬修已不見了。

第十五章

星期一早晨，空氣帶著那種秋季常見的神祕靜謐特質。全世界都顯得清爽明亮，時間彷彿靜止不動。天一亮我就從床上躍起，換上等待著的划船裝束，迫不及待到室外去。

開頭一小時，河面杳無人跡。太陽升上地平線，霧氣被燒灼得向水邊退卻，我輪流穿越一蓬蓬的霧靄和粉紅色的陽光。

停靠到碼頭，馬修已在通往船屋的弧形階梯上等我，一條看起來古舊的褐灰相間條紋的新學院圍巾掛在他脖子上，我爬出船，手扠著腰，難以置信地端詳他。

「你哪兒找來那東西？」我指著圍巾問。

「妳該對學長更尊敬點。」他露出淘氣的笑容道，把圍巾一端甩到肩膀上。「我想大概是一九二〇年買的，真的不記得了，但絕對是戰後的事。」

我搖搖頭，把槳拿進船屋，我把船從水中扛出時，正好有兩名划船隊員以完美、強勁的一致動作從船屋旁滑過。我膝蓋稍微一沉，舉起船身，把整艘船頂在頭上。

「何不讓我替妳來做。」馬修從蹲踞的地方站起來說。

「休想。」我腳步穩健地把船扛進裡面。他低聲嘟囔了幾句。

船安全放在架子上以後，馬修輕易就說服我到瑪莉與丹恩的小館去吃早餐。他大半天時間都必須坐在我身旁，而我晨間運動後肚子正餓著。他拉著我手肘繞過許多家別的小餐館，推著我後背的手比前幾次都更有力。瑪莉像老朋友似的歡迎我，史泰芙連菜單都省了，走到桌前只喊了一聲「老樣子」。她聲音裡沒有一絲疑問，但盤子——裝滿了雞蛋、培根、蘑菇和番茄——端來時，我真的很慶幸沒有堅持改點更有淑女氣息的食物。

吃罷早餐，我大步走回宿舍，到樓上去淋浴和換衣服。福瑞從門房窗口探頭出來，確認大門外停的確實是馬修的捷豹。這位老門房無疑對我們正式得有點怪的交往方式，有種種互相矛盾的揣測。今天早晨我總算第一次說服我的護花使者，讓我在門口下車就好。

「現在是大白天，如果你在送貨時間堵塞他的大門，福瑞會不高興的。」馬修打算下車時，我向他抗議。他有點不悅，但也同意停在門口的正對面，就足夠阻擋來自車輛的攻擊了。

今天早晨，我每一個例行動作都必須緩慢而從容不迫。我的淋浴洗得很久，很悠閒，熱水沿著我疲乏的肌肉往下沖。我不慌不忙換上舒適的黑長褲，一件高領毛衣保護我的肩膀，不至於在愈來愈冷的圖書裡抽筋，還有看起來還算體面的深藍色外套，緩和一下從頭到腳一成不變的黑。我把頭髮在低處紮了個馬尾。前面幾綹短髮照例垂在額上，我抱怨了幾聲，把它們都掠到耳後。

雖然經過一番努力，我推開圖書館的玻璃門時，焦慮仍不由得升高。警衛對我突如其來的親切笑容瞇起眼睛，花了特別長的時間核對我的臉和閱覽證上的照片。他總算放我入內後，我便快步上樓，直奔杭佛瑞公爵閱覽館。

我跟馬修分開還不到一小時，但還是很樂意看到他伸長手腳坐在中世紀藏書室第一排，伊麗莎白書桌前一張刑具式的椅子上。我的手提電腦落在那張疤痕累累的木頭桌面上時，他抬起頭來。

「他來了嗎？」我悄聲問，不願提起諾克斯的名字。

馬修凝重地點點頭。「在賽頓閱覽室。」

「好吧，他在那兒待一整天也不關我的事。」我咬牙切齒道，從桌上的長方形淺盤裡拿起一張空白借閱單。我在上面填妥「艾許摩爾七八二號」、自己的姓名、閱覽證編號。

項恩坐在借書台。我微笑著對他說：「我保留了兩本書。」他鑽進隔間裡，拿著我要的手抄本回來，然後伸手接過我的新借閱單。他把借閱單放進陳舊的灰色硬紙板信封，準備送去書庫。

「可以跟妳說幾句話嗎？」項恩問道。

「當然。」我對馬修揮揮手，示意他留在原地，便隨著項恩穿過彈簧門，進入藝術閱覽室，這兒跟賽頓閱覽室一樣，都跟老圖書館較長的一邊垂直。我們站在花格窗灑進來的柔和陽光下。

「他騷擾妳嗎？」

「柯雷孟教授嗎？沒有啊。」

「不關我事，但我不喜歡他。」項恩朝中央走道望去，好像以為馬修會突然跳出來，對他咆哮。「過去一個多星期來，這兒擠滿了怪裡怪氣的傢伙。」

我不能表示不同意，只好用嗯嗯啊啊的聲音聊表同情。

「有什麼不對勁，妳就讓我知道，好嗎？」

「當然，項恩。但柯雷孟教授沒問題。你不必在意他。」

我的老朋友顯得不怎麼相信。

「項恩可能知道我與眾不同——但似乎我不及你那麼與眾不同。」我回到座位後告訴馬修。

「沒有人及得上。」他沈著臉說，繼續讀他的書。

我打開電腦，嘗試專心工作。手抄本還要好幾個小時才會出現。但置身吸血鬼與借書台之間，思考鍊金術變得前所未有的困難。每次書庫送來新書，我都會抬頭張望。

幾次虛驚後，輕柔的腳步聲從賽頓閱覽室的方向接近，馬修在椅子上繃緊全身。

諾克斯好整以暇走過來，停在我身旁。「畢夏普博士。」他冷淡地說。

「諾克斯先生。」我的聲音同樣冰冷，隨即讓注意力回到面前攤開的書本上。諾克斯朝我這方向上前一步。

馬修眼睛沒離開李約瑟的論文，低聲發話道：「最好停在那兒，除非畢夏普博士想跟你說話。」

「我很忙。」一股壓迫感環繞我額頭，一個聲音在我頭顱裡低語。我用全身精力把那名巫師阻擋在我的思緒之外。「我說過了，我很忙。」我面無表情重複一遍。

馬修放下鉛筆，把椅子推開。

「諾克斯先生要走了，馬修。」我對著電腦，打了幾個毫無意義的句子。

「希望妳知道自己在做什麼。」諾克斯輕蔑地說。

馬修低吼一聲，我用手輕輕按著他的手臂。諾克斯牢牢盯著女巫和吸血鬼身體的接觸點。直到這一刻之前，諾克斯對於馬修和我親密的程度是否足以令巫族不安，還只是懷疑而已。現在他終於確定了。

妳把妳對我們的書所知的一切透露給他。諾克斯怨毒的聲音穿過我的頭，雖然我努力抵擋他入侵，但他力量太強了。他突破我的防禦時，我不禁發出一聲驚呼。

借書台那邊，項恩警覺地抬頭望過來，馬修的手臂在振動，他的咆哮降低為一種更具威脅感的呼嚕聲。

「現在是誰在引起凡人的注意？」我凶狠地對那名巫師低聲說，同時捏一把馬修的手臂，讓他知道我不需要他插手。

諾克斯露出一個令人不快的微笑：「妳今天早晨不僅引起凡人的注意而已，畢夏普博士。日落之前，牛津所有的巫族都會知道妳是叛徒。」

馬修的肌肉縮緊，他伸手去觸摸戴在脖子上的棺材。

哦，天啊，他要在博德利圖書館裡殺死這個巫師，我想道。我連忙挺身擋在他們兩個中間。

「夠了。」我低聲對諾克斯說：「如果你不離開，我要告訴項恩你騷擾我，請他叫警衛來。」

「今天賽頓閱覽室的光線太刺眼。」諾克斯最後放棄對峙，說道：「我要搬到圖書館這一區來。」他慢吞吞走開了。

馬修把我壓住他手臂的手推開，動手收拾東西。「我們走。」

「不行，我們不能走。除非拿到手抄本，否則我們不走。」

「妳剛才沒聽見嗎？」馬修怒道：「他威脅妳！我不要那份手抄本，我只要——」他忽然站起來。

我把馬修推回位子上。項恩仍在瞪著我們看，他的手懸在電話上。我微笑著向他搖搖頭，然後才讓注意力回到馬修身上。

「是我的錯，我不該當著他的面用手去碰你。」我低頭看他的肩膀，我的手仍放在那兒。

馬修用冰冷的手指托起我的下巴。「妳後悔的是碰我——或被那個巫師看見？」

「兩者都不後悔。」我悄聲說。他灰色的眼睛在一瞬間從悲傷變為訝異。「但妳叫我不要輕舉妄動。」

諾克斯再走過來時，馬修托住我下巴的手一緊，他的意識轉移到那名巫師身上。諾克斯保持在幾張書桌的距離外，他又把注意力轉回我身上。「他再說一個字，我們就離開——管他什麼手抄本。我是說真的，戴安娜。」

這以後，我再也看不進任何鍊金術的圖示。季蓮有關蒙蔽族人的女巫最後下場的警告，諾克斯堅稱我是叛徒的宣言，都在我腦海裡回響。馬修要我暫停工作去吃午餐時，我拒絕了。手抄本還沒有出現，它送來時，我們可能在布萊克維爾——諾克斯近在咫尺，不能這麼做。

「我早餐吃了多少，你沒看到嗎？」馬修堅持時，我說：「我不餓。」

那個愛喝咖啡的魔族，後來逛過來，一路跟著和弦搖晃腦袋。「嗨。」他朝馬修和我揮揮手。

馬修猛然抬起頭。

「又看到你們兩個，真好。我去那邊查看電子郵件好嗎？反正那個巫師跟你們一塊兒待在這兒。」

「你叫什麼名字？」我忍住笑意道。

「提摩西。」他道，扭腰擺臀倒退著走。他穿不成對的牛仔靴，一隻黑色，一隻紅色。他的眼睛也不成對——一隻藍色、一隻綠色。

「非常歡迎你來查看你的電子郵件，提摩西。」

「帥。」他對我豎起拇指，利用紅靴子的後跟來個向後轉，便走開了。

一小時後，我站起身，無法再克制自己的不耐煩。「手抄本應該送來了才對。」

吸血鬼的眼光尾隨我越過六呎寬的開放空間，抵達借書台，像冰一樣又硬又脆，全然沒有雪花的輕柔，而且牢牢附著在我的肩胛骨上。

「嗨，項恩，你能不能查一查，我今天早晨申請的手抄本送出來了沒有。」

「一定是有別人借閱。」項恩道：「妳要的東西還沒來。」

「你確定嗎？」它不會被別人借走。

項恩翻查借閱單，找到了我那張。用迴紋針夾了一張字條：「遺失。」

「沒有遺失。我幾星期前還看到它。」

「我去問問看。」他繞出櫃台，向主任辦公室走去。馬修從論文上抬起頭，注視著項恩輕敲敞開的門框。

「畢夏普博士要借這份手抄本，但它被註記為遺失。」項恩解釋道，同時把紙條交了出去。

江森先生查閱他辦公桌上的一本書，手指沿著歷任閱覽室主管親筆寫下的記錄逐行搜索。「啊，是的。艾許摩爾七八二號。從一八五九年就遺失了。我們也沒有微縮膠捲。」馬修的椅子嘎吱一聲，推離桌邊。

「但我幾個星期前還看見它。」

「不可能的，畢夏普博士。一百五十多年來，沒有人看到過這個手抄本。」江森先生在厚鏡片後面眨眨眼睛。

「畢夏普博士，等妳有空，我有件東西請妳看一下好嗎？」馬修的聲音把我嚇了一跳。

「是的，當然。」我茫然轉身，向他走去。「謝謝你。」我對江森先生小聲說道。

「我們得離開，馬上走。」馬修低聲道。走道上站著一群超自然生物，專注地看著我們。我看見諾克斯，提摩西、吸血姊妹花、季蓮——還有幾張不熟悉的臉孔。杭佛瑞公爵閱覽館的牆上，高踞書架之上的國王、王后和其他名人的畫像，也都瞪著我們看，每張臉上都堆著滿滿的不悅。

「不可能遺失的，我才看到過。」我麻木地重複道。「我們應該要求他們再找一遍。」

「不要再說了——想都不要想這件事。」他以閃電的速度替我收拾好東西，我眼一花，他已完成存檔和關機的動作。

我聽話地開始背誦英國歷代帝王年表，從征服者威廉開始，排除腦海中所有與遺失手抄本有關的意念。

諾克斯走過去，忙碌地用手機發簡訊。吸血鬼姊妹跟在他後面，臉色比平時還陰沈。

「他們為什麼離開？」我問馬修。

「因為妳借不到艾許摩爾七八二號。他們要重新整合。」他把我的包包和電腦塞給我，並拿起我借來的兩份手抄本。他用空著的手抓住我手肘，跟我一起向借書台走去。提摩西在賽頓閱覽室悲傷地揮揮手，然後比個和平的手勢，便轉身離開了。

「項恩，畢夏普博士要跟我一起回學院去，幫我解決我在李約瑟文件中找到的一些問題。這些她今天用不著了。我也不會再回來。」馬修把盒裝手抄本交給項恩，項恩臭著臉，瞪了吸血鬼一眼，粗手粗腳把書壘齊，轉身向上了鎖的手抄本保留區走去。

下樓途中，我們沒有交談。等我們走出玻璃門，進入庭院時，我已經有一大堆問題準備爆發了。

諾克斯斜倚在環繞威廉•赫伯特銅像四周的欄杆上。馬修忽然停下腳步，飛快地超前我一步，肩膀一閃，就把我擋在他高大的身軀後面。

「這樣啊，畢夏普博士，妳沒能把它再借出來。」諾克斯惡毒地說：「我告訴過妳，只是僥倖。就算是畢夏普家的人，沒有受過正統巫術訓練，也破解不了那個咒語。令堂說不定還辦得到，但妳似乎沒有她的才華。」

馬修縮起嘴唇，但沒說什麼。他試著不介入巫族之間的爭執，但掐死諾克斯，對他卻有無窮的吸引力。

「書遺失了。我母親也許是天才，但她可不是獵犬。」我怒火勃發，但馬修微舉一隻手，要我安靜。

「書遺失了。」諾克斯道：「但還是被妳找到了。不過第二次妳沒辦法破解咒語倒也是件好事。」

「為什麼這麼說？」我不耐煩地問。

「因為我們不能容許我們的歷史落入他這種生物之手。女巫和吸血鬼不能共處，畢夏普博士。理由很充分。記住妳的出身。要不然，妳一定會後悔的。」

*巫族在其他巫族面前不能有祕密，否則會有不好的事發生。*季蓮的聲音在我腦中回響，博德利圖書館的牆壁好像逼上前來。我努力克制即將湧現的驚慌。

「再恐嚇她，我就當場殺了你。」馬修的聲音很鎮定，但路過的觀光客嚇呆了的表情，顯示他臉上一定流露出更強烈的情緒。

「馬修，」我小聲道：「不能在這裡。」

「你現在殺起巫族來了，柯雷孟？」諾克斯嗤之以鼻：「難道吸血鬼和凡人還不夠你傷害的嗎？」

「不要惹她。」馬修的聲音保持冷靜，但他的身體蓄勢待發，只等諾克斯朝我這方向挪動一根肌肉。

巫師氣歪了臉。「你沒有機會的。她屬於我們，不屬於你。那份手抄本也一樣。」

「馬修。」我更急切地重複道。一個戴鼻環的十三歲凡人男孩，滿臉困惑的表情，正興趣盎然地打量著他。「有凡人在看。」

他伸手到後面，握住我的手。冷熱皮膚對比的震撼，頓時讓我興起一種與他密切聯繫的感覺。他把我拉到身前，用他的胸懷圍繞著我。

諾克斯不屑地大笑說：「要保護她光這樣是不夠的，柯雷孟。她得替我們把手稿找回來。我們會確保這一點。」

馬修沒再開口，推著我穿過廣場，來到環繞瑞德克利夫閱覽館的寬敞石板道　他看一眼萬靈學院緊閉的鑄鐵大門，罵了一聲，便拉著我繼續往高街方向移動。

「沒多遠了。」他道，把我抓得更緊一點。

進了宿舍，馬修也沒有放開我，他對門房略點下頭，就往自己的宿舍衝。我們爬上樓，進入他的閣樓，那兒就跟星期天晚上一樣溫暖舒適。

馬修把鑰匙扔到餐具櫥上，隨便把我推到一張沙發上。他消失在廚房裡，回來時端了一杯水。他把水遞給我，我端著杯子不肯喝，直到他皺起眉頭沈下臉，我才勉強喝了一口，卻差點嗆到。

「為什麼我第二次拿不到手抄本？」諾克斯的預言成真，讓我心慌意亂。

「我應該聽從自己的直覺。」馬修站在窗口，右手一鬆一握，注意力完全不在我身上。「我們並不了解妳跟咒語之間的關係。自從妳看見艾許摩爾七八二號以來，就面臨重大的危險。」

「諾克斯的威脅是一回事，馬修，但他不可能當著那麼多人做出蠢事。」

「妳去烏斯托克住幾天。我要妳遠離諾克斯——不要在校園裡偶遇，不要在博德利圖書館擦肩而過。」

「諾克斯說得對：我拿不回手抄本了。他不會再仕意我。」

「那是一廂情願的想法，戴安娜。諾克斯跟妳我一樣，渴望了解艾許摩爾七八二號的祕密。」馬修本來一絲不苟的儀容整個兒變了樣。他用手猛抓頭髮，讓它東翹西豎，活像個稻草人。

「你們怎麼都那麼有把握，認為隱藏文本裡一定有祕密？」我挪到壁爐前面坐下，問道。「那是一本鍊金術的書。即使有祕密也不出鍊金術的範疇。」

「鍊金術就是用化學陳述的創世故事。超自然生物無非就是透過生物學按圖索驥的化學。」

「但艾許摩爾七八二號寫成的時代，既沒有生物學，也沒有你所謂的化學。」

馬修的眼睛瞇成一條縫：「戴安娜．畢夏普，妳的觀念如此狹隘，令我震驚。」他說這話是認真的。

「寫手抄本的生物或許不知道ＤＮＡ，但妳憑什麼認為他們針對創造提出的問題，會跟現代科學家有所不同？」

「鍊金術文本只是寓言，又不是使用手冊。」我把過去幾天來累積的恐懼和沮喪都發洩在他身上。

「它可能暗示有更大的真相，但你不能根據它設計一個可靠的實驗。」

「我沒說我能。」他眼神裡充滿憤怒的抑鬱。「但我們談的是巫族、魔族、血族出身的讀者。閱讀一段超自然文字，揮灑一點靈異創意，用漫長的記憶填補空隙，就可能讓超自然生物取得我們不想讓他們擁有的資訊。」

「是**你們**不想讓他們擁有的資訊！」我想起我對艾嘉莎・魏爾遜的承諾，不禁提高音量。「你跟諾克斯一樣壞。你要艾許摩爾七八二號只是為了滿足你自己的好奇。」我的手在發癢，我抓緊膝蓋。

「冷靜下來。」他聲音裡有種我不喜歡的急迫。

「不要再命令我做這個做那個。」我癢得愈發厲害。

我的手指變成明亮的藍色，噴出一蓬蓬火焰，邊緣還冒出火星，像生日蛋糕上的煙火蠟燭。我丟下電腦，把手高高舉起。

馬修應該害怕，但他卻看得興趣盎然。

「這種事常發生嗎？」他小心地保持聲調平和。

「哦，不。」我一路噴濺著火花跑進廚房。

馬修搶在我之前衝到廚房門口。他急促地說：「不能用水，聞起來有帶電。」

啊，原來如此。難怪上次我燒掉了廚房。

我無言站在那兒，高舉雙手，擋在我們中間。我們瞪著眼對望了一會兒，我指尖的藍色逐漸消褪，火光也完全熄滅，留下一股跟電線走火一模一樣的焦臭。

煙火表演結束後，馬修帶著文藝復興時期等著畫像的貴族那種滿不在乎的神態，斜靠在廚房門框上。

「嗯，」他道，像準備攫食的老鷹般凝神看著我：「剛才真有趣。妳每次生氣都會那樣嗎？」

「我不生氣的。」我別過頭不看他。他飛快伸出手，把我撥轉回去面對他。

「妳沒那麼容易脫身。」馬修的聲音很輕柔，但又恢復了方才的尖刻語氣。「妳會生氣。我剛看見了。妳把我的地毯至少燒破一個洞，可以為證。」

「放開我！」我的嘴扭曲成那種莎拉所謂「臭脾氣」的形狀。通常這足以讓我的學生發抖。現在我希望它能讓馬修瑟縮成一團，自動滾開。最起碼，我希望他鬆開我手臂，讓我離開這兒。

「我警告過妳，跟吸血鬼做朋友是很複雜的事。我不能放開妳——即使我很想這麼做。」

我低頭看著他的手。馬修不耐煩地哼了一聲，把手拿開，我轉身去拿我的包包。

跟吸血鬼吵架的時候，千萬不要背對他。

馬修的手臂從背後包抄我，讓我的背部緊貼他的胸膛，力道強到我可以感覺他每一根突起的肌肉。他湊在我耳畔說：「好了，我們得像文明的生物一樣，聊聊剛才發生的事。妳不准逃避這件事——也不准逃避我。」

「放開我，馬修。」我在他懷裡掙扎。

「不行。」

從來沒有一個男人能在我要求他們不要做某事時——不論是在圖書館裡擤鼻涕，或看完電影企圖把手伸進我上衣——拒絕我。我再次掙扎。但馬修的手臂箝得更緊。

「不要跟我鬥。」聽起來，他覺得這事很好笑。「妳會比我先累壞自己，我保證。」

我上過女性自衛防身術，老師教我們被人從後面抓住時，應如何反制。我抬腳猛踩他的腳。馬修躲過了，我重重踹了一下地板。

「妳高興的話，我們可以整個下午都做這種事。」他喃喃道。「但我真的不推薦。我的反射動作比妳快多了。」

「放開我，我才跟你談。」我咬緊牙關說。

他輕笑一聲，帶有辛香味的呼吸吹得我頸根上的皮膚癢酥酥。「這種條件不值得談，戴安娜。不必了，我們保持這樣談就好。我要知道妳的手指每隔多久變藍一次。」

「不常。」我的防身術教練建議過我，如果背後遭到攻擊，先放鬆身體，然後掙出攻擊者的臂彎。但馬修只把我抱得更緊。「只有幾次。我小時候曾經縱火——燒掉了廚房裡的櫃子——但也許那是因為我企圖把手放進水槽裡滅火，結果火勢更大。臥室裡的窗簾燒過一、兩次。屋外一棵樹——不過是棵小樹。」

「那以後呢？」

「上週發生過一次，密麗安惹我生氣的時候。」

「她做了什麼？」他問，把臉頰貼在我頭側。這麼做感覺很舒服，如果不計較他其實是違反我本意抱住我的話。

「她對我說，我應該學會照顧自己，不要老是靠你保護我。她事實上等於是在指控我偽裝落難女子。」光想到這件事，我的熱血就開始沸騰，手指也重新開始發癢。

「妳有很多角色，戴安娜，但落難女子不在其中。妳在不到一個星期內有兩次這種反應。」馬修的聲音帶著深思。「很有趣。」

「我可不覺得。」

「嗯，我想妳不會覺得，」他道：「但還是很有趣。現在我們換個話題。」他的嘴巴移到我耳邊，我拚命想擺脫——卻不成功。「除了老手抄本，我對其他一切都不感興趣，這種胡說八道是怎麼回事？」

我脹紅了臉，真是丟臉極了。「莎拉和艾姆說，你對我示好是另有圖謀。我想就是艾許摩爾七八二號。」

「但那不是事實，不是嗎？」他說，用嘴唇和臉頰輕輕摩挲我的頭髮。我的血液唱著歌回應。就連我自己都聽得見。他笑了起來，這次顯得心滿意足。「我看連妳自己都不相信。我只是想確定。」

我的身體在他臂彎裡鬆弛下來。「馬修——」我道。

「我要放開妳了。」他打斷我。「但妳不可以往門外衝，懂嗎？」

我們又恢復獵物與獵食者的關係了。如果我跑，他的本能會叫他追，我點點頭，他鬆開手臂，讓我有種奇怪的不穩定感。

「我該拿妳怎麼辦？」他雙手扠在腰間，嘴唇撇向一側苦笑。「妳是我見過最讓人惱火的生物。」

「從來就沒有人知道該拿我怎麼辦。」

「這我相信。」他對著我打量了半晌。「我們去烏斯托克。」

「不要！我在學院裡很安全。」他警告過我，吸血鬼的保護欲很強。他說對了——我不喜歡這樣。

「不安全。」他眼裡有憤怒的光芒。「曾經有人試圖闖入妳的房間。」

「什麼？」我大吃一驚。

「鎖鬆掉了，記得嗎？」

事實上，金屬上又有新的抓痕。但馬修沒必要知道。

「妳住到烏斯托克，直到諾克斯離開牛津。」

我的臉色一定洩漏了我的不悅。

「也沒那麼糟。」他柔聲道：「妳可以愛做多少瑜伽就做多少。」

馬修進入保鏢模式後，我就沒什麼選擇了。而且如果他是對的——我覺得很可能如此——就已經有人通過福瑞，進入我房間了。

「來吧。」他提起我的電腦袋說：「我送妳去新學院，等妳收拾東西。但關於艾許摩爾七八二號和妳的藍手指的話題還沒有結束。」他繼續道，強迫我正視他的眼睛：「才剛開始呢。」

我們下樓到院士專用停車場，馬修從一輛樸素的藍色佛賀汽車和一輛舊標緻車中間開出他的捷豹。市區車輛擁擠，動輒得咎，開車耗費的時間是步行的兩倍。

馬修把車停在宿舍大門口，他放我下車時，我把電腦袋搭在肩上，道：「我馬上回來。」

「畢夏普博士，妳有信。」福瑞從門房喊道。

我把信箱掃空，腦袋因壓力和焦慮陣陣抽搐，我拿著信件對馬修揮舞，然後才向我的房間走去。進了門，我踢掉鞋，搓揉太陽穴，看一眼答錄機。叨天之幸，它沒在閃爍。所謂信件不過就是帳單和一個外面打著我姓名的大牛皮紙信封。信封上沒有郵票，顯示它來自大學裡的某人。我把手伸進摺縫，取出內容物。

一張光亮平滑的卡紙上別著一張普通的紙，紙上只打了一行字。

「記得嗎？」

我的手抖索著掀開那張紙，它翩翩飄落地面，露出下面那張熟悉的照片。其實我只看過它一次，而且是報上黑白印刷的複製照。這張是彩色的，跟它在一九八三年拍攝的當天現場一樣鮮明生動。

我母親的屍體臉朝下，躺在一個粉筆畫的圈子裡，左腿彎成一個不可能的角度。她的右手伸向我仰躺著的父親，他的頭一側塌陷，身上從脖子到鼠蹊割開一道大裂口，一部分內臟被扯了出來，散落在旁邊的地面上。

我脫口發出一種介於呻吟和驚呼之間的聲音。我倒在地上，全身發抖，卻不能讓眼睛離開那幕場景。

「戴安娜！」馬修的聲音很慌亂，但他距離我太遠，我管不著。遠處有人在拉扯門把。樓梯上有腳步聲，一把鑰匙在門鎖裡撥動。

門轟然開了，我抬頭看見馬修臉色灰敗，旁邊是福瑞關切的臉。

「畢夏普博士？」福瑞問道。

馬修動作快到讓福瑞一定會知道他是個吸血鬼。他蹲在我面前。我的牙齒震顫著格格作響。

「如果我把鑰匙交給你，你能不能替我把車開到萬靈學院？」馬修回頭問道：「畢夏普博士不舒服，不能留她獨處。」

「甭擔心，柯雷孟教授。我們可以把車停在院長停車場。」福瑞答道。馬修把鑰匙扔給門房，他靈活地一把接住，再次擔心地看我一眼，便把門關上。

「我要吐了。」我低聲道。

馬修拉我起身，把我帶到浴室。我趴在馬桶上開始嘔吐，為了抓住馬桶邊緣，我鬆開照片，讓它掉在地上。胃很快空了，最嚴重的顫抖也過去了，但每隔幾秒鐘，還是會有一陣震動傳遍我身體。

我閉上眼睛，伸手去沖水，扶著馬桶想站起，卻覺得天旋地轉。馬修在我撞上浴室牆壁前拉住我。

忽然我的腳離開了地面。馬修的胸膛貼著我右肩，他的手臂托著我膝蓋。一會兒，他就輕輕把我放在床上，開亮了燈，調整燈罩角度，不讓光線刺入我眼裡。我的手腕在他清涼的手裡，碰到他，我的脈搏開始放慢速度。這樣我才能看清楚他的臉。他顯得跟往常一樣鎮定，只不過額上有條極細的小靜脈，每隔幾分鐘會略微跳動一下。

「我替妳拿點喝的。」他放開我的手腕，站起身。

另一陣驚慌淹沒我，我跳起來，所有的直覺都告訴我，趕快跑，跑得愈快愈遠愈好。

馬修抓住我肩膀，設法接觸我眼神。「停下，戴安娜。」

我的胃頂住我的肺，擠出所有的空氣，我在他的掌握下掙扎，聽不懂他說些什麼，也不在乎。「放開我。」我哀求道，用雙手推他胸膛。

「戴安娜，看著我。」這絕對是馬修的聲音，還有他像月亮一樣有強大引力的眼睛。「發生了什麼事？」

「我的父母。季蓮告訴我，巫族殺了我父母。」我的聲音高亢而緊張。

馬修用我不懂的語言說了句什麼。「這是什麼時候的事？他們在哪裡？那個女巫在妳的電話上留言嗎？她威脅妳嗎？」他把我抓得更緊。

「奈及利亞。她說畢夏普家的人一直在惹麻煩。」

「我跟妳一起去。先讓我打幾個電話。」馬修深深吸了一口令人戰慄的長氣。「真遺憾，戴安娜。」

「去哪裡？」這一堆話毫無意義。

「非洲呀。」馬修語氣很困惑。「要有人辨認屍體呀。」

「我父母在我七歲時就去世了。」

他驚訝得瞪大眼睛。

「雖然是那麼多年前的事，最近巫族卻總把這件事掛在嘴邊——季蓮、諾克斯。」慌亂的心情再度升起，我開始發抖，喉嚨裡有聲尖叫蓄勢待發。馬修在一切爆發前，把我緊緊抱住，抱得那麼緊，我的皮膚強烈意識到他肌肉與骨骼的輪廓。尖叫化為一聲嗚咽。「壞事會降臨在私藏祕密的巫族身上。季蓮說的。」

「不要管她說了什麼。我不會讓諾克斯或任何其他巫族傷害妳。我看著妳呢。」馬修的聲音很凶惡，我哭的時候，他低下頭，臉頰貼著我的頭髮。「哦，戴安娜。為什麼妳不早點告訴我？」

我靈魂核心的某處，有根生鏽的鍊子，從它一直不為人知停歇著、等待著他的地方，開始一個環節接一個環節鬆弛開來，放自己自由。我一直緊握成拳，抵著他胸口的手，也隨之放鬆。那根鍊子不斷墜落，落入無盡的深淵，那兒除了黑暗，就只有馬修。最後它啪一聲放完了，把我跟那個吸血鬼連結在一起。管他什麼手抄本，管他有足夠啟動一座微波爐的電力藏在我手掌心，以及那張照片，只要跟馬修保持聯繫，我就是安全的。

我停止抽噎時，馬修放開我。「我去替妳倒杯水，然後妳休息。」他的口吻不容爭辯，幾秒鐘他就回來了，拿著玻璃杯和兩顆小藥丸。

「吞下去。」他把藥丸和水遞給我。

「是什麼？」

「鎮靜劑。」他嚴肅的表情促使我把兩顆藥丸放進嘴裡，隨即喝了一大口水。「自從妳告訴我妳常覺得驚慌後，我就隨身帶著。」

「我討厭鎮靜劑。」

「妳受了驚，體內的腎上腺素濃度過高，妳需要休息。」馬修替我把被子拉上來塞緊，把我裹成一個蓬鬆的繭。他坐在床畔，鞋子砰一聲掉在地板上，然後伸個懶腰，背靠在枕頭上。他攬起我用被子裹好的身體時，我嘆了口氣。馬修伸出左臂，把我安安穩穩抱住。我的身體，雖然包裹了那麼多層，仍完美地貼在他懷裡。

藥在我血流裡產生作用。我輕飄飄進入夢鄉時，馬修的電話在他口袋裡響起，把我驚醒。

「沒事，可能是馬卡斯。」他道，嘴唇輕拂我的額頭。我的心跳又安靜下來。「試著休息，妳再也不孤單了。」

我仍然感覺到那條把我跟馬修、把女巫跟吸血鬼牢牢結合的鍊子。鍊子的環節都牢靠而光亮，我睡著了。

第十六章

馬修離開戴安娜時，窗外天色已暗。她輾轉反側了好一陣子，終於沈沈睡去。他注意到驚嚇消退後，她的氣味有微妙的改變，一想到彼得・諾克斯和季蓮・張伯倫，就有一股冷酷的怒火燒遍他全身。

馬修不記得他曾對任何其他生物產生如此強烈的保護欲。其中還攙雜其他情緒，但他不願意面對，也不想分辨是哪些情緒。

她是個女巫，凝視著沈睡中的她，他提醒自己。她不適合我。

愈是這麼說，這件事好像就愈不重要。

最後他輕輕抽身，悄悄離開那個房間，讓門留條縫，以防萬一她醒來。

獨自站在走廊裡，吸血鬼讓內心沸騰了幾小時的冰冷怒火浮上表面。怒氣強烈到令他幾乎窒息。他從毛衣領口拉出皮繩，觸摸已磨蝕得非常光滑的拉撒路銀棺。他之所以沒有跳進夜幕，獵殺那兩個巫族，只因為戴安娜的呼吸聲。

牛津大鐘敲了八下，熟悉而疲憊的鐘聲讓馬修想起方才沒接聽的電話。他從口袋裡取出手機，查看留言，快速瀏覽一遍實驗室和老房子保全系統的自動通知功能。有幾則來自馬卡斯的留言。

馬修皺起眉頭，按鍵收聽。馬卡斯不是個容易緊張的人。什麼事這麼急迫？

熟悉的聲音一反平時遊戲人間的口吻：「馬修，我拿到了戴安娜的ＤＮＡ化驗結果。非常……意外。請回電。」

錄音還沒有結束，但馬修的手指已按在另一個鍵上。等待馬卡斯接起電話的空檔，他用空著的手抓頭髮。電話只響了一聲。

「馬修。」馬卡斯的反應一點也不熱絡，只是大大鬆了口氣。他留言已好幾個小時。馬卡斯甚至找過馬修在牛津最喜歡去的一個地方，皮特・黎福斯博物館，吸血鬼常在那兒對著一只禽龍骨架和達爾文的蠟像發呆。密麗安終於受夠了他不斷詢問馬修在哪裡，跟誰在一起等等，把他轟出實驗室。

「他跟她在一起，當然。」傍晚時，密麗安道，聲音裡滿是不贊成。「還會有什麼地方。如果你不打算工作，回家去等他電話。你妨礙到我了。」

「檢驗結果怎麼樣？」馬修聲音低沈，但仍聽得出他在發怒。

「發生了什麼事？」馬卡斯連忙問。

浴室地板上有張照片，正面朝上，引起馬修的注意。那天下午，戴安娜一直抓著它不放。他看清楚照片的內容，瞇起了眼睛。「你在哪裡？」他聲音嘶啞。

「在家。」馬卡斯不安地回答。

馬修撿起地上的照片，並循著它的氣味，找到一張半躺在沙發底下的紙片。他看到那只有三個字的留言，猛吸一口氣。「把報告和我的護照都拿到新學院來。戴安娜的房間在花園廣場七號樓梯的頂樓。」

二十分鐘後，馬修開了門，他的頭髮根根豎立，臉色猙獰。年輕的吸血鬼必須極力克制，才沒有嚇得倒退。

馬卡斯交出一個牛皮紙檔案夾，外面夾著一本暗紅色的護照，每個動作都小心翼翼，然後耐心等候。未得馬修許可，他不會走進女巫的房子，吸血鬼處於這種心情時，絕不曾輕舉妄動。

許可來得很慢，但馬修終於接過檔案夾，站到一旁，讓馬卡斯入內。

馬修細讀戴安娜的檢驗報告時，馬卡斯盯著他看。他靈敏的鼻子聞到老木頭和舊織品的氣味，還有那個女巫的恐懼和吸血鬼勉強壓抑的情緒。這一觸即發的組合令他汗毛豎立，連一聲發乎本能的咆哮都被擋在喉頭。

這些年來，馬卡斯愈來愈欣賞馬修的優點——他的仁慈、良知、對所愛者的耐性。他也知道他的弱點，憤怒是其中犖犖大者。馬修發起怒來照例造成強大的破壞，一發洩完憤怒的毒素，他就會失蹤幾個月，甚至幾年，才能面對自己的所作所為。

而且現在這種冷酷暴戾，卻是馬卡斯在他的父親身上不曾見過的。

馬修．柯雷孟在一七七七年闖進馬卡斯的人生，改變了他——永遠。他出現在班奈特農莊一具急就章的擔架旁，擔架上抬的是白蘭地彎之役㊻慘烈戰爭中受傷的拉法葉侯爵㊼。馬修高高站在其他人前面，無視每個人的階級，對他們發號施令。

沒有人違抗他的命令——甚至包括受了傷還可以跟朋友開玩笑的拉法葉。但侯爵的幽默感也擋不住馬修的疾言厲色。拉法葉抗議說他可以照顧自己，讓傷勢更嚴重的士兵接受治療時，柯雷孟脫口迸出一長串綴滿驚嘆詞和最後通牒的法文，他自己的部下聽了俯首帖耳，侯爵也被罵得無言以對。

這名法國軍人奚落深受敬重的軍醫團領袖席鵬大夫，把他的治療方式斥為「野蠻」時，馬卡斯瞪大眼睛旁聽。柯雷孟轉而要求席鵬的副手約翰．柯奇蘭治療拉法葉。兩天後，就可聽到柯雷孟與席鵬用流利的拉丁文辯論解剖學與生理學的精微奧義——軍醫人員和華盛頓將軍都聽得津津有味。

北美大陸軍團在白蘭地彎嘗到敗績前，馬修殺死了不計其數的英國士兵。被送進醫院的人講了一大堆他在戰場上勇猛無畏、匪夷所思的故事。有人說他直接走進敵人陣線，子彈和刺刀都傷不了他。停火時，柯雷孟堅持要馬卡斯擔任侯爵的護士，隨侍他身旁。

那年秋天，一等拉法葉又能騎馬，他們兩人便消失在賓夕法尼亞州和紐約州的森林裡。他們帶回來一支歐尼達族㊽的軍隊。歐尼達人稱拉法葉「凱尤拉」，意思是「可怕的騎士」，因為他馬術精湛。馬修被他們叫做「阿特路塔龍」，意思是戰士酋長，因為他擅長領導作戰。

拉法葉回到法國後很久，馬修還留在軍中。馬卡斯也以外科醫生助手的卑微身分繼續服役。一天又一天，他努力為毛瑟槍、加農砲、劍下受傷的士兵止血療傷。柯雷孟自己的部下受傷時，總是找他幫忙。他說馬卡斯有治療的天分。

一七八一年，大陸軍團抵達約克鎮後不久，馬卡斯發燒了。他的治療天分失去了意義。他躺在那兒冷得發抖，只在別人有空時才能得到照顧。在痛苦不堪中熬了四天，馬卡斯自知大限將至。這時柯雷孟又有拉法葉作伴，他去探望手下的傷兵時，看到馬卡斯躺在角落裡的破床上，滿身死亡的氣味。

這位法國軍官在年輕人床畔從黑夜坐到白天，敘述他切身的故事。馬卡斯以為自己在做夢，竟然有人喝了血，再也不會死？聽了這種故事，馬卡斯確信自己已經死了，正在受一個他父親警告過他、會利用他與生俱來的犯罪傾向、把他當獵物的魔鬼折磨。

吸血鬼解釋道，馬卡斯的熱病可以治，但必須付出代價。首先他必須重生。然後他必須狩獵、殺生、喝血——包括人類的血。會有一段時間，他對血的需求將使他無法再照顧受傷與患病的人。馬修承諾，等馬卡斯適應新生命後，會送他去讀大學。

黎明前不久，痛苦再也無法忍受，活下去的意願終於超過馬卡斯對吸血鬼展示在他面前的新生命的恐懼。馬修將腳步不穩、全身滾燙的他抱出了醫院，進入森林，有個歐尼達人在那兒等候，領他們入山。馬修在一個沒有人聽得見馬卡斯慘叫的偏僻小山谷裡，吸光他全身血液。直到現在，馬卡斯還記得那種隨即出現的強烈口渴。他渴得發狂，隨便什麼清涼的液體都讓他迫不及待。

最後馬修用牙齒劃開自己的手腕，讓馬卡斯暢飲。吸血鬼的血魔力無邊，還他一條驚世駭俗的生命。

歐尼達人把守洞口，不動如山，當他對血液的飢渴湧現時，不准他到附近的農莊上去鬧個天翻地覆。馬修一在他們的村落現身時，他們就認出他的來歷。他跟達格宛龍延（住在龍捲風裡的不死女巫）是同類。歐尼達人不知道諸神為何賜給法國戰士這樣的禮物，但神的行徑向來神祕難解。他們只能把達格宛龍

㊻ Battle of Brandywine是美國獨立革命中一場大型戰爭，美軍大敗，當時的臨時首都費城也失守，落入英軍掌握。

㊼ Marquis de La fayette，一七五七—一八三四，是法國貴族，一七七五年，他才十八歲，但認為美國獨立是全世界的福祉，親身橫渡大西洋去參戰，出錢出力，對獨立革命的成功有極大貢獻。

㊽ Oneida是北美印地安部落，位於今紐約州中部。

延的傳說確實傳給下一代，仔細教導他們如何用火燒死這種生物，把他的骨頭磨成粉末，撒入來自四方的風中，讓他無法重生。

受阻的馬卡斯表現得就像個孩子，因他確實是個幼兒，在沮喪中哭鬧，在匱乏中顫抖。馬修獵來一頭鹿，餵養這個重生做他兒子的年輕人，馬卡斯立刻把鹿吸乾。飢餓滿足了，卻壓抑不住充盈他全身的古老血液在脈管中振動，澎湃有聲。

馬修每天帶新鮮獵物回山洞，經過一星期，他決定讓馬卡斯自行狩獵。父子進入深林，沿著月光照耀的山脊追逐鹿和熊的足跡，馬修訓練他嗅察風中的氣息，觀察陰影中幾乎不可見的動作，體會風向的變化帶來的新氣味。他教這個治療者如何殺戮。

剛開始，馬卡斯想喝更濃郁的血。他確實需要，唯有它能滿足深埋的口渴，餵飽貪婪的身體。但馬修一直等到馬卡斯能在短時間內追到鹿跡，將牠打倒，喝乾鮮血，而且不至於留下一片狼藉後，才允許他狩獵人類。絕對不能對女人下手。馬修解釋道，性與死、求愛與狩獵，其間的分野都太微妙，會帶給新生的吸血鬼太多困惑。

這對父子先取食生病的英國士兵，他們有些人求馬卡斯饒命，馬修便教他如何吸食溫血動物的血而不致殺死他們。後來他們獵捕罪犯，那些人哭著求饒，但他們真的不配。每一次，馬修都要馬卡斯解釋他為何選中特定的男人做獵物。在精心安排而有節制的訓練下，馬卡斯成為一個明辨是非、進退有度、深諳求生之道的吸血鬼。

馬修以擁有非常成熟的是非觀念著稱。他犯的每一個錯誤都可以歸咎為怒火下做出的決策。馬卡斯被告知，他父親已經不像過去那麼容易受這種危險的情緒操縱了。或許如此，但今晚在牛津，馬修的臉色就像當年在白蘭地彎一樣殺氣騰騰——問題是這兒沒有戰場供他發洩怒氣。

「你們弄錯了。」馬修仔細讀完那女巫的DNA測試報告，眼神一片狂亂。

馬卡斯搖頭：「我把她的血液分析了兩遍。密麗安化驗口腔採取的樣本也證實我的結論。我承認這結果很驚人。」

馬修吸了一口不穩定的氣。「太荒謬了。」

「戴安娜擁有我們在巫族身上找到的幾乎每一種遺傳標記。」他翻到最後幾頁，嘴唇抿成嚴肅的一條線。「但這些序列讓我們很擔心。」

馬修把數據很快翻閱一遍。一共有二十幾種DNA序列，有的很短，有的很長，旁邊都有密麗安用紅筆畫的小問號。

「天啊。」他把檔案扔回給兒子。「我們要擔心的事已經夠多了。混蛋諾克斯威脅她。他要那份手抄本。戴安娜嘗試重借出來，但艾許摩爾七八二號躲進圖書館，不肯出來。好在諾克斯相信——暫時——她上次是設法破解了咒語才把它借出來的。」

「難道不是嗎？」

「不。戴安娜沒有知識，也沒有能力做那麼複雜的事。她的力量完全沒有受過訓練。她還把我的地毯燒出一個洞。」馬修沈下臉，馬卡斯極力克制不笑出來，他老子真的很愛他的古董。

「那我們就擋著諾克斯，讓戴安娜有時間發展她的能力。這聽起來不怎麼難。」

「諾克斯不是我唯一擔心的事。今天戴安娜收到這封信。」馬修拿起那張照片和附帶的紙條，交給馬卡斯。再開口時，他的聲音變得平板而充滿危險：「她的父母。我記得聽過兩個美國巫族在奈及利亞遇害的消息，是很多年前的事。我從來沒想過他們會跟戴安娜有關。」

「我的天！」馬卡斯低喚道。他瞪著照片，試圖想像收到一張自己的父親被切成碎塊，扔在泥土裡死去的照片，會是什麼心情。

「還不止。根據我拼湊的情報，戴安娜一直以為殺害她父母的是凡人。這是她不願意魔法進入她人生最主要的理由。」

「那樣行不通的，不是嗎？」馬卡斯想到她的DNA，喃喃道。

「沒錯。」馬修陰沈地表示贊同。「我在蘇格蘭的時候，另一個來自美國的女巫季蓮・張伯倫告訴她，不是凡人下手謀殺她父母——而是巫族的同儕。」

「真的？」

「我不確定。但整件事顯然不是一個女巫發現艾許摩爾七八二號那麼單純。」馬修的聲音又出現殺氣。「我要查清楚是怎麼回事。」

父親黑色的毛衣裡透出一點銀光。他戴著拉撒路的棺材，馬卡斯察覺。

家族中的人從不公開談論愛琳娜・聖勒傑或與她死亡有關的事，唯恐刺激馬修再度大發雷霆。據馬卡斯所知，一一四〇年時，馬修其實不願意離開巴黎，他在那兒攻讀哲學，正樂在其中。但是當他的父親，身為一家之主的菲利普，召喚他回耶路撒冷，幫忙解決自從烏爾班二世發起十字軍東征以來，一直滋擾聖地的爭端時，馬修毫不質疑就決定服從。那時他已遇見了愛琳娜，與她為數眾多的家人相處融洽，而且深陷情網。

但聖勒傑家族和柯雷孟家族在爭執中經常處於對立的兩端，馬修的幾位兄長——猶夫、高弗雷、巴德文——都慫恿他拋開那女人，讓他們可以毫無忌憚毀滅她的家族。馬修一口回絕。有一天，巴德文和馬修為了一些涉及聖勒傑家族的小政治危機發生口角，形勢發展至不可收拾。還來不及找到菲利普出面制止，愛琳娜就挺身干預。等馬修和巴德文清醒時，她已失血過多，再也不能復生了。

馬卡斯仍然不懂，如果馬修對愛琳娜的愛那麼深，為什麼讓她死。

現在馬修只有在擔心自己殺人或思念愛琳娜——或兩者兼有——的時候，才會戴上那枚朝聖者的徽章。

「那張照片是個威脅——而且不是隨便說說而已。哈米許以為，畢夏普這名字會讓巫族小心行事，但我擔心事實正好相反。不論戴安娜與生俱來的才華多高，都保護不了她自己，她又那麼獨立自主，不會向外求助。我要你陪她幾個小時。」馬修從他眼前拿開芮碧嘉・畢夏普和史蒂芬・普羅克特的照片。「我去找季蓮・張伯倫。」

「你不能確定照片是季蓮拿來的。」馬卡斯指出：「上頭有兩種不同的氣味。」

「一個是諾克斯的味道。」

「但諾克斯是合議會的成員啊！」馬卡斯知道十字軍時代，魔族、巫族、血族——各族各出三個代表——組成了一個包括九名成員的合議會。合議會的工作是避免任何超自然生物引起凡人注意，保障全體的安全。「如果你對他不利，就會被視為向他們的權威挑戰。整個家族都會受牽連。你不至於真的為了替一個女巫復仇，讓我們都陷入危險吧？」

「你不是在質疑我的忠貞吧？」馬修哼道。

「不是，我質疑你的判斷力。」馬卡斯激烈地說，毫不畏懼面對他的父親。「這場可笑的羅曼史已經夠糟了。合議會至少有一個理由對你採取行動。別再給他們製造藉口。」

馬卡斯第一次到法國時，他的吸血鬼奶奶曾解釋給他聽，他此後的行為要受盟約的約束：嚴禁跟異族的超自然生物發展親密關係，也不准介入凡人的宗教與政治。跟凡人的所有其他互動——包括戀愛——應盡量避免，但在不招惹麻煩的前提下，還是許可的。馬卡斯寧願跟吸血鬼打交道，而且一直嚴守分際，所以有沒有盟約他都覺得無所謂——直到現在。

「老早沒人在乎了。」馬修辯護道，他的灰眼睛飄向戴安娜臥室的房門。

馬卡斯輕蔑地說：「我的天，她根本不知道盟約是怎麼回事，你也不打算告訴她。但你他媽的該知道，你不可能永遠對她保密。」

「合議會不會執行一個將近一千年前在截然不同的世界裡做出的承諾。」馬修的眼睛盯著一幅古董畫，畫中的戴安娜女神正舉起弓，瞄準一個穿過森林逃逸的獵人。他想起一位朋友很久以前寫的一本書裡的一句話──「因為他們不再是獵人，變成了獵物」㊾──打了個寒噤。

「三思而後行，馬修。」

「我已經決定好了。」他迴避兒子的眼神。「我不在的時候幫我照顧她，好嗎，確保她沒事？」

馬卡斯點點頭，無法拒絕他父親毫不掩飾的哀求口吻。

馬修關門離開後，馬卡斯就去探望戴安娜。他掀開她一隻眼睛的眼皮，然後另一隻，又量了她的脈搏。他嗅一嗅，聞到環繞她的恐懼與震驚。他也聞到仍然在她血管裡流動的藥味。很好，他想道。他父親至少頭腦還夠靈光，知道要給她服用鎮靜劑。

馬卡斯繼續檢視戴安娜的狀況。仔細觀察她的皮膚，傾聽她呼吸的聲音。結束時，他靜靜站在女巫的床畔，看著她做夢。她的額頭擠成一團皺紋，好像正在跟人辯論。

檢查完畢，馬卡斯知道了兩件事。首先，戴安娜不會有事。她受了大驚嚇，需要休息，但沒有永久性的傷害。其次，她渾身上下都是他父親的氣味。他這麼做是故意的，給戴安娜做下記號，讓所有的吸血鬼知道她屬於誰。換言之，形勢發展已超出馬卡斯的預期。要他的父親割捨這個女巫將會非常困難。但如果馬卡斯的祖母講給他聽的故事屬實，他就非那麼做不可。

馬修再現身時已過了午夜。他看起來比離開時更憤怒，但還是像往常一樣，全身上下沒有一點瑕疵。他伸手抓抓頭髮，沒對兒子發一語，便大步走進戴安娜的房間。

機警的馬卡斯知道這種時候不要向馬修提出問題。他從女巫的房間出來後，馬卡斯也只問：「你會跟戴安娜討論DNA的檢測結果嗎？」

「不會。」馬修答得簡短，對於不讓她知道這麼重要的資訊沒有一絲罪惡感。「我也不會告訴她，合議會那班巫族可能會怎麼對付她。她承受的苦難已經夠多了。」

「戴安娜沒有你想像的那麼脆弱。如果你還想繼續跟她相處，就無權隱匿這消息。」就馬卡斯所知，吸血鬼計算生命的單位不是小時或年月，而是曾經洩漏或保存的祕密。吸血鬼對於私人關係、用過的名字、曾經體驗的多重生活的細節，都嚴加捍衛。儘管如此，他的父親捍衛的祕密比大多數吸血鬼都多，他凡事瞞著自己家人的欲望更是嚴重得無以復加。

「你別管，馬卡斯。」父親咆哮道：「不關你的事。」

馬卡斯咒罵一聲。「你該死的祕密會讓全家人完蛋。」

馬修趁兒子還沒說完話，就拎起他的後頸皮。「我的祕密好幾個世紀以來，一直保障著全家人的安全，兒子。要不是靠我的祕密，你今天會在哪裡？」

「在約克鎮一座無名墳墓裡餵蟲子，我猜。」馬卡斯上氣不接下氣說道，他的聲帶被扯得很緊。

這些年來，馬卡斯曾經試圖揭發他父親一部分的祕密，但幾乎一無所獲。比方說，他始終沒能查出，傑佛遜總統向法國買下路易斯安納後，是誰給馬修通風報信說馬卡斯要在紐奧良鬧個天翻地覆。他在那兒創造了一個吸血鬼家族，被挑中的都是沒有責任感的年輕市民，個個跟他一樣喧鬧而討人喜歡，馬卡斯一夥——包括為數可觀的賭徒和無賴——每次趁黑夜出沒都有被凡人發現的危險。馬卡斯還記得，紐奧良的女巫明白表示，希望他們離開這個城市。

馬修不請自來，來時也沒有預告，還帶來一個美貌的混血兒女吸血鬼：茱麗葉・杜昂。馬修和茱麗葉想方設法，要使馬卡斯的家族循規蹈矩。幾天之內，他們就跟花園區一個頭髮金光燦爛到令人無法置信，

㊾出自布魯諾的《勇往直前的狂熱分子》（The Heroic Enthusiast）一書。布魯諾（Giordano Bruno，一五四八—一六〇〇），文藝復興時期的義大利哲學家與科學家，道明會修士，因支持哥白尼的論點，並進一步主張宇宙無限，無數個星球上都有智慧生物生存，地球與太陽不是世界的中心，因此被判為異端處死。《勇往直前的狂熱分子》是一本討論愛情哲學的書。

生性跟密西西比河一樣橫暴無情，又喜歡矯揉造作的年輕法國吸血鬼，結下邪惡之盟。真正的麻煩就從這時開始。

過完頭兩個星期，馬卡斯的家族很離奇地縮小了許多。眼看著死亡與失蹤的人數不斷增加，馬修只攤開雙手，嘟囔著紐奧良真危險之類的話。才認識幾天就令馬卡斯很討厭的茱麗葉，露出誘惑的媚笑，在他父親耳畔呢喃著鼓勵的話。她是馬卡斯見過最喜歡操縱別人的生物，後來她跟他父親分手，真讓他欣喜欲狂。

在剩餘的子女施壓下，馬卡斯誠心誠意保證謹言慎行，只求馬修和茱麗葉離開。馬修詳細說明柯雷孟家族應遵守的規範後，同意離開。他當著城裡幾位最高齡，也最有權勢的吸血鬼的面，吩咐馬卡斯：「如果你當真要我當祖父，就要更加小心。」想起這段往事，馬卡斯還會臉色發白。是誰賦予馬修和茱麗葉行動的權力，至今還是一個謎。他父親的力量加上茱麗葉的圓滑，還有柯雷孟這姓氏的光環，可能有助於爭取吸血鬼的支持。但僅僅這樣還不夠。所有紐奧良的超自然生物——甚至包括女巫——對他父親都像皇室般尊敬。

馬卡斯猜測，當年他父親可能是合議會的成員。這樣一來便可以解釋很多事。

馬修的聲音驅散了兒子的回憶。「戴安娜或許很勇敢，馬卡斯，但目前她不需要知道每件事。」他放開馬卡斯，走到一旁。

「那她知道我們的家族嗎？你其他的孩子？」**她知道你的父親是什麼人嗎？**最後這句，馬卡斯沒有說得很大聲。

馬修還是知道他想些什麼。「我不講其他吸血鬼的故事。」

「你錯了。」馬卡斯搖著頭說：「戴安娜不會感謝你有事瞞著她的。」

「你跟哈米許都這麼說。等她準備好了，我自然會告訴她一切——但不能提前。」他父親的聲音很堅決。「目前我只在乎一件事，就是讓戴安娜離開牛津。」

「何不送她去蘇格蘭？那兒一定沒有人找得到她。」馬卡斯立刻想到哈米許偏遠的別墅。「要不然你出發前先讓她住烏斯托克。」

「出發去哪裡？」馬修表情很困惑。

「你叫我幫你拿護照。」現在輪到馬卡斯困惑了。這不是他父親一貫的作風嗎？——他發了脾氣，然後獨自離開，直到恢復自制。

「我沒打算離開戴安娜。」馬修冷冰冰地說：「我要帶她去七塔。」

「你不可能安排她跟伊莎波住在同一個屋簷下！」馬卡斯震驚的聲音在小房間裡回響。

「那也是我的家。」馬修道，他的下巴形成一根固執的線條。

「你母親公然吹噓她殺過多少女巫，還把露依莎和你父親的下場歸咎給每一個她遇見的女巫。」馬修的臉皺成一團，馬卡斯終於明白了。那張照片讓他聯想到菲利普的死，以及接下來那些年伊莎波克服瘋狂的奮鬥。

馬修用手掌壓住太陽穴，好像在拼命嘗試從外面裝一個更好的計畫進去。「戴安娜跟那兩場悲劇都沒有關係。伊莎波會了解的。」

「她不會——你知道她不會。」馬卡斯頑固地說。他愛他的祖母，不希望她受傷害。如果馬修——她最鍾愛的——帶一個女巫回家，一定會傷她的心，而且傷得很嚴重。

「再沒有別的地方像七塔那麼安全。巫族騷擾伊莎波——尤其是在她自己的家裡——之前會三思。」

「看在老天爺分上，不要讓她們兩個獨處。」

「我不會的。」馬修承諾。「我要你跟密麗安搬到老房子的門房去，這樣所有的人都會相信戴安娜在那兒。他們早晚會發現真相，但我們可以爭取到幾天時間。我的鑰匙在樓下的門房那兒。你過幾個小時回來，屆時我們應該離開了。拿走她床上的被子——上頭會有她的氣味——然後開車到烏斯托克。待在那兒，直到收到我的消息。」

「你能同時保護自己和那個女巫嗎？」馬卡斯低聲問。

「我應付得了。」馬修很有把握地說。

馬卡斯點點頭，兩個吸血鬼互握對方手臂，深深互看一眼。所有他們在這種時刻要對彼此交代的話，都早已說過了。

馬修再度獨處時，他跌坐進沙發，把頭埋在掌心裡。馬卡斯強烈的反對令他動搖。

他抬起頭，再看一眼那個潛行在獵物背後的狩獵女神，心中浮現同一首詩的另外一句。他低吟道：

「我見她自林中來，我的女獵人，心愛的戴安娜。」㊿

在臥室裡，溫血動物的聽力不能及的距離外，戴安娜動了一下，輕呼一聲。馬修連忙衝到她身旁，攬她入懷。保護欲回來了，而且目標更明確。

「我在這兒。」他偎著她色彩繽紛如彩虹的髮絲喃喃道。他低頭看戴安娜熟睡的臉，她嘟著嘴，兩眼之間有一道凶惡的皺紋。他曾經端詳這張臉好幾個小時，對它瞭若指掌，但它的自相矛盾仍令他著迷。

「妳用魔法迷惑我嗎？」他大聲問。

經過今晚，馬修知道他需要她超過所有其他東西。不論他的家人或下一個喝血的機會，都不及知道她安全無恙，而且在他伸手可及的距離之內重要。如果這就是著魔，他已經無救了。

他收緊手臂，在戴安娜睡夢中，用他在她清醒時不允許自己的方式抱住她。她嘆口氣，向他靠過來。要不是因為他是個吸血鬼，一定不會聽見她抓住他的護身符和他的毛衣，拳頭靠在他心臟上時，發出的低微的喃喃話語。

「你不會無救。我找到你了。」

馬修曾有短暫的瞬間懷疑這是自己的想像，但他知道不是。她聽得見他的思想。

不是一直聽得見，也不在她清醒時——還不行。但戴安娜知道每一件與他有關的事，只是遲早而已。她會知道他的祕密，他沒有足夠勇氣面對的黑暗而可怕的事。

她用另一句只隱約可聞的低語回答：「我有足夠的勇氣，夠我們兩個用。」

馬修低頭對她說：「妳必須如此。」

第十七章

我嘴裡有股濃烈的丁香味，我被自己的被窩捲成了木乃伊。我在被窩捲裡掙扎時，床上的老彈簧咯吱作響。

「噓。」馬修的嘴唇在我耳邊，他的身體像個殼貼在我背上。我們躺在那兒，就像抽屜裡的兩根湯匙，緊緊貼在一起。

「幾點了？」我聲音沙啞。

馬修稍微鬆開我，看一眼他的錶。「一點多了。」

㊿ 同樣出自布魯諾所著《勇往直前的狂熱分子》。

「我睡了多久？」

「從昨晚大約六點開始。」

昨晚。

我的心思碎裂成字句與圖像：鍊金術手抄本、諾克斯的威脅、我的手指通電變成藍色、我父母的照片，我母親的手凝結成一個永遠未完成的觸摸。

「你給我藥吃。」我推開被子，設法把手抽出來。「我不喜歡吃藥，馬修。」

「下次妳再休克，我就讓妳多受一點不必要的苦。」他拉了一下，被子就鬆開了，效果比我之前所有的掙扎都好。

馬修緊繃的聲音攪動了記憶的碎片，新影像陸續浮現。季蓮扭曲著臉，警告我不得私藏祕密，還有一張提醒我記住的紙片。有一陣子，我又回到七歲，試著理解我聰明、活力充沛的雙親怎麼會離開我的人生。

在我的房間裡，我向馬修伸出手，但我心靈的眼睛看到的卻是，我母親的手伸向粉筆圈另一端的父親。因他們死亡而揮之不去的童年孤寂，跟新的、目睹母親無望地觸摸父親而產生的成人移情作用，碰撞在一起。我忽然推開馬修的懷抱，把膝蓋收到胸前，縮成一個緊張、防禦的球。

馬修想幫忙——我看得出——但他對我毫無把握，而我矛盾情緒的陰影也籠罩在他臉上。

諾克斯的聲音再次在我腦海裡響起，充滿了毒素。*記住妳是誰*。

「記得嗎？」那張紙條問。

毫無預警地，我轉身撲向吸血鬼，急於縮短我跟他的距離。我的父母已離開人世，但馬修還在。我的頭靠著他的下顎，我聽了幾分鐘，等下一波血液流經他的身體。吸血鬼心臟慢吞吞的節奏讓我昏昏欲睡。

再次在黑暗中醒轉時，我自己的心臟怦怦跳著，踢掉鬆開的被子，划動手腳，調整成坐姿。馬修在我背後開亮檯燈，燈罩仍然是轉開的，光線不會直接照到床上。

「怎麼回事？」他問。

「魔法找到了我。巫族也會找到我。我會因為擁有魔法而被殺害，就像我父母一樣。」這些話脫口而出。驚慌加快說話的速度，我跌跌撞撞站起身來。

「不。」馬修站起身，擋在我和門中間。「我們得面對這件事，戴安娜，不論它是什麼，否則妳永遠不能停止逃跑。」

一部分的我，知道他的話是真的。其餘的我，只想逃到黑暗裡。但有個吸血鬼擋路，我怎麼逃得掉？周圍的空氣開始擾動，好像要驅散那種受困的感覺。涼颼颼的微風從我的褲腳往上竄。攀爬上我的身體，輕柔地掀起我臉上的髮絲。馬修咒罵一聲，伸出手臂向我走來。風勢變大，成了強風，吹皺了床單和窗簾。

「不要慌。」他刻意提高音量，蓋過迴旋的風聲，要讓我鎮靜下來。

但這麼做還不夠。

風勢不斷增強，我的手臂也隨之抬高，風塑造出一個圓柱，環繞著我，像棉被筒一般保護著我。馬修在擾攘的氣流外面停下腳步，一隻手仍伸在前方，定睛看著我。我張口想警告他保持距離，但只吐出冰冷的空氣。

「不要慌。」他重申一遍，眼睛仍牢牢盯著我不放。「我不動。」

經他一說，我才發現問題癥結所在。

「我保證。」他堅定地說。

風變小了。環繞我的龍捲風變成一陣小旋風，然後微風，終於消失無蹤。我喘了口氣，雙膝落地。

「我到底是怎麼了？」每天我跑步、划船、做瑜伽，我的身體都聽我的話。現在它盡做些匪夷所思的事。我低頭看一眼，確認我的手指沒有通電、噴出火花，腳底也沒有起風。

「那是魔法召喚的巫風。」馬修解釋道，整個人保持不動。「妳知道那是什麼嗎？」

我曾經聽說奧本尼有個女巫會召喚暴風雨，但沒有人稱之為「巫風」。

「不怎麼清楚。」我承認，仍不時偷看我的手和腳。

「有些女巫從遺傳中獲得控制風元素的能力。妳是其中之一。」他道。

「剛才那樣哪能算是控制。」

「是妳的第一次。」馬修很實際地說。他對小臥室比個手勢：窗簾和床單都完好無缺，前一天早晨扔在五斗櫃和地板上的衣服都還在原位。「我們都還站著，房間也沒有颶風侵襲的災情。這就是控制——以目前而言。」

「但我沒有要這麼做。這種事——不請自來的電火花和風——會自動發生在女巫身上嗎？」我把擋在眼前的頭髮撥開，搖搖欲墜，疲憊不堪。過去二十四小時內發生了太多事，馬修向我靠近，好像準備在我昏倒時接住我。

「這年頭，巫風和藍手指都很少見。妳體內有魔法，戴安娜，它想出來，不論妳有沒有邀請它。」

「我覺得被困住了。」

「昨晚我不該逼妳。」馬修看起來很慚愧。「有時候我不知道該拿妳怎麼辦。妳像一台永動機。我但願妳能偶爾停一下聽我說。」

作為一個連呼吸都不需要的吸血鬼，要適應我無饜足的運動需求，一定格外困難。再一次，馬修跟我之間的距離忽然變得太大。我要起身。

「原諒我了嗎？」他真誠地問。我點點頭。「我可以嗎？」他指指自己的腳。我又點點頭。

我站起來這段時間，他快速挪動了三步。我撞在他身上，就跟我在博德利第一次遇見他一樣，他貴氣十足，靜靜站在杭佛瑞公爵閱覽館裡。但這一次我沒有那麼快就退後，反而心甘情願依靠在他身上，他的皮膚清涼而令人心安，不再覺得冰冷可怕。

我們默默相擁，站了一會兒。我的心平靜下來，他的手臂保持輕鬆，雖然一陣陣短促的呼吸顯示，這麼做並不容易。

「我也很抱歉。」我的身體軟軟地貼著他，他的毛衣刺著我的臉頰。「我會設法控制我的能量。」

「沒什麼好抱歉的。妳不該花那麼多力氣去違反妳的本來面目。如果我替妳泡茶，妳要喝嗎？」他問，他說話時嘴唇貼著我頭頂。

外面依舊是黑夜，沒有一點太陽即將升起的徵兆。「現在幾點了？」

馬修的手在我肩胛骨之間翻轉，這樣他才看得見錶面。「剛過三點。」

我呻吟一聲：「我好累，但又覺得喝茶很棒。」

「那我去泡茶。」他輕輕拉開我環抱著他的腰的手臂。「馬上回來。」

我不想讓他離開我的視線，便拖著腳步跟在後面。他把所有茶罐和茶包檢查了一遍。

「我告訴過你，我喜歡喝茶。」我解釋道，他在櫥櫃裡又找到另一個褐色紙袋，塞在我很少用到的按壓式咖啡沖泡器後面。

「妳有特別偏愛的嗎？」他對茶滿為患的架子比個手勢。

「請用黑色包裝有金色標籤的那種。」綠茶似乎是最具安撫力的選擇。

他忙著準備水壺和茶壺。他把熱水倒在芳香的茶葉上，等茶泡好，就把一個缺了口的老馬克杯推到我面前。綠茶、香草、柑橘的香氣跟馬修的氣味截然不同，卻同樣帶來慰藉。

他替自己也倒了一杯，欣賞地翕開鼻孔。「聞起來真的很不錯。」他認可道，喝了一小口，這是我第一次看他喝酒以外的飲料。

「我們到哪兒坐？」我把溫熱的茶杯捧在手中，問道。

馬修對客廳歪一下頭。「那兒。我們得好好談談。」

他坐在那張舒服的老沙發一角，我坐對面。水蒸氣從茶杯裡撲到我臉上，柔柔地令人聯想到巫風。

「我必須知道，諾克斯為什麼會以為妳破解了艾許摩爾七八二號的咒語。」我們都坐定後，馬修問道。

我重述我們在院長家中的對話。「他說，咒語每逢施咒的週年就會變得脆弱。以前曾經有其他巫族——懂巫術的人——嘗試破解它，但他們失敗了。他認為我只是剛好碰對了時間和地點。」

「一位法力高強的女巫把艾許摩爾七八二號封鎖起來，我懷疑那咒語幾乎是不可能破解的。從前所有嘗試取得手抄本的人，條件都不符，不論他們精通多少巫術，選中哪個黃道吉日。」他望進茶杯深處。「妳的條件是對的。問題在於怎麼辦到的，又是為什麼。」

「若說我能符合一個在我出生之前就已存在的咒語設定的條件，這比它發生週期性錯亂的論調，更難以置信。而且假設我前一次符合條件，為什麼這次就不行？」馬修張口欲言，我搖搖頭：「不，不是因為你。」

「諾克斯懂巫術，咒語是很複雜的。我猜它有可能會隨著時間變形。」看起來他自己都不相信這說法。

「但願我能找出這一切的模式。」我的白桌子忽然浮現眼前，上面擺著拼圖的碎片。我把幾塊碎片移來移去——諾克斯、手抄本、我父母——但它們不肯組成圖案。馬修的聲音打斷了我的幻想。

「戴安娜？」

「嗯？」

「妳在做什麼？」

「沒什麼。」我回答得太快。

「妳在使用魔法。」他把茶杯放下道：「我聞得出來，也看得見。妳在發光。」

「每次我解不開一個問題——像現在——就會這麼做。」我低下頭，掩飾談論這件事對我是多麼困難。「我看見一張白色桌子，想像有很多拼圖碎片。它們有各種顏色和形狀，搬來搬去，直到拼成圖案。圖案拼出來後，它們就不再移動，讓我知道走對了方向。」

馬修等了很久才開口：「妳玩這種遊戲多久了？」

「一直在玩。」我後悔地說：「你在蘇格蘭的時候，我覺悟這也是魔法，就像不必回頭而能知道誰在看我。」

「這是種模式，妳知道。」他說：「妳在不思考的時候使用魔法。」

「你是什麼意思？」白桌子上的拼圖碎片開始跳舞。

「妳運動的時候不思考——至少不用妳心智中理性的部分。妳划船、跑步、做瑜伽的時候，整個人都在另一個地方。沒有理智壓抑妳的天分，它們就出現了。」

「但我剛才有在思考啊，」我道：「結果巫風還是出現了。」

「啊，但那時候妳有非常強烈的情緒。」他解釋道，身體前傾，手肘架在膝蓋上。「這種時候知性都會退居一旁。妳在密麗安和我的面前手指變藍，也是同樣的情形。那張白桌子卻是另一種狀況。」

「光靠情緒和運動就能引發這些力量？如果這麼簡單就能搞得天翻地覆，誰還願意當女巫？」

「很多人，我想。」馬修掉開眼光。「我想拜託妳幫我做一件事。」他道，他再面對我時，沙發發出嘎吱聲：「我希望妳在回答前先考慮一下。妳願意嗎？」

「當然。」我點點頭。

「我要帶妳回家。」

「我不要回美國。」我只花了五秒鐘，就做出他拜託我不要做的事。

馬修搖頭。「不是妳的家。是我的家。妳必須離開牛津。」

「我已經答應你我會去烏斯托克。」

「老房子只是我的房子，戴安娜。」馬修耐心地解釋：「我要帶妳去的是我的家——在法國。」

「法國？」我撥開臉上的頭髮，好把他看個清楚。

「巫族一心一意要取得艾許摩爾七八二號，不讓其他生物染指。他們誤以為妳破解了咒語，加上妳家族的聲望，所以還沒有對妳下手。一旦諾克斯和其他人發現妳取得手抄本時，沒有動用魔法——咒語就是設定要為妳解除的——他們一定會想知道這是怎麼回事，原因何在。」

我父母的畫面忽然非常清晰地出現，我閉上眼睛。「而且他們不會客客氣氣地問。」

「恐怕不會。」馬修深深吸一口氣，額頭上的青筋跳了一下。「我看了那張照片，戴安娜。我要妳遠離諾克斯和圖書館。我要妳到我家住一陣子。」

「季蓮說是巫族下的手。」我看到他的眼睛，瞳孔小得令人吃驚。通常它們都顯得又黑又大，但今晚的馬修有點不一樣。他的皮膚不再像鬼魅，蒼白的嘴唇也比平常多了點色彩。「她說的是真的嗎？」

「我不可能知道，戴安娜。奈及利亞的豪薩族相信巫族的力量來源是肚子裡的石頭。有人在你父親體內找尋那東西。」他遺憾地說：「很可能有其他巫族在場。」

輕微的喀搭一響，答錄機的燈光開始閃爍。我呻吟一聲。

「這是妳阿姨第五次打電話來了。」馬修告訴我。

不論音量關到多小，吸血鬼都聽得見。我走到他旁邊的桌前，拿起話筒。

「我在。我在。」我搶先蓋過阿姨慌亂的聲音說道。

「我們還以為妳死掉了。」莎拉道。想到她和我是畢夏普家族碩果僅存的後代，我不由得一驚。我可以想像她坐在廚房裡，話筒貼著耳朵，一頭亂髮圍繞著臉孔。她逐漸老了，雖然還是很有活力，但我在遠方，面臨危險這個事實，令她不知如何是好。

「我沒有死。我在自己房間裡，馬修跟我在一起。」我軟弱地對他一笑。他沒有回應。

「怎麼回事？」艾姆從分機發問。我父母去世後，艾姆的頭髮在幾個月內變成銀色。當時她還相當年輕——未滿三十歲——此後艾姆就一直顯得很脆弱，好像會被下一陣風吹走似的。她跟我阿姨一樣，第六感告訴她牛津發生了什麼事，令她明顯地不安。

「我又去嘗試借閱那個手抄本，如此而已。」我說得很輕鬆，努力不加重她們的憂慮。馬修不滿地瞪著我看，我轉過頭。但這麼做沒有用。他冰冷的眼神轉而從我肩膀上鑽進來。「但這次它不肯從書庫裡出來。」

「妳以為我們打電話來是為了那本書嗎？」莎拉質問。

修長、冰冷的手指抓住話筒，從我耳畔將它拿走。

「畢夏普女士，我是馬修・柯雷孟。」他簡潔地說。我伸手要把話筒拿回來，馬修卻抓住我手腕，警告地搖一下頭。「戴安娜受到威脅。巫族威脅她。其中包括彼得・諾克斯。」

即使不是吸血鬼，也能聽見電話另一頭傳來的尖叫。他放開我手腕，把電話還給我。

「彼得・諾克斯！」莎拉喊道。馬修閉上眼睛，好像這聲音弄痛了他的耳鼓。「他攪和進來多久了？」

「從一開始。」我道，聲音有點抖。「他就是那個企圖入侵我大腦，穿咖啡色衣服的巫師。」

「妳沒讓他深入吧，有嗎？」莎拉聽起來很害怕。

「我盡力了，莎拉。我也不知道自己用了什麼魔法。」

艾姆插嘴道：「親愛的，我們很多人都跟諾克斯合不來。最重要的是，妳父親不信任他——一點都不。」

「我父親？」地板在我腳下搖晃，馬修的手臂環住我的腰，讓我站穩。我揉揉眼睛，卻無法驅散父親頭顱變形、身體割裂的畫面。

「戴安娜，還發生了什麼事？」莎拉柔聲問。「諾克斯就夠把妳嚇得魂不附體了，但實際上還不止這樣。」

我用空著的手抓緊馬修的手臂。「有人寄給我一張媽和爸的照片。」

沈默延伸到電話線的另一頭。「哦，戴安娜。」艾姆喃喃低語。

「**那張**照片嗎？」莎拉嚴厲地問。

「是的。」我小聲說。

莎拉咒罵一聲。「叫他來聽電話。」

「他現在站著的位置就聽得見妳說話。」我道：「況且妳跟他說的每一句話都可以說給我聽。」

馬修的手從我腰上挪到脊椎底端。他開始用手掌下緣按摩那個部位，按壓僵硬的肌肉，直到它開始放鬆。

「那麼，你們兩個給我聽著。盡量遠離諾克斯，愈遠愈好。那個吸血鬼最好確認妳做到這一點，否則我要他負責。史蒂芬・普羅克特曾經是全世界最好相處的男人。要讓他不喜歡一個人是很困難的事——但他痛恨那個巫師。戴安娜，妳得立刻回家。」

「我不要，莎拉！我要跟馬修去法國。」莎拉提出這個毫無吸引力的選擇，讓我做出決定。

一陣沈默。

「法國。」艾姆無力地說。

馬修伸出手。

「馬修要跟妳們說話。」莎拉還來不及抗議，我就把電話交給他。

「畢夏普女士，妳有來電顯示嗎？」

我哼了一聲。掛在麥迪森廚房牆壁上那座咖啡色的電話還使用轉盤撥號，電話線足足有一哩長，方便莎拉講話時走來走去。光是撥個本地號碼就要花一輩子的時間。什麼來電顯示？不可能。

「沒有？那請把這幾個號碼抄下來。」馬修慢慢念出他手機的號碼，還有另一個顯然是他家的號碼，並詳細說明國際電話的撥號方式。「隨時歡迎打來。」

莎拉接著說了幾句重話，因為馬修的表情很驚訝。

「我會確保她的安全。」他把電話交給我。

「我要掛電話了。我愛妳們兩個。別擔心。」

「少說什麼別擔心。」莎拉罵道：「妳是我們的外甥女。我們擔心得要命，戴安娜，而且恐怕要一直擔心下去。」

我嘆口氣：「我要怎樣才能讓妳們相信我好端端的？」

「起碼多接幾次電話。」她氣鼓鼓地說。

我們終於互道再見後，我坐在馬修身旁，不願接觸他的眼神。「這都要怪我，莎拉說得沒錯。我表現得就像一個無知的凡人。」

他轉個身，走到沙發另一頭，盡可能拉開我們在這個小房間裡的距離，一屁股坐在墊子上。「從前妳做了一筆交易，設定魔法在妳生活中的地位——而妳只是一個受盡驚嚇的孤單小孩。現在卻變得好像妳每踏出一步，整個未來都繫於妳能否踩在正確的位置上。」

我坐到他身旁，默默握住他的手，但克制住告訴他情況會好轉的衝動，馬修顯得很意外。

「到了法國，也許妳能過幾天自在的生活——不要努力做什麼，不要擔心犯錯。」他繼續道：「也許妳可以休息——雖然我從來沒見過妳停止移動夠長的時間。妳甚至睡夢中也在移動，妳知道。」

「我沒有時間休息，馬修。」我已開始對離開牛津感到猶豫。「再過不到六星期，就要舉行鍊金術研討會了。我負責開幕演講。我才剛開始打草稿，拿不到博德利圖書館的資料，我不可能如期寫完。」

馬修瞇起眼睛猜測道：「妳的論文題目與鍊金術插圖有關，是嗎？」

「是啊，關於英國的寓言象徵傳統。」

「那妳可能沒興趣看我那本十四世紀出版的《曙光乍現》了。很可惜，是用法文寫的。」

我瞪大眼睛，《曙光乍現》是一份專門討論鍊金變化中各種對峙力量——銀與金、陰與陽、黑暗與光明——以艱澀著稱的手抄本。它的插圖同樣複雜而令人困惑。

「已知《曙光乍現》最古老的手抄本寫於一四二〇年代。」

「我那本寫於一三五六年。」

「但那麼早的年代，手抄本不會有插圖。」我指出。要找一四〇〇年之前有插圖的鍊金術手抄本，就像到蓋茨堡古戰場上找福特T型車一樣不可能。

「我那本有。」

「它有完整的三十八幅插圖嗎？」

「不，它有四十幅插圖。」他微笑道：「看起來，以前的歷史家在若干細節上犯了錯誤。」

這種層次的發現非常難得。能夠第一個看到一本不為人知的十四世紀《曙光乍現》插圖本，可說是專攻鍊金術的歷史學者夢寐以求的機會。

「額外的插圖畫些什麼？文本內容相同嗎？」

「妳必須到法國去了解。」

「那我們去吧。」我立刻道。經過幾個星期的挫折，忽然我的主題演講稿好像寫得出來了。

「妳不願意為自己的安全去法國，但如果有份手抄本？」他無奈地搖頭。「常識無用武之地。」

「我本來就不以常識豐富著稱。」我坦承。「我們什麼時候離開？」

「一小時後？」

「那就一小時。」這可不是臨時起意。顯然前一天晚上從我入睡開始，他就在規劃這件事。

他點點頭。「舊美國空軍基地旁邊的跑道上，有架飛機等著。妳收拾東西要多久？」

「得看我需要帶些什麼。」我道，頭開始發暈。

「沒多少。我們哪兒也不去。帶些保暖的衣服，我想妳沒帶慢跑鞋就走不成。就我們兩個，再加上我母親和她的管家。」

他的。母親。

「馬修，」我軟弱地說：「我還不知道你有母親。」

「人人都有母親，戴安娜。」他道，轉過清澈的灰眼睛看著我。「我有兩個。生我的那個和伊莎波——把我造成吸血鬼的那個。」

馬修是一回事，跟一屋子不熟悉的吸血鬼共處又是另一回事。採取這種危險行動的戒慎恐懼，澆熄了一部分我想看那個手抄本的熱情。我心中的猶豫想必已形諸於外。

「我沒想到。」他道，聲音裡有被刺傷的痛楚。「妳當然沒有理由信任伊莎波。但她向我保證過，妳跟她和瑪泰在一起會很安全。」

「如果你信任她們，那我就信任她們。」我很意外，我說這話是真心的——雖然我心裡還在碎碎念，如果她們打算啃一口我的脖子，會不會先跟他報備。

「謝謝妳。」他簡單地說。他的眼光轉到我唇上，我的血液亢奮地回應，幾乎會刺痛。「妳收拾行李，我去洗把臉，然後打幾通電話。」

我從他那頭的沙發旁邊走過，他握住我的手。再一次，我的身體用發熱回應他冰涼的刺激。

「妳做了正確的抉擇。」他低語道，然後放開我的手。

已經快到洗衣日了，我的臥室裡掛滿髒衣服。翻尋衣櫃，找出幾件幾乎一模一樣的乾淨黑長褲，幾件緊身褲，還有半打長袖T恤和高領衫。衣櫃頂上有個有耶魯大學校徽的舊行李袋，我跳起身，單手把它揪下來。所有衣服都塞進這個藍白二色的舊帆布袋，再添上幾件毛衣和一件刷毛套頭衫。另外我又塞了球鞋、襪子和內衣，以及舊的瑜伽服。我沒有像樣的睡衣，瑜伽服可以勉強充數。想到馬修的法國母親，我又塞了一套比較體面的襯衫和長褲。

馬修低沈的聲音從走廊另一頭傳來。他先跟福瑞交談，然後是馬卡斯，接著是計程車公司。我把行李袋背在肩上，笨拙地擠進浴室。裝妥牙刷、肥皂、洗髮精和梳子，外加吹風機和一管睫毛膏，我幾乎不用這玩意兒，但這種場合，靠化妝品幫忙可能是個好辦法。

收拾完畢，我到客廳跟馬修會合。他正在查看手機簡訊，我的電腦包在他腳下。「就這樣？」他問，有點意外地看著我的行李袋。

「你說過，我不需要帶什麼東西。」

「是啊，但是在行李這方面，我不太習慣女人聽我的話。密麗安去度週末的時候，帶的東西足夠裝備一整個法國傭兵團，我母親需要好幾個特大號的行李箱。露依莎只帶妳這點東西，連馬路都過不了，更別提出國了。」

「除了缺乏常識，我的維修費也不高。」

馬修欣賞地點點頭。「妳護照在身邊嗎？」

我指一指。「在我電腦袋裡。」

「那我們可以出發了。」馬修道，他的眼睛最後一次掃視了一遍房間。

馬修把我送進計程車，我們開了大約三十分鐘，把牛津的燈光留在背後。

馬修拿起我的旅行袋，小心翼翼護送袋子和我下樓。一輛計程車在學院門外等候，馬修停下腳步，跟福瑞說了幾句話。他遞給門房一張卡片，兩人握手。他們做成一筆交易，但其中的細節永遠不會告訴我。

「不要。」我搖搖頭。我沒有再看它一眼的動機。

「妳睡著的時候。要我幫妳拿回來嗎？」他的手指懸在一個手機按鍵上。

「馬卡斯什麼時候來過？」我皺著眉頭問。

「馬卡斯拿走了。」他立刻答道。

「那張照片呢？」好像不該把它丟在這裡。

「為什麼不開你的車？」駛進鄉間時我問道。

「這樣比較好。」他解釋道：「不必叫馬卡斯來把車開回去。」

計程車的搖晃讓我昏昏欲睡。我靠在馬修肩膀上打起瞌睡來。

到了機場，檢查過護照，駕駛員交出申請文件後，很快便升空了。起飛時，我們面對面各自坐在環繞一張矮几布置的沙發上。每隔幾分鐘我就打一個呵欠，升空時我的耳朵暫時失靈。一升到巡弋的高度，馬修就解開安全帶，從窗子下面的櫃子裡取出一些枕頭和毛毯。

「我們很快就到法國了。」他把枕頭堆在我這一頭的沙發上，沙發的深度大約與一張單人床相當，然後拉開毯子，替我蓋上。「妳該趁機睡一下。」

我不想睡。事實上，我害怕睡著。那張照片就鐫刻在我眼皮底下。

他在我身旁蹲下，手指輕輕勾著毛毯。「怎麼了？」

「我不想閉上眼睛。」

馬修把所有枕頭扔在地上，只留一個。「過來。」他坐到我身旁，邀請地拍拍那個鬆軟的白色長方塊。我轉個身，沿著沙發皮面扭動身軀往下縮，頭靠在他腿上，腿伸長。他把毛毯從右手搭到左手，柔軟地罩在我身上。

「謝謝你。」我低聲道。

「不客氣。」他舉起手指，碰觸自己的嘴唇，然後又輕觸我的唇。我嘗到鹹味。「睡吧。我會在這兒。」

我真的睡了，又深又沈，沒有做夢，直到馬修清涼的手指撫摸我的臉，告訴我即將降落時，我才醒過來。

「幾點了？」我問，這下子我真的不知身在何處。

「快八點了。」他看一眼手錶說。

「我們在哪？」我換成坐姿，開始找安全帶。

「里昂市郊，在奧弗涅。」

「法國的中心？」我想像法國的地圖，問道。他點點頭。「這是你的故鄉嗎？」

「我出生和重生都在附近。我的家——我家人的家——距此大約兩小時路程。我們上午就會到。」

我們降落在繁忙的地區機場的私人座機區，一個滿臉寫著無聊的公務員，負責檢查我們的護照和旅行證件，但他一看到馬修的名字，忽然精神大振。

「你總是以這種方式旅行嗎？」這比搭乘商業航線從倫敦的奚斯洛機場飛到巴黎的戴高樂機場方便多了。

「是啊。」他既沒有不好意思，也不覺得自滿。「旅行的時候，我就會很難得地慶幸自己是個有很多錢可燒的吸血鬼。」

馬修在一輛有康乃狄克州那麼大的越野路華休旅車後面停下腳步，從口袋裡掏出一組鑰匙。他打開後車門，把我的行李袋放進去。這輛越野路華豪華的程度略遜於他的捷豹，但它的厚重卻大大彌補了優雅的不足。坐這輛車就像乘一艘私人航空母艦旅行。

「在法國開車真的需要這麼厲害的車嗎？」我望著平坦大道。

馬修哈哈大笑：「妳還沒看到我母親的房子呢。」

我們向西開，穿過美麗的鄉間，到處陡峭的山頭上都矗立著莊嚴的城堡。田野和葡萄園向四面八方伸展，雖然天色灰暗，但這塊土地上的秋葉色彩彷彿著了火一般。一個路標指示前往克萊蒙費昂㉛的方向，這不可能是巧合，雖然寫法有點不一樣。

馬修往西走了一陣，然後放慢速度，轉進一條窄路，停在路邊。他指著遠方說，「就在那兒。七塔。」

連綿的山巒中間，有座頂端削平的山峰，盤據著一個用淺黃色和玫瑰色的石塊砌成、有許多垛口形成鋸齒的龐然大物。它周圍有七座較小的塔，正前方有一座附砲塔的閘門捍衛。七塔不是童話故事裡那種專門在月光下舉行舞會的美麗城堡，而是一座堡壘。

「你的家？」我驚呼。

「我的家。」馬修從口袋裡取出手機，撥了一個號碼。「媽媽？我們快到了。」

另一頭有人說了幾句話，然後電話就掛掉了。馬修帶著有點緊張的笑容，繼續開車上路。

「她在等我們？」我問，差點不能克制聲音裡的顫抖。

「是的。」

「她不會介意吧？」我沒有把真正的疑問說出口——你確定你可以帶一個女巫回家不會出問題嗎？

㉛ Clermont-Ferrand是奧弗涅區首府。克萊蒙的拼法與柯雷孟幾乎相同，發音也差不多。

——其實也沒必要。

馬修眼睛放在路上。「伊莎波跟我一樣不喜歡意外。」他說得輕描淡寫，轉彎上了一條羊腸小徑。

我們穿過成排的栗子樹，抵達七塔才開始爬坡。馬修把車從七座塔中的兩塔之間開進去，來到一片鋪了石板的廣場，前方就是通往中央建築的入口。左右兩旁都有花壇與花園參差向上，直到被森林隱沒。吸血鬼把車停好。

「準備好了嗎？」他問，露出一個燦爛的笑容。

「我隨時有備。」我保守地回答。

馬修幫我開了門，扶我下車。我拉緊黑外套，抬頭望著古堡雄偉的岩石立面，凜然不可侵犯的城堡外觀，比起裡頭等待著我的場面，可說不值一哂。大門開了。

「勇敢。」馬修輕吻一下我的臉頰，說道。

第十八章

伊莎波站在她巨大的古堡門口，莊嚴而冰冷，我們爬上石頭階梯時，她怒目瞪著吸血鬼兒子。

馬修躬腰一呎深，溫柔地親吻她兩邊的面頰。「我們到裡面去，還是妳要繼續待在外面打招呼？」他母親退後一步，讓我們通行。我感覺她憤怒的凝視，還聞到一股令人聯想到沙士汽水和牛奶糖的味道。我們穿過一條短短的陰暗走廊，兩旁羅列著以不怎麼好客的方式直指訪客腦袋的長矛，進入一個天花板挑高的房間，壁上掛滿了畫，顯然出自一位富於想像的十九世紀藝術家手筆，呈現出不曾真正存在世間的中世紀景物：獅群、百合花、咬著自己尾巴的蛇，白牆上還畫了許多枚扇貝的殼。房間一頭有道迴旋梯，通往某座尖塔的塔頂。

在室內，伊莎波的目光火力全開。馬修這位母親彷彿就是法國女人與生俱來的那種令人畏懼的優雅的化身。她跟兒子——他看起來比她老一點，有點不協調——一樣穿黑白調的衣服，緩和自己神祕的蒼白。伊莎波喜歡的顏色從乳白到淺褐色不等，她挑選的組合每一寸都非常簡單而昂貴，從柔軟的淡黃色皮鞋的鞋尖，乃至舞動在耳畔的拓帕石。環繞在黑色的瞳仁周圍，是令人吃驚的冰冷翡翠碎片，尖削向下的高顴骨讓她完美的輪廓和耀眼的雪白肌膚，不至於淪為純粹的美貌。她頭髮的色澤和質地都像蜂蜜。絲般流瀉的金髮在她頸根，低低綰成一個厚重的髻。

「你大可表現得更體貼一點，馬修。」她的口音使他的名字聽起來更柔和，有古典的韻味。她像所有的吸血鬼一樣，聲音魅惑而有音樂性。伊莎波的聲音像遠方的鐘聲，純淨而深沈。

「怕人說閒話嗎，媽媽？我還以為妳自豪是個激進分子呢。」馬修的語氣既縱容，又帶點不耐煩。他把鑰匙扔在旁邊的桌子上。它們溜過光滑的桌面，匡噹掉進一個中國瓷碗裡。

「我從來不是什麼激進分子！」伊莎波非常震驚。「改變的價值被過分高估了。」

她轉過身，把我從頭看到腳，形狀完美的嘴唇愈抿愈緊。

她不喜歡眼前的景象——也怪不得她。我試著從她的眼光觀察自己——沙黃色的頭髮，既不濃密，也不柔順；過多戶外活動惹來落塵般的無數雀斑，相對於其他五官顯得太長的鼻子。眼睛是我最好看的部分，卻也彌補不了我極端欠缺的時尚意識。站在她的優雅和永遠一絲不苟的馬修旁邊，我覺得——看起來也一樣——像一隻笨拙的鄉下老鼠。我用空著的手拉拉外套下襬，很高興指尖沒有竄出魔法火花，也希望馬修所謂的鬼魅「閃光」不要出現。

「媽媽，這位是戴安娜・畢夏普。戴安娜，這是家母。伊莎波・柯雷孟。」音節在他舌頭上滾動。

伊莎波輕掀一下鼻翼。「我不喜歡女巫的味道。」她的英語十分完美，明亮的眼睛直視我的眼睛。「甜津津的，還帶著討厭的綠意，就像春天一樣。」

馬修說了一大串我完全聽不懂的話，聽起來像是法文、西班牙文和拉丁文的混合。他壓低音量，卻壓抑不了聲音中的怒氣。

「夠了。」伊莎波用我聽得懂的法文回應道，把手收回，按在自己的脖子上。我用力吞一口口水，本能地伸手去拉外套的領口。

「戴安娜。」伊莎波特別加重我名字的第一個音節，聽來像是「蒂亞娜」。她伸出一隻潔白、冰冷的手，我輕輕握住她的手指。馬修牽起我的左手，這一刻，我們組成一個包括吸血鬼與女巫的怪異圓圈。

「Encantada。」

「她是說：『幸會。』」馬修幫我翻譯，並對他母親投去警告的一瞥。

「是的。是的。」伊莎波不耐煩地說，轉身面對兒子：「當然她只會說英語和新法語。現代溫血生物的教育水準都很差。」

一個健壯的年長婦人，膚色如雪，不相稱的黑髮編了滿滿一頭繁複的細辮子，張開手臂走進前廳來。

「馬修！」她喊道：「Cossi anatz?」

「Va plan，謝謝，妳呢？」馬修一把摟住她，親吻她兩邊的臉頰。

「Aital aital。」她答道，抓住自己的手肘，扮個苦臉。

馬修喃喃表示同情，伊莎波仰頭望天花板，不想看這場濫情的活劇。

「瑪泰，這是我的朋友戴安娜。」他拉我上前說。

瑪泰也是一隻吸血鬼，是我所見最老的。她重生時想必已六十多歲了，雖然滿頭黑髮，她身上的歲月痕跡仍很明顯。臉上皺紋交錯，手上的關節長滿節瘤，就連吸血鬼的血也拉不直它們。

「歡迎，戴安娜。」她用彷彿混合砂礫與糖蜜的沙啞嗓音說道，並深深望進我眼睛。她對馬修點點頭，伸手來握我的手，然後翕動鼻孔，滿意地對馬修說：「Elle est une puissante sorcière。」

「她說妳是個強大的女巫。」馬修解釋。他親密的語氣多少緩和了我對於被吸血鬼嗅聞一事直覺的不安。

我不知道如何用法語回應這樣的評語，只好對瑪泰無力地一笑，希望這樣就能算數。

「妳累壞了。」馬修看我一眼便道。他開始用我不熟悉的語言，快速地對兩個女吸血鬼發問。隨之而來一大串的比手畫腳、翻白眼、強調的手勢、嘆氣。伊莎波提起露依莎這名字，馬修又瞪著他母親惱起火來，回答時他的聲音變得冷漠，忽然再也沒有商量的餘地。

伊莎波聳聳肩膀，非常明顯毫無誠意地低聲說道：「當然，馬修。」

「我們先來把妳安頓好。」馬修跟我說話時，語氣又恢復了親切。

「我會把食物和酒送過去。」瑪泰用結結巴巴的英語說。

「謝謝妳。」我道：「還有謝謝妳讓我到府上來，伊莎波。」她吸吸鼻子，露出牙齒。我但願那是個微笑，卻又很擔心它不是。

「還要水，瑪泰。」馬修補充道：「對了，今天早晨食物會送到。」

「有一部分已經送來了。」他母親尖刻地說。「葉子。一包包的蔬菜和蛋。你叫他們開車載過來真是很惡劣。」

「戴安娜必須吃東西，媽媽，我想妳也不會在這兒儲存很多正常食物。」馬修的耐心像一條長長的絲帶，經過昨晚的事件，回家又只受到半冷不熱的歡迎，已經四分五裂。

「我也需要新鮮血液，但我不會要求維克多和亞倫三更半夜專程到巴黎去取貨。」我雙膝抖索，伊莎波看起來頗為自得。

馬修用力吐一口氣，他托住我的手肘，讓我站穩。「瑪泰。」他喚道，刻意不理伊莎波：「妳能不能幫戴安娜送一些雞蛋、吐司和茶上去。」

瑪泰先看一眼伊莎波，然後又看一眼馬修，好像站在溫布頓網球場中央似的，然後放聲大笑。「好。」她愉快地點頭答應。

「那就跟妳們兩位晚餐見嘍。」馬修鎮定地說。我覺得肩膀上有四塊冰，因為那兩個女人在背後注視著我們離開。瑪泰對伊莎波說了什麼，讓她冷哼一聲，瑪泰卻咧嘴露出一個大大的笑容。

「瑪泰說什麼？」我悄聲道，等到想起這棟房子裡所有的對話，不論大聲小聲，都會被所有的人聽見時，已經太遲了。

「她說我們看起來很相配。」

「我可不希望我們在這裡的時候，伊莎波都在生我的氣。」

「不要理她。」他泰然自若地說：「她只是虛張聲勢。」

我們進入一個很長的房間，擺著各式各樣的桌子和椅子，分別屬於不同的風格與年代。這兒有兩個壁爐，其中一座壁爐上畫著兩名身穿閃亮盔甲的武士在比武，明晃晃的長矛巧妙地交叉相疊，沒有流一滴血。這幅壁畫顯然也出自繪製大廳壁畫的那位眼神迷離、對武士精神滿懷狂熱的畫家手筆。一道雙扇門通往另一個房間，那間的牆壁排滿書架。

「那是圖書館？」我問，暫時忘記了伊莎波的敵意。「現在可以去看你那本《曙光乍現》嗎？」

「晚點。」馬修堅決地說：「妳得吃點東西，然後睡一覺。」

他帶頭走上一座曲折的樓梯，識途老馬般輕鬆地穿過古老家具的迷宮。我走得就有點辛苦，大腿還撞上一座前端呈弧形突出的五斗櫃，把一個巨大的瓷花瓶撞得搖搖欲墜。終於來到另一座樓梯腳下時，馬修停下腳步。

「樓梯很長，妳也累了。要我抱妳嗎？」

「不要。」我生氣地說：「你休想把我甩在肩上，像勝利的中世紀武士擄走戰利品那般。」

馬修抿緊嘴唇，眼神在跳舞。

「不准笑我。」

他真的笑了，笑聲在石牆上來回震盪，好像樓梯上站了一大群開心的吸血鬼。說起來，中世紀的女人來到這種地方，確實需要武士扛她們上樓。但我可不打算成為她們的一員。

走到第十五級，我已累得氣喘噓噓。這座塔裡破舊的石級不是為一般的腿腳而設計——顯然是專供馬修這種身高六呎以上、靈活敏捷的吸血鬼行走的。我咬緊牙關，繼續往上爬。越過最後一個轉折，一個房間豁然而開。

「啊。」我的手驚訝得自動摀住嘴巴。

不需要別人說，我就知道這是誰的房間。馬修住這兒，每一吋空間都有他的特色。

我們置身城堡優雅的圓塔裡——位在龐大的主建築後方，光滑的圓錐形銅鑄屋頂仍完好無缺。牆壁被狹窄的高窗分隔成好幾段，一道道光線透過格子窗斜射進來，輝映著窗外田野和樹木的秋光。

房間呈圓形，高高的書架形成的直線條，緩和了牆壁的弧度，顯得更優雅。一座大壁爐四平八穩嵌在支撐城堡中央架構的牆壁裡。這座壁爐竟然未蒙那位十九世紀壁畫家的青睞，真是奇蹟。到處擺著扶手椅、長沙發、桌子、腳凳，大都屬於綠色、咖啡色或金色系。雖然這房間很大、地面大部分都鋪著灰色石塊，但整體效果卻相當舒適而溫暖。

這兒最引人注目的擺設都是馬修從他許多個前世挑選出來的紀念品。一幅孚米的畫作靠在書架上，旁邊擺著一個貝殼。這幅畫看起來很陌生——這位畫家傳世的作品不多，它顯然不在其中。畫中人物跟馬修長得很像。一柄又長又重、除了吸血鬼沒有人揮得動的闊劍，掛在壁爐上方，還有一套馬修尺寸的盔甲，立在角落裡。對面有一具看起來很古老的人類骨骼掛在木架上，所有的骨頭用類似鋼琴弦的線綁紮在一起。它旁邊的桌上有兩台顯微鏡，如果我沒有嚴重地看走眼，兩台都是十七世紀製品。壁上一座神龕裡，供奉著一個極盡奢華裝飾的十字架，鑲滿了大顆紅、綠、藍等色澤的寶石，旁邊還擺著一尊美絕人寰的聖處女象牙雕像。

馬修的雪花飄過我臉頰，他看著我研究他的東西。

「這是一座馬修博物館。」我低聲道，心知這兒每一件物品都有一段故事。

「只是我的書房。」

「你在哪兒——」我指著顯微鏡正要問。

「等一下再說。」他道：「妳還有三十級台階要爬。」

馬修把我帶到房間的另一側，面前又是一座樓梯。這樓梯也呈弧形向天空盤旋。慢慢爬上三十步，我就站在另一個圓形房間的邊緣，一張碩大無朋的胡桃木床主宰整個空間，它有四根床柱，附帶頂篷和厚重的床帷。外露的桁梁和固定銅屋頂的撐架高高在上。貼著一面牆放置一張桌子，另一面牆裡嵌著壁爐，爐前有幾把舒適的椅子。對面半掩的門縫裡，隱約看到一個巨大的浴缸。

「這像一個鷹巢。」我從窗戶往外眺望道。馬修從中世紀開始就在看這片風景。有片刻工夫，我忽然想到之前他曾帶到這兒的其他女人。我確信我不是第一個，但我相信人數不多。這座古堡予人一種非常私密的感覺。

馬修來到我身後，越過我的肩膀向外望。「妳還滿意嗎？」他的氣息柔柔吹過我耳際。我點點頭。

「多老？」我情不自禁問道。

「這座塔？」他問：「大概七百年吧。」

「村子呢？他們知道你們嗎？」

「是啊，就像女巫一樣，吸血鬼若能隸屬一個知道他們的身分，卻沒有太多質疑的社區，會比較安全。」

歷代畢夏普族人住在麥迪森，都沒有引起大驚小怪。就像諾克斯，我們在眾目睽睽下藏身。

「謝謝你帶我來七塔。」我說：「這裡確實比牛津安全。」雖然有個伊莎波。

「謝謝妳勇敢面對我母親。」馬修輕笑一聲，好像聽見了我沒說出口的話。隨著笑聲傳來濃郁的康乃馨香味。「她有很強的保護欲，就跟大多數父母一樣。」

「我覺得像個白癡——而且穿著太隨便。我帶來的衣服沒有一件她看得上眼。」我咬緊嘴唇，皺起眉頭。

「可可‧香奈兒也沒能讓伊莎波看得上眼，妳給自己訂的目標可能太高了一點。」

我笑起來，回過身，找尋他的目光。我們四目相對時，我覺得喘不過氣來。馬修的眼睛流連在我的眼睛、臉頰，最後停在我嘴唇上。他舉手撫摸我的臉。

「妳這麼生氣勃勃。」他啞聲道：「妳該跟一個年輕很多很多的男人在一起。」

我踮起腳尖。他彎下頭。我們的嘴唇相觸前，忽然有個盤子砰一聲放在桌上。

「Vos etz arbres e branca。」瑪泰唱道，調皮地看了馬修一眼。

他哈哈一笑，用清亮的男中音回唱道：「On fruitz de gaug s’asazona。」

「那是什麼語言？」我問道，讓腳跟落回地面，尾隨瑪泰走到壁爐前面。

「老方言。」瑪泰答道。

「奧克語。」馬修掀開一盤雞蛋的銀蓋。食物的香味瀰漫整個房間。「瑪泰決定在妳坐下來進食前引用幾句詩。」

瑪泰咯咯笑了幾聲，取下搭在手臂上的毛巾，打了馬修手腕一下。他放下蓋子，在椅子上坐下。

「來這兒，來這兒。」瑪泰指著他對面的椅子說：「坐下，吃。」我照她的話做。瑪泰從一個高高的銀柄玻璃瓶裡倒了一杯葡萄酒給馬修。

「謝謝。」他低聲道，鼻子立刻充滿期待地探進杯裡。

另一個造型類似的瓶子裡，裝的是冰涼的水，瑪泰把水倒在另一個高腳杯裡，遞給我。她又倒了一杯熱氣騰騰的茶，我立刻聞出是巴黎的瑪黑兄弟茶葉店出品。顯然昨晚我熟睡時，馬修搜查過我的食物櫃，在購物清單上特別註明。他正要制止，瑪泰已經在我的茶杯裡注入濃濃的奶油，我卻警告地瞪他一眼。這個節骨眼上，我需要盟友。更何況我已經渴到不在乎。他馴順地往椅背上一靠，啜飲他的酒。

瑪泰從托盤上搬下來更多東西──銀製的餐具、鹽、胡椒、牛油、果醬、吐司，還有撒了新鮮香草碎末的金黃蛋捲。

「謝謝，瑪泰。」我滿懷真誠的感激。

「吃！」她命令道，用毛巾打了我一下。

見我開頭幾口吃得那麼起勁，瑪泰顯得很滿意。然後她對空中嗅嗅，立刻皺起眉頭，用嫌棄到不可思議的表情瞪馬修一眼，隨即大步走到壁爐前面。火柴噠一敲，乾柴就劈劈啪啪燃燒起來。

「瑪泰。」馬修端著酒杯站起身來抗議道：「我自己來就好了。」

「她受涼了。」瑪泰嘟囔道，對於他坐下之前沒考慮到這一點大為不滿。

不消幾分鐘，爐火就熊熊燃起，雖然再大的火也不可能把這麼大一個房間整個兒烘暖，卻也驅走了寒意。瑪泰拍乾淨雙手，站起來。「她得睡覺。我聞得出她心裡害怕。」

「她吃完東西就會去睡覺。」馬修道，同時舉起右手表示承諾。瑪泰盯著他看了好一會兒，同時豎起手指對他搖一搖，好像他才十五歲，而不是一千五百歲似的。最後他的一臉無辜狀總算博得她的信任。她走出房間，一雙老腳穩定地走下充滿挑戰的樓梯。

「奧克語是吟遊詩人的語言，不是嗎？」瑪泰離開後，我問道。馬修點頭。「我不知道這麼偏北的地區也說這種話。」

「我們不算很偏北。」馬修微笑道：「從前，巴黎不過是個微不足道的邊界小鎮。那時大多數人都說奧克語。山嶺把北方人——以及他們的語言——阻擋在遠方。即使今天，這兒的人對外來者還是會提高警覺。」

「剛剛唱的字句是什麼意思？」我問。

「你是樹和枝，」他凝神望著近旁窗戶裡的一小塊鄉村風景說；「結出喜悅的果。」他同情地搖搖頭：「瑪泰會一整個下午哼這首歌，直到伊莎波發瘋為止。」

火把溫暖不斷散布到整個房間，熱力讓我昏昏欲睡。吃完蛋捲，我的眼睛已快要睜不開了。

我正在打一個快要把下巴撐裂的大呵欠時，馬修把我從椅子上拉起來。他手臂一抄，攔腰將我抱起，我的腳在空中晃蕩。我開始抗議。

「夠了。」他道：「妳連坐都坐不直，更別提走路了。」

他溫柔地把我放在床的一側，拉開被蓋。雪白的床單看起來清爽宜人。我把腦袋擱在抵著精雕細琢的胡桃木床架堆成一座小山的絨毛枕頭上。

「睡吧。」馬修雙手捉住床帷，將它拉攏。

「我不確定睡不睡得著。」我壓抑住另一個呵欠。「我不睡午覺的。」

「我看到的一切都跟妳說的相反。」他面無表情道：「妳現在人在法國。不要勉強自己。我就在樓下。需要任何東西就叫我一聲。」

只有一座樓梯從大廳通往他的書房，而通往臥室的樓梯就在那座樓梯口的正對面，所以任何人要進這個房間，都必須經過馬修身旁——而且得到他的同意。這個房間的設計就好像他需要防禦他的家人似的。

一個問題浮現到我唇邊，但他拉了床帷最後一下，將它完全拉攏，有效地讓我沈默下來。沈重的帷幕透不過一絲光線，最強勁的氣流也被擋在外面。我在堅實的床墊上放鬆身體，一層層被褥倍增暖意。我很快就睡著了。

我被翻書的窸窣聲驚醒，猛然坐起，試著了解為什麼有人把我關在一個布做的盒子裡。然後我想起來了。

法國。馬修。在他家。

「馬修？」我低喊。

他分開帷幕，低頭看著我微笑。他身後點著蠟燭——好幾十根。有的插在牆壁的燭座上，有的插在枝形燭台上，擺在地板或桌上。

「對一個不睡午覺的人而言，妳還睡得挺香的。」他頗為滿意地說。在他看來，這趟法國之行已經成功了。

「現在幾點？」

「如果妳再一直問這個問題，我就要買個手錶給妳。」馬修瞥一眼他的老卡地亞手錶。「下午快兩點了。瑪泰大概隨時會送茶上來。妳要淋浴換個衣服嗎？」

想到熱騰騰的淋浴，我迫不及待把被子掀到一旁。「要，拜託！」

馬修躲過我揮舞的手腳，扶我站到地板上，這段距離比我預期的遠。而且地板很冷，冰冷的大石塊刺痛了我裸露的腳板。

「妳的行李袋在浴室裡，電腦在樓下我的書房，浴室裡有乾淨的毛巾。慢慢來吧。」他看著我快步衝進浴室。

「這裡是皇宮！」我喊道。兩扇窗戶之間，擺著一口巨大無比的獨立式白色浴缸，我那個破舊的耶魯行李袋放在一張木製長凳上。淋浴蓮蓬頭裝在對面的牆角裡。

我開始放水，預期要等好一陣子水才會熱。但宛如奇蹟，蒸汽立刻將我包圍，蜂蜜與水蜜桃香味的肥皂有助於消除過去二十四小時的緊張。

肌肉不再打結後，我換上牛仔褲和高領毛衣，再加上一雙襪子。吹風機找不到插座，我只好用毛巾把頭髮大致擦乾，用梳子梳通，綁回馬尾。

「瑪泰把茶送上來了。」我走進臥室，看到茶壺和茶杯已擺在桌上。「要我幫妳倒茶嗎？」

順暢的茶汁順喉而下，我愉快地嘆口氣。「什麼時候給我看你的《曙光乍現》手抄本？」

「等我確定妳往返圖書館不會迷路以後。準備好參觀之旅了嗎？」

「好啊。」我把便鞋套在襪子外面，又跑回浴室去拿毛衣。跑來跑去的時候，馬修耐心地站在樓梯口旁等候。

「我們要把茶壺帶下去嗎？」我煞住腳步問。

「不要，如果我讓客人碰碗盤，她會生氣。想幫瑪泰忙，先考慮二十四小時而後動。」

馬修輕快地下樓，好像閉著眼睛也能應付那些凹凸不平、滑溜溜的階梯。我在後面走得很慢，手扶著石牆認路。

先經過他的書房，他指給我看我的電腦，已經插上電源，放在窗前一張桌子上，然後我們去樓下的客廳。瑪泰已來過，壁爐裡生了溫暖的火，房間裡瀰漫木頭的煙味。我抓住馬修。

「圖書館。」我說：「參觀一定要從那兒開始。」

這房間也一樣擺滿了多年來累積的小玩意兒和家具。一張文藝復興式樣的義大利摺椅放在法國督政府時期的複合式寫字檯前，一張一七〇〇年前後的巨型橡木桌上，擺著好像從不知哪家維多利亞博物館裡搬來的展示櫃。雖然家具不搭配，但是靠那塊巨大的淡金、藍、褐三色奧布松地毯，還有陳列著加起來長達數哩的皮革面精裝書的胡桃木書架鎮壓，也還算協調。

正如同大多數老圖書館的作法，這些書依照尺寸分類上架。有厚厚的皮面手抄本，上架時書脊向內，裝飾性的書扣朝外，書名用墨水寫在最前面幾頁羊皮紙上。一個書架上擺的都是小巧的古板印刷書和口袋大小的書，排放得很整齊，印製的年代從一四五〇年到現代不等。很多珍稀的現代頭版書，包括一批柯南・道爾的福爾摩斯短篇小說集，還有懷特的《石中劍》。一個書架專擺大型對開本——植物圖鑑、地圖集、醫學書。如果這些書只能放在樓下，那麼馬修高踞塔頂的書房裡，還有多少寶物？

他讓我繞室一周，對書名東張西望，不時發出驚呼。我回到他身旁時，只能不斷搖頭，表示難以置信。

「妳就想，如果妳持續買書買了幾百年，會擁有多少東西吧。」馬修道，他聳肩的神態讓我聯想到伊莎波。「東西不斷累積，這些年來我們扔掉了不少。也是不得已。否則這個房間會跟巴黎國家圖書館一樣大。」

「所以書在哪兒？」

「妳已經喪失耐心了，我知道。」他走到一個書架前面，掃視一遍那些書，取出一本封面有壓花的黑色小書，鄭重地交給我。

我四下找尋襯絲絨墊的看書架，準備把它放上去，他笑了起來。

「直接打開看就是了，戴安娜，它不會裂開的。」

把這麼一本手抄本拿在手中，感覺很怪異，我所受的訓練就是要把它們當作希罕、珍貴的物品，而不是隨便一本讀物。我從邊緣向裡面張望，一大片斑斕的鮮豔色彩、金色、銀色湧現。

「啊。」我驚呼。我看過的其他《曙光乍現》的版本，都遠不及這本精美。「太漂亮了。你知道書中彩繪是誰畫的嗎？」

「一個名叫布爾格・勒諾娃的女人。十四世紀中葉，她在巴黎很受歡迎。」馬修從我手中取過書，把它整個翻開。「來。這樣妳才看得清楚。」

第一幅畫顯示一個女王站在一個小丘上，張開的斗篷裡庇護著七隻小生物。細緻的藤蔓圍繞這個圖案宛如畫框，然後轉個彎，橫過羊皮紙，隨處有花苞綻放成花朵，小鳥坐在枝上。午後的陽光下，女王繡金線的衣裳映著明亮的朱紅背景燦然發光。同樣在這一頁，底端有個穿黑袍的男人坐在一面有黑色和銀色紋章的盾牌上。男人專注地看著女王，臉上有欣喜欲狂的表情，他高舉雙手，做出懇求的姿勢。

「沒有人會相信。一個沒有人知道的《曙光乍現》的版本——彩繪插圖還是個女人畫的？」我訝異地搖頭。「我該怎麼引述它？」

「我把這本書借給耶魯大學的班尼克圖書館一年，如果有幫助的話。當然得匿名。至於布爾格，專家會說那是她父親的作品。但全部是她畫的。我們說不定還找得到收據。」馬修含糊地說，四下看看。「我去問伊莎波，高弗雷的東西放在哪兒。」

「高弗雷？」不熟悉的紋章上畫著一朵鳶尾花，周圍是一條口銜尾巴的蛇。

「我哥哥。」他聲音不再含糊，臉色卻一暗。「他一六六八年死在路易十四一場可恨的戰爭裡。」他輕輕闔上手抄本，把它放在旁邊的桌上。「我會把這本書拿到我書房去，妳可以更仔細地閱讀。早晨伊莎波在這兒看她的報紙，此外這兒都空著。隨妳什麼時候高興，都歡迎妳來瀏覽架上的藏書。」

做出承諾後，他就拉著我穿過客廳，進入大廳。我們站在那張擺著一個中國瓷碗的桌子前面，他介紹這個房間的特色，包括古老的供吟遊詩人表演的室內陽台，壁爐和煙囪建好前用來排煙的屋頂活門，以及俯瞰出入城堡主要路徑的方形瞭望塔的入口，但我們改天再爬上去。

馬修帶我下到一樓，這兒有好幾間儲藏室、酒窖、廚房、僕人宿舍、食物儲藏室、餐具室，像迷宮一樣。瑪泰從一間廚房裡走出來，手臂沾滿麵粉，直到手肘，遞給我一個剛出爐的熱麵包。我邊啃麵包邊跟馬修在走廊裡走來走去，他指出每個房間從前的用途──在哪裡貯藏穀物，在哪裡風乾鹿肉，在哪裡做起司。

「吸血鬼不吃東西的。」我困惑地說。

「是不吃，但我們的佃戶要吃。瑪泰愛烹飪。」

我保證要讓她有得忙。麵包好吃極了，蛋也完美。

我們的下一站是花園。廚房在一樓，我們也從一樓走出城堡。花園完全保持十六世紀的原貌，分成好幾畦，種滿香草和各色秋季蔬菜。邊緣種滿一叢叢的玫瑰，還剩幾朵孤零零的花。

但那股令我著迷的香氣不是來自植物。我向一片低矮的房舍直奔過去。

「小心，戴安娜。」他大步跨過碎石路，喊道：「貝塔薩會咬人。」

「哪個是貝塔薩？」

他神色焦慮地繞到馬廄的入口。「會拿妳的脊椎當搔癢棒的種馬。」他回答時顯得很緊張。我站在那兒，背對一匹看起來有點呆滯的高頭大馬，一隻獒犬和一頭獵狼犬在我腳邊打轉，很感興趣地嗅著我。

「哦，牠不會咬我的。」那匹體型龐大的馱馬設法轉過頭來，用耳朵摩擦我臀部。「這兩位先生又是誰？」我揉揉獵狼犬脖子上的毛，獒犬企圖把我的手含進嘴裡。

「獵狼犬叫法隆，獒犬叫海克特。」馬修打響手指，兩隻狗跑到他身旁，服從地坐下，注視他的臉，等候下一個指令。「拜託妳遠離那匹馬。」

「為什麼，牠很乖呀。」貝塔薩蹬著地面表示同意，同時把一隻耳朵往後豎，傲慢地看著馬修。

「『蝴蝶飛向誘惑的美麗亮光，因為不知道火會把牠燒成灰燼。』」馬修壓低聲音，喃喃說道。「貝塔薩在覺得無聊之前都是很乖的。我希望妳趁牠把馬廄的門踢翻之前，離牠遠一點。」

「我們讓你的主人緊張，他開始引用一個瘋狂義大利教士寫的沒沒無聞的詩句。明天我會帶甜食回來。」我轉身親一下貝塔薩的鼻子。牠仰頭長嘶，蹄了不耐煩地舞動。

馬修嘗試掩飾他的驚訝。「妳知道那首詩？」

「喬達諾・布魯諾。『口渴的雄鹿跑到溪邊，因為不知道那兒有殘酷的弓箭。』」我繼續道：「『獨角獸跑回牠貞潔的巢穴，因為沒看見為牠準備的圈套。』」

「妳知道那個諾郎⑤²的作品？」馬修用那位十六世紀神祕主義者自封的外號稱呼他。

我瞇起眼睛。老天爺，他不但認識馬基維利，也認識布魯諾。似乎有史以來所有的怪人，馬修都感興趣。「我研究科學史，他是哥白尼最早的支持者之一。你又怎麼會知道布魯諾的作品？」

「我閱讀很廣泛。」他避重就輕。

「你認識他！」我語氣帶著控訴：「他是個魔族嗎？」

「而且太常在天才與瘋子的分界線上搖擺不定。」

「我早該想到的。他相信有外星人，而且在上火刑柱途中詛咒他的審判官。」我搖頭道。

「儘管如此，他了解欲望的力量。」

我驀然抬頭瞪著吸血鬼。「『欲望鼓勵我向前，恐懼約束我。』你寫給萬靈學院的論文裡提到布魯諾？」

「一點點。」馬修的嘴唇抿成一線。「拜託妳離開那兒好不好？要聊哲學，我們換個時間再繼續。」

其他片段掠過我心頭。布魯諾的作品可能在別的方面也引起馬修的聯想。他曾經寫過女神戴安娜。

我離開馬廄。

---

⑤² 布魯諾註參見第十六章，他因出生在義大利城市諾拉（Nola），所以自稱「諾郎」（Nolan）。

「貝塔薩不是小馬。」馬修拉著我的手肘，警告道。

「我看得出來，但我可以應付那匹馬。」想到這樣的挑戰，鍊金術手抄本和義大利哲學家都從我心頭消失了。

「妳不會也騎馬吧？」馬修半信半疑問道。

「我在鄉下長大，從小就騎馬——花式騎術、跳欄、所有的一切。」騎馬甚至比划船更像飛翔。

「我們有其他馬匹。貝塔薩得待在馬廄裡。」他堅決地說。

騎馬是我來法國沒有預料到的額外好處，幾乎讓伊莎波的冷漠也變得可以忍受。馬修把我帶到馬廄另一頭，那兒有六匹好馬在等候。其中兩匹大馬——雖然不及貝塔薩高大——是黑色的、一匹體型圓潤的栗色母馬、一匹紅棕色的閹馬，另外還有兩匹灰色的安達魯西亞馬，都長得蹄大頸曲。其中一匹到門口來看看牠的轄區裡發生了什麼事。

「這是娜兒・拉卡沙。」他溫柔地揉揉牠鼻子，說道：「牠的名字意思是『火舞者』。通常我們只叫牠拉卡沙。牠跑姿很美，但有點任性。妳們應該可以處得很好。」

雖然這個餌很誘人，但我不肯上鉤，只讓拉卡沙嗅我的臉和頭髮。「牠的姊妹叫什麼名字？」

「菲達——『銀』。」菲達聽馬修提到牠的名字，便走上前來，黑眼睛十分親切。「菲達是伊莎波的馬，牠跟拉卡沙是親姊妹。」馬修指著那兩匹黑馬說：「那是我的馬。達爾和薩雅德。」

「牠們的名字是什麼意思？」我走到牠們的馬廄前，問道。

「達爾是阿拉伯文的『時間』，薩雅德意思是『獵人』。」馬修解釋道，並走到我身旁。「薩雅德喜歡在田野裡奔馳，追逐獵物，跳籬笆。達爾很有耐心，而且穩定。」

我們繼續參觀，馬修指出山巒的特徵，幫我熟悉市鎮的方位。他指給我看這座城堡做過哪些整修，有時因為找不到原來的石材，重建者改用了不同種類的石頭。經過這趟參觀，我再也不會迷路——部分該歸功於中央碉壘太容易辨認了。

「為什麼我會這麼疲倦？」回到城堡時，我打個呵欠道。

「妳真是無可救藥。」馬修火大了說：「難道真的要我把過去三十六個小時發生的事重述一遍嗎？」在他慫恿下，我同意再小睡片刻。把他留在書房裡，我獨自爬上樓，立刻趴到床上，累得甚至沒把蠟燭吹熄。

過了一會兒，我夢見自己騎著馬，穿過一片黑森林，我身穿寬鬆的綠上衣，腰間綁著腰帶。腳上是一雙繫帶涼鞋，皮繩交叉纏繞在我的腳踝和小腿上。我背後有群獵犬狺狺狂吠，馬蹄聲在樹叢裡奔騰。我肩頭掛一壺箭，手上握一把弓，雖然追逐者來勢洶洶，我並不害怕。

我在夢中微笑，因為我知道我會跑贏所有追捕我的人。

「飛吧。」我下令——馬兒應聲起飛。

第十九章

第二天早晨，我的第一個念頭就是騎馬。

我用髮刷梳了頭髮，漱過口，換上一條貼身的黑色緊身褲。這是我帶來的衣服之中最接近騎馬褲的，穿上慢跑鞋，我的腳就塞不進馬鐙，所以我只好仍舊穿便鞋。不夠正式，但可以充數。加上長袖T恤和套頭衫，就是我的全套裝備。我把頭髮重新紮成馬尾，回到臥室。

我像火箭一樣衝到樓下，馬修挑起眉毛，伸臂攔住我，不讓我繼續前進。他靠在通往樓梯間的寬闊拱門口，一如往常打扮得毫無瑕疵，穿著深灰色馬褲和黑毛衣。「我們下午再去騎馬。」

我已預料到會是如此。跟伊莎波共進晚餐，說緊張還嫌輕描淡寫，事後我的睡眠穿插了很多場噩夢。馬修上樓來查看我好幾次。

「我很好。運動和新鮮空氣是全世界對我最有益的東西。」我再次嘗試從他身旁通過，他臉一板，就讓我停止。

「妳只要在馬鞍上晃動一下，我就帶妳回家。聽清楚了嗎？」

「聽清楚了。」

下了樓，我直奔餐廳，但馬修把我帶往另一個方向。「我們到廚房去吃。」他低聲道。不用吃正式的早餐，讓伊莎波從《世界報》上面瞪我。這真是個好消息。

我們在看起來應該是管家的房間裡用餐，坐在溫暖的爐火前面，桌上只有兩份餐具——雖然只有我一個人享用瑪泰絕頂美味而豐盛的食物。坑坑疤疤的木頭圓桌上，擺著一個大得不得了的茶壺，裹著毛巾保溫。瑪泰擔憂地看著我，對我的黑眼圈和蒼白的皮膚嘖嘖有聲。

我的叉子一放慢速度，馬修就捧起一堆金字塔那麼高的盒子，頂端是一頂外包黑絲絨的頭盔。他把所有盒子放在桌上說：「給妳的。」

那頂頭盔的作用不言可知。它的形狀像個頭頂加高的棒球帽。雖然包著絲絨，還裝飾著蝴蝶結，卻堅固異常，明擺著就是要在人類柔軟的頭顱撞擊地面時，發揮保護它不致裂成碎片的功能。我討厭這種帽子，但這確實是睿智的預防措施。

我說：「謝謝你。那些盒子裡是什麼？」

「打開來看吧。」

第一個盒子裡是一件黑色騎馬褲，膝蓋內側加縫了麂皮補靪，有助在馬鞍上防滑。穿這個騎馬比我那條單薄滑溜的緊身褲愉快多了，而且看起來很合身。馬修想必趁我午睡時，打了很多通電話，把約略的尺寸報出去。我感激地對他微笑。

盒子裡還有一件有襯墊的黑背心，下襬有長尾，接縫裡夾著硬邦邦的金屬支架。看起來像個烏龜殼，穿起來的感覺想必也是如此——既不舒服，又妨礙行動。

「這沒有必要。」我皺眉頭把它拿起來。

「妳騎馬就有必要。」他的聲音不流露絲毫情緒。「妳告訴我妳有經驗。如果是真的，適應它的重量應該沒有問題。」

我脹紅了臉，指尖也發出刺痛的警訊。馬修興味盎然地看著我，瑪泰從門後走出來，聳起鼻子嗅了嗅。我調整呼吸，直到刺痛感消失。

「妳坐我的車會繫安全帶。」馬修不動聲色道：「妳騎我的馬就要穿背心。」

我們瞪著對方，展開一場意志力的對峙。對新鮮空氣的渴望打敗了我，瑪泰的眼睛也覺得好玩而亮了起來。看我們協商無疑會比旁觀馬修跟伊莎波唇槍舌劍有趣。

我默然屈服，把最後一個盒子拿過來。這盒子又長又重，掀開蓋子時，湧出一股刺鼻的皮革味。靴子。及膝的黑色長靴。我不曾參加過馬賽，也不是很有錢，所以始終沒有一雙正式的騎馬靴。這雙靴子非常漂亮，小腿線條呈弧形，皮革柔軟。我手指撫過它光澤的表面。

「謝謝你。」我輕聲道，他給的驚喜讓我很開心。

「我相當確定靴子會合腳。」馬修道，他的眼神很溫柔。

「來吧，小姐。」瑪泰站在門口，喜孜孜地說：「把衣服換了。」

她才把我帶進洗衣房，我就趕緊踢掉便鞋，扯下緊身褲。她接過萊卡和棉混紡的舊衣，我立刻扭動身軀，套上騎馬褲。

「從前女人不像男人一樣騎馬的。」瑪泰道，看著我腿上的肌肉頻頻搖頭。

我回去時，馬修正在講電話，對他那個世界裡需要他管理的其他人發號施令。他滿意地抬頭看我。

「這樣舒服多了。」他站起身，拿起靴子。「這裡沒有頂靴器，妳得穿另一雙鞋子去馬廄。」

「不要，我現在就要穿。」我張開手指道。

「那就坐下。」我這麼沒耐性，讓他搖頭。「第一次穿，沒有人幫忙一定穿不上。」馬修把我連人帶椅抬起，轉到一個給他足夠運作空間的角度。他先舉起右腳的靴子，我把腳伸進去，一直塞到腳踝的位置。他說得對。怎麼推拉我的腳都不能通過那個硬邦邦的轉角。他站在我腳前，握住靴子的腳跟與腳趾，溫柔地扭動，我則把皮革往自己這邊拉。經過幾分鐘掙扎，我的腳總算到位。馬修再對鞋底最後一次用力一推，靴子終於跟我的骨骼密合無間。

兩隻靴子都穿好後，我伸長兩腿好好欣賞。馬修拍一拍、拉一拉，然後把冰冷的手指伸進靴子上緣，確認我的血液循環沒問題。我站起身，兩腿覺得異常之長，僵硬地走了幾步，又曼妙地轉個身。

「謝謝你。」我張臂抱住他脖子，只有靴尖觸及地面。「我好喜歡。」

馬修把我的背心和頭盔拿到馬廄，就像他在牛津幫我拿電腦和瑜伽墊一樣。馬廄門大開，裡面的聲音好像有什麼活動。

「喬治？」馬修喊道。一個肌肉發達，看不出年齡——不過他不是吸血鬼——的矮個子男人，拿著一具馬鞍和一把馬梳，從轉角處走出來。我們經過貝塔薩門前時，這匹種馬憤怒地甩著腦袋，踢騰蹄子。妳答應過的，牠好像在說。我口袋裡有顆從瑪泰那兒甜言蜜語騙來的小蘋果。

「拿去，寶貝。」我道，攤開掌心，送到牠面前。馬修警戒地旁觀。貝塔薩伸長脖子，用嘴唇靈巧地從我手中接過蘋果。牠把蘋果咬在口中，勝利地看著主人。

「是啊，我知道你乖得像個王子。」馬修面無表情道：「但這不代表你一旦有機會，不會表現得像個惡魔。」貝塔薩不悅地瞪著地面。

我們經過馬具間。除了普通的馬鞍、韁轡，還有立在地面上的木架，上面擺著一種看起來好像一側安裝著奇怪支架的小扶手椅。

「那是什麼？」

「側騎鞍。」馬修道，他踢掉鞋子就踩進一雙高筒的舊靴子裡。他用力一蹬腳，上面再拉一把，很輕鬆就穿好了。「伊莎波比較喜歡這種鞍。」

圍欄裡的達爾與拉卡沙轉過頭來，頗感興趣地聆聽喬治和馬修仔細討論我們可能遭遇的所有自然障礙。我對達爾伸出手掌，很遺憾口袋裡已經沒有蘋果了。那匹閹馬聞到殘留的果香後，也顯得很失望。

「下次。」我承諾道。從牠脖子下閃過，我來到拉卡沙身旁：「哈囉，美人兒。」

拉卡沙提起右前蹄，歪著腦袋看我。我伸手撫摸牠的脖子和肩膀，讓牠習慣我的氣味與觸摸，然後拉了一下馬鞍，檢查肚帶的鬆緊，也確認墊在下面的毯子夠平整。牠探過頭來好奇地嗅嗅我，大聲打了個噴嚏，又用鼻子頂頂我運動衫上方才放蘋果的地方。牠不高興地揚起頭。

「你也會有的。」我笑著應許牠，左手堅定地放在牠屁股上。「我們先來檢查一下。」

如果女巫喜歡被人扔到水裡，馬就會喜歡人家碰牠的腳——換言之，就是不喜歡。但基於習慣和迷信，我騎馬之前一定會檢查一番，確認牠們柔軟的馬蹄上沒有嵌什麼東西。

我站起來時，那兩個男人都在密切觀察我。喬治對馬修表示，他認為我沒問題。馬修深思地點點頭，把手中的背心和頭盔遞給我。那件背心很合身，也很硬——但並沒有我以為的那麼不舒服。頭盔會卡到我的馬尾，所以我先把鬆緊帶調低一點，才把下巴的帶子扣好。我抓住韁繩，一腳踩進拉卡沙的馬鐙時，馬修趕到我背後。

「妳永遠不等我幫妳嗎？」他低聲對著我耳朵吼道。

「我可以自己上馬。」我怒道。

「但妳沒必要那麼做。」馬修雙手托住我小腿，輕輕鬆鬆把我送上馬鞍。然後他替我檢查馬鐙的長度，重新檢查肚帶，最後才走到他自己的馬旁邊。他一縱身上了馬，嫻熟得一副在馬上過了幾百年的神態。在馬背上，他看起來像個國王。

拉卡沙開始不耐煩地舞動，我把腳壓緊。她停下來，看起來很困惑。「安靜。」我悄聲道。牠點一下頭，看往前方，耳朵不停前後扇動。

「我查看馬鞍的時候，妳先帶牠在圍欄裡繞幾圈。」馬修隨口說道，把左膝架在達爾肩上，開始撥弄馬鐙的皮帶。我瞇起眼睛，他的馬鐙哪有可能需要調整。他要查看的是我的騎術。

我帶著拉卡沙在圍場裡繞了半圈，體會牠的步法。這匹安達魯西亞牝馬真的會跳舞，以一種美妙的搖擺節奏，靈巧地抬起腳，穩定地放下。我用腳跟夾緊牠身體兩側時，拉卡沙的舞步就變成同樣是搖擺、但更流暢的快走。我們經過馬修身旁，他已放棄了調整馬鞍的偽裝。喬治靠在圍籬上，露出一個大大的笑容。

美麗的女孩，我無聲地呼吸道。牠的左耳往後倒，稍微加快了腳步。我的小腿緊靠牠身側，比馬鐙略後一點，牠開始小跑，馬蹄踢著空氣，脖子後仰。如果我們就這麼跳出圍欄，馬修會多麼生氣？絕對會很生氣，我確定。

拉卡沙轉了個彎，我讓牠放慢速度，變成快走。「怎麼樣？」我問道。

喬治點點頭，開了圍場的大門。

「妳坐得很穩。」馬修看著我背部說道：「手也穩。沒問題的。順便告訴妳，」他保持閒聊的語氣，但挨近一點，壓低聲音道：「如果妳剛才跳出圍欄，今天的活動就到此為止嘍。」

我們一出了花園，穿過古老的大門，樹叢就變得濃密，馬修把森林偵測了一番。才走進森林幾呎，他就顯得輕鬆起來，因為已評估過林中所有的生物，沒找到兩隻腳的品種。

馬修輕踢達爾，開始小跑，拉卡沙馴服地等我也踢牠一下。我照做了，再次對牠行動的流暢感到不可思議。

「達爾是什麼品種的馬？」我注意到牠跑起來的步伐也同樣流暢，不禁問道。

「我想是叫做達斯垂爾吧。」馬修答道。這是當年載騎士去加入十字軍的馬。「這品種講究速度與靈活。」

「我還以為達斯垂爾是體型龐大的戰馬。」達爾比拉卡沙人一點，但沒有大很多。

「從前牠們也算大型馬。但還沒有大到足以載我們家族的男人去作戰，我們穿上盔甲，再拿起武器，牠就不行了。我們騎達爾這種馬受訓，也騎牠們取樂，但作戰時我們會騎貝塔薩那種馱馬。」

我從拉卡沙兩耳中間向前看，努力鼓起勇氣提出另一個話題：「可以請教你關於令堂的事嗎？」

「當然。」馬修從鞍轡上扭過身來，他一手握拳，靠著臀部，另 手鬆鬆挽著韁繩。我現在完全確知中世紀的武士騎在馬背上是什麼模樣了。

「她為什麼那麼痛恨女巫？吸血鬼和女巫是世仇，但伊莎波對我的厭惡遠超過這原因，似乎有個人因素。」

「我猜妳是想要一個比妳聞起來有春天的味道更好的答案。」

「是啊，我要真正的理由。」

「她妒忌。」馬修拍拍達爾的肩膀。

「她有什麼好妒忌的呀？」

「我想想看。妳的力量——尤其是未卜先知的能力。妳能生育，並且把力量傳給下一代。還有妳很容易死，我想。」他沈思道。

「伊莎波不是有你和露依莎兩個孩子嗎？」

「是的，伊莎波創造了我們兩個。但那跟生育是不一樣的，我想。」

「她為什麼妒忌女巫的預知能力？」

「那跟伊莎波被創造的過程有關。她的創造者沒有先徵求她同意。」馬修的臉色一暗。「他要她做妻子，就抓住她，把她變成吸血鬼。原本她的預言能力很有名，而且也有機會生兒育女。變成吸血鬼以後，兩種能力都喪失了。她一直不能完全接受這一點，女巫總讓她想起自己失去的人生。」

「那她又為什麼妒忌女巫很容易死？」

「因為她想念我父親。」他忽然不說話，顯然我逼得太緊了。

樹木變稀疏了，拉卡沙的耳朵不耐煩地前後擺動。

「妳先走。」他一副聽天由命的表情，朝我們前方的開闊田野揮一下手。

我的腳才碰到拉卡沙，牠就咬緊馬勒，縱向前方。爬坡時牠稍微慢下來，但登上山頂，又開始搖頭擺尾，昂首闊步，顯然見到達爾在山腳，她在山巔，頗為得意。我連忙帶牠繞個八字步，調整步伐，免得牠在轉彎時顛躓。

達爾開始衝刺——不是慢跑，而是奔馳——牠的黑尾巴在身後呈一直線，蹄了以難以置信的速度擊打地面。我驚呼一聲，輕拉拉卡沙的韁繩，要牠停步。原來這就是達斯垂爾馬的長處。牠們像性能精良的跑車一樣，可以在瞬間從靜止加速到六十哩的時速。馬修毫不費力就讓馬兒在接近時放慢速度，達爾在距我們六呎外瞬間停住，因為使了力，身側微彎。

「愛現！不准我跳圍欄，自己卻露這麼一手？」我嘲弄他。

「達爾的運動量不夠。這正合牠需要。」馬修咧嘴一笑，拍拍愛馬的肩膀。「要賽跑嗎？我們會讓妳們先出發，當然。」他行一個宮廷禮，說道。

「比了。跑去哪兒？」

馬修指著山頂上一棵孤樹，看著我，注意起步的徵兆。他選的是個可以輕易通過，不必擔心撞上任何東西的目標。也許拉卡沙不像達爾那麼擅長突然止步。

我採取任何行動都不可能讓吸血鬼大吃一驚，拉卡沙——雖然小跑很流暢——爬山的速度也不可能超過達爾。儘管如此，我還是很想看看牠的表現能有多好。我俯身向前，拍拍拉卡沙的脖子，把我的下巴短暫地靠在牠溫暖的身體上，閉上眼睛。

飛吧。我無聲地鼓勵牠。

拉卡沙好像屁股被人拍了一掌似的向前衝，我的直覺接管一切。

我在鞍上提高身體，減輕我體重加諸牠的負擔，輕挽韁繩。牠的速度穩定後，我坐回馬鞍，雙腿扣緊牠溫暖的身體。我一腳踢開沒有必要的馬鐙，手指穿過牠的鬃毛。馬修和達爾在我們後面，蹄聲奔騰如雷。一切都跟我那個被獵犬和馬追逐的夢一模一樣。我左手握拳，好像拿著什麼東西，我盡可能貼近拉卡沙的脖子，閉上眼睛。

飛吧。我重複道，但腦海裡的聲音不再像我自己的聲音。拉卡沙加快速度回應。

我覺得樹愈來愈近。馬修用奧克語咒罵，拉卡沙在最後一刻向左一歪，放慢速度變成小跑，又變為快走。有人拉牠的韁繩。我驀然一驚，立刻張開眼睛。

「妳總是用最快的速度騎不熟悉的馬，閉著眼睛，不用韁繩，不用馬鐙的嗎？」馬修的聲音冰冷而憤怒。「妳划船的時候也閉著眼睛——我看過。走路的時候也閉著眼睛。我總懷疑其中有魔法。妳騎馬一定也用魔法，否則妳包準會送命。不論是真是假，我相信妳是用妳的心靈告訴拉卡沙怎麼做，而不是用妳的手和腳。」

我也很想知道，他說的是真是假。馬修不耐煩地哼了一聲，抬高右腿，跨過達爾的頭，左腳踢開馬鐙，面對前方，從馬身上滑下來。

「下來。」他一把抓住拉卡沙鬆弛的韁繩，粗魯地說。

我用傳統方式下馬，抬起右腿，越過拉卡沙臀部，我背對馬修時，他伸手一兜，便把我抓下馬來。這下子我明白了，為什麼他下馬時喜歡面對前方。那樣就沒有人能從背後抓住妳，把妳拖下馬來。他把我轉過來，緊緊抱在胸前。

「天啊。」他對著我頭髮低語：「不要再做那種事，拜託。」

「你叫我不要擔心自己做了些什麼。你帶我來法國就是為這個緣故。」他的反應讓我很困惑。

「對不起。」他真心誠意說：「我盡量不干預。但是看妳使用妳完全不了解的力量——尤其妳根本不知道自己在做這種事——的時候，我真是提心吊膽。」

馬修把我放在一旁，前去照顧馬匹，把韁繩拴好，免得牠們踩到，又讓牠們可以自由齧食稀稀疏疏的秋草。回來時，他的臉色很陰沈。

「有個東西我要給妳看。」他把我帶到樹下，我們一起坐下。我小心地把腿往旁邊靠，免得靴子磨傷腿。馬修就隨地一坐，膝蓋著地，腳壓在大腿下面。

他伸手到馬褲口袋裡，取出一張畫著很多黑色和灰色線條的白紙。那張紙摺過好幾次。是一份DNA檢驗報告。「我的？」

「妳的。」

「什麼時候拿到的？」我的手指沿著線條在紙上移動。

「馬卡斯把結果送到新學院。我不願意在妳重新又憶起妳父母死亡現場的時候，立刻讓妳知道。」他遲疑一下：「等待是正確的決定嗎？」

我點點頭，馬修鬆了一口氣。我問：「上面說什麼？」

「我們不是全部都了解。」他慢慢答道：「但馬卡斯和密麗安從妳的DNA裡辨識出很多我們看過的記號。」

密麗安纖細而拘謹的字跡，沿著這張紙左側一路寫下來，那些線條都排列右側，有些被紅筆圈起來。「這是預知能力的遺傳標記。」馬修指著第一個打紅圈的線條說。他的手指一路往下清點。「這個是飛行。這個幫助女巫找到遺失的物品。」

馬修一個接一個念出魔法與超能力，直到我開始頭暈。

「這個是跟亡者交談，這個是變形，這個是用心靈力量移動物品，這個是施咒，這個是製作護身符，這個是詛咒。妳還會讀心術、心靈感應、神入別人的情緒——這三者是串連在一起的。」

「這不可能是正確的。」我從來沒聽說過擁有一、兩種以上超能力的女巫。馬修描述的已經超過十二種了。

「我認為結果是正確的，戴安娜。這些能力可能還沒有表現出來，但妳遺傳了先天的傾向。」他翻過一頁，還有更多紅圈和密麗安細心做的註記。「這些是元素記號。幾乎所有的女巫都有土，有些是兼具土與風或土與水。妳兼有三種，這我們從來沒遇到過。而且妳還有火。火真的非常、非常罕見。」馬修指著那四根線條說。

「元素記號是什麼。」我的腳輕飄飄地感覺很不舒服，我的手指又開始刺痛。

「顯示妳有控制一種或多種元素的先天能力。這說明了妳為什麼能召喚巫風。由此看來，妳應該也能操縱巫火，或所謂的巫水。」

「那麼土有什麼用？」

「藥草魔法，操縱會生長的東西——最基本的。可以結合詛咒、下咒語、製作護身符——事實上，任何一種就夠了——換言之，妳不僅有強大的魔力，也有與生俱來的巫術才能。」

我阿姨擅長施咒。艾姆不會這一套，但她會短程飛行，還能預知未來。這是女巫之間主要的差異——某些人只會使用巫術，例如莎拉，其他人則使用魔法。也就是說，你的法力是否受限於文字，或是擁有某種力量，可以隨心所欲施展。我把臉埋在手中。想到可能像我母親一樣能預知未來已經夠可怕了。控制四大元素？跟亡者交談？

「那張單子上列了一長串法力。我們實際看到過的——多少？——才不過四、五種？」太可怕了。

「我想應該不止——像是妳閉著眼睛行動，妳跟拉卡沙溝通的能力，還有發光的手指。只不過我們還不知道如何稱呼它們。」

「求求你，告訴我，報告就這麼多。」

馬修猶豫一下，「不止。」他又翻開一頁。「這些記號，我們還不能確定它們代表什麼。大多數情形下，我們必須拿女巫生平活動記錄——有些已經幾百年了——跟DNA證據對照。建立兩者的關聯有時相當困難。」

「測試結果能解釋我的魔法為什麼現在出現嗎？」

「這一點不需要做測試。妳的魔法就像是從長眠中甦醒。長期不活躍使它變得躁動，現在它想大幹一場。露出原形。」馬修輕描淡寫道。他一抖身子，優雅地站起來，然後把我扶起。「妳坐在地上會著涼的，妳要是生病，我在瑪泰面前可就怎麼也分辯不清了。」他吹口哨喚馬。牠們漫步向我們走來，嘴裡仍嚼著意外的美食。

我們又騎了一小時馬，探索七塔一帶的森林與田野。馬修指給我看最好的獵鹿地點，還有他父親教他如何射弩箭而不至於把自己的眼睛挖出來的地方。我們回馬廄的時候，我對檢驗報告的憂慮已經被愉快的疲憊取代。

「明天我一定會肌肉痠痛。」我呻吟道：「我已經好幾年沒騎馬了。」

「妳今天騎馬的樣子，沒有人猜得到。」他說。我們穿出樹林，進入城堡的石砌大門。「妳是個好騎手，戴安娜，但妳千萬不要一個人騎出去，太容易迷路了。」

馬修擔心的不是我迷路。他怕我被找到。

「我不會的。」

他修長的手指鬆開了韁繩。過去五分鐘，他一直把它抓得很緊。這個吸血鬼習慣對別人下令，命令一出，立刻服從。他不習慣請求或協商。他平時的火爆脾氣消失得無影無蹤。

我讓拉卡沙靠近達爾，伸過手去，拉起馬修的手掌，湊到我嘴邊。我的嘴唇熱呼呼地碰到他冰冷、堅硬的肌膚。

他的瞳孔因訝異而擴大。

我放開手，勒令拉卡沙向前衝，直奔馬廄。

第二十章

伊莎波大發慈悲，午餐時沒露面。飯後我本來想直接到馬修書房去，開始研讀《曙光乍現》，但他說服我先泡個澡。他保證這會讓不可避免的肌肉痠痛比較容易忍受。我上樓到半途，不得不停下來按摩抽筋的腿。早晨玩得太痛快，註定要付出代價。

熱水澡像天堂——又長、又熱，令人放鬆。我換上寬鬆的黑長褲、毛衣和一雙襪子，沒穿鞋就走下樓，爐中已生了火。我伸手去取暖時，皮膚被火光映成橘色和紅色。控制火會是什麼樣？這個疑問一浮現，我的手指就開始刺痛，我忙把十指塞進口袋，以策安全。

馬修從書桌上抬起頭來：「妳的手抄本就放在妳的電腦旁邊。」

它的黑色封面就像磁鐵般牢牢吸引我。我坐在桌前，將它翻開，必恭必敬捧著。書上的色彩比我記憶中更鮮豔。我盯著女王看了幾分鐘，翻開第一頁。

「Incipit tractatus Aurora Consurgens intitulatus。」這些字句很熟悉——「所謂《曙光乍現》的論述開始如下：」——但仍帶給我那種每逢第一次看到一個手抄本時就會出現的快樂震顫。「**一切盡善之事都跟她一起降臨我身上。她就是人稱的南方智慧，在街頭向群眾吶喊。**」我不出聲地閱讀，從拉丁文譯出內文。這本書寫得非常優美，有很多引自《聖經》和其他經典的段落。

「你這兒有《聖經》嗎？」閱讀這份手抄本時，手頭準備一本《聖經》應該是明智之舉。

「有是有——但我不確定它在哪兒。要我幫妳找嗎？」馬修在書桌前作勢要站起來，但眼睛仍黏在螢幕上。

「不必了，我自己來。」我起身讓手指沿著最近一個書架的邊緣跑過。馬修的書排列方式不是照尺寸，而是照時間順序。第一架子書老到我甚至不敢想像它們的內容——說不定是失傳的亞里斯多德作品。有無數種可能。

馬修的書大約有一半都是書脊朝內排放，為的是保護脆弱的書籍邊緣。這些書有很多都在書頁的邊緣做了可資辨識的記號，或在這兒用粗黑字體拼出書名，或在那兒寫上作者名字。大約要到房間的中間，書脊才開始朝外排列，露出燙金或燙銀的書名與作者名號。

我略過紙張特別厚又不整齊的手抄本，其中有些在最前面的邊緣註了小小的希臘字母。我一路看過去，找尋特別大而厚的印刷書。我的食指凍結在一本用咖啡色皮革裝訂，封面上滿滿燙著金色字母的書前面。

「馬修，拜託你告訴我，《神聖之書一四五〇》⑬不是我以為的那本書。」

「好，它不是妳以為的那本書。」他機械化地複誦，手指以嘆為觀止的速度在鍵盤上飛舞。他根本沒注意我在做什麼，我的話他更是一個字也沒有聽進去。

我把古騰堡聖經留在原位，繼續在書架上搜索，但願它不是唯一可用的版本。我的手指在《威爾劇本集》⑭前再次凝住。「這些書都是朋友送給你的嗎？」

「大部分。」馬修連頭都不抬。

不論德國印刷史或早期英國戲劇，都是以後要討論的題材。

絕大多數馬修的書都保存得完好如新。以主人的個性而言，這一點都不令人意外。不過也有幾本很舊的書。例如最底層書架上，有一本窄而高的書，四角的皮革都磨損變得很薄，可以看見裡面的木板。我很好奇這本書為何特別受喜愛，便將它取出來翻開。原來是維薩里⑮的人體解剖學，出版於一五四三年，是第一本用精確的細節描述切開的人體的書。

現在我轉而找尋了解馬修的新線索，開始搜索下一本經常被閱讀的書。這次的書比較小而厚。書前邊緣上用墨水寫著《關於動物心臟與血液運動的解剖研究》。這是哈維研究血液循環的心得與他對心臟功能的解釋，一六二〇年代出版之初，一定讓所有的吸血鬼都覺得是本有趣的讀物，雖然他們可能已經知道，情形大概就是如此。

---

⑬ 即古騰堡聖經，歐洲最早用活字版印刷的書之一。新技術開啟了知識傳播的新紀元，保存良好的聖經版本如今的市價在數千萬美元之譜。

⑭ 莎士比亞劇本集。

⑮ **Andreas Vesalius**，一五一四—一五六四，荷蘭醫生，著有《人體構造》（**De humani corporis fabrica**），被認為是現代人體解剖學的創建者。

馬修經常翻閱的書包括電學、顯微鏡使用法與生理學作品。但我截至目前看到最破舊的一本書，放在十九世紀書架上：達爾文的《物種起源》第一版。

我偷看一眼馬修，就像在商店順手牽羊的人一樣，鬼鬼祟祟地把那本書從架上拿下來。它是綠色布面精裝，書名和作者的名字燙了金，已翻得支離破碎。馬修用工整的銅板字書法體把自己的名字簽在蝴蝶頁上。

裡面還夾著一張摺起來的信紙。

「親愛的先生，」信上寫道：「您十月十五日的來函終於送達我手上。回信如此之慢，我自己也慚愧莫名。許多年來，我一直致力收集與物種變遷和起源有關的資料，我的推論受您肯定，著實是個好消息，因為我的書即將付梓。」署名是「查・達爾文」，日期是一八五九年。

《物種起源》於當年十一月出版，這兩個人在書出版前幾週還通過信。

書裡寫滿了吸血鬼的筆記，有鉛筆，也有墨水筆字跡，幾乎找不到一吋空白頁。有三章的註解遠比其他章節多，這三章談的分別是本能、雜交、不同物種之間的相似性。

就像哈維關於血液循環的論著，達爾文談自然本能的第七章，一定讓吸血鬼讀得無法釋卷。馬修對達爾文的觀念愈讀愈興奮之餘，不但在特定的段落下畫線，還在那段文字的行間和書的邊緣註記。「於是，我們可以做出結論，馴養本能的獲得與自然本能的喪失，部分是習慣使然，部分則由於人類的抉擇與代代相傳累積所致，雖說某些特殊的心理習慣與行動，乍看好像是我們出於無知而誤以為是意外的狀況下產生的。」馬修寫下的評語，對本能如何培養，以及自然界究竟有沒有可能發生意外，提出質疑。「有沒有可能我們保留的本能，其實是人類經由意外與習慣放棄的東西？」他的疑問橫跨頁底的空白處。不需要問我也知道「我們」包括誰。他指的是超自然生物——不僅吸血鬼，也包括女巫和魔族。

在雜交那章，馬修感興趣的主要是異種交配與無生育能力等問題。達爾文寫道：「有相當差異，可視為不同物種的生物，第一次雜交及其生產之雜種動物，通常沒有生育能力，但偶爾也有例外。」簡易的枝狀族譜圖塞滿了畫線段落旁邊的空間。原該是樹根的位置上，畫了一個問號，並分散出四根樹枝。馬修在樹幹上提出疑問：「為何近親相交不會導致喪失生育力或瘋狂？」他又在這一頁最上端寫道：「一個物種或四個？」以及：「comment sont faites les dāēōs?」

我用手指引導閱讀。這是我的專長——把科學家的信筆塗鴉轉譯成所有人都看得懂的資料。馬修在最後一條筆記中，用一種常見的技巧隱藏真正的想法。他的句子混合法文與拉丁文，並使用一種久已失傳的縮寫方式，把單字中除了開頭與末尾的子音保留，其餘子音都刪掉，並且在中間的母音上端畫線提示。這麼一來，隨手拿起他的書來翻閱的人，就不會注意到有「daemons」（魔族）這個字，因而停下來看個仔細。

「魔族是怎麼製造出來的？」這是馬修在一八五九年提出的疑問。經過一個半世紀，他還在尋找答案。

達爾文開始討論不同物種之間的相似性時，馬修也振筆寫個不停，以致印刷文本簡直無法卒讀。有個段落說到：「從生命最初的黎明開始，凡是有機生物都或多或少有漸次遞減的相似之處，這樣牠們才能區分成不同的類別。」馬修用粗黑的大字寫了「起源」二字，隔了幾行，又有一個段落下面畫了雙線：「類別存在的意義本來很單純，假設一個種類只適合住在陸地上，另一個種類只能活在水中；一種吃肉，另一種吃草，以此類推；但自然界現象與此大相逕庭；即使同一亞目中的個體，習慣也往往不相同，已是眾所周知。」

馬修真的以為吸血鬼的飲食是一種習慣，而不是界定物種的特徵？我繼續往下讀，又找到一條線索。「最後，本章討論的幾種事實，在我看來，等於直接宣稱，生活在這個世界上，分別隸屬不計其數的物種、類、科屬之有機生物，都是共同祖先的後裔，而各個類別又在傳宗接代的過程中，做過若干修正。」

馬修在書頁空白處寫著「共同祖先」及「這就解釋了一切」。

這吸血鬼相信一元發生論足以解釋一切——或至少他在一八五九年這麼想。他認為，魔族、人類、吸血鬼、女巫有共同的祖先。我們之間的差異雖可觀，但那是傳宗接代、習慣與天擇的結果。在他的實驗室裡，我問我們該算四個物種或一個物種時，他避而不答，但在他自己的書房裡，他卻沒有這麼做。

馬修一直專注在他的電腦上。我闔起《曙光乍現》的封面以保護它的內頁，也暫時擱下找一本普通版本的聖經的努力，然後拿著他那本達爾文，坐在爐火前，蜷縮在沙發上。我翻開書，打算根據他在書裡做的筆記多了解他一點。

對我而言，他仍然是個謎——說不定來到七塔反而變得更神祕。法國的馬修跟英國的馬修不一樣。在英國的時候，他從不曾這麼投入工作之中。在此，他的肩膀沒有凶猛地挺起，而顯得很輕鬆，打字的時候他用略長而尖的犬齒咬住下唇。這是專心的徵兆，就跟他兩眼之間的皺紋一樣。馬修完全沒察覺我在看他，手指在鍵盤上飛舞，用相當大的力氣把電腦敲得喀喀響。他的手提電腦恐怕得經常換新，因為它們的塑膠零件都很脆弱。他寫完一個句子，往椅背上一靠，伸個懶腰，接著，打了個呵欠。

我從來沒看過他打呵欠。呵欠是否跟下垂的肩膀一樣，代表放鬆？早在我們第一次相遇，馬修就告訴我，他喜歡了解身處的環境。在這裡，每一吋空間他都認識——每種氣味他都熟悉，還有來到附近的每一隻生物。此外還有他跟他母親及瑪泰的關係。他們是一家人，這個吸血鬼的奇怪組合，她們看在馬修分上，也接納了我。

我回頭讀達爾文。但方才的熱水浴，溫暖的爐火，還有啪噠啪噠不停打字的背景雜音，都召喚我進睡鄉。我醒來時，身上蓋著毛毯，《物種起源》掉在附近的地板上，整齊地闔上，還夾著一張紙，標示我剛才閱讀的位置。

我臉紅了。

偷窺被逮著了。

「晚安。」馬修在對面的沙發上說。他把一張紙夾進正在閱讀的書裡，把書放在腿上。「可以邀妳喝杯葡萄酒嗎？」

葡萄酒，聽起來太棒了。「可以啊，好啊。」

馬修向擺在樓梯口附近的一張十八世紀小桌子走去。桌上有個沒有標籤的瓶子，木塞已拔開，躺在一旁。他倒了兩杯，先送一杯給我，然後才坐下。我嗅一嗅，不等他發問就搶先回答。

「覆盆莓和石頭。」

「以一個女巫而言，妳的鼻子還真靈。」馬修贊許地點頭。

「我喝的是什麼？」我啜飲一口問道：「古老嗎？稀少嗎？」

馬修仰頭哈哈大笑。「都不是。它可能五個月前才裝瓶。這是本地酒，離此不遠的葡萄園出產的。沒什麼稀奇，一點也不特別。」

也許它不稀奇也不特別，但滋味很新鮮，就像七塔周遭的空氣，帶有樹木和土壤的氣息。

「我看到妳放棄找聖經，另外挑了本更科學的讀物。喜歡達爾文嗎？」他注視我喝了一會兒酒，溫和地問道。

「你仍然相信超自然生物和人類有共同的祖先嗎？我們之間的差異真的可能只是種族而已嗎？」

他輕輕發出一個不耐煩的聲音：「我在實驗室就告訴過妳，我不知道。」

「一八五九年的時候，你可是很確定。你認為喝血可能只是一種飲食習慣，不是物種分化的特徵。」

「妳可知道，從達爾文的時代到今天，科學有多少突破？科學家的特權就是在新資訊出現時改變他的想法。」他喝了幾口酒，把杯子放在腿上左右轉動，讓杯中液體隨著火光變幻色彩。「況且，人類對種族歧異的看法已經沒有科學做後盾了。現代研究認為，大部分的種族觀念，都只是人類為了解釋人我之間若干很容易觀察到的差別，而使用的一種過時手法而已。」

「但你們為何存在——我們大家為何存在——這個問題，真的花了你很多時間。」我慢吞吞說道：「達爾文那本書的每一頁都可以作證。」

馬修研究他的酒。「那是唯一值得問的問題。」

他的聲音低柔，但他的側影很嚴肅，輪廓分明，眉頭下壓。我很想撫平他臉上的皺紋，讓他一展笑顏，但我只坐在原位，看著火光在他蒼白的皮膚與黑髮上舞動。馬修再次拿起他的書，托在修長的手指之間，另一隻手端著酒杯。

我凝視著火爐，直到火光漸弱。書桌上的鐘敲了七下，馬修把書放下。「我們到客廳去跟伊莎波會合，共進晚餐好嗎？」

「好。」我挺起肩膀答道。「讓我先換身衣服。」我的衣櫃跟伊莎波當然沒得比，但我也不想馬修為我太失面子。照例，他穿那件樣式簡單的黑色毛料長褲，配上從永遠穿不完的毛衣當中挑出的一件新鮮貨，看起來就像要去參加董事會，或到米蘭走伸展台。方才跟它們親密接觸的經驗，讓我確信它們都是喀什米爾羊毛製品——厚實舒適。

上了樓，在我的行李袋裡翻了半天，我挑出一條灰色長褲和一件細羊毛線編織的寶藍色毛衣，有漏斗形的領口和喇叭形的寬袖。好在我泡澡之後在沙發上睡了一覺，頭髮已經搗乾了，而且出現一道波紋。

具備起碼見得了人的條件後，我套上便鞋，就往樓下走。馬修靈敏的耳朵聽見我所有的動靜，已在樓梯口等我。他看見我，眼睛一亮，慢慢露出一個大大的笑容。

「我喜歡看妳穿藍色，也喜歡看妳穿黑色。妳看起來好漂亮。」他低語道，正式地親吻我兩邊臉頰。他撩起我肩上的頭髮，髮絲從他修長的指縫間落下，血色湧上我的臉。「聽著，不論伊莎波說什麼都不要生氣。」

「我盡量。」我低笑一聲道，沒什麼把握地抬頭看他。

我們到達客廳時，瑪泰和伊莎波已經在那兒了。伊莎波周圍擺著歐洲每一種主要語言的報紙，還有一份希伯來文和一份阿拉伯文的報紙。瑪泰讀的卻是一本平裝本的謀殺推理小說，封面很煽情，她的黑眼睛以令人羨慕的速度在字裡行間飛快移動。

「晚安，媽媽。」馬修道，走過去親吻伊莎波兩邊面頰。他挪動身體時，她翕動鼻孔，冰冷的眼睛憤怒地瞪著我。

我知道是什麼替我招來如此不友善的眼神。

馬修身上有我的氣味。

「來吧，小姐。」瑪泰拍拍身旁的座墊道，同時對馬修的母親射過去一個警告的眼色。伊莎波閉上眼睛。再睜開時，憤怒已消失，取而代之的是類似聽天由命的表情。

「Gab es einen anderen Tod。」伊莎波低聲對兒子說，馬修拿起德文的《世界報》，瞄了一眼標題，就厭惡地哼了一聲。

「在哪兒？」我問。又發現一具血液被抽乾的屍體。如果伊莎波以為，用德文對話就能把我排除在外，她最好多考慮一下。

「慕尼黑。」馬修把頭埋在報紙裡。「天啊，真希望有人出面處理這種事？」

「我們許願要小心謹慎，馬修。」伊莎波道。她忽然換了個話題：「今天騎馬怎麼樣，戴安娜？」

馬修警戒地從《世界報》的標題後面偷窺他母親。

「非常好。謝謝妳讓我騎拉卡沙。」我答道，在瑪泰身旁坐下，強迫自己直視伊莎波，不要眨眼。

「那匹馬太任性，我不喜歡。」她道，又把注意力轉回兒子身上，但後者已很明智地回頭看他的報。

「菲達聽話多了。我現在年紀大了，發現有這種品格的馬兒難能可貴。」

有這種品格的兒子也一樣，我暗忖道。

瑪泰對我鼓勵地一笑，起身走到備餐檯去，擺弄了一會兒。她端來一大高腳杯的葡萄酒，送到伊莎波手中，另外一個小很多的杯是給我的。她又回桌前，再端來另一杯酒給馬修。他滿意地嗅一嗅。

「謝謝妳，媽媽。」他舉起酒杯致意。

「沒什麼。」伊莎波道，啜了一口酒。

「對，沒什麼。只不過是我最喜歡的一種酒。謝謝妳還記得。」馬修把酒含在口中品味一番才嚥下去。

「吸血鬼都像你們一樣喜歡葡萄酒嗎？」我聞著略帶辛辣的酒，問馬修道。「你們一直在喝酒，怎麼喝也不會醉。」

馬修咧嘴一笑。「大多數吸血鬼都很喜歡酒。說到喝醉，我們家族的自制力是出名的，不是嗎，媽媽？」

伊莎波毫無淑女風範地用鼻子哼了一大聲。「偶爾吧。只限於葡萄酒，恐怕。」

「妳該去當外交官，伊莎波。妳很會避重就輕，反應又快。」我說。

馬修放聲大笑，喊道：「天啊，從來沒想到有這麼一天，竟然有人稱讚我母親有外交手腕。尤其無法想像的是稱讚她口齒伶俐。伊莎波一向只擅長用劍談外交。」

瑪泰噗嗤笑出來，表示同意。

伊莎波和我都滿臉不高興，但這只讓他又狂笑一陣。

晚餐的氣氛比昨晚熱絡了許多。馬修坐主位，伊莎波坐他左手邊，我坐右邊。瑪泰不斷從廚房跑到爐火邊再到餐桌前，有時坐下來喝口酒，在對話中穿插一、兩句。

裝滿食物的盤子絡繹端上桌又撤下——有野蘑菇湯、鵪鶉和極薄的牛肉片。我讚不絕口，早已不吃熟食的的人，竟能把香料調配得如此巧妙。瑪泰紅了臉，露出酒窩，在馬修企圖重述她過去的重大烹飪災難時，用抹布打他。

「還記得那道活鴿子派嗎？」他咯咯笑道。「從來就沒有人告訴妳，烘焙前二十四小時不能讓鴿子吃東西，否則裡頭會像鳥浴盆一樣。」這替他的後腦勺贏得一記重擊。

「馬修，」笑了好半天的伊莎波拭掉淚水，警告道：「不要欺侮瑪泰。你自己這麼些年來，也鬧了很多場災難。」

「而且我每一樁都記得。」瑪泰捧著沙拉走來，宣稱道。每次在我面前說話，她都會改用英語，她的英語能力每小時都有進步。她走回備餐檯那兒，取來一碗核仁，放在馬修和伊莎波中間。「比方說，你那個收集屋頂上雨水的點子，讓整個城堡鬧水災，算一件。」她扳著手指數道：「你忘記收稅，第二件。那時是春天，你很無聊，有天一大早起來就跑到義大利打仗去了。你父親只好到國王面前跪下求情。然後還有紐約！」她勝利地喊道。

三個吸血鬼繼續交換回憶，但沒有人提到伊莎波的過去。每當話題觸及她或馬修的父親，或馬修的妹妹，很快就會巧妙地轉移到別處。我注意到這模式，對其中的緣故很好奇，卻沒說什麼，樂意讓這個夜晚朝他們安排的方向發展，而且再度成為一個家庭——即便是一家吸血鬼——的一分子，讓我覺得一種奇特的安逸自在。

晚餐後，我們回到客廳，那兒的爐火更旺，比先前更吸引人。每丟一根木柴到壁爐裡，都會讓古堡的煙囪變得更熱。火光熊熊，使這房間有了暖意。馬修確認伊莎波坐舒服後，又替她端來一杯酒，然後去撥弄附近的音響。瑪泰替我送來的是茶，把杯碟塞到我手中。

「喝。」她命令道，眼神很專注。伊莎波注視著我喝茶，然後深深看了瑪泰一眼。「這會幫助妳睡眠。」

「是妳調配的嗎？」茶中有藥草味和花香。通常我不喜歡藥草茶，但這一杯很新鮮，略帶苦味。

「是啊。」她對伊莎波的注視挑起下巴。「我配藥草茶很久了。我母親教我的。我也可以教妳。」

舞曲的音樂洋溢整個房間，活潑而有節奏感。馬修挪動壁爐周圍的椅子，在地板上騰出一片空間。

「Vòles dançar amb ieu?」[56]馬修朝他的母親伸出雙手問道。

伊莎波笑得很燦爛，漂亮而冷酷的臉頓時變得無比美麗。「Òc。」她道，把纖巧的手放進他掌中。他們在火爐前就位，等下一首曲子開始。

馬修和他的母親開始跳舞，他們的舞姿令好萊塢的王牌搭檔佛雷·亞斯坦和琴裘·羅吉絲也相形見絀。他們的身形忽分忽合，轉個圓圈，分開，彎腰，再轉一圈。馬修只要輕推一下，伊莎波就轉個不停，而伊莎波只要身軀輕抖一下，或做遲疑狀，馬修也會立刻回應。

就在音樂結束的同時，伊莎波精準地行了個優雅的屈膝禮，馬修也飛快地一鞠躬。

「那是什麼舞？」我問。

「開始時是塔朗泰拉舞。」馬修護送母親回椅子上，答道：「但媽媽從來不從頭到尾只跳一種舞。所以中間混合了伏爾塔舞，結束時我們跳的是小步舞，對嗎？」伊莎波點點頭，伸手輕拍他的臉頰。

「你一直是個跳舞高手。」她自豪地說。

「啊，但是不及妳厲害——而且比父親差遠了。」馬修扶她坐定，說道。伊莎波的眼神一暗，臉上掠過一抹令人心碎的悲傷。馬修拿起她的手，用嘴唇拂過每一個骨節。伊莎波勉強用一個淺笑回應。

「現在輪到妳了。」他走到我面前道。

「我不喜歡跳舞，馬修。」我拒絕道，手擋在面前不讓他靠近。

「我覺得這話很難相信。」他用左手抓住我的右手，把我拉過去道。「妳會把身體扭曲成不可能的形狀，划只有一根羽毛那麼寬的船穿行水面，騎起馬來像一陣風。跳舞應該是妳的第二天性。」

下一首音樂是一首頗有可能在一九二〇年代的巴黎夜總會走紅的曲子。房間裡充滿小喇叭和鼓的音符。

「馬修，小心帶著她。」他開始舞動時，伊莎波警告他。

「她壞不了的，媽媽。」馬修繼續跳著舞，雖然我的腳一有機會就想方設法礙他的路。他用右手攬著我的腰，溫柔地引導我走正確的舞步。

我開始思考自己的腿該在什麼位置，希望有助於讓這支舞跳得下去，但這麼一來，情況反而更糟。我的背部僵硬，馬修把我抓得更緊。

「放輕鬆。」他在我耳邊低聲道：「妳在嘗試帶舞步。妳的工作是跟著我。」

「我不能。」我低聲回答，抓緊他的肩膀，好像當他是個救生圈。

馬修帶著我們轉了個圈。「妳可以的。閉上眼睛，什麼都不要想，其餘的讓我來。」

在他的臂彎裡，照他吩咐的話做很容易。這房間裡的形狀和色彩不再從四面八方向我撲來，我放鬆心情，不再擔心接下來會撞上什麼東西。漸漸在黑暗中，我們身體的動作有了樂趣。不久我就不再在意自己在做什麼，全心聆聽他的腿和手臂通知我他下一步要做什麼。感覺就像飄浮。

「馬修。」伊莎波的聲音帶有警告的意味。「有光。」

「我知道。」他低聲道。我肩膀的肌肉因擔心而繃緊。「相信我。」他在我耳邊低聲道：「我會抓住妳。」

我的眼睛仍然閉得很緊，我快樂地嘆氣。我們繼續一起旋轉。馬修溫柔地放開我，用指尖帶著我旋轉，然後拉我回來，沿著他手臂旋轉，終於停止，我的背緊貼著他的胸膛。音樂停了。

㊽ 奧克語，「要跟我跳舞嗎？」

「張開眼睛。」他柔聲道。

我眼皮慢慢抬起。飄浮的感覺仍在。跳舞比我預期的更美妙——起碼當妳有一個跳了一千年舞，永遠不會踩你腳的舞伴時。

我仰頭向他道謝，但他的臉比預期的近很多。

「低頭看。」馬修道。

我望下去，只見我的腳懸浮在地板上空幾吋的地方。馬修已經放開了我，並不是他把我抬高的。把我抬高的是我自己。

空氣把我抬高了。

想清楚，我下半身就恢復了重量。馬修托住我手肘，免得我摔倒。

瑪泰坐在火旁，輕聲哼起一首歌謠。伊莎波猛然轉過頭，瞇起眼睛。馬修給我一個肯定的微笑，我專心體會腳下踩著土地的神奇感覺。大地的感覺一直都這麼生氣勃勃嗎？彷彿我鞋底下有一千隻小手在等著接住我，或推我一把。

「好玩嗎？」瑪泰的歌聲消失後，馬修問道，他眼睛閃閃發光。

「是啊。」我答道，仔細考慮他的問題後，我大聲笑了。

「希望是如此。妳已經練習了好多年。也許以後妳可以張著眼睛騎馬，換換口味。」他給我一個充滿快樂與期待的擁抱。

伊莎波開始唱瑪泰方才哼的歌謠。

無論誰看見她跳舞，
舞姿如此優雅，

都會真心承認，
她真是舉世無雙，
我們快樂的女王。
走吧，走吧，妒忌的人，
我們來，我們來，
一起跳舞，一起跳。

「走吧，走吧，妒忌的人，」馬修在他母親唱完後，重複最後一段：「我們來一起跳舞。」

我又笑起來。「我可以跟你一起跳舞。但在我弄清楚怎麼會飛起來以前，我絕不跟別人跳舞。」

「正確地說，妳其實是在飄浮，而不是飛起來。」馬修糾正我道。

「飄浮，飛——隨你怎麼說，最好不要在陌生人面前做這種事。」

「同意。」他道。

瑪泰離開沙發，坐在伊莎波近旁一張矮凳上。馬修和我坐在一起，手仍牽在一起。

「這是她的第一次？」伊莎波問他，音調帶著真正的困惑。

「戴安娜不用魔法，媽媽，只除非做些小事。」他解釋道。

「她充滿力量，馬修。她的女巫血在血管裡唱歌。她應該也能用它成就大事。」

他皺起眉頭：「用不用要由她決定。」

「孩子氣夠了。」她道，轉而向著我。「該是妳長大的時候了，戴安娜，要承擔妳之所以為妳的責任。」

馬修低低咆哮一聲。

「不要對我咆哮，馬修・柯雷孟！我只是把該說的話說出來。」

「妳指揮她該怎麼做。這不是妳的工作。」

「也不是你的，我的兒子！」伊莎波反駁道。

「對不起！」我尖銳的聲音引起他們的注意。柯雷孟母子都瞪著我。「要不要使用我的魔法——以什麼方式使用——由我來決定。但是，」我轉而對伊莎波說：「這件事已經不能再置之不理。它好像在我體內沸騰。最起碼，我必須學會控制我的魔力。」

伊莎波和馬修仍然瞪著我。最後伊莎波點點頭。馬修也點點頭。

我們繼續坐在爐邊，直到木頭都燒盡。馬修跟瑪泰跳舞，他們每個人都會不時唱起一首歌，因為某一首樂曲讓他們憶起另一個夜晚，另一盆爐火。但我沒再跳舞，馬修也不逼我。

最後他站起身說：「我要送我們之中唯一需要睡眠的人上床了。」

我也站起身，撫平褲子在大腿上的皺褶。「晚安，伊莎波。晚安，瑪泰。謝謝妳們兩位美味的晚餐和充滿驚喜的夜晚。」

瑪泰回我一個微笑。伊莎波也想笑，但只扮出一個緊張扭曲的怪表情。

馬修讓我走前面，爬樓梯時他用手輕推我的尾椎部位。

「我可能要讀點書。」走到他書房時，我轉身面對他道。

他在我正後方，近到聽得見他微弱、嘶啞的呼吸聲。他用雙手捧住我的臉。

「妳在我身上下了什麼符咒？」他探索我的臉：「不僅是妳的眼睛——雖然它們確實讓我沒法子好好思考——也不是因為妳有蜂蜜的味道。」他把臉埋在我脖子裡，一隻手的手指伸進我頭髮裡，另一隻手順著我背脊下滑，拉著我的臀部貼近他。

我的身體軟綿綿依偎在他懷裡，好像我們天生是一體的。

「而是妳的無畏。」他貼著我的皮膚喃喃道：「還有妳不假思索的行動方式，還有你專注時發出的閃光——還有妳飛行的時候。」

我頸項往後仰，因為他的觸摸而暴露得更多。馬修慢慢撥轉我的臉，讓我面對他，他的大拇指在尋找我溫暖的嘴唇。

「妳可知道妳睡覺時會嘟起嘴巴？看起來好像妳不滿意自己的夢，但我寧願想像妳是要一個吻。」他每說一個字，聽起來就愈發像法國人。

我意識到樓下的伊莎波可能會不悅，而她的吸血鬼耳朵又特別靈敏，便想推開馬修，但我的動作太沒有說服力，馬修收緊了手臂。

「馬修，令堂——」

他不給我機會把話說完。發出輕柔、滿足的一聲嘆息，他刻意用嘴唇摀住我的嘴，吻著我，溫柔而徹底，直到我全身——不僅手指——都在震顫。我回吻他，飄浮和墜落的感覺同時湧現，直到完全分不清楚我的身體到哪裡為止，而他的身體又從哪裡開始。他的嘴唇移動到我的臉頰和眼皮上。它在我耳朵上遊移時，我不禁輕呼。馬修的唇勾勒出一個微笑，然後再一次壓在我嘴唇上。

「妳的唇紅得像罌粟，頭髮充滿活力。」他道，結束了這個熱烈得讓我無法喘息的吻。

「你跟我的頭髮是怎麼回事？為什麼有像你這麼漂亮的一頭頭髮的人，會對這種頭髮感興趣？」我抓起一把頭髮，拉扯著說：「真想不通。伊莎波的頭髮像一匹絲緞，瑪泰也是。我的頭髮一團糟——彩虹的顏色它都具備，而且很不聽話。」

「所以我才喜歡它。」馬修溫柔地撫摸著我的髮絲說：「它不完美，就如同人生。這不是吸血鬼那種光潔完美的頭髮。我很高興妳不是個吸血鬼，戴安娜。」

「我很高興你是個吸血鬼，馬修。」

一道陰影掠過他眼睛，但轉瞬即逝。

「我喜歡你的力量。」我說，用他吻我的同樣熱情吻他。「我喜歡你的智慧。有時候我甚至喜歡你的霸道。但最重要的是，」——我用鼻尖輕輕揉一下他的鼻子——「我喜歡你的味道。」

「真的？」

「真的。」我的鼻子鑽進他鎖骨中間的凹處，我很快就發現那是他全身氣味最濃烈、最香甜的部位。

「不早了，妳需要休息。」他依依不捨放開我。

「跟我一起上床。」

對這項邀請，他驚訝地瞪大眼睛，血液也驀然湧上我的臉。

馬修把我的手拿到他胸前。它跳了一下，力道強勁。「我會上來，」他到：「但不停留。我們有的是時間，戴安娜。妳才認識我幾個星期，沒必要心急。」

只有吸血鬼才會這麼說。

他見我失望，把我拉過去，再來一個長長的吻。吻完他說：「這是對未來的承諾。總有那麼一天。」

那天就是今天。但忽而冰凍、忽而灼燙的嘴唇，也讓我產生瞬間的不確定感，不知我的準備是否真有原先以為的那麼充分。

樓上房間裡，蠟燭大放光明，爐火也很溫暖。瑪泰怎麼上到這兒來，更換幾十根蠟燭，將它們點燃，保持到就寢時間，真讓人猜不透，但這房間裡一個電插座也沒有卻是事實，所以我對她的用心是雙倍的感激。

我在半掩的浴室門背後更衣，聆聽馬修對明天的規劃。包括散很長的步，再次騎很久的馬，回書房做更多工作。

我全部都同意——只不過以工作為先。那份鍊金術手抄本在召喚我，我急於把它看個清楚。

我鑽進馬修的四柱大床，他替我把罩單壓緊，然後逐一捏熄蠟燭。

「唱歌給我聽。」我看著他修長的手指無所畏懼地在火焰之間移動，說道：「唱首老歌——瑪泰喜歡的。」她對情歌的過度偏愛，並沒有被忽視。

他沈默了一會兒，在房間裡走來走去，捏熄蠟燭，隨著室內漸次黝暗下來，拖一道長長的黑影在身後。

Ni muer ni viu ni no guaris,
Ni mal no·m sent e si l'ai gran,
Quar de s'amor no suy devis,
Ni no sai si ja n'aurai ni quan,
Qu'en lieys es tota le mercés
Que·m pot sorzer o decazer.

歌中充滿渴望，幾乎瀕於悲傷。他回到我身旁時，歌也唱完了。馬修留下一根蠟燭，在床畔燃燒。

「歌詞是什麼意思？」我伸手去握他的手。

「不死不活也不痊癒，我的病不覺得痛苦，因為她的愛未曾遠去。」他低下身吻我的額頭。「成功機會茫茫不知，我的興盛與衰亡，都繫於她垂憐的力量。」

「這是誰寫的？」我驚訝地問，這樣的詞句由吸血鬼唱出來，竟是異常貼切。

「我父親寫給伊莎波的，不過後來冠了別人的名字。」馬修道，他的眼睛閃閃發光，笑容燦爛而滿足。他下樓時還低聲哼著這首歌。我獨自躺在他床上，凝望著最後一根蠟燭燒到最後，熄滅。

第二十一章

次日早晨，我淋浴過後，就有一個吸血鬼端著早餐托盤來問安。

「我告訴瑪泰，妳今天早晨想工作。」馬修解釋道，同時掀開保溫蓋。

「你們兩個寵壞我了。」我打開擱在旁邊椅子上靜候著的餐巾。

「我想這對妳的品行沒有壞影響。」馬修彎下腰，給我一個長吻，他眼睛有點朦朧。「早安，妳睡得好嗎？」

「非常好。」我從他手中接過托盤，想起昨晚對他的邀請，不禁紅了臉。憶及他溫柔的拒絕，我還有少許受傷的感覺，但今天早晨這個吻又確認我們已超過友誼的疆界，正朝著新方向邁進。

用畢早餐，我們就去樓下，打開各自的電腦，開始工作。馬修在我的手抄本旁邊擺了一本非常普通、十九世紀出版、從拉丁文翻譯的聖經早期英譯本。

「謝謝你。」我舉起聖經，回頭喊道。

「我在樓下找到的。顯然我的那本對妳而言不夠好。」他笑道。

「我堅決反對拿古騰堡聖經當參考書，馬修。」我的聲音比預期的更嚴厲，聽起來活像個小學老師。

「聖經我是倒背如流。有問題問我就行了。」他建議道。

「我也不要拿你當參考書。」

「隨妳。」他聳聳肩，一笑置之。

電腦在旁邊，鍊金術手抄本在面前，我很快就沈浸在閱讀、分析、記錄心得之中。唯一一次分心是我要求馬修給我一個紙鎮，在我打字時可以壓住書頁。他東翻西找了一會兒，找到一個上頭有路易十四肖像的銅製勳章，還有一個他聲稱取自某個德國天使的小木腳。除非提供抵押品，否則他不肯交出這兩件東西。最後總算用好幾個吻滿足了他的要求。

《曙光乍現》是一個文字極其優美的鍊金術文本，書中對化身女性形象的「智慧」做深入的思考，也探討用化學方式協調自然界各種對峙力量的可能性。馬修這個版本的文字內容，跟我在蘇黎世、格拉斯哥與倫敦等地參考過的版本，幾乎一模一樣，但插圖卻大不相同。

繪者布爾格．勒諾娃是她這一行真正的大師。每幅畫都構圖精準，繪製美麗。但她的才華不僅在於技術精湛而已。她對女性角色的刻畫呈現另一種感性的見解。布爾格筆下的智慧女神充滿力量又不失溫柔。第一幅插畫中，智慧用她的斗篷庇護七種擬人化的金屬，她臉上的表情帶有凶猛而母性的自豪。

正如馬修所承諾，這兒有兩幅插畫是所有其他《曙光乍現》的版本中都看不到的。兩幅都出現在專門討論金與銀結合的最後一則寓言裡。第一幅搭配鍊金變化中女性元素說的話。她通常被畫成一個白衣女王，戴著月亮紋章，表示她跟銀的關係。布爾格將她改畫成一頭美麗而可怕的生物，頭髮變成了銀蛇，臉上有月蝕的陰影。我默讀搭配的文字，把拉丁文翻譯成英文。「全心全意向著我。不要因我黧黑且有陰影而拒絕我。太陽之火改變了我。海洋包圍著我。大地因我的作為而毀壞。我沉入沼澤深處時，夜降臨世上，我的本質隱而不見。」

這位月亮女王伸出的手掌心裡，握著一顆星星。「我從水的深處呼喚你，我從大地的深處呼喚那些從我旁邊經過的人。」我繼續翻譯道：「尋找我。看見我。如果你找到其他像我一樣的，我願賜給他晨星。」我的唇形不由得跟著這些字句開闔，布爾格的畫賦予文本生命，因為月亮女王的表情既害怕遭拒絕，又帶著羞澀的驕傲。

第二幅獨一無二的插畫在下一頁，搭配男性元素黃金太陽王說的話。布爾格畫的是一具沈重的石棺，棺蓋半開，恰好露出躺在裡面的一具金色人體，我看了，脖子上的汗毛不禁根根豎立。國王的眼睛安詳地閉著，臉上的表情充滿希望，好像正夢見自己獲得釋放。我讀道：「我現在要起身，在城市裡走動。我要在街上找個純潔的女人，娶她為妻。她臉蛋美，身體更美，她的衣服最美。她會移開我墳墓入口的石頭，給我鴿子的翅膀，讓我跟她一起飛向天堂，永居天國，平安無憂。」這段文字讓我想起馬修的伯大尼徽章和拉撒路的銀色小棺材。我伸手去拿聖經。

「《馬可福音》第十六章、《詩篇》第五十五章、《民數記》第三十二章四十節。」馬修就像一台自動化的聖經索引機，念出一連串參考資料，打破了沈寂。

「你怎麼知道我在讀什麼？」我從椅子上扭過頭，企圖把他看清楚一點。

「妳嘴唇在動。」他答道，眼睛盯著電腦螢幕，手指喀喀敲著鍵盤。

我咬緊嘴唇，回頭讀文本。聖經中凡是適用於這則鍊金術故事，與死亡與創造有關的段落，作者都用上了，少部分略做改寫，拼湊在一起。我把書桌對面的聖經拿過來。它用黑色皮革裝訂，封面上點綴一個金色的十字架。翻到《馬可福音》，我瞄一眼第十六章。果然在這兒。《馬可福音》第十六章第三節：

「於是他們相互說：誰替我們把墓穴門口的石頭移開呢？」

「找到了嗎？」馬可溫和地問。

「是的。」

「很好。」

房間又恢復了安靜。

「跟晨星有關的句子在哪？」有時我的非基督徒背景是從事這一行的重大缺陷。

「《啟示錄》第二章第二十八節。」

「謝謝你。」

「樂於效勞。」另一張書桌傳來壓抑的笑聲。我埋頭閱讀手抄本，不予理會。

讀了兩小時細小的哥德式字跡，並找尋對應的聖經資料後，我已迫不及待想跟馬修去騎馬，這時他也正好提議休息。作為額外的獎勵，他答應在午餐時告訴我，他結識十七世紀生理學家哈維的經過。

「不是什麼有趣的故事。」馬修曾經抗拒。

「也許你覺得不是。但科學史學家會怎麼想呢？這是我最接近認識那位發現心臟負責把血液打到全身的人的機會了。」

自從來到七塔，就沒見到過太陽，但我們都不介意。馬修顯得更輕鬆，我也意外發現離開牛津是件愉快的事。季蓮的威脅，我父母的照片，甚至諾克斯——都隨著每一小時的流逝變得愈來愈不重要。

我們走到戶外的花園裡，馬修興高采烈地談著他在工作上遇到的一個問題，涉及一個血液標本中應該存在、卻沒有找到的某樣東西。為了解說清楚，他在空中畫出一個染色體，指點著出問題的區域，我雖然還是聽不懂癥結何在，卻拼命點頭。他滔滔不絕，並伸手攬住我的肩膀，把我拉近。

我們繞過一排樹籬，有個穿黑衣的男人站在我們前一天騎馬時穿過的大門外。他靠在栗子樹上的姿勢，帶著豹子潛行出獵的優雅，顯示他是個吸血鬼。

馬修立刻把我拉到身後。

那個男人優雅地離開粗糙的樹幹，漫步朝我們走來。他身為吸血鬼這一事實，從他白得不自然的皮膚，和被他的黑色皮夾克、牛仔褲和靴子強調得格外大而黑的眼睛，都能獲得進一步的確認。這吸血鬼毫不在乎別人發現他的與眾不同。那張天使般的臉孔上，唯一的缺點就是豺狼似的表情。他五官對稱，鬈曲的黑髮披到領口，體型比馬修矮小，也不及他壯碩，但散發出來的力量卻不容小覷。他的眼睛讓我打從皮膚深處泛起寒意，像一匹緞子般鋪展開來。

「多明尼可。」馬修鎮定地說，但他的聲音比平常響亮。

「馬修。」那吸血鬼轉而望著馬修，目光中充滿恨意。

「多年不見。」馬修的口吻漫不經心，好像見慣這吸血鬼如此突兀地出現。

多明尼可好像在思索。「什麼時候的事了？在費拉拉是嗎？我們都跟教皇作對——雖然動機不一樣，我記得。我要挽救威尼斯，你要搶救聖堂武士。」

馬修慢慢點著頭，眼睛牢牢盯著這個吸血鬼。「我想你一定不會記錯。」

「後來，我的朋友，你似乎失蹤了。我們年輕時分享過那麼多冒險：海上、聖地。威尼斯對你這種吸血鬼而言，總是樂趣無窮，馬修。」多明尼可搖著頭，顯然覺得很遺憾。站在古堡大門內側的這個吸血鬼，看起來確實有點像威尼斯人——或結合天使與魔鬼的褻瀆之子。「你往來法國和其他你常出沒的地點之間，為何不來看看我？」

「如果我曾經對你有所冒犯，多明尼可，事隔這麼久，也不值得掛在心上了吧。」

「或許如此，但這麼多年來，有件事始終沒有改變。只要有危機出現，附近一定有個柯雷孟。」他轉向我，貪婪湧現在臉上：「這位想必就是那個我聽過一大堆相關傳聞的女巫。」

「戴安娜，回屋裡去。」馬修斷然道。

危機顯而易見，我遲疑著，不願留下他一個人。

「去。」他再說一遍，聲音鋒利得像把劍。

我們的吸血鬼訪客看到我肩後的什麼，露出微笑。一陣冷風從我身旁吹過，一隻冰冷堅硬的手臂挽住我。

「多明尼可。」伊莎波悅耳的聲音道。「真是稀客啊。」

他正式地躬身行禮。「夫人，妳身體康泰，見到妳真高興。妳怎麼知道我來了？」

「我聞到你。」伊莎波輕蔑地說：「你到我家，不請自來。令堂若知道你這種行為，會怎麼說？」

「如果家母還健在，我們倒可以去問她。」多明尼可幾乎毫不掩飾猙獰的表情。

「媽媽，帶戴安娜回屋裡去。」

「當然，馬修。我們留你們兩位慢慢聊。」伊莎波轉過身，拖著我一塊兒走。

「只要你們讓我把口信傳到，我馬上就離開。」多明尼可警告道。「如果必須再跑一趟，我不會一個人來。今天來訪主要是向妳致敬，伊莎波。」

「那本書不在她手上。」馬修高聲道。

「我不是為了那本該死的女巫書而來，馬修。他們儘管留著好了。我是代表合議會來的。」

伊莎波吁了一口很低很長的氣，好像已經憋了好幾天沒呼吸。有個問題湧到我唇邊，但她使了個警告的眼色，讓我沈默。

「幹得好，多明尼可。新職責這麼繁重，我很驚訝你居然還有時間拜訪老朋友。」馬修的腔調很不屑。「如今歐洲吸血鬼到處留下吸乾血液的屍首被凡人發現，合議會為何要浪費時間正式造訪柯雷孟家族呢？」

「吸血鬼以凡人為食物，並沒有受禁止——雖然這麼粗心大意頗令人遺憾。你知道的，我們吸血鬼走到哪裡，死亡就尾隨而至。」多明尼可對這種殘暴的行為聳聳肩膀，不以為意，他不把脆弱的溫血生命當回事的態度，卻讓我打個寒噤。「但盟約明令禁止吸血鬼跟女巫發生男女關係。」

我回頭瞪著多明尼可：「你剛說什麼？」

「她會說話！」多明尼可故作興奮狀，拍手道：「為什麼不讓這個女巫加入談話？」

馬修伸手把我向前拉。伊莎波仍然勾住我另一隻手臂。我們形成一條又短又緊的吸血鬼、女巫、吸血鬼的鎖鍊。

「戴安娜・畢夏普。」多明尼可深深彎下腰。「很榮幸見到一位來自如此古老而顯赫的家族的女巫。如今還存在的老家族已經很少了。」他說出來的每一個字——無論措辭多麼正式——聽起來都像威脅。

「你是什麼人？」我問：「為什麼你在乎我跟誰在一起？」

這威尼斯吸血鬼滿懷興趣地看著我，然後把頭往後一甩，縱聲狂笑道：「他們說妳像妳父親一樣好辯，當時我還不相信。」

我的手指微微作痛，伊莎波的手臂也相應地把我挽得更緊。

「我讓你的女巫生氣了嗎？」多明尼可眼睛盯著伊莎波的手臂。

「把你要說的話交代完畢，趕快離開我們的土地。」馬修就像閒話家常般和顏悅色道。

「我叫多明尼可・米歇勒。我從重生開始就認識馬修，認識伊莎波也差不多一樣久。但我跟美麗的露依莎當然比他們熟得多。不過我們不該隨便談論死者。」他虔誠地在胸前畫了十字。

「你根本不該提起我妹妹。」馬修的聲音很冷靜，但伊莎波一副要殺人的模樣，嘴唇也發白。

「你仍然沒有回答我的問題。」我道，再次引起多明尼可的注意。

威尼斯吸血鬼眼神一亮，老實不客氣在評估我。

「戴安娜，」馬修差點壓抑不住喉中發出的呼嚕聲，差點第一次對我咆哮。瑪泰從廚房裡走出來，臉上帶著警戒。

「我看得出來，她脾氣比她大部分的同類都更火爆，你就為了這個緣故，不惜失去一切也要把她留在身邊嗎？她讓你開心？或者你打算等到厭倦以後拿她當食物，然後扔掉，就像對待別的溫血生物一樣？」

馬修的手捏著從外表看來只是毛衣下一塊突起物的拉撒路棺材。我們抵達七塔以來，他還不曾碰過那個東西。

多明尼可犀利的眼睛也注意到了這個動作，隨即浮起一個報復的微笑：「有罪惡感嗎？」

我對多明尼可用言語折磨馬修的方式深感不滿，想張口說話。

「戴安娜，立刻回屋裡去。」馬修的口吻透露，我們待會兒會有一場嚴肅而不愉快的對話。他把我朝伊莎波的方向輕推一下，然後更嚴密地擋在他母親和我，以及黑衣威尼斯人之間。這時瑪泰已來到附近，雙臂交抱在粗壯的身體前面，跟馬修一樣蓄勢待發。

「先讓那女巫聽完我要說的話。我來向妳提出一個警告，戴安娜・畢夏普。女巫嚴禁跟吸血鬼來往。妳必須離開這棟房子，從此不得跟馬修・柯雷孟或他的家人來往。如有違背，合議會將採取一切必要的手段維護盟約。」

「我不知道你的合議會是什麼東西，我也沒有同意過你們的盟約。」我道，仍然滿腔怒火。「更何況，盟約不能強制執行。盟約是自願的。」

「妳不但是歷史學家，還身兼律師嗎？妳們這些受過高等教育的現代女性還真是不可思議。不過女人不擅長神學。」多明尼可故作傷心狀，繼續道：「所以我們打從一開始就認為，不值得教育妳們。妳以為我們互相做這些承諾時，是採用喀爾文57那個異端的觀念嗎？對盟約宣誓的時候，所有的血族、魔族和巫族——不分過去、現在與未來——就都包括在內了。這可不是妳可以隨心所欲，愛走不走的一條路。」58

「你的警告傳到了，多明尼可。」馬修用圓滑的腔調說。

「我要對這女巫說的話說完了。」威尼斯人答道：「但我有更多的話要對你說。」

「那麼戴安娜得回屋裡去。帶她離開，媽媽。」他簡短地說。

這次他母親立刻服從，瑪泰也跟在後面。「不要。」伊莎波制止我轉身回望馬修。

「那個鬼東西哪裡來的？」我們平安回到屋裡，瑪泰便問。

---

57 **John Calvin**，一五〇九—一五六四，法國宗教改革家、神學家，也是基督新教喀爾文教派的創建者。多明尼可是天主教徒，循舊式觀念稱他為異端。

58 此處的觀念涉及基督教的盟約神學，最顯著的例子就是亞當與夏娃違反上帝的禁令，偷吃善惡樹的果子，破壞與上帝的盟約，結果使世世代代全體人類都必須背負原罪，無法重返樂園。

「地獄吧。」伊莎波道。她用指尖輕觸我的臉，但一接觸到我憤怒的臉頰的熱度，就趕緊縮回。「妳很勇敢，姑娘，但妳的行為太衝動。妳不是吸血鬼。不要冒險跟多明尼可或他的盟友爭論。離他們遠一點。」

伊莎波不給我時間回應，就拉著我以很快的速度穿過廚房、餐廳、客廳，進入大廳。最後她把我帶到通往最高那座塔的拱門前。想到要爬那麼多級樓梯，我的小腿就差點兒抽筋。

「我們必須上去。」她堅持道：「馬修會去那兒找我們。」

恐懼和憤怒推著我爬完樓梯的前半，後半段我是靠純粹的意志力克服的。抬起腳，跨過最後一級階梯，我發現自己來到一片平坦的屋頂上，四面八方一望無際。一陣微風吹來，吹鬆了我的辮子，還把霧氣引到我身旁來。

伊莎波動作很快，走到一根向空中伸出約十來呎的竿子旁，升起一面裝飾著銀色咬尾蛇圖案的黑色雙尖旗。一條咬著自己發光尾巴的蛇，在黯淡的天空下招展。我跑到對面城牆的垛口，多明尼可抬頭望來。

過了一會兒，村中一棟建築物屋頂，也升起一面類似的旗幟，鐘聲不絕如縷響起。男男女女絡繹從房屋、酒吧、商店、辦公室走出來，每個人都望向七塔，象徵永恆與重生的古老圖案在風中翻飛。我看著伊莎波，心裡的疑問寫在臉上。

「這是我們的家徽，警告村民要嚴加戒備。」她解釋道：「每當有別的吸血鬼跟我們在一起，我們就會升旗。村民已習慣跟吸血鬼生活在一起，雖然他們不需要怕我們，但我們一直維持著傳統，就為了提防現在這種時刻。世界上到處都是不可信任的吸血鬼，戴安娜。多明尼可・米歐勒就是其中之一。」

「妳不說我也明白。他究竟是何方神聖？」

「馬修最老的朋友之一。」伊莎波眼望著兒子低聲道：「所以也是個非常危險的敵人。」

我的注意力轉往馬修身上，他還隔著一塊精確劃分的交戰區跟多明尼可對話。忽然一片黑影和灰影閃動，只見威尼斯人倒飛出去，撞向我們第一次看到他時他倚靠著的那棵栗子樹。轟隆一聲，響徹這一帶。

「做得不錯。」伊莎波喃喃道。

「瑪泰在哪？」我回頭朝樓梯望去。

「在大廳。以防萬一。」伊莎波銳利的眼睛仍盯在兒子身上。

「多明尼可真的會闖進來，撕開我的喉嚨嗎？」

伊莎波轉回閃亮的黑眼睛瞪著我看。「那樣就太輕鬆了，親愛的。他會先逗著妳玩，他總喜歡玩弄他的獵物，而且多明尼可喜歡觀眾。」

我艱澀地吞一口口水。「我有能力照顧自己。」

「妳能，如果妳真有馬修以為的那麼大的力量。我發現女巫大都善於保護自己，只要一點努力和一點勇氣。」伊莎波道。

「多明尼可提到的合議會是怎麼回事？」我問道。

「一個九人小組——魔族、巫族、血族各出三個人。它成立於十字軍時期，為的是避免我們暴露在凡人面前。我們太不小心，很容易過分介入他們的政治和其他瘋狂行為。」伊莎波的聲音很苦澀。「像米歇勒這種野心勃勃、傲慢而貪婪的生物，在生活中總覺得不滿足，總想要更多——逼得我們非簽下盟約不可。」

「所以你們同意了某些條件？」想到超自然生物在中世紀做出的承諾，竟然會影響到馬修和我，感覺很荒謬。

伊莎波點點頭，微風把幾縷她濃密的蜂蜜色秀髮吹拂到臉上。「我們不同族類雜處時，會過於引人注目。我們介入凡人事務時，他們會對我們的聰明才智起疑。他們反應不夠快，可憐的生物，但也未必那麼笨。」

「所謂『雜處』，不包括一起吃個飯、跳個舞。」

「不能吃飯，不能跳舞——不能親吻，也不能唱歌給對方聽。」伊莎波意有所指。「跳舞和親吻以後發生的事更不可以。同意接受盟約前，我們非常傲慢。我們人多勢眾，習慣要什麼有什麼，不計代價。」

「這承諾還包括些什麼？」

「不碰政治或宗教。有太多君王與教宗都是超自然生物。人類開始自行撰寫編年史以後，要從一種生活轉換到另一種，難度就增加許多。」伊莎波打了個寒噤：「凡人在旁窺探，吸血鬼就很難好好裝死，進入新的生活。」

我很快地瞥一眼馬修和多明尼可，但他們還在城堡牆邊交談。「所以，」我點著手指重複道：「不同種類的超自然生物不可以雜處。不能介入凡人的政治與宗教當作事業，還有別的嗎？」我阿姨對外族有恐懼症，而且強烈反對我學法律，顯然是因為她對這份古早協議了解不周全所致。

「有的。凡有超自然生物破壞盟約，合議會都有責任制止不當行為，維繫誓約。」

「如果破壞盟約的是**兩隻**超自然生物呢？」

沈默在我們之間緊繃、持續。

「就我所知，這種事不曾發生過。」她沈重地說：「所以你們兩個沒做這種事，是件好事。」

昨晚我提出一個簡單的要求，要馬修跟我同床共枕。但他知道這個要求不簡單。他並不是對我或他自己的感情沒把握，馬修只是想知道，他做到什麼程度，合議會就會出面干預。

答案來得很快。他們根本什麼都不允許。

我先鬆了一口氣，隨即又開始憤怒。如果沒有人抱怨，我們的感情一直發展下去，他說不定永遠都不會告訴我什麼撈什子合議會或盟約的事。他的沈默就會牽連到我和我親戚，以及他的家人之間的關係。我可能直到進了墳墓，都還在怪我阿姨和伊莎波心胸狹隘。其實她們不過是履行一個許久以前的承諾——這種事雖然很難理解，卻多少是可以原諒的。

「妳兒子不能再對我隱瞞任何事。」我的火氣上來了，手指刺痛加劇。「妳該擔心的不是合議會，而是我下次看見他的時候，會怎麼對付他。」

她嗤之以鼻。「先等他拷問妳，為什麼在多明尼可面前質疑他的權威，然後才輪得到妳採取任何行動。」

「馬修的權威關我什麼事？」

「妳呀，親愛的，關於吸血鬼，妳還有很多該知道的。」她得意地說。

「關於我，妳也有很多事該知道。合議會也一樣。」

伊莎波抓住我的肩膀，手指深深掐進我肉裡。「這不是一場遊戲，戴安娜！馬修甘願背棄他認識好幾個世紀的超自然生物，只為了捍衛妳成為妳以為妳在這場短暫的生命裡想做的隨便什麼東西的權利。我求妳不要讓他這麼做。如果再堅持下去，他會把命都送掉。」

「他是個獨立的男人，伊莎波。」我冷酷地說：「我不會告訴馬修他該做什麼事。」

「不，但是妳有力量讓他做出那些事。告訴他，妳不願意為他打破盟約，為了他自己好——或者妳對他無非就是好奇而已——女巫以好奇心旺盛出名。」她用力推開我。「如果妳愛他，妳會知道該怎麼說。」

「結束了。」樓梯頂端傳來瑪泰的聲音。

我們都急忙衝到高塔邊緣。一匹黑馬載著騎士，一溜煙奔出馬廄，躍過圍場的籬笆，噠噠馳入林中。

第二十二章

自從他近午時分騎著貝塔薩出去後，我們三個就在客廳裡等待。現在黃昏將至，陰影池邐得很長。若是凡人，這麼長時間要設法在開闊的田野裡控制那匹高頭大馬，大概已累得半死。但晨間發生的事提醒我，馬修不是凡人，而是個吸血鬼——有很多祕密、複雜的過去和令人畏懼的強敵。

頭頂上，有扇門關上。

「他回來了。他會先去他父親的房間，每次他有煩惱都會這麼做。」伊莎波解釋道。

馬修年輕美麗的母親坐在那兒，盯著壁爐看，我不停絞扭著放在腿上的手，回絕瑪泰放在我面前的每樣食物。早餐後我就沒吃過東西，但我雖感到空虛，卻與飢餓無關。

我覺得粉身碎骨，四周都是原先井然有序的生活的碎片。我從牛津大學拿到的學位，我在耶魯大學的教職，我細心研究寫出來的書，一直塑造著我生活的意義與結構。但在這個吸血鬼面目猙獰、女巫出言恫嚇的陌生新世界裡，那一切都不能給我安慰。接觸這些世界，跟一個吸血鬼產生脆弱的新聯繫，我血管裡看不見、卻不容否認的女巫血的流動，都讓我疼痛不堪。

終於馬修走進客廳，梳洗乾淨，換了衣服。他的眼光立刻找尋我，冰冷的觸感把我周身上下拍打一遍，確認我沒有受傷。他鬆了一口氣，嘴唇的線條也變得柔和。

那是我最後一次看到令人安心而熟悉的他。

走進客廳的馬修不是我認識的那個馬修。他不是那個帶著嘲弄的微笑，邀我共進早餐，闖進我人生，優雅迷人的超自然生物。他也不是那個沈迷工作，一心只想解答自己為什麼存在的疑團的科學家。而前一天晚上那個把我攔腰抱起，以無比強烈的激情吻我的馬修，更是不見蹤影。

這個馬修冰冷而無情。他身上有限的幾個流露溫柔的部位——嘴角、輕柔的手勢、靜止不動的眼神——都被強硬的線條和稜角取代。他看起來比我記憶中老。疲憊和小心保持的距離，將他在人間度過的一千五百年歲月完全反映出來。

一根木頭在壁爐裡爆開。火星吸引我的視線，燒成血一般的橘紅色，掉回爐膛裡。

一開始只出現紅色。然後紅色有了質感，縷縷紅絲到處打磨得雪亮，閃耀金光和銀光。那質感變成了一種東西——頭髮，莎拉的頭髮。我用手指勾住肩膀上背包的帶子，把午餐盒扔在客廳地板上，發出像父親把公事包扔在門口時一樣誇張的嘩啦一聲。

「我回來了。」我的稚嫩聲音調門很高而開朗。「有餅乾嗎？」

莎拉回過頭來，頭髮紅橘相間，映著午後的陽光，好像會噴出點點火星。但她的臉卻是一片雪白。

白色壓倒了其他顏色，變成銀色，變成魚鱗般的質感。是鎖子甲穿在一具我很熟悉的肌肉發達的身體上。馬修。

「我受夠了。」他白皙的手撕開一件前襟繡著銀十字的黑罩袍，從肩膀處將它撕裂。他把衣服扔在某人腳下，轉個身，大踏步離開。

我只眨一下眼睛，畫面就消失了，又回到七塔溫暖的客廳裡，但剛發生的事仍令我驚駭。我這項隱藏的天賦就像巫風一樣毫無預警地出現。我母親的預知能力也會出現得這麼突兀，如此清晰嗎？我朝房間裡張望，但瑪泰好像是唯一察覺到有異狀的，她關心地看著我。

馬修走到伊莎波跟前，輕輕親吻她兩邊毫無瑕疵的雪白臉頰。「對不起，媽媽。」他低聲道。

「欸，他一直是頭豬。不是你的錯。」伊莎波輕捏一下兒子的手。「我很高興你在家。」

「他走了。今晚沒什麼好擔心的。」馬修的嘴唇繃緊，他伸手去抓頭髮。

「喝。」瑪泰的危機處理觀走的是食物路線。她遞一杯酒給馬修，又倒了一杯茶放在我旁邊。它在桌上無人理會，自顧伸出蒸氣的捲鬚，向四方散去。

「謝謝妳，瑪泰。」馬修深深喝一口酒。這麼做時，他眼睛轉向我，但他吞嚥時，刻意掉開目光。

「我的電話。」他道，轉身向書房走去。

過了一會兒，他下樓來。「打給妳的。」他用我們的手無須接觸的方式把手機交給我。

我已經知道是誰打來的。「哈囉，莎拉。」

「我打了八個多小時。到底出了什麼事？」莎拉知道有不好的事發生——否則她不會打電話給一個吸血鬼。她緊張的語氣讓我想起剛才看到她臉色煞白的畫面。她不僅是傷心而已，她還受到驚嚇。

「沒什麼。」我道，不想再讓她擔驚受怕。

「光是跟馬修在一起，妳的麻煩就夠大了。」

「莎拉，我現在不方便講電話。」我最不想做的事就是跟阿姨吵架。

她吸一口氣。「戴安娜，在妳決定在一個吸血鬼身上孤注一擲之前，有幾件事妳該知道。」

「真的嗎？」我問，火氣忽然爆發。「妳認為現在是告訴我盟約是怎麼回事的好時機？妳大概不可能認識合議會現任的巫族成員吧？我有幾句話想告訴他們。」我的手指火辣辣地作痛，指甲下面的皮膚已變成鮮豔的天藍色。

「妳不肯面對自己的力量，戴安娜，也絕口不談魔法。盟約跟妳的生活沒有關係，合議會也一樣。」莎拉採取防禦的語氣。

充滿怨毒的笑聲暫時消除了我手指上藍色的刺痛感。「隨妳怎麼說，妳總自以為做得對，莎拉。母親和父親遇害後，妳跟艾姆就該告訴我真相，而不是神祕兮兮，半真半假地暗示些什麼。但現在已經太遲了。我必須先跟馬修談談。明天我會打電話給妳們。」我切斷線路，把手機扔在腳邊的矮凳上，便閉上眼睛，靜待手指上的刺痛逐漸消失。

三隻吸血鬼都瞪著我——我感覺得到。

「所以，」我向著沈默發話：「我們期待這個合議會派更多訪客來嗎？」

馬修緊緊抿著嘴唇說：「不。」

雖然他只用一個字回答，但還好是我想聽的那個字。過去幾天來，我暫且擺脫馬修多變的情緒，幾乎都忘了那樣的改變多麼讓人緊張。但他接下來的話，卻整個兒打消了我期待這樁突發事件很快就會過去的希望。

「合議會不會再派人來，因為我們不會破壞盟約。我們在這兒再住幾天就回牛津。妳覺得可以嗎，媽媽？」

「當然。」伊莎波立刻答道。她鬆了一口氣。

「我們要讓旗子繼續飄揚。」馬修認真地說：「村子該知道要提高警覺。」

伊莎波點點頭，她兒子又啜了一口酒。我瞪著眼睛，從他們中的一個看到另一個，卻沒有人理會我沈默的要求而提供更多訊息。

「你帶我離開牛津才不過幾天。」沒有人回應我無言的挑戰，我只好說了。

馬修抬起眼睛，冷峻地看我。「現在妳要回去了。」他聲音平坦：「同時，不准走出城堡範圍。不准單獨騎馬。」他現下的冷漠比多明尼可說的任何一句話都更令人害怕。

「還有呢？」我步步進逼。

「不准再跳舞。」馬修道，他突如其來的反應顯示，還有一大堆其他活動也包括在內。「我們要遵守合議會的規定。只要不再激怒他們，他們就會把注意力轉移到其他更重要的事情上。」

「我明白了。你要我裝死。難道你打算放棄你的研究和艾許摩爾七八二號？我不相信。」我站起身，向門口走去。

馬修粗魯地抓住我的手臂。他能在這麼短時間內趕到我身旁，實在違反所有的物理定律。

「坐下，戴安娜。」他的聲音跟他的動作一樣粗暴，但很奇怪地，他流露出情緒就讓人放心多了。

「你為什麼放棄？」我低聲問道。

「為了不讓我們全體暴露在凡人面前——還有保住妳的命。」他把我拖回沙發旁，用力一推，讓我坐在座墊上。「這個家族不是個民主政體，尤其在這種時刻更不是。我叫妳做什麼事，妳就乖乖照做，不要猶豫，也不要質疑。懂嗎？」從馬修的口吻聽來，討論已經結束。

「不然呢？」我存心激怒他，他卻冷漠得讓我心驚。

他把酒杯放下，蠟燭的光芒在水晶杯裡閃爍。

我覺得自己在墜落，掉進了一個大水池。

水池變成一滴水，一滴眼淚在雪白的臉頰上閃閃發光。

莎拉滿臉淚水，眼睛又紅又腫。艾姆在廚房裡。她來跟我們一塊兒坐時，看得出她也哭過。她顯得憔悴不堪。

「什麼事？」我道，恐懼攫住我的胃。「發生了什麼事？」

莎拉擦眼睛，手指上沾著她施放咒語時用到的藥草和香料的漬痕。

她的手指變長了，污漬消失了。

「什麼事？」馬修問道，他眼睛睜得很大，白皙的手指從一張同樣蒼白的臉上擦掉一滴極小的、染血的眼淚。

「女巫。她們抓走了你父親。」伊莎波說道，她聲音碎裂。

靈視消失後，我找尋馬修，希望他的眼睛能發揮一貫的吸引力，緩和我怎麼也無法消除的不知所措的感覺。但我們眼光一接觸，他就衝過來，居高臨下看著我。我卻完全感覺不到通常有他在旁就會產生的安適。

「我會在任何人傷害妳之前先殺死妳。」這些字句梗在他喉間。「但我不想殺妳。所以請妳一定要照我說的做。」

「就這樣？」我說得出話時，第一句話就問。「我們要遵守將近一千年前制定的、心胸狹隘的古老協議，全案到此結束。」

「絕不能讓妳接受合議會審查。妳不能控制自己的魔力，也不了解妳跟艾許摩爾七八二號的關係。妳在七塔可以不受諾克斯騷擾，戴安娜，但我早先也告訴過妳，跟吸血鬼在一起不安全。所有溫血生物都一樣。永遠不安全。」

「你不會傷害我。」不論過去幾天發生了什麼事，此時此刻，我絕對有把握。

「妳堅持從這種浪漫的角度看待吸血鬼，但即使我盡全力克制，我還是很喜歡喝血。」

我做個不屑的手勢。「你殺過凡人，我知道，馬修。你是個吸血鬼，你活了一千多年。你以為我會相信你光喝動物的血就能活這麼久？」

伊莎波密切觀察她的兒子。

「說妳知道我殺過人，跟了解其中真正的意義是兩回事，戴安娜。妳跟本不知道我會做出什麼樣的事。」他碰觸伯大尼護身符，快速而不耐煩地挪動幾步，跟我保持距離。

「我知道你是什麼。」這是另一件我絕對有把握的事。我不知道是基於什麼，雖然吸血鬼——以及女巫——行為殘暴的證據不斷增加，但憑著直覺，我就是對馬修深信不疑。

「妳連自己是什麼都不知道。三個星期前，妳還不曾聽過我這個人。」馬修的目光遊移不定，他的手跟我的手一樣，都在發抖。這讓我擔心的程度還不及伊莎波的上半身從椅子上不斷靠過來。他拿起一根火鉗，用力在火堆裡戳了一下，又丟到一旁。金屬撞擊石板鏘鋃作響，堅硬的石面竟然像豆腐似的被砸出一個洞。

「我們會釐清這件事。給我們一點時間。」我努力壓低聲音，用撫慰的語氣說。

「沒什麼好釐清的。」馬修開始踱方步。「妳有太多不馴的力量。這就像藥物——非常容易上癮而危險的藥物，其他超自然生物也急切想分一杯羹。只要附近有女巫或吸血鬼，妳就永遠不會安全。」

我想張口答話，但他方才站著的位置已不見人影。馬修冰冷的手指捏著我下巴，強迫我站起來。

「我是掠食者，戴安娜。」他的口氣宛如情人般魅惑，丁香的黑暗香氣讓我頭昏。「我必須狩獵、殺戮才能生存。」他用力一擰，強迫我把臉轉開，露出脖子。他忙亂的眼睛盯著我咽喉左右打量。

「馬修，放下戴安娜。」伊莎波聽起來並不擔心，我對他的信心也一點都沒有動搖。他出於某種動機想嚇跑我，但我不會有真正的危險——不像落到多明尼可手中那麼危險。

「她以為她了解我，媽媽。」他低聲咆哮：「戴安娜根本不知道，當我們渴望吞噬溫血動物時，那種令腸胃抽搐的瘋狂需求是怎樣的一種感覺。她不知道另一顆心臟的血液流進我們的血管，會帶來多大的歡暢。也不知道我站在這裡，這麼靠近她，卻不能品嘗她的滋味，是多麼的折磨。」

伊莎波站起身，但仍留在原地。「現在不是教她這種事的時機，馬修。」

「妳知道，我不但可以當場殺了妳。」他不理他母親，黑眼睛射出催眠的魔力，繼續道：「還可以慢慢吞食妳，吸妳的血，讓它再補充，第二天一切會再重來一遍。」他放開我下巴，用手掌圈住我脖子，大拇指輕撫著我的頸動脈，好像在評估從那個位置下口，用牙齒咬開我肌肉最恰當。

「住手。」我尖叫。他這套嚇人花招也耍得夠久了。

馬修忽然把我扔在柔軟的地毯上。我摔倒時，他已經到了房間另一頭，背對著我，低垂著頭。

我瞪著我的手和膝蓋下面的地毯圖案。

色彩的漩渦，太多顏色，無法分辨，都在我眼前不停轉動。

那是空中飛舞的樹葉——綠色、咖啡色、藍色、金色。

「妳爸媽。」莎拉說，她的聲音數度哽咽。「有人殺了他們。他們死了，親愛的。」

我把眼睛從地毯上移開，望向那個背對我的吸血鬼。

「不。」我搖頭。

「怎麼了，戴安娜？」馬修轉過身來，關心暫時取代了掠食者。

色彩的漩渦再次吸引我注意——綠色、咖啡色、藍色、金色。都是樹葉，池中一道渦流將葉子都推過來，散落在我雙手周圍的地面上。一把彎彎的弓，打磨得很光亮，旁邊散落了許多支箭，還有個空了一半的箭囊。

我伸手去拿弓，感覺緊繃的弓弦嵌進我肉裡。

「馬修。」伊莎波警告道，作勢嗅聞空氣。

「我知道，我也聞到了。」他愁眉苦臉地說道。

他是妳的。一個陌生的聲音低語。一定不能讓他離開。

「我知道。」我不耐煩地喃喃道。

「妳知道什麼，戴安娜？」馬修向我走過來一步。

瑪泰衝到我身旁。「不要動她。」她厲聲道：「這孩子不在這個世界。」

我不在任何地方，只是陷在雙重的人間至痛之中：失去了父母，而且確知馬修也很快就要離我而去。

小心。陌生的聲音警告。

「已經來不及了。」我把手從地板上舉起，啪地一下將那把弓打成兩截。「太遲了。」

「什麼太遲了？」馬修問道。

「我已經愛上你了。」

「不可能。」他麻木地說。房間裡靜寂無聲，只有火焰劈啪作響。「這樣太快了。」

「為什麼吸血鬼的時間觀念這麼奇怪？」我大聲說出心裡的想法，過去與現在仍令人迷惑地融合成一片。「愛」這個字讓我產生佔有的欲望，但也把我帶往當下的現實。「女巫沒有幾世紀時間用來談戀愛。我們動作都很快。莎拉說我母親對我父親是一見鍾情。我自從在牛津市立碼頭上決定不用槳打你的時候，就愛上你了。」血液開始在我的血管裡哼起歌來。瑪泰看起來嚇了一跳，顯然她也聽得見。

「妳不懂。」聽起來好像馬修跟我的弓一樣會裂成兩半。

「我懂。合議會縱然千方百計阻止我，也不能指定我愛誰。」我父母被奪走的時候，我還是個孩子，沒有選擇，人家要我做什麼，我都只能聽話。如今我是個成年人，我要為馬修戰鬥。

「多明尼可只是個序曲，比起諾克斯可想而知會採取的行動，根本微不足道。今天他來執行的，其實是件敦睦的外交任務。不論妳怎麼想，戴安娜，妳都還沒做好面對合議會的準備。即使妳當真跟他們對幹，又怎麼樣？讓古老的仇恨浮出表面，萬一情況失控，我們都會暴露在凡人面前。妳的親人也可能會受到波及。」馬修的話很殘酷，只想讓我停下來重新考慮。但無論他說什麼，都不及我對他的感覺重要。

「我愛你。我不要停止。」這也是我非常有把握的一件事。

「妳沒有愛上我。」

「我來決定我愛誰，怎麼愛，什麼時候愛。別再告訴我該怎麼做，馬修。我對吸血鬼可能有些浪漫的看法，但你對女人的態度也需要一番大調整。」

他還來不及回答，他的手機忽然開始在矮凳上跳動。他用奧克語罵了一個想必很不得了的字眼，因為瑪泰一副嚇了一跳的樣子。他在電話跳到地上前，一把抓起它。

「什麼事？」他道，眼睛盯著我。

線路另一頭傳來含糊的語聲，瑪泰和伊莎波交換了一個擔憂的眼色。

「什麼時候？」馬修的聲音響得像大砲。「他們拿走什麼嗎？」他聲音中的怒氣讓我皺起眉頭。「謝天謝地。有損害嗎？」

我們不在的時候，牛津出事了，聽起來像竊案。但願不是發生在老宅。

電話另一頭的聲音繼續說話，馬修用手摀住眼睛。

「還有什麼？」他問，聲音又提高了。

經過一陣很長的沈默。他轉身走到壁爐前面，右手五指伸開，平放在爐檯上。

「所謂外交，不過如此。」馬修低聲咒罵。「我再過幾個小時就到。你可以來接我嗎？」

我們要回牛津去了。我站起身。

「很好。我降落前會打電話。還有，馬卡斯，幫忙查一查，除了彼得•諾克斯和多明尼可•米歇勒，合議會還有哪些成員。」

諾克斯？拼圖的碎片開始就位。難怪馬修一聽我告訴他那個穿咖啡色的巫師是什麼人，就立刻趕回牛津。這也說明了現在他為什麼急於擺脫我。我們破壞了盟約，而諾克斯是執法者。

掛掉電話後，馬修默默站了一會兒，一隻手緊緊握拳，好像在克制把石砌的爐檯打得俯首稱臣的衝動。

「是馬卡斯。有人企圖闖進實驗室。我得回一趟牛津。」他回過身，兩眼無神。

「情況還好嗎？」伊莎波擔心地看了我一眼。

「他們沒有通過保全系統。儘管如此，我必須跟校方談談，確定不論來犯者是誰，下次都不會成功。」馬修這番話讓我不解。既然竊賊沒偷到東西，他為什麼還不放心？為什麼他要對著他母親搖頭？

「小偷是什麼人？」我警戒地問。

「馬卡斯不確定。」

這很奇怪，吸血鬼不是有超級靈敏的嗅覺嗎？「是凡人嗎？」

「不。」又恢復只用一個字回答我了。

「我去收拾東西。」我轉身往樓上走。

「妳不要來。妳留在這裡。」馬修的話讓我煞住腳步。

「我寧可去牛津，」我抗議道：「跟你在一起。」

「現在牛津不安全。安全了我就回來。」

「你剛剛才說我們應該回去！打定主意吧，馬修。危險在哪裡？手抄本與巫族？諾克斯和合議會？或者多明尼可跟吸血鬼？」

「妳有沒有在聽我說話？危險就是**我**。」馬修的聲音很嚴厲。

「哦，我聽見了。但你有事情瞞著我。發掘祕密是歷史學家的職責。」我頑強地低聲道：「這種工作我很擅長。」他張口欲言，但我攔住他。「不要再找藉口或用謊言解釋。去牛津吧。我留在這兒。」

「你需要樓上的什麼東西嗎？」伊莎波問道：「你該帶件大衣，只穿毛衣會引起凡人注意。」

「只要我的電腦。我的護照在電腦包裡。」

「我去拿。」我一心只想離開所有柯雷孟家的人，透透氣，便快步爬上樓去。在馬修的書房裡，我放眼四望，到處都是他的痕跡。

銀盔甲的表面在火光中泛起波紋，吸引我注意，同時有許多張臉孔在我心頭浮現，每一個影像都像天際彗星般轉瞬即逝。一個皮膚雪白的女人，有雙大得出奇的藍眼睛和甜美的笑容，另一個女人，堅定的下巴和寬肩膀透露著堅毅，一個鷹勾鼻的男人承受著極大的痛苦。還有其他臉孔，但我只認得出露依莎・柯雷孟，她用滴著血的手指遮住自己的臉。

抗拒影像的牽引，能讓那些臉孔消失，但我的身體不斷顫抖，心情也很迷惑。根據ＤＮＡ報告所云，預言的靈視力早晚會出現。但它們來得就像昨晚我在馬修臂彎裡升空飄浮一樣毫無預警。就好像有人拔開瓶塞，我的魔法——終於獲釋——就爭先恐後衝了出來。

我拔掉電線插頭，將它跟馬修的電腦一起塞進電腦袋。他的護照放在前面夾袋，正如他所說。

我回到客廳，只剩馬修一個人，他手拿著鑰匙，肩上搭著一件麂皮的農夫夾克。瑪泰喃喃自語，在大廳裡踱方步。

我把電腦交給他，為了克制再碰他一下的衝動，故意站得遠遠地。馬修把鑰匙放進口袋，接過電腦袋。

「我知道這不容易。」他的聲音沙啞而陌生。「但妳必須讓我處理這件事。我幹活的時候必須知道妳很安全。」

「我只要跟你一起就安全，不論我們在哪裡。」

他搖搖頭。「光憑我的名字就應該保護得了妳。但事實上不行。」

「離開我不能解決問題。今天發生的事我不是完全理解，但多明尼可的恨意不是單純與我有關。他要毀滅你全家和你所愛的一切。多明尼可也許覺得他復仇的時機還沒到。但諾克斯呢？他要艾許摩爾七八二號，而且認為我可以替他拿到手。他不會那麼輕易就放棄。」我打了個寒噤。

「我提個交易，他會接受。」

「交易？你拿什麼跟他交易？」

吸血鬼沈默下來。

「馬修？」我堅持道。

「手抄本。」他平淡地說：「我不碰它——或妳——如果他保證也會這麼做。艾許摩爾七八二號已經安息了一百五十年。我們讓它保持原狀。」

「你不可能跟諾克斯達成交易。他根本不可信任。」我非常震驚。「更何況，你有的是時間等待那本手抄本，諾克斯可沒有。你的交易對他沒有吸引力。」

「諾克斯交給我處理就得了。」他粗魯地說。

我一瞪眼，火氣上來了：「多明尼可交給你處理。諾克斯交給你處理。你認為**我**可以做什麼？你說過，我不是那種等待英雄搭救的落難女子。那就不要用這種方式對待我。」

「我想這是我罪有應得。」他緩緩道，眼睛烏黑如漆。「但是關於吸血鬼，妳還有很多該學的。」

「令堂也這麼對我說。但關於女巫，你可能也有幾件該知道的事。」我把擋住眼睛的頭髮撥開，雙手交叉抱在胸前。「到牛津去，把那兒發生的事弄個清楚。」**不論發生什麼你不肯告訴我的事**。「但是，看在老天爺分上，馬修，不要跟諾克斯協商。你對我是什麼感覺，你要拿定主意，不要管盟約禁止什麼，也不要理睬合議會想要什麼，或甚至諾克斯和多明尼可讓你害怕什麼。」

我心愛的吸血鬼，那張天使也會妒忌的俊美臉蛋用悲傷的表情看著我：「妳知道我對妳是什麼感覺。」

我搖頭。「不，我不知道。你準備好了，就告訴我。」

馬修掙扎了一番，但還是沒把它說出來。他默然走向通往大廳的門。走到門口，他注視我良久，留下一大片雪花與薄霜，才出門而去。

瑪泰在廳裡跟他會合。他溫柔地親吻她兩邊面頰，用奧克語很快說了幾句話。

「Compreni, compreni。」她用力點頭，看著站在他背後的我。

「Mercés amb tot meu còr。」他低聲道。

「Al rebèire。Mèfi。」

「T'afortissi。」馬修轉向我：「妳要答應我同樣的事——妳會小心。聽伊莎波的話。」

他沒看我一眼，也沒有最後一個肯定的碰觸，就走了。

我咬緊嘴唇，把眼淚往肚裡吞，但它還是湧了出來。我朝瞭望塔的方向慢吞吞走了三步，腳開始狂奔，淚水縱橫滿臉。瑪泰露出體諒的表情，聽任我去。

我跑到冰冷、潮濕的屋頂，柯雷孟家族的旗幟在風中輕輕飄拂，雲不斷堆積，遮蔽了月光。黑暗從四面八方壓來，唯一有能力擋住它，讓它不敢撲上來的超自然生物正要離開，把光明也一起帶走。

我從塔頂的垛牆望出去，看見馬修站在那輛越野路華旁邊，怒氣沖沖正在跟伊莎波交談。她顯得很震驚，拉住他外套的袖子，好像要攔著他，不讓他上車。

他猛然掙脫，手變成一片白色的模糊光影。他用拳頭搥了一下車頂。我跳了起來，馬修跟我在一起的時候，從來沒有把他的力氣用在比胡桃或牡蠣更大的東西上。他在那片金屬造成的凹痕深得令人心驚。

他垂著頭。伊莎波輕撫他的臉頰，他悲傷的側影在黯淡的光線中閃著亮光。他爬上車，又說了幾句話。他母親點點頭，並迅速瞥了瞭望塔一眼。我退後一步，但願他們兩個都沒看到我。車子掉過頭，巨大的輪胎碾過碎石，馬修離開了。

越野路華的車燈消失在山下。馬修走後，我滑落到瞭望塔的石牆下，盡情哭泣。

就在那時候，我發現了巫水是怎麼回事。

第二十三章

認識馬修之前，我的生活中好像沒有空間再容納任何東西——尤其不可能是一個一千五百歲的吸血鬼。但一個不小心，他就鑽了進來，把我以前不曾探索過的空隙都填滿。現在他離開了，失去他的感覺那麼強烈。我坐在瞭望塔屋頂上，眼淚軟化了我為他奮鬥的決心。不久就到處都是水，我坐在水窪裡，水面不斷上升。

雖然空中陰雲密布，但並沒有下雨。

水來自於我。

我的眼淚流出來時很正常，但落到地面就變成雪球那麼大的一大泡，嘩啦潑灑在塔頂上。大片的水沿著我身體流下，我的頭髮被沖刷得像一條條小蛇垂在肩膀上。我張開嘴巴呼吸，因為臉上湧下的水堵住了鼻子，洪流般湧出的水有海的味道。

隔著一片水霧，我看見瑪泰和伊莎波正瞪著我。瑪泰的表情很嚴肅。伊莎波嘴唇在動，但千萬枚貝殼在狂吼，我不可能聽見她。

我站起身，希望水會停止。它沒有。我試著告訴那兩個女人，就讓水把我帶走，也順便帶走我的悲傷和對馬修的回憶——但這只造成另一波巨浪。我伸出手，以為這樣可以讓身上的水流乾。但更多水像瀑布般從我指尖噴出。這姿勢讓我想起我母親向我父親伸去的手臂，於是波濤更加洶湧。

水不斷湧現之際，我的控制力益發薄弱。多明尼可忽然浮現，帶給我的驚嚇遠超過我願意承認的程度。馬修不在了。我曾經發誓要為他抵抗所有我不認識、也不了解的敵人。現在很明顯，馬修的過去不單純是爐火、葡萄酒、書本等溫馨的居家元素而已，活動的範疇也不僅侷限於忠貞的親戚之間。多明尼可已暗示發生過仇恨、危險、死亡等事件。

我覺得疲憊不堪，水把我捲入深處。一種奇怪的喜悅隨著疲憊出現。我處於生老病死與某種大到超乎理解的自然力量之間。如果我向暗流屈服，戴安娜・畢夏普就不再存在。我會變成水——無所在，無所不在，擺脫肉體和一切痛苦。

「對不起，馬修。」這些話只是一串泡泡，因為水已展開無法阻擋的運作。

伊莎波向我走來，我腦子裡傳出響亮的爆裂聲。我給她的警告被宛如驚濤拍岸的巨響吞沒。我腳邊起了一陣風，掀起水浪，形成龍捲風。我把手臂舉向天空，水與風自動組成一個漏斗，環繞著我。

瑪泰拉住伊莎波的手臂，她嘴巴動個不停。馬修的母親想掙脫，她的嘴做出「不」的口形，但瑪泰不肯放手，定睛看著她。過了一會兒，伊莎波肩膀塌了下來。她轉身面對我，開始唱歌。如泣如訴的迷人歌聲穿過水幕，召喚我重返人間。

風勢逐漸變弱。在風中瘋狂拍打的柯雷孟旗幟，又恢復輕緩的搖曳。從我手指流下的水瀑，變成小河、小溪，終於完全停止。我頭髮裡湧出的浪濤變成微波，然後也消失了。最後，再也沒有東西從我嘴裡冒出來，只除了一聲驚呼。從我眼睛墜落的水球是巫水的眾多分身中最後消失的一種，正如它們也是這種力量在我身上顯現的第一種徵象。我帶來的大洪水的最後幾滴，流向城堞下面的排水孔。遙遠的下方，水潑灑在院子裡鋪著厚厚一層碎石的地面上。

最後一滴水流掉後，我覺得像一個被淘空了的南瓜，而且冷得要命。我膝蓋一軟，跪落石板上，摔得很痛。

「謝天謝地。」伊莎波喃喃道：「我們差點失去她。」

疲憊和寒冷讓我不停顫抖。那兩個女人連忙撲過來，把我扶起。她們一人抓住我一邊手肘，扶我走下曲折的樓梯，速度快得讓我抖得更加厲害。一進到大廳，瑪泰就直奔馬修的房間，伊莎波卻把我往反方向拉。

「我的房間比較近。」馬修的母親尖聲道。

「跟他接近她比較有安全感。」瑪泰道。

伊莎波怒哼一聲，決定妥協。

通往馬修臥房的樓梯口，伊莎波嘰哩咕嚕罵了一大串聽起來跟她秀氣的櫻桃小口全然不搭、活靈活現的字句。罵夠了兒子、大自然的力量、宇宙的力量，以及其他很多她沒有指名道姓，卻都父母來歷可疑，曾經參與建造這座城堡的人，她道：「我來抱她。」伊莎波輕而易舉托起我比她大得多的身體。「他為什麼一定要把樓梯蓋得這麼曲折——而且還要兩座分開的樓梯——我真是不懂。」

瑪泰把我濕透的頭髮塞進伊莎波臂彎裡，聳聳肩膀。「增加難度嘍，當然。他就是喜歡增加事情的難度，為難他自己，也為難所有其他人。」

今天傍晚，沒人想到要上樓來點蠟燭，但爐中的火還在悶燒，房間裡猶有餘溫。瑪泰一頭鑽進浴室，流水的聲音讓我緊張地檢視自己的手指。伊莎波把兩塊非常巨大的木頭扔進爐子，好像它們不過是兩根引火棒，在它們點燃前，她從其中一根扳下一截較長的木片，用它在餘燼裡撥出火焰，然後又用它點燃了十幾根蠟燭，總共只花了幾秒鐘。就著溫暖的燭光，她焦慮地把我從頭打量到腳。

「如果妳生病，他永遠不會原諒我。」她道，抓起我的手，檢查我的指甲。我的指甲又變成藍色了，但這次不是因為通電。它們凍成了藍色，還被巫水泡得起皺。她用手掌用力搓揉我的手。

我還是抖得很厲害，牙齒也喀喀作響，我縮回雙手，抱住自己的身體，想留住身上最後一絲熱氣。伊莎波劈頭又把我抓起，拎進浴室。

伊莎波蠻橫地說：「她現在就得泡熱水。」浴室裡煙霧瀰漫，瑪泰從浴缸前轉過身來，幫忙剝掉我的衣服。很快我就全身赤裸，她們合力把我放進熱水裡，我每邊腋下各有一隻冰冷的吸血鬼手。水的熱度為我凍僵了的皮膚帶來極度的震撼。我慘叫一聲，拼命想逃出馬修的深水大浴缸。

「噓。」伊莎波道，她抓住我的頭髮，不讓它遮住我的臉，同時瑪泰把我推回水裡。「這樣妳會溫暖。我們一定要給妳保暖。」

瑪泰站在浴缸一頭監督，伊莎波負責另一頭，她不斷發出慰藉的聲音，低低哼著歌。經過很長一段時間我才停止發抖。

其間有一次，瑪泰用奧克語說了些什麼，提到馬卡斯的名字。

伊莎波和我不約而同都說不要。

「我會好的。別告訴馬卡斯剛才發生的事。魔法的事不能讓馬修知道。現在還不行。」我在喀喀打顫的牙縫裡說。

「我們就只需要一點時間，讓妳溫暖起來。」伊莎波的聲音很鎮定，但她看起來很憂慮。

熱力漸漸逆轉了巫水在我身上造成的變化。我的身體使水溫降低後，瑪泰又重新在浴缸裡添加熱水。伊莎波拿起窗戶下面的一個舊錫壺，放進浴缸裡，汲了熱水澆在我頭上和肩上。我的頭回暖後，她就用毛巾幫我把頭包起來，推我往水裡坐得更低一點。

「泡著。」她命令道。

瑪泰忙著在浴室和臥室之間跑來跑去，遞送衣服和毛巾。我沒有睡衣，只帶了那套破舊的瑜伽服來當睡衣穿，這都讓她嘖嘖有聲。這些衣服都不符合她對保暖的要求。

伊莎波用手臂測試我的臉頰和頭頂。點點頭。

她們讓我自己爬出浴缸。水從我身上流下，讓我想起瞭望塔頂的場面。我用腳趾牢牢扣住地板，抗拒元素伺機而動的牽引。

瑪泰和伊莎波用毛巾把我從頭到腳包起來，剛在火爐邊烤暖的毛巾，有淡淡的煙味。進了臥室，她們想盡辦法，在我一吋皮膚都不能見風的前提下，把我身體擦乾，讓我在毛巾裡前前後後滾來滾去，直到我感覺熱力從體內散發出來。瑪泰用另一條毛巾用力搓揉我的頭髮，然後用手指挑鬆，緊貼著頭皮緊編成一根辮子。我拿下毛巾，準備著衣時，伊莎波隨手就把濕毛巾擱在火爐旁的椅子上，似乎一點都不在乎古董木料和上等布面接觸濕氣。

我穿好衣服後，坐下來心不在焉地看著火。瑪泰一言不發便消失在古堡的下層，回來時，端了一盤小巧的三明治和一壺熱氣騰騰她的獨門配方藥草茶。

「妳得吃。現在。」這不是要求，而是命令。

我拿了一個三明治湊到嘴邊，小口咬著邊緣。

看見我的飲食行為發生突如其來的改變，瑪泰瞇起眼睛說：「吃。」

食物的味道像木屑，但我的胃還是咕嚕作響。吞下兩個三明治後，瑪泰把杯子塞進我手中。她不需要命令我喝，熱呼呼的液體流進咽喉，就沖走了殘留的水的鹹味。

「那是巫水嗎？」想起那麼多水從我體內流出，我不禁打了個寒噤。

原本站在窗口眺望夜色的伊莎波，走到我對面的沙發旁。「是的。」她道：「但我們上一次看到它那樣湧出來，已經是很久以前的事了。」

「幸好它不常發生。」我無力地說，又喝了一口茶。

「今天大多數女巫都沒有足夠的力量像妳這樣施展巫水。她們只會在池塘上製造波浪，或在有雲的時候造雨。她們本身不能造水。」伊莎波在我對面坐下，帶著明顯的好奇端詳著我。

我變成了水。得知這不是一種尋常現象，讓我覺得很脆弱——甚至更孤單。

電話鈴響了。

伊莎波從口袋裡取出一支小巧的紅色手機，襯著她的白皮膚和古典的淺黃色服飾，這手機顯得格外亮麗而高科技。

「喂？啊，好極了。我很高興你安全抵達。」基於對我的禮貌，她用英語應答，並看我一眼道：「是的，她很好，她在吃東西。」她站起身，把電話交給我。「馬修要跟妳講話。」

「戴安娜？」馬修的聲音幾乎聽不見。

「什麼事？」我不敢讓自己說太多話，唯恐除了字句還會有別的東西冒出來。

他低低發出一聲如釋重負的聲音。「我只是要確定妳沒事。」

「令堂和瑪泰把我照顧得很好。」而且我沒有害古堡淹水，我暗中忖道。

「妳累了。」我們中間的距離讓他焦慮，他聚精會神聆聽我們對話中的每個徵兆。

「確實有點累。今天發生了很多事。」

「那就去睡吧。」他道，語調出乎意料的溫柔。我閉上眼睛，抗拒突如其來淚水的刺痛。今晚我可能睡不著。我太擔心他為了保護我會做出什麼瘋狂的壯舉。

「你去過實驗室了嗎？」

「我正在路上。馬卡斯要我把每樣東西都仔細檢查一遍，確認我們已採取所有必要的預防措施。密麗安把老房子裡的保全設備也都檢查過了。」他只說了一半的實話，卻說得非常流暢而有說服力，但我知道實際上是怎麼回事。沈默持續，直到它變得令人非常不安。

「不要那麼做，馬修。求求你不要跟諾克斯協商。」

「妳回牛津前，我要確定妳的安全。」

「那就沒什麼好說了。你做了決定。我也做了決定。」我把手機交還伊莎波。

她皺起眉頭，冷手從我手中接過手機。伊莎波跟兒子說再見，他的回答爆裂成一片斷斷續續、無法辨識的雜音。

「謝謝妳沒把巫水的事告訴他。」等她掛斷電話，我低聲道。

「那是妳該講的事，與我無關。」伊莎波向壁爐走去。

「自己都不了解的故事，講出來也沒有意義。為什麼魔力會挑現在出現？先是風，接著是靈視，現在輪到水。」我打了個寒噤。

「什麼樣的靈視？」伊莎波問道，顯然很好奇。

「馬修沒告訴妳嗎？我的ＤＮＡ裡有所有這些……**魔法**。」我找不到適合的字眼。「檢驗報告警告說會有靈視，接著就開始了。」

「馬修從來沒告訴過我妳驗血報告的結果——未經妳同意他絕不會說，恐怕即使妳同意他也不會說。」

「我在這座城堡裡看到過。」我猶豫道：「妳怎麼學會控制靈視的？」

「馬修跟妳說，我變成吸血鬼前有過靈視的經驗？」伊莎波搖搖頭：「他不該說的。」

「妳曾經是個女巫？」這或許能解釋她為什麼那麼不喜歡我。

「女巫？不是。馬修曾猜測我從前是個魔族，但我確定我是個普通的凡人。他們也有預言師。不是只有超自然生物有這種天賦與詛咒。」

「妳可曾控制自己的另類視力，並且預知它什麼時候會出現？」

「這會愈來愈簡單。有些預警。可能很微妙，妳漸漸就會學會。瑪泰也幫了我不少忙。」這是我得知的第一則與瑪泰的過去有關的消息。我不只一次想知道，這兩個女人有多老，什麼樣的命運把她們連結在一起。

瑪泰雙臂交叉而立。「Òc，」她道，用溫柔、護衛的表情看了伊莎波一眼。「妳若是讓那些影像穿過妳移動，不要反抗，就會比較容易。」

「我受驚過甚，根本不會反抗。」我說，回想起客廳與書房裡的現象。

「驚嚇就是妳身體反抗的方式。」伊莎波道：「妳要試著放輕鬆。」

「看到穿盔甲的騎士和從來沒有見過的女人的臉，跟自己過去的生活場景混合在一起，真的很難放輕鬆。」我撐開下巴，打了一個大呵欠。

「妳太累了，現在沒法子思考這件事。」伊莎波站起身。

「我還不想睡。」我用手背壓抑住另一個呵欠。

她若有所思看著我，就像一隻美麗的獵鷹在研究一隻田鼠。伊莎波的眼光忽然變得有點調皮。「上床去，我告訴妳我怎麼製造馬修的。」

她的建議太吸引我了，不可能抗拒。我照她的話做，她拉過一把椅子，瑪泰在旁收拾碗盤和毛巾。

「所以，我該從哪兒開始呢？」她在椅子上坐正一點兒，眼睛盯著爐火。「不能只從我這部分開始，一定要從他出生開始講，他就生在這個村子裡。我記得他還是個小嬰兒的模樣，妳知道。早在克洛維做國王的時代，菲利普決定在這片土地上建城堡時，他的父母親就來了。城堡是這個村子存在唯一的理由——它是建築教堂和城堡的農夫和匠人居住的地方。」

「妳的丈夫為什麼會選中這個地點呢？」我靠在枕頭上，在被單下縮起膝蓋，貼在胸前。

「克洛維承諾給他這塊地，希望爭取菲利普幫他抵抗他的敵人。我丈夫總是誰也不得罪，等著坐收漁翁之利。」伊莎波緬懷地一笑：「不過幾乎沒有人逮著他。」

「馬修的生父是個農夫嗎？」

「農夫？」伊莎波有點訝異。「不，他是個木匠，馬修也一樣——但他後來改行當石匠。」

石匠。城堡的石塊砌合得那麼平整，幾乎不需要灰泥固定。還有老房子的門房裡那座裝飾得特別奇怪的煙囪，馬修說，建造時他答應讓工匠試試手藝。他修長、纖細的手指，強壯得足以擰開牡蠣和栗子的殼。又有一塊馬修的拼圖到位，跟戰士、科學家、廷臣等碎片完美地拼湊在一起。

「他們都加入建堡的工作？」

「不是這座堡。」伊莎波看看四周道：「這是馬修送我的禮物，當時我被迫離開心愛的住所，心情很難過。他就拆掉他父親興建的堡壘，重新蓋一座全新的。」她黑色和綠色相間的眼睛，開心得閃閃發光。「菲利普氣壞了。但確實也到了改建的時候，原先第一座堡是木造的，雖然歷年來不斷用石材增建，但畢竟感覺像快要垮了。」

我在心裡設法排列時間的順序。從六世紀建築最初的城堡和村莊，到十三世紀馬修蓋他的塔。

伊莎波不屑地皺起鼻子。「後來他回家的時候，故意把他的塔造在後面，不願意跟家人住這麼近。我一直不喜歡那玩意兒——像羅曼蒂克的胡鬧——但那是他的意願，我就隨他。」她聳聳肩膀：「真是座怪塔。一點都沒有防禦城堡的功能。他在這兒蓋的塔已經多到超出需要了。」

伊莎波繼續講故事，她好像只有一部分活在二十一世紀。

「馬修生在村子裡。他向來是個聰明的孩子，充滿好奇。他總惹他父親生氣，成天跟著他到城堡來，撿拾工具、棍子、石頭什麼的。那年頭孩子很早就開始學手藝，但馬修特別早熟。等到他拿手斧不會傷到自己的時候，就開始工作了。」

八歲的馬修，長著細長的腿、灰綠色的眼睛，在我的想像中，繞著山頭跑來跑去。

「是的。」她同意我未說出口的念頭，微笑道：「他真是個漂亮的小孩，也是個漂亮的年輕人。馬修以那個時代而言，算是特別高的，不過他成為吸血鬼以後還更高。

「他還有種特別調皮的幽默感。他總是假裝什麼地方出了問題，或他沒接到有關屋梁或地基的指示。菲利普每次都相信馬修告訴他的那些誇張的故事。」伊莎波的聲音滿是溺愛。「馬修還不滿二十歲，他的生父就去世了，那時他的生母也已去世好多年。他只有一個人，我們擔心他能否找到一個女人，安定下來成家。

「後來他遇到了白蘭佳。」伊莎波停下來，眼光平視，毫無惡意。「妳可別以為他會沒有女人愛。」這是一項宣告，不是疑問。瑪泰狠狠瞪了伊莎波一眼，卻沒說話。

「當然不會。」我平靜地說，雖然心情有點沈重。

「白蘭佳新到村裡，是菲利普從拉溫納請來建造第一座教堂的幾位石匠師傅中一人的僕人。她就像她的名字一樣，皮膚很白，眼睛的顏色像春季的天空，頭髮像紡出的金線。」

我幫馬修拿電腦的時候，眼前曾出現一個白皙美麗的女人，伊莎波對白蘭佳的形容跟她完全符合。

「她的笑容很甜美，不是嗎？」我悄聲道。

伊莎波瞪大眼睛：「是的，沒錯。」

「我知道。馬修書房裡那件盔甲反光時，我看到她。」

瑪泰發出警告的聲音，但伊莎波繼續。

「有時候白蘭佳顯得好脆弱，看到她從井裡汲水或摘蔬菜，我都擔心她會碎裂。我的馬修就是受那份纖弱吸引，我猜。他就喜歡脆弱的東西。」伊莎波的眼睛上下打量著我跟脆弱相去甚遠的體型。「馬修滿二十五歲，有能力養家時，他們結婚了。白蘭佳才十九歲。

「他們是漂亮的一對，當然。馬修的黑跟白蘭佳的白皙之美，形成強烈的對比。他們非常恩愛，婚姻生活很快樂。但他們好像不能有小孩。白蘭佳流產了一次又一次。我無法想像他們家裡面是什麼情景，目睹那麼多個孩子還沒開始呼吸就在妳體內死亡。」我不確定吸血鬼會不會哭，雖然我記得在客廳那次的靈視中，看到伊莎波臉頰上有一滴染血的眼淚。但即使沒有眼淚，現在的她看起來也真的像在哭泣，臉上有滿滿的遺憾。

「最後，經過多年的嘗試與失敗，白蘭佳終於又懷了孩子。那是五三一年。要命的一年。南方有個新國王，戰端又重新開啟。馬修顯得快樂起來，好像膽敢希冀這孩子能存活。他也真活了下來，路卡斯誕生在秋季，在馬修幫忙興建、尚未完工的教堂裡受洗。白蘭佳生產的過程非常艱苦。產婆說她不能再懷孕了。但對馬修而言，有路卡斯就夠了。他長得像極了父親，黑色的鬈髮，尖尖的下巴——還有那兩條長腿。」

「白蘭佳和路卡斯後來怎麼樣了？」我輕聲問。我們距馬修變成吸血鬼只有六年了。一定發生了什麼事，否則他絕不會同意伊莎波用新的生命交換他的人生。

「馬修和白蘭佳看著他們的兒子成長茁壯。馬修不但會做木工，更學會了石匠的手藝，從這兒到巴黎，王宮貴族爭著雇用他。但後來熱病侵襲這個村子。所有的人都病了。馬修活了下來。白蘭佳和路卡斯卻沒有。那是五三六年。前一年很奇怪，幾乎沒有日照，冬季嚴寒。春天來臨時，疾病跟著出現，帶走了白蘭佳和路卡斯。」

「妳和菲利普保持健康，村民不覺得奇怪嗎？」

「當然會。但那時候的解釋方式比現在多。他們比較容易相信是上帝對村子震怒，或城堡受到詛咒，卻不會想到有manjasang跟他們生活在一起。」

「manjasang？」我試著像伊莎波一樣發出滾動的喉音。

「在古老的語言中，就是吸血鬼的意思——直譯是『食血者』。有些人猜測出真相，在火旁竊竊私語。但在那種時代，東哥德族戰士捲土重來，比食血者的領主還讓人害怕。菲利普承諾，一旦遭到侵襲，他會保護村民。更何況，我們互相約束，絕不在自家附近覓食。」她一本正經地解釋。

「白蘭佳和路卡斯死後，馬修怎麼辦？」

「他很傷心。沒人有法子安慰馬修。他不再進食，看起來像個骷髏，村民找我們求助。我帶食物去給他，」——伊莎波對瑪泰微笑——「強迫他吃，陪他散步，直到他不再終日惶惶。他無法入睡時，我們到教堂去，為白蘭佳和路卡斯的靈魂祈禱。那時候，馬修的信仰非常虔誠。我們談天堂和地獄，他擔心他們的靈魂會在哪兒，他是否還能找到他們。」

我在恐懼中驚醒時，馬修對我總是那麼溫柔。他變成吸血鬼之前的那些個夜晚，是否跟改變之後一樣無法成眠呢？

「到了秋季，他似乎比較振作。但冬季很難過。人民都在挨餓，病患不斷增加。到處都是死亡。春天也趕不走陰暗。菲利普對教堂的進展很焦慮，馬修工作也前所未有的賣力。六月第二個星期一開始，有人發現他倒在穹頂下的地板上，兩條腿和背脊都斷了。」

我想到馬修柔軟的凡人軀體墜落在堅硬的石板上，不禁驚呼。

「這樣摔下來，毫無活命的機會。」伊莎波柔聲道：「他已瀕臨死亡。有的石匠說他是滑倒。但其他石匠說，前一刻還看見他站在鷹架上，下一刻人就不見了。他們認為馬修是自己跳下去的。說他是自殺，不可以埋在教堂墓園裡的論調，開始流傳。我不能讓他在終究不免要下地獄的恐懼中死去。他一直擔心不能跟白蘭佳和路卡斯團聚——如果不知道會不會永遠見不到他們，教他如何面對死亡？」

「妳做得很正確。」不論他的靈魂處於什麼狀態，我都不可能拋棄他走開。我絕不考慮丟下他破碎而痛苦的肉體。如果我的血救得了他，我一定會加以利用。

「是嗎？」伊莎波搖頭。「我始終不確定。菲利普告訴我，要不要讓馬修成為我們家族的一員，由我決定。我曾經用我的血製造過其他吸血鬼，在他之後，我也製造過別的吸血鬼。但馬修跟他們都不一樣。我很喜歡他，我知道眾神給我這個機會，把他變成我的孩子。教導他吸血鬼在這個世界如何生存，是我的責任。」

「馬修可曾抗拒妳？」我壓抑不住地問道。

「沒有。」她答道：「他痛得神智不清。我們叫所有人離開，說我們會找教士來。我們當然沒有找。菲利普和我到馬修面前，解釋給他聽，我們可以讓他永遠活下去，不再疼痛，不再受苦。一段時間以後，馬修才告訴我，當初他以為我們是施洗約翰和聖母降臨，要帶他去天堂見他的妻兒。我讓他喝我的血時，他以為是教士在為他舉行臨終儀式。」

房間裡唯一的聲音是我輕微的呼吸和爐中木柴燃燒的劈啪聲。我想要求伊莎波告訴我，她創造馬修的詳細過程，卻又不敢啟齒，生怕觸犯吸血鬼的禁忌。那種事可能很私密，也可能太痛苦。但過沒多久，伊莎波不需要催促，就講給我聽了。

「他很容易就喝下我的血，好像天生就會似的。」她帶著唏噓聲嘆了口氣。「馬修不是那種聞到血或看到血就別過頭去的人。我用自己的牙齒咬開血管，告訴他，我的血可以治好他。他就毫無畏懼把他的救贖喝了下去。」

「然後呢？」我低聲道。

「然後他就……很難應付了。」伊莎波謹慎地說：「所有新生的吸血鬼都非常強壯，而且飢渴得不得了，但馬修簡直無法控制。變成吸血鬼令他狂暴，攝食的需求永無止境。開頭幾個星期，菲利普和我必須整天狩獵才能滿足他。他身體的改變也出乎我們意料之外。我們都會長高、變漂亮、更強壯。我成為吸血鬼前比現在矮得多。但馬修卻是從一個瘦得像竹竿的凡人，變成一頭讓人看了就害怕的超自然生物。我丈夫塊頭本來比我的新兒子大，但自從喝下我的血，就連菲利普也不見得打得過馬修。」

我強迫自己不要在馬修的飢渴與暴怒之前瑟縮。於是我一直定睛看著他的母親，完全不因為知道他的過去而眨一下眼睛。馬修最擔心的就是這件事：我一旦知道他曾經是什麼模樣——他仍然是那樣——就會厭惡他。

「誰讓他安靜下來？」我問。

「菲利普一確定馬修不會把看到的東西都殺光之後，就帶他去打獵。」伊莎波說：「打獵要運用頭腦，追逐要運用身體。很快的，他對打獵的渴望就超過對血的需求，在年輕的吸血鬼身上，這是好現象。這代表他不再是純食欲的生物，重新變得理性。此後，他的良知恢復只是時間問題，他會開始在殺戮前思考。然後我們就只需要擔心他的黑暗時期，他再次感到失去白蘭佳和路卡斯的悲痛時，用凡人來麻痺他的飢渴。」

「當時有什麼東西可以幫助馬修呢？」

「有時我唱歌給他聽——例如今晚我唱給妳聽的同一首歌，還有其他的歌。那往往能破除他的悲傷。其餘的時候馬修會離開。菲利普禁止我跟蹤他，或在他回來後提出問題。」伊莎波看著我時，眼睛烏黑。我們的目光證實了我們都懷疑的事：馬修曾經迷失在別的女人懷裡，從她們的鮮血，以及既非來自他母親、亦非來自他妻子的愛撫中尋求安慰。

「他自我克制非常好。」我大聲說出心中的想法。「很難相信他曾經那樣。」

「馬修用情很深。愛得那麼深是一種福氣，也是一種負擔，因為愛消逝的時候，傷口會更痛。」伊莎波的聲音帶著威脅的意味。我挑釁地抬高下巴，手指又開始刺痛。「那我會確保我的愛永遠不離開他。」我一個字一個字地說。

「妳怎麼做得到？」伊莎波嘲弄地說：「妳願意變成一個吸血鬼，跟我們一起去打獵？」她笑了起來，但笑聲裡沒有喜悅也沒有歡樂。「無疑的，多明尼可建議的就是這麼回事。只要咬一口，吸乾妳的血，換進我們的血。那麼合議會就沒有立場干預你們的事。」

「妳是什麼意思？」我麻木地問。

「妳還不懂嗎？」伊莎波怒道：「如果妳真的非跟馬修在一起不可，只要成為我們的一分子，就可以讓他——還有妳自己——脫離危險。巫族可能還會想控制妳，但如果妳同時也是吸血鬼，他們就不能反對妳談這場戀愛。」

瑪泰喉頭發出一陣低沈的怒吼。

「馬修就是為這件事離開嗎？因為合議會命令他把我變成吸血鬼嗎？」

「馬修永遠不會讓妳變成Manjasang。」瑪泰憤恨地說，她眼睛裡噴出怒火。

「是不會。」伊莎波聲音裡有淡淡的惡意。「他就喜歡脆弱的東西。我告訴過妳。」

這是馬修沒有透露的一個祕密。如果我也是吸血鬼，就不會有禁令加諸我們身上，也不用再擔心合議會。我唯一要做的，就是變成另一種東西。

我考慮這麼做的可能性，很意外地，一點也不覺得驚慌恐懼。我可以跟馬修在一起，我甚至還可以長高一點。伊莎波會改造我。她看到我的手下意識地移到脖子上，眼睛不禁閃閃發光。

但我還得考慮我的靈視，且不提我操縱風和水的能力。我還不了解自己的血液裡有哪些魔法潛能。而且一旦變成吸血鬼，我就可能永遠無法破解艾許摩爾七八二號的祕密。

「我答應過他。」瑪泰說，聲音有點沙啞：「戴安娜必須維持現狀——女巫。」

伊莎波微微齜露牙齒，有點生氣，但也點了頭。

「妳們也答應他，不告訴我牛津實際發生了什麼事嗎？」

馬修的母親仔細打量了我一番。「妳必須等馬修回來再問他。這故事輪不到我說。」

我還有其他疑問——馬修心頭盤據了太多事，可能來不及把這些訊息劃歸禁止告訴我的範疇。

「可以告訴我，為什麼因為闖進實驗室的是超自然生物而不是凡人，情況就特別嚴重呢？」

一陣沈默，伊莎波衡量我這番話。最後她答道：

「聰明的小丫頭，不過我反正沒有答應馬修不告訴妳有關行為守則的事。」她看我的眼神有點欣賞的意味。「擅闖領域的行為在超自然生物之間是不被允許的。我們唯有希望是一隻淘氣的魔族下的手，他沒有意識到自己在做一件很嚴重的事。馬修很可能會原諒他。」

「他每次都原諒魔族。」瑪泰悶悶不樂地嘟囔道。

「要是不是魔族呢？」

「如果是吸血鬼，就是嚴重的侮辱。我們是領域意識很強的生物。吸血鬼未得許可，不會擅闖其他吸血鬼的房子或土地。」

「馬修會原諒這樣的侮辱嗎？」想到馬修的表情以及他拳打車頂的動作，我猜答案應該是不會。

「也許會。」伊莎波沒什麼把握。「沒有拿走東西，也沒有物品受損。但更有可能馬修會要求某種形式的懲戒。」

再一次，我又回到中世紀，把維護名聲與榮譽列為第一優先。

「如果是巫族幹的呢？」我低聲問。

馬修的母親別開頭。「巫族做出這種事，等於是侵略。再怎麼道歉都不夠。」

警鈴響起。

我掀開被子，兩腳離開床。「闖入是為了撩撥馬修。他趕去牛津，還以為能跟諾克斯做一筆基於互信的交易。我們必須警告他。」

伊莎波的手牢牢壓住我的膝蓋和肩膀，阻止我下一步的動作。

「他已經知道了，戴安娜。」

我聽進了這句話。「所以他不肯帶我一起去牛津？他有危險？」

「他當然有危險。」伊莎波回答得很快。「但他會盡可能讓這種事不要再發生。」她抬起我的腿，放回床上，又用被子把我緊緊包好。

「我應該在那裡。」我抗議道。

「妳除了讓他分心，一點忙也幫不上。妳待在這裡，就像他告訴妳的。」

「這件事沒有我置喙的空間嗎？」自從來到七塔，同樣的問題我問了好像不下一百遍。

「沒有。」兩個女人異口同聲道。

「關於吸血鬼，妳真的有很多該學的。」伊莎波又說了一遍，但這次她聽起來稍微有點遺憾。

關於吸血鬼，我該學的事還很多。這一點我知道。

問題是，誰來教我？要等到什麼時候？

第二十四章

「我看到遠方有片烏雲籠罩著地面。它併吞了大地，在海洋被掩埋時，覆蓋了我的靈魂，地獄和死亡的陰影出現，它變得腐臭敗壞。一場暴風雨擊潰了我。」我大聲朗讀馬修那本《曙光乍現》。

我打開電腦，記下這位無名氏作者用於描述黑化（nigredo，鍊金術變化中一系列極其危險的過程）的意象及我的心得。這部分的過程當中，水銀與鉛等物質結合，散發出危害鍊金術師健康的毒氣。恰如其分，布爾格．勒諾娃畫筆下那張活像石像怪獸的臉，就緊捏住鼻子，避開文本提到的烏雲。

「換上騎馬裝。」

我從手抄本上抬起頭來。

「馬修要我保證會帶妳到戶外去，他說這樣妳才不會生病。」伊莎波解釋道。

「妳不需要這麼做，伊莎波。多明尼可和巫水已經用光了我的腎上腺素，如果你們擔心的是這件事。」

「馬修一定告訴過妳，驚惶失措的氣味對吸血鬼有多大的吸引力。」

「是馬卡斯告訴我的。」我糾正她。「事實上，他只描述過它嘗起來的滋味，它聞起來像什麼。」

伊莎波聳聳肩膀：「就跟嘗起來一樣。可能有點異國情調——帶點兒麝香味吧。我一向不是特別喜歡它。我喜歡殺戮甚於狩獵。各有所好吧。」

「最近我驚惶失措的次數不及以前多，所以妳沒有必要帶我去騎馬。」我回頭讀我的書。

「妳根據什麼認為腎上腺素消失了？」伊莎波問道。

「我真的不知道。」我嘆口氣，望著馬修的母親。

「妳像這樣很久了嗎？」

「從我七歲開始。」

「那時候發生了什麼事？」

「我父母在奈及利亞被殺害。」我回答得很簡短。

「就是妳收到的那張照片——使馬修決定帶妳來七塔。」

我點頭回應，伊莎波的嘴唇抿成一根熟悉、強硬的線條。「豬！」

罵人有很多更惡毒的字眼，但「豬」用在這兒似乎很貼切，如果它能把寄照片給我的人跟多明尼可．

米歇勒歸為一類，那就沒錯了。

伊莎波乾脆地說：「管它驚不驚慌，我們就照馬修的意思，一塊兒去做個運動。」

我關掉電腦，上樓去換衣服。我的騎馬裝整齊地摺好，放在浴室裡，這要感謝瑪泰，不過我的靴子、頭盔和背心，都放在馬廄裡。我把自己塞進黑色的騎馬褲，添了件高領毛衣，穿上保暖的襪子，套上便鞋，就下樓去找馬修的母親。

「我在這兒。」她喊道。我跟著聲音走，來到一個漆成溫暖的赤紅陶土色的小房間。這兒裝飾著舊盤子、動物的角，還有一座足夠把一家飯館裡所有的杯盤刀叉都裝進去的老櫥櫃。伊莎波從法文《世界報》後面看過來，她把我從頭到腳每一吋都看了個清楚。「瑪泰告訴我，妳昨晚有睡著。」

「是的，謝謝妳。」我把重心從一隻腳挪到另一隻腳，好像要去到校長面前為自己調皮搗蛋的行為辯護。

瑪泰端來一壺茶，把我從進一步的不安解救出來。但她也一樣，把我從頭打量到腳。

「今天妳看起來好多了。」最後她宣稱道，並把茶杯遞給我。她皺著眉頭站在一旁，直到馬修的母親放下報紙才走開。

我喝完茶，我們便一起到馬廄去。伊莎波得幫我穿靴子，因為它們還是硬得無法輕易穿上脫下，她還細心監督我穿上烏龜殼似的背心和戴上頭盔。顯然安全裝備也在馬修交代之列。不消說，伊莎波除了咖啡色的鋪棉外套，什麼護具也沒穿。如果妳騎馬，吸血鬼肉身的相對不可毀滅性，確實是恩物。

菲達和拉卡沙並肩站在圍場裡，包括牠們背上扶手椅式的側鞍，都像是一個模子裡印出來的。

「伊莎波，」我抗議道：「喬治給拉卡沙上錯馬鞍了。我不騎側鞍的。」

「妳害怕嘗試嗎？」馬修的母親用評估的眼光看著我。

「不怕！」我努力壓抑心頭的火氣。「我就是喜歡跨坐。」

「妳怎麼知道？」她翡翠綠的眼睛閃動著一抹惡作劇。

我們瞪著眼睛，對峙了幾分鐘。拉卡沙蹬著蹄了，回頭望過來。

妳要來騎馬，還是要講話？牠好像在問。

給我放老實一點，我粗魯地回答牠，走過去，把牠長著矩毛的馬蹄放到我膝上。

「喬治已經處理過了。」伊莎波用厭煩的語氣說。

「我不騎我沒親自察看過的馬。」我檢查完拉卡沙的馬蹄，摸一遍牠的韁繩，還把手伸到馬鞍下面。

「菲利普也一樣。」伊莎波的聲音帶著一份不甘願的敬意。她以掩飾得很不高明的不耐煩，看我完成檢查程序。我完工後，她就把菲達帶到一座特製的階梯前面，等我跟上前去。她先幫我坐上那種奇怪的馬鞍，隨即一躍上了自己的馬。我只消看她一眼，就知道今天早晨慘了。從坐姿就看得出來，伊莎波的騎術比馬修高明——但馬修已經是我所僅見最棒的騎士。

「先走幾圈。」伊莎波道：「我要確定妳不會摔下來，送掉自己的小命。」

「對我有點信心嘛，伊莎波。」別讓我摔下來，我跟拉卡沙議價，我就保證妳下半輩子每天都有一顆蘋果吃。我的馬兒把耳朵往前一豎，又往後一縮，輕嘶一聲。我們在圍場了繞兩圈，才穩當地停在馬修的母親面前。「滿意嗎？」

「妳的騎術比我預期的好。」她承認道：「妳應該可以做跳躍，不過我答應馬修不做那種動作。」

「他離開前，還真逼妳答應了不少事。」我嘟囔道，希望她聽不見。

「確實，」她乾脆地說：「有些比較難做到。」

我們通過敞開的圍場大門，喬治向伊莎波行個舉手禮，在我們身後關上大門，笑著搖搖頭。

馬修的母親帶我騎在較平坦的地面上，讓我適應側鞍。要訣是不論多麼顛簸，都要保持身體正直。

經過二十分鐘，我說：「這不算太壞。」

「現在的側鞍都有兩個鞍頭，所以比過去好很多。」伊莎波道：「從前，側鞍唯一的功能就是讓一個男人牽著走。」聽得出她對這件事很厭惡。「直到那位義大利王后凱瑟琳・德・梅迪奇㊾在她的鞍上裝了鞍頭和馬鐙，我們才能自行控制我們的馬。她丈夫的情婦選擇跨坐，所以國王運動時她都可以跟在旁邊。凱瑟琳總是被丟在家裡，這對做妻子的而言，真是最不愉快的事了。」她惡狠狠瞪了我一眼。「亨利的婊子也取了狩獵女神的名字，跟妳一樣。」

「我絕對不會去招惹凱瑟琳・德・梅迪奇。」我猛搖頭。

伊莎波陰沈地說：「國王的情婦戴安娜・德・普瓦狄爾㊿才是危險人物。她是個女巫。」

「真的是，還是形容詞？」我好奇地問。

「兩者都有。」伊莎波的腔調尖刻得可以把油漆都刮下來。我笑了起來。她先是很意外，後來也跟著笑。

我們騎了一段路，伊莎波往空中嗅嗅，在鞍上挺起身，表情充滿警覺。

「怎麼了？」我焦慮地問，勒緊拉卡沙的轡繩。

「兔子。」她踢一下菲達，轉為小跑。我緊跟在後，不想求證在森林裡追蹤女巫是否像馬修所說的那麼困難。

我們加速穿過樹林，來到一片開闊的空地。伊莎波拉住菲達，我也也在旁停下。

「看過吸血鬼殺戮嗎？」伊莎波問，仔細觀察我的反應。

「沒有。」我鎮定地回答。

「兔子體型小。我們就從牠開始。在這兒等著。」她跳下馬鞍，輕盈地落在地面。菲達馴服地站定，看著女主人。「戴安娜。」她眼睛沒有片刻離開獵物，直截了當地說：「我打獵或進食的時候，不要靠近我。懂嗎？」

「是。」我飛快地想著這句話各種可能的含義。伊莎波要去追逐野兔，當著我面殺死牠，喝牠的血？保持距離似乎是最好的建議。

馬修的母親飛快衝過雜草叢生的原野，動作快到看不清人影。她放慢速度，就像空中的獵鷹撲下來攫殺獵物前那麼一頓，彎腰便抓起嚇壞了的兔子的耳朵。伊莎波勝利地將牠高高舉起，隨即直接咬進牠的心臟。

兔子的體型也許小，但活生生將牠們咬開時，濺出的血還是多得讓人驚心動魄。場面很恐怖。伊莎波把血吸出來，小兔子很快便停止掙扎，然後她用兔皮擦乾淨嘴巴，便把殘骸扔進草叢。三秒鐘後，她就回到馬鞍上。她臉頰變得比較紅潤，眼睛也更明亮。坐回馬背，她看著我。

「怎麼樣？」她問道：「我們找點更能填飽肚子的東西，或妳想回屋裡去？」

伊莎波在考驗我。

「我跟著妳。」我嚴肅地說，用腳跟輕觸拉卡沙身側。

接下來我們計算旅程的方式，不是用太陽位置的變動，因為它仍然躲在雲層後面，而是用伊莎波飢餓的嘴從她獵殺的動物身上吸取的大量鮮血。她吃起東西來，可說相當乾淨利落。儘管如此，恐怕要等很久以後，我才會有胃口吃整塊的牛排。

從兔子開始，我對血就麻木了，接著是一種長得像松鼠的大型動物，伊莎波說牠叫做山撥鼠，然後是狐狸、野山羊——我想大致是如此。但伊莎波去追逐一頭年輕的母鹿時，我心頭一陣刺痛。

㊾ Catherine de Medici，一五一九—一五八九，義大利公主，十四歲嫁到法國，成為法國國王亨利二世之后，她的子女包括接下來登基的三個法國國王，一位西班牙王后和一位法國王后。

㊿ Diane de Poitiers，一四九九—一五六六，她與國王這段婚外情最為世人稱道的，就是她比亨利二世年長二十歲，當十五歲的亨利愛上她時，她已三十五歲，而且往後二十五年都未因色衰而愛弛，直到亨利四十歲身故。當時便有人傳說她用魔法駐顏，保持美貌。

「伊莎波。」我抗議道：「妳不可能還覺得餓。放了牠吧。」

「什麼？狩獵女神反對我追她的鹿？」她嘲弄道，眼中卻充滿好奇。

「是的。」我立刻答道。

「那我也反對妳狩獵我兒子。看妳幹了什麼好事。」伊莎波從馬背上跳下來。

我手指迫切想干預，但我只能在伊莎波追蹤獵物時站在一旁，避免擋她的路。每次殺戮後，她的眼神都透露出，她不是完全能掌控自己的情緒──或行動。

母鹿想逃跑，牠衝進一片樹叢，差點就成功了，但伊莎波驚嚇那隻動物，讓牠又回到空地上。此後，疲倦就讓母鹿處於劣勢。伊莎波下手很快，母鹿沒有受苦，但我必須咬緊下唇，才不至於尖叫。

「好了。」她回到菲達鞍上，滿足地說：「我們可以回七塔了。」

我無話可說，撥轉拉卡沙，向城堡行去。

伊莎波抓住我的馬轡。她乳白色的襯衫上有點點滴滴的血跡。「妳現在還覺得吸血鬼美麗嗎？妳知道我兒子必須殺戮才能生存，還覺得跟他一起生活會很容易嗎？」

我覺得把「馬修」跟「殺戮」這兩個字眼放進同一個句子裡很困難。說不定哪天他剛打完獵回來，我親吻他的時候，他嘴唇上還留著血的味道。像我剛跟伊莎波度過的這一天，可能是常態。

「如果妳企圖把我從妳兒子身邊嚇跑，伊莎波，妳失敗了。」我斷然道：「妳得更加努力才行。」

「瑪泰說這不夠讓妳重新考慮的。」她招認。

「她是對的。」我簡短地說。「考驗結束了嗎？我們可以回家了嗎？」

我們沈默地騎回林中，一進入綠蔭濃密的樹林，伊莎波就轉向我道：「妳知道為什麼每當馬修吩咐妳去做一件事，都不可以質疑嗎？」

我嘆口氣：「今天的課上完了吧？」

「妳以為飲食習慣是橫亙在妳跟我兒子中間唯一的障礙嗎？」

「說吧，伊莎波。為什麼我一定要聽馬修的話？」

「因為他是這座古堡裡最強大的吸血鬼。他是一家之主。」

我驚訝地瞪著她：「妳的意思是，我必須服從他，因為他是領頭狗。」

「難道妳以為妳是？」伊莎波咯咯大笑。

「不是。」我承認。伊莎波也不是領頭狗。她執行馬修交代的事。馬卡斯、密麗安，以及每一個出現在博德利圖書館的吸血鬼莫不如此。就連多明尼可最後也放棄了。「這是柯雷孟一族的規矩嗎？」

伊莎波點點頭，綠色眼睛射出光芒。「為了妳和他，以及所有其他人的安全著想，妳必須服從。這不是遊戲。」

「我懂，伊莎波。」我快要失去耐心了。

「不，妳不懂。」她柔聲道。「妳也不會做，直到有人強迫妳去理解，就像我強迫妳看吸血鬼的殺戮是怎麼回事。在那之前，這一切只是說說而已。有朝一日，妳的任性會讓妳付出生命做代價——妳自己的，或別人的。然後妳才會懂，我為什麼告訴妳這件事。」

我們回到城堡，一路上沒再交談。經過瑪泰位在一樓的地盤時，她拎著一隻小雞從廚房跑出來。我臉色頓時發白。瑪泰看到伊莎波袖口的斑斑血跡，不禁驚呼一聲。

「她必須知道。」伊莎波厲聲道。

瑪泰用奧克語嘟囔了幾句像是罵人的髒話，然後對我招呼道：「來，姑娘，跟我來，我教妳怎麼泡我的茶。」

這下子輪到伊莎波面帶怒容了。瑪泰替我做了飲料，給我一盤嵌有核仁的鬆脆餅乾。吃雞是絕無可能了。

瑪泰讓我忙碌了一個小時，把曬乾的香草和香料分成好幾小堆，教我它們的名字。到了下午，我不但能根據外觀辨識它們，就算是閉上眼睛只聞味道，也都能認得。

「荷蘭芹、薑、驅熱菊、迷迭香、鼠尾草、野胡蘿蔔籽、蔞蒿、胡薄荷、白芷、芸香、艾菊、杜松根。」我逐一指認。

「再一遍。」瑪泰莊嚴地說，遞給我一把紗布袋。

我把束繩解開，學她一樣將它們逐一放在桌上，每放一個，就回報一個名字。

「很好。現在每種抓一點，放在袋子裡。」

「為什麼不把它們全部混合在一起，然後用湯匙舀到袋子裡？」我捏起一小撮胡薄荷，皺起鼻子嗅著它清涼的氣味，問道。

「因為那麼做可能會遺漏一兩種成分。每一包的材料都必須齊全——十二種藥草。」

「少這麼一小顆種子，口味真的會不一樣嗎？」我用大拇指和食指拈起一顆野胡蘿蔔籽。

「每種抓一點。」瑪泰重複道：「再一次。」

她的手堅定地從一堆移到下一堆，恰到好處地裝滿布袋，把袋口繫緊。完工後，瑪泰用我剛才自己填裝的茶包，替我泡了一杯茶。

「真美味。」我快樂地啜飲這杯完全屬於我的藥草茶，說道。

「妳把它帶回牛津去。每天喝一杯。它會讓妳保持健康。」她動手把茶包裝進一個錫罐。「需要更多的時候，妳知道怎麼配製了。」

「瑪泰，妳不要統統都給我。」我抗議。

「妳會替瑪泰喝它，每天一杯。好嗎？」

「當然。」這似乎是我最起碼能為城堡裡我僅有的盟友——而且她還負責餵我——做的事。

喝完茶，我回樓上馬修的書房，打開我的電腦。騎了一早晨的馬，我的手肘痠痛，所以我把電腦和手抄本都搬到他的書桌上，希望這樣會比坐在窗口那張桌子上工作舒服一點。不幸的是，那把皮椅是為身材像馬修那麼高大的人設計的，不合我的身高，我的腳在空中擺盪。

坐在馬修的椅子上，感覺好像跟他比較近，所以我仍坐在那兒，等我的電腦啟動。我眼光落在一個塞在書架最高層的黑色物體上。它利用木頭和書的皮革封面掩護，等閒望去不會發覺它的存在。但從馬修的書桌可以看到它的輪廓。

它不是書，而是一塊古老的木頭，呈八角形，每一邊都挖了一個小窗戶。這東西發黑、有裂痕、老得變了形。

一陣悲傷湧上心頭，我認出這是一件小孩玩具。

這是馬修在變成吸血鬼前，建造第一座教堂的期間，做給路卡斯的。他把它塞在書架角落沒有人——除了他——會注意到的地方。每次坐在書桌前，他都一定會看見它。

馬修在我身旁的時候，太容易以為我們是世界上僅有的兩個人。就連多明尼可的警告和伊莎波的考驗都沒有動搖我的信念，以為我們日益親密是只存在他和我之間的事。

但這個在無法想像多少年前，用愛心做出來的小小木頭塔，卻使我的幻想破滅。有孩子要列入考慮，活著的與死亡的。有家人牽涉在內，包括我自己的親人，有漫長而複雜的族譜，根深柢固的偏見，我自己也不能幸免。莎拉和艾姆還不知道我愛上了一個吸血鬼。現在該告訴她們這個消息。

伊莎波在客廳裡，坐在一座價值連城，出身絕對純正——而且是第一手擁有——的路易十四時代寫字檯前，把花插進一個很高的花瓶裡。

「伊莎波。」我聲音裡帶著猶豫。「可以借用電話嗎？」

「他要跟妳講話的時候，自然會打電話給妳。」她非常仔細地把一根附有已變色的葉片的樹枝，插在白色和金色的花朵中間。

「我不是要打電話給馬修，伊莎波。我要跟我阿姨談談。」

「昨天晚上打電話給妳的那個女巫嗎？」她問道：「她叫什麼名字？」

「莎拉。」我皺眉道。

「她跟一個女人住在一起——也是女巫，對吧？」伊莎波不停手地把白玫瑰插到花瓶裡。

「是的。艾米莉。有問題嗎？」

「沒問題。」伊莎波隔著花朵看我一眼。「她們兩個都是女巫。這是唯一要緊的事。」

「而且她們相愛。」

「莎拉是個好名字。」伊莎波繼續道，好像我什麼都沒說似的。「妳知道那則傳說，當然。」

我搖搖頭。伊莎波改換話題的速度就跟她兒子的情緒變化一樣，令人頭昏。

「以撒的母親名叫撒萊——意思是『愛爭吵』——但她懷孕時，上帝令她改名為莎拉，意思是『公主』。」[61]

「對我阿姨而言，撒萊可能比較合適。」我等著伊莎波告訴我電話在哪裡。

「艾米莉也是個好名字，有力的羅馬名字。」伊莎波用鋒利的指甲截斷一枝玫瑰的莖。

「艾米莉是什麼意思，伊莎波？」真高興我再沒有別的親戚了。

「它意思是『勤勞』。當然，最有趣的是令堂的名字，芮碧嘉的意思是『被俘虜的』或『被綑綁的』。」伊莎波道，她專注地皺著眉頭，從各個不同方向端詳花瓶。「對女巫而言，這真是個有趣的名字。」

「妳自己的名字又是什麼意思呢？」我不耐煩地問。

「我本來的名字不是伊莎波，但菲利普喜歡我叫這個名字。它的意思是『上帝的承諾』。」伊莎波遲疑了一下，探索我的臉，做了一個決定。「我的全名是珍妮薇芙・梅莉桑德・海倫・伊莎波・奧黛・柯雷孟。」

「好美。」想到這麼多個名字背後的歷史，我的耐心又恢復了。

伊莎波淺淺一笑。「名字很重要。」

「馬修也有別的名字嗎？」我從籃子裡拿起一枝白玫瑰遞給她。她喃喃道謝。

「當然。我們在每個孩子生到我們家的時候，都為他們取很多名字。但馬修是他本來的名字，他要留著它。當時基督教是一種新興宗教，菲利普認為，我們的兒子取一個傳福音者的名字，日後可能很有用。」

「他其他的名字叫什麼？」

「他的全名是馬修・加百列・菲利普・貝傳德・賽巴斯丁・德・柯雷孟。他也是個很棒的賽巴斯丁，還過得去的加百列。他討厭貝傳德，叫他菲利普他從不答腔。」

「他對菲利普有什麼不滿意？」

「那是他父親最喜歡的名字。」伊莎波的手靜止了一會兒。「妳一定知道，他去世了。納粹抓到他幫助地下反抗軍作戰。」

我在靈視中看到伊莎波的時候，她說馬修的父親被女巫俘虜了。

「伊莎波，是納粹還是女巫？」我低聲問，生怕是最惡劣的狀況。

「馬修告訴過妳？」伊莎波顯得震驚。

---

⑥① 見《舊約聖經・創世記》第十七章十五節。

⑥② 二次大戰後，很多納粹餘孽逃往南美洲，尤其是阿根廷，伊莎波在此暗示她狩獵是為了復仇。

「不是，昨天我在靈視中看到妳。妳在哭。」

「女巫和納粹聯手殺了菲利普。」她頓了很久才說。「痛苦是新的，還很強烈，但它會隨時間淡化。他去世後，有好多年我只在阿根廷和德國狩獵㊷。這讓我保持清醒。」

「伊莎波，我很遺憾。」這麼說其實不恰當，但完全出自肺腑。馬修的母親一定聽出我語中的誠意，給我一個猶豫的微笑。

「不是妳的錯。當時妳不在場。」

「如果要妳選，妳會給我取什麼名字？」我把另一枝花遞給伊莎波，柔聲問道。

「馬修說得對。妳就只是戴安娜。」她道，照她的習慣，用法國人的方式把這名字念做蒂亞娜。「沒有別的名字適合妳。它就代表妳。」伊莎波用雪白的手指指圖書館的門。「電話在那裡。」

我在圖書館的書桌前坐下，開亮檯燈，撥了紐約的號碼，希望莎拉和艾姆都在家。

「戴安娜。」莎拉聽起來鬆了一口氣。「艾姆說是妳打來的。」

「抱歉我昨晚沒辦法回電話。發生了很多事。」我拿起一支鉛筆，夾在手指間轉動。

「要聊聊嗎？」莎拉問道。電話差點從我手中掉下來。我這位阿姨一向只會命令我跟她談某件事——從不徵詢。

「艾姆在嗎？我希望這件事只說一遍就好。」

艾姆接起分機，她的聲音親切而令人安心。「嗨，戴安娜，妳在哪？」

「跟馬修的母親一起，在里昂附近。」

「馬修的母親？」艾姆對族譜很好奇。不僅她自己家那份又長又複雜的族譜，所有其他人的族譜她都有興趣。

「伊莎波・德・柯雷孟。」我盡可能模仿伊莎波的發音方式，所有母音都拉得很長，所有子音都一口吞下去。「她很了不起，艾姆。有時候我真覺得，凡人那麼怕吸血鬼，她是主要原因。伊莎波就像是童話故事裡走出來的人物。」

一陣沈默。「妳意思是說，妳跟梅莉桑德・德・柯雷孟在一起？」艾姆的聲音很緊張：「妳跟我提到馬修的時候，我根本沒聯想到那個柯雷孟家族。妳確定她的名字是伊莎波？」

我皺起眉頭：「事實上，她主要的名字應該是珍妮薇芙。我想梅莉桑德也包括在內。不過她比較喜歡伊莎波。」

「小心點，戴安娜。」艾姆警告道：「梅莉桑德惡名昭彰。她痛恨女巫，第二次世界大戰後，柏林的巫族幾乎都被她吃了。」

「她有充分的理由痛恨巫族。」我揉揉太陽穴道：「我很意外她讓我住進她家。」如果情況倒轉過來，我父母的死有血族牽涉在內，我恐怕不會那麼寬宏大量。

「水是怎麼回事？」莎拉插嘴道：「我最擔心的是艾姆在靈視中看到的那場暴風雨。」

「哦，昨晚馬修離開後，我召來一場雨。」濕淋淋的回憶讓我打了個寒噤。

「巫水。」莎拉無法理解地喃喃道：「怎麼發生的？」

「我不知道，莎拉。我覺得……空虛。馬修的車開走以後，自從多明尼可現身以來，我一直壓抑著的淚水，忽然統統從我身上湧出來。」

「多明尼可是誰？」艾姆又開始努力翻閱她腦子裡的超自然生物名人錄。

「他姓米歇勒——威尼斯出身的吸血鬼。」我的聲音很氣憤。「如果他再來騷擾我，我要扯掉他的腦袋，管他是不是吸血鬼。」

「他是個危險人物呀！」艾姆喊道：「他從不遵守遊戲規則。」

「這種話我已經聽了好多遍，妳們放心好了，我受到二十四小時嚴密保護。別擔心。」

「等到妳不再跟吸血鬼糾纏不清，我們才會放心。」莎拉道。

「那妳們有得擔心的。」我頑固地說：「我愛馬修，莎拉。」

「不可能，戴安娜，吸血鬼跟女巫——」她還想說下去。

我打斷她：「多明尼可告訴我盟約的事了。我不會要求其他人破壞它，我知道這代表妳們可能必須跟我斷絕關係。但我沒有選擇。」

「但合議會一定會不擇手段終結你們的交往。」艾姆緊張地說。

「這我也聽說過了。他們要辦到這件事，唯有殺了我。」這一刻之前，我還不曾把這句話大聲說出口，但從昨晚開始，我就一直想著這件事。「要解決馬修還有點棘手，但我是個容易得手的目標。」

「妳不能就這樣往危險裡走。」艾姆努力不讓自己落淚。

「她母親就會那麼做。」莎拉輕聲道。

「我母親是怎麼回事？」一提到她，我的聲音就破碎了，冷靜的外表也瓦解了。

「芮碧嘉奮不顧身投入史蒂芬的懷抱，雖然人人都說，像他們那麼有才華的兩個巫族結合，不是好主意。後來人家叫她遠離奈及利亞，她也不聽。」

「還有更多理由，戴安娜妳要好好聽著。」艾姆道：「妳才認識他幾個星期。回家來，試試看能不能忘了他。」

「忘了他？」太可笑了。「這不是一時意亂情迷。我從不曾對任何人有過這樣的感覺。」

「讓她去吧，艾姆。對我們這個家族而言，這種話已經說得夠多了。我沒有忘掉妳，她也不可能忘記他。」莎拉嘆了一口可以一直傳送到奧弗涅的長長的氣。「如果由我作主，可能不會為妳選擇這樣的人生，但每個人都必須自己做決定。妳母親就是這麼做。我也這麼做——妳外婆真的接受得很痛苦，順便告訴妳。現在輪到妳。但畢夏普家的人無論如何都不會背棄自家人。」

眼淚刺痛我的眼睛：「謝謝妳，莎拉。」

「況且呢，」莎拉恢復了鎮定，繼續道：「如果合議會裡都是多明尼可・米歐勒這種東西的話，就讓他們統統下地獄去吧。」

「馬修對這件事怎麼說？」艾姆道：「我很訝異，你們決定打破一個千年傳統的節骨眼上，他卻離妳而去。」

「馬修還沒告訴我，他有什麼想法。」我按部就班把一根迴紋針拉直。

電話線上一片沈默。

最後莎拉說道：「他還在等什麼？」

我哈哈大笑：「妳本來一直警告我要遠離馬修。現在妳卻因為他不肯讓我落入比目前更嚴重的危險而不高興？」

「妳要跟他在一起。這應該就夠了。」

「這不是魔法安排的姻緣，莎拉。我必須自己做決定，他也一樣。」根據書桌上那個瓷面的小時鐘，他已經離開二十四小時了。

「如果妳決定待在那兒，跟那些超自然生物相處，自己要多加小心。」莎拉跟我告別時警告道。「妳如果想回家，就回來吧。」

掛電話時，時鐘敲了半點。這時辰在牛津已經天黑了。

去他的我等夠了。我拿起電話就撥了他的號碼。

「戴安娜？」他的聲音顯然很焦慮。

我笑起來：「你直覺知道是我，還是看來電顯示？」

「妳沒事吧？」焦慮消散，取而代之的是放心。

「嗯，令堂為我安排了滿滿的行程。」

「我就擔心會這樣。她告訴妳哪些謊言？」

這一天裡比較重大的考驗，盡可以等以後再說。「只有事實。」我道：「她兒子是結合蘭斯洛[63]和超人的魔鬼。」

「聽起來還真像伊莎波會說的話。」他帶著笑意說：「知道她沒有因為跟女巫睡在同一個屋簷下而發生不可逆的轉變，真讓人鬆了一口氣。」

距離無疑有助於我用半真半假的說辭蒙混過他，但我眼前浮現的那幅他坐在萬靈學院莫里斯椅上的畫面，鮮明的程度卻不因距離而有所減損。許多盞燈把房間照得通明，他的皮膚會像打磨過的珍珠。我想像他在閱讀，兩眉中間出現一道全神貫注的深深皺紋。

「你在喝什麼？」這是我的想像唯一不能提供的細節。

「從什麼時候開始，妳對酒這麼在意了？」聽起來他真的很意外。

「從我發現這方面的知識這麼豐富開始。」**從我發現你對酒很在意開始，笨蛋**。

「今晚喝的是西班牙酒——維加・西西里亞酒廠。」

「什麼時候的？」

「妳是指年份嗎？」馬修語帶嘲弄。「一九六四年出產。」

「相對而言，還是個嬰兒，是嗎？」我也嘲弄回去，他心情有改變，我就放心了。

「確實是嬰兒。」他同意道。不需要第六感，我也知道他在微笑。

「今天過得怎麼樣？」

「很好。我們需要加強保全，雖然沒有遺失任何東西，但有人企圖駭進電腦，還好密麗安向我保證，絕對沒有人能入侵她的電腦。」

「你會很快就回來嗎？」我還來不及阻止自己，這句話就脫口而出，接下來的沈默延續了很久，久到令人不安。我告訴自己，這是線路的問題。

「我不知道。」他冷淡地說：「能回來我就會回來。」

「你想跟令堂通話嗎？我可以幫你找她來。」他忽然變得疏遠，讓我心痛，必須掙扎才能保持語氣平和。

「不用了。妳可以告訴她，實驗室沒事，房子也平安。」

我們道了別。我的胸口很緊，幾乎不能呼吸。我好容易才站起來，轉過身，馬修的母親正等在門口。

「剛才我跟馬修通過話。實驗室和房子都沒有損害。我累了，伊莎波，肚子也不餓，我想我要睡了。」快八點鐘了，可說是個非常合理的就寢時間。

「當然。」伊莎波讓開路，眼睛瑩瑩閃光。「祝妳一夜好眠，戴安娜。」

第二十五章

我講電話的時候，瑪泰到過馬修的書房，所以有三明治、茶和水等著我。她給壁爐加足了柴火，可以燒一整晚，還有好多根蠟燭大放光明。樓上臥室裡一定也有同樣誘人的光線與溫暖，但我的心思關不住，

---

⑥③ Lancelot是圓桌武士的成員，外表英俊瀟灑，對女性溫柔體貼，有「騎士之花」的美名。他行俠仗義，屢建奇功，曾是亞瑟王最傑出而受信任的部下，但後來因為他與亞瑟王之妻珍妮薇芙相戀，破壞了亞瑟朝廷的團結，導致圓桌武士覆亡。

嘗試入睡也是白費力氣。《曙光乍現》的手抄本就在馬修書桌上等著我。坐在電腦前，我避而不看他閃亮的盔甲，擰亮他太空時代、極簡設計的檯燈，開始閱讀。

「我大聲說：讓我知道我此生的末日，我餘下的壽數，這樣我才會知道自己多麼脆弱。我這一生的長度不及我手掌的寬度。與你相比，它不過是一瞬。」

這段話只讓我想起馬修。

試圖把心思放在鍊金術上，根本沒有用，於是我決定把已經讀過的材料引起的疑問列成一張清單。這樣只需要一張紙和一支筆。

馬修的桃花心木書桌非常龐大，木色黝黑，跟它的主人一樣堅實，而且散發出同樣的嚴肅氣息。在容納他膝蓋的空間兩側，都有整排的抽屜延伸到地面，架在麵包型的圓球桌腳上。檯面周圍整個一圈都有寬版雕刻。莨苕葉、鬱金香、捲軸和各種幾何圖案，讓人不由得想依著輪廓描摹一番。這張書桌的桌面跟我的書桌——總是高高堆著論文、書、喝了一半的茶，每次嘗試在桌上工作，都要冒著引發災難的危險——很不一樣，桌上只有一張愛德華時期的桌墊，一把寶劍造型的拆信刀和檯燈。就像馬修一樣，它揉合古代與現代，有種奇特的和諧。

但我看不見任何文具。我拉動圓形的銅製把手，打開右手邊最上層的抽屜。裡面每樣東西都擺放得整齊而精確。萬寶龍鋼筆和萬寶龍鉛筆分門別類，迴紋針依大小整理。我挑了一支鋼筆，把它放在桌面上，又試著去開其他抽屜。但它們都上鎖了。鑰匙不在迴紋針下面——我把它們全倒在桌上，做最後的確認。

桌墊的皮製邊擋中間襯著一張沒有任何記號的淺綠色吸墨紙。沒有筆記本或其他紙張，只好用它充數了。我拿開電腦，騰出桌面時，不小心把筆撞到地板上。

它掉到抽屜底下剛好搆不著的地方，我只好鑽進書桌容納膝蓋的空間裡去撿。我的手指在抽屜底下摸索，碰到粗厚的筆身時，也正好瞥見上方的黑木頭裡有個抽屜。

我皺著眉頭從桌子底下爬出來。圍繞書桌的雕刻飾帶雖然紋路很深，但打開那個祕密抽屜鎖扣的機關，並沒有藏在裡頭。馬修喜歡把文具藏在沒法子打開的抽屜，就隨他去吧。如果他回家的時候，發現吸墨紙上滿是塗鴉，只能說他活該。

我用黑墨水把粗大的數字1寫在綠紙上，忽然停筆不動。

馬修有很多祕密——這一點我知道。但我們相識才不過幾星期，即使最親密的戀人也有權保留隱私。儘管如此，馬修嚴守祕密的態度仍然讓人很生氣，他周遭被祕密包圍，就像一座城堡，蓄意不讓其他人——我——進入。

而且我不過就是想要一張紙而已。他在博德利圖書館找艾許摩爾七八二號的時候，不是也搜索過我帶去的所有物品嗎？我們還不算認識的時候，他就使出這種招數，現在也是他把我留在法國自求多福的呀。

我小心把筆套蓋回去，良心卻覺得不安。但受到傷害的感覺讓我把內心的警訊拋在一旁。

我把每一個凹凸不平處都按過、拉過，我用手指把書桌前端的雕刻重新摸了一遍，仍然沒有收穫。馬修的拆信刀誘惑地放在我右手邊。把它插進縫隙，或有可能把抽屜撬開。考慮到這張書桌的年代，我內心的歷史學家大聲喝止——聲音比我的良心響亮多了。侵犯馬修的隱私，做出道德上有待商榷的行為，或許還可以原諒，但我無論如何也不能破壞一件古董。

我再次鑽到桌子底下，這兒太黑，看不清桌面下那個抽屜，但我的手指摸到一個嵌在木頭裡，又冷又硬的東西。在幾乎看不見的抽屜接縫左邊，有個小小的金屬突起物，大概吸血鬼只消伸長手臂，坐在桌前就摸得到。它呈圓形，中間有十字形凹痕——看起來像顆螺絲釘或舊釘頭。

我按它一下，上面傳來很輕的喀答一聲。

站起身，我看到一個大約四吋深的盒子，裡面鋪著黑絲絨，厚厚的襯墊上有三個凹槽，每個槽裡都放著一個銅製的錢幣或獎牌。

最大的一枚放在一個直徑將近四吋的凹洞裡，表面上刻著一座建築物的輪廓。圖案極盡細膩，顯示四級階梯通往一扇兩旁有柱子的門，柱子中間有具罩著壽衣的屍體。建築物的清晰輪廓被點點滴滴的黑色蠟油損毀，銅幣邊緣刻著「militie Lazari a Bethania」字樣。

「伯大尼的拉撒路騎士團。」

我緊緊抓住盒子的邊緣，以防跌倒，忽然坐下。

這些金屬圓盤不是錢幣，也不是獎章，而是印鑑——用來封緘官方文書或證明產業買賣的璽印。一張普通的紙蓋上一個蠟印，就可以號令一支軍隊離開戰場，或將一大筆不動產交付拍賣。

從殘留的痕跡判斷，至少有一枚印章在不久前使用過。

我用顫抖的手指從盒中取出最小的一枚印章。它表面上刻著同一棟建築物。柱子和裹著壽衣的拉撒路——下葬四日後基督又讓他復活的伯大尼人——都沒錯。這裡刻畫的是從一口淺棺裡走出來的拉撒路，但上面沒有字跡，只有一條咬尾蛇環繞著建築物。

我來不及閉上眼睛，眼前已浮現柯雷孟的家旗和那條在七塔上空的微風中招展的咬尾蛇。

印章躺在我掌中，銅質的表面閃閃發亮。我專心盯著它，用意志力要求我新得到的靈視能力揭開它的祕密。但我花了二十幾年刻意忽視自己血液裡流動的魔法，現在它理直氣壯不來幫忙。

沒有靈視出現，只好發揮世俗的史學技巧了。我仔細觀察小印鑑背面所有的細節。一枚四個頂點都向外展開呈喇叭形的十字架，把印鑑分成四個部分，跟我靈視中馬修穿的那件罩衫上的圖案頗為類似。右上方是一輪尖角都朝上的新月，一顆六芒星靠在它的腹部。左下方有朵傳統上象徵法國的鳶尾花。

印鑑的周邊刻著日期ＭＤＣＩ——羅馬數字的一六〇一年——以及「拉撒路的祕密」字樣。

拉撒路跟吸血鬼一樣，經過從生到死又重生的歷程，這不可能是巧合。更有甚者，十字架搭配來自聖地的傳奇人物，又提到騎士，顯示馬修藏在書桌抽屜裡的印鑑，屬於中世紀成立的某個十字軍騎士團。眾多騎士團中，最為人熟知的是聖殿騎士團，他們在十四世紀初葉，被控以異端及其他更嚴重的罪名，神祕地消失，不知所終。但我從來沒聽說過拉薩路騎士團。

我把印鑑轉來轉去，反射光線，專注思考一六〇一年這個日期。以中世紀騎士團而言，這年代已相當晚。我在記憶中搜索那一年發生的重要事件，希望能解開這個謎團。英國的伊麗莎白女王砍掉埃色克斯侯爵的頭⑭，丹麥天文學家第谷也在很糗的情形下去世⑮。這兩件事似乎連邊都沾不上。

我的手指在雕刻上輕輕移動。MDCI的意義豁然開啟。

馬修・德・柯雷孟。

這是馬修名字的縮寫字母，不是什麼羅馬數字。最後一個字母是小寫的L，不是I。我剛才的解讀完全錯了。

直徑兩吋的圓璽在我掌心，我用手指將它緊緊包住，刻字的表面深深嵌進我皮膚裡。

這個較小的圖章一定是馬修的私人印鑑。這種印鑑的效力極大，所以當事人死亡或離職後，通常會把它銷毀，以免被心懷叵測者拿去造假。

同時擁有大印和私章的騎士只有一種身分：騎士團的領袖。

馬修為何要把這些圖章藏起來，令我不解。如今還有誰在乎或甚至記得拉撒路騎士團，他在這個團隊裡一度扮演的角色就更別提了。我的注意力又被沾在大璽上的黑色封蠟吸引。

「不可能的。」我麻木地低聲道，不住地搖頭。披著亮閃閃盔甲的騎士屬於過去。今天他們已不再活

⑭ Earl of Essex，原名Robert Devereux，一五六五—一六〇一，英國貴族，女王伊麗莎白一世的寵臣，但因恃寵而驕，屢次抗命，甚至企圖發動政變而被處死。

⑮ Tycho Brahe，一五四六—一六〇一，丹麥天文學家與鍊金術師。據說他死於腎臟病，因他參加宴會時都因害怕失禮，寧願憋尿也不肯中途離席，最後一次宴罷回家，已無法解尿，臥床十一天後死亡。

躍。

馬修尺寸的盔甲在燭光中熠耀生輝。

我哐噹一聲把印璽扔在抽屜裡。我手心曾深深壓在圖案上，留下了印記，包括四端向外張開的十字架、新月與星星、鳶尾花，都印在手上。

馬修之所以會保留這些印鑑，而且其中一個還有新鮮的蠟跡，唯一可能的解釋就是，它們仍在使用，拉薩路騎士團仍然存在。

「戴安娜，妳還好吧？」伊莎波的聲音從樓梯口傳來。

「是的，伊莎波。」我看著手掌心的印鑑圖案喊道：「我在看我的電子郵件，收到幾則意想不到的消息，如此而已！」

「要我叫瑪泰上樓去收盤子嗎？」

「不用！」我不假思索道：「我還在吃。」

她的腳步聲向客廳的方向遠去。周圍完全沈默下來時，我才吁出一口氣。

我盡可能讓自己的動作迅速而無聲，把絲絨格子裡的另一枚印鑑翻轉過來。它跟馬修的私章幾乎一模一樣，不過右上角只有一個新月圖案，邊緣鐫刻的名字是「菲利普」。

這枚私章屬於馬修的父親，換言之，拉撒路騎士團是柯雷孟家族的私家事務。

確認書桌裡不會藏有更多線索後，我把所有的印鑑都轉過來，讓拉撒路的墳墓再次朝向我。抽屜喀答輕響一聲，它就消失在桌面下，回歸原位。

我拿起馬修用來擺下午酒的桌子，把它搬到書架前面。他不會介意我在他的書房裡到處看看——我這麼告訴自己，並踢掉腳上的便鞋。我跳上光滑的桌面，站直時，它發出嘎吱一聲呻吟，但這木頭撐得住。

現在最高層書架右側那個木製玩具，剛好位於我眼睛的高度。我深深吸一口氣，把放在另一側的第一件物品抽出來。它非常古老——我接觸過最古老的手抄本。皮革封面翻開時發出抱怨聲，書頁裡散發出老羊皮的味道。

「Carmina qui quondam studio florente peregi,/ Flebilis heu maestos cogor inire modos。」第一行寫道。我眼睛被淚水刺痛。這是波依提烏斯[66]六世紀的作品《哲學的慰藉》，是他在獄中等待處決期間寫的。「我的創作一度奉獻給快樂的歌曲，那時我所有的作品都開朗活潑；但現在我只能含著眼淚回頭唱悲傷的副歌。」我想像馬修失去了白蘭佳和路卡斯，對吸血鬼的新身分迷惑不解時，以什麼樣的心情閱讀這難逃一死的犯人寫下的字句。不論什麼人出於減輕他悲痛的好意，給了他這本書，我都向他致以沈默的謝意。我把這本書悄悄放回原位。

下一本書是插圖極為精美的《創世記》手抄本。書中鮮豔的紅色與藍色，看起來都像繪製的第一天那麼新鮮。接著又是一份繪圖的手抄本，這本是迪奧斯科里斯[67]的植物圖解，也放在最高層，另外還有十幾本聖經、幾本法律書，以及一本用希臘文寫的書。

下面一層書架的書大同小異——大部分都是聖經，還有一些醫學書和一部七世紀百科全書非常早期的版本。這套百科代表塞維亞的伊西多爾[68]把所有人類知識熔冶於一爐的企圖，想必會吸引馬修無盡的好奇心。第一個對開本的下方，寫著馬修的名字以及「我的書」字樣。

我忽有一種想要觸摸那些字母的衝動，但我的手指對於接觸羊皮紙表面卻遲疑不前，這情況跟在博德利圖書館面對艾許摩爾七八二號時如出一轍。只不過當時我不想冒險，是因擔心閱覽室管理員和我自己的魔法。現在我遲疑，卻是怕在意料之外得知馬修的隱私。但這兒沒有管理員，我的恐懼跟我了解那吸血鬼

---

[66] Boethius，四八〇—五二五，羅馬哲學家，一生致力保存古希臘文獻，因遭受東哥德國王狄奧多里克猜忌而被處死。

[67] Dioscorides，四〇—九〇，希臘醫生與植物學家，著有五大冊的藥用植物百科全書。

[68] Isidore of Seville，五六〇—六三六，西班牙宗教家，曾任塞維亞大主教三十多年，畢生致力勸化西哥德族接受正統基督教。

過去的渴望相形之下，顯得微不足道。我描摹馬修名字的筆畫，眼前出現他的形象，非常明顯而清晰，用不著命令，也沒有反光的表面。

他坐在窗口一張樸素的桌子前，外貌跟現在一樣，寫字時專注地咬著嘴唇。馬修修長的手指抓著一支葦管筆，周圍都是一張張羊皮紙，每張紙上都留有他一再重複，寫自己的名字和抄錄聖經段落卻不成功的痕跡。我聽從瑪泰的忠告，在靈視出現與離去時不做抗拒，這次的經驗果然不像昨晚那麼令人暈眩。

一旦我的手指揭露了它們所能找到的一切，我就把百科全書放回架上，繼續瀏覽這座書架上其餘的書籍。這兒有歷史書、更多法律書、醫學與光學的書、希臘哲學、會計學、明谷的貝爾納⑲等早期基督教會重要人物的選集，還有好些騎士浪漫小說——其中一本講到一個每週一次化身為狼的騎士。但沒有一本書透露拉撒路騎士團的新資訊。我忍住一聲沮喪的嘆息，從桌上爬下來。

我對參加十字軍東征的軍團所知不完整。只知道它們大多數在出發時，都號稱是一支勇敢與紀律嚴明的隊伍。聖殿騎士團一向以第一個加入戰鬥，最後一個離開聞名。但所有騎士團的軍事活動都不限於耶路撒冷周邊的區域。騎士們也在歐洲作戰，其中很多人只聽命於教皇，不服從國王或其他俗世的權威。

騎士團的勢力也不僅限於軍事範疇。它們建造教堂、學校、痲瘋病院。這些軍事團體捍衛十字軍參與者在心靈、金錢、肉體各方面的利益。馬修和他的吸血鬼同族，領域意識極強，保護自己的財產至死方休，所以扮演守護者的角色再理想不過。

但軍事團體盛極而衰，強大的勢力最終也是它們覆亡的關鍵。君主與教皇都妒忌它們的財富與影響力。一三一二年，教皇與法國國王設法解散聖殿騎士團，替他們自己擺脫了這個規模最大、聲望最隆的社團的威脅。其他騎士團失去了支持與利益誘因，也逐漸銷聲匿跡。

後來出現了一大堆陰謀理論，當然。一個龐大而複雜的國際性組織怎麼可能一夜之間瓦解，而且聖殿騎士團忽然解散，引起各種十字軍內部有敗類及地下運作等荒唐無稽的傳說。一般人至今仍在搜尋聖殿騎士團的驚人財富。始終沒有人找到它如何分配出去的證據，使陰謀論被鼓吹得更加有聲有色。

錢。歷史學家最早學會的課題之一：跟錢走就對了。我重新調整研究焦點。

第三排書架上可以看到第一本帳冊厚實的輪廓，塞在海桑[70]的《光學》和一本浪漫的法文《武功歌》[71]之間。這本書在前面的邊緣標示了一個小小的希臘文字母：α。我判斷它是某種索引符號，在架上瀏覽一番，便找到第二本帳冊。它也標示了一個希臘文字母β。我眼睛認清了目標，很快便又找到分散在書架上的γ、δ與ε。我確定，只要搜索得更仔細，其餘帳冊也會出現。

感覺就像揮舞著一把發票追逐阿爾・卡彭[72]的艾略特・尼斯[73]，我高舉雙手。沒有時間可浪費在爬上爬下取書。第一本帳冊從它休息的地方滑下來，掉進我等待著的手掌。

記載開始的日期是一一一七年，有很多不同的筆跡。名字和數字在頁面上舞動。我的手指忙碌地吸收所有能從字跡裡得到的訊息。幾張臉孔一再在羊皮紙上綻開——馬修、鷹勾鼻的黑皮膚男子、頭髮色鮮亮宛如拋光赤銅的男子、有親切的褐眼但表情嚴肅的另一名男子。

我的手指停在一一四九年收到的一筆款子上。「愛琳娜王后，四萬馬克。」[74]這是筆驚人的數目——超過英格蘭王國歲入的一半。英格蘭王后為何要給一支吸血鬼領導的軍團這麼多錢？但中世紀超出我的專

---

(69) Bernard of Clairvaux，一〇九一—一一五三，法國宗教家，明谷修道院創辦者，聲望隆盛，曾擔任五位教皇的顧問，並組織第二次十字軍東征。

(70) Al-Hazen，九六五—一〇四〇，阿拉伯數學家與物理學家。

(71) chanson de geste是描述古代英雄事蹟的敘事詩，也穿插傳奇與宮廷愛情，篇幅通常長達數千行。

(72) Al Capone，一八九九—一九四七，美國著名罪犯，一九二〇年代操縱芝加哥的私酒、賭、娼等行業，有「地下市長」之稱。

(73) Eliot Ness，一九〇三—一九五七，著名的美國執法人員，他在一九二〇至一九三三年的禁酒時期緝拿私酒販，最初他的部門禁酒局隸屬國稅局，後來改隸財政部，事實上查緝的重點並非逃稅，而是幕後操縱的黑道勢力從事大規模的非法勾當。

(74) 此處的愛琳娜王后應為阿基坦女大公愛琳娜（Eleanor of Aquitaine，一一二二—一二〇四），她在一一三七年父親去世後，繼承阿基坦領地，隨即與法國王儲路易七世結婚。兩人婚姻維持了十五年，她並隨同路易參加一一四五年到一一四九年的第二次十字軍東征。她在一一五二年以血緣過近為藉口，跟路易離婚，索回當年陪嫁的土地，改嫁英國王儲亨利二世。一一四九年她還是法國王后，不是英格蘭王后。

業領域太遠，我無法回答這問題，對參與交易的人也了解不多。我啪一聲闔上書，轉往十六世紀與十七世紀的書架走去。

混雜在很多其他書中間，有本書上有希臘字母λ的辨識記號。帳冊一翻開，我就瞪大了眼睛。

據這本帳冊記載，拉撒路騎士團賺錢的方式千奇百怪——有點難以置信——戰爭、商品、特別服務、外交任務等，包括在瑪莉・都鐸[75]嫁給西班牙的菲利普時，為她置辦嫁妝，為勒班陀戰役[76]採購大砲，賄賂法國出席特倫特會議[77]，以及資助信義會施馬卡登同盟[78]大部分的軍事行動。這個社團的投資決策顯然不受政治或宗教左右。同一年之內，他們斥資贊助瑪麗・史都華[79]重返蘇格蘭王位，也替伊麗莎白一世女王償還了欠安特衛普交易所的一筆可觀債務。

我沿著一排排書架往前走，找尋更多標示希臘字母的書。在十九世紀架上，一本褪色的藍色布面書脊上，有形似三叉戟的ψ記號。書中一絲不苟記錄了大筆金額的出入，加上房地產的買賣，看得我頭昏腦脹——購買曼徹斯特大多數工廠，怎麼可能保密？——還有熟悉的王室、貴族、總統、美國內戰將領的名字。還有付學費、服裝零用金、買書、嫁妝費、清算醫療帳單、過期房租等小額開銷。所有不熟悉的名字旁邊，都有「ＭＬＢ」或「ＦＭＬＢ」的縮寫字母。

我的拉丁文程度不夠好，但我相信前一組縮寫字母的意思應該是「伯大尼的拉撒路騎士團」（**militie Lazari a Bethania**），前面的字母F則代表「兒子」（**filius**）或「女兒」（**filia**），也就是騎士的子女。如果這團體十九世紀中葉還在發錢給它的成員，也可能延續到今天。世界上某處，有張紙——不動產交易、法律協議——塗上厚厚的黑色封蠟，蓋著這個騎士團的大印。

是馬修蓋上去的。

幾小時後，我又回到馬修書房的中世紀區，翻開我最後一本帳冊。這一本跨越的時間從十三世紀末到十四世紀前半。龐大的金額現在已是意料中事，但一三一〇年左右，登錄的條目忽然大幅增加。金錢的流動量也是如此。若干名字後面出現新的附註：一個很小的紅色十字標記。一三一三年，這個標記旁邊出現一個我認識的名字：賈克・德・莫雷，聖殿騎士團的最後一位團長。

他在一三一四年因異端的罪名被處以火刑，在處決的前一年，他把他擁有的一切都交給了拉撒路騎士團。

好幾百個名字都有紅十字標記。這些人都是聖殿騎士嗎？如果是這樣，聖殿騎士之謎就解開了。這些騎士和他們的錢財一起失蹤。兩者都被拉撒路騎士團吸收了。

這不可能是真的。這種事需要太多規劃與協調。如此龐大的計畫保密的難度過高。這種想法背離現實，就像——

女巫和吸血鬼的故事。

拉撒路騎士團值得採信的程度就跟我自己一樣，不多也不少。

那些陰謀理論的一大缺點就是太複雜。普通人窮一生之力，也不夠收集所有必要的資料、串連起每一

⑺⑸ Mary Tudor，一五一六—一五五八，是英國國王亨利八世和第一任妻子凱瑟琳王后之女，她的同父異母弟弟愛德華六世一五五三年死後，由她繼承英國王位。在位期間，她企圖復辟羅馬天主教，大舉處死宗教異議人士，得到「血腥瑪麗」的綽號。她即位時已三十七歲仍未婚，希望盡快找到適當人選，生下儲君，以免王位落入信奉新教的妹妹伊麗莎白之手，便選中西班牙王子菲利普二世，兩人於一五五四年結婚。

⑺⑹ Battle of Lepanto 發生於一五七一年，歐洲基督教國家組成的神聖聯盟聯合海軍，與鄂圖曼土耳其帝國海軍在希臘勒班陀近海作戰，歐洲艦隊獲勝，鄂圖曼帝國從此喪失地中海霸權。

⑺⑺ Council of Trent是羅馬教廷為了反制馬丁・路德提倡宗教改革帶來的衝擊，於一五四五至一五六三年期間，在北義大利的特倫特陸續召開的會議。

⑺⑻ Lutheran Schmalkaldic League為德國宗教改革期間，神聖羅馬帝國境內信奉新教的諸侯國為了保護信義宗的教會，於一五三一年在德國施馬卡登成立的組織。

⑺⑼ Mary Stuart，一五四二—一五八七，蘇格蘭女王，出生六天父親就去世，使她登上王位，一生都陷在政治鬥爭的陰謀當中。一五六八年她在政變中失勢，逃往英格蘭，卻被表姑伊麗莎白一世軟禁長達十八年，這期間她一再嘗試想回蘇格蘭都未成功，卻引起伊麗莎白的猜忌，最後被處決。

種不可或缺的條件，然後付諸實行。但如果陰謀者是個吸血鬼，情況就不一樣了。如果你是個吸血鬼——或更棒，一整個吸血鬼家族——那麼時間流逝就算不了什麼了。依我觀察馬修的學術生涯得知，吸血鬼有取之不盡、用之不竭的時間。

我把帳冊放回書架上時，忽有所悟，愛上吸血鬼是多麼沉重的一件事。最大的難處不在於他的年齡，或他的飲食習慣，或他曾經殺過人，而且還會繼續那麼做。而是那些祕密。

馬修累積祕密——犖犖大者就像拉撒路騎士團和他的兒子路卡斯，小者就像他跟哈維或達爾文的交情——已超過一千年。我的一生光是把它們統統聽完都嫌短，更不要說了解其中的意義了。

但嚴守祕密的不僅是吸血鬼而已。所有超自然生物都學會這麼做，因為害怕被發現，也為了在我們以宗親結合，幾乎像部落一般的世界裡，替自己保存一些東西——任何東西。馬修不僅是獵人、殺手、科學家或吸血鬼，也是一張祕密的網，就像我一樣。我們要在一起，就得決定把哪些祕密拿出來分享，其他祕密則擱置一旁。

我按鈕開啟電腦，它在靜寂的房間裡嗚響。瑪泰的三明治乾了，茶也冷了，但我照吃不誤，免得她以為辛苦做出來的東西不被欣賞。

吃完後，我往後一靠，盯著爐火。拉撒路騎士團喚起我的歷史意識，而我的女巫本能告訴我，這個團體是了解馬修的關鍵。但它的存在並不是他最重要的祕密。馬修捍衛的是他自己——藏在他內心深處的本性。

愛他是多麼複雜而微妙的一件工作啊。我們都是童話故事的素材——吸血鬼、女巫、穿閃亮盔甲的騎士。但面對現實卻是件令人困擾的事。我受到威脅，博德利圖書館的超自然生物監視我，希望我把一本人人想要、卻沒有人理解的書重新借出來。馬修的實驗室成為攻擊目標。我們的交往已危及魔族、凡人、吸血鬼與女巫之間，長期以來脆弱的休戰狀態。這是個新世界，其中超自然生物受到挑撥，互相敵對，在一攤黑蠟上蓋個章，就能發動一支沈默的祕密大軍。難怪馬修寧願把我放在一旁。

我摁熄蠟燭，上樓去就寢。筋疲力盡讓我很快進入夢鄉，夢裡滿是騎士、銅璽和永遠看不完的帳冊。

一隻冰冷、修長的手拍動我肩膀，立刻把我驚醒。

「馬修？」我猛然坐直上半身。

伊莎波雪白的臉在黑暗中發光。「找妳的。」她把紅色手機交給我，便離開房間。

「莎拉？」我好害怕阿姨出了什麼事。

「不要怕，戴安娜。」

馬修。

「發生了什麼事？」我聲音在發抖：「你跟諾克斯談成交易了嗎？」

「沒有。那方面毫無進展。我在牛津沒什麼可做的了。我要回家，跟妳一起。我應該再過幾小時就到了。」他聽起來很奇怪，聲音很渾濁。

「我在做夢嗎？」

「妳不是做夢，」馬修道：「還有，戴安娜，」他遲疑了一下：「我愛妳。」

這是我最想聽的話。我體內遺忘的鎖鍊開始歌唱，在黑暗中低吟。

「快回來，當面講給我聽。」我柔聲道，眼中滿溢寬慰的淚水。

「妳沒有改變心意吧？」

「永遠不會。」我惡狠狠地說。

「妳會陷入危險，妳的家人也一樣。妳願意冒這樣的險，為了我？」

「我已經做了決定。」

我們道別，依依不捨地掛掉電話，說了這麼多話以後，接下來的沈默令人害怕。

他離開後，我站在十字路口，找不到前進的方向。

我母親以神祕的靈視能力著稱。她是否有足夠的法力，看到我們攜手踏出第　步時，未來等待我們的會是什麼？

第二十六章

打從按掉伊莎波那隻小巧的手機上的通話鍵——而且再也不讓那支手機離開我的視線——開始，我就一直在等待輪胎碾在碎石上的聲音。

我拿著手機從浴室走出來時，一壺新泡的茶和早餐麵包捲已等著我。我胡亂吞下食物，隨便套上手摸著的第一件衣服，就披著濕頭髮衝下樓。馬修還要好幾個小時才會抵達七塔，但我打定主意，他車開進來的時候，我一定要在旁等著。

我先是在客廳裡爐火旁的沙發上等，疑惑著牛津會不會臨時發生什麼事讓馬修改變主意。瑪泰拿了條毛巾來給我，見我沒有使用的企圖，只好主動過來幫我擦乾頭髮。

隨著他回來的時刻愈來愈接近，我寧可在大廳裡踱方步，也不要在客廳裡枯坐。伊莎波走了出來，雙手扠腰站在一旁。我無視她懾人的旁觀，繼續踱我的步，直到瑪泰端出一把木椅，放在前門口。她說服我坐下，雖然那把椅子顯然是為了讓使用者了解地獄有多麼不舒服而設計的，馬修的母親隨即退回到圖書館去。

那輛越野路華駛進庭院時，我就飛撲過去。我們認識以來第一次，馬修沒有比我先衝到門口。他還在伸展他的長腿，我的手臂就鎖住他的脖子，我的腳尖幾乎碰不到地。

「別再做那種事。」我低語道，突如其來的眼淚讓我閉上眼睛。「永遠不要再那麼做。」

馬修的手臂環繞住我，他把臉埋在我頸彎裡。我們相擁，一言不發。馬修伸手到背後，解開我的手臂，輕輕把我放回地面。他捧著我的臉，熟悉的雪花與冰霜融化在我皮膚上。我專心地把他臉上新的細節存進記憶裡，好比他眼角的小魚尾紋，他豐滿的嘴唇下面一個凹痕的弧度。

「天啊。」他訝異地輕呼：「我錯了。」

「錯了？」我的聲音充滿慌亂。

「我以為我知道自己多麼想妳，其實我一點概念也沒有。」

「告訴我。」我好想聽他再說一遍昨晚在電話上說的話。

「我愛妳，戴安娜。上帝幫助我，我試過不要愛。」

我的臉融化在他手心。「我也愛你，馬修，用我整個的心。」

他體內有什麼東西因我的回應產生了微妙的變化。那不是他的脈搏，因為他本來就沒有多少脈搏，也不是他的皮膚，它摸起來仍然清涼舒暢。而是一個聲音——他喉頭輕震，發出一串充滿渴望的咕嚕聲，一陣欲望的震顫穿過我的身體。馬修察覺了，忽然露出強硬的表情。他低下頭，把冰冷的唇湊上我的嘴。

我的身體因而發生的變化非常劇烈而明顯。我的骨頭變成火一般，我的手攀上他的背，一路向下滑動。他想跟我保持距離時，我用力抱緊他的臀部貼在我身上。

不要這麼快，我想道。

他的唇在我唇上遲疑了片刻，出於意外。我的手滑得更低，充滿佔有欲地緊抱他不放，他的呼吸又停頓了一下，直到他喉頭湧現一陣呼嚕聲。

「戴安娜。」他道，聲音裡帶著警告。

我的吻要求他告訴我，哪裡有問題。

馬修唯一的答覆就是把他的唇移到我唇上。他觸摸我脖子上的脈搏，然後輕柔地向下移動，握住我左側的乳房，隔著衣服撫摸介於我的手臂和心臟之間那片敏感的肌膚。他另一隻手搭在我腰上，用力把我拉近，讓我緊貼在他身上。

經過很長一段時間，馬修稍微放開我到他能說話的程度。「現在妳是**我的**了。」

我的嘴唇麻木到不能回答，所以我只點點頭，雙手仍緊摟著他臀部不肯鬆開。

他低頭看著我：「仍然不後悔？」

「一點也不。」

「從這一刻開始，我們是一體的。妳明白嗎？」

「大概吧。」最起碼我知道，任何人、任何事物都不能把我跟馬修分開。

「她一點概念都沒有。」伊莎波的聲音響徹庭院。馬修身體一僵，手臂保護地環繞住我。「你用剛才那個吻打破了維繫我們這個世界的完整、保障我們安全的每一條規則。馬修，你在這女巫身上留下印記，將她收歸你所有。而妳，戴安娜，妳把妳的女巫血——妳的力量——奉獻給一個吸血鬼。妳已經背棄了妳的族人，承諾把自己交託給一個原本與妳為敵的生物。」

「那只是一個吻。」我震驚地說。

「那是一個誓約。你們彼此做了這樣的承諾，就成了亡命之徒。願諸神幫助你們。」

「那我們就是亡命之徒。」馬修低聲道：「要我們離開嗎，伊莎波？」藏在這個男人的聲音底下，是個脆弱的孩子，見他被迫在我們之間抉擇，我的心碎了。

他母親大步走向前，一記耳光用力打在他臉上。「你怎敢提出這樣的問題？」

母子雙方都嚇了一跳。伊莎波纖細的手掌留在馬修臉上的痕跡一閃即逝——先呈現紅色，然後藍色。

「你是我最疼愛的兒子。」她繼續道，聲音像鐵一般剛硬。「現在戴安娜是我的女兒——是我的責任，也是你的責任。你的戰爭就是我的戰爭。你的敵人就是我的敵人。」

「妳沒有必要庇護我們，媽媽。」馬修的聲音繃得像琴弦一樣緊。

「胡說八道夠了。你們共享的這份愛，會使你們被追捕到天涯海角。我們要像一家人一樣戰鬥。」伊莎波轉向我道：「至於妳，我的女兒——妳要戰鬥，正如妳承諾的。妳膽大包天——真正勇敢的人通常都如此——但我不能譴責妳的勇氣。反正妳需要他就如同妳需要呼吸空氣，而自從我創造他以來，他也不曾像要妳一樣要過任何人、任何東西。所以只好如此了，我們會盡力而為。」伊莎波出乎意料地把我拉到她身旁，用她冰冷的嘴唇親一下我的右頰，又親一下左頰。我在這個女人的屋簷下住了好幾天，但這才是正式的歡迎儀式。她對著馬修冷冷看了一會兒，然後提出真正的重點。

「盡力而為的第一步，就是讓戴安娜表現得像個女巫，而不是一個手足無措的凡人。柯雷孟家的女人要懂得如何保護自己。」

馬修豎眉瞪眼道：「我負責她的安全。」

「所以你才每次下棋都輸。」伊莎波豎起一根手指，對著他搖晃。「好比戴安娜，皇后擁有幾乎無限的力量。但你堅持把她包圍得緊緊的，結果卻害自己很容易受傷害。但這不是一場棋戲，她的弱點會危及我們每一個人。」

「不要管這件事，伊莎波。」馬修警告道：「沒有人能強迫戴安娜扮演她不喜歡的角色。」

他母親發出一聲優雅而表情豐富的冷哼。

「完全正確。我們不要再勉強戴安娜扮演一個凡人，因為她不是。她是個女巫，你是個吸血鬼。如果這不是事實，我們就不會陷入這種困境。馬修，我的寶貝，如果這女巫有足夠的勇氣要你，就沒有理由害怕她自己的力量。你想要的話，可以把她撕成碎片。那些發現你們做了什麼事而來追捕你們的人，也一樣做得到。」

「她說得對，馬修。」我道。

「來吧，我們進屋裡去。」他警戒地看著他母親。「妳會冷，我們也需要談談牛津的情況，然後我們再來討論魔法的問題。」

「我也要告訴你這兒發生的事。」如果這麼做行得通，我們都必須透露一部分的祕密——好比我隨時有可能變成奔流不息的水。

「妳有足夠的時候告訴我一切。」馬修拉著我走進城堡。

他一走進門，便見瑪泰正等著。她當他剛打完勝仗回來似的，給他一個熱烈的擁抱，然後安排我們坐在客廳熊熊的火爐前面。

馬修刻意坐在我身旁，看著我喝了些茶。每隔一會兒，他就把手放在我腿上，或把我肩頭的毛衣拉拉平，或把幾根頭髮攏好，好像要彌補他缺席的短暫時光。他一鬆弛下來，就有一連串的問題。最初問的都是些無關緊要的瑣事。沒多久，話題就轉到了牛津。

我問：「有人企圖闖入時，馬卡斯和密麗安都在實驗室嗎？」

「在。」他啜飲了一口瑪泰放在他旁邊的酒，說道：「但小偷無法深入。他們兩個都沒有真正的危險。」

「謝天謝地。」伊莎波喃喃道，眼睛盯著爐火。

「他們要找什麼？」

「資訊。跟妳有關的。」他懊惱地說：「妳在新學院的宿舍也被人闖入。」

這是一個新透露的祕密。

「福瑞嚇壞了。」馬修繼續道：「他向我保證，他們會替妳的門更換新鎖，並且在樓梯間安裝監視攝影機。」

「這不是福瑞的錯。那麼多新生，只需要腳步有自信，再戴一條大學圍巾，就可以混過門房。但沒什麼東西值得偷呀！難道他們對我的研究有興趣？」光是這種念頭都覺得很荒謬。什麼人會對鍊金術歷史在意到要破門而入呢？

「妳隨身帶著電腦，研究筆記都在裡頭。」馬修把我的手握得更緊。「但他們要的不是妳的研究成果。他們把妳的臥室和浴室整個翻了過來。我們認為他們在找妳的ＤＮＡ樣本——頭髮、皮膚、指甲屑。他們無法闖進實驗室，就到妳房間裡去找。」

我的手有點顫抖，我試著把手從他掌握中抽回來，不想讓他知道這消息讓我多麼心慌意亂。但馬修不肯放手。

「妳不會獨自面對這件事，記得嗎？」他注視著我。

「所以不是什麼普通竊賊。是超自然生物，某個認識我們，而且知道艾許摩爾七八二號的生物。」他點點頭。

「哼，他們找不到什麼的。在我房間，別想。」見馬修一臉困惑，我解釋道：「我母親堅持我每天早晨上學前，一定要把髮刷清理乾淨。這已經成為根深柢固的習慣。她還規定我把落髮扔進馬桶沖掉——指甲屑也一樣。」

馬修聽得目瞪口呆。伊莎波卻一點都不覺得意外。

「令堂愈聽愈像一個我很樂意認識的人。」伊莎波靜靜說道。

「妳記得她是怎麼跟妳說的嗎？」馬修問道。

「不大記得了。」我只隱約記得母親示範早晚盥洗該怎麼做時，我坐在浴缸邊上，此外就沒什麼印象。我皺起眉頭專心思考，閃現的回憶逐漸變得清晰。「我記得數到二十，其間某個時刻，我會快速轉圈子，說一些話。」

「她在想些什麼？」馬修大聲思索道：「頭髮和指甲攜帶很多遺傳資訊。」

「誰知道呢？我母親的預知能力很有名。但話說回來，她也可能只是遺傳了畢夏普家族的怪脾氣。我們家的人一向不是很正常。」

「令堂絕對沒有瘋，戴安娜，也不是每件事都能用你的現代科學解釋，馬修。幾百年來，巫族一直相信頭髮和指甲有魔力。」伊莎波道。

瑪泰喃喃表示同意，還對年輕人的無知大翻白眼。

「女巫用它們施咒。」伊莎波繼續道：「約束咒、愛情魔法——都需要這些東西。」

「妳告訴過我，妳從前不是女巫，伊莎波。」我驚訝地說。

「這麼多年來，我認識不少女巫。她們都不願意留下一根頭髮或一片指甲屑，唯恐落入其他巫族之手。」

「我母親從來沒告訴過我。」我很好奇，我母親還有多少祕密沒講。

「有時候，母親最好慢慢把祕密一樣一樣透露給孩子。」伊莎波的眼光在我和她兒子之間不斷閃動。

「闖入者是什麼人？」我想起伊莎波列舉的各種可能性。

「試圖闖進實驗室的是吸血鬼，但妳的宿舍我們比較不確定。馬卡斯認為有吸血鬼和巫族合作，但我認為只有巫族。」

「對。」

「所以你才那麼生氣是嗎？因為超自然生物侵犯了我的領域？」

又恢復單音節的答話了。我等候其餘的答案。

「擅闖我的實驗室，或我的土地，我或許能原諒，戴安娜，但別人對妳做出這種事，我不能容忍。感覺就像一種威脅，我就是……不能。保護妳的安全已經成為我的本能。」馬修用白皙的手指抓亂自己的頭髮，弄得一綹頭髮豎在耳朵後面。

「我不是吸血鬼，我也不懂規矩。你必須解釋其中的運作方式。」我替他撫平頭髮，說道：「所以是因為新學院宿舍被闖入，讓你相信該跟我在一起。」

馬修的手一瞬間捧住我的臉。「跟妳在一起，不需要任何鼓勵。妳說妳自從在河上決定不用槳打我那次開始就愛上了我。」他的眼睛完全不設防。「我愛妳開始得更早——早在妳用魔法拿到博德利圖書館書架上的書那一刻就開始了。妳看起來那麼放心，然後又變得那麼有罪惡感。」

伊莎波站起身，顯然她兒子如此公然示愛，讓她覺得不舒服。「我們讓你們獨處。」

瑪泰開始收拾桌子，準備到廚房去，她一定打算擺一場有十道菜的盛宴。

「別走，媽媽。妳該聽聽其餘的部分。」

「所以你們不僅是亡命之徒而已。」伊莎波的聲音很沈重。她一屁股坐回椅子上。

「超自然生物之間一直都有嫌隙——血族跟巫族尤其不和。但戴安娜和我卻使原本就很緊張的氣氛，進入公開對決的階段。其實這只是個藉口。合議會對我們打破盟約一事，倒不見得真的那麼在意。」

「不要再打啞謎，馬修。」伊莎波斷然道：「我沒耐心再聽下去了。」

馬修遺憾地看我一眼，然後答道：「合議會對艾許摩爾七八二號和戴安娜取得它的方式感興趣。巫族注意這份手抄本的時間幾乎跟我一樣久。他們從來沒預料到，拿到它的人竟然是妳，更沒想到我會先找到妳。」

古老的恐懼又鑽出表面，告訴我，有嚴重的問題深藏在我裡面。

「要不是因為秋分節，」馬修繼續道：「應該會有高明的巫族留守博德利圖書館，他們會了解那個手抄本的重要性。但他們都忙著安排慶典，鬆懈了戒備。他們把那份工作丟給那個年輕女巫，她卻讓妳——以及手抄本——從指縫裡溜走。」

「可憐的季蓮。」我低聲道，諾克斯一定對她大發雷霆。

「確實。」馬修抿緊嘴唇。「但合議會也在監視妳——理由跟那本書無關，而是因為妳的力量。」

「多久？」我無法說出一個完整的句子。

「可能是妳的一生。」

「自從我父母去世。」童年時代令人不安的回憶陸續浮現，在學校盪鞦韆時，覺得被女巫觀察的刺痛，在朋友家參加生日派對，受到吸血鬼冰冷的凝視。「從我父母去世開始，他們就在監視我。」

伊莎波張口想說什麼，但看見兒子的表情，又把話吞了回去。

「只要掌握妳，就掌握了那本書，至少他們是這麼想的。妳跟艾許摩爾七八二號有某種我還不了解的強大聯繫。我相信他們也不了解。」

「不包括諾克斯吧？」

「馬卡斯打聽了一番。他很善於從人家那裡套取情報。就我們所知，諾克斯還覺得很困惑。」

「我不希望馬卡斯涉險——不要因為我。他必須置身事外，馬修。」

「馬卡斯會照顧自己。」

「我也有事要告訴你。」如果有機會重新考慮，我會完全失去勇氣。

馬修握住我雙手，鼻孔稍微翕開。他說：「妳累了，而且很餓。也許我們該等吃過午餐。」

「你聞得出我肚子餓？」我無法置信道：「不公平。」

馬修頭往後一仰，哈哈大笑。他仍抓著我的手，把它們拉到我背後，讓我的手臂張開成翅膀的形狀。

「一個女巫，只要她願意，就可以像看報表一樣讀出我心思，竟然會說這種話。戴安娜，達令，妳每次改變心意我都知道，妳每次動壞念頭我都知道，好比跳出圍場的籬笆有多麼好玩。而我最有把握的就是妳肚子餓。」他說畢，吻我一下，強調他的論點。

「說到女巫，」他說完話，我有點上氣不接下氣地說：「我的遺傳能力中有關巫水這一項已經證實了。」

「什麼？」馬修關心地看著我：「什麼時候的事？」

「就在你開車離開七塔的時候。你還在的時候，我一直忍著不哭。但你一走，我就——流出好多水。」

「妳以前也哭過。」他沉吟道，又把我的手拉到前面。他翻過我的手，檢查掌心和手指。「水從妳手裡湧出嗎？」

「它從各處湧出。」我道。他警覺地挑起眉毛。「我的手，我的頭髮、眼睛、腳——甚至我的嘴巴。就像我不見了，或者如果我還存在，也完全變成了水。我覺得除了鹹味，我再不會有別種味道了。」

「當時妳一個人嗎？」馬修的聲音變得嚴厲。

「不，不，當然不是。」我連忙道：「瑪泰和你母親都在場。但她們沒辦法靠近我。好多好多水，馬修。而且還有風。」

「怎麼停止的？」他問。

「伊莎波。」

馬修深深看了他母親一眼。

「她唱歌給我聽。」

馬修垂下眼瞼，藏起自己的眼睛。「從前她也常唱歌。謝謝妳，媽媽。」

我等他告訴我，從前伊莎波常唱歌，但自從菲利普死後，她就變了個人。但他沒跟我說這些事。他反倒是非常用力地抱住我，我只好努力不去在意他不肯把生命中的這些部分交託給我。

這一天慢慢地消磨，馬修回到家的快樂極具感染力。我們吃罷午餐，就到他書房去，在壁爐前的地板上，幾乎我身上每一個會發癢的地方，都被他找出來了。但他始終沒有讓我進入他精心構築、不讓其他生物碰觸他祕密的那堵牆。

有一次，我伸出看不見的手指，找到馬修防禦上的一條裂縫。他立刻抬起頭，驚訝地看著我。

「妳剛說什麼？」他問。

「沒什麼。」我道，倉皇撤退。

我們跟伊莎波共享了一頓安靜的晚餐，她順著馬修的好心情。但她密切地注意他，臉上有種憂傷的表情。

晚餐後，我換上我那不成樣子的所謂睡衣，對於我的氣味會不會留在書桌抽屜和收藏印璽的絲絨襯墊上，感到忐忑不安，但我強打起精神，趁馬修一個人回他書房去之前，跟他道晚安。

過了不久，他忽然出現，穿一條寬鬆的條紋睡褲和一件褪色的黑T恤，光著兩隻長腳板。「妳喜歡左邊還是右邊？」他漫不經心問道，交叉雙臂，站在床柱旁等我回答。

我不是個吸血鬼，但有必要時，我也可以用很快的速度轉動我的腦袋。

「如果妳不介意，我喜歡左邊。」他嚴肅地說；「我處在妳跟門的中間，比較容易放鬆。」

「我……我無所謂。」我口吃道。

「那就趕快挪過去一點。」馬修掀開我緊抓著不放的被子，我照他吩咐的做。他鑽進被窩，發出一聲滿足的呻吟。

「這是整棟屋子裡最舒服的床。我母親認為，我們睡覺的時間太少，所以不需要好床墊。她的床像地獄一樣。」

「你要跟我一起睡嗎？」我嘎聲道，很想表現得跟他一樣若無其事，卻失敗了。

馬修伸出右臂，把我撈進懷裡，讓我的頭靠在他肩膀上。他道：「我想，要吧，不過我不會真正睡著。」

我依偎著他，把手掌平貼在他心臟上，這樣它每一次跳動我都知道。「那你要做什麼？」

「看著妳，當然。」他的眼睛好明亮。「等我累了——如果做這種事會累，」——他在每邊眼皮上親一下——「就去看書。燭光會讓妳睡不著嗎？」

「不會。」我答道：「我睡得很沉。天塌下來也吵不醒我。」

「我喜歡挑戰。」他柔聲道：「如果無聊，我就想辦法把妳吵醒。」

「你很容易覺得無聊嗎？」我逗他，伸出手指撫弄他後腦勺的頭髮。

「這妳只好等著瞧嘍。」他露出一個邪惡的微笑。

他的臂彎清涼而舒適，有他在旁的安全感，比任何搖籃曲都更讓人平靜。

「這有終止的一天嗎？」我悄聲問。

「合議會嗎？」馬修的聲音很擔憂。「我不知道。」

「不是。」我驚訝地抬起頭：「我不在乎那件事。」

「那妳是指什麼？」

我親吻他疑惑的嘴：「我跟你在一起時的這種感覺——好像第一次完整地活著。」

馬修微笑，表情一反常態地既可愛又帶點兒羞澀。「我希望永遠不會。」

我滿足地嘆口氣，低下頭，貼著他胸膛，開始一場無夢的好眠。

第二十七章

第二天早晨我忽然想到，我跟馬修共度的時光，到目前為止只有兩種模式。要麼一切由他控管，保護我，並確認他的精心安排不受干擾；要麼就一整天漫無章法地胡亂混完。記得不久以前，我每天都還會列一張工作清單，按照時間表過日子。

今天我要來主導。今天馬修得讓我參與他的吸血鬼生活。

不幸的是，我的決定註定會把本來應該很美好的一天毀掉。

這一天從馬修躺在旁邊的黎明開始，如此親近就像昨天在庭院裡一樣，一陣欲望的震顫通過我身體。這比任何鬧鐘的效果都好。剛開始，他的反應也很令人滿意，熱烈回吻我。

「我還以為妳永遠不會醒。」他在親吻之間埋怨道：「我擔心我得派人到村裡去找樂隊來，但唯一會吹起床號的小號手去年死掉了。」

躺在他身旁，我注意到他沒戴伯大尼的護符。

「你的朝聖者徽章到哪去了？」這是他告訴我拉撒路騎士團的大好良機，但他沒有加以利用。

「我不需要它了。」他道，蓄意讓我分心，把我一綹頭髮纏在他手指上，然後把頭髮拉到一旁，親吻我耳朵後面的敏感肌膚。「告訴我。」我堅持道，扭動身體，稍微躲開。

「以後。」他說，嘴唇向下遊移，來到脖子和肩膀交會的位置。

我的身體讓所有理性對話的努力都變成徒勞。我們都憑直覺行事，隔著薄薄的衣服的屏障觸摸，不放過任何一種承諾更大快感即將來臨的微小變化——一陣顫抖、冒出一片雞皮疙瘩、一聲低吟。當我變得更堅持，伸手去撫摸裸露的肉體時，馬修攔住我。

「不要急，我們有的是時間。」

「吸血鬼——」我只說出這三個字，他就用嘴唇堵住我的話。

瑪泰進入房間時，我們仍在床帷後面。她發出多此一舉的乒乓聲，把早餐托盤擱在桌上，又以蘇格蘭人扔木柱[80]的狂熱，把兩根木柴扔進壁爐。馬修探出頭去，頌揚這完美的早晨，並宣稱我肚子餓得不得了。

瑪泰嘰哩咕嚕說了一串奧克語，便離開了，一路低哼著一首歌。馬修抵死不肯翻譯，說是歌詞太俚俗，不適合我嫻淑的耳朵。

今天早晨，馬修沒有靜靜看我用餐，只一味抱怨他很無聊。這麼做的時候，他眼睛裡閃爍著淘氣的光芒，手指在膝上拍打個不停。

「我們吃完早餐就去騎馬。」我承諾，用叉子叉了些蛋放進嘴裡，並喝了一口燙嘴的茶。「我的工作可以晚點再做。」

「騎馬也解決不了。」馬修嘟囔道。

親吻可以驅除他的無聊。我的嘴唇感覺要淤青了，當馬修終於同意去騎馬時，我對自己體內神經系統互相連接的方式，已經有更清楚的認識。

他下樓去換衣服，我去淋浴。瑪泰上樓來收碗盤，我一邊把頭髮編成一條粗粗的辮子，一邊跟她描述我的計畫。她瞪大眼睛聽最重要的部分，但她同意拿一小包三明治和一瓶水去給喬治，讓他裝進拉卡沙的鞍袋。

然後，除了通知馬修，就不需要再做什麼了。

[80] caber toss是蘇格蘭特有的一種競賽遊戲，參加者要拋擲六公尺長、重達八十公斤的木柱。

他坐在書桌前哼著歌，滴滴答答敲著電腦，不時拿起手機發一則簡訊。他抬頭看我，咧嘴微笑。

「妳終於來了。」他道：「我還以為我得去把妳從水裡撈出來呢。」

欲念穿刺我全身，我膝蓋發軟。尤其因為我知道，接下來我要說的話，會把他臉上的笑意整個兒抹掉，這種感覺愈發強烈。

一定要做對，我悄悄對自己說，把手放在他肩膀上。馬修仰頭靠在我胸前，向上對我微笑。

「親我。」他命令道。

我不假思索就照他的話做，我們相處得如此自然愉快，讓我感到訝異。這跟書上或電影中描寫的那種總是緊張而痛苦的戀情有天壤之別。愛上馬修比較像回到港灣，而不是駛向暴風雨。

「你怎麼辦到的？」我用手捧住他的臉，問道：「我覺得好像從永恆開始的時候就認識你了。」

馬修快樂地微笑，把注意力放回電腦，關掉所有的程式。他這麼做的時候，我呼吸著他濃郁的氣味，順著他頭型的弧度幫他撫平頭髮。

「感覺好棒。」他用頭貼緊我掌心說。

於是到了毀掉這一天的時刻。我彎下腰，下巴靠在他肩上。

「帶我去打獵。」

他身上每一根肌肉都變得僵硬。

「這不好笑，戴安娜。」他冰冷地說。

「我沒有要搞笑。」我的下巴和手都保持在原位。他聳動身體，想擺脫我，但我不讓他這麼做。雖然我沒有勇氣面對他，但他也休想逃跑。「你必須這麼做，馬修。你必須知道你可以信任我。」

他爆發似的站起來，我沒有選擇，只好放開他。馬修走開幾大步，一隻手下意識地摸到原來戴伯大尼護符的位置。這不是個好預兆。

「吸血鬼不帶溫血生物去打獵的，戴安娜。」

又一個不好的預兆。他對我撒謊。

「不是這樣的。」我低聲道：「你跟哈米許一起打獵。」

「那不一樣。我認識他很多年，而且我不跟他同睡一張床。」馬修的聲音很粗魯，而且把眼光定在書架上。

我向他走去，速度很慢。「如果哈米許能跟你一起打獵，我也可以。」

「不行。」他肩膀上的肌肉突起得非常明顯，它的輪廓在他的毛衣下面清晰可見。

「伊莎波帶過我去打獵。」

房間陷於絕對的沈默。馬修很不順暢地吸了一口氣，他肩膀上的肌肉在抽搐。我又向前走了一步。

「不要。」他疾言厲色說：「我生氣的時候妳不可以靠近我。」

我提醒自己，今天輪不到他作主，我加快步伐向前走了幾步，直接站在他背後。這樣他就躲不掉我的氣味或我有節奏而穩定的心跳聲。

「我沒要惹你生氣。」

「我不是生妳的氣。」他的聲音很艱澀。「但我母親要付出代價。過去幾百年來，她做出來的很多事，對我的耐心都是重大的考驗。但帶妳去打獵——絕不能原諒。」

「伊莎波問過我，要不要先回城堡來。」

「根本不應該讓妳面臨這種選擇。」他倏然轉身面對我，怒聲咆哮：「吸血鬼打獵的時候，控制不住自己——不能完全控制的。我母親一聞到血的氣味，就會變得不可信任。她的行為就只剩下殺戮和捕食。如果風吹送妳的氣味，她會不假思索，把妳也當成食物的。」

馬修的反應比我預期的還更負面。但我既然一隻腳已踏進火坑，乾脆把另一隻腳也放進去。

「令堂只是想保護你。她擔心我不了解其中的風險。你也會為路卡斯做同樣的事。」深而長的沈默再次出現。

「她無權告訴妳路卡斯的事。他屬於我，不屬於她。」馬修的聲音很小，蘊含的怨毒卻是我從未聽過的那麼多。他眼睛轉往擺放那座小木塔的書架。

「他屬於你和白蘭佳。」我道，跟他一樣小聲。

「吸血鬼作為凡人活著時的故事，只有他們自己可以講。妳和我雖然是亡命之徒，但過去幾天來，我母親也觸犯了好幾條規則。」他再次伸手去摸已經不存在的護身符。

我跨越我們中間的一小段距離，動作無聲而篤定，好像他是一頭緊張的動物，這麼做是為了防範他輕舉妄動，做出他以後會後悔的事。當我跟他的距離不到一吋，我握住他的手臂。

「伊莎波還告訴我別的事。我們談到你的父親。她告訴我你的全名，哪些名字你不喜歡，她也告訴我她的全名。我並不了解這些名字的意義，但她不會把這些事隨便講給任何人聽。她也告訴我她如何創造了你。她唱來讓我的巫水消失的歌，在你剛成為吸血鬼的時候，也唱給你聽過。」那時你無法停止進食的衝動。

馬修艱困地迎上我的眼神，他眼睛裡滿滿流露出他直到現在都用心隱藏的痛苦和脆弱。這情景讓我心碎。

「我不能冒這個險，戴安娜。」他道：「我要妳——超過以前我認識的任何一個人。我的肉體要妳，我的感情要妳。我們去打獵的時候，如果我的注意力有片刻閃失，鹿的氣味跟妳的氣味混淆，我的狩獵本能可能會跟我擁有妳的欲望交錯。」

「你已經擁有我了。」我用我的手、我的眼睛、我的理智、我的心，緊緊抱住他，說道：「沒有必要把我當作獵物。我是你的。」

「話不能這麼說。」他道：「我不曾完整地擁有妳。我要的永遠比妳能給的更多。」

「今天早晨在我床上你沒有要。」想起他最後的斷然回絕，我飛紅了臉。「我恨不得把自己交給你，但你說不要。」

「我沒有說不要——我只說再等等。」

「你打獵也這樣嗎？誘惑、延遲，最後才投降？」

他打了個寒噤。這就是我想要的答案。

「做給我看。」我堅持。

「不。」

「做給我看！」

他低吼，但我不讓步。那聲音是種警告，不是威脅。

「我知道你害怕。我也一樣。」見他眼中閃過後悔的神色，我不耐煩地哼一聲：「最後一次聲明，我怕的不是你。讓我害怕的是我自己的力量。你還沒看到巫水，馬修。那水在我體內發動時，我可能還來不及後悔，就已經毀掉所有的人與物。你不是這個房間裡唯一的危險生物。但不論我們是什麼人，我們都必須學習如何相處。」

他苦笑一聲。「也許吸血鬼跟女巫之所以被禁止相愛，是有道理的。也許逾越這些界線真的很困難。」

「你並不真的相信這種論調。」我惡狠狠地說，抓起他的手放在我臉上。熱呼呼的臉接觸冰冷的刺激是一種妙到骨子裡的感覺，我的心臟照例咚咚跳著回應。「我們對彼此的感覺不會錯——不可能錯。」

「戴安娜。」他欲言又止，搖搖頭，想把手抽回去。

我把他握得更緊，翻轉手掌。他的生命線又長又光滑，我手指沿著它來到他的靜脈。它在潔白的皮膚下呈現黑色，馬修因我的觸摸輕輕抖了一下。他眼睛裡還殘留有痛苦，但已經不再憤怒了。

「這件事沒有錯。你知道的。現在你必須了解，你可以信任我。」我把自己的手指跟他的手指交纏在一起，給他時間考慮。但我不放手。

「我帶妳去打獵。」最後馬修道：「但妳不可以靠近我，也不可以離開拉卡沙的馬背。而且只要一感覺我在看妳——甚至想到妳——就要立刻掉頭回來找瑪泰。」

決定之後，馬修就悄無聲息下樓去，每當發現我落後，就會耐心地停下來等我。他飛快掠過客廳門口，伊莎波從椅子上站起身來。

「來吧。」他有點緊張地說，抓緊我手肘，拉著我下樓。

我們來到廚房時，伊莎波就在我們後面幾步遠。瑪泰站在貯藏冷食的櫃子門口，像看下午電視上重播的肥皂劇一般，盯著馬修和我。不消說，她們都知道出了問題。

「我不知道我們什麼時候回來。」馬修朝背後說。他沒有放開手，我只來得及滿臉歉意地回頭，對伊莎波說一聲「抱歉」。

「她比我以為的更勇敢。」伊莎波低聲對瑪泰說。

馬修忽然停下腳步，嘴唇扭成一個充滿敵意的結。

「是的，母親。戴安娜的勇氣，我們——妳和我——都望塵莫及。如果妳再測試這件事，就休想再看到我們任何一個。懂嗎？」

「當然，馬修。」伊莎波喃喃道。她最喜歡用這種不置可否的方式作答。

馬修沒再跟我說話，但是前往馬廄途中，他多次露出好像要立刻回頭、把我拉回城堡去的表情。來到馬廄門口，他扳著我的肩膀，在我的臉上和身上搜尋害怕的徵兆。我把下巴仰得高高的。

「來吧？」我對圍場比個手勢。

他惱火地哼一聲，高聲喊喬治過來。貝塔薩嘶吼一聲回應，並接住了我扔給牠的一顆蘋果。所幸我不需要幫忙就能套上靴子，只不過穿靴子花的時間比馬修久。他細心盯著我抽緊背心的束帶，扣上頭盔。

「帶著這個。」他遞給我一根短鞭。

「我不用。」

「妳一定要帶，戴安娜。」

我接過來，決定一有機會就把它扔進樹叢。

「如果妳進了樹林以後把它扔掉的話，我們就回家。」

他當真以為我會用鞭子對付他？我把鞭子塞進靴子，讓它的把手突出在膝蓋旁邊，便大步走到圍場去。

馬兒見我們走出來便緊張地騷動。牠們像伊莎波一樣，意識到出了問題。拉卡沙接過我欠牠的蘋果，我用手指摸牠，低聲對牠說話，盡可能安撫牠。馬修沒在達爾身上多花力氣。他只一本正經，以閃電的速度把馬具檢查了一遍。我準備妥當後，馬修把我拋到拉卡沙背上。他的手穩定地扶著我的腰，一分鐘也不留戀。他不要在身上留下更多我的氣味。

進了森林，馬修先確認短鞭還插在我的靴子裡。

「妳的右鐙需要縮短一點。」我們放馬疾走後，他提出要求。他希望我把馬具調整成賽跑的模式，以防萬一我需要逃跑。我臭著一張臉，勒住拉卡沙，調整了馬鐙。

已經很熟悉的那片田野在我面前展開，馬修朝空中嗅嗅，抓住拉卡沙的轡繩，要我停下。他仍然臉色發青，餘怒未消。

「那邊有隻兔子。」馬修朝田野西側點頭示意。

「我看過兔子。」我平靜地說。「還有山撥鼠、山羊，還有一頭母鹿。」

馬修罵粗話，用字簡單而含義豐富，但願我們已經走出伊莎波靈敏的聽力範圍了。

「你說的是『直接去追』，是嗎？」

「我母親獵鹿的方式是把牠嚇得要死，然後撲上去，我的方式不一樣。我可以為妳殺一隻兔子，或甚至一頭山羊。但妳跟我在一起的時候，我不會去獵鹿。」馬修的下巴呈現一根頑固的線條。

「不要再裝了，信任我。」我拍拍鞍袋：「我已做好等你的準備。」

他搖頭：「妳在旁邊就不行。」

「從我認識你開始，」我冷靜地說：「你一直給我看作為吸血鬼所有快樂的部分。你吃喝過的東西，超乎我的想像。你經歷的事件、認識的人物，我只在書裡讀到。你聞得出我什麼時候改變心意或想要吻你。你喚醒我進入一個知覺有無限可能、我做夢都想不到的世界。」

我頓了一下，希望有所進展。其實沒有。

「在此同時，你看到我嘔吐、燒了你的地毯、收到出乎意料的郵件就整個人都失控。你錯過了水淹的場面，不過那也不是什麼美景。我要求的回報，也不過就是讓我看你怎麼獵食。這是很基本的東西，馬修。如果你連這一點都無法承受，那我們乾脆聽合議會擺布，就此分手算了。」

「天啊，妳就不能少做一點讓我大吃一驚的事嗎？」馬修抬起頭，望向遠處。他的注意力被小丘頂上一頭年輕的雄鹿吸引。那頭鹿正在吃草，風往我們這方向吹，所以牠還沒有聞到我們的氣味。

謝謝你，我默禱。那頭雄鹿如此出現，不啻是上天的禮物。馬修眼睛盯著他的獵物，憤怒暫時消散，騰出空間給他對環境的超自然感應力。我定睛望著這個吸血鬼，觀察顯示他思想或情緒變化最微小的跡象，但線索少得可憐。

不許動，我警告全身緊繃、準備躁動的拉卡沙。牠馬上用蹄子釘牢泥土，立正站好。

馬修嗅著風向的變化，牽起拉卡沙的韁繩。他慢慢把兩匹馬帶向右側，讓牠們保持在下風。雄鹿抬起頭，朝山下望望，繼續靜靜吃牠的草。馬修很快掃一眼整片地形，在兔子身上停頓了一下，當一隻狐狸從一個洞裡探出頭來，他張大眼睛。一隻老鷹自高空猝然下降，像衝浪手一般御風滑翔，也被他看在眼裡。我開始領略他在博德利圖書館控制那群超自然生物的方式。只不過幾分鐘的觀測，整片田野已經沒有一隻活物沒被他找到、鑑識，並準備撲殺。馬修催動，馬兒一吋一吋向樹叢移動，把我放在其他動物的氣味與聲音中間，掩護我的存在。

我們移動時，馬修注意到老鷹附近多了一隻鳥兒，兔子消失在洞裡，但有另一隻鑽出來，取代牠的位置。我們驚動了一隻身上有斑點、還有根條紋長尾、外觀像貓的動物。從馬修身體傾斜的角度判斷，他很想去追逐這動物。如果他獨自前來，就一定會先獵捕這隻動物，再對雄鹿下手。他費了好一番力氣，才把眼神從牠躍動的身形上移開。

我們花了將近一小時，才從樹林邊緣繞到田野的另一頭。快到對面時，馬修使出他向前方下馬的絕招，拍一下達爾的屁股，那匹馬就轉身自行回家。

做這些動作的時候，馬修一直沒放開拉卡沙的韁繩，現在也仍然如此。他把牠牽到森林邊緣，深深吸一口氣，把每一絲氣味都嗅進去。他悄無聲息地把我們放在一個矮樺樹圍成的小樹叢裡。

他一直採取半蹲的姿勢，雙膝彎曲的那種角度，若換成凡人，大概撐不過四分鐘。馬修卻維持了將近兩小時。我的腳也麻了，我在馬鐙裡轉動腳踝，消除痠麻的感覺。

馬修沒有誇大，他狩獵的方式跟他母親確實大相逕庭。伊莎波主要就是滿足生理需求。她需要鮮血，動物有血，她就用最有效率的方式從牠們身上取血，對於自己的生存造成其他生物的死亡，毫不遺憾。但對她的兒子而言，這件事顯然複雜得多。馬修也需要動物的血提供養分，但他對獵物有份彷彿自家人的情誼，這讓我聯想到他那些研究狼群的論文，措辭都帶著敬意。馬修的狩獵首重策略，用他的野性智慧制服跟他以同樣方式思考與感受這世界的生物。

我回想今天早晨我們在床上嬉戲的情形，突然升起一股欲念，使我不由得閉上了眼睛。我迫切想要他，就在這片森林裡、這塊地方，就在他即將殺死一頭動物的前一刻。那股欲望就跟今天早晨一樣熾烈，我忽然能理解，馬修為何那麼害怕跟我一起打獵了。這一刻之前，我一直沒能了解，食物與性以何等密切的方式連接在一起。

他輕吐一口氣，毫無預警地離開我身旁，身形在樹林邊緣潛伏前進。馬修撲上山丘時，雄鹿好奇地抬頭查看這頭陌生的動物。

雄鹿花了幾秒鐘便確定馬修有威脅，若換作我，可能不需要那麼長的時間。我的頭髮根根豎起，就像對待伊莎波的母鹿一般為雄鹿擔心。雄鹿跳起身來，往山坡下躍去。但馬修的速度更快，他趁雄鹿接近我的藏身處前攔截住牠，把鹿趕回山上。他們之間的距離一步步拉近，雄鹿變得更慌張。

我知道你害怕，我默道，希望雄鹿聽得見。*他必須這麼做。他這麼做不是為了取樂或傷害你。這麼做只是為了求生。*

拉卡沙回過頭來，緊張地看著我。我伸手安撫牠，把手放在牠脖子上。

別動，我對雄鹿說。*不要跑，你的速度不夠快，跑不過他的。*雄鹿慢了下來，被地面上的一個洞絆了一下。牠一直向我跑來，好像牠聽得見我的聲音，要找尋聲音的來源。

馬修伸手抓住鹿角，把牠的頭扭向一側。雄鹿仰天倒下，身體因為用力而起伏不已。馬修跪下，牢牢扣住牠的頭，他們距我所在的樹叢大約二十呎遠。雄鹿不斷踢騰，奮力想站起。

放棄吧，我悲傷地說，*時辰到了。你的生命註定要結束在這個生物手中。*

雄鹿在沮喪與恐懼中踢騰了最後一下，便安靜下來。馬修深深注視獵物的眼睛，好像等待許可，以便完成最後的步驟。然後他的動作變得極快，只見一片黑白光影晃動，他已咬住雄鹿的脖子。

他攝食時，雄鹿的生命不斷流失，一股能量湧入馬修體內。雖然沒有一滴血溢出，空氣裡卻瀰漫濃烈的鐵鏽味。雄鹿的生命力消失後，馬修仍靜止不動，低垂著頭，默默跪在鹿屍旁。

我輕踢拉卡沙，慢慢走過去，馬修的背部在我靠近時變得僵硬。他抬起頭，眼睛呈灰綠色，因滿足而變得非常明亮。我從靴子裡取出短鞭，用力往對面擲去。它飛進一片樹叢，沒指望地被金雀花叢纏住。馬修頗感興趣地旁觀，他把我誤認為母鹿的危機很明顯已過去了。

我故意脫下頭盔，背對著他下了馬。即使現在我也還是信任他，雖然他不信任自己。我把手輕輕放在他肩上，在他身旁跪下，把頭盔放在雄鹿圓睜的眼睛旁。

「跟伊莎波打獵的方式比起來，我比較喜歡你的方式。鹿也一樣，我想。」

「我母親怎麼殺生，跟我的方式很不一樣嗎？」馬修的法國口音變得比較濃重，他的聲音比平時更柔軟而有一種催眠的效果。他的氣味也不一樣了。

「她打獵是出於生理需要。」我簡單地說：「你打獵是因為你會因此覺得全然地活著。你們會達成一種協議，」我指著雄鹿說：「最後，牠走得很安詳，我覺得。」

馬修專注地看著我，落在我皮膚上的雪花因他的凝視變成了冰。「妳是不是曾經跟這頭雄鹿講話，就像妳對貝塔薩和拉卡沙說話。」

「我沒有干預，如果你擔心這一點。」我倉促道：「這是你的獵物。」或許吸血鬼會在意這種事。

馬修震了一下。「我無所謂。」他把眼睛從雄鹿身上移開，用只有吸血鬼才辦得到的流暢動作站起身來。伸過來一隻修長、纖細的手：「起來吧。跪在地上會著涼的。」

我把手交給他，站起來，狐疑著雄鹿的屍體由誰來處理。或許喬治和瑪泰吧。拉卡沙滿足地吃著草，毫不在意附近有死去的動物。我忽然莫名其妙肚子餓了起來。

拉卡沙，我不出聲喊道。牠抬起頭，走了過來。

「我吃點東西，你不介意吧？」我遲疑地問，不確定馬修會有什麼樣的反應。

他歪一下嘴。「不。就憑妳今天看到的場面，我至少也可以忍受旁觀妳吃一個三明治。」

「沒什麼差別，馬修。」我打開拉卡沙的鞍袋，默默致謝。上天保佑瑪泰，她替我準備的是起司三明治。最嚴重的飢餓感解決後，我拍掉手上的麵包屑。

馬修像隻老鷹在旁盯著我看。「妳介意嗎？」他低聲問。

「介意什麼？」我早就告訴過他，我不在意鹿的事了嘛。

「白蘭佳和路卡斯。我結過婚，有過一個小孩，雖說是很久以前的事。」

我妒忌白蘭佳，但妒忌的程度和其中的原因馬修不會懂。我整理一下自己的思緒和情緒，設法整理成既符合事實，他也能理解的說法。

「你跟任何其他不論活著或已死亡的生物分享的愛，每一分鐘我都不介意。」我特別強調道：「只要現在這一分鐘裡，你渴望跟我一起。」

「只要現在這一分鐘嗎？」他問，眉毛挑高成問號的形狀。

「這是唯一算數的一分鐘。」在我看來，事情再簡單不過了。「活得像你這麼久，一定經歷過很多事，馬修。你又不是僧侶，我也不相信你對一路上失去的人都不覺得遺憾。如果我這麼愛你，你怎麼可能沒有愛過？」

馬修把我摟到他心上。我熱烈地靠上去，慶幸今天這場狩獵沒有以災難告終，而且他的怒氣也消了。憤怒仍在他內心悶燒——這從他仍然有點緊繃的臉和肩膀就看得出來——但它已不再威脅要吞噬我們。他用修長的手指捧起我的臉，讓我仰頭看他。

「如果我吻妳，妳會很介意嗎？」馬修詢問時，把眼神轉開片刻。

「當然不會。」我踮起腳尖，讓我的臉更靠近他。儘管如此，他仍在猶豫，所以我伸手摟住他脖子。

「別蠢了。快吻我。」

他吻了，為時很短，但很堅決。最後一抹血痕還沾在他嘴唇上，但不令人畏懼，也沒什麼不愉快。這就是馬修。

「妳知道我們不能生兒育女。」他緊緊抱著我說，我們的臉幾乎貼在一起。「吸血鬼不能用傳統的方式生小孩。妳介意嗎？」

「生孩子不止一種方式。」我以前從來沒考慮過孩子的問題。「伊莎波創造了你，你屬於她的程度，不亞於路卡斯屬於你和白蘭佳的程度。世界上還有很多沒有父母的小孩。」我想起莎拉和艾姆告訴我，我的父母離開人世，再也不會回來的那一刻。「我們可以收養他們——一大窩，如果我們想要。」

「我已經很多年沒再創造吸血鬼了。」他道：「我仍然做得到，但我希望妳不要預期我們會有個大家庭。」

「我的家人過去三個星期來已經擴大了一倍，加入你、瑪泰和伊莎波。我不知道我還能忍受再增加多少個。」

「妳得再加一個人。」

我瞪大眼睛：「你還有更多家人？」

「啊，永遠會更多的。」他面無表情道：「不管怎麼說，吸血鬼的家譜比女巫的家譜複雜得多。我們的血親不僅兩邊，而是三邊。不過，這位家人妳已經見到過了。」

「馬卡斯嗎？」我想到那個年輕的美國吸血鬼和他的高筒球鞋。

馬修點點頭。「他的故事得由他自己告訴妳——我可不像我母親那麼喜歡破除傳統，雖然我愛上了一個女巫。我在兩百多年前創造了他。我以他和他用生命締造的一切為榮。」

「但你在實驗室的時候，不願意他抽我的血。」我皺著眉頭說：「他是你兒子，為什麼你不能放心把我交給他？」父母應該對自己的孩子有信心。

「他是用我的血創造出來的，達令。」馬修用既有耐心又充滿佔有欲的表情看著我，說道：「如果我覺得妳不可抗拒，他難道不會？記得嗎，我們都不能免於血的誘惑。我或許信任他超過信任陌生人，但任何吸血鬼跟妳太接近，我都不可能完全放心。」

「包括瑪泰嗎？」我有點震驚。我完全信任瑪泰。

「包括瑪泰。」他堅決地說。「不過妳實在不是她喜歡的那一型，她喜歡遠比妳孔武有力的生物。」

「你不需要擔心瑪泰，伊莎波也一樣。」我同樣堅決地說。

「當心我母親。」馬修警告道：「我父親叮嚀過我，千萬不可以背對她，他說得很對。她總是對女巫很著迷，又很妒忌她們。某種情況下，如果合乎她的心情……？」他搖搖頭。

「然後菲利普就出事了嗎？」

馬修愣住了。

「我會看到很多畫面，馬修。我看到伊莎波告訴你女巫擄走你父親那一幕。她沒有理由信任我，但她還是讓我進入她的家。真正的威脅來自合議會。但只要你把我變成一個吸血鬼，那批人就不構成威脅。」

他臉色一沉。「我母親和我要好好談一下，有些題目用來聊天是不妥當的。」

「你不可能在我面前隱瞞吸血鬼的世界——你的世界。我就在裡面。我必須知道它如何運作，有哪些規則。」我的脾氣發作了，從我的手臂一路向下，朝手指沸騰，爆發成一彎藍色火焰的光弧。

馬修瞪大眼睛。

「這附近令人害怕的生物不止你一個，對吧？」我舉起噴火的手，在我倆中間揮舞，直到那吸血鬼搖頭。「所以不要再扮英雄，讓我分享你的生活。我一點也不迷戀圓桌武士蘭斯洛，做你自己——馬修・柯雷孟。露出你鋒利的獠牙，帶上你可怕的母親、你裝滿鮮血的試管和你的ＤＮＡ，還有你讓人生氣的霸道作風，以及你討厭的靈敏嗅覺。」

我一旦把心裡的話都講出來，指尖上的藍色火花就消失了。但它在我手肘附近守候，以防我萬一又需要它。

「如果我靠近一點，」馬修說話的態度很自然，好像在詢問時間或氣溫：「妳會不會又變成藍色，還是已經結束了？」

「我想我暫時算是結束了。」

「妳想？」他又挑起眉毛。

「一切在我控制之下。」這次我說得更有自信，有點遺憾地想起他在牛津那塊地毯上的洞。

馬修飛快地抱住我。

「哎呀。」他把我的手肘壓在肋骨上，我發出一聲抱怨。

「妳會害我長白頭髮——順便告訴你，一般以為這種事不可能發生在吸血鬼身上——因為妳的勇氣、妳會放煙火的手，還有妳說的那些匪夷所思的話。」為了確保他不會受到最後一種的攻擊，他把我吻得非常徹底。吻完之後，我幾乎說不出話來，更別說發表驚人言論了。我把耳朵貼在他的胸骨上，耐心等待他的心跳。它跳動時，我給他一個滿意的擁抱，慶幸我不是唯一心滿意足的人。

「妳贏了，我勇敢的女孩。」他道，把我攬在懷中。「我曾嘗試——有待努力——不要寵壞妳。但妳也不可以低估吸血鬼的危險性。」

被他抱得那麼緊的時候，把「危險」和「吸血鬼」聯想在一起真的很困難。拉卡沙縱容地看著我們，草從牠嘴巴兩邊溢出來。

「你吃飽了嗎？」我歪過頭看他。

「如果妳是問我要不要再去打獵，答案是不要。」

「拉卡沙快撐死了。牠已經吃了老半天的草。而且牠也載不動我們兩個。」我的手捏住馬修的屁股和大腿。

他忽然一口氣嗆在喉嚨裡，發出一種跟他生氣時截然不同的呼嚕聲。

「妳騎馬，我在旁邊走。」又一個非常徹底的吻之後，他提議道。

「我們一起走路吧。」我已經在馬背上坐了一小時，並不很想回到拉卡沙背上去。

馬修帶我們進入城堡大門時，已經黃昏了。七塔像著火了一樣，每盞燈都亮著，表達無言的歡迎之意。

「到家了。」我道，這一幕讓我心情歡躍。

馬修看著我，沒有看房子，微笑道：「到家了。」

第二十八章

平安回到城堡，我們在管家的房間裡，坐在熊熊爐火前用餐。

「伊莎波呢？」瑪泰為我端來一杯新泡的茶時，我問道。

「出去了。」她回頭便往廚房裡走。

「去哪了？」

「瑪泰。」馬修喊道：「我們盡可能每件事都讓戴安娜知道。」

她轉過身，怒目而視。我無從得知她生氣的對象是他、他缺席的母親，或我。「他到村裡去看那個教士，還有村長。」瑪泰頓住，遲疑了一下，又道：「然後她要去打掃。」

「打掃什麼？」我很好奇。

「森林。山丘。山洞。」瑪泰好像以為這麼解釋就夠了，我只好看著馬修，希望他為我說明。

「瑪泰有時會把打掃跟清理的意思混淆。」爐火的光芒映在他沈重的酒杯的切面上。他喝的是距此不遠的葡萄園新釀的酒，但喝得沒有平常多。「媽媽似乎是為了確認七塔附近沒有吸血鬼在逡巡而出去的。」

「她有特別要找誰嗎？」

「多明尼可，當然。還有另一個在合議會中擔任委員的吸血鬼高伯特。他也來自奧弗涅，是歐里亞克人。她會去他的藏身處查看，確定他沒在附近出沒。」

「高伯特，歐里亞克？歐里亞克的高伯特，那個據說有個銅鑄頭像會做預言的十世紀教皇？」[81]對我而言，高伯特是個吸血鬼，並且當過教皇，其實遠不及他是個聲名遠播的科學家和魔法師來得引起我興趣。

「我老是忘記妳的歷史知識非常豐富。吸血鬼碰到妳都要自嘆弗如。沒錯，就是那個高伯特。而且，」他警告道：「我非常希望妳離他遠一點。如果妳遇見他，千萬別提出什麼阿拉伯藥草或天文學的問題。他對女巫和魔法向來都非常貪婪。」馬修充滿佔有欲地看著我。

「伊莎波認識他嗎？」

「哦，是的。他們曾經是推心置腹的好友。只要他在這一帶，她就一定找得到。不過妳不必擔心，他

---

[81] 教皇西爾維斯特二世（Sylvester II），本名歐里亞克的高伯特（Gerbert d'Aurillac），是羅馬教廷第一個法國教皇。他生於九五〇年前後，九九九年當選教皇，一〇〇三年去世。他自幼好學不倦，是一位淵博的學者，精通算術、數學、天文學，據說他曾向阿拉伯人求教，並引進算盤和渾天儀。

不會到城堡裡來。」馬修向我保證。「他知道自己在這裡不受歡迎。待在屋子裡，沒有我們作伴就不要出去。」

「不必擔心，我不會出去的。」歐里亞克的高伯特絕不是我想意外撞見的人。

「我猜她是想為自己的行為表示歉意。」馬修的聲音保持中立，但聽得出他還在生氣。

「妳一定要原諒她。」我重申一遍。「她不過是怕你受傷害。」

「我又不是小孩子，戴安娜，我母親不需要在我妻子面前保護我。」他不停地把酒杯轉來轉去。「妻子」這個字眼的餘音在房間裡繚繞了好一會兒。

「我錯過了什麼嗎？」終於我問道：「我們什麼時候結的婚？」

馬修抬起眼睛。「就在我回家，並且說出我愛妳的那一刻。這在法庭上或許不能成立，但從吸血鬼的角度，我們已經結婚了。」

「但是我說我愛你，或者你在電話上說你愛我的時候都不算──只有在你回家來，當面告訴我才算數？」這種事好像需要很精確。我計畫開一個新的電腦檔，標題就叫做「女巫聽起來是一回事，但吸血鬼聽起來卻是另一回事的字句」。

「吸血鬼交配就像獅子，或狼。」他解釋道，口氣就像電視紀錄片裡的科學家。「雌性挑選配偶，一旦雄性表示同意，一切就確定了。牠們終身為偶，社群裡其他同類都認同牠們的關係。」

「啊。」我有氣無力道。我們又回到挪威的狼群去了。

「但我一向不喜歡『交配』這種字眼。聽起來毫無人性，就像拿襪子或鞋子配成一雙的感覺。」馬修放下杯子，交叉雙臂，靠在傷痕累累的桌面上。「但妳不是吸血鬼。我把妳當作我的妻子，妳介意嗎？」

我腦子裡起了一陣小旋風，我試圖理解我對馬修的愛，跟動物王國裡的一群危險成員，以及一種我向來不很感興趣的社會制度之間，到底有什麼關係。旋風裡似乎沒有任何可資找到出路的警告標誌或指標。

我終於鎮定下來，問道：「兩個吸血鬼交配時，是否女性一定要服從男性，就像同族群的其他成員一樣？」

「恐怕是如此。」他低頭看著自己的手。

「唔。」我瞇起眼睛，盯著他垂下的黑色腦袋。「這種安排對我有什麼好處？」

「愛情、榮譽、保護、生活所需。」他終於有勇氣接觸我的眼神。

「聽起來很像是中世紀的婚姻。」

「基督教婚禮誓言的儀文，本來就是一個吸血鬼擬定的。但我不會要求妳服侍我。」[82]他板著臉，倉促地提出保證。「那句話加進去主要是為了讓凡人開心。」

「大概是凡人中的男性吧。我想女性不會覺得那種句子有什麼好開心的。」

「也許不會。」他努力歪嘴微笑，但他已經落入頹勢，笑容瓦解，變成一個焦慮的表情。他又垂下眼瞼，瞪著自己的手。

沒有馬修的過去，顯得灰暗而陰冷。未來若能有他，想必會有趣得多。這段求偶過程雖然為時很短，但我已覺得跟他難捨難分。然而，從吸血鬼的集體行為模式來看，不論他是否把我叫成「妻子」，想用更現代化的觀念取代服從這個條件，希望都很渺茫。

「我覺得我必須指出一點，丈夫，嚴格來說，你母親並沒有要在你妻子面前保護你的意思。」「妻子」、「丈夫」這種字眼在我舌頭上感覺很奇怪。「根據你剛提出的條件，你回家之前，我並不是你的妻子。正好相反，我比較像是一個你留下卻沒有填上轉寄地址的包裹。從這個角度考慮，我不覺得這有什麼

---

[82] 傳統的基督教結婚誓言中，女方要宣誓終身服侍並服從丈夫，男方則承諾要保護與指導妻子，擔當一家之主的角色。

好大驚小怪的。」

他的嘴角泛起一個微笑。「妳這麼認為？那我想我應該尊重妳的看法，並且原諒她。」他伸手握住我的手，把它拉到唇邊，用嘴唇輕輕掃過每一個關節。「我說過妳屬於我。我是認真的。」

「所以昨天伊莎波見到我們在庭院裡親吻，才會那麼不開心。」這解釋了她為什麼要生氣，又忽然認輸。「你一旦跟我在一起，就不能取消了。」

「對吸血鬼而言，就是這樣。」

「對女巫也一樣。」

馬修為了緩和逐漸變得沈重的氣氛，別有用心地看一眼我空了的餐碗。我已經吞下三份燉肉，同時還一直堅持說我肚子不餓。

「妳吃完了嗎？」他問。

「是啊。」我嘟囔道，這樣被逮個正著，讓我有點不悅。

時間還早，但我已呵欠連天。我們找到用滾水調配了海鹽和檸檬，正在用這香氣四溢的水擦洗一張大木桌的瑪泰，向她道晚安。

「伊莎波很快就回來了。」馬修對她說。

「伊莎波會整夜都待在外頭。」瑪泰從檸檬水上抬起頭來，悶悶不樂地說：「我會在這裡。」

「隨便妳，瑪泰。」他捏一把她的肩膀。

上樓回書房途中，馬修告訴我他那本維薩里解剖書是在哪兒買到的故事，以及他第一次看到書中插圖時的感想。馬修回覆電子郵件時，我就一屁股坐在沙發上，拿著他剛提到的書，愉快地翻閱那些切割得支離破碎的屍體的圖片，因為我已疲倦得無法專心研讀《曙光乍現》。他書桌的祕密抽屜關得好好的，我注意到時，鬆了一口氣。

「我要去泡個澡。」一小時後，我站起身，伸展僵硬的四肢，準備爬更多層樓梯。我需要一些時間獨處，好好思考「馬修的妻子」這個新身分的意義。想到結婚已經夠讓人吃不消了，若再加上吸血鬼的佔有欲，以及我對周遭事務的無知，確實該趁現在把整個狀況想個透徹。

「我一會兒就上去。」馬修道，盯著電腦螢幕的閃光，幾乎沒抬頭。

洗澡水照例很熱，水量又充沛，我發出一聲愉快的呻吟坐進浴缸。瑪泰上來過，對蠟燭和爐火施展過她的魔法。房間即使不能稱之為熱，也相當舒服。我讓思緒流轉，滿意地回顧這一天的成就。比起只能聽任事件漫無頭緒地發生，居於主導地位真是好太多了。

我還泡在浴缸裡，頭髮像一堆稻草瀑布，披散在浴缸邊緣，忽然傳來輕柔的敲門聲。馬修沒等我回應就把門推開。我嚇了一跳坐起來，見他走進來，又連忙縮進水裡。

他抓起一條毛巾，張開舉起，像一面迎風的帆。他眼神朦朧。「來床上吧。」他聲音有點生硬。

我坐在水裡，等了幾下心跳，試圖解讀他的表情。馬修耐心地站著，張開毛巾，等我檢驗。我深深吸一口氣，站起來，水從我裸露的身體流下。馬修的瞳仁忽然放大，身體靜止不動。接著他退後一步，讓我走出浴缸，然後用毛巾裹住我。

我把浴巾揪在胸前，眼睛盯著他看。見他沒有退縮之意，我就讓毛巾掉落，燭光把我潮濕的皮膚映得發亮。他的眼光流連在我身上，緩慢、冰涼地移動，讓我從脊椎深處發出一股期待的顫抖。他一言不發，拉我過去，嘴唇沿著我的脖子和肩膀移動。馬修吸進我的氣味，用修長、冰冷的手指撥開我頸上、背上的頭髮。當他用大拇指壓住我的頸動脈時，我不禁喘息。

「天啊，妳好美。」他喃喃低語：「而且那麼有生命力。」

他再度吻我。我拉扯他的T恤，溫暖的手指觸摸到他清涼、光滑的皮膚。馬修打了個寒噤，跟他第一次碰觸我時我的反應如出一轍。我在他忙碌的嘴唇下微笑，他停下來，臉上掛了一個問號。

「感覺很棒，不是嗎，你的冷跟我的熱接觸時？」

馬修哈哈笑了，笑聲低沈而朦朧，就像他的眼睛。靠我幫忙，把他上衣剝了下來。我正要把它摺好，他卻劈頭搶過，揉成一團，扔到角落裡。

「晚點再說。」他不耐煩地道，手再次在我身體上移動。大片肌膚第一次接觸，冷與熱，對立的兩極交會。

這次輪到我哈哈大笑，我們身體如此契合無間，讓我覺得很快樂。我沿著他的脊椎上下撫摸，手指在他背上來回滑動，直到馬修忍受不住，撲上來含住我喉嚨的凹處，還有我乳房的尖端。

我的膝蓋開始發軟，我抓住他的腰作為支撐。更多不公平。我的手移動到他柔軟的睡褲前端，開始解維繫它的那個結。馬修的吻中斷了足夠他探究地看我一眼的時間。我不打擾他的眼光，只把鬆開的衣服拉下他臀部，讓它掉落地上。

「好了。」我柔聲道：「現在我們平等了。」

「差得遠呢。」馬修從落在地上的褲子裡走出來，說道。

我差點驚呼出聲，卻在最後一刻咬緊嘴唇，沒有發出聲音。儘管如此，我還是瞪大眼睛看著他。我還不曾看到過的他那部分的身體，就跟看到過的部分一樣完美。看到全身赤裸而閃閃發光的馬修，就好像目睹一座古典雕像變成活生生的人。

他一言不發，牽起我的手，帶我到床上。站在床帷邊緣，他把被蓋與罩單都推到一旁，然後把我放到高高的床墊上。他隨即也爬上床，跟我一起鑽進被窩，他側身躺著，把頭靠在手上，就像他在瑜伽班結束時的姿勢，這動作又讓我想到英國教堂裡中世紀武士的雕像。

我把一幅被單拉到下巴，因為意識到我自己的身體跟完美相去甚遠。

「怎麼了？」他皺起眉頭。

「有點緊張，如此而已。」

「緊張什麼？」

「我從來沒有跟吸血鬼發生過性行為。」

馬修顯得很驚訝：「今晚也不會發生這種事。」

我忘了被單，用手肘撐起上半身道：「你跑進我浴室，看著我光溜溜走出來，身上還滴著水，讓我脫掉你的衣服，然後告訴我說，我們今晚不做愛？」

「我一直告訴妳，這件事不急。現代生物做每件事都那麼匆忙。」馬修低聲道，拉起掉落的被單，蓋到我腰部。「就算我老古板好了，但我要慢慢享受我們求愛過程的每一分鐘。」

我想要把被子拉上來，遮住自己的身體，但他的反應比我快。他把被單往下拉低幾吋，剛好在我搆不著的地方，然後深情地看著我。

「求愛過程？」我生氣地嚷道：「你已經送過我花和酒。現在你成了我的丈夫，至少你是這麼告訴我的。」我把被單從他身上搶過來。一看到他的身體，我的脈搏又加快了速度。

「身為一個歷史學家，妳一定知道有很多場婚姻不是立刻入洞房的。」他集中在我的臀部和大腿上的眼光使那些部位一會兒冷、一會兒熱，感覺十分舒暢。「有些情況下，求愛過程甚至持續了好幾年。」

「那些**求愛過程**往往導致流血、流淚。」我對那四個字特別加重語氣。馬修咧嘴一笑，用輕盈像羽毛的手指撫摸我的乳房，令我喘息，他發出滿意的呼嚕聲。

「只要妳保證不哭，我保證不吸血。」

要不理會他的話比不理會他的手指容易得多。「亞瑟王子和阿拉貢的凱瑟琳！」[83]我勝利地說，對自

---

[83] **Catherine of Aragon** 即英王亨利八世的第一任妻子，西班牙公主凱瑟琳，她到英國原本是與王儲亞瑟，亦即亨利的哥哥成婚，但亞瑟婚後五個月就去世，為了不想退回嫁妝，英國以新婚夫婦未曾圓房為由，取消婚禮，並由亞瑟的弟弟跟她成婚。

己在這麼讓人分心的場合中還能記得相關的歷史資訊，覺得很得意。「你認識他們嗎？」

「亞瑟我不認識，當時我在佛羅倫斯。但凱瑟琳我認得。她幾乎跟妳一樣勇敢。說到歷史，」馬修用手背沿著我手臂向下滑動：「妳這位傑出的歷史學家對同床不及於亂[84]有多少了解？」

我翻身側躺，伸出指尖沿著他下巴輪廓慢慢勾勒。「這種習慣我很清楚。但你既不是艾米許人[85]，也不是英國人。難道你要告訴我——除了結婚誓言之外——這種兩個人躺在一張床上，一整個晚上光聊天、不做愛的措施，也是吸血鬼想出來的？」

「現代生物不但做事匆忙，而且過分強調要把性當作一種行為。這麼定義做愛實在太現實，也太狹隘，做愛是一種親密行為，目的是要像了解自己的身體一樣了解另一個人的身體。」

「回答我的問題。」我堅持，我沒辦法清晰地思考，因為他正在吻我的肩膀。「同床不及於亂是不是吸血鬼發明的？」

「不是。」他低聲道，我的指尖在他下巴周圍遊走時，他眼睛發亮。他用牙齒輕咬我的手指。正如承諾，他沒有咬出血來。「曾經有一度，我們都這麼做。先是荷蘭人，後來英國人想出在情人中間隔木板的變通方式。我們其他人還是採用老辦法——用毯子包住身體，黃昏時關進房間，天亮才放出來。」

「聽起來很可怕。」我堅決地說。他的注意力沿著我的手臂往下，然後轉移到我小腹隆起處。我試著躲開，但他空著的那隻手卻扣住我的臀部，讓我動彈不得。「馬修。」我抗議道。

他的手指在我腹部淘氣，讓我的心在胸腔裡跳來跳去。我也興致勃勃看著馬修的身體，挑選下一個目標。我的嘴落在他的鎖骨上，我的手卻向下滑行到他平坦的小腹。

「我確定睡眠一定包括在內。」當他發現有必要拿開我的手，強迫它安靜幾分鐘時，我說。現在我的臀部自由了，我把整個身體跟他緊貼在一起。他的身體有回應，我臉上流露出滿意的表情。「沒有人能聊天聊一整晚的。」

「哦，但吸血鬼不需要睡覺。」他提醒我，隨即縮向身體，低頭在我胸前埋下一個吻。

我抓住他的頭，把它抬高。「這張床上只有一個吸血鬼。你以為用這種方法可以讓我一直清醒嗎？」

「從我第一次看到妳開始，就沒想過別的念頭。」馬修把頭低下去，眼睛發出淡淡的光芒。我拱起身體，迎向他的嘴。見我動作，他溫柔而堅定地把我翻個身，仰天而臥，然後用右手抓住我兩隻手腕，把它們壓在枕頭上。

他搖搖頭：「不可以匆忙，記得嗎？」

我習慣的性行為，都只尋求肉體的解脫，不做無謂的拖延，也不牽涉沒有必要的感情糾葛。身為一個經常跟其他運動員相處的運動員，我對自己的身體和它的需求相當熟悉，通常身邊也都會有人幫我滿足這些需求。我處理性和選擇伴侶的態度並不隨便，但我大部分的性經驗，對方的態度都跟我一樣坦白，幾番熱烈交手後，就又恢復朋友關係，好像什麼事都不曾發生似的。

馬修的立場很清楚，那段時光和那些夜晚都已成過去。跟他在一起，再不會有直截了當的性行為——但我不知道別種性愛是怎麼回事。我簡直跟一個處女無異。我內心深處對他的感情跟我身體的反應錯綜複雜地糾纏不清，他的手指和嘴巴將它們綁在一起，打成許多個複雜而痛苦的結。

「我們要多少時間都有。」他用指尖輕刮我的手臂內側，讓愛與肉體的渴望不斷交織，直到我身體緊繃。

馬修像一個站在一個全新世界的海岸邊的製圖專家，帶著欣喜欲狂的心情專注地研究著我。我很想趕

㉞ bundling是早期在荷蘭與英倫三島流行的一種求愛方式，身體發育成熟的少年可以到相悅的女孩家過夜，兩人可以同床共枕，親密地聊天，但身體必須用毯子包住，不得肉體接觸，更不可以發生性行為。後來這習俗也隨著移民傳播到北美洲。

㉟ Amish指北美洲的基督新教門諾會信徒，以拒絕使用動力及電力的現代化設備，崇尚簡樸生活而聞名，主要分布在美國賓州和加拿大東部。

上他，希望在他探索我身體的同時，也發掘他身體的祕密，但他卻把我的手腕硬生生壓在枕頭上。我開始激烈地抱怨這種處境不公平時，他卻找到一個讓我閉嘴的有效方法。他冰冷的手指伸到我兩腿之間，觸摸我身體唯一還未經測量的方寸之地。

「馬修。」我喘息道：「我覺得這麼做不算同床不及於亂。」

「我們在法國。」他自鳴得意地說，眼睛裡閃現邪惡的光芒。他放開我的手腕，他的判斷非常正確，這種時刻我不再企圖閃躲，我用手捧住他的臉。我們互相親吻，又長又深，我的腿像一本書的封面般攤開。馬修的手指在其間挑逗、戲弄、跳舞，直到愉悅感強烈得令我全身顫抖。

他把我擁在懷中，直到所有震顫消退，我的心跳也恢復正常的節奏。我終於有力氣看他時，他自滿的模樣就像一隻貓。

「歷史學家現在對同床不及於亂有什麼看法？」他問。

「跟學術文獻賦予它的定義比起來，實在太不健康了。」我用手指碰一下他的嘴唇道。「但如果艾米許人晚上都做這種事，也難怪他們不需要電視了。」

馬修輕笑一聲，臉上始終維持滿足的表情。「妳想睡了嗎？」他用手指梳理著我的頭髮問道。

「哦，不想。」我推他仰面躺下。他交叉雙手，放在腦後，抬頭看我，又露出另一種笑容。「一點都不想。更何況，現在輪到我了。」

我用他對我同樣的濃情蜜意研究他。我一吋一吋沿著他的大腿骨向上移動時，一個三角形的白色陰影引起我的注意。它深埋在他光滑、完美的皮膚下面。我皺著眉頭打量他寬闊的胸膛。那兒有更多奇怪的記號，有的形狀像雪花，也有些呈十字交叉的線條。不過沒有一道痕跡是在皮膚表面。它們都在他體內深處。

「這是什麼，馬修？」我撫摸他左邊鎖骨旁一朵特別大的雪花。

「是個疤。」他扭轉脖子想看個清楚。「這是大砍刀的刀尖砍出來的。大概是百年戰爭㊱期間發生的吧？我不記得了。」

我爬到他身上去看個清楚，我溫暖的皮膚貼著他，他發出愉快的呻吟。

「疤嗎？翻個身。」

我的手在他背上摸來摸去，他發出歡快的低吟。

「哦，馬修。」我最害怕的事竟然是事實。他身上有幾十個，甚至幾百個疤。我跪下來，把被單掀到他腳下。他腿上也有疤痕。

他扭轉肩膀，回過頭來。「有什麼不對嗎？」看到我的表情就不需要回答，他翻身坐起。「沒什麼，我的愛。只是我的吸血鬼身體承受過很多打擊。」

「那麼多。」我又看到一個，在他手臂與肩膀交界，肌肉隆起的部位。

「我說過，殺死吸血鬼很困難。但其他生物還是努力嘗試。」

「你受傷的時候會痛嗎？」

「妳知道我能感受快樂，所以怎麼可能不痛？是的，很痛。但傷口痊癒得很快。」

「為什麼我以前沒看到？」

「光線必須恰到好處，而且要很用心看。它們讓妳不舒服嗎？」馬修遲疑地問。

「疤痕本身嗎？」我搖搖頭。「不會，當然不會。我只是想把所有在你身上留下這些疤痕的人都抓起來。」

就像艾許摩爾七八二號，馬修的身體也是一本刮洗掉舊有字跡、重新書寫過的羊皮書。它光彩的表面

㊱ Hundred Years' War，一三三七—一四五三，英國與法國之間的戰爭。

使所有那些疤痕指涉的故事隱晦不見。想到馬修經歷過的戰爭，種種或明或暗的戰鬥，真令我不寒而慄。

「你打的仗夠多了。」憤怒與遺憾使我的聲音抖動。「不要再打了。」

「這麼說有點遲了，戴安娜，我是個戰士。」

「不，你不是。」我強硬地說：「你是個科學家。」

「我作戰的時間比較長。我很不容易被殺死。證據在這兒。」他比畫著他修長白皙的身體。若把疤痕視為他不可能毀滅的證據，倒是能提供奇怪的安慰。「況且，能讓我受傷的生物，大都死去多年了。妳只好把妳的願望放在一邊。」

「隨便我用什麼取代嗎？」我把被單披在頭上，像是一頂帳棚。然後除了馬修偶爾的呼吸聲，壁爐裡木柴的劈啪聲，還有他愉快的低吟，就只有寂靜。我把自己塞進他的臂彎，用我的腿鉤住他的腿。馬修低頭看我，一眼張開一眼閉。

「這年頭他們在牛津就教這個嗎？」他問。

「這是魔法。我天生就知道怎麼讓你快樂。」我把手放在他心口，很慶幸我憑直覺就知道如何觸摸他，什麼時候該溫柔，什麼時候可以放縱我的激情。

「如果這是魔法，我就更高興可以跟一個女巫共度餘生了。」他的語氣跟我的心情一樣滿足。

「你的意思是我的餘生，不是你的。」

馬修忽然可疑地沈默下來，我撐起上半身去看他的表情。「今晚我覺得自己二十七歲。更重要的是，明年我相信我會覺得像三十八歲。」

「我不懂。」我不安地說。

他把我拉回去，讓我把頭靠在他下巴底下。「一千多年來，我一直處於時間之外，旁觀歲月流逝。但自從跟妳在一起以後，我開始意識到時間。吸血鬼很容易忘記這種事。伊莎波堅持讀那麼多報紙，也是為了這個原因——提醒她自己，外界一直在變化，雖然時間不能改變她。」

「你從前都沒有這種感覺？」

「有過幾次，都只是一閃即逝。有一、兩次是在戰鬥中，我擔心自己即將死亡的時候。」

「所以它也跟危險有關，不僅是愛情。」這麼實際地談論戰爭與死亡，彷彿一朵冰冷而恐怖的鬼火穿過我的身體。

「現在我的生命有開始、中間和結束。從前的一切只是個楔子。現在我有了妳。有一天妳會離開，我的生命也會告終。」

「不見得。」我倉促道：「我充其量只能再活幾十年——你可以永遠活下去。」沒有馬修的世界無法想像。

「我們看吧。」他撫摸一下我的肩膀，低聲說道。

忽然他的安危變成我最擔心的事。「你會小心的吧？」

「如果不小心，我就不可能活過這麼多個世紀。我一直都很小心。現在比以前更小心，因為我將會失去更多。」

「我寧願只要跟你共處的這一刻——就這麼一個晚上——也不要跟別人共度幾百年。」我悄聲道。

馬修思索我的話。「我想，既然我只花了幾星期就又覺得自己像二十七歲，說不定哪一天，我也會覺得只要跟妳共度一刻就夠了。」他道，把我抱得更緊。「但新婚之夜聊這種話題似乎太嚴肅了。」

「我還以為同床不及於亂是以對話為主。」我故做一本正經狀說道。

「得看妳問的是誰——主持同床儀式的人，或被安排同床的人。」他開始從我的耳朵吻到肩膀。「而且關於中世紀的婚禮儀式，還有另一件事我需要跟妳討論。」

「真的嗎，夫君？」我趁他耳朵在我面前經過，輕咬一口。

「別那麼做。」他裝作很嚴厲地說：「床上不可以咬人。」我依然故我，又咬了一口。「我要說的是，婚禮儀式中，服從的妻子，」他別有用心地看著我說：「承諾要『溫柔在眠床，巧手下廚房』[87]，妳打算怎麼達成這個承諾？」他把臉埋在我胸前，好像以為可以在那兒找到答案。

又花了好幾個小時討論中世紀的結婚誓約，我開始對教會儀式和民間風俗有了新的認識。這樣與他相處，也比我跟任何其他生物相處的經驗都更覺得親密。

我蜷縮在如今已覺得非常熟悉的馬修身旁，把頭靠在他心臟下方，覺得非常理所當然。他的手指一次又一次梳過我頭髮，直到我睡著。

黎明前一刻，旁邊的床上一陣奇怪的聲音把我吵醒，像是碎石在金屬筒裡滾動的聲音。

馬修睡著了——還打鼾。現在他更像一尊刻在墓碑上的武士雕像了。所缺的不過是一隻狗在他腳邊，一把劍繫在腰間而已。

我替他把被子拉好。他沒有動。我替他把頭髮往後撫平，他的呼吸一直很沉。我輕輕親吻他的嘴巴，還是沒反應。我對我熟睡得像個死人的俊美吸血鬼微笑，自覺是全世界最幸運的生物，悄悄地從被窩裡爬了出來。

窗外仍是滿天密雲，但地平線上的雲層稀薄一些，灰色的雲層後面透出幾縷微弱的紅光。今天說不定會放晴，我想道，伸個懶腰，回頭看一眼馬修橫臥的身形。他還要好幾小個時才會清醒。我卻覺得坐立不安，有種奇怪的變年輕的感覺。我很快地穿好衣服，想到外面花園裡去獨處一會兒。

我穿好衣服後，馬修仍迷失在他難得而安詳的睡眠當中。「你還沒發現，我就回來了。」我親他一下，低聲道。

瑪泰和伊莎波都不見蹤影。我在廚房裡從特別為馬兒準備的碗裡撈了一顆蘋果，咬了一口。清脆的果肉讓我的舌頭感覺一新。

我晃進花園，沿著碎石小徑，吸入藥草和在晨光中顯得特別耀眼的白玫瑰的香氣。四周井然有序的正方形花床，防範兔子入侵的柳條籬笆——不過城堡裡的吸血鬼住戶恐怕比疏疏落落、高僅一呎的枝條更有嚇阻效果——要不是我一身現代服飾，還真像是置身十六世紀。

我彎下腰摸摸長在腳邊的藥草。其中有一種瑪泰的藥草茶配方用得著——芸香。想到這一點讓我很滿意，知識已扎根了。

一陣狂風吹來，把我那綹特別不安分的頭髮吹亂了。我正要把它掠回腦後，一隻手臂拖著我離開地面。

耳朵嗡嗡作響，我正高速升上天空。

皮膚上的微微刺痛，向我透露一件我已經知道的情報。

我張開眼睛的時候，會看到一名女巫。

第二十九章

擄走我的人有雙寶藍色的眼睛，斜嵌在稜角分明的高顴骨上方，再上去是一大把亂蓬蓬的白金色頭髮。她穿厚厚的手織高領毛衣和很緊的牛仔褲。沒有黑袍或掃把。但她——絕對沒錯——是個女巫。

---

87 原句bonny and buxom in bed and board是中世紀婚禮誓約中女性的誓詞。這個片語採用交叉對應的語法，可解釋為bonny in bed and buxom in board，換言之，女人應在床上順應丈夫的需索，並供應豐盛的三餐。但語意隨時間發生改變，bonny原意為千依百順，現代意義變為嬌美，buxom原意為食物的豐盛，現在卻專用於形容女性的胸部豐滿，現代人讀了不免想入非非。

她輕蔑地打一下手指，在我的尖叫脫口而出之前就扼殺了聲音。她手臂向左一揮，我從七塔的花園被擄以來，一直保持垂直上升的飛行方向就變為水平。

馬修醒來會發現我不見了。他永遠不會原諒自己如此沈睡，也不會原諒我擅自跑到室外。白癡，我罵自己。

「妳確實是，戴安娜・畢夏普。」那女巫用奇怪的口音說。

我用力關上眼睛後面那扇想像的大門，它一直都替我把女巫和魔族不時的窺探擋在外面。

她大笑，銀鈴般的聲音讓我寒徹骨髓。我置身奧弗涅上空好幾百呎，擔驚又受怕，只能騰空心思，希望她突破我不堪一擊的防禦後，什麼也找不到。就在這時，她把我扔了下去。

大地迎面飛來，我所有的意念自動重組，以一個名字為中心——馬修。

女巫在我差點觸及地面時又把我抓住。「就一個不會飛的人而言，妳太輕盈了。為什麼不飛，我不懂？」

我默背英國歷代君王表，保持思想空白。

她嘆口氣：「我不是妳的敵人，戴安娜。我們都是女巫。」

風向不斷改變，女巫先飛向南方，又飛向西方，離七塔愈來愈遠。我很快就失去了方向感。遠方燈火輝煌處可能是里昂，但我們不去那個方向，反而深入山區——這幾座山看起來都不像是稍早馬修指給我看的那些山峰。

我們朝一個看起來像是火山坑的地方下降，它用寬闊的峽谷和茂密的森林隔離四周的鄉野。這兒顯然是座中世紀城堡的廢墟，四面高牆圍峙，厚實的地基延伸到地層深處。廢棄多年的房舍在城堡陰影下擠成一團，樹木已進駐殘留的空殼。整座城堡上上下下，找不到一根堪稱優雅的線條，一點也不討人喜歡。它只為一個理由存在——把所有想進去的人擋在外面。翻越崇山峻嶺的一條崎嶇泥路是這座城堡跟外界唯一的聯繫。我的心一沈。

女巫放下雙腳，踮起腳尖，見我無意模仿她的動作，她又彈了一下手指，強迫我把腳放下。小趾骨在看不見的壓力下作痛。我們沿著破損的灰瓦屋頂向下滑行，卻沒有碰到一片瓦，飛進一個小小的中庭。我的腳底板忽然放平，撞上鋪地的石板，整條腿都震得既痠又麻。

「妳該學學怎樣才能平穩地降落。」女巫很實際地說。

我真無法接受自己的處境發生如此巨大的改變，才不過幾分鐘前，我還心滿意足，昏昏欲睡地跟馬修躺在一張床上。現在我卻跟一個陌生女巫站在陰濕的古堡裡。

兩條蒼白的人影從陰影裡走出來，我的困惑立刻變為恐懼。一個是多明尼可・米歇勒。另一個我不認識，但他冰一樣的眼光告訴我，這也是個吸血鬼。一股薰香與硫磺的氣味確認他的身分：他就是歐里亞克的高伯特，吸血鬼教皇。

高伯特的體型並不嚇人，但從他心底散發出來的邪惡氣息，讓我本能地瑟縮。那雙從深深凹陷的眼眶裡望出來的褐眼，以及高高突起，好像把包覆在上面的皮膚都撐薄了的顴骨，在在洩漏出他的心是多麼黑暗。他的鼻子稍微內勾，指著下方彎出一抹殘酷微笑的薄唇。這個吸血鬼的黑眼睛盯著我時，諾克斯的威脅就成了小兒科。

「謝謝你提供這地方，高伯特。」女巫把我緊扣在身旁，逢迎地說：「你說得對——我在這兒不會受干擾。」

「我的榮幸，薩杜。我可以查看一下妳的女巫嗎？」高伯特和顏悅色地道，他慢吞吞地左邊走幾步，右邊走幾步，好像要挑一個欣賞戰利品最好的角度。「她一直跟柯雷孟在一起，很難判斷什麼是他的氣味，什麼又是她自己的氣味。」

俘虜我的女巫聽他提到馬修，低聲咆哮道：「戴安娜現在由我看管。這裡已經不需要你們了。」

高伯特的注意力仍放在我身上，他小心翼翼一小步、一小步向我接近。如此誇張地放慢速度，反而更令人倍感威脅。「那是一本很奇怪的書，不是嗎，戴安娜。一千年前，我從托雷多一個偉大的巫師手中拿到那本書。我把它帶回法國時，它已經被重重咒語包圍了。」

「雖然你也懂魔法，卻找不到書中的祕密。」女巫聲音裡有明顯的譏誚。「現在手抄本上的魔法有增無減。交給我們處理吧。」

他繼續進逼：「當年我認識一個名字跟妳很像的女巫──梅莉蒂安娜。她當然不願意幫我破解手抄本的祕密。但我的血讓她成為我的奴僕。」他已接近到他身上發出的寒氣會讓我戰慄的距離。「每次我喝她的血，就會有少量魔法和知識的片段傳遞給我。不過那些東西轉瞬即逝，真令人深感挫折。所以我只好再三飲用。後來她變得很衰弱，很容易控制。」高伯特的手指碰到我的臉。「梅莉蒂安娜的眼睛跟妳也很像。妳看到什麼，戴安娜？妳願意跟我分享嗎？」

「夠了，高伯特。」薩杜的聲音爆裂出警告的火花。多明尼可也在旁咆哮。

「不要以為這是妳最後一次見到我，戴安娜。巫族先教會妳聽話。然後由合議會決定怎麼處置妳。」高伯特的眼光鑽進我眼睛裡，他的手指愛撫似的沿著我臉頰向下移動。「然後，妳就是我的了。目前呢，」他朝薩杜的方向微微一躬身：「她是妳的。」

兩個吸血鬼都離開了。多明尼可屢次回頭，不情願走。薩杜等著，她目光空洞，直到金屬撞擊木石的聲音顯示他們已離開古堡，她的藍眼睛才回過神來，專注地看著我。她以一個小手勢解除了讓我噤聲的咒語。

「妳是什麼人？」一能說話，我就嘎聲問道。

「我名叫薩杜・哈維倫。」她道，慢慢在我周圍繞圈子，一隻手放在背後。這讓我想起一件印象深刻的往事，有另一隻手做跟她一樣的動作。曾經有一次，莎拉試圖找回一隻失蹤的狗時，也在麥迪森的後院裡沿著類似的軌跡行走，但我在心中看到的那雙手卻不是她的手。

莎拉的天分跟我面前這個女巫相去甚遠。她飛行的方式就足以證明她法力強大。但她也很擅長施咒。好比現在，她把我禁錮在一面覆蓋整個中庭，細密如蛛絲的魔法網裡，也不需要說一個字。一切輕易脫逃的希望都破滅了。

「妳為什麼綁架我？」我問，企圖讓她分心。

「我們嘗試過告訴妳，柯雷孟有多麼危險。我們身為巫族，其實不喜歡動用這麼強烈的手段，只怪妳不肯聽。」薩杜的話很誠懇，聲音很親切。「妳不願意跟我們一起慶祝秋分節，妳也不理諾克斯。那個吸血鬼一天一天接近妳。幸好現在妳已脫離了他的掌握。」

所有的本能都在吶喊，危險！

「不是妳的錯。」薩杜繼續道，她輕拍一下我的肩膀。我的皮膚刺痛，那女巫微笑。「吸血鬼很誘惑，很迷人。妳變成他的奴僕，就像梅莉蒂安娜成為高伯特的奴僕。這件事我們不怪妳，戴安娜。妳在童年時被保護得太好。妳不可能看穿他的真面目。」

「我不是馬修的奴僕。」我堅持道。除了字典上的定義，我不知道這個字眼還代表什麼意思，但聽薩杜說來，好像是一種非出於自願、被迫的狀況。

「妳確定嗎？」她溫和地問：「妳沒有嘗過一滴他的血？」

「當然沒有。」即使我在童年沒有受過充分的魔法訓練，但我可不是十足的傻瓜。吸血鬼的血是一種強大的、改變一生的物質。

「妳記憶中沒有嘗過濃縮的鹽？沒有不尋常的疲倦？有他在旁的時候，妳從來沒有熟睡過，即使妳不願意閉上眼睛？」

搭飛機飛來法國途中，馬修曾經用手指碰過他自己的嘴唇，然後碰我的嘴唇。那時我嘗到鹹味。我知道的下一件事，就是已經抵達法國了。我的信心開始動搖。

「我懂了。所以他餵過妳他的血。」薩杜搖搖頭。「這可不妙，戴安娜。我們就猜到是這麼回事。發生在秋分節當晚，他尾隨妳回到學院，爬進妳的窗戶之後。」

「妳在說什麼呀？」我的血液凝固在血管裡。馬修永遠不會餵我喝他的血。他也不會侵犯我的領域。如果他做過這些事，一定有正當的理由，他也一定會告訴我。

「你們第一次見面那晚，柯雷孟追蹤妳到妳的房間。他從敞開的窗戶溜進去，在裡面待了好幾個小時。妳沒有醒來嗎？如果沒有，他一定用他的血讓妳睡著。還有什麼別的解釋？」

我的嘴巴曾經滿是丁香氣味。我閉上眼睛抗拒這段回憶，以及它帶給我的痛苦。

「這段戀情只不過是一場精心設計的騙局，戴安娜。柯雷孟只想要一件東西：失落的手抄本。那個吸血鬼做的每一件事，他撒的每一個謊，無非都是為了達到那個目的的手段。」

「不。」不可能。昨晚他不可能對我撒謊。不可能在我們相擁共眠的時候。

「是的。很抱歉我必須告訴妳這些事，但妳沒有給我們其他選擇。我們嘗試讓妳置身事外，但妳偏偏那麼頑固。」

像我父親一樣，我想道。我瞇起眼睛：「我怎麼知道妳沒有撒謊？」

「女巫不對女巫撒謊。我們畢竟是姊妹。」

「姊妹？」我質問，愈發加深了懷疑。「妳就像季蓮——假裝是姊妹，其實是收集情報，還想在我思想中灌輸對馬修不利的毒素。」

「原來妳知道季蓮的事。」薩杜帶著憾意說道。

「我知道她負責監視我。」

「妳知道她死了嗎？」薩杜的聲音忽然變得很惡毒。

「什麼？」地面好像傾斜了，我覺得自己突然從斜坡上滑落。

「柯雷孟殺了她。所以他才急著帶妳離開牛津。這是另一樁我們無法對媒體隱瞞的無辜死亡案件。新聞標題是怎麼寫的……？啊，對了：『年輕美國學者從事研究時死於國外。』」薩杜的嘴巴扭曲成一個惡毒的笑容。

「不。」我搖頭。「馬修不會殺她。」

「我跟妳保證是他殺的。無疑的他先拷問過她。顯然這個吸血鬼始終沒學會，殺死使者是沒有意義的行為。」

「我父母的照片。」馬修很可能會殺死任何送那張照片來給我的人。

「諾克斯送那張照片給妳，出手未免太重，派季蓮當信差，也要怪他不小心。」薩杜繼續道：「但是柯雷孟太聰明了，不會留下證據。他把現場安排得像是自殺，又把她的屍體像張名片般，掛在諾克斯位於倫道夫旅館的房間門口。」

季蓮不算是朋友，但知道她再也沒有機會埋頭閱讀那些裝在玻璃盒裡的紙草殘片，還是讓我出乎意料地傷心。

而殺她的人竟然是馬修。我的思維天旋地轉。馬修怎麼可能一邊說愛我，一邊把這種事瞞著我？祕密是一回事，但殺人——即使冠上報復或以牙還牙的名義——又是另一回事。他一直警告我不可以信任他。我一直沒放在心上，只當是耳邊風。難道這也是他計畫的一部分，另一種引誘我信任他的策略嗎？

「妳一定要讓我幫助妳。」薩杜的聲音又恢復了柔和。「情勢已經失控了，妳有重大危險。我可以教妳如何發揮妳的力量。然後妳就可以在柯雷孟和多明尼可、高伯特等吸血鬼面前保護自己。有一天妳會成為一個了不起的女巫，就像妳的母親。妳可以信任我，戴安娜。我們是一家人。」

「一家人。」我麻木地重複。

「妳的父母一定不希望妳落入吸血鬼的羅網。」薩杜解釋道，好像我是個小孩子。「他們知道維繫巫族情誼是多麼重要的事。」

「妳說什麼？」天旋地轉忽然消失。我的頭腦頓時變得非常清醒，我全身的皮膚都在刺痛，好像有一千個女巫瞪著我。有些事我差點忘了，關於我父母的某些事，拆穿了薩杜的每一句謊言。

奇怪的聲音鑽進我的耳朵。一種嘶嘶聲，還有像是在石頭上拖曳繩索的摩擦聲。我低頭看去，只見滿地粗大的褐色樹根正在伸展、扭曲。它們朝我這方向爬過來。

薩杜好像沒注意到它們。「妳的父母一定希望妳履行妳身為畢夏普家族的一員和身為女巫的職責。」

「我的父母？」我不再注意地面，努力釐清薩杜說這話的用意。

「妳應該效忠我和妳的女巫族人，而不是馬修・柯雷孟。想想妳的父母。想想妳跟他交往會令他們多麼傷心，如果他們地下有知。」

不祥的預感像一根冰冷的手指，沿著我的脊椎往上爬，所有的直覺都告訴我，這個女巫很危險。這時樹根已來到我腳下。好像意識到我的困境似的，它們忽然變換方向，從四面八方朝我立足的石板底下鑽去，隨即在古堡地下交織成一張看不見的堅固的網。

「季蓮告訴過我，是巫族殺死了我的父母。」我說：「妳能否認嗎？告訴我奈及利亞事件的真相。」

薩杜保持沈默。等於是承認了。

「我就知道。」我忿然道。

她手腕微微一揚，就把我推得四腳朝天，然後許多隻看不見的手把我拖過中庭冷得要命的光滑地面，扔進一個洞窟似的房間，牆上嵌著長窗，但屋頂只剩下一小部分。

我的背部在古堡這間大廳的石板地上撞得滿是淤青。更糟糕的是，我對於抵抗薩杜的魔法毫無經驗，因而也白費了力氣。伊莎波說得對。我的弱點——我對自己的本質一無所知，也不懂得保護自己——讓我陷入嚴重的困境。

「妳再次拒絕聽從理性。我不想傷害妳，戴安娜，但如果非這麼做才能讓妳明白情況的嚴重性，我也不得不出此下策。妳必須放棄馬修・柯雷孟，並且示範給我們看，妳是如何召喚出那份手抄本的。」

「我永遠不會放棄我的丈夫，我也不會幫你們之中任何人取得艾許摩爾七八二號。它不屬於我們。」

這番話換來一聲令人血液凝固的尖叫，撕裂了夜空，也讓我頭痛欲裂。接著又是一陣可怕的刺耳噪音。我痛得跪倒地面，雙臂抱緊頭部。

我仰天躺在冰冷的石頭上，只見薩杜的眼睛瞇成一條縫。「我們？妳還敢自命是個女巫，妳不是才下了吸血鬼的床？」

「我確實是女巫。」我立刻反駁，她的否定嚴重地刺傷我，連我自己都很意外。

「妳是個恥辱，就跟史蒂芬一樣。」薩杜憎惡地說：「頑固、好辯、不合群。又藏著那麼多祕密。」

「說得對，薩杜。有其父必有其女。他什麼都不肯告訴妳，我也一樣。」

「哼，妳會招的。吸血鬼要知道女巫的祕密，只能一滴一滴來。」為了證明她的話，薩杜朝我的右臂彈一下手指。很多年前，曾經有另一隻女巫的手，朝我膝蓋上的傷口彈了一下手指，那個動作的止血效果比ＯＫ繃還好。但現在這動作卻用一把看不見的刀割開了我的皮膚。傷口很深，開始流血。薩杜彷彿受到催眠般注視著我的血流出來。

我用手摀住傷口，對傷口施壓。痛楚遠超出我的預期，我的焦慮不斷上升。

不行，一個熟悉的聲音強硬地說，**妳絕對不可以向痛苦屈服**。我努力掙扎，不讓自己失控。

「我是個女巫，把妳隱瞞的東西挖掘出來的方法還多得很。我要把妳剖開，戴安娜，挖出妳的每一個祕密。」薩杜發狠道：「到時候我們再看看妳有多頑固。」

我頭部缺血，讓我頭昏。那個熟悉的聲音輕喚我的名字，引起我注意。**戴安娜，我們的祕密不能告訴**

誰？

每個人。我不假思索便無聲地回答，好像這種問答已成為慣例。在我不堪一擊，卻已足夠阻擋好奇的女巫，不讓她們看見我腦子裡東西的屏障後面，出現另一組更為堅固的門，砰然關上。

薩杜微笑，她發覺我有新防禦時眼睛發亮。「一個祕密已經暴露了。我們來看看，妳除了保護自己的心智，還有什麼別的本事。」

女巫念念有詞，我的身體被急速轉動，然後臉朝下重重摔在地上。這番撞擊讓我氣都喘不過來。冰冷的石板上竄起一個火環，冒出綠色的毒焰。

某種炙熱的東西灼痛我的背。它像流星一般，從一側肩膀到另一側肩膀劃出一道弧線，然後下移到我腰椎的末端，又轉個方向，沿著弧線向上移動，回到最初開始的地方。薩杜用魔法把我緊緊按在地上，完全無法扭動閃躲。那痛楚無法言喻，但是在期待的黑暗終於將我籠罩前，她停了手。黑暗消退後，疼痛又再出現。

這時我才意識到，她真的實踐諾言，把我剖開了，我不禁噁心得一陣反胃。她畫了一個魔法圈——在我身上。

妳一定要非常、非常勇敢。

疼痛的朦朧中，我沿著覆蓋整個大廳地面的彎曲樹根，朝那個熟悉的聲音傳來的方向望去。只見我母親坐在一棵蘋果樹下，剛好在綠色火焰的外圍。

「媽媽！」我無力地喊，向她伸手求援。但薩杜的魔法讓我動彈不得。

母親的眼睛——比我記憶中黝黑，但形狀跟我的一模一樣——非常堅決。她把一根幽靈手指壓在嘴唇上，示意我別出聲。我使出最後一點力氣點點頭，認知她的存在。我最後一個有條理的念頭就是馬修。之後就只有痛苦和恐懼，還有一個麻木的願望，但願閉上眼睛，永遠沈睡不醒。

想必過了很多個小時，薩杜終於氣餒地把我扔到房間另一頭。我被她施過咒語的背部火辣辣地作痛，她一遍又一遍重新割開我手臂上的傷口。有一次她把我頭下腳上，倒吊著我的腳踝，企圖削弱我的抵抗，並嘲弄我沒有飛翔逃逸的能力。雖然費了這麼多工夫，薩杜並沒有比開始時更了解我的魔法。她氣得咆哮，她低矮的靴跟踩得石板咯咯響，她來回踱步，籌思對付我的新招數。我用手肘撐起上半身，準備迎接她下一次的攻擊。

撐住。要勇敢。母親仍在蘋果樹下，臉上淚光閃閃。這句話令我聯想到伊莎波曾經對瑪泰說，我比她以為的更勇敢，還有馬修在我耳畔低語「我勇敢的女孩」。我鼓起最後的力氣微笑，不想要母親為我哭。但我的笑容只讓薩杜更加怒火高張。

「妳為什麼不肯用妳的力量保護自己？我知道它就在妳體內！」她吼道。薩杜把雙臂抱在胸前，然後突然向外推出，同時念了一長串字句。我的小腹傳來一陣撕裂的痛楚，讓我整個人縮成一顆球。劇痛讓我聯想到父親五臟六腑都被剜出的屍體，他的腸子被拉出來，扔在身旁。

接下來就是那樣。知道之後，很奇怪地，我竟覺得鬆了一口氣。

薩杜發出下一個咒語，把我扔到廢棄大廳的另一頭。我在凹凸不平的石塊和根根突起的樹根上跌跌撞撞，徒然用手抱住腦袋，希望能緩和衝擊。我的手指收縮了一下，好像以為可以越過奧弗涅，跟馬修聯繫。

我母親的屍體看起來就像這樣，躺在奈及利亞一個魔法圈裡。我急促地喘息，發出慘叫。

戴安娜，妳一定要聽我說。妳會覺得很孤單。母親在對我說話，聽著她的聲音，我又變成一個小女孩，在許多年前一個八月天的下午，坐在我們位於康橋那棟房子的後院裡，掛在蘋果樹下的鞦韆上。周圍有新修剪草坪的氣味，新鮮而碧綠，我母親身上散發出鈴蘭花的香味。**妳孤單的時候會勇敢嗎？妳能為我做到這一點嗎？**

現在沒有八月的微風吹拂我的皮膚。我點頭答應時，只有粗糙的石頭刮痛我的臉頰。

薩杜猛然把我翻轉過來，石頭的尖端刺痛我的背。

「我們其實不想這麼做，妹妹。」她懊惱地說：「但非做不可。妳會諒解的。只要妳忘了柯雷孟，妳就會原諒我們。」

休想，我想道，如果他沒殺死妳，我死了也會變鬼，糾纏妳一輩子。

薩杜低聲念了幾個字，將我從地上抬起，用定向強風送出大廳，沿著螺旋梯蜿蜒而下，送進古堡深處。她搬著我穿過古老的地牢。有什麼東西在我背後窸窣作響，我扭轉脖子回頭看。

鬼魂——幾十個鬼魂——列隊站在我們後面，組成一個幽靈的葬禮隊伍，它們的表情都悲傷而充滿恐懼。雖然薩杜的法力那麼強，但她似乎看不見包圍在我們四周的死者，就如同她看不見我的母親。

這女巫試圖用手掀開地上一塊沈重的木板。我閉上眼睛，打起精神，準備被推下去。但薩杜卻抓住我的頭髮，讓我面對一個黑黝黝的洞。一陣陣含毒的死亡氣息從洞裡湧出，鬼魂紛紛退避，發出呻吟。

「妳可知道這是什麼，戴安娜？」

我瑟縮後退，用力搖頭，既害怕又疲倦，說不出話來。

「這是個死牢。」鬼魂交相複誦這個字眼。一個衰弱的婦人，滿臉蒼老的皺紋，開始哭泣。「死牢就是遺忘的地方。被丟進死牢的凡人會發狂，然後飢餓而死——如果一開始沒摔死的話。下去的距離非常長。如果上面沒有人幫忙，進去了一定出不來，但幫手永遠不會出現。」

一個年輕男人的鬼魂，胸口有道很深的傷口，聽了薩杜的話拼命點頭。可別跌下去，姑娘，他用悲傷的聲音說。

「但我們不會忘記妳的。我要去找援兵。面對一個合議會的巫族代表，妳可能表現得很頑固，但三個一起出手就不會了。我們在妳父母身上也證實了這一點。」她把我抓緊，我們飛降了六十多呎，才來到死牢底部。我們深入山腹，岩壁的色彩和質地都變得不一樣。

「求求妳。」薩杜把我扔在地上時，我哀求道：「不要把我丟在這兒。我沒有什麼祕密。我不知道如何使用我的魔法，也不會召喚手抄本。」

「妳是芮碧嘉‧畢夏普的女兒。」她說：「妳有力量——我感覺得出來——我們一定會把它釋放出來。如果換作妳母親在這裡，她一定會飛出去。」薩杜看一眼我們上方的黑暗，又看一眼我的腳踝。「但妳不配算是妳母親的女兒，是嗎？至少在值得重視的方面。」

薩杜屈起膝蓋，舉起手臂，蹬一腳死牢的岩石地面，便騰空飛起。她不久就變成一個模糊的藍白二色的影子，然後完全消失。遠在我上方，木門關上了。

在這種地方，馬修永遠也找不到我。時到如今，所有留下的痕跡應該都消失很久了，我們的氣味吹散在風中。唯一出去的路，除了被薩杜、諾克斯和某個我不認識的第三號女巫抓出去，只有靠我自求多福。

我把重心放在一隻腳上站著，彎曲膝蓋，舉起手臂，模仿薩杜蹬一下地面的動作。什麼也沒有發生。我閉上眼睛，試著專心回味在客廳裡跳舞那晚的感覺，希望能讓自己再次飄浮起來。但這麼做只是讓我想起馬修和他瞞著我的那些事。我的呼吸變成一聲哽咽，死牢潮濕的空氣進入我的肺，引起一陣狂咳，咳得我跪倒地上。

我睡了一會兒，但周圍鬼魂一旦開始交談，就很難忽視它們。至少它們在黑暗中還提供一點光線。每次它們走動，空中就出現一點螢光，將它們原來的位置跟新的位置連接起來。一個身上衣服既破爛又骯髒的年輕女人坐在我對面，自己哼歌給自己聽，用空洞的眼神朝我望著。房間正中央，一個僧人、一個全身盔甲的武士和一個火槍手，對著一個更深的洞窺探，洞裡散發出強烈無比的失落感，我甚至不能忍受靠近它。僧人低聲誦念超渡死者的彌撒，火槍手卻不斷伸手到洞裡摸索，好像在找尋失落的物品。

我的思維向遺忘飄去，在對抗恐懼、痛苦、寒冷的鬥爭中落敗。我皺起眉頭，打起精神，回憶起我在

《曙光乍現》裡讀到的最後一個段落，並高聲複誦，希望它能幫助我保持神智清明。

「我乃各個元素之間的協調者，使它們獲得一致。」我蠕動僵硬的嘴唇喃喃道：「我使潮濕者恢復乾燥，使乾燥者變為濕潤。我使堅硬者恢復柔軟，亦使所有硬的東西軟化。因為我是終極目標，所以我的戀人就是開始。我一手包辦全部的創造工作，一切知識都隱藏在我裡面。」有什麼東西在附近牆壁上閃爍。另一個鬼魂過來打招呼，但我閉上眼睛，累得什麼都不管，只想繼續背誦。

「誰敢拆散我和我的愛？沒有人，因為我們的愛跟死亡一樣堅強。」

我母親打斷我。妳不睡覺嗎，小女巫？

在我閉上的眼睛前面，我看見我在麥迪森閣樓裡的臥室。那是我父母最後一趟非洲之行的前幾天，他們不在家的時候，我被送去住莎拉那兒。

「我不睏。」我答道。我的聲音頑固而孩子氣。我張開眼睛。鬼魂紛紛向我右邊暗影裡的閃光靠攏過去。

我母親坐在那兒，背倚在死牢潮濕的石牆上，張開雙臂。我一吋一吋向她接近，憋住呼吸，唯恐她會消失。她展露歡迎的笑靨，黑眼睛裡未曾流出的眼淚閃著光。我向她熟悉的身體靠過去時，母親的幽靈手臂和手指朝這邊揮一下，朝那邊彈一下。

要我給妳講一個故事嗎？

「薩杜施展魔法時我看到的是妳的手。」

她回應的笑聲好溫柔，讓我身體碰到冰冷的石頭時比較不痛。妳好勇敢。

「我好累啊。」我嘆口氣。

那就該輪到聽故事了。從前從前，她開始說，有一個名叫戴安娜的小女巫。她很小的時候，精靈教母就用隱形絲帶把她包起來，那絲帶有彩虹的每一種顏色。

我想起這一則我小時候聽過的故事，那時候我的睡衣上有紫色和粉紅色，還畫著星星，我頭髮綁成兩根長長的辮子，像蛇一樣爬在我背後。一波波回憶湧進我記憶的房間，自從我父母死後，這房間就一直空著沒有用。

「精靈教母為什麼要把她包起來？」我用孩子的聲音問。

因為戴安娜喜歡玩魔法，而且玩得非常好。但精靈教母知道，她的力量會招來其他女巫的妒忌。「等妳準備好了，」精靈教母告訴她：「就可以擺脫這些絲帶。在那之前，妳不能飛，也不能使用魔法。」

「這不公平。」我抗議道，七歲的孩子凡事都喜歡抗議。「去懲罰別的女巫，不要懲罰我。」

世界本來就不公平，不是嗎？我母親問道。

我悶悶不樂地搖頭。

不論戴安娜怎麼嘗試，她就是拆不掉身上的絲帶。漸漸的她就忘了它們的存在，也忘了自己的魔法。

「我永遠不會忘記我的魔法。」我堅持道。

母親皺起眉頭。但是妳忘了呀，她溫柔地低聲說。她的故事繼續往下講。很久以後，有一天，戴安娜遇到一個英俊的王子，他住在日落和月升中間的陰影地帶。

這是我最喜歡的部分。其他夜晚的記憶不斷湧現。有時我問，他叫什麼名字，也有時我宣稱，我對蠢王子沒有興趣。大多數時候，我想不通為什麼會有人願意跟一個沒用的女巫在一起。

王子愛上了戴安娜，雖然她好像不會飛。其他人都看不見束縛她的絲帶，唯獨他看得見。他想知道絲帶有什麼用，如果這女巫把它拿下來，會發生什麼事。但王子覺得問這種問題不禮貌，說不定會讓她不自在。我點點七歲的小腦袋，對王子的善解人意很感動，我老了很多歲的腦袋靠在石牆上，也點個不已。但他真的很好奇，明明會飛的女巫，為什麼不肯飛。

後來，母親撫著我的頭髮又說，有三個女巫到鎮上來。她們也看得見絲帶，就開始懷疑戴安娜的力量也許比她們更強大。於是她們把她拐到一座黑暗的城堡。但不論這些女巫怎麼又拉又扯，絲帶都不肯鬆開。最後她們只好把戴安娜關在一個房間裡，希望她因為太害怕了，會自己想辦法把絲帶拿掉。

「戴安娜自己一個人嗎？」

只有一個人。母親道。

「我想我不喜歡這個故事。」我把我的小孩被拉高高，那是莎拉在雪城一家百貨公司買的百衲被，是慶賀我出生的禮物，我滑到死牢的地板上。母親把我身體下面的石板塞塞緊。

「媽媽？」什麼事，戴安娜？

「我照妳告訴我的話去做。我守住我的祕密——沒有人知道。」

我知道很困難。

「妳也有祕密嗎？」在我心目中，我像是一隻奔過田野的鹿，母親在後面追逐我。

當然，她道，伸出手，彈一下手指，我就飛過空中，落在她懷抱裡。

「妳可以告訴我一個祕密嗎？」

好啊。她的嘴巴緊緊貼著我耳朵，好癢。妳。妳。妳就是我最大的祕密。

「可是我就在這裡啊！」我尖叫道，掙脫開來，往蘋果樹的方向跑去。「如果我就在這裡，怎麼可能是祕密？」

母親豎起一根手指頭，壓在嘴唇上，露出微笑。

魔法。

第三十章

「她在哪裡？」馬修把越野路華的鑰匙砰一聲扔在桌上。

「我們會找到她的，馬修。」伊莎波為了兒子而力持鎮定。自從在花園裡一片芸香叢旁邊找到那顆咬了一半的蘋果，已經過了將近十小時。從那時開始，他們兩個就找遍了附近的村野，依照馬修在地圖上劃分的區域，逐塊展開地毯式搜索。

搜索了那麼久，卻始終沒找到戴安娜，連足跡都沒有。她就這樣憑空消失了。

「一定是女巫把她抓走的。」馬修伸手去抓頭髮。「我告訴過她，只要待在城堡裡面就會安全。我從來沒想到女巫居然敢進來。」

他母親抿緊嘴唇。她對於女巫綁架戴安娜這回事，並不感到意外。

馬修開始像戰場上的將軍一般發號施令。「我們再出去找一趟。我開車去布律伍德。伊莎波，妳去奧布松那一頭，要進入利穆贊。瑪泰，妳在這裡等，萬一她自己回來，或有人送消息來。」

不會有人打電話來，伊莎波知道。如果戴安娜拿得到電話，她不會等到現在。雖然馬修最喜歡的戰略就是一路過關斬將，直到抵達目標，但這不見得永遠是最好的對策。

「我們等著，馬修。」

「等？」馬修冒火道：「等什麼？」

「等巴德文。他一小時前從倫敦出發了。」

「伊莎波，妳怎麼可以跟他說？」馬修從經驗中學會，他哥哥最喜歡搞破壞。破壞是他的專長。許多年來，他在物質、心理各方面，造成不計其數的破壞，而他一旦發現破壞別人生計，幾乎跟踏平一個村莊一樣刺激後，就把他的毒手伸進了金融圈。

「確定她不在馬廄裡，也不在森林裡之後，我就判斷時間到了。巴德文處理這種事比你行，馬修。他什麼都能追蹤。」

「是啊，巴德文一直善於追蹤獵物。但這麼一來，找回我老婆也不過是完成了第一件工作而已。接下來我還得防範，別讓她成為他的下一個目標。」馬修拿起鑰匙。「妳等巴德文好了。我一個人出去。」

「他一旦知道戴安娜屬於你，就不會傷害她了。巴德文是我們的一家之主。只要是家族裡的事，他都必須知道。」

伊莎波的話讓他覺得不舒服。她知道馬修多麼不信任這個哥哥。但他把心裡的疙瘩放在一邊。「巫族跑到妳家裡來，媽媽。這是對妳的侮辱。如果妳要巴德文介入，也是妳的權利。」

「我叫巴德文來是為了戴安娜——不是為我自己。不能讓她落到巫族手裡，馬修，雖說她自己是個女巫。」

瑪泰伸出鼻子亂嗅，發現新的氣味。

「巴德文。」伊莎波多此一言，她的綠眼睛閃閃發光。

上方傳來一扇沈重的門關上的聲音，接著是一陣憤怒的腳步聲。馬修全身一僵，瑪泰翻了個白眼。

「在樓下。」伊莎波柔聲道。即使面臨危機，她也不會提高嗓門。畢竟他們是吸血鬼，不需要表現得太誇張。

金融界赫赫有名的巴德文・柯雷孟，大踏步走進一樓的客廳。他赤銅色的頭髮在電燈下閃耀生輝，反射動作靈敏得不亞於天生運動健將的肌肉微微抽搐。他自幼受劍術訓練，早在成為吸血鬼之前，已經擁有令人望而生畏的體魄，重生之後，更沒有人敢招惹他。菲利普・柯雷孟收養了三個兒子，巴德文排行居中，在羅馬帝國時代已被造就成吸血鬼，一直最得菲利普歡心。父子二人簡直是一個模子裡出來的——喜歡的東西依序排列是戰爭、女人與酒。雖然這些嗜好不見得有害，但在戰鬥中遇見他的人，幾乎沒有一個能活著回去轉述交手的經驗。

現在他的怒火衝著馬修而來。他們從第一次見面開始就討厭對方，兩人性格犯沖，就連菲利普也不指望他們能成為朋友。他掀開鼻孔，試圖偵測埋藏在弟弟身上的肉桂與丁香氣味。

「你該死的躲在哪裡，馬修？」他低沈的聲音在玻璃與石頭上震出回音。

馬修擋住哥哥去路：「這兒，巴德文。」

這幾個字還沒出口，巴德文就扼住他的咽喉。他們的頭湊在一起，一個黑髮，一個鮮紅，兩人衝到大廳另一頭。馬修的身體撞上一扇木門，撞得木屑四濺。

「你怎麼可以搭上一個女巫，你明明知道她們怎麼對待父親？」

「他被抓去的時候她還沒出生呢。」馬修聲帶被壓住了，說話上氣不接下氣，但他一點也不害怕。

「她是女巫。」巴德文啐了一口唾沫。「全體女巫都得負責。她們知道納粹用什麼酷刑對付他，卻不設法制止。」

「巴德文。」伊莎波用嚴厲的聲調引起他注意。「菲利普留下明確的指示，如果他遇害，不准報復。」這番話雖然她一再重申，卻從不曾緩和過巴德文的怒火。

「女巫幫那些畜生逮捕菲利普。納粹一抓到他就用他做實驗，看吸血鬼的身體能承受多少損害而不至於死亡。女巫用咒語讓我們找不到他，也救不了他。」

「她們沒能摧毀菲利普的身體，卻摧毀了他的靈魂。」馬修的聲音很呆滯。「天啊，巴德文，她們可能會用同樣的手段對付戴安娜。」

馬修知道，那些女巫加諸她肉體的傷害可以康復，但如果她的靈魂受損害，就再也不能恢復原來的她了。他閉上眼睛，壓抑再也找不回從前那個頑固、任性的戴安娜的念頭。

「那又怎樣？」巴德文厭惡地把弟弟扔在地板上，又重新撲上去。一個有定音鼓那麼大的銅鍋砸在牆上。兩兄弟都猛然跳起來。瑪泰站在那兒，皺皮結節的手扠在粗壯的腰上，怒目瞪著他們。

「她是他的妻子。」她簡單地對巴德文說。

「你跟她交配了？」巴德文難以置信。

「戴安娜現在是我們家族的一分子。」伊莎波回答道：「瑪泰和我已經接納了她。你也必須這麼做。」

「休想。」他冷漠地說：「女巫不可能加入柯雷孟家族，在這棟房子裡也不受歡迎。求偶是一種強大的本能，但它不能逾越死亡。如果女巫沒有殺死這個畢夏普家的女人，我也會動手。」

馬修撲向他哥哥的咽喉，傳出肌肉撕裂的聲音。巴德文急轉身，發出一聲慘嚎，他用手摀住脖子。

「你咬我！」

「下次再威脅我的妻子，我就不會這麼客氣了。」馬修胸口起伏不已，眼神瘋狂。

「夠了！」伊莎波把他們嚇得沈默下來。「我已經失去了我的丈夫、一個女兒、兩個兒子。我不准你們再互相攻擊對方的咽喉。我不會容忍女巫未得我許可，擅自到我家裡把人帶走。」她最後一句話說得咬牙切齒。「我兒子的妻子落在敵人手中時，我也不要光站在這裡爭執不下。」

「一九四四年，你堅持說，向女巫挑戰解決不了問題。看你現在什麼樣子。」巴德文瞪著弟弟，對他嗤之以鼻。

「情況不一樣。」馬修艱澀地說。

「哦，不一樣，我看也是。你只為了把一個女巫搞上床，不惜冒險讓合議會干預我們的家務事？」

「當初，公開與女巫為敵的決定，輪不到你來做。那是你父親的決定——他明確地禁止我們延長世界大戰。」伊莎波站在巴德文身後，直到他轉身面對她。「你必須讓過去的事成為過去。懲戒那些暴行的權限被交在凡人執法者手中。」

巴德文不滿地瞪著她。「我記憶所及，妳曾經親自執行報復，伊莎波。多少納粹成為妳的大餐，直到妳滿足為止。」說這種話真是不可原諒，但情況超出他容忍的極限，他也是逼不得已。

「至於戴安娜，」伊莎波心平氣和繼續道，但她眼睛裡閃現警告的光芒：「如果你父親還在世，路修斯・賽吉力克・貝諾瓦・克利斯多夫・巴德文・德・柯雷孟，他一定會到外面去找她——不論她是不是女巫。他會以你為恥，來這裡跟你弟弟算舊帳。」菲利普在過往歲月中為他取的每一個名字，聽起來都像一記巴掌，每一下都讓巴德文的腦袋不自覺地往後一晃。

他用鼻孔慢慢呼出一口氣。「謝謝妳提供建議，伊莎波，而且還給我上了一節歷史課。現在，很高興宣布本人的決定。馬修以後不准再迷戀這個女孩。討論結束。」展現他的權威後，他覺得好過多了，轉身便想大搖大擺離開七塔。

「那你就逼得我沒有選擇了。」馬修的回應讓他停下了腳步。

「選擇？」巴德文嗤之以鼻：「我叫你做什麼你就得去做。」

「也許我不是一家之主，但這也已經不是家務事了。」馬修終於聽懂了伊莎波先前那番話的重點。

「很好。」巴德文聳聳肩膀：「非要不可的話，儘管去做你愚昧的十字軍吧。去找你的女巫。帶瑪泰一起去——她好像跟你一樣愛上她了。如果你們兩個要去騷擾全體巫族，讓合議會修理你們，那是你們的事。為了保護家族，我會跟你們斷絕關係。」

他正打算繼續往外走，他弟弟丟出了王牌。

「我解除柯雷孟一家所有庇護戴安娜・畢夏普的責任。從現在開始，拉薩路騎士團接手維護她的安全，正如同過去我們為其他人所做的。」

伊莎波別過頭，掩飾她引以為榮的表情。

「你不是認真的吧。」巴德文氣急敗壞。「你如果把騎士團召集起來，那就等於宣戰了。」

「你做了決定，你知道後果。我可以因為你不服從命令處死你，但我沒有時間。你的土地和財產全部沒收。離開這棟房子，把職務印信交出來。本星期之內，會重新任命新的法國分團長。你已經不受本騎士團保護，你有七天時間另覓新的住所。」

「想從我手裡奪走七塔，」巴德文咆哮：「你會後悔的。」

「七塔不是你的。它屬於拉撒路騎士團。伊莎波住在這裡，得到騎士團的祝福。我再給你一個重新列名的機會。」馬修的聲音帶著一股不容辯駁的威嚴：「巴德文・德・柯雷孟，我徵召你實踐你的誓言，加入戰場，你必須服從我的指揮，直到我允許你除役為止。」

馬修已好幾百年沒有說或寫這幾句話，但每個字他都記得清清楚楚。拉撒路騎士團活在他的血液裡，就像戴安娜一樣。長期未使用的肌肉在他身體深處伸展，生了鏽的能力開始磨礪。

「騎士團不會因為感情問題而來幫助團長，馬修。我們參加過阿卡戰役[88]，我們幫助阿爾比教派[89]的異端分子對抗北方軍。我們撐過了聖殿騎士團瓦解，以及英國人在克雷西[90]和阿讓庫爾[91]的步步進逼。在勒班陀擊潰鄂圖曼帝國艦隊時，拉撒路騎士團也在船上。我們拒絕再作戰時，三十年戰爭[92]就宣告結束。騎士團的目標就是確保吸血鬼能在凡人主宰的世界裡存活。」

「我們一開始是為了保護那些無法保護自己的人而成立的，巴德文。我們有英勇的名聲在外，只是那項使命的意外副產品。」

「父親去世時不該把騎士團交給你的。你是個軍人——又是個理想主義者——不是個指揮官。你不懂得顧全大局。」巴德文這番話明白流露他對弟弟的輕蔑，但他的眼神充滿擔憂。

「戴安娜到我這兒來尋求保護，逃避她族人的迫害。我要確保她的安全——就如同騎士團在耶路撒冷、德國、歐西坦尼亞[93]的居民面臨危險時，提供保護一樣。」

「沒有人會相信這不是出於私人因素，就像一九四四年的情形一樣，但當年你還知道要說不。」

「那次我錯了。」

巴德文顯得很震驚。

馬修戰慄著吸了一口長長的氣：「曾經有一度，針對這種暴行，我們會立刻採取行動，完全不考慮後果。但我既怕洩漏家族祕密，又不願意刺激合議會，加深他們的反感，所以一直退縮。沒想到這麼做只會鼓勵敵人，再次打擊我們的家族，所以戴安娜牽涉在內時，我不要再犯相同的錯誤。巫族不擇手段探究她的力量。他們不惜侵入我們的家，抓走他們的同族。這比他們對付菲利普的手段更惡劣。在巫族眼中，菲利普不過是個吸血鬼。但抓走戴安娜，他們真的太過分了。」

巴德文思考他弟弟的話之際，馬修變得更加焦慮。

---

(88) Acre為地中海東岸的一個港口，第三次十字軍在一一八九至一一九一年之間，與土耳其蘇丹薩拉丁爭奪這個海港，經過三年圍城，戰況激烈，但最後得而復失。

(89) Albigensian是中世紀崛起的一個基督教派，發源地在東歐，因傳入西歐後，以法國南部的阿爾比城為主要根據地而得名，又稱「清潔教派」（Catharism）。阿爾比教派因觀念與羅馬天主教抵觸，很快被宣判為異端，十三世紀初葉，教廷並發動長達二十年的「阿爾比十字軍」（即所謂的「北方軍」），用武力消滅阿爾比教派的信徒。

(90) Crécy是克雷西戰役的古戰場，克雷西在法國北部，一三四六年，英法百年戰爭期間，英王愛德華三世率領的七千多名部隊，在此與人數多達五倍的法軍作戰。英軍靠良好的布陣與長弓大獲全勝。歷史學家認為這場戰爭代表舊式騎兵戰術沒落的開始。

(91) Agincourt是英法百年戰爭期間，一四一五年阿讓庫爾戰役的古戰場，當時亨利五世率領六千多名英軍，迎戰人數將近五倍的法軍，卻靠著優良的弓箭武器和戰略贏得大勝。

(92) Thirty Years' War從一六一八年打到一六四八年，在基督新教各教派的勢力範圍確立後，又值神聖羅馬帝國勢力衰微，諸侯爭奪地盤，掀起一場全面性大戰。歐洲各國基於政治、宗教各方面利害，各自投靠不同陣營，沒有一個國家能置身事外，透過慘烈的戰爭尋求新均勢，而以日耳曼為主要戰場。

(93) Occitania泛指歐洲南部通行奧克語的地區，包括法國南部、義大利和西班牙部分地區。

「戴安娜。」伊莎波把巴德文喚回眼前的問題上。

巴德文點頭，只點一下。

「謝謝你。」馬修簡單地說：「有個女巫直接把她從花園裡抓走。我們發現她失蹤的時候，所有可資指引方向的線索都消失了。」他從口袋裡掏出一張皺巴巴的地圖。「這是幾個我們還需要搜索的地方。」

巴德文看一眼伊莎波和他弟弟已經搜索過的地區，以及剩餘的大片荒山野地。「她被抓走以後，你們搜過了所有這些地區？」

馬修點點頭：「當然。」

巴德文掩飾不住心中的不悅。「馬修，你難道永遠都學不會，行動之前應該先停下來思考？帶我去花園。」

馬修和巴德文到外面去，把瑪泰和伊莎波留在室內，以免她們的氣味混淆戴安娜留下的微弱痕跡。他們離開後，伊莎波開始全身顫抖不已。

「太過分了，瑪泰。如果他們傷了她——」

「我們一直都知道，妳和我，這樣的一天遲早會來臨的。」瑪泰伸出手，體恤地拍了拍女主人的肩膀，便到廚房裡去，留下愁容滿面的伊莎波，獨自坐在冰冷的火爐旁。

在花園裡，巴德文用他那雙超自然鋒利的眼睛盯著地面，一顆蘋果躺在隨風起伏的芸香園旁邊。伊莎波很睿智地堅持把那顆果子留在它被發現時的原地。它的位置幫助巴德文看到他弟弟沒看到的東西。芸香的枝莖稍有彎曲，這引導他發現另一塊藥草田裡有一叢葉片被打亂了，接著又是一叢。

「當時風往哪個方向吹？」巴德文的想像力開始運作。

「風從西方來。」馬修答道，努力想看到巴德文追蹤的線索。但他只能沮喪地嘆口氣，宣告放棄。

「這要花太多時間。我們該分頭去找。那樣可以找更多地方。我再到洞穴區去找一遍。」

「她不會在洞穴裡。」巴德文道，他站直身軀，拍掉手上的藥草味。「吸血鬼才利用洞穴。女巫不會。何況她們是往南方去了。」

「南方？那邊什麼都沒有啊。」

「如今是沒有了。」巴德文同意道：「但女巫會選擇那個方向，一定事出有因。我們去問問伊莎波。」

柯雷孟家族之所以能生存那麼久，主要是因為每個家族成員都有不同的技能可以因應危機。菲利普是優秀的領袖人才，富有個人魅力，能夠說服吸血鬼與凡人為同樣的目標攜手奮鬥，有時甚至魔族也會加入他的陣營。大哥猶夫是談判高手，能把交戰雙方帶到談判桌上，無論多麼勢不兩立的衝突，他都有辦法化解。老么高弗雷是他們的良知，有本事在每一個決策之中找到道德意義。巴德文負責擬定作戰策略，他敏銳的心智能在最短時間內挑出每個計畫的缺陷與弱點。露依莎可以扮演誘餌，也是一流的間諜，端視情況而定。

說來難以想像，但馬修的角色是家族中最剽悍的戰士。他早年舞刀弄劍毫無章法可言，把他父親氣得發瘋，但後來他改變了。現在只要手裡拿著武器，馬修的內心就變得非常冷靜，他克服一個又一個障礙，永不放棄的韌性，使他所向無敵。

最後還有伊莎波。每個人都低估她，只有菲利普例外，他稱她為「將軍」或「我的祕密武器」。她什麼都看在眼裡，記憶力好到連記憶女神都要甘拜下風。

兩兄弟回到屋裡。巴德文一路喊著伊莎波，大步走進廚房，他從一個沒有蓋子的碗裡，抓了一把麵粉，灑在瑪泰的流理台上。他在麵粉裡畫了奧弗涅的輪廓，然後把大拇指壓在七塔的位置上。

「一個女巫帶著另一個女巫從這兒往西南方走，會去到哪裡？」他問道。

伊莎波額頭起了皺紋。「得看她被帶走的理由。」

馬修與巴德文生氣地對看一眼。他們的祕密武器就有這麼一個毛病。伊莎波從來不肯直接回答別人問她的問題——她總覺得另有更重要的問題必須先處理。

「想想看，媽媽。」馬修急切地說：「巫族要隔離我和戴安娜。」

「不對，孩子。要隔離你們有很多方法。到我家來抓我的客人，巫族已經對我們家族做了不可原諒的事。這樣的敵對行為就像下棋。」伊莎波用冰冷的手輕撫兒子的臉，說道：「巫族要求證我們變得多麼衰弱。你要戴安娜，他們就抓走她，使你無法不理會他們的挑釁。」

「拜託，伊莎波。哪裡？」

「從這裡到康達爾之間，只有荒山和牧羊小徑。」伊莎波道。

「康達爾？」巴德文訝異道。

「是的。」她聲音很小，這名字蘊含的意義就連冷血的她聽了也覺得一陣寒意襲來。

康達爾是高伯特的出生地。那是他的老家，如果柯雷孟家族擅自闖入，集結來對付他們的勢力，恐怕就不止巫族一方了。

「但如果這是棋局，把她帶到康達爾去，就等於要攻王棋了。」馬修冷酷地說：「這一招出得未免太快了。」

巴德文點頭表示同意。「那我們一定遺漏了什麼，從這裡到那裡的中間。」

「除了廢墟，什麼也沒有。」伊莎波道。

巴德文挫折地嘆口氣：「馬修的女巫為什麼不能保護自己？」

瑪泰走進房間，拿條毛巾擦擦手。她跟伊莎波交換一個眼色。「Elle est enchantée。」瑪泰嘎聲道。

「那孩子的魔力被人用咒語禁制住了。」伊莎波有點勉強地說：「我們可以確定這一點。」

「用咒語禁制？」馬修皺起眉頭。女巫在別的女巫身上施加隱形的枷鎖，是一種不可饒恕的行為，嚴重性不亞於吸血鬼入侵其他吸血鬼的私有領域。

「是的，不是她拒絕使用魔法，而是她根本不能施展法力——有人故意設計的。」伊莎波面露氣憤之色。

「為什麼？」她兒子感到不解。「這就像拔掉一隻老虎的爪和牙，然後把牠放回叢林。怎麼會有人要剝奪別人的自衛能力，然後把他丟在一旁呢？」

伊莎波聳聳肩膀：「我可以想到很多人可能會做這種事——出於很多種動機——我跟這個女巫不熟。打電話給她的家人，問問她們。」

馬修伸手從口袋裡取出手機。巴德文注意到，他已經把麥迪森的電話加入快速撥號欄。電話只響了一聲，另一頭的女巫就接起電話。

「馬修嗎？」那女巫很慌張：「她在哪裡？她受到很大的痛苦。我感覺得到。」

「我們已經知道該去哪兒找她了，莎拉。」馬修沈靜地說，企圖安慰她。「但我需要先向妳打聽一件事。戴安娜不使用魔法。」

「自從她父母去世，她就沒用過魔法。這跟其他的事有什麼關係？」莎拉厲聲高喊。刺耳的聲音令伊莎波閉上眼睛。

「有沒有可能，莎拉——任何可能——戴安娜受到咒語禁制？」

電話另一端完全沈默。

「咒語禁制？」莎拉終於說道，十分驚訝。「當然不可能！」

柯雷孟這邊聽見輕微的喀搭一聲。

「是芮碧嘉下的手。」另一個女巫用和婉許多的聲音說：「我答應過她不說的。我不知道她做了什麼，也不知道怎麼做的。這些事不要問我。芮碧嘉知道，她跟史蒂芬一去非洲就回不來了。她預見了一些事——預知了一些事——把她嚇得要命。她只告訴我說，她要保護戴安娜。」

「她怕什麼？」莎拉嚇壞了。

「重點不在於『怕什麼』，而是『到什麼時候』。」艾姆壓低聲音。「芮碧嘉說，她要保障戴安娜直到跟那個陰影裡的男人在一起之前都是安全的。」

「陰影裡的男人？」馬修重複道。

「是的。」艾姆變成耳語：「戴安娜一告訴我，她正在跟一個吸血鬼交往時，我就猜你是芮碧嘉預見的那個人。但情勢的發展實在太快了。」

「妳有沒有看到什麼，艾米莉——任何畫面——可能對我們有幫助的？」馬修問道。

「沒有。只有一片黑暗。戴安娜在黑暗中。她沒有死。」馬修倒抽一口氣，她急忙道：「但她很痛苦，而且不知怎麼回事，不是完全在這個世界裡。」

巴德文在旁聆聽，同時瞇起眼睛看著伊莎波。她方才提出的問題雖然令人生氣，卻最有啟發性。他鬆開抱在胸前的手臂，從口袋裡取出手機，轉身，撥號，低聲說了幾句話。然後他看著馬修，舉起一根手指放在咽喉前，比了個手勢。

「我現在要去找她。」馬修道：「有消息再打電話給妳們。」他趁莎拉和艾姆還沒來得及提出一大堆問題之前，就掛斷了電話。

「我的車鑰匙呢？」馬修邊喊邊往門外衝。

巴德文趕到他前面，擋住去路。

「冷靜下來，用點腦筋。」他粗魯地說，把一張矮凳踢到弟弟面前。「從這裡到康達爾中間有哪幾座城堡？我們只需要知道最古老的城堡，高伯特最熟悉的幾座。」

「天啊，巴德文，我哪裡記得住？讓我過去！」

「不行。你處理這件事要聰明一點。巫族不會把她帶到高伯特的地盤——只要他們還有點頭腦。戴安娜受到禁制，所以對他們而言，也是個待解的謎，需要花一段時間破解。他們需要隱私，而且不希望被吸血鬼打擾。」這是巴德文第一次提到那個女巫的名字。「如果去康達爾，就必須看高伯特的臉色，所以她們一定寧可選一個靠近他邊界的地方。想想哪。」巴德文最後一滴耐心也蒸發掉了。「我的天，馬修，這一帶的城堡幾乎都是你設計和建造的。」

馬修在心裡飛快檢視各種可能性，刪掉最近的幾座、太破敗的幾座。他有點震驚地抬起頭：「皮耶堡。」

伊莎波抿緊嘴唇，瑪泰顯得很擔心。皮耶堡是這一帶最險峻的城堡。它的地基建在玄武岩上，不能掘地道偷襲，城牆又高得足以抵抗所有的圍攻。

上方傳來空氣被壓迫和攪動的聲音。

「直升機。」巴德文道：「它本來在克萊蒙費昂等著載我回里昂。妳的花園得整理一番，伊莎波，不過妳一定會覺得這是很小的代價。」

兩個吸血鬼跑出古堡，向直升機奔去。他們跳上飛機，不久便飛到奧弗涅上空。下面一片黑暗，只偶爾看見幾點農舍窗戶透出的微弱火光。他們花了三十多分鐘才抵達那座古堡，雖然兄弟倆知道它的位置，但駕駛員費了很大勁才辨認出它的輪廓。

「沒有地方降落！」駕駛員喊道。

馬修指著一條從古堡延伸而出的舊路。「那兒怎麼樣？」他叫道。他已經在仔細觀察城牆，找尋光線或動作了。

巴德文吩咐駕駛員降落在馬修指點的地方，卻換來懷疑的眼神。

距地面還有二十呎，馬修便跳下直升機，朝古堡的大門狂奔。巴德文嘆口氣，吩咐駕駛員一定要等他們都回到機上才能離開後，也跟著往下跳。

馬修已衝到裡面，高喊著戴安娜的名字。「天啊，她一定嚇壞了。」回音消失後，他低聲道，同時拉扯著自己的頭髮。

巴德文追上來，拉住弟弟的手臂。「做這件事有兩種方法，馬修。我們可以分頭從塔頂找到地牢。或者你可以站定五秒鐘，想想你若要把一個東西藏在皮耶堡，會藏在什麼地方。」

「放開我。」馬修露出牙齒，企圖掙脫哥哥的掌握，但巴德文的手卻抓得更緊。

「想一想。」他命令道：「這樣會更快，我保證。」

馬修在心中把古堡的配置圖思索了一遍。他從入口開始，逐個檢視樓上的房間，高塔、寢室區、會客室、大廳。然後他又從大門開始，往下走到廚房、地窖、地牢。他滿懷恐懼地瞪著他哥哥。

「死牢。」他朝廚房的方向跑去。

巴德文臉色僵住了。「天啊。」他低聲道，看著弟弟的背影消失。這個女巫是怎麼回事，為何她的族人會把她扔進一個六十呎深的洞穴。

如果她真的那麼重要，把她丟進死牢的不論是什麼人，都一定會回來。

巴德文急忙去追趕馬修，希望還來得及攔住他，否則巫族手中的人質將不只一個，而是兩個了。

第三十一章

戴安娜，該醒了。母親的聲音很低，但很堅持。

我累得沒辦法回應，就把色彩鮮豔的百衲被拉到頭頂，希望她找不到我。我的身體縮成一個緊緊的小球，不知道為什麼到處都痛得那麼厲害。

醒來，小懶蟲。父親伸出沒有尖爪的手指抓住被子。我心頭大樂，暫且把痛楚擱置一旁。他假裝是隻大熊，仰天咆哮。我高興得尖叫，攥緊了被子咯咯笑，但他一拉扯被子，冷空氣就湧了進來。有什麼事不對勁，我張開眼睛，預期會看到劍橋那個羅列著彩色海報和玩具動物的房間。但我房間裡沒有潮濕的灰色牆壁。

父親低著頭對我微笑，眼睛亮閃閃的。照例，他的髮梢又翹了起來，需要梳平，衣領也是歪的。但我還是愛他，伸出手臂想摟住他的脖子，問題是手臂不聽話。於是他輕輕把我拉過去，他沒有實質的形體像一面盾牌貼在我身上。

真高興在這兒看見妳，畢夏普小姐。他總是這麼說，每當我溜進他的書房，或在深夜偷偷下樓，要求再聽一個床邊故事。

「我好累。」他襯衫雖然是透明的，但還殘留著陳年香煙和他放在口袋裡的巧克力牛奶糖的味道。

我知道，父親道，眼睛已經不亮了。但是妳不能再睡下去。

妳一定要醒來。母親的手在我身上，企圖把我從父親腿上抱開。

「先把剩下的故事講完。」我哀求道：「而且要跳過不好的部分。」

不行這樣。母親搖頭，父親悲傷地把我交到她懷裡。

「但是我不舒服。」我用孩子的聲音爭取特殊待遇。

母親的嘆息在石牆上沙沙作響。我不能跳過不好的部分。妳必須面對那些事。妳做得到嗎，小女巫？

考慮過需要哪些條件後，我點點頭。

我們講到哪兒了？母親問道，在死牢正中央那個鬼僧侶的旁邊坐下。那鬼看起來嚇了一跳，挪開幾吋。父親用手背壓住一個微笑，用我看馬修同樣的方式看著母親。

想起來了，她道。戴安娜被鎖在一個黑漆漆的房間裡，孤單一個人。她坐了好幾個小時，不知道自己還有沒有機會出去。然後她聽見有人敲窗戶。原來是王子。「我被女巫困在裡面！」戴安娜喊道。王子要設法打破窗子，但它是用魔法玻璃做的，他連一個縫都敲不開。於是王子跑到門口，想把門打開，但它裝了一個魔法鎖，關得很牢。他用力搖晃門框，但木頭太厚，動也不動。

「王子不是很強壯的嗎？」我問，他這麼不中用，我有點生氣。

是很強壯呀，母親很嚴肅地說，但他不是巫師。所以戴安娜東張西望，看有沒有別的地方可以讓王子再試試。她看到屋頂上有個小洞，剛好只夠她那麼大的女巫擠過去。戴安娜叫王子飛上去，把她拉出去，但王子不會飛。

「因為他不是巫師。」我重複道。每次提到魔法或巫師，那個僧侶就在身上畫一個十字。

對啦。母親道。但戴安娜想起她自己從前是會飛的。她低頭一看，就找到一根銀色絲帶的帶頭。那根絲帶緊緊纏在她身上，但她一拉絲帶頭，絲帶就鬆了開來。戴安娜把它高高扔到頭上，然後她的身體就跟著絲帶一塊兒飛上天。她接近屋頂上那個洞的時候，把兩隻手併在一起，直直向前伸，就通過了洞口，飛進夜空中。王子說：「我就知道妳辦得到。」

「然後他們就永遠快樂地生活在一起。」我很篤定地說。

母親的笑容既甜美又苦澀。是的，戴安娜。她深深看了父親一眼，那是一種孩子長大以後才會懂得的眼神。

我快樂地嘆口氣，雖然我的背痛得像火燒，又待在一個擠滿透明人的怪地方，但這些都無所謂了。

時間到了，母親對父親說。他點點頭。

我的上方，笨重的木頭撞上古老的石頭，傳出震耳欲聾的碎裂聲。

「戴安娜？」是馬修。他聽起來好驚慌。他的焦慮既讓我鬆了一口氣，又催生了一波腎上腺素在我體內奔竄。

「馬修！」我的喊聲沙啞無力。

「我下來。」馬修的回應在石牆上迴盪，震得我頭痛。我的頭一陣陣抽痛，我臉頰上有黏糊糊的東西。我用手指沾了一點那種黏液，但這裡太黑，看不出它是什麼。

「不行。」一個更低沈更粗魯的聲音說：「你下去很簡單，但我可沒辦法把你們弄上來，而且我們動作要快，馬修。他們會回來找她的。」

我抬頭看是誰在說話，但只看見一個白色的小圓圈。

「戴安娜，聽我說。」馬修的聲音小了一點。「妳得飛上來。妳做得到嗎？」

母親鼓勵地點著頭。*覺醒的時間到了，妳要成為一個女巫。沒必要保密了。*

「我想可以吧。」我試著站起來。但右腳踝一軟，我重重跌倒，撞痛了膝蓋。「你確定薩杜離開了嗎？」

「這兒只有我和我哥哥巴德文。飛上來，我們帶妳離開。」另一個人嘟囔了什麼，馬修憤怒地回答。

我不知道巴德文是什麼人，但我今天已經受夠了陌生人。就連馬修也讓我覺得不安全，因為薩杜說過那些話。我想找個地方躲起來。

妳不能躲馬修。我母親說，給父親一個悲哀的微笑。*他永遠找得到妳，不論發生什麼事。妳可以信任*

他。他就是我們一直在等待的那個人。

父親伸出手臂攬住她，我想起依靠在馬修臂彎裡的感覺。會那樣抱我的人不可能欺騙我。

「戴安娜，拜託妳試試看。」馬修的聲音充滿無法克制的哀求。

要飛，先得有一根銀色的絲帶，但並沒有絲帶纏在我身上，我不知道接下來該怎麼辦。我在暗影中找尋我父母，他們的人影顯得更白了。

妳想飛嗎？母親問道。

魔法在心裡，戴安娜。父親道。不要忘記。

我閉上眼睛，想像一根絲帶，末端緊緊綁在我手指上。我把它拋向那個在黑暗中閃爍的白色小圈。絲帶舒展開來，飛向高處，穿過那個洞，把我的身體一起帶了上去。

母親在微笑，父親的表情就跟他幫我拆掉腳踏車上的輔助輪那次一樣自豪。馬修往下張望，旁邊還有一張面孔，想必就是他哥哥。他們旁邊圍繞著一大群鬼魂，個個都滿臉驚訝，因為這麼多年來第一次看到有人活著逃出去。

「謝天謝地。」馬修鬆了口氣，向我伸出他修長、白皙的手指。「抓住我的手。」

他一抓住我，我的身體就不再輕盈。

「我的手臂！」我慘叫，肌肉被拉扯，我手臂上的傷口裂開了。

馬修抓住我的肩膀，還有另一隻不熟悉的手在一旁幫忙。他們把我拉出死牢，有一會兒，我整個人倒在馬修胸前。我緊緊抓住他的毛衣，怎麼也不肯放開。

「我就知道妳辦得到。」他喃喃說道，說得跟母親故事裡的王子一模一樣，他的聲音充滿寬慰。

「沒時間來這一套。」馬修的哥哥已經沿著走道往門口跑去。

馬修抓住我肩膀，很快檢查一遍我的傷勢。他聞到乾涸的血跡，鼻孔不斷掀動。「妳能走路嗎？」他柔聲問道。

「抱起她，趕快把她帶出來，否則你要擔心的不止是一點點血跡而已！」另一個吸血鬼喊道。

馬修把我像一袋麵粉般扛起，開始奔跑。他的手臂緊緊壓著我後腰。我咬緊嘴唇，閉上眼睛，否則快速移動的地面會讓我聯想到跟薩杜一起飛行。空氣的變化讓我知道，我們自由了。我吸滿一口氣，開始顫抖。

馬修加快腳步，扛著我向一架匪夷所思、竟然停在古堡城牆外的泥土路上的直升機跑去。他伏下身，護著我，跳進直升機敞開的門。他哥哥跟上來。機艙儀表板上閃耀的綠燈映照出他鮮豔的赤銅色頭髮。

巴德文坐下時，我的腳碰到他的大腿，他投過來一個夾雜憎恨與好奇的眼光。我在馬修書房裡的靈視中見過他的臉：先是在盔甲反射的倒影中，然後是在碰到拉撒路騎士團的印信時。「我還以為你已經死了。」我瑟縮著靠近馬修。

巴德文瞪大眼。「走！」他對駕駛員喊，我們便飛上天空。

升空喚起與薩杜有關的記憶，我顫抖得愈發厲害。

「她要休克了。」馬修道：「這機器能飛快點嗎，巴德文？」

「她昏迷就沒事了。」巴德文不耐煩地說。

「我沒帶鎮靜劑。」

「你有，現成的。」他哥哥目露凶光。「要我代勞嗎？」

馬修低頭看看我，努力扮出一個微笑。我的顫抖好了一點，但每次直升機在風中下沈或搖晃，顫抖就會跟薩杜的記憶一起重現。

「老天爺，馬修，她嚇壞了。」巴德文怒道：「趕快處理一下。」

馬修咬緊嘴唇，光滑的唇上出現一滴血。他低頭想來吻我。

「不要。」我扭動身體，躲開他的嘴。「我知道你在搞什麼鬼。薩杜告訴我了。你要用你的血讓我安靜。」

「妳受驚了，戴安娜。我只有這個，讓我幫助妳。」他表情很痛苦。我伸出手，用指尖接住那滴血。

「不要，我自己來。」不能再讓巫族口耳相傳，說我受到馬修的控制。我吸吮麻木的手指上那滴帶著鹹味的液體，嘴唇和舌頭微微刺痛，然後我的口腔便失去了知覺。

我知道的下一件事，就是涼風吹拂著我臉頰，風裡有瑪泰的藥草香。我們已來到七塔的花園。馬修的手臂硬邦邦抵著我疼痛的背部。他用頸窩夾著我的頭。我挪動一下，四處張望。

「我們到家了。」他悄聲道，大步向城堡的光線走去。

「伊莎波和瑪泰，」我掙扎著想抬頭：「她們都好嗎？」

「好得不得了。」馬修答道，把我抱緊一點。

我們走進廚房，這兒燈火通明。光線刺痛我眼睛，我轉身避開，直到痛楚緩和。我有一隻眼睛好像比另一隻小一點，所以我把大眼睛瞇起來一點，讓兩隻眼睛一樣大。我看到一群吸血鬼，站在馬修和我對面的走道上。巴德文顯得很好奇，伊莎波怒火高燒，瑪泰既嚴肅又擔心。伊莎波走上前一步，馬修發出咆哮。

「馬修，」她耐心地說，眼睛看著我，帶著母性的關懷：「你必須通知她的家人。你的電話在哪？」

他收緊手臂。我的頭太沈重，脖子撐不住，靠在馬修肩膀上比較舒服。

「我猜是在他口袋裡，但他不可能放下那個女巫去拿電話，也不會讓妳靠近去掏他的口袋。」巴德文拿自己的手機給她。「用這支吧。」

巴德文的目光在我遍布傷痕的身上移動，他密切的觀察就像在每一處傷口逐一敷上冰塊，然後拿掉。

「她看起來真像是經歷了一場苦戰。」他的聲音流露出不是很情願的佩服。

瑪泰用奧克語說了幾句話，馬修的哥哥點點頭。

「Òc。」他道，評估地看著我。

「這次不行，巴德文。」馬修吼道。

「電話號碼，馬修。」伊莎波乾脆地說，轉移了兒子的注意力。他背出來，他母親依序撥號，電子按鍵聲清晰可聞。

「我很好。」莎拉接起電話，我啞聲道。「放我下來，馬修。」

「不，我是伊莎波・柯雷孟。戴安娜跟我們在一起。」

更多沈默，伊莎波冰冷的觸感掃遍我全身。「她受傷了，但沒有生命危險。雖然如此，馬修明天會送她回家。回妳們那兒。」

「不行，她會追蹤我。不可以讓薩杜傷害莎拉和艾姆。」我掙扎著想脫身。

「馬修。」巴德文咆哮：「把她交給瑪泰照顧，要不然就讓她安靜。」

「這件事你別管，巴德文。」馬修抗議道。他冰冷的嘴唇碰觸我的臉頰，我的脈搏慢了下來。他輕聲低語：「我們不會做任何妳不願意的事。」

「我們可以保護她不受吸血鬼的傷害。」伊莎波的聲音愈來愈遙遠。「但巫族出面，我們無法保護她。她必須跟能夠保護她的人在一起。」話聲消失，一重灰霧像帷幕般降下。

當我再次清醒過來，已經躺在樓上馬修的房間裡。每支蠟燭都燃著，壁爐裡火光熊熊。房間應該夠暖，但腎上腺素加上休克，仍令我發抖。馬修跪坐在地板上，把我架在他兩膝之間，正在檢查我的右前臂。我那件被血液浸透的長袖運動衫，早在薩杜割傷我的時候就破了個大洞。現在黑色的舊痕上又滲出新鮮的血跡。

瑪泰和伊莎波站在門口，像兩隻警戒的老鷹。

「我可以照顧我的妻子，媽媽。」馬修道。

「當然，馬修。」伊莎波用她一貫的順從口吻喃喃說道。

馬修把最後一片袖子撕掉，讓我手臂整個露出來，他咒罵了幾句。「去把我的袋子拿來，瑪泰。」

「不要。」她堅決地說。「她髒死了，馬修。」

「先給她洗個澡。」伊莎波附和，表態支持瑪泰。「戴安娜凍壞了，你也看不清楚她的傷口。這樣沒有好處，孩子。」

「不能洗澡。」他堅決地說。

「為什麼不？」伊莎波不耐煩地說。她指指樓梯，瑪泰離開了。

「水裡會滿是她的血。」他不安地說：「巴德文會聞到。」

「這裡不是耶路撒冷，馬修。」伊莎波道：「他從不曾踏進這座塔一步，從它建好就沒進來過。」

「耶路撒冷發生了什麼事？」我伸手去摸馬修原先掛銀棺材的那個位置。

「我的愛，我要看看妳的背。」

「好啊。」我無力地說。我的心念飄忽，正在找尋蘋果樹和我母親的聲音。

「為了我，先翻個身，趴著。」

我曾被薩杜壓制在古堡的石板地上，那種寒冷堅硬的觸感忽然又真實無比地浮現在我的胸部和大腿上。「不要，馬修。你以為我瞞著祕密，可是我真的對我的魔法一無所知。薩杜說——」

馬修又罵了一聲。「這裡沒有女巫，妳的魔法對我而言根本不存在。」他的冷手抓住我，手勁跟他的目光一樣自信而堅定。「往前靠在我手上，我會撐著妳。」

我坐在他腿上，腰向前彎，胸部靠在我倆緊握的手上。這種姿勢拉扯我背上的皮膚，非常疼痛，但還是比原來的方式好。在我下面，馬修的身體一僵。

「毛線纖維黏在妳的皮膚上。有它擋著，我看不清楚。我們得讓妳在澡缸裡泡一下，把線頭弄掉。麻煩妳放水好嗎，伊莎波？」

他母親立刻不見人影，隨即傳來放水的聲音。

「水不要太熱。」他在她背後柔聲喊道。

「耶路撒冷發生了什麼事？」我再次問道。

「以後再說。」他道，溫柔地扶我坐起來。

「保密的時代已經過去了，馬修。告訴她，要說就快。」伊莎波隔著浴室門斷然道。「她是你的妻子，她有權知道。」

「一定是很可怕的事，否則你不會把拉撒路的棺材戴在身上。」我輕輕戳一下他心口那個空出來的位置。

馬修露出絕望的表情，開始敘述他的故事。他說得斷斷續續，但言簡意賅。「我在耶路撒冷殺了一個女人。她夾在巴德文和我中間。流了很多血。我愛她，但她——」

他殺了一個人，不是女巫，而是凡人。我用手指壓住他的嘴唇。「目前這樣就夠了。那是很久以前的事。」我覺得很冷靜，但又開始發抖，我再也聽不進任何祕密了。

馬修把我的左手拉到唇邊，用力親吻每一個指節。他的眼睛告訴我他無法大聲說出口的話。最後他放開我的手和我的眼睛，說道：「如果妳擔心巴德文，我們可以採用另一種方式，我們可以用濕毛巾把纖維泡軟，妳也可以洗淋浴。」

光是想到讓水沖在我背上，或按壓傷口，我就寧願冒險挑動巴德文的食欲。「還是浴缸好。」

馬修把我抱進微溫的水裡，全身衣服包括跑鞋都沒脫。我坐在浴缸裡，背部跟陶瓷缸壁保持距離，水慢慢滲透我的羊毛衫，我開始緩慢地放鬆自己，我的腿輕輕移動，在水下跳舞。每一根肌肉與神經都需要吩咐才肯放鬆，還有一小部分不肯聽話。

我泡澡的時候，馬修開始給我的臉部做治療，他用手指輕壓我的顴骨。他擔心地皺起眉頭，低聲召喚瑪泰。她拿來一個龐大的黑色醫療包。馬修拿出一支小手電筒，檢查我的眼睛，嘴唇緊緊抿在一起。

「我的臉撞到地面。」我的臉扭曲了一下。「破皮了嗎？」

「我想沒有，我的愛，只是淤青得很嚴重。」

瑪泰撕開一包東西，酒精的氣味撲鼻而來。馬修用酒精棉花清理我臉上黏搭搭的東西。我抓住浴缸邊緣，淚水刺痛眼睛。棉墊變成紅色。

「我是在石頭邊緣割傷的。」我的聲音很實際，我只想壓抑痛楚喚起的與薩杜有關的記憶。

馬修冰冷的手指沿著刺痛的傷口比畫，直到它在髮際線消失。「只是皮肉傷，不需要縫合。」他拿起一罐藥膏，塗了一些在我的皮膚上，聞起來像是用薄荷和花園裡的藥草調配的。「妳對任何藥物敏感嗎？」塗完藥膏，他問道。

我搖搖頭。

他又叫瑪泰來，她捧了一大堆毛巾快步進來。他嘰哩咕嚕念了一長串藥名，瑪泰猛點頭，同時搖晃著一串她從口袋裡掏出來的鑰匙。其中只有一種藥我聽說過。

「嗎啡？」我問道，脈搏開始加快。

「用來止痛。其他的藥可以消腫、預防感染。」

泡澡化解了我一部分的焦慮，也緩和了我的緊張，但痛楚卻更劇烈。消除疼痛的展望很誘人，我不怎麼情願地同意用藥，換取離開浴缸。坐在鏽紅色的水裡讓我不安。

但爬出浴缸前，馬修堅持看一眼我的右腳。他把那隻腳抬出水面，讓我用鞋底頂著他的肩膀。即使這麼輕微的施壓，也讓我呼痛。

「伊莎波，請妳來一下好嗎？」

伊莎波跟瑪泰一樣，在臥室裡耐心等候，以防萬一她兒子需要幫助。她進來後，馬修要她站在我背後，他輕鬆地拉斷被水浸透的鞋帶，開始把鞋子從我腳上脫下來。伊莎波抓住我肩膀，免得我從浴缸裡跳出來。

馬修檢查時我慘叫連連——即使他放棄脫鞋，開始以裁縫裁剪名貴衣料的精確手法把它撕開。接著他幫我脫下襪子，沿著縫線把我的踩腳褲撕開，讓腳踝露出來。它周圍有一圈痕跡，好像曾經套上腳鐐，用火燎烤，燒灼的痕跡深入皮膚，一片焦黑，水泡密布，還有些奇怪的白斑。

馬修抬起頭，眼神非常憤怒。「這是怎麼弄出來的？」

「薩杜把我倒吊起來。她要知道我會不會飛。」我沒把握地別過頭，不明白為什麼會有那麼多人，因為不應該怪到我頭上的事而生我的氣。

伊莎波溫柔地抓住我的腳。馬修跪在浴缸旁邊，黑頭髮往後撩，露出前額，他的衣服沾滿水和血都毀了。他把我的臉轉向他，用混合著保護欲和引以為榮的表情看著我。

「妳是八月出生的，是嗎？獅子座。」他聽起來就是個法國人，完全聽不出一點兒牛津腔。

我點點頭。

「那我從今以後就把妳叫做我的小母獅，因為只有牠能像妳這樣戰鬥。但即使是小母獅，也需要保護者。」他眼睛轉到我的右臂上。抓緊浴缸的動作使傷口又開始流血。「妳的腳踝扭傷了，不過不嚴重。我晚點再給它包紮。現在先來治療妳的背和手臂。」

馬修把我抱出浴缸，讓我站好，吩咐我不可以把重心放在右腳。瑪泰和伊莎波扶著我，他把我的踩腳褲和內衣都剪開。三個吸血鬼對人體實事求是的古典作風，很奇怪地竟然讓我不在意半裸著身體站在他們面前。馬修掀開我濕透了的運動衫，露出我小腹上一大片黑紫相間的淤青。

「天啊。」他道，用手指按壓我恥骨上方受傷的肌肉。「該死的，她到底做了什麼會搞成這樣？」

「薩杜大發雷霆。」想起我整個人飛越空中，以及腹部的劇痛，我牙齒又喀喀打顫。馬修把毛巾圍在我腰上。

「我們先把上衣脫掉。」他鬱悶地說，便走到我背後，我背上傳來一陣又一陣金屬冰涼的觸感。

「你在做什麼？」我扭過頭，急於看個清楚。薩杜強迫我趴在地上好幾個小時，現在任何人——包括馬修——站在我背後，都會讓我覺得無法忍受。我身體顫抖得更厲害。

「停止，馬修。」伊莎波急忙道：「她會受不了。」

剪刀喀啦一聲掉在地上。

「沒關係。」馬修用整個身體擁抱我，像一層保護的殼。他伸出雙臂，交叉在我胸前，把我整個兒包起來。「我到前面來剪。」

等顫抖停止，他就繞過來，重新剪開我身上的布料。背後的冷空氣告訴我，剩下的部分其實已經不多。他剪開我的胸罩，然後把套頭運動衫的前片卸下來。

最後一片布從我背上掉下來時，伊莎波輕呼一聲。

「聖母馬利亞。」瑪泰聽來吃了一驚。

「怎麼回事？她做了什麼？」房間像地震時的水晶燈一般搖晃。馬修把我轉個身，面對他的母親。哀傷與同情刻在她的臉上。

「那個女巫死定了。」馬修低聲道。

他又在計畫殺害另一個女巫了。我的血管裡都是冰，視野的邊緣被黑暗包圍。

馬修扶著我保持直立。「忍耐一下，戴安娜。」

「你非殺死季蓮不可嗎？」我抽泣道。

「是的。」他的聲音平板而毫無生氣。

「你為什麼讓我從別人口中聽到這件事？薩杜告訴我，你偷進過我的房間——你用你的血迷昏我。為什麼，馬修？你為什麼不早點告訴我？」

「因為我怕失去妳。妳對我的了解那麼少，戴安娜。祕密、保護的本能——必要時可以殺人。這就是我。」

我轉身面對他，除了腰間圍一條毛巾，全身一絲不掛。我交叉雙臂，遮住裸露的乳房，我的情緒從恐懼變為憤怒又變為更黑暗的東西。「所以你也要殺死薩杜？」

「是的。」他毫無悔意，也沒有做進一步解釋，但他眼中充滿幾乎掩飾不住的憤怒。冰冷的灰眼睛在我臉上搜索。「妳比我勇敢得多。我以前就跟妳這麼說過。妳要看看她是怎麼對待妳的嗎？」馬修抓住我的手肘，問道。

我考慮了一會兒，然後點點頭。

伊莎波用極快的速度說了一串奧克語，馬修低吼一聲，讓她住嘴。

「實際造成這些傷口的時候，她也撐過來了，媽媽。看一眼不會怎樣。」

伊莎波和瑪泰下樓去拿兩面鏡子上來，馬修則用羽毛那麼輕盈的力道，拿著浴巾輕拍我的身體，把它擦乾。

每次我想掙脫那粗糙的布料，他就重複道：「忍耐一下。」

兩個女人回來了，除了客廳裡那面華麗的鍍金框鏡子，還捧來一面只有吸血鬼才扛得上這麼多級樓梯的大穿衣鏡。馬修把大鏡子豎在我身後，伊莎波和瑪泰扶著另一面鏡子站在我面前，不斷調整角度，直到我可以同時看見自己的後背和馬修。

這不可能是我的背。一定是別人——某個受到剝皮、炮烙等酷刑，皮膚紅腫、泛藍、發黑的人。背上還有很多奇怪的圖案——圓圈和各種符號。火的記憶沿著傷口紛至沓來。

「薩杜說，她要把我剖開。」我彷彿遭到催眠般低聲說道：「但我把祕密藏在心底，媽媽，就像妳交代我的。」

馬修企圖扶住我，是我記得在鏡中看到的最後一個畫面，然後一切就由黑暗接管。

我在臥室的火爐旁悠悠醒轉。我的下半身仍裹著毛巾，坐在一張織錦緞面的椅子邊緣，上半身趴在另一張織錦緞面椅子上，還墊了一大堆靠枕。我只看見別人的腳，還覺得有個人在我背上抹藥膏。那是瑪泰，她的蠻力跟馬修清涼的觸感顯著不同。

「馬修？」我聲音沙啞，把頭扭來扭去想找他。

他的臉出現了。「什麼事，達令？」

「疼痛哪裡去了？」

「魔法。」他道，試著配合我的視角，露出一個乜斜的笑容。

「嗎啡。」我慢慢想起他給瑪泰的藥單。

「我就是這麼說的。凡是受過痛苦的人都知道，嗎啡跟魔法是同一回事。現在妳醒了，我們來幫妳包紮。」他扔了一捲紗布給瑪泰，解釋說這有助於遏止腫脹，並進一步保護我的皮膚。它還能幫我固定乳房，因為這陣子我都沒法子穿胸罩了。

他們兩個在我身上纏了好幾哩長的醫療白繃帶。得感謝嗎啡，我對這個過程有種奇怪的疏離感。但是當馬修在醫療包裡東翻西找，提到什麼縫合傷口時，疏離感就消失了。小時候我有次跌了一跤，把一根烤肉用的長叉插進大腿。傷口需要縫合，那場噩夢持續了好幾個月。我告訴馬修我的恐懼，但他心意已決。

「妳手臂上的傷口很深，戴安娜，不縫起來就不可能正確癒合。」

女人們幫我穿衣服之際，馬修在旁喝了些葡萄酒，他手指在顫抖。我沒有前扣式的衣服，所以瑪泰失蹤了一會兒，捧來一堆馬修的衣服。她們給我套上一件他的高級棉質襯衫。它空蕩蕩掛在我身上，但觸感像絲般柔滑。瑪泰小心地為我披上一件有真皮包扣的黑色羊絨開襟毛衣——也是馬修的——她跟伊莎波又幫我把一件我自己的、有伸縮性的黑長褲套到腿上，再拉到臀部以上。然後馬修把我抱到鋪好一堆枕頭的長沙發上。

「換衣服。」瑪泰下令道，把他往浴室裡推。

馬修很快淋浴完畢，換上乾淨的長褲，走出浴室。他在火爐旁把頭髮大致烘乾，然後才穿上其他衣服。

「我下樓一會兒，妳沒問題吧？」他問道：「瑪泰和伊莎波會在這兒陪妳。」

我猜測他下樓的目的跟他哥哥有關，所以點點頭，我仍感覺到藥力的強大效果。

他不在的時候，伊莎波三不五時就用一種既非奧克語，也不是法語的語言說幾句話，瑪泰忙東忙西，不時發出嘖嘖聲回應。馬修再度現身時，她們已經把房間裡大部分的髒衣物和沾了血的毛巾都清理掉了。法隆和海克特跟在他身旁，舌頭拖在外面。

伊莎波不悅道：「你的狗不可以進我的房子。」

法隆和海克特好奇地從伊莎波看到馬修。馬修彈一下手指，指著地板。兩隻狗一屁股坐下，警覺的臉看著我。

「牠們跟戴安娜一起，直到我們離開為止。」他堅決地說，他母親嘆口氣，沒再跟他爭論。

馬修抬起我的腳，把身體鑽到下面，他的手輕輕撫摸我的腿。瑪泰倒了一杯酒，砰一下放在他面前，又把一杯茶塞到我手中。她跟伊莎波一起離開，讓我們跟兩隻狗獨處。

我的心思飄忽不定，在嗎啡的效力和馬修手指催眠的觸摸下，覺得很平靜。我整理自己的記憶，想分辨哪些是真實，哪些是出於我的想像。我母親的鬼魂當真出現在死牢，或只是她去非洲前我們共度時光的回憶？或者是我的心智為了因應壓力而遁入一個想像的世界？我皺起眉頭。

「怎麼了，我的小母獅？」馬修問道，他的聲音充滿關懷：「妳覺得痛嗎？」

「不，我只是在想。」我專心看他的臉，把自己拉出迷霧，投向他的安全港灣。「我被抓去的是什麼地方？」

「皮耶堡。是座古老的城堡，已經很多年沒人住了。」

「我見到高伯特。」我的大腦像在跳房子，不願意在同一個地方停留太久。

馬修的手指靜止。「他在那兒？」

「只有開始的時候。我們抵達的時候，他和多明尼可在等候，但薩杜趕他們走。」

「我明白了。他碰過妳嗎？」馬修的身體開始緊張。

「碰過臉頰。」我打了個寒噤。「他曾經擁有那份手抄本，馬修，很久很久以前。高伯特吹牛說他如何在西班牙取得它。那時它已經受到咒語的控制。他把一個女巫變成他的奴僕，希望她能替他解開魔法。」

「妳要告訴我發生了什麼事嗎？」

我覺得還太早，也很想這麼對他說，但整件事的經過卻從我口中源源湧出。我描述薩杜企圖把我剖開，以便找出裡面的魔法時，馬修站起身，拿開墊在我背後的枕頭，用他自己的身體取代，把我整個人夾在他兩腿中間。

我說話時，說不下去時，泣不成聲時，他都一直抱著我。我描述薩杜如何拆穿他的真面目時，不論馬修心裡有什麼感想，他都克制著不說話。甚至當我告訴他，我母親坐在一棵蘋果樹下，它的樹根覆蓋了整個皮耶堡的石板地面時，他也沒有追問更多的細節，雖然他一定有上百個尚待解答的疑問。

這還不是全部的故事——我刪除了我父親在場的部分，我對床邊故事的生動回憶，還有在莎拉位於麥迪森的房子後面那片田野裡奔跑的部分。但這畢竟是個開始，等時機成熟，其餘的部分自然會出現。

「我們現在怎麼辦？」講完之後，我問：「我們不能讓合議會傷害莎拉或艾姆——或瑪泰和伊莎波。」

「得由妳決定。」馬修緩緩答道：「如果妳覺得受夠了，我會了解。」我扭轉脖子，回頭看他，但他不肯接觸我的眼神，一心一意盯著窗外的黑暗。

「你說過，我們配對是一生一世的事。」

「什麼都不會改變我對妳的感情，但妳不是吸血鬼。今天發生在妳身上的事——」馬修停下來，重新說道：「如果妳改變對這件事——對我——的想法，我會諒解。」

「就連薩杜都不能改變我的心意。而且她試過了。我母親說你就是我一直在等待的那個人時，聽起來那麼有把握。然後我就飛起來了。」不盡然如此——我母親說的是，馬修是**我們**一直在等待的那個人。但這麼說沒什麼意義，所以我把它留在心裡。

「妳確定嗎？」馬修托起我的下巴，研究我的臉。

「絕對確定。」

他臉上的痛苦緩和了許多。他低頭吻我，又忽然退縮。

「嘴唇是我全身上下唯一不痛的地方。」況且，我也需要提醒，世界上有些生物可以碰我而不至於引起疼痛。

他溫柔地吻我的嘴唇，呼吸中有濃郁的丁香氣息。它消除了皮耶堡的記憶，有一瞬間，我可以閉上眼睛，在他懷中休息。但渴望知道接下來會發生什麼事的迫切需求，讓我恢復警覺。

「所以……現在該怎麼辦？」我再次問道。

「伊莎波說得對。我們該去找妳的親人。吸血鬼不能幫妳了解妳的魔法，而且巫族會繼續追捕妳。」

「什麼時候？」經歷過皮耶堡事件，很奇怪，我變得願意聽從他，照他的判斷行事。

馬修在我身體下面稍微挪動一下，我這麼聽話，顯然讓他有點意外。「我們跟巴德文一起坐直升機去里昂。他的飛機已經加好油，準備起飛。薩杜和合議會的其他巫族不會馬上捲土重來，但他們早晚會來的。」他煩悶地說。

「你不在七塔，瑪泰和伊莎波安全嗎？」

我身下傳來馬修轟然大笑聲。「歷史上每一場重要的武裝戰鬥，她們都親歷其境。一群狩獵的吸血鬼或幾個多事的女巫，不可能給她們添什麼麻煩。不過我們離開之前，我有幾件事要處理。如果瑪泰來陪妳，妳願意休息嗎？」

「我得收拾我的東西。」

「瑪泰可以做，伊莎波會幫忙，只要妳同意。」

我點點頭。想到伊莎波再來這個房間，很意外地，我竟然覺得特別放心。

馬修重新替我整理好枕頭，他的手勁格外輕柔。他低聲召喚瑪泰和伊莎波，然後示意兩隻狗到樓梯口去，牠們就位後，看起來居然很像紐約公共圖書館門口的獅子。

兩個女人默不作聲在房間裡走來走去，她們輕盈的腳步聲和簡短的對話，構成一種令人安心的背景雜音，終於催我進入夢鄉。幾小時後，我醒來時，舊行李袋已收拾停當，放在火爐旁等待，瑪泰正彎著腰，把一個錫罐塞進去。

「那是什麼？」我揉掉眼睛上殘留的睡意，問道。

「妳的茶。每天一杯，記得嗎？」

「記得，瑪泰。」我的頭又倒回枕頭上。「謝謝妳。每一件事。」

瑪泰粗糙的手輕撫我的額頭。「他愛妳，妳知道嗎？」她的聲音比平時沙啞。

「我知道，瑪泰。我也愛他。」

海克特和法隆轉過頭，牠們的注意力被樓梯上傳來的聲音吸引，雖然那聲音微弱到我都聽不見。馬修黝黑的身影出現。他走到沙發前，把我打量一番，測過我的脈搏，滿意地點點頭。然後他把我抱進懷裡，好像我沒有重量似的，嗎啡確保他抱我下樓時，我背上只覺得輕微的不適而已。下樓時，我們小小的行列由海克特和法隆殿後。

他的書房裡只有壁爐的火光，把幢幢黑影投射在書籍和其他物品上。他的眼光在那個木製小塔上一閃而過，默默向路卡斯和白蘭佳道別。

「我們會回來的——盡可能早點回來。」我承諾道。

馬修微笑，但眼睛裡並沒有笑意。

巴德文在大廳裡等我們。海克特和法隆圍在馬修的腳邊繞圈，所有的人都沒法子靠近。他把牠們趕開，伊莎波才能走上前來。

她把冰冷的手搭在我肩上。「要勇敢，女兒，也要聽馬修的話。」她吩咐道，在我兩邊臉頰上各親了一下。

「很抱歉我給妳家帶來這麼多麻煩。」

「沒什麼，我們見過更嚴重的場面。」她答道，然後轉向巴德文。

「有什麼需要儘管通知我，伊莎波。」巴德文用嘴唇輕拂她的臉頰。

「當然，巴德文。一路平安。」他往外走時，她低聲道。

「父親書房裡有七封信。」見他哥哥離開後，馬修壓低聲音，以很快的速度對伊莎波說。「亞倫會過來拿信。他知道該怎麼處理。」伊莎波點點頭，眼睛閃爍亮光。

「所以又要開始了。」她悄聲道：「你父親會以你為榮，馬修。」她拍拍他的手臂，拿起他的行李袋。

我們列成一隊——吸血鬼，狗和女巫——穿過城堡的草坪。看到我們出現，直升機的葉片開始慢速旋轉。馬修托住我的腰，把我推進機艙，然後跟著爬上來。

我們起飛了，在燈火通明的城堡上空稍做盤旋，就往東飛，黯淡的黎明天空下，仍看得見里昂的燈火。

第三十二章

往機場途中，我都緊緊閉著眼睛。要等很久以後，我才不會在飛行時想起薩杅。

到了里昂，一切都快得令人目不暇給，效率絕佳。顯然馬修早在七塔時就把一切都安排好了，並通知有關單位我們的飛機是作醫療運輸之用。他取出證件一晃，機場人員看清我臉上的傷勢，就沒有人理會我的抗議，硬把我塞進輪椅，推到飛機前面，一位出入境官員尾隨在後，替我的護照蓋章。巴德文大步走在前面，所有的人都連忙閃到一旁。

柯雷孟專機裝潢得有如豪華遊艇，座椅可以攤平成為臥床，另外有舒適的座椅和桌子自成一區，還有一個小廚房，身穿制服的空服員端著紅酒和冰好的礦泉水待命。馬修把我安頓在一張躺椅上，鋪好支撐的枕頭，減輕我的背部壓力。他佔據離我最近的座位。巴德文獨霸一張大得足夠開董事會的桌子，拿出一大堆文件攤開，登入兩台電腦，然後開始不停地講電話。

起飛後，馬修就勒令我睡覺。我抗議，他就威脅要給我更多嗎啡。我們還在討價還價時，他口袋裡的手機響了。

他看一眼螢幕就說：「馬卡斯。」巴德文從桌上抬起頭來。

馬修按下綠鍵。「哈囉，馬卡斯。我在飛往紐約的飛機上，巴德文和戴安娜跟我在一起。」他說得很快，不給馬卡斯答話的機會。他的兒子只說了幾個字就被掛斷了。

馬修才按掉紅鍵，幾行簡訊立刻出現在螢幕上。需要隱私的吸血鬼，想必會把手機簡訊視為上天賜給他們的恩物。馬修手指在鍵盤上飛舞作答。螢幕轉暗，他給我一個緊張的微笑。

「一切都還好嗎？」我溫和地問，心知必須等我們跟巴德文分開，才會聽到完整的故事。

「是啊，他只是對我們去過哪些地方很好奇。」這番說辭很可疑，時間點更奇怪。

困倦襲來，不需要馬修催促，我就昏睡過去。「謝謝你找到了我。」我道，眼睛已經睜不開了。

他唯一的反應就是垂下頭，默默靠在我肩上。

直到飛機降落在紐約的拉瓜狄亞機場，我才醒來，我們的飛機駛進一個特別保留給私人飛機的區域。我們之所以會飛到這兒，而不是在市區另一頭那個更忙碌、擁擠的機場，足證吸血鬼講究效率與便利的旅行魔法很靈驗。馬修的證件更是效力如神，官員都讓我們加速通行。出了海關與移民局，巴德文就看我們一眼，我坐在輪椅上，他弟弟苦著臉站在一旁。

「你們兩個看起來真是慘絕人寰。」他評論道。

「**Ta gueule**。」[94]馬修一臉假笑說道，聲音很尖刻。儘管我所知的法文有限，也聽得出這是一句不適合在自己的母親面前說的話。

---

[94] 閉上你的狗嘴！

巴德文咧開大嘴，微笑道：「這樣好一點，馬修。我很高興看到你還剩下一點鬥志。你會需要的。」他看一眼手錶，那只錶跟他一樣男性化，是專為潛水員和戰鬥機駕駛員設計的錶，有好多轉盤，能承受負G力。「再過幾小時，我便有個會議，但我要提供妳一點忠告。」

「我都處理好了，巴德文。」馬修用圓滑得隱含危險的腔調說。

「不，你沒有。況且我不是要跟你說話。」巴德文蹲下來，把他龐大的身軀打了好幾個折，以便用那雙神祕的淺褐色眼睛正視我。「妳知道什麼是犧牲子嗎？」

「不太清楚。只知道是西洋棋的術語。」

「對了。」他道：「犧牲子會讓敵人產生安全的錯覺，是為了獲得更大利益而故意放棄的一個東西。」

馬修低吼一聲。

「我知道基本的原則。」我道。

「皮耶堡的情形在我看來很像是犧牲子。」巴德文繼續道，他的眼神堅定不移。「合議會讓妳離開，必定有他們的理由。妳的下一步行動要搶在他們之先。不要像個乖寶寶傻等著輪到妳，也不要受騙以為妳目前的自由代表安全。要判斷怎麼做才能生存，然後就要執行。」

「謝謝。」巴德文雖然是馬修的哥哥，但近距離接觸還是讓我害怕。我伸出包著紗布的右臂，打算跟他握手為別。

「弟妹，我們是一家人，說再見不能用這種方式。」巴德文的聲音帶有淡淡的嘲弄。他不給我時間反應，就抓住我的肩膀，親吻我兩邊臉頰。他的臉從我面前掠過時，刻意吸進我的氣息。這種行為令人有威脅感，我不知道那是否他的本意。他放開我，站起身。「馬修，後會有期。」

「且慢。」馬修尾隨他哥哥而去。他用寬闊的背板擋住我的視線，遞給巴德文一個信封。但再怎麼擋也擋不住信封上那塊圓形的黑蠟。

「你說你不要服從我的命令。但皮耶堡事件後，你也許願意重新考慮。」

巴德文看著那個白色的長方塊。他的臉獰惡地扭曲了幾下，終於轉為無可奈何。他接過信封，低頭道：「我服從您的指揮，長官。」

這個句子非常形式化，是一種固有的儀式，不帶真正的感情。他是一名騎士，馬修是他的上級。技術上，巴德文向馬修的權威屈服。但他雖然服膺傳統，並不代表他喜歡這麼做。他把信封舉到額頭，做了個滑稽的敬禮姿勢。

馬修一直等到巴德文走出視線，才回到我身旁。他握住輪椅的把手。「來吧，我們去拿車。」

隔著大西洋，馬修預先為抵達做好種種安排。我們在巴士站旁領到租來的越野路華，一個穿制服的人把鑰匙交到馬修手中，替我們把行李搬上車，一言不發便離開了。馬修伸手到後座，取出一件顯然為了到極地長途跋涉而不是在紐約過秋天而設計的藍色禦寒外套，在乘客座上鋪了一個鵝絨的窩。

不久我們就開出清晨市區的車陣，進入郊區。導航系統已輸入麥迪森那棟房子的地址，通知我們不到四小時便可抵達目的地。我看著逐漸亮起來的天空，開始擔心莎拉和艾姆見到馬修會有什麼反應。

「我們到家剛好是早餐過後。可有意思了。」莎拉必須在大量咖啡進入血液後才會處於最佳狀態。

「該打個電話，讓她們知道我們什麼時候會到。」

「她們已經知道了。我在七塔打過電話。」

既然一切都在控管之下，嗎啡和疲倦又讓我頭昏，我就樂得安心做個乘客。

我們經過土地貧瘠的小農場和許多因天色不夠亮，廚房與臥室裡還開著燈的小房子。紐約州北部的十月是最美的時節。金紅相間的樹葉像著了火。秋葉落盡後，麥迪森和四周的鄉村就都變成鏽蝕的灰褐色，一直持續到初雪用純淨的雪白棉絮覆蓋大地。

我們轉進通往畢夏普寓所那條滿是車轍痕跡的小路。這棟十八世紀晚期的房子格局方正，空間寬敞，建在一個離大馬路有段路的小山坡上，四周圍繞著老蘋果樹和紫丁香花叢。白色的護牆板迫切需要重新油漆，老舊的柵欄式籬笆有幾處也坍了。好在兩座煙囪都冒出歡迎的白煙，空氣裡瀰漫著秋天燃燒木柴的煙味。

馬修把車開進車道，這兒有許多表面結了一層冰殼的坑洞。越野路華轟然開過去，停在莎拉一度是紫色的破舊老爺車旁。車後新添了好些貼紙。**我另一種交通工具是掃把**，多年以來她的最愛。旁邊貼著**我不是基督徒而且我投票**。又有一張寫著**女巫軍：我們不會靜悄悄消失在黑夜裡**。我嘆了口氣。

馬修關掉油門，看著我說：「應該覺得緊張的人是我。」

「你不緊張嗎？」

「不及妳緊張。」

「每次回家都會讓我表現得像個青少年。我只想霸佔電視遙控器和狂吃冰淇淋。」雖然我很想為了他保持愉快的好心情，但我事實上並不很想回這趟家。

「我想這都可以安排。」他皺著眉頭說：「目前呢，不要再假裝什麼事都沒有發生。妳騙不了我，也騙不了妳阿姨。」

他讓我一個人坐在車上，自顧自把行李提到前門口。我們湊起來的行李數量還滿驚人的，包括兩個電腦包，我那個不登大雅之堂的耶魯行李袋，還有一個可能讓人誤以為是維多利亞時代原裝貨、造型優雅的真皮行李箱。此外還有馬修的醫療包、他的灰色長大衣、我色彩鮮豔的新禦寒外套，外加一箱葡萄酒。最後這件是出於馬修的先見之明。莎拉偏愛酒精成分較高的酒，艾姆則是滴酒不沾。

馬修回來把我從車上抱下來，我的腳步搖晃。安全上了階梯，我小心翼翼把重心放在右腳踝上。我們一起面對這棟房子十八世紀的紅門。它兩側有小窗戶，可以窺視前廳。每盞燈都開亮了歡迎我們。

「我聞到咖啡味。」他低頭對我微笑，說道。

「那她們已經起來了。」熟悉的老門把，我一碰就開了。「照例沒上鎖。」我趁著喪失勇氣前，提高戒備走了進去。「艾姆？莎拉？」

一張便條上有莎拉堅定的黑色字跡，貼在樓梯口的柱子上。

「外出。覺得房子需要先跟你們獨處一下。腳步放慢一點。馬修可以住艾姆的舊房間。妳的房間已準備好了。」還有一個附筆，是艾姆的圓形字跡。「你們兩個一起住妳爸媽的房間。」

我眼睛掃過跟大廳連接的各個房間。門都敞開著，樓上沒有撞擊的聲音。就連通往家族休息室的兩扇棺材門㊙都很安靜，沒有瘋狂地甩動鉸鏈。

「這是好預兆。」

「什麼？她們不在房子裡嗎？」馬修很困惑。

「不，是安靜。這棟房子對待新訪客是出了名的不安分。」

「這棟房子鬧鬼？」馬修頗感興趣地四下張望。

「我們是女巫——房子當然鬧鬼。但不止這樣。這棟房子……是活的。它對訪客有自己的一套看法，房子裡畢夏普家族的人愈多，它就鬧得愈凶，所以莎拉和艾姆才會離開。」

一點磷火在我的周邊視野裡飄進飄出。我不曾見過面、去世多年的外婆，坐在家族休息室的火爐旁一張我沒看過的搖椅裡。她看起來年輕貌美，跟樓上樓梯口她結婚照片裡一模一樣。她微笑時，我也掀起嘴角回應。

「外婆？」我試著喊。

㊙ coffin door原本是舊式住宅特別設置的一個出入口，家中有人去世，經過守靈、入殮後，棺木由此出入，以免為房子帶來晦氣。但女巫的住宅不一樣，此處的門不直接通往室外，而是真正用棺材板做的門。

他長得好俊，是不是？她眨眨眼睛道，她的聲音像蠟紙般沙沙作響。

另一個腦袋從門框後面蹦出來。我也這麼覺得。另外這個鬼表示同意。不過他早該死了。

外婆點點頭。應該如此，伊麗莎白，但他不一樣。我們會習慣的。

馬修看著家族休息室的方向。「那兒有人。」他好奇地說：「我幾乎聞得到，也聽得見隱約的聲音。但我看不見她們。」

「鬼魂。」我想起古堡的地牢，四下找尋我的母親和父親。

哦，他們不在這兒。外婆悲傷地說。

我很失望，於是把注意力從死掉的親戚轉移到屬於不死族的丈夫身上。「我們上樓去把行李放好。這樣可以給房子一個認識你的機會。」

我們還沒動，就有一個墨黑的毛球發出一聲毛骨悚然的尖叫，從房子後面衝過來。牠在離我一呎遠處驀然停下，變成一隻口吐嘶嘶聲的貓，然後拱起背，又怪叫一聲。

「我也很高興見到你，塔比塔。」莎拉的貓討厭我，我也對牠沒好感。

塔比塔收回脊椎，恢復正常形狀，昂首闊步向馬修走去。

「一般而言，吸血鬼跟狗在一起比較自在。」塔比塔纏上他的腳踝時，他道。

塔比塔以貓科動物萬無一失的直覺，立刻察覺馬修的不安，而且下定決心要改變他對牠這個物種的觀感。牠把頭靠在他小腿上，大聲打呼嚕。

「難以置信。」我道。對塔比塔而言，這種示好行為可說是百年難得一見。「牠真是全世界有史以來最變態的貓。」

塔比塔對我嘶吼了幾聲，又繼續做出一副陶醉狀，專心跟馬修的小腿親熱。

「別理牠。」我建議道，便一跛一跛向樓梯走去。馬修立刻提起所有箱籠，跟了上來。

我抓緊欄杆，慢慢往上爬。馬修亦步亦趨跟著我。他興致勃勃，眼神發亮，對於接受這棟房子考核一事，好像一點也不緊張。

但我卻因預期會發生什麼事而全身緊繃。牆上掛的畫曾經砸在毫無防備的客人身上，門和窗戶會突如其來敞開或關上，燈會毫無預警地開亮或熄滅。一直爬到樓梯頂端都沒出事，我不禁鬆了一口氣。

「我的朋友來過我家的不多。」見他挑起一邊眉毛，我解釋道：「跟他們約在雪城的購物中心見面比較簡單。」

樓上的房間分據中央樓梯四面，形成一個正方形。艾姆和沙拉的房間在前面，俯視車道，我父母的房間在後面，可以眺望田野和已逐漸讓位給橡樹和楓樹林的老蘋果園一角。門開著，裡面燈亮著，我有點遲疑地走向那個充滿歡迎意味的金色長方塊，跨進門內。

房間裡既溫暖又舒適，寬大的床上鋪好了被褥與枕頭。除了素面的白色窗簾，所有東西都不成套。白松木地板上有大到可以吞下一把髮刷的縫隙。浴室迎光敞開，暖氣在裡面噗嘟噗嘟、嘶嘶作響。

「鈴蘭花。」馬修道，他的鼻子對所有新奇的味道翕張。

「我母親最喜歡的香水。」一個瓶頸上繫著褪了色的黑白千鳥格紋絲帶的迪奧Diorissimo香水舊瓶子，仍放在五斗櫃上。

馬修把所有袋子放在地上。「妳在這裡會覺得不安嗎？」他眼神很擔憂。「妳可以去睡妳的老房間，就像莎拉建議的。」

「不可能。」我堅決地說：「那房間在閣樓上，浴室卻在這兒，而且我們兩個不可能睡一張單人床。」

馬修轉開頭：「我以為我們可能——」

「我們不能分床睡。我是你的妻子，不會因為周圍都是女巫而不是吸血鬼就打折扣。」我打斷他的話，把他拉過來。房子嘆口氣，往地基上一靠，好像準備打起精神，展開馬拉松式長談。

「但也許會比較方便——」

「對誰？」我再次打斷。

「對妳。」他道：「妳全身在痛，一個人睡一張床會比較安穩。」

沒有他在我身旁，我根本不可能入睡。我不想直截了當這麼說，免得他更擔心，所以就把手掌貼在他胸前，分散他對睡覺這回事的注意。「吻我。」

他嘴巴動了動，想說不，但眼神卻說好。我把身體也靠上去，他用一個既甜蜜又溫柔的吻回應。

「我還以為失去妳了。」我們分開時，他用額頭抵著我的前額，低聲說道。「永遠失去了。現在我好怕妳會因為薩杜做的那些事碎裂成一千片。妳出了任何事，我都會發狂。」

我的氣味包圍著馬修，他總算放鬆了一點。他的手往下滑動，摟住我的臀部，整個人變得更輕鬆。我的屁股相對而言，幾乎沒受什麼傷，他的觸摸既是慰藉，又像有電流衝擊。經歷薩杜的折磨後，我對他的需求更加強烈。

「你感覺得到嗎？」我抓住他的手，把它放在我胸口正中央。

「感覺什麼？」他表情很困惑。

我不確定該怎樣讓他的超感覺能力產生感應，就專心思考他第一次吻我時，舒捲開來的那條鎖鍊。當我用想像的手指撥弄它，它發出一種穩定、低沈的吟唱聲。

馬修輕呼一聲，臉上有不可思議的表情。「我聽見一種聲音。是什麼？」他彎下腰，把耳朵貼在我胸前。

「是你，在我裡面。」我道：「你是我的碇泊——你是一個錨，在銀色長鍊的另一端。所以我才對你那麼認定，我想。」我聲音降低：「只要能感覺到你——跟你保持這樣的聯繫——不論薩杜說什麼做什麼，我都能忍受。」

「這就像妳用心靈跟拉卡沙說話時，妳的血液發出的聲音，或當妳召喚巫風時。現在我知道該聽什麼了，真的聽得見。」

伊莎波曾說，她能聽見我的血液歌唱。我試著讓鍊子的音樂變得更大聲，它的震動傳遞到我全身。

馬修仰起頭，給我一個燦爛的微笑。「太神奇了。」

吟唱聲變得更強烈，我再也控制不住貫穿我身體的能量脈動。上空忽然迸發出幾十顆星星，生氣勃勃地在房間裡竄射。

「不好！」幾十隻鬼魂的眼睛刺痛我的背。房子把門都關緊，擋住我祖先好奇的眼光，他們都湊攏來欣賞煙火表演，好像慶祝國慶。

「那是妳做的嗎？」馬修用心看著關上的門。

「不是。」我熱切地解釋：「煙火是我弄出來的。但門是房子關的。它很在意隱私。」

「感謝上帝。」他低聲道，用力攬住我的臀部，跟他緊貼在一塊兒，然後用一種讓門背後的鬼魂都開始喃喃抱怨的方式再次吻我。

煙火在五斗櫃上空幻化成一大蓬湖綠色的光芒後消失。

「我愛你，馬修・柯雷孟。」我一有機會就趕快說。

「我也愛妳，戴安娜・畢夏普。」他很正式地回答。「但妳阿姨和艾米莉一定凍壞了。帶我去看這棟房子其餘的部分，好讓她們早點回來。」

我們逐一巡視二樓的其他房間，目前大都沒在使用，塞滿了雜七雜八的小東西，多半是嗜好參觀大掃除拍賣的艾姆尋回來的寶，以及所有莎拉唯恐有朝一日還用得著、捨不得丟掉的垃圾。

馬修扶我上樓，去到我捱過青春期的閣樓小臥房。牆上還貼著歌星的海報，整體濃豔的紫色調和綠色調，記錄著一個少女自以為有品味的配色嘗試。

下了樓，我們先探索招待賓客專用的幾個正式房間——位於前門一側的家族休息室，它的對面是辦公室和小會客室。我們穿過很少使用的餐廳，進入整棟房子的心臟——一間大得可以兼做看電視與用餐的起居室，另一頭還有個廚房。

「看來艾姆又在做針線活了。」我道，拿起一幅繡了一半的花籃圖案的帆布。「莎拉放棄戒煙了。」

「她抽煙嗎？」馬修吸進一大口空氣。

「面臨壓力的時候才抽。艾姆逼她到室外抽——不過還是聞得到。會讓你不舒服嗎？」我問道，強烈意識到他可能會對香煙的味道很敏感。

「天啊，戴安娜，我聞過更難聞的東西。」他答道。

洞窟似的大廚房有一座磚砌的烤爐，以及一個可以容人站在裡面的火爐，佔據了整面牆。這兒既有現代化的設備，也有被掉落的鍋子、渾身濕透的動物、泥濘的鞋子，以及其他跟女巫有關的東西蹂躪了兩百年的石頭地板。我把他帶進隔壁莎拉的工作室。這本來是一間獨立的夏季廚房，現在雖然跟主屋連接在一起，卻還保留了掛大湯鍋的活動吊鉤，烤肉用的炙叉。天花板上掛著藥草，還有一個儲物小閣樓，放著待乾燥的果實與裝乳霜與魔藥的瓶瓶罐罐。參觀結束，我們回到廚房。

「這個房間好咖啡啊。」我打量著室內布置，同時把門廊上的燈連續開關了幾次，這是畢夏普家沿用多年，表示可以安全進入的訊號。這裡有咖啡色的冰箱、咖啡色的木櫃、溫暖的咖啡紅磚塊、咖啡色的轉盤撥號電話、陳年的咖啡格子壁紙。「它需要重新漆成純白色。」

馬修抬起下巴，眼睛轉往後門。

「二月最適合動工，如果妳自告奮勇擔任這項工作。」後門玄關傳來一個低沈而宏亮的聲音。莎拉穿著牛仔褲和一件過大的法蘭絨格子襯衫，從轉角走進來。她一頭紅髮亂糟糟，臉頰也凍得通紅。

「哈囉，莎拉。」我退到水槽前面，說道。

「哈囉，戴安娜。」莎拉盯著我眼睛下面的淤青不放。「這位就是那個吸血鬼，我猜？」

「是的。」我點頭，再次走上前，為他們引見。莎拉犀利的眼睛已轉往我的腳踝。「莎拉，這是馬修・柯雷孟。馬修，我的阿姨，莎拉・畢夏普。」

馬修伸出右手。「莎拉。」他道，毫不遲疑迎上她的眼光。

她嘟起嘴巴，算是回應。她跟我一樣，長著典型的畢夏普下巴，對她整張臉其他部分而言，這下巴稍嫌長了一點。它現在往外突出，顯得更長。

「馬修。」他們的手碰觸時，莎拉退縮了一下。「沒錯。」她稍微偏一下頭說：「他絕對是個吸血鬼，艾姆。」

「多謝妳幫忙，莎拉。」艾姆抱怨道，滿臉不耐煩地捧著一抱細木柴走進來。她比我和莎拉都高，閃亮的銀色短髮不知怎麼就是讓她顯得比頭髮的顏色暗示的年輕。她看見我們站在廚房裡，瘦窄的臉便綻放出喜悅的微笑。

馬修跳起身來，從她手中接過木柴。第一波問候時缺席的塔比塔又跳出來，一路在他兩腳之間畫8字，阻撓他去壁爐的路。但宛如奇蹟，這吸血鬼一直走到房間另一頭都沒踩到牠。

「謝謝你，馬修。還有謝謝你帶她回家來。我們一直好擔心。」艾姆甩甩手臂，幾片樹皮屑從她毛衣上掉下來。

「不客氣，艾米莉。」他說，聲音宏亮圓潤，有種令人無法抗拒的親切。艾姆看起來已經被迷住了，莎拉比較難對付，雖然她也難以置信地看著塔比塔努力往馬修手臂上爬。

我正想趁艾姆看清我的臉之前躲到暗處，但已經來不及了。她輕呼一聲，大受驚嚇：「哦，戴安娜。」

莎拉拖過來一張矮凳。「坐下。」她命令道。

馬修緊抱雙臂，好像在壓抑干預的欲望。他保護我的狼性需求並沒有因為我們來到麥迪森而稍減，他不願意看到我跟其他超自然生物接近，對象也不僅限於吸血鬼而已。

我阿姨的目光從我的臉下移到我的鎖骨。「我們來把襯衫脫了。」她道。

我聽話地動手解鈕扣。

「也許我們該到樓上給戴安娜做檢查。」艾姆擔心地看一眼馬修。

「我想他應該不會看到什麼他沒看過的東西。你不餓，是吧？」莎拉道，頭也不回。

「不餓。」馬修淡然道：「我在飛機上吃過了。」

我阿姨的眼睛掃過來，我脖子一陣陣刺痛。艾姆也盯著看。

「莎拉！艾姆！」我很不高興。

「只是看一看嘛。」莎拉溫和地說。我襯衫已經脫下來了，所以她看見我手臂上的紗布，我包得像個木乃伊的身體，以及其他的傷口與淤青。

「馬修已經替我做過檢查。他是醫生，記得吧？」

她摸我的鎖骨，我齜牙咧嘴。「但是他沒看到這裡，這是道細如髮絲的裂傷　」她伸手摸我的顴骨。

我再次苦了臉。「她的腳踝怎麼了？」照例，在莎拉面前，我什麼事都瞞不住。

「嚴重扭傷加上表皮有一級和二級燒傷。」馬修盯著莎拉的手，如果她再弄痛我，就準備把她轟開。

「一個人怎麼會在同一個部位既有燒傷，又有扭傷？」莎拉像考醫科一年級生一般盤問馬修。

「因為被一個虐待狂的女巫倒吊起來。」我替他回答，莎拉繼續檢查我的臉，我稍微扭動一下。

「那下面是什麼？」莎拉好像沒聽見我說話似的，指著我的手臂問。

「一道深到必須縫合的割傷。」馬修耐心作答。

「你替她敷了什麼？」

「止痛劑，一種可使腫脹減到最小的利尿劑，還有一種廣效性抗生素。」他的聲音幾乎毫無不悅。

「為什麼她要包紮得像個木乃伊？」艾姆咬著嘴唇問道。

我的臉色頓時變得蒼白。莎拉停下她正在做的事，先探索地看我一眼才說話。

「那個等一下再處理，艾姆。照次序來。誰這麼對待妳，戴安娜？」

「一個名叫薩杜．哈維倫的女巫。我猜她是瑞典人。」我手臂自衛地在胸前交叉。

馬修抿緊嘴唇，他離開我身旁，過去把更多木柴塞進爐子裡。

「她不是瑞典人，是芬蘭人。」莎拉道：「而且法力很強。但下次我看見她，一定要叫她巴不得不曾出生。」

「等我懲治過她，恐怕不會留下什麼。」馬修低聲道：「所以如果妳真的想對她下手，一定要搶先找到她。不過本人的行動速度是出名的快。」

莎拉評估地看他一眼。她的話只不過是威脅，馬修的話卻截然不同，那是一項承諾。「除了你還有誰照顧戴安娜？」

「家母和她的管家瑪泰。」

「她們懂得古老的藥草療法。不過我還可以做些補強。」莎拉捲起袖子。

「這時候施巫術不嫌早了嗎？妳喝夠咖啡了嗎？」我哀求地看著艾姆，默默拜託她叫莎拉住手。

「讓莎拉處理，親愛的。」艾姆牽起我的手，暗中捏了一下。「她早點做完，妳就可以早點痊癒。」

莎拉的嘴唇已開始蠕動。馬修湊過來看，一副著迷的樣子。她把指尖放在我臉上。下面的骨頭發出一陣電流通過的刺痛，啪一聲裂縫就接合在一起。

「哎喲！」我捧著臉。

「只有一點小刺痛。」莎拉道：「妳夠強壯，撐得過這些傷害——治療當然沒有問題。」她對著我的臉頰觀察了一會兒，滿意地點點頭，便轉去處理我的鎖骨。修補它需要的電流比較強大，因為這部位的骨頭比較粗。

「脫掉她的鞋子。」她一邊往食物儲藏室走，一邊吩咐馬修。他是有史以來最大材小用的醫療助手，但他毫無怨言地服從她的命令。

莎拉拿著一罐她的藥膏回來時，馬修已經把我的腳架在他腿上。「樓上我的醫療包裡有剪刀。」她旋開罐頭時，他好奇地嗅著，並問我阿姨：「要我去拿來嗎？」

「不需要。」莎拉嘟囔了幾個字，對我的腳踝比個手勢，紗布就自動解開。

「真方便。」馬修羨慕地說。

「愛現。」我低聲道。

所有的紗布自動捲成一個球，捲完後，每隻眼睛都瞪著我的腳踝。它看起來還是很悲慘，而且開始出水。莎拉鎮定地開始念新的咒語，但是脹紅的臉透露出她心中的怒火。她作法完畢後，黑色和白色的痕跡都消失了，雖然我腳踝周圍仍然有一圈腫脹，關節卻明顯地小了很多。

「謝了，莎拉。」我扭動我的腳活絡筋骨，等她把新鮮的藥膏塗抹在皮膚上。

「妳一整個星期不能做瑜伽——三個星期不能跑步，戴安娜。它需要時間休息，才能完全康復。」她又念了幾句咒語，對一捲新紗布比個手勢，它就自動纏繞在我的腳和腳踝上。

「太神奇了。」馬修搖頭晃腦又說了一遍。

「你介意我看看手臂嗎？」

「完全不會。」他聽起來簡直是迫不及待。「肌肉有點損傷。妳能修補嗎，還有皮膚？」

「或許可以。」莎拉語氣裡只有一點點的自滿。十五分鐘再加上一些含糊不清的咒語，薩杜割開的傷口就只剩下縱貫我手肘的一條細細的紅線。

「做得真好。」馬修把我的手臂轉來轉去，欣賞莎拉的技術。

「你也不錯，縫合得很漂亮。」莎拉大口喝下一杯水。

我伸手去拿馬修的襯衫。

「妳也該看看她的背。」

「我可以等。」我狠狠瞪了他一眼。「莎拉累了。我也累了。」

莎拉的眼光從我看到吸血鬼。「馬修怎麼說？」她把我的位階編排到最後一號。

「我要妳治療她的背。」他定睛看著我說。

「不要。」我把他的襯衫緊抓在胸前說道。

他蹲在我面前，手放在我膝上。「妳已經看見莎拉的能耐。讓她幫助妳，妳會早點康復。」

康復？隨便什麼巫術都不能治癒皮耶堡給我的創傷。

「求求妳，我的愛。」馬修溫柔地從我手中抽走揉成一團的襯衫。

我勉為其難同意了，艾姆和莎拉繞著我研究我的背時，傳來一陣陣女巫的凝視產生的刺痛，本能催促我趕快逃跑。但我盲目地伸手找馬修，他把我兩隻手緊緊握住。

「我在這裡。」莎拉念第一條咒語時，他向我保證。紗布沿著我脊椎兩側分開，她的咒語很輕鬆就將它裁開。

艾姆大聲倒抽了一口氣，還有莎拉的沈默，都讓我得知，那些傷口已暴露出來。

「這是破開咒。」莎拉憤怒地瞪著我背心說。「這個咒語不能用在活的生物身上，她可能會殺死妳。」

「她想把我的魔法掏出來——就像我是個皮納塔⑯。」我的背露出來以後，我的情緒又開始大幅起落，想到我被掛在一棵樹上，讓蒙著眼睛的薩杜用棍子打我，我差點咯咯大笑。馬修注意到我歇斯底里的傾向愈來愈嚴重。

「莎拉，妳愈早完成愈好。我沒有催妳的意思，當然。」他說得有點慌張，我可以想像他面對怎樣的目光。「我們可以稍後再聊薩杜。」

莎拉使用的每一種法術都讓我聯想到薩杜，有兩個女巫站在我背後，更讓我的心念不斷重返皮耶堡。我向自己內心的最深處挖掘，尋求庇護，讓自己的心智麻木。莎拉施展了更多魔法。但我再也無法忍受，只好聽任靈魂漫無目的地漂泊。

「差不多完成了嗎？」馬修問道，他的聲音因擔心而變得非常緊張。

「有兩個傷痕我處理不了。它們會留下疤痕。就是這兒。」莎拉用手在我肩胛骨之間畫出一個星形。「還有這兒。」她的手下移到我的尾椎，從肋骨到肋骨，呈弧形橫跨我的腰。

我的心思不再空白，烙上與薩杜的手勢相同的圖案。

一顆星掛在新月之上。

「他們懷疑到了，馬修！」我喊道，恐懼地趴在矮凳上不能動彈。馬修抽屜裡的印信在我記憶中浮現。它們隱藏得那麼妥善，我憑直覺就知道，那個騎士團一定也是個深藏的祕密。但薩杜知道它，換言之，合議會裡其他的巫族很可能也知道這事。

「達令，怎麼回事？」馬修把我擁進懷裡。

我拼命想推開他，要他聽我說。「我拒絕放棄你時，薩杜在我身上做了記號——用你的印信。」

他在懷裡翻轉我的身體，盡可能不讓我的肉體暴露太多。當他看見我背上的痕跡，整個人都愣住了。

「這已經不只是懷疑，他們真的已經發現了。」

「你們在說什麼？」莎拉質問。

「請把戴安娜的襯衫交給我。」

「我覺得這些疤痕不算嚴重。」我阿姨自衛地說。

「襯衫。」馬修的語氣冰冷。

艾姆把襯衫扔給他。馬修溫柔地替我把袖子套上，把兩側拉到前面。他藏起自己的眼睛，但看得出他額頭上的血管跳得很劇烈。

「對不起。」我低聲道。

「妳沒什麼好對不起的。」他捧起我的臉。「任何吸血鬼都會知道妳屬於我——不論妳背上是否有烙印。薩杜只是要確認所有其他超自然生物也都知道妳屬於誰。我重生的時代，凡是把身體交給敵人的女人，都會被剃光頭髮。那是一種揭發叛徒的粗糙手法。就跟這個一樣。」他望向別處。「是伊莎波告訴妳的嗎？」

「不是。我找紙的時候，發現了那個抽屜。」

「見鬼了，這是怎麼回事？」莎拉怒道。

「我侵犯了你的隱私，我不應該。」我抓緊馬修的手臂悄聲說。

他退後一點，無法置信地看著我，然後把我一把抱住，完全不在乎會不會弄痛我的傷口。好在莎拉的巫術高強，幾乎沒什麼殘餘的疼痛。「天啊，戴安娜，薩杜告訴過妳我做過什麼事。我跟蹤妳回家，闖進妳的房間。何況，我怎能怪妳自己發現本來應該由我親口告訴妳的事？」

廚房裡傳來一聲旱雷，鍋碗瓢盤都震得喀啦作響。

---

⑯ Piñata是一種用紙紮或黏土做成的容器，裡面裝滿糖果、玩具、錢幣等，外面用彩繪及裝飾，在慶典中懸掛起來，待慶祝達到高潮時，眾人用棍棒把它打破，搶拾掉出來的禮物。這種活動在歐洲和美洲都很常見，在墨西哥尤其是慶生和慶祝耶誕節的必備節目。

雷聲平息後，莎拉揚言：「如果某人不立刻告訴我們究竟怎麼回事，就要天翻地覆了。」一個咒語浮到她唇邊

我的手指刺痛，風在我腳下盤旋。「退後，莎拉。」風在我血管裡咆哮，我站到莎拉和馬修中間。我阿姨還在喃喃念咒，我瞇起眼睛。

艾姆警覺地拉住莎拉。「不要逼她，她控制不住。」

我看到我左手持弓，右手持箭。它們感覺很沈重，卻又有種奇異的熟悉感。我看見莎拉就在幾步開外。我毫不遲疑舉起手臂，彎弓搭箭，準備發射。

我阿姨的咒語念到中途，忽然停下。「我的老天爺！」她倒抽一口涼氣，無法置信地看著艾姆。

「親愛的，把火放下。」艾姆做出投降的手勢。

我困惑地重新檢視自己的手，手裡並沒有火。

「房子裡不可以。如果妳要發動巫火，我們到外面去。」艾姆道。

「冷靜下來，戴安娜。」馬修把我的手壓到身體兩旁，弓和箭的沈重手感消失了。

「我不喜歡她那樣威脅你。」我的聲音有回音，聽起來很奇怪。

「莎拉沒有威脅我，她只是想知道我們在說什麼，我們必須告訴她。」

「但那是祕密。」我困惑地說。我們必須保密——不能跟任何人說——所有與我的魔法和馬修的騎士團有關的事。

「不再有祕密了。」他堅決地說，他的氣息吹在我脖子上。「祕密對我們兩個都不好。」風沈寂下來，他把我拉過去緊靠著他。

「她一直這麼瘋瘋癲癲，無法控制嗎？」莎拉問道。

「貴外甥女表現非常優秀。」馬修反唇相稽道，仍然摟著我。

莎拉和馬修隔著廚房對峙。

「我也覺得還不錯啦。」這場無聲的戰爭結束時，莎拉勉強給自己下台階說道：「不過妳該早點告訴我，妳會控制巫火，戴安娜。這是種非同小可的能力。」

「我什麼也控制不了。」我忽然覺得筋疲力盡，不想再站著。我的腿也有同感，開始發軟。

「上樓。」他道，語氣不容爭辯。「我們到樓上再談。」

在我父母的房間裡，馬修又給我服了一劑止痛藥和抗生素，便送我上床。他在那兒講了更多與薩杜的記號有關的事。他說話的時候，塔比塔紆尊降貴地坐在我腳上，只為了能靠他的聲音近一點兒。

「薩杜留在戴安娜身上的記號，代表的是一個……我的家族在很多年前創立的組織。大多數人已經遺忘了它的存在，還記得的人也以為它早已不存在。我們希望保持這種假象。但薩杜用令外甥女背上的月亮與星星標示她屬於我，同時也公開透露，巫族已發現了我家族的祕密。」

「這個祕密組織有名字嗎？」莎拉問道。

「你不需要把每件事都告訴她們，馬修。」我伸手去握他的手，透露太多拉撒路騎士團的內幕會有危險。我感覺危險慢慢滲出，像一團烏雲包圍著我，我不希望把莎拉和艾姆也捲進來。

「伯大尼的拉撒路騎士團。」他說得很快，好像害怕會失去決心。「那是一個很古老的騎士組織。」

莎拉哼了一聲：「沒聽過。就像哥倫布騎士團⑰嗎？他們在歐尼達有個分會。」

「不怎麼像。」馬修的嘴抽搐了一下。「拉撒路騎士團可以追溯到十字軍東征的年代。」

「那次我們看一個關於十字軍東征的電視節目，不是也提到過一個騎士團嗎？」艾姆問莎拉。

「聖殿騎士團。但那些陰謀理論全是胡說八道。現在聖殿騎士團根本不存在了。」莎拉很有把握地

---

⑰ **Knights of Columbus**一八八二年成立於美國，是世界上最大的天主教兄弟會組織，從事樂善助人的活動，藉由捐款、捐血和志工服務等途徑，幫助窮困或陷於急難的人。

說。

「女巫和吸血鬼本來也應該不存在的，莎拉。」我指出。

馬修握住我手腕，冷冷的手抵著我的脈搏。

「聊天結束了。」他堅決地說：「要討論拉撒路騎士團是否存在，以後有的是時間。」

馬修把心不甘情不願的艾姆和莎拉送出去。我的阿姨一進入走廊，房子就主動接手，把門關起來，插銷喀搭扣上。

「我沒有那個房間的鑰匙。」莎拉對馬修喊道。

馬修毫不在意，自顧自地爬上床，把我摟在臂彎裡，讓我的頭貼著他的心臟。每次我想說話，他就噓我，要我安靜。

「以後。」他一再說。

他的心跳了一下，隔了幾分鐘，又一下。

它跳第三下之前，我已沈沈睡去。

第三十三章

疲勞、藥物，加上家的熟悉感，讓我一睡就是好幾個小時。醒來時我趴著，一邊膝蓋彎曲，一手伸直，徒然在摸索馬修的蹤影。

我全身無力，坐不起來，只能把頭轉向門口。鎖孔裡插著一根大鑰匙，外面有隱約的說話聲。我逐漸擺脫半夢半醒的恍惚，低語聲也變得清晰起來。

「太可怕了。」馬修斷然道。「妳們怎能任由她這樣下去？」

「當初我們不知道她的力量有多大——不完全知道。」莎拉的聲音同樣憤懣。「因為有那樣的父母，所以她生來註定不一樣。但我從來沒想到會有巫火。」

「妳剛才怎麼知道她要召喚巫火，艾米莉？」馬修聲音放柔和了一點。

「我小時候在鱈角看過一個女巫召喚巫火。那時她大概七十歲吧。」艾姆道：「我永遠忘不了她的模樣，還有那種力量接近時的感覺。」

「巫火是致命武器。沒有一種咒語擋得住它，沒有一種巫術能治療它的燒傷。我母親教我如何辨識它——硫磺的氣味、女巫手臂的動作——希望我能保護自己。」莎拉道：「她告訴我，召喚巫火的時候，女神會出現。我還以為這輩子直到進墳墓都不會親眼看見巫火了，當然沒想到我的外甥女會在我的廚房裡用它對付我。巫火——還有巫水，是嗎？」

「我本來希望巫火是隱性的。」馬修坦承。「告訴我，史蒂芬．普羅克特是怎麼回事。」直到不久前，像他這時採用的權威語氣，似乎只是曾經身為軍人留下的痕跡。但現在我知道了拉撒路騎士團，也就明白他仍然保有軍職身分。

但莎拉可不習慣任何人對她發號施令。她張牙舞爪道：「史蒂芬很注重隱私，他從不拿自己的力量到處招搖。」

「這就難怪女巫不惜挖也要把它挖出來。」

我緊緊閉上眼睛，不想看我父親的屍體，從喉嚨到鼠蹊都被割開，以便其他巫族了解他的魔法。我差點就落得跟他相同的命運。

馬修在走廊裡踱來踱去，房子對他高大身軀造成的不尋常負荷提出抗議。「他是個經驗豐富的巫師，但仍然不是他們的敵手。戴安娜或許遺傳了他的能力——再加上芮碧嘉的，願上帝幫助她。但她沒有他們的知識，這使得她很無助。恐怕她只會淪為現成的靶子。」

我繼續恬不知恥地在旁竊聽。

「她又不是一台電晶體收音機，馬修。」莎拉防衛地說：「戴安娜來投靠我們時，又沒有附帶電池和使用說明書。我們已經盡力了。芮碧嘉和史蒂芬遇害後，她變成一個不一樣的小孩，退縮到沒有人能接近她。我們該怎麼辦？強迫她面對她下定決心要否認的東西？」

「我不知道。」馬修的憤怒清晰可聞：「但妳們不應該就這樣把她丟在一旁，那個女巫囚禁她超過十二個小時。」

「我們會教她所有她該知道的事。」

「為了她好，最好不要花太久。」

「這得花她一輩子。」莎拉反駁道：「魔法又不是做繩編，需要時間的。」

「我們沒有時間。」馬修怒道，地板的嘎吱聲讓我知道，莎拉已出於直覺，跟他拉開距離。「合議會一直在玩貓捉老鼠的遊戲，但戴安娜身上的記號顯示，這一階段已經過去了。」

「我外甥女身上發生了這種事，你怎敢稱之為『遊戲』？」莎拉提高了嗓門。

「噓。」艾姆說：「你們會吵醒她。」

「有什麼能幫助我們了解戴安娜是如何被咒語禁制的嗎，艾米莉？」馬修改成了耳語。「妳還記得芮碧嘉和史蒂芬前往非洲的前一天，發生過什麼事嗎——小細節，他們擔心的事？」

咒語禁制。

這個字眼在我心中回響，我慢慢坐起身。咒語禁制只用在最緊急的時刻——生命受到威脅、瘋狂、無法控制的純粹邪惡。就算只是威脅要用這種手段，也會招來其他女巫的責難。

咒語禁制。

等我站起身，馬修已趕到我身旁。他皺著眉頭：「妳需要什麼？」

「我要跟艾姆談談。」我的手指在猛烈甩動，逐漸變藍。我從保護腳踝的繃帶裡伸出來的腳趾，也有同樣的表現。我從他身旁硬擠過去時，腳上的紗布勾到松木地板上翹出來的一根舊釘子。

莎拉和艾姆等在樓梯口，臉上有畏懼的表情。

「我到底出了什麼問題？」我質問。

艾姆鑽進莎拉臂彎。「妳沒有問題。」

「妳們說我受到咒語禁制，是我母親下的手。」我是個惡魔。只能這麼解釋。

艾米莉聽見我的思想，跟我大聲說出來一樣清晰。「妳不是惡魔，親愛的。芮碧嘉這麼做，只是因為她擔心妳。」

「妳的意思是，她怕我。」我的藍手指提供讓人害怕的好理由。我想把手藏起來，卻又不想燒破馬修的襯衫，只好冒著讓整棟房子著火的危險，把手擱在木造樓梯的舊欄杆上。

小心地毯，姑娘！家族休息室那個高個子女鬼從莎拉和艾姆的房門口探出頭來，焦急地指著地板。我稍微抬高腳趾頭。

「沒有人怕妳。」馬修用結霜的強度專心盯著我背部，用意志力要我轉身面對他。

「她們就怕。」我用發光的手指指著我兩個阿姨，緊盯著她們不放。

我也怕，另一個死去的畢夏普招認，這是個十來歲的男孩，有點暴牙，手裡提著採集野莓的籃子，穿一件撕破的及膝褲。

我繼續怒目而視，我兩個阿姨都後退一步。

「妳儘管有權一直沮喪下去。」馬修挪過來，站在我正後方。起風了，他的目光在我大腿上塗抹了厚厚一層雪。「現在巫風出現，是因為妳覺得中了圈套。」他悄悄挨近一點，我腳邊的風勢變強了。「瞧？」

是的，那種翻騰的感覺比較像是沮喪而不是憤怒。我暫且放下咒語禁制的問題，轉身想進一步詢問他的看法。我手指上的顏色已經淡去，也不再發出劈啪聲了。

「妳得試著了解。」艾姆哀求道：「芮碧嘉和史蒂芬去非洲是為了保護妳。他們對妳設咒語禁制，也是出於同樣的理由。他們唯一的心願就是妳能安全。」

房子透過所有的木料發出一聲嘆息，然後屏住呼吸，古老的木桁梁嘎吱作響。

一股寒意從我心底湧出，氾濫全身。

「他們會死是我的錯？他們去非洲，有人殺死他們——都是因為我？」我震驚地看著馬修。

不等回答，我就盲目地衝下樓，腳踝的痛楚或任何其他事我都不在乎，只想逃走。

「不，莎拉。讓她去。」馬修急切地說。

房子的每一扇門都在我面前敞開，我通過後，它們就砰然關上。我穿過前廳、餐廳、起居室，進入廚房。我把莎拉的園藝膠鞋套在光腳上，它的塑膠表面清涼而光滑。一到戶外，我就循著每當家族給我的壓力太沈重時的往例，往樹林裡跑。

直到穿過枝椏紛亂的蘋果樹，進入古老的白橡樹和糖楓樹的陰影，我才放慢腳步。我氣喘噓噓，震驚和疲倦令我全身抖顫，這才注意到，我站在一棵寬度和高度幾乎相當的大樹下。向四方伸展的低枝幾乎觸及地面，紅色和紫色的深裂緣樹葉，映著灰色的樹幹相當醒目。

我整個童年和青春期，都把我的心碎和寂寞對著它的樹幹傾吐。許多個世代的畢夏普族人都在這兒找到相同的慰藉，把他們名字的縮寫刻在樹上。我也用鉛筆刀在我母親從前留下的「ＲＢ」字母旁邊留下刻痕，我描摹了一會兒舊刻的紋路，終於在粗糙的樹幹下蜷曲成一個球，像孩子般搖晃著自己。

髮梢傳來清涼的觸感，然後那件藍色禦寒外套披上我肩膀。馬修矮下壯碩的身影，摩擦著樹皮滑到地面坐下。

「她們告訴你我出了什麼問題嗎？」我的聲音埋在腿縫裡，變得很模糊。

「妳沒有問題，我的愛。」

「關於女巫，你還有很多要學的。」我把下巴擱在膝蓋上，仍然不肯看他。「女巫若沒有一個該死的好理由，絕不會用咒語禁制別人。」

馬修很安靜。我朝他的方向偷瞟一眼。我用眼角只看得見他的腿──一腿伸直，一腿屈曲──和一隻白皙的長手，輕鬆地搭在膝蓋上。

「妳父母確實有個該死的好理由。他們要救女兒的命。」他聲音安靜而平淡，但強烈的感情潛伏在下面。「換成我也會這麼做。」

「你也知道我被咒語禁制了嗎？」我沒辦法壓抑語氣中控訴的意味。

「瑪泰和伊莎波猜到的。我們出發去皮耶堡前，她們告訴了我。艾米莉確認她們懷疑的事，但我還沒有機會告訴妳。」

「艾姆怎麼可以瞞著我？」我覺得遭受背叛，孤單，就跟聽薩杜告訴我馬修做過些什麼事之後一樣。

「妳一定要原諒妳的父母和艾米莉。他們只是做他們認為最好的事──為了妳好。」

「你不懂，馬修。」我頑固地搖著頭說：「我母親把我綁起來就去了非洲，好像認定我邪惡、瘋狂、不可信任。」

「妳父母擔心的是合議會。」

「胡說。」我手指刺痛，我把那種感覺推回手肘，試圖控制我的情緒。「並非每件事都跟那個該死的合議會有關，馬修。」

「沒錯，但這件事有關。妳不需要是個女巫也能明白。」

我的白桌子毫無預警地出現在我面前，過去與現在的事件散置在桌上。拼圖碎片開始排列：我母親追逐著我，我拍拍手，在我們劍橋廚房裡的地板上飛起來，我父親在書房裡跟彼得．諾克斯吵架，關於精靈教母和魔法絲帶的床邊故事，我父母一起站在我床邊，念咒作法，而我安靜地躺在被子上。這些碎片一一到位，圖像就有了意義。

「我母親的床邊故事。」我驚訝地轉向他說：「她不能直接告訴我她的計畫，所以就把它編成一個有邪惡女巫、魔法絲帶和精靈教母的故事。她每天晚上都講給我聽，希望一部分的我會記住這些事。」

「妳還記得別的事嗎？」

「他們對我下禁制咒語前，諾克斯來見我父親。」我打了個寒噤，聽見門鈴響，再次看見父親開門時臉色一變。「那個傢伙進了我家。他摸我的頭。」諾克斯把手放在我後腦，令我產生一種奇怪的感覺，我想起來了。

「我父親叫我回房間去，他們兩個大聲爭吵。我母親一直待在廚房裡。很奇怪，她竟然不出來看看發生了什麼事。後來我父親出去很久。我母親很驚慌。那天晚上她打電話給艾姆。」現在回憶源源湧現，速度極快。

「艾米莉告訴我，芮碧嘉安排她的咒語可以維持到『陰影裡的男人』出現的時候。妳母親認為我可以保護妳，不讓合議會和諾克斯傷害妳。」他臉色一暗。

「沒有人保護得了我——除了我自己。薩杜說得對。我是個不成氣候的女巫。」我又把頭垂向膝蓋。

「我一點都不像我母親。」

馬修站起身，伸出一隻手。「起來。」他忽然道。

我把手放進他手中，預期他會用一個擁抱安慰我。沒料到他卻把我手臂塞進那件藍外套的袖子，便轉身走開。

「妳是個女巫。妳該開始學習如何照顧自己。」

「現在不行，馬修。」

「但願我們能讓妳自行決定，但是不可能。」他老實不客氣地說：「合議會要妳的法力——至少也要知道它是怎麼回事。他們要艾許摩爾七八二號，妳是一百多年來唯一看到它的超自然生物。」

「他們也要你和拉撒路騎士團。」我一心想把這一點跟我和我無人了解的魔法算在一起。

「他們從前就可以摧毀騎士團。合議會有過很多次這種機會。」馬修顯然在評估我，他在衡量我少數的優點和多得數不清的弱點。這讓我覺得很脆弱。「但他們不在乎。他們只是不願意我擁有妳或那個手抄本。」

「但我周圍有很多人保護我。你跟我在一起——還有莎拉和艾姆。」

「我們不可能隨時都跟妳在一起，戴安娜。況且，妳要莎拉和艾姆為妳冒生命的危險嗎？」這是個殘酷的問題，他的表情扭曲。他避開我，眼睛瞇成一條縫。

「你嚇到我了。」他蹲下來時，我說道。最後一滴殘留的嗎啡效應從我血液中消失，被第一波湧現的腎上腺素趕出去。

「不，我沒有。」他慢慢地搖頭，頭髮披散在臉上，使他從頭到腳每一寸看起來都像一匹狼。「如果妳真的害怕，我聞得出來。妳只是失去平衡而已。」

馬修打從喉嚨深處發出一聲低吼，這跟他心情愉快時發出的聲音有天壤之別。我退後一步，跟他保持距離。

「好一點。」他低吼道：「妳現在至少有點害怕的味道了。」

「你為什麼要這麼做？」我低聲問。

他不出一聲就不見了。

我眨眨眼。「馬修？」

兩個冰冷的點從我頭頂鑽進來。

馬修像蝙蝠一樣倒掛在兩根樹枝之間，兩臂像翅膀般張開，雙腳勾在另一根樹枝上。他專注地看著我，唯有透過小小的霜塊變換位置，我才能知道他的目光在移動。

「我不是跟妳辯論問題的同行。這不是學術辯論——這攸關生死。」

「先下來。」我斷然道：「你的觀點已經表達得很清楚了。」

我沒看見他降落在我身旁，但我覺得他冰冷的手指碰到我的脖子和下巴，把我的頭轉向一側，暴露出我的咽喉。「如果我是高伯特，妳已經死了。」他陰險地說。

「不要這樣，馬修。」我掙扎著想擺脫，卻毫無效果。

「不對。」他的掌握變得更緊。「薩杜試圖擊潰妳的意志，妳痛苦得恨不得從世上消失。但妳必須反擊。」

「我是在反擊啊。」我用力推他的手臂，證明我的話。

「不是像凡人一般的反擊。」馬修輕蔑地說：「要用女巫的方式反擊。」

他又消失了。這次他不在樹上，我也感覺不到他冰冷的眼光在看我。

「我累了，我要回屋子裡去。」我才走了三步，就聽得颼地一聲。馬修把我掄在他肩上，朝反方向行進，而且速度很快。

「妳哪兒都別想去。」

「你再胡鬧下去，莎拉和艾姆會出來的。」她們之中總有一個會意識到不對勁。即使她們沒感覺，塔比塔也一定會大鬧一場。

「她們不會的。」到了樹林深處，馬修把我放下地。「她們保證不離開房子——無論妳尖叫，或她們意識到什麼危險。」

我往回逃，一心只想拉開我和他那雙黑色大眼睛之間的距離。他縮起兩腿肌肉，準備跳躍。我轉身想跑，他已站在我面前。我換個方向，他還是在我面前。一陣微風從我腳下吹起。

「很好。」他滿意地說。馬修伏低身軀，擺出他在七塔追逐雄鹿時相同的姿勢，充滿威脅的咆哮聲又開始了。

我腳邊的微風變成了強風，但風勢沒有再變大。刺痛感從手肘下降到指甲。我不再克制內心的沮喪，反而讓這種感覺升高。藍色的電弧光芒在我指尖移動。

「運用妳的力量。」他聲音沙啞。「妳用任何其他方式都不可能跟我對抗。」

我朝他的方向揮手。看起來不怎麼有威脅性，但我只想得出這一招。馬修跳到我身上，把我轉了個圈，然後消失在樹叢裡，證明我的努力毫無價值。

「妳死了——又一次。」他的聲音從我右側傳來。

「不論你想做什麼，都沒有用！」我朝他的方向喊道。

「我就在妳背後。」他在我耳邊說。

我的尖叫聲撕裂了樹林裡的寧靜，我周圍暴風驟起，形成一個龍捲風的繭。「滾開！」我吼道。

馬修露出堅毅的眼神，伸手來抓我，他的手穿過我的風牆。我朝他的方向手一揮，憑直覺行動，一股強風打得他四腳朝天。他顯得很意外，攫食的本性出現在他眼神深處。他再次向我撲來，企圖攻破風的防線。雖然我一心想把他推開，風卻沒有照我的意思反應。

「不要勉強。」馬修道。他什麼也不怕，穿過了龍捲風，手指緊緊扣住我的手臂。「自從妳母親用咒語禁制，就沒有人能強迫妳使用魔法——連妳自己也辦不到。」

「那我怎麼能在需要時召喚它，又怎麼控制它？」

「自己去想。」馬修雪片似的眼光落在我脖子上和肩膀上，憑直覺找到我的大動脈和大靜脈。

「我不能。」一陣慌亂吞噬了我。「我不是一個女巫。」

「不要再說這種話。這不是事實，妳也知道。」他忽然放開我。「閉上眼睛，開始走路。」

「什麼？」

「我觀察妳好幾個星期，戴安娜。」他移動的方式充滿了野性，丁香的氣味濃郁到讓我幾乎不能呼吸。「妳必須在感官被剝奪的狀態下行動，讓妳只剩下**感覺**。」他推了我一把，我一個踉蹌，回頭再看，他已經不見了。

我掃視樹林，這片林子安靜得出奇，動物紛紛覓地藏身，躲避混跡於牠們之間的強大攫食者。

我閉上眼睛，開始深呼吸。一陣微風在我身旁拂過，先往一個方向，又轉往另一個方向。那是馬修在逗弄我。我專心致志呼吸，試著像森林中所有其他生物一樣靜止不動，然後出發。

我兩眼中間有一塊緊繃的區域，我對著它呼吸，憶起阿米拉的瑜伽課和瑪泰讓靈視穿過我的建議。緊繃變為刺痛，刺痛又變為一種充滿各種可能性的感覺，我的心靈之眼——女巫的第三隻眼——第一次完全打開。

它把森林裡一切有生命的東西都看在眼裡——植物、大地的能量、地底下流動的水——每種生命力都有獨特的色彩與明暗。我的心靈之眼看到蹲在樹洞裡的兔子，牠們一嗅到吸血鬼的氣味，便害怕得心跳如雷。它偵測到因一隻在樹枝間擺盪，像豹子般跳躍的生物出現而提前結束午睡的倉梟。兔子和梟鳥都知道，牠們逃不出他的手掌。

「萬獸之王。」我低聲道。

樹間傳來馬修得意的輕笑聲。

樹林裡沒有一隻動物能跟馬修對戰而獲勝。「除了我。」我吸一口氣。我的心靈之眼翱翔到森林之上。吸血鬼不完全算活物，所以在環繞著我的炫目能量之中，很難找到他的影蹤。但我終於看到他的形體，一團密集的黑暗，就像一個黑洞，他的超自然生命力與塵世活力接觸的邊緣發出紅光。我直覺地把臉轉往他的方向，讓他警覺我已觀察到他，趕緊溜走，消失在樹叢之間的陰影裡。

我閉上雙眼，睜大心靈之眼，開始走動，希望吸引他來跟蹤我。在我身後，他的黑影脫離一棵楓樹，在翠綠中間切出一道紅黑二色的裂縫。這次我不回頭，臉朝著相反的方向。

「我看見你了，馬修。」我輕聲道。

「是嗎，我的小母獅？妳打算怎麼辦？」他又輕笑一聲，但仍跟在我後面，我們之間保持一定的距離。

每走一步，我的心靈之眼就更為明亮，影像更加清晰。我左邊有一叢灌木，我轉向右邊。然後我面前有塊岩石，它的灰色邊緣從泥土裡明顯地突出。我抬高腳步，免得跌倒。風拂過我胸前，讓我知道前方有一小片空地。現在不僅森林裡的生物對我說話，就連周遭的每一種元素都發出訊號，為我引路。土、風、火、水，都透過針尖般細小的知覺孔跟我聯繫，這跟森林裡的生物又大不相同。

馬修的能量收縮，變得更黑、更深，然後他的黑暗——生命的空缺——以一種會令雄獅豔羨的優雅姿勢，縱身一躍，破空襲來。他張開手臂要抓我。

飛。我想道，就在他手指觸及我皮膚的前一秒鐘。

挾帶一種突如其來能量的風，從我身體升起。大地輕輕一推，放開了我。正如馬修的擔保，身體很容易就能追隨思維的引導。這就像追隨一條看不見的絲帶飛上天一樣毫不費力。

遠在地面上，馬修在空中翻了個筋斗，輕盈而不偏不倚地落在我方才站立的位置上。

我飛到樹頂上，睜大眼睛。眼中充滿了海洋，跟地平線一樣廣大，跟陽光群星一樣明亮。我的頭髮隨氣流飄拂，每根髮梢都變成一道火舌，舔舐我的臉卻不造成灼傷。寒風吹過時，火苗以溫暖愛撫我的臉頰。一隻烏鴉從我身旁疾飛而過，有這麼一個奇怪的新生物來分享牠的天空，令牠頗為訝異。

馬修白色的臉抬起來看我，他眼神充滿驚奇。我們的目光相接，他露出微笑。

那是我所見過最美的畫面。一股欲望湧起，強烈而狂野，還有因他屬於我而產生的自豪。

看見我的身體向他撲去，馬修的表情立刻由驚奇變為戒備。他發出咆哮，不確定我的意圖，直覺警告他，我可能發動攻擊。

我立刻收斂直撲上去的衝勁，改用慢速降落，直到我們的眼睛互相平視，我的腳穿著莎拉的膠鞋拖在後面。風把我一綹燃燒的頭髮向他吹去。

*不要傷害他。*我的思維集中在他的安全上。風與火都服從我，我的第三隻眼攝入他的黑暗。

「離我遠一點。」他低吼：「只要一會兒。」馬修正設法控制他掠食的本能。現在他很想獵捕我。萬獸之王不喜歡處於下風。

我不理會他的警告，把腳降低，直到它們離地面只有幾吋，然後伸出我的手，掌心向上。我的心靈之眼充滿我自己能量的畫面：一大團不斷變換的銀色與金色、綠色與藍色，像晨星般熠耀生輝。我撈起一把，看著它從我的心臟一路滾動，經過我的肩膀與手臂。

一顆不斷脈動、旋轉，包含天空、海洋、大地與火的球，停在我手心。古代哲學家應該會稱之為小宇宙——一個用我的片段，也用大宇宙的片段，合組而成的小世界。

「送給你。」我用空洞的聲音說。我把手指向他傾去。

馬修在球落地前把它接住。它像水銀般流動，隨他冰冷的身體改變形狀。我的能量抖顫著停在他手掌裡。

「這是什麼？」他問，這閃閃發光的物質讓他忘了狩獵的衝動。

「我。」我簡單地說。馬修專注地看著我的臉，他的瞳仁湧出一波黑，吞噬了灰綠色的虹膜。「你不傷害我，我也不傷害你。」

那吸血鬼小心翼翼把我的小宇宙捧在手中，唯恐濺出一滴。

「我還是不會戰鬥。」我難過地說：「我只會飛走。」

「那是戰士最重要的一課，女巫。」馬修把在吸血鬼之間通常有貶抑意味的一個字眼，變成了親密暱稱。「妳得學會如何挑選戰役，放棄沒有勝算的，留著改天再打。」

「你怕我嗎？」我問，身體仍然懸在空中。

「不怕。」他道。

我的第三隻眼刺痛。他說的是真話。「即使我體內有那個東西？」我目光轉到他手中那個不斷抖動發光的東西。

馬修的表情警戒而謹慎。「我見過法力強大的女巫。但我們還是不知道妳體內到底有些什麼。我們必須查究清楚。」

「我一直都不想知道。」

「為什麼，戴安娜？為什麼妳不想要這份天賜的禮物？」他把手握緊，好像我的魔力會在他了解了其中的潛力之前就被奪走、毀掉。

「害怕？欲望？」我低聲道，用指尖觸摸他線條分明的顴骨，我對他的愛的力量再次令我震驚。想起他的魔族朋友布魯諾十六世紀寫的詩，我再一次引用道：「『欲望鼓勵我向前，恐懼約束我。』不是足以解釋世界上發生的每一件事嗎？」

「每一件事，只除了妳。」他用枯啞的聲音對我說：「妳是無法解釋的。」

我的腳碰到地面，我把手指從他臉上拿開，慢慢伸直，我的身體似乎很熟悉這種流暢的動作，但我的心智很快就意識到它其實很陌生。我交給馬修的那部分的我，從他手中跳回我手上。我將它握住，能量很快就被吸收回去。有種來自女巫力量的刺痛感，我知道它屬於我。我垂下頭，對自己即將成為的那種生物感到懼怕。

馬修用指尖撥開我頭髮的簾幕。「任何東西都不能讓妳在這樣的魔法前面遁形——不論科學、意志力、專注——它永遠找得到妳。而且妳也同樣躲不過我。」

「我母親在死牢裡就是這麼說的。她知道我們的事。」受到皮耶堡記憶的驚嚇，我的心靈之眼自動閉上，保護自己。我打了個寒噤，馬修立刻靠過來。他冰冷的懷抱不見得溫暖，但至少有安全感。

「或許知道妳不會孤單，他們會覺得好過一點。」馬修柔聲道。他的嘴唇清涼而堅定，我分開雙唇，吸引他更貼近。他把臉埋在我脖子上，我聽見他用力吸入我的氣息。他依依不捨把我推開，撫平我的頭髮，替我拉緊禦寒外套。

「你能訓練我如何作戰，就像你手下的騎士？」

馬修的手停下不動。「他們投靠我之前，早就懂得如何保護自己。我訓練過戰士——凡人、吸血鬼、魔族。甚至馬卡斯，天曉得他真是一大挑戰。但從來沒有過巫族。」

「我們回家吧。」我的腳踝隱隱作痛，我也累得幾乎站不住。蹣跚走了幾步，馬修就把我像個小孩一樣背在背上，讓我緊緊抱著他的脖子，穿過暮色。「再一次謝謝你找到了我。」老屋在望時，我低聲道。他知道這次我說的不是皮耶堡。

「我從很久以前就不再尋找。但秋分節那晚妳在博德利圖書館。一位歷史學家。還居然是個女巫。」馬修難以置信地搖頭。

「這才叫做魔法。」我說，在他領子上印下一個吻。他把我放在後面的門廊上時，還在打著呼嚕。

馬修到堆柴薪的棚子去搬更多木柴來餵火爐，讓我跟阿姨們和解。她們兩個都顯得很不安。

「我明白妳們為何要保密了。」我解釋道，給艾姆一個擁抱，讓她鬆一口氣。「但媽告訴過我，保密的時期已經結束了。」

「妳見到芮碧嘉？」莎拉很小心地說，她臉色發白。

「在皮耶堡。薩杜想藉恐嚇逼我配合她的時候。」我頓了一下：「還有爸爸。」

「她，呃……他們快樂嗎？」莎拉硬擠出這句話。我外婆站在她身後，擔心地觀察。

「他們在一起。」我簡單地說，望向窗外，看馬修是否要回來了。

「而且他們跟妳在一起。」艾姆堅定地說，眼中滿是淚水。「這代表他們不僅僅是快樂而已。」

阿姨張口欲言，但考慮過後，又把嘴閉上。

「什麼事，莎拉？」我扶著她的手臂問道。

「芮碧嘉有跟妳說話嗎？」她聲音壓得很低。

「她講故事給我聽。我還是小女孩時她講的同一個故事——有女巫、王子和精靈教母。她雖然和爹地一起用咒語禁制我，但還是設法讓我記得我的魔法。是我自己想忘記。」

「最後那個夏天，妳爸媽去非洲前，芮碧嘉問我，什麼事能讓小孩留下最深的記憶。我告訴她，是父母晚上講給他們聽的故事，所有關於希望、力量和愛的訊息，都會在他們心中扎根。」艾姆的眼睛已經潰決了，她把眼淚擦掉。

「妳說對了。」我輕聲道。

馬修抱著一大捧木柴走進廚房時，三個女巫已言歸於好，莎拉撲到他面前。

「你再也不准要求我對戴安娜求救的呼聲置之不理，而且你再敢威脅她——不論出於什麼動機。如果你再做這種事，我就對你施咒，管教你巴不得不曾重生。聽懂了嗎，吸血鬼？」

「當然，莎拉。」馬修面無表情地喃喃道，神情酷似伊莎波。

我們在起居室裡用晚餐。馬修和莎拉處於休戰狀態，情況有點尷尬，但莎拉，看見桌上連根肉絲都找不到，大戰又瀕臨爆發。

莎拉抱怨沒有「真正」的食物時，艾姆說：「妳抽煙抽得像根煙囪。妳的動脈會感謝我。」

「妳才不是為了我。」莎拉控訴地瞪了馬修一眼，說道：「妳這麼做是為了避免他產生咬戴安娜的衝動。」

馬修和顏悅色地一笑，打開他從越野路華上拿來的一瓶酒。「葡萄酒，莎拉？」

她懷疑地看著酒瓶：「外國貨嗎？」

「法國酒。」他把深紅色的液體倒進她的水杯。

「我不喜歡法國酒。」

「不要相信妳讀到的報導。我們比人家說的好很多。」他逗得她露出一個不怎麼情願的微笑。「相信我，我們會讓妳上癮的。」好像為了證明他的話，塔比塔從地板跳到他肩膀上，然後就像隻鸚鵡似的坐在那兒，直到晚餐結束。

馬修喝了酒，開始聊這棟房子，詢問莎拉和艾姆農場的狀況，還有這地方的歷史。我無事可做，只好扮演觀眾——欣賞我最愛的三個超自然生物——大口吞下一大堆辣豆泥和玉米糕。

我們終於上床就寢時，我光著身子鑽進被窩裡，迫切渴望馬修清涼的身體緊貼在我身旁。他一上床，就把我拉向他赤裸的身體。

「妳好溫暖。」他道，跟我靠得更緊。

「唔，你好好聞。」我說，鼻子被壓在他胸前。鎖孔裡的鑰匙自動轉了一圈。打從我下午睡醒開始，它就一直插在那兒。「鑰匙本來在五斗櫃裡嗎？」

「是房子在保管。」他在我身體下面哈哈笑道：「它從床旁邊的地板上彈射出來，先撞到電燈開關上面的牆壁，然後滑下來。我沒有立刻把它撿起來，它就又飛過房間，掉在我腿上。」

他的手在我腰上滑動，我也開心大笑。他刻意避開薩杜留下的記號。

「你有你作戰留下的疤痕。」我說，希望讓他安心。「現在我也有我的疤痕了。」

黑暗中，他的嘴準確地找到我的唇。一隻手移動到我的尾椎，遮住那彎新月。另一隻手上移到我肩胛骨中間，掩蓋了星星。不需要魔法，就能了解他的心痛與遺憾。證據無所不在——他溫柔的碰觸、他在黑暗中喃喃傾吐的字句，還有他堅實的身體在我身旁。他漸漸拋開最嚴重的恐懼與憤怒。我們用嘴唇和手指觸摸，放慢一開始的急切，延長結合的喜悅。

在我愉悅的顛峰，許多顆生氣勃勃的星星迸發，射向四面八方，我們相擁而眠，等待黎明之際，仍有幾顆星掛在天花板上閃爍，將剩餘的短暫生命噴灑出來。

第三十四章

太陽上升前，馬修把一個吻種在我肩膀上，就溜下樓去。我的肌肉因為很少發生的僵硬加上無力，覺得緊繃。最後我只好勉強打起精神，下床去找他。

但我只找到莎拉和艾姆。她們站在後窗前面，一人手裡捧一杯冒煙的咖啡。我看一眼她們的背影，便去裝滿水壺。馬修可以等——茶不能等。

「妳們在看什麼？」我預期她們會報出一種罕見鳥類的名字。

「馬修。」

我倒退了幾步。

「他在外面站了好幾個小時。我想他一根肌肉都沒動過。剛才有隻烏鴉飛過。我相信牠打算棲息在他身上。」莎拉啜飲一口咖啡繼續道。

馬修的腳像扎根在泥土裡，手臂抬到肩膀的高度，向兩側平伸，食指和大拇指輕輕搭在一起。配上他的灰色T恤和瑜伽褲，看起來就像一個用料特別扎實，穿著特別講究的稻草人。

「我們該替他擔心嗎？他腳上什麼也沒穿呢。」艾姆從咖啡杯的上緣盯著馬修：「他一定凍壞了。」

「吸血鬼只怕火燒，艾姆，不怕冷。他想進來的時候自然會進來。」

裝滿水壺，泡好了茶，我跟阿姨站在一起，默不作聲看著馬修。我喝到第二杯的時候，他終於放下手臂，彎腰把人折成兩截。莎拉和艾姆趕快從窗口退開。

「他知道我們在看他。他是個吸血鬼，記得嗎？」我笑道，在破舊的踩腳褲和羊毛襪外面套上莎拉的膠鞋，啪答啪答往外走。

「謝謝妳們這麼有耐心。」馬修把我擁進懷裡，響亮地親了一下，算是道早安，然後說道。

我手中還拿著茶杯，有把茶濺到他背上的危險。「冥想是你唯一的休息方式。我不會來打擾。你出來多久了？」

「從黎明開始。我需要時間思考。」

「這是這棟房子的問題。有太多聲音、太多事在進行。」外面很冷，我把那件背後有隻褪色的赤褐色野貓圖案的運動衫拉緊一點。

馬修碰一下我眼睛下面的黑眼圈。「妳還是很疲倦。做一點冥想對妳也沒有壞處，知道嗎？」

我的睡眠一直斷斷續續，穿插一大堆的夢、鍊金術詩文的片段、念念有詞詈罵薩杜。就連我外婆也在擔心。馬修安撫我，哄我再次入眠時，她滿臉戒懼，靠在五斗櫃旁。

「我這個星期嚴禁做任何類似瑜伽的動作。」

「妳阿姨定規矩的時候，妳都這麼聽話嗎？」馬修的眉毛挑出一個問號的形狀。

「通常不會。」我笑起來，拉住他的袖子，想把他拖進屋裡。

馬修接過我手裡的茶杯，一瞬間就把我從莎拉的膠鞋裡拔出來。他把我扶正，站在我身後：「妳眼睛閉上了嗎？」

「現在閉好了。」我道，閉上眼睛，隔著襪子把腳趾頭伸進冰冷的泥土。意念在我腦子裡追逐，像頑皮的小貓。

「妳在想。」馬修不耐煩地說：「只呼吸就好。」

我的心思和呼吸都安定下來。馬修走過來，托高我的手臂，扭轉大拇指去碰觸無名指和小指。

「現在我也看起來像稻草人了。」我說：「我的手那樣擺，是要做什麼？」

「生命能身印。」馬修解釋道：「它助長生命力，可以促進痊癒。」

我張開手臂，掌心朝天站著時，寧靜與祥和漸漸滲入我受盡折磨的身體。經過大約五分鐘，兩眼之間緊繃的感覺消失，我的心靈之眼張開了。我的體內也對應發生了微妙變化——水波拍岸般潮起潮落。隨著我每一次呼吸，都有一顆清涼、新鮮的水滴在我掌心裡形成。我的心仍全然空白，雖然手心裡的水面逐漸上升，我卻不擔心自己可能被巫水吞沒。

心靈之眼愈來愈明亮，焦點放在周遭的環境上。這麼一來，我以前所未有的方式看見房屋四周的田野。水在地表下沿著深藍色的脈絡流動，蘋果樹的根伸到裡面去。晨風中沙沙作響的樹葉裡，有更纖細的水之網路隱隱閃光。腳底下的水向我流過來，企圖了解我跟它的力量之間的聯繫。

我鎮定地吸氣吐氣。掌心裡的水位跟著我體內與腳下的潮汐一起上升下降。我再也控制不住那水時，身印綻裂，水像瀑布般從我平攤的手掌瀉下。只剩我站在後院中間，眼睛平視，手臂張開，每隻手下方的地面上有一個小水窪。

我的吸血鬼站在十二呎外，雙臂交叉，滿臉自豪。我的阿姨們站在後門的門廊上，十分驚訝。

「很壯觀。」馬修喃喃道，彎腰拾起那杯已經冷得像石頭的茶。「有朝一日，妳使這一招會跟做研究一樣高明，妳知道。魔法不僅有情緒與心理的層次，也有實質的層次。」

「你做過女巫的教練嗎？」我套回莎拉的膠鞋，肚子已在大聲咕咕叫。

「沒有，妳是唯一的一個。」馬修笑道：「而且，是的，我知道妳餓了，我們吃完早餐再聊這事。」他伸出手，我們一起向房子走去。

「做探水女巫可以賺很多錢，妳知道嗎？」我們走近時，莎拉喊道：「鎮上家家戶戶都在掘新井，老亨利去年下葬時，又把他的探水杖帶去陪葬了。」

「我不需要探水杖——我就是一根探水杖。如果妳要挖水井，這是個好位置。」我指著一叢長相比較不那麼張牙舞爪的蘋果樹說。

進到室內，馬修先幫我煮了些開水泡茶，然後才把注意力轉往《雪城標準郵報》。這份報紙當然不及《世界報》，但他似乎也很滿足。見我的吸血鬼有事忙，我就吃了一片又一片烤麵包機烤出來的麵包。艾姆和莎拉都添了咖啡，每次見我靠近電器用品，她們都會提高警覺盯著我的手。

「今天要大乾三壺咖啡。」莎拉把用過的咖啡渣從咖啡機裡清出來，大聲宣布。我緊張地看一眼艾姆。

*大部分都是無咖啡因的咖啡啦。*她傳話給我不需要開口，緊緊抿著嘴唇，無聲暗笑道。*我已經攙和好*

幾年了。在這棟房子裡，想私下討論什麼事，無聲傳話就像傳簡訊一樣有用。

我咧開大嘴一笑，專心吃烤麵包。我把最後一點奶油抹在吐司上，不經意地想著是否還有。一個塑膠罐出現在我手邊。

我轉身打算向艾姆道謝，但她在廚房另一頭。莎拉也在那兒。馬修從報紙上抬起頭來，瞪著冰箱。冰箱門開著，最上層的果醬和芥末醬正在重新排列。等它們各就各位，冰箱門就悄悄關上。

「是這棟房子嗎？」馬修漫不經心問道。

「不是。」莎拉頗感興趣地看著我：「是戴安娜。」

「發生了什麼事？」我瞪著奶油，倒抽一口涼氣。

「應該由妳來告訴我們。」莎拉直截了當地說：「妳正在撥弄第九片吐司時，冰箱門開了，奶油飛出來。」

「我不過是在想，還有沒有奶油。」我拿起空了的容器說。

艾姆開心地拍拍手，為我的新魔法喝采。莎拉堅持要我再從冰箱裡拿別的東西出來。但不論我怎麼召喚，都沒有反應。

「試試櫃子。」艾姆提議：「門沒那麼重。」

馬修興趣十足地看著我們。「妳是因為需要奶油，所以想到它。」

我點點頭。

「昨天妳飛行的時候，可曾命令空氣配合？」

「我只想著飛，就飛起來了。但我對它的需求比奶油強烈得多——你正要殺我呢。且不說別的。」

「戴安娜會飛？」莎拉虛弱地問。

「妳現在需要什麼嗎？」馬修問。

「我想坐下。」我的膝蓋有點軟。

一張廚房圓凳越過地板，聽話地停在我背後。

馬修露出一個滿意的微笑，重新拿起報紙。「就跟我想的一樣。」他喃喃道，又埋頭看他的頭條新聞。

莎拉從他手中搶過報紙。「不要再給我笑得神祕兮兮，像《愛麗絲夢遊仙境》裡那隻怪貓。你認為是怎樣？」

一聽見提起牠的同類，塔比塔就穿過寵物專用門，衝進屋裡。牠以絕頂忠貞的表情，把一隻死掉的小田鼠放在馬修面前。

「謝謝你，我的小寶貝。」馬修莊嚴地說：「不幸的是，我目前不餓。」

塔比塔沮喪地喵了幾聲，就把牠的貢品叼到角落裡，用腳掌不斷打它，以示對無法討好馬修的懲戒。

莎拉不受干擾，再次提出她的疑問：「你認為是怎樣？」

「芮碧嘉和史蒂芬用咒語確保沒有人能強迫戴安娜使用魔法。她的魔法受需求約束，非常聰明。」他把弄皺的報紙撫平，繼續閱讀。

「聰明而無法控制。」莎拉抱怨道。

「不會無法控制。」他答道：「我們只要像她父母一般思考。芮碧嘉預知皮耶堡會發生什麼事——不是全部的細節，但她知道女兒會被一個女巫俘虜。芮碧嘉也知道她會逃脫。所以禁制才那麼牢固。因為戴安娜用不著她的魔法。」

「如果連她自己都無法駕馭自己的力量，我們怎麼教戴安娜控制她的力量？」

房子不給我們考慮的機會。突來一聲發射大砲似的轟隆巨響，接著開始跳踢踏舞。

「啊，活見鬼了。」莎拉呻吟道：「現在它又要什麼？」

馬修放下報紙：「出了什麼事嗎？」

「房子要找我們。它大聲開關家族休息室的棺材門，又把家具搬來搬去，都是為了引起我們注意。」我舔掉手指上的奶油，從客廳穿出去，前面門廳裡的燈不停地閃動。

「好啦，好啦。」莎拉火冒三丈說：「我們來了。」

我們跟著阿姨走進家族休息室。房子送出一張高背椅，沿著地板朝我這方向滑過來。

「它要找戴安娜。」艾米莉多此一言地說。

房子或許是要我，但它沒料到會有個一心想保護我，反射動作又超快的吸血鬼從中作梗。馬修伸出一隻腳，在椅子碰到我膝蓋後側之前把它擋住。老木頭頂著堅硬的骨頭，發出喀喀聲。

「別擔心，馬修。房子只是要叫我坐下。」我坐下來，等它下一個動作。

「房子需要多學點禮貌。」他反駁道。

「媽的搖椅怎麼會在這兒？我們把它扔掉好多年了。」莎拉看到前面窗口那把老椅子，嘟起嘴巴說道。

「搖椅回來了，外婆也回來了。」我說：「我們剛到的時候，她來打過招呼。」

「伊麗莎白跟她在一起嗎？」艾姆坐在一張不怎麼舒服的維多利亞式沙發上。「她長得很高，表情很嚴肅？」

「在啊。不過我沒看得很清楚。大部分時候，她都躲在門背後。」

「那個鬼魂不常在房子裡出現。」莎拉道：「我們猜她是畢夏普家的遠房親戚，一八七〇年代去世。」

煙囪裡射出來一球綠毛線和兩根毛線針，滾到壁爐外側。

「這房子要我學打毛線？」我問。

「是我的──幾年前我想打一件毛衣，有天它忽然失蹤了。房子會把某些東西拿走藏起來。」艾姆拿回她的東西，並對馬修解釋。她指著一張醜陋的花布沙發說：「來跟我坐。有時房子要花點時間才能把重點交代清楚，而且我們遺失的東西包括好些照片、一本電話簿、盛火雞的大盤子，還有我最喜歡的冬季大衣。」

想到自己很可能會被一個大瓷盤削掉腦袋，可想而知馬修很難輕鬆下來，但他還是盡力而為。莎拉滿臉不悅，坐在旁邊一張溫莎椅上。

「來啊，快拿出來吧。」等了幾分鐘，她催促道：「我還有別的事呢。」

一個厚實的牛皮紙信封從壁爐旁邊漆成綠色的壁板縫隙裡鑽出來，它一脫身，便飛過家族休息室，正面向上，落在我腿上。

信封上用藍色原子筆寫著「戴安娜」。纖細的女性筆跡跟我母親當年寫在請假單和生日卡片上的一模一樣。

「媽寫的。」我驚訝地看著莎拉：「是什麼？」

她同樣驚訝：「我一點概念也沒有。」

信封裡還有個較小的信封和一件用好多層薄棉紙仔細包好的東西。信封是淺綠色，鑲著墨綠色的邊，是父親幫我挑選送給母親的生日禮物。每張信紙的一角都有凸起的一小叢白綠相間的鈴蘭花圖案。我已熱淚盈眶。

「妳要獨處嗎？」馬修低聲問，他已站了起來。

「請留下。」

我雙手顫抖地拆開信封，攤開裡面的信紙。鈴蘭花下的日期──一九八三年八月十三日──立刻引起我的注意。

我七歲生日當天。幾天後，我父母便去了奈及利亞。

我很快看完第一頁母親的信，信紙從我指縫間掉落，飛到地板上，躺在我腳邊。

艾姆害怕極了。「戴安娜，怎麼回事？」

我沒回答，只把剩下的信放在腿旁，先拿起房子替母親收藏了這些年的牛皮紙信封。我把薄棉紙掀開，取出一個長方形的扁平物體。它的重量比實際應有的重，散發出的魔力刺痛著我。

我認識這種力量，我曾接觸過它。

馬修聽見我的血液開始唱歌。他走過來，站在我背後，手輕輕放在我肩上。

我把包裝拆開。最上面襯著一張因時間久遠而邊緣泛黃的普通白紙，擋住馬修的視線，底下有更多層薄棉紙將它跟包裝在裡面的東西分開。紙上以牽絲拉線、宛如蛛網的書法寫了三行字。

「始於匱乏與欲望。」我喉嚨緊縮，勉強低聲念道：「始於鮮血與恐懼。」

「始於女巫的發現。」馬修從我肩上俯過身來看，替我念完。

我把那張紙遞到馬修等待的手中，他拿到鼻子上嗅了一會兒才默默交給莎拉。我掀開最上面一層的薄棉紙。

放在我腿上的是，艾許摩爾七八二號失落的書頁中的一頁。

「天啊，」他低呼道：「那是我猜想的東西嗎？妳母親怎麼拿到的？」

「她在信裡有解釋。」我低頭瞪著那幅色彩鮮豔的圖畫，麻木地說。

馬修彎下腰，撿起掉在地上的信紙。他大聲念道：「我親愛的戴安娜，今天妳七歲——對女巫而言是很神奇的年齡，法力應該在這時候開始騷動，逐漸成形。但妳的法力從妳出生開始就一直在騷動。妳一直與眾不同。」

我的膝蓋被那圖像的神祕重量壓得快垮了。

「妳會讀這封信，代表妳父親和我成功了。我們讓合議會相信，擁有他們尋求的力量的人，是妳的父親——而不是妳。妳千萬不可以自責。這是我們所能做的唯一抉擇。我們相信現在的妳，已長大到可以理解這件事。」馬修繼續念下去之前，輕輕捏了一下我的肩膀。

「現在妳年紀也已經夠大，可以接手我們從妳出生就開始的追尋——追尋與妳和妳的魔法有關的資訊。我們在妳三歲時，收到附上的紙條和圖畫。它們裝在一個貼著以色列郵票的信封裡寄來。系裡的祕書告訴我們，那封信沒有回郵地址，也沒有簽名——就只有一張紙和一張圖。

「過去四年裡，我們一直設法了解這是怎麼回事。我們不能問太多問題。但我們認為那張圖要呈現的是一場婚禮。」

「確實是婚禮——水銀與硫結合的化學反應。那是製造賢者之石一個不可或缺的步驟。」我的聲音出現在馬修抑揚頓挫的圓潤聲調之後，聽起來格外刺耳。

這張圖畫可說是我所見過描寫這場化學婚禮最美的作品之一。一個金髮女子身穿潔淨無瑕的雪白長袍，手中拿一枝白玫瑰。她要把花獻給白面黑髮的丈夫，藉以表示她是純潔而配得上他的。男子身穿黑紅雙色的長袍，緊握著她另一隻手。他手中也有朵玫瑰——但花紅豔得像剛流出來的血，象徵愛與死亡。新人背後，化學藥品和各種金屬化身成參加婚禮的賓客，在有樹木和岩山的風景裡團團轉。還有形形色色的動物來做儀式的見證：烏鴉、老鷹、蟾蜍、綠色的獅子、孔雀、鵜鶘。一隻獨角獸和一隻狼並肩站在背景的中間，剛好在新郎新娘背後。整個場景被一隻鳳凰展開的雙翼包住，牠羽毛的邊緣在燃燒，牠彎下頭來看著儀式進行。

「這有什麼意義？」艾姆問道。

「有人在等待馬修和我找到對方，等了很久。」

「這幅圖畫怎麼可能跟妳和馬修有關？」莎拉伸長脖子，想把畫看得更清楚。

「王后身上戴著馬修的紋章。」新娘的頭髮用一個發光的金銀二色小冠攏在腦後。小圓冠正中央，貼著她的前額，垂下一件首飾，剛好就設計成新月上端有一顆星星。

馬修伸手去拿壓在圖畫下的其他幾頁我母親的信。「妳不介意我讀下去吧？」他溫柔地問。

我搖搖頭，手抄本的那一頁仍躺在我腿上。艾姆和莎拉對它的力量充滿戒備，她們都採取遇到不熟悉而中了巫術的物品時必要的防範：留在原位不動。

「我們認為那個白衣女子代表妳，戴安娜。我們對黑衣男子的身分比較不確定。我曾經在妳的夢裡見過他，但很難辨認他是誰。他走進妳的未來，但他也存在於過去。他總在陰影裡，始終不見光。這個陰影裡的男人雖然很危險，卻不會對妳構成威脅。他現在跟妳在一起嗎？我希望如此。我但願能認識他。我有好多關於妳的事想講給他聽。」最後幾個字馬修念得結結巴巴。

「我們希望你們兩個能找到這幅畫的來源。妳父親認為它出自一本古老的書。有時我們看見文字在紙張背後移動，但接著文字又會一連消失好幾個星期，甚至好幾個月。」

莎拉從椅子上跳起來：「圖畫給我看看！」

「是從我告訴妳的那本書上撕下來的。牛津的那木。」我不大情願地把圖交給她。

「拿起來好重。」她道，皺著眉頭走到窗前。她把那頁紙翻來覆去，轉成各種角度。「我沒看見任何文字。不過這也不足為怪。如果這一頁是從原來的書上撕下來的，魔法可能已經嚴重受創了。」

「所以我才會看到字句移動得那麼快嗎？」

莎拉點點頭。「很可能。它們要找缺少的這一頁，卻怎麼也找不到。」

「好幾頁。」這是我不曾告訴馬修的一個細節。

「妳什麼意思，好幾頁？」馬修繞到椅子前面，往我臉上投擲了好多塊小冰屑。

「艾許摩爾七八二號不止這一頁被撕掉。」

「總共多少頁？」

「三頁。」我小聲道：「那份手抄本前面一共少了三頁。我看到撕裂的殘紙。當時不覺得這有什麼重要性。」

「三頁。」馬修重複道。他聲音很洩氣，聽起來就像他很想赤手空拳把什麼東西撕爛似的。

「少三頁跟少三百頁有什麼不一樣？」莎拉還在嘗試要看見那些隱藏的字跡：「魔法還是被破壞啦。」

「因為超自然生物也一共是三種。」馬修摸摸我的臉，讓我知道他並沒有生我的氣。

「如果我們拿到一頁……」我開口道。

「其他兩頁在誰手上？」艾姆替我把話說完。

「真氣死人了，芮碧嘉為什麼不告訴我們？」莎拉也一副想毀掉什麼的口氣。艾米莉從她手中拿出那幅圖畫，小心地放在一張古董茶几上。

馬修繼續讀信：「妳父親說，妳必須旅行到很遠的地方才能解開它的祕密。我不能再多說，以免萬一這份信誤入壞人手中。但妳一定會想出辦法來的，我知道。」

他把讀完的信紙交給我，繼續讀下一頁。「如果妳沒有準備好，這棟房子不會把信交給妳。所以妳一定也知道，妳父親和我對妳施了咒語禁制。莎拉會很生氣，但這是在陰影中那個男人找到妳之前，不讓合議會傷害妳的唯一方法。妳的男人會幫助妳找回妳的魔法。莎拉會說，這不關他的事，因為他不是畢夏普家的人。妳別理她。」

莎拉冷哼一聲，用目光往馬修身上投射了幾百把飛刀。

「因為妳會愛他超過任何人，所以我把妳的魔法綁在妳對他的感情上。儘管如此，還是只有妳有能力把它釋放出來。我對於讓妳經常覺得驚惶失措感到很抱歉。但這是我唯一想得到的對策。有時妳過分勇敢，對自己不利。祝妳學習咒語時一切順利——莎拉是個完美主義者。」

馬修微笑道：「妳的焦慮總是有點奇怪。」

「怎麼奇怪？」

「我們在博德利相遇後，幾乎不可能讓妳恐慌。」

「但你在船屋旁邊的霧中出現時我恐慌過。」

「妳其實是吃了一驚。每次我靠近，妳的直覺都應該是害怕得尖叫不已。但妳卻跟我愈來愈接近。」

馬修在我額上印下一個吻，然後開始讀最後一頁。

「我心裡有太多話要說，簡直不知道該如何結束這封信。過去七年來是我一生中最快樂的階段。跟妳共度的每一分鐘我都不願意放棄——不論拿一整個海洋那麼大的法力，或平安、長壽，卻沒有妳的一生來跟我交換。我們不知道女神為何把妳交託給我們，但過去的每一天我們都為此感激她。」

我壓抑住嗚咽，卻擋不住眼淚。

「我無法替妳抵擋妳即將面臨的挑戰。妳會經歷重大的失落與危險，但也會獲得極大的喜悅。未來的歲月裡，妳可能會懷疑自己的直覺，但妳從出生以來就一直走在這條路上。妳生為一個胞衣兒時，我們就知道會如此。從那時開始，妳就一直處於不同的世界之間。這就是妳，也是妳的命運。不要讓任何人阻擋妳。」

「什麼是胞衣兒？」我低聲問。

「有人生下來時，羊膜沒有破裂，仍完整地包在身上。這是幸運的象徵。」莎拉解釋道。

馬修用空著的手兜住我的後腦勺。「胞衣不僅象徵幸運而已。從前，它被認為是新生兒將成為偉大預言家的預兆。有人相信這代表妳將成為吸血鬼、女巫或狼人。」他歪著嘴巴對我笑。

「東西在哪兒？」艾姆問莎拉。

馬修和我不約而同立刻轉過頭去。「什麼？」我們異口同聲問。

「胞衣有很大的力量。史蒂芬和芮碧嘉一定會把它留下來。」

我們都瞪著壁板的裂縫看。一本電話簿啪一聲掉進壁爐裡，噴得滿屋子煤灰。

「怎麼保存胞衣？」我大聲問：「放進袋子或容器裡面嗎？」

「傳統上，你把一塊布放在嬰兒臉上，胞衣就會吸附在上面，然後你把布保存下來。」艾姆解釋道。

每一雙眼睛都轉到艾許摩爾七八二號上。莎拉把它拿起來，仔細端詳。她嘟囔了幾句，又盯著它看了一會兒。

「這幅畫確實有點奇怪。」她報告道：「不過戴安娜的胞衣不在上面。」

真讓人鬆了一口氣。怪事已經夠多了，不需要再添這麼一樁。

「就這樣嗎？還是我姊姊有更多祕密要跟我們大家分享？」莎拉尖酸地問。馬修皺著眉頭瞪她一眼。

「對不起，戴安娜。」她囁嚅道。

「剩下不多了。妳自己讀好嗎，我的愛？」

我抓緊他空著的手，點點頭。他靠在椅子加了襯墊的扶手上，體重壓得它發出輕微的嘎吱聲。

「走在未來的旅途上，盡量不要對自己太苛求。保持清醒的判斷，信任自己的直覺。這些忠告雖然不算什麼，但媽媽也只能告訴妳這麼多。我們實在不忍離開妳，但另一個僅有的選擇就是承擔永遠失去妳的危險。原諒我們。我們之所以讓妳受苦，其實是因為愛妳太深。媽媽。」

房間裡一片寂靜，就連房子也屏住呼吸。一個悲痛的聲音從我身體深處發出，一滴眼淚隨即從我眼中滴落。它膨脹成一顆棒球大小，啪答一聲墜落地上。我的腳有水濕的感覺。

「來了。」莎拉警告道。

馬修扔下信紙，立刻把我從椅子上抱起，從前門衝出去。他把我放在車道上，我的腳趾抓住泥土。巫水無害地滲入底下，我的眼淚仍不斷落下。過了幾分鐘，馬修伸手從背後攬住我的腰。他用身體替我擋住全世界，我放鬆地靠在他胸膛上。

「放開一切吧。」他嘴唇貼著我耳朵呢喃道。

巫水退卻了，留下一種永遠不可能完全消失的喪親之痛。

「我好希望他們在這裡。」我哭道：「我父母永遠都知道該怎麼辦。」

「我知道妳想他們。但事實上他們也不知道該怎麼辦——不見得。就像大多數父母一樣，他們也只是看著情況，盡力而為。」

「我母親看到過你，還有合議會會做什麼事。她是個偉大的預言家。」

「有朝一日，妳也會跟她一樣，在那之前，我們只好在不知道未來會發生什麼事的狀況下過日子。但現在我們有兩個人。妳不會再孤零零地面對一切。」

我們回到屋裡，莎拉和艾姆還在研究手抄本上撕下來的那一頁。我宣布又到了該準備更多茶和一壺新鮮咖啡的時刻，馬修跟著我走進廚房，雖然他眼光還停留在那幅色彩鮮豔的插圖上。

廚房看起來像個戰場，這是常態。所有的平面上都堆著碗盤。煮開水和咖啡的時候，我捲起袖子開始洗碗。

馬修的手機在口袋裡響起。他不予理會，自顧自地把更多柴火往已經裝得太滿的壁爐裡塞。

「你該接電話。」我在水槽裡加了洗碗精，說道。

他掏出電話，臉上表情透露他並不想接這通電話。「什麼事？」

想必是伊莎波。出事情了，有人不在他該在的地方——他們對話很快，我跟不上其中的細節，但馬修的不悅很明顯。他大聲發了幾個命令，便掛斷電話。

「伊莎波還好嗎？」我用手指攪動著熱水，希望不至於出現新的危機。

馬修用手壓著我肩膀，幫我按摩緊繃的肌肉。「她很好。跟伊莎波沒關係。是亞倫打來的。他處理我們的家族事業時，碰到一些意外狀況。」

「家族事業？」我拿起海綿，開始洗碗。「拉撒路騎士團嗎？」

「是。」他答得很簡短。

「亞倫是什麼人？」我把洗乾淨的盤子放進滴水籃。

「他一開始是我父親的侍從。沒有他，菲利普什麼都不能做，不論戰時或平時，所以瑪泰把他變成一隻吸血鬼。騎士團的大小事務他都一清二楚。菲利普去世後，亞倫就改為向我效忠。他打電話來警告我，馬卡斯接到我的訊息很不高興。」

我轉身迎上他的視線：「跟你在拉瓜狄亞交給巴德文同樣的訊息？」

他點點頭。

「我只會給你的家族帶來麻煩。」

「現在已經不是柯雷孟家族的問題了，戴安娜。凡是沒有能力保護自己的人，拉撒路騎士團都會出面保護他們。馬卡斯加入時已經知道這一點。」

馬修的手機再次響起。

「這是馬卡斯。」他沈著臉說。

「你私下跟他談吧。」我朝門口歪歪頭。馬修先吻一下我的臉頰才按下綠鍵，走進後院。

「哈囉，馬卡斯。」他謹慎地說，順手把後門帶上。

我不斷把肥皂水淋在盤子上，重複相同的動作有安撫的作用。

「馬修在哪裡？」莎拉和艾姆手牽著手，站在門口問。

「在外面，接一通英國打來的電話。」我對後門示意道。

莎拉從櫃子裡拿出一個乾淨的咖啡杯——據我統計，這是今天早晨用的第四個了——倒滿剛煮好的咖啡。艾米莉拿起報紙。但她們好奇的眼光仍刺痛著我。後門打開又關上。我準備面對最壞的狀況。

「馬卡斯好嗎？」

「他跟密麗安正在來紐約的路上。他們有事要跟妳討論。」馬修的臉色像暴風雨將至。

「我？什麼事？」

「他不肯告訴我。」

「馬卡斯只是不想讓你一個人面對一群女巫，所以專程來陪你的吧？」我對他微笑，他臉上的壓力緩和了一點。

「天黑時他們就會抵達了，會住在我們穿過市區時經過的那家旅館。今晚我會過去看看他們。不論他們要跟妳說什麼，都可以等到明天。」馬修擔憂的眼神挪到莎拉和艾姆身上。

我轉身面對水槽。「打電話回去，馬修，叫他們直接來這裡。」

「他們不想打擾任何人。」他答得很順口。馬修不想再把兩個吸血鬼帶進這棟房子裡來，免得惹惱莎拉和其餘的畢夏普家族。但馬卡斯大老遠跑來，卻住在旅館，我母親若在，是絕對不會答應的。

馬卡斯是馬修的兒子，也是我的兒子。

我的手指刺痛，正在清洗的杯子從我手中滑落。它在水面上載沈載浮一會兒就沈下去了。

「我兒子絕不可以住旅館。他得來畢夏普宅，跟家人相聚，密麗安也不能叫她一個人在外面住。他們兩個都要過來，就這麼決定。」我堅定地說。

「兒子？」莎拉有氣無力地說。

「馬卡斯是馬修的兒子，所以也算是我的兒子。這麼一來，他也是畢夏普家族的一分子，這棟房子屬於他，就像它屬於妳、我和艾姆。」我轉身面對她們，用濕答答的手抓緊我襯衫的袖子，但我的手在發抖。

外婆沿著走廊飄過來，看我們在吵什麼。

「妳聽見我說的話了嗎，外婆？」我喊道。

我想我們都聽見了，戴安娜。她用沙沙的聲音說。

「很好，那就開始準備吧。我說的是屋子裡每一個畢夏普——活的死的都算。」房子過早地打開前門和後門，擺出迎賓的姿態，放進一股冷風，掃過樓下每一個房間。

「他們睡哪兒？」莎拉嘟囔道。

「他們不睡覺，莎拉。他們是吸血鬼。」我手指的刺痛感加劇了。

「戴安娜。」馬修道：「拜託妳離水槽遠一點。有電流，我的愛。」

我把衣袖抓得更緊、手指尖端已變成鮮豔的藍色。

「我們聽懂了。」莎拉盯著我的手指，倉促說道：「反正家裡已經有一個吸血鬼了。」

「我去把他們的房間準備好。」艾姆露出一個看起來很真誠的微笑。「我很高興我們有機會見到你兒子，馬修。」

斜倚在一座老木頭碗櫃上的馬修挺起身來，走到我面前。「好吧。」他把我從水槽前面拉過去，讓我把頭靠在他下巴下面。「妳說得有道理。我來打電話通知馬卡斯，讓他知道這兒歡迎他們過來。」

「別告訴馬卡斯我說他是我兒子。他不見得想要一個繼母。」

「這問題你們私下解決。」馬修道，努力掩飾他的笑意。

「笑什麼？」我仰起頭看他。

「今天早晨發生了這麼多事，妳唯一擔心的卻是馬卡斯想不想要個繼母。妳真把我弄糊塗了。」馬修搖搖頭。「所有的女巫都這麼令人意外嗎，莎拉，或者只有畢夏普家的才會這樣？」

莎拉考慮要如何作答。「只有畢夏普。」
我從馬修肩膀後面給她一個感激的微笑。
我阿姨背後圍了一大群鬼魂，每一個都嚴肅地點頭表示同意。

第三十五章

洗完碗盤，馬修和我把我母親的信、那張神祕紙條和艾許摩爾七八二號撕下的那頁都收攏來，拿到餐廳去。我們把紙攤在滿布歲月痕跡的大餐桌上。最近幾年，這張桌子幾乎都派不上用場，因為兩個人分別坐在一件容納十二個人還綽綽有餘的家具兩頭，實在沒什麼意義。阿姨們手捧著熱騰騰冒煙的咖啡來加入我們。
莎拉和馬修都趴在鍊金術手抄本上撕下的那頁紙上。
「它為什麼這麼重？」莎拉拿起那張紙，小心地在手上掂掂分量。
「我倒不覺得它特別重。」馬修從她手中接過那張紙，說道：「但它的味道很奇怪。」
莎拉深深吸了口氣。「不會啊，只是聞起來很舊而已。」
「不止吧。舊是什麼味道我知道。」他諷刺地說。
但艾姆和我卻對那張神祕紙條更有興趣。
「妳覺得它有什麼意義？」我拉出一把椅子坐下，問道。

「我不確定。」艾姆遲疑道：「血通常代表家族、戰爭、死亡。但匱乏是什麼意思？是否代表手抄本少了這一頁？或它要警告妳父母，妳成長的過程中，他們不會在場？」

「看最後一句。有沒有可能我父母在非洲發現了什麼東西？」

「或者女巫發現的就是**妳**？」艾姆柔聲建議道。

「最後一行一定跟戴安娜發現艾許摩爾七八二號有關。」馬修從那幅化學婚禮的插圖上抬起頭，插嘴道。

「你以為什麼都跟我和那份手抄本有關。」我抱怨道。「這張紙條也提到你在萬靈學院寫的論文主題——恐懼與欲望。你不覺得奇怪嗎？」

「不會比這幅畫裡的白王后戴著我的紋章更奇怪。」馬修把畫拿到我面前。

「她是水銀的化身——鍊金術中的變化之源。」我說。

「水銀？」馬修顯得很感興趣：「一種有永動性質的金屬？」

「你可以這麼說。」我也露出微笑，想起我前一天給他的那顆能量球。

「紅國王又是怎麼回事？」

「他很穩定，埋在泥土裡。」我皺起眉頭：「但他也代表太陽，而且一般插畫裡不會給他穿紅、黑兩色，通常他就是一身紅衣。」

「所以也許國王不是我，王后也不是妳。」他用手指輕觸一下王后的臉。

「也許。」我慢吞吞說道，想起馬修那份《曙光乍現》手抄本中的一段：「聽我說，所有的人啊，聽我說，居住這世上的大眾：我紅色的愛人向我召喚。他尋找，於是找到了我。我是開放在田野裡的花朵，生長在山谷裡的百合。我乃真愛之母，恐懼之母，理解之母，受祝福的希望之母。」

「那是什麼？」馬修過來捧起我的臉。「聽起來像出自聖經，但用字又有點不一樣。」

「是《曙光乍現》中描述化學婚禮的段落。」我們的目光糾纏，不動。空氣有點凝重時，我換了個話題。「我父親說，我們必須到很遠的地方去才能解開那幅畫的祕密，這是什麼意思？」

「郵票來自以色列。或許史蒂芬要我們到那裡去。」

「耶路撒冷的希伯來大學收藏了很多鍊金術的手抄本。其中大部分原來都屬於牛頓。」光憑馬修跟那座城市的淵源，且不提拉撒路騎士團，就讓我很渴望到那兒去一趟。

「對妳父親而言，以色列不能算『很遠的地方』。」莎拉在我對面坐下說。艾姆繞過去，跟她坐在一塊兒。

「那怎樣才算？」馬修拿我母親的信，重讀最後一段，找尋線索。

「澳洲內陸、懷俄明州、非洲的馬利。這都是他最喜歡做時光漫遊的地方。」

這個字眼的強度就跟我在幾天前聽到的「咒語禁制」一樣。我知道有些巫族有能力在過去、現在與未來之間移動，但我卻從來沒想到要問，我家族之中是否有人擁有這種能力。這非常罕見——幾乎跟巫火一樣稀奇。

「史蒂芬・普羅克特會時光旅行？」馬修用他那種每當提起魔法時就刻意保持平靜的語氣問道。

莎拉點頭道：「是的。史蒂芬每年至少到過去和未來各走一趟，通常是在十二月的人類學家年會結束後。」

「芮碧嘉的信紙背面還有字。」艾姆伸長脖子，觀察信紙的後面。

馬修連忙把信紙翻過來。「我趕著在巫水發動前，把妳帶到室外，就把這頁信紙扔下了。我沒看見這段，但這不是妳母親的筆跡。」他把信遞給我道。

鉛筆寫的字跡把所有的圓圈都拉長，而且每個字都頂著個尖頭。「記住，戴安娜：『我們所有經驗之中最美妙的就是神祕經驗。它是孕育真藝術與真科學最根本的情緒。不知道這一點，而且喪失了好奇心，對任何事都不覺得驚奇的人，都目光黯淡，與死無異。』」我曾經在什麼地方看過這種字跡。我在記憶深處翻尋各種圖像，想找到它的來源，卻毫無所獲。

「誰會在媽媽的信背後抄一段愛因斯坦的名言？」我問莎拉與艾姆，把信紙轉過去給她們看，並再次覺得那筆跡非常熟悉。

「看起來像妳爸。他學過書法。芮碧嘉曾經為這件事嘲弄過他。這讓他的字給人的印象特別老成。」

我慢慢把那張紙拿過來，研究上面的字跡。它確實有十九世紀的風格，就像博德利圖書館在維多利亞女王當政期間，聘來編書目的職員的筆跡。我忽然一僵，再仔細看一眼那字跡，然後搖搖頭。

「不，這不可能。」我父親不可能成為十九世紀的文書人員，更不可能抄到艾許摩爾七八二號的標題說明。

但我的父親會時光漫遊。那段愛因斯坦的話無疑也是寫給我看的。我把信紙丟在桌上，把臉埋在手心。

馬修在我身旁坐下，靜靜等候。莎拉發出不耐煩的聲音時，他用堅決的手勢要她安靜。我一直等到腦子裡不再天旋地轉，才開始說話。

「手抄本的第一頁有兩段標題說明。一段是用墨水寫的，是埃利亞斯・艾許摩爾的親筆：『人類學著述，或對人的簡短描述。』另一段是鉛筆寫的，筆跡全然不同，寫著：『分為兩部分：第一部分偏重生理構造，第二部分側重心理學。』」

「第二個標題的年代一定晚很多。」馬修指出：「艾許摩爾的時代，沒有『心理學』這種詞彙。」

「我本來以為那是十九世紀寫上去的。」我把父親的字條拿過來。「但這讓我相信那是我父親寫的。」

房間裡鴉雀無聲。

「摸摸看那些字。」最後馬修建議道：「看看它們還說些什麼。」

我用手指輕輕掃過鉛筆的字跡。紙上湧現豐富的影像。我父親穿一件黑色的長禮服外套，雙排扣，寬領，還打著正式的黑領結，伏在堆滿書本的書桌上。另外還有別的影像，他在家中書房裡，穿著熟悉的燈心絨外套，用二號鉛筆在寫一張字條，而我母親站在他身後，流著眼淚看他寫字。

「是他。」我把手從紙上移開，顫抖得很厲害。

馬修握住我的手。「妳一天之中做的勇敢的事夠多了，小母獅。」

「但是把那張化學婚禮的插圖，從博德利圖書館的藏書中撕掉的人不是他。」艾姆思索道：「所以他去那兒做什麼？」

「史蒂芬・普羅克特去對艾許摩爾七八二號作法，這麼一來，除了他女兒，就沒有人能把那本書從書庫裡借出來。」馬修聽起來很有把握。

「所以那個咒語認識我，是嗎？但為什麼我要再借閱的時候，它的表現就不一樣了呢？」

「妳不需要它。哦，妳想要它，但那是不一樣的。」馬修見我張口想抗議，露出一個狡猾的微笑。「別忘了，妳父母用咒語禁制妳的魔法，任何人都不能強迫它發揮作用。手抄本上的魔法也是一樣。」

「第一次調閱艾許摩爾七八二號的時候，我只想把待辦事項清單上的下一個項目解決掉。很難相信這麼微不足道的動機會引發那麼大的反應。」

「妳的父母不可能預知每一件事——例如妳會成為專門研究鍊金術的歷史學家，會經常在博德利圖書館做研究。難道芮碧嘉也會時光漫遊嗎？」馬修問莎拉。

「不會。這很罕見，當然，大多數高明的時光漫遊者也精通巫術。但如果沒有正確的咒語和防範措施，你很可能困在某個你根本不想去的地方，不論你有多大的法力。」

「沒錯。」馬修淡然道：「我就可以想到好幾個你絕對會想迴避的時代與地點。」

「有時候芮碧嘉會跟史蒂芬一起去，但他必須背著她。」莎拉笑著對艾姆笑說：「還記得維也納那次嗎？史蒂芬決心帶她去跳華爾滋。他花了一整年研究她該戴什麼款式的軟帽去旅行。」

艾姆接口道：「必須攜帶三件屬於你要去的時代和地點的物品，它們可以幫助你不至於迷失。但如果要去未來，就只能靠巫術提供唯一的方向指引。」

莎拉對時光漫遊已失去興趣，拿起化學婚禮的插畫，問道：「獨角獸有什麼意義？」

「別管獨角獸了，莎拉。」我不耐煩地說：「我爸不可能要我回到過去去拿手抄本吧。他想什麼呀，難道我時光漫遊回去，趁手抄本被施法之前先下手為強把它搶走？萬一我意外撞見馬修怎麼辦？這會破壞時空連續的呀。」

「哼，相對論。」莎拉嗤之以鼻：「它的解釋功能很有限。」

「史蒂芬總說，時光漫遊就像轉車。」艾姆道：「你下了這班火車，就在火車站等，直到另一班火車上有你的空位才能上車。時光漫遊時，你離開此時此地，就置身時間之外，直到另一個時間出現可以容納你的空間。」

「這有點像吸血鬼變換人生。」馬修若有所思道：「我們放棄一段生命——安排死亡、失蹤、搬家等——然後找尋下一段人生。凡人任意拋棄家庭、工作、家人而出走，不當一回事的程度令人難以想像。」

「但一定有人會發現，他們上星期認識的張三或李四，最近看起來有點不一樣吧。」我提出反對意見。

「這一點更奇怪。」馬修坦承：「只要你選擇時夠小心，通常沒人有意見。到聖地待個幾年、威脅生命的疾癘，或失去繼承權的可能——對超自然生物或凡人都構成睜一隻眼閉一隻眼的絕佳藉口。」

「好吧，不論有沒有可能，反正我不會時光漫遊。DNA檢驗報告上也沒有掃到。」

「妳當然會時光漫遊。妳從小就在做這種事。」莎拉對於有機會否定馬修的科學發現頗為得意。「第一次是妳三歲的時候。妳父母差點沒嚇死。四小時後，他們發現妳坐在廚房的高椅子上吃一片生日蛋糕。妳一定是肚子餓了，所以回到妳自己的生日派對去。從那以後，每次找不到妳，我們都猜妳是去了另一個時間，然後妳都會回來。妳失蹤過好多次。」

我從得知一個剛會走路的幼兒穿梭不同時空之間的驚愕，很快就聯想到我竟然有破解任何歷史難題的能力，心情頓時好了起來。

馬修已經想通了這事，正耐心地等我趕上。「不論妳父親想要什麼，妳都不可以回到一八五九年。」他堅決地說，並把我的椅子轉過去，讓我跟他面對面。「時間不是可以亂來的東西。懂嗎？」

即使向他保證我會留在現在，也沒有人再讓我有一分鐘獨處的機會。他們三個很有默契地把我一個傳給一個，搭配完美得可以到百老匯表演歌舞劇。艾姆跟著我上樓，確認那兒有毛巾，雖然我對毛巾櫃的位置一清二楚。我走出浴室，馬修正躺在床上撥弄手機。我下樓去泡茶時，他留在樓上，因為他知道莎拉和艾姆會在起居室裡等我。

我手裡拿著瑪泰的茶罐，想到昨天沒遵守承諾喝她的配方，我就有罪惡感，我決心今天非喝她的茶不可，裝滿茶壺後，便打開那個黑色的金屬罐。芸香的味道立刻鮮明地喚起被薩杜凌空挾持的記憶。我抓緊盒蓋，把心思放在其他氣味和比較愉快的七塔回憶上。我懷念它的灰色石牆、花園、瑪泰、拉卡沙——甚至伊莎波。

「這個是哪兒來的，戴安娜？」莎拉走進廚房，指著錫罐問道。

「瑪泰跟我一起做的。」

「就是他母親的管家嗎？幫妳調配敷背傷的草藥的那個？」

「瑪泰是伊莎波的管家，沒錯。」我刻意強調她們的名字。「吸血鬼都有名字的，就像女巫一樣。妳得知道這些名字。」

莎拉吸吸鼻子：「我認為妳最好去找醫生開處方，不要依賴古老的草藥偏方。」

「比較靠得住的方式還是請傅勒大夫幫妳開藥。」艾姆也走了進來。「就連莎拉也不肯定藥草的避孕功效。」

我把茶包扔進馬克杯，掩飾心裡的困惑，保持空白的表情，盡可能把臉遮住。「我這樣就好。不需要去看傅勒大夫。」

「對啊。妳現在跟吸血鬼同床。他們沒有生殖力——他們的生殖方式不在避孕藥的控制範圍之內。妳只要當心不要脖子被咬一口就是了。」

「我知道，莎拉。」

其實我不知道。瑪泰為什麼要挖空心思教我配一種完全派不上用場的茶？馬修已經清楚地表示，他不可能像溫血動物一樣生兒育女。雖然我答應過瑪泰，卻還是把泡了一半的茶倒進水槽，把茶包扔進垃圾桶。錫罐擺到碗櫃最上層，眼不見為淨。

近黃昏時分，雖然針對那張紙條、那封信和那幅畫做了很多討論，但我們對艾許摩爾七八二號的祕密和我父親跟它的關係，仍然一無所知。阿姨開始做晚餐，也就是說，艾姆烤了一隻雞，莎拉在旁喝波本威士忌，同時抱怨她準備的蔬菜的分量太多。馬修在廚房裡徘徊，一反常態地顯得很不安。

「來吧。」他拽住我的手臂道：「妳需要運動。」

實際上需要新鮮空氣的是他，不是我，但到戶外走走的念頭滿誘人的。我在後門玄關裡搜了一遍，找到一雙我的舊跑鞋。鞋子很破，但還是比莎拉的膠鞋合腳。

我們走到第一排蘋果樹那兒，馬修就撥轉我的身體，把我夾在盤根錯節的老樹幹和他的身體之間。低矮的樹枝替我們遮蔽了房子那方向的視線。

雖然我被困住，巫風卻沒有反應，倒是很多其他感覺紛紛湧現。

「天啊，那棟房子好擠。」馬修只來得及把這句話說完，就緊緊吻上我的唇。

他從牛津回來以後，我們獨處的時間就很少了。感覺好像過了一輩子，事實上才不過幾天。他一隻手滑進我牛仔褲的腰帶，冰涼的手指貼著我赤裸的肉體，我快樂得顫抖，他把我拉得更近，另一隻手找到我胸部渾圓的弧度。我們整個身體緊貼在一起，但他還在不斷設法以新的方式跟我貼近。

最後只剩下一種可能性。一時之間，馬修似乎打算用傳統的方式貫徹婚姻的終極結合——站姿，在戶外，出於令人盲目的生理衝動。但他忽然恢復了自制，抽回了身體。

「不能這樣。」他啞聲道，眼睛漆黑。

「我不在乎。」我把他拉回來頂著我。

「我在乎。」輕柔地斷續吐出一口氣，這是馬修的吸血鬼之嘆。「我們第一次做愛的時候，我要妳只屬於我一個人——周圍不要有任何其他人。我對妳的渴望遠不是現在這種支離破碎的片刻所能滿足的，相信我。」

「我也想要你。」我說：「我向來不是個有耐心的人。」

他的嘴唇勾勒出一個微笑，喉間發出一陣輕柔的聲音表示同意。

馬修用大拇指輕撫我咽喉下方的凹處，我的血液歡躍起來。他把嘴唇貼在方才大拇指的位置上，輕輕壓住皮膚下脈動的生命現象，然後跟隨著血管，沿著我頸側向上移動，來到我的耳朵。

「我喜歡知道妳喜歡哪些地方被碰觸。好比這兒。」馬修親吻我耳後。「還有這兒。」他吻我的眼皮。我發出愉快的低吟。「還有這兒。」他的大拇指碰到我下唇。

「馬修。」我悄聲道，眼中充滿懇求。

「什麼事，我的愛。」他觀察著，覺得不可思議，他的觸摸讓新鮮的血液湧上表層。

我沒有回答，只把他拉過來，不在乎寒冷、暮色漸深、我痠痛的背抵著粗糙的樹皮。我們在那兒靜止不動，直到莎拉在門廊上喊我們。

「你們沒走多遠，是嗎？」她不屑的哼聲在曠野裡傳送得很清晰。「這哪算得上運動。」就像被逮著在車道上跟男朋友親狎的女學生，我把運動衫拉正，趕快回屋裡去。馬修低笑一聲，跟在後面。

「你一副很得意的樣子。」他走進廚房時，莎拉道。站在明亮的燈光下，他全身上下每一寸都像個吸血鬼──而且還很自鳴得意。但他的眼神已不再焦躁，這一點讓我很慶幸。

「別去煩他。」艾姆的腔調異乎尋常地嚴厲。她把一碗沙拉交給我，示意我端到起居室，平時我們用餐的那張飯桌上。「戴安娜還沒長大的那些年，我們也折磨過不少棵蘋果樹。」

「唔。」莎拉道。她拿起三個酒杯，朝馬修揮揮手：「你那種酒還有嗎？卡薩諾瓦？」

「我是法國人，不是義大利人。而且我是個吸血鬼，我永遠準備著葡萄酒。」馬修一臉淘氣的笑容說道。「不必擔心酒會喝完。馬卡斯會帶更多酒來。他不是法國人──也不是義大利人，真不幸──不過他的教育可以彌補。」

我們圍桌坐下，三個女巫動手消滅艾姆的烤雞和馬鈴薯。塔比塔坐在馬修身旁，牠的尾巴每隔幾分鐘就會挑逗地從他腳上掃過。他不斷為莎拉斟酒，我一個人慢慢啜飲。艾姆一再問他要不要嘗點什麼，但他都拒絕了。

「我不餓，艾米莉，但還是謝謝妳。」

「到底有沒有什麼你願意吃的東西？」艾姆很不能適應竟然有人不吃她做的食物。

「核果。」我很有把握地說：「如果妳要買東西給他吃，就買核果好了。」

艾姆遲疑了一下：「生肉呢？」

馬修握住我的手，搶在我答話之前用力捏了一下。「如果妳要給我東西吃，沒有煮過的肉就很好。我也喜歡清肉湯——什麼都不加，不要有蔬菜。」

「你兒子跟同事也吃這些嗎？或這只是你個人喜歡的食物？」

我稍早詢問馬修他的生活方式和飲食習慣時，他顯得很不耐煩，現在我明白是為什麼了。

「這是吸血鬼跟溫血動物相處時，相當標準的食物。」馬修放開我的手，替他自己倒了更多酒。

「你一定常在酒吧裡混，看你喝這麼多酒，又那麼愛吃核果。」莎拉評論道。

艾姆放下叉子，瞪著她看。

「幹嘛？」莎拉問道。

「莎拉．畢夏普，如果妳當著馬修兒子的面，丟我們大家的臉，我永遠不原諒妳。」

我接下來的咯咯笑聲很快發展為捧腹大笑。莎拉是第一個加入的，接著是艾姆。馬修只坐著微笑，好像他被扔進一家瘋人院，但基於禮貌不好意思直說。

笑聲停歇後，他轉向莎拉說：「不知道我可不可以借用妳的蒸餾室，我想分析一下化學婚禮那張圖片裡的顏料。說不定能知道它是在哪兒生產的。」

「你不可以動那張圖片裡的任何東西。」我體內的歷史學家對他這種念頭大為震驚。

「不會受損的。」馬修溫和地說：「我知道如何分析極小的證據。」

「不行！我們在知道面對的是什麼東西之前，不可以動它分毫。」

「不要那麼拘泥形式，戴安娜，是妳把書還回去的，現在才來擔心這件事已經太遲了。」莎拉站起身來，眼睛發亮。「我們來看看食譜能不能幫上忙。」

「好啊，好啊。」艾姆壓低聲音道：「你現在跟我們是一家人了，馬修。」

莎拉鑽進蒸餾室，再回來的時候，捧著一本有家族聖經那麼大的皮面精裝書。這本書記載了畢夏普家族所有的知識與傳奇，在女巫間代代相傳，已傳承了將近四百年。書中第一個名字是芮碧嘉，旁邊以華麗、圓潤的書法，寫著一六一七這個年份。其他名字雜亂無章寫在第一頁上，分為兩欄，每個名字的墨跡都稍有不同，後面也附有不同的年份。這一頁背面也繼續寫著很多名字，最常出現的名字就是蘇珊娜、伊麗莎白、瑪格麗特、芮碧嘉和莎拉。我阿姨從不給任何人——包括其他女巫——看這本書。只有自己人才看得到她的「食譜」。

「那是什麼，莎拉？」莎拉把封面掀開時，散發出來的故紙味、藥草味、煙味，讓馬修翕大了鼻孔。

「畢夏普魔法書。」她指著第一個名字說：「它最初屬於芮碧嘉・戴維斯，也就是布麗姬・畢夏普的外婆，後來落到她母親芮碧嘉・波雷佛手中。布麗姬把這本書傳給她的長女。大約在一六五〇年前後，布麗姬在英國未婚生女，當時她還未滿二十歲。她為女兒取了跟外婆和母親相同的名字。但她無力撫養這女孩，就把她送給倫敦的一戶人家。」莎拉不滿地輕哼一聲。「批評她行為放蕩的謠言，糾纏了她一輩子。後來她的女兒芮碧嘉跟她重聚，到她開的酒店裡工作。當時布麗姬已嫁了第二任丈夫，另有一個名叫克麗絲汀的女兒。」

「所以妳們是克麗絲汀・畢夏普的後代？」馬修問道。

莎拉搖頭。「你說的是克麗絲汀・歐力福——布麗姬第二次婚姻所生的女兒。愛德華・畢夏普是布麗姬的第三任丈夫。不對，我們的祖先是芮碧嘉。布麗姬被處死後，芮碧嘉合法地將姓氏改為畢夏普。芮碧嘉是個寡婦，沒有丈夫跟她爭執。那是個反抗的行為。」

馬修深深看了我一眼。似乎是說，反抗顯然是一種遺傳特徵。

「布麗姬・畢夏普有許多個名字——她嫁了三次——現在已經沒有人統統記得了。」莎拉繼續道：「一般人只記得她因使用巫術，被判處死刑時，用的那個名字。從那時開始，家族裡的女性就一直保留畢夏普的姓，不論她們嫁給誰，也不論她們的父親姓什麼。」

「布麗姬死後不久，我讀到有關的消息。」馬修低聲道：「對超自然生物而言，那是個黑暗時代。

即使新科學好像為這世界剝下了神祕的面紗，人類還是相信周遭有看不見的力量。當然，他們這想法沒錯。」

「就是啊，科學的承諾和常識告訴他們的事實扞格不入，導致數百名女巫死亡。」莎拉開始翻動魔法書的書頁。

「妳在找什麼？」我皺著眉頭問。「難道畢夏普家族有人做過手抄本管理員？要不然，那本咒語書幫不上什麼忙。」

「妳不知道這本咒語書裡有什麼，小姐。」莎拉鎮定地說：「妳對它從來沒發生過興趣。」

我把嘴唇抿成一條細線。「任何人都不可以破壞手抄本。」

「啊，在這裡。」莎拉勝利地指著魔法書。「瑪格麗特．畢夏普一七八〇年代留下的咒語。她是個法力高強的女巫。『**我在紙張或布料上取得隱晦線索之法**』。我們就從這兒開始。」她站起身，用手指在那兒做了個記號。

「如果妳弄髒——」我正要說。

「前兩次我都聽見了，戴安娜。這是一種蒸汽的咒語。只有空氣會接觸妳的寶貝手抄本。別再吵了。」

「我去拿。」馬修連忙道。我惡狠狠瞪了他一眼。

他小心翼翼雙手捧著那張插圖從餐廳回來後，就跟莎拉一塊兒到蒸餾室去。我阿姨喋喋不休，馬修專心聆聽。

「誰會想到？」艾姆輕搖著頭。

艾姆和我洗淨晚餐的碗盤，剛開始整理活像犯罪現場的起居室時，就看見一對車頭燈快速轉進車道。

「他們來了。」我的胃開始緊縮。

「別擔心，親愛的。他們是馬修的家人。」艾姆捏一把我的手臂，給我打氣。

我走到前門口，馬卡斯和密麗安正好下車。密麗安穿一件咖啡色薄毛衣，袖子捲到手肘，搭配迷你裙和短靴，顯得侷促而不合時宜，她黑色的眼睛帶著難以置信的表情，打量著周遭的田野和風景。馬卡斯觀察房子的建築，對空中嗅一嗅——無疑滿是咖啡和女巫的氣味——他穿一件一九八二年旅行演場會的短袖T恤搭配牛仔褲。

門打開時，我的眼睛接觸到馬卡斯的藍眼，他眼神一閃：「嗨，媽，我們到家了！」

「他告訴你了嗎？」我質問道，對馬修不聽從我的意願勃然大怒。

「告訴我什麼？」馬卡斯的額頭困惑地皺起。

「沒事。」我嘟囔道。「哈囉，馬卡斯。哈囉，密麗安。」

「戴安娜。」密麗安秀氣的輪廓又露出熟悉的不贊成表情。

「好房子。」馬卡斯直奔門廊前的台階。他用手指提著一個咖啡色的瓶子。門廊的燈光把他的金髮和光潔的白皮膚都映得閃閃發亮。

「請進，歡迎。」我連忙把他拉進來，希望開車從房子旁邊經過的人，不至於瞥見我們家門口站著一個吸血鬼。

「妳還好吧，戴安娜。」他眼中有擔憂，鼻子翕開嗅我的氣味。馬修已把皮耶堡的事告訴他了。

「我很好。」樓上有扇門砰一聲關上。「不許胡鬧！我是說真的！」

「哪方面？」密麗安半路上停下腳步，扁塌的黑鬈髮向蛇一樣盤在她肩膀上。

「沒事。不用擔心。」目前兩個吸血鬼都安全走進房子裡，房子嘆了口氣。

「沒事嗎？」密麗安也聽見了嘆聲，她豎起眉毛。

「每次有客人來訪，房子都會有點兒擔心，如此而已。」

密麗安朝樓梯上看一眼，嗅一嗅，問道：「這棟房子裡有多少住戶？」

問題很簡單，卻無法給一個簡單的答案。

「不確定。」我簡短地說，便拖著一個行李袋往樓上走。「這裡頭裝的是什麼？」

「那是密麗安的袋子。我來拿。」馬卡斯用無名指輕易將袋子勾起。

我們一起上樓，我帶他們去看房間。艾姆曾直截了當問馬修，他們兩個可不可以共睡一張床。他先對這麼不妥當的問法表示大吃一驚，然後哈哈大笑向她保證，如果不把這兩隻吸血鬼分開，第二天早晨就會出現一隻吸血鬼的屍體。一整天下來，他不時低聲發笑，自言自語：「馬卡斯和密麗安。真虧她想得出。」

馬卡斯睡原先艾姆使用的客房，我們讓密麗安睡我從前閣樓裡的房間。成堆蓬鬆的毛巾在他們床上等著。我指給他們看臥室的方位。安頓吸血鬼客人並不麻煩——他們不吃東西，也不需要躺下休息，不需任何能讓一般生物覺得舒適的裝備。好在也沒有鬼魂現形或牆上灰泥掉落等代表房子不歡迎他們的徵兆。

馬修當然知道他兒子和密麗安都到了，但蒸餾室的位置較偏僻，沙拉仍然毫無所覺。我帶著兩個吸血鬼穿過家族休息室時，伊麗莎白在門背後窺視，眼睛瞪得像貓頭鷹一樣大。

「去找外婆來。」我轉身對馬卡斯和密麗安說：「抱歉，我們家裡有鬼。」

馬卡斯用一聲咳嗽掩飾他的笑聲。「所有的祖先都跟妳們一起住嗎？」

想到我父母，我搖搖頭。

「真可惜。」他喃喃道。

艾姆在起居室等候，她的笑容開朗而真誠。「你一定就是馬卡斯。」她站起身，伸出手。「我是艾米莉・麥澤。」

「艾姆，這位是馬修的同事，密麗安・薛柏。」

密麗安走上前一步，雖然她跟艾姆都算是骨架瘦小的類型，但相形之下，密麗安簡直像一個瓷娃娃。

「歡迎，密麗安。」艾姆低頭微笑道：「你們哪位要喝點什麼？馬修開了一瓶葡萄酒。」她表現得非常自然，好像經常在家款待吸血鬼似的。但馬卡斯和密麗安都搖頭。

「馬修在哪裡？」密麗安問道，明顯表達她的優先考慮。她敏銳的感官吸收了新環境裡所有的細節。

「我聽見他了。」

我們把兩個吸血鬼帶到劃清為莎拉私人聖堂界線的老木門前。馬卡斯和密麗安一路上不斷把畢夏普老屋所有的氣味聞在鼻子裡——食物、衣服、女巫、咖啡、貓。

塔比塔尖叫一聲，從壁爐旁的陰影裡衝出來，直撲密麗安，好像跟她有不共戴天的仇恨。

密麗安發出嘶嘶聲，塔比塔撲到半途，忽然停住不動。他們互相評估對方，攫食者對攫食者。經過好長一段時間，塔比塔率先移開目光，牠忽然覺得亟需整理儀容。這動作等於默認牠不再是這兒唯一值得重視的雌性動物了。

「那是塔比塔。」我囁嚅道。「牠很喜歡馬修。」

蒸餾室裡，馬修和莎拉彎腰屈膝，正以欣喜欲狂的表情，盯著老電爐上的一鍋不知什麼東西。屋梁上掛下來幾把枯乾的藥草，原汁原味的殖民時代烤爐隨時備用，鐵製的鉤子與吊架上等著把沈重的大湯鍋吊在炭火上。

「小米草不可或缺。」莎拉像小學老師般解釋道：「它會使影像變清晰。」

「好難聞啊。」密麗安道，皺起小巧的鼻子，悄悄靠過去。

馬修臉色一沈。

「馬修。」馬卡斯平淡地說。

「馬卡斯。」他父親回應道。

莎拉站起身，打量家中這兩名最新的成員，他們都在發光。蒸餾室裡黯淡的光線，使他們不自然的白皙和瞳孔放大的驚人效果更為顯著。「女神救救我們，怎麼會有人把你們誤認為凡人？」

「我也一直想不通。」密麗安道，同樣興趣濃厚地研究莎拉。「妳也不能算是很不醒目吧，頭髮那麼紅，身上還不斷散發出一陣一陣的天仙子氣味。我是密麗安・薛柏。」

馬修和我交換了意味深長的一眼，不確定密麗安和莎拉能否在同一個屋頂下和平共存。

「歡迎妳光臨畢夏普家，密麗安。」莎拉瞇著眼睛，密麗安也有類似的反應。接著我阿姨把注意力轉往馬卡斯。「所以你就是他的小孩。」照例，她懶得說什麼冠冕堂皇的客套話。

「沒錯，我是馬修的兒子。」馬卡斯一副見到鬼的表情，慢慢舉起他帶來的咖啡色瓶子。「有個跟妳同名的人是治病的高手，就像妳一樣。那位莎拉・畢夏普在邦克山之役[98]教我如何接合斷腿。我現在仍然用她教我的方式接骨。」

兩條穿著破鞋的腿，從蒸餾室小閣樓的邊緣垂下來。

我們現在可以指望他比那時候更有力氣吧。一個外貌跟莎拉一模一樣的婦人說道。

「威士忌。」莎拉用欣賞的新眼光從酒瓶望向我兒子。

「她喜歡喝烈酒。我猜妳可能也一樣。」

兩個莎拉・畢夏普都在點頭。

「你猜對啦。」我阿姨道。

「魔藥配得如何？」我努力克制著不在封閉的室內打噴嚏。

「還要浸漬九小時。」莎拉道。「然後我們要把它重新煮沸，讓手抄本經過蒸汽，然後看看能得到什

---

[98] Battle of Bunker Hill是美國獨立革命期間，一七七五年發生於波士頓近郊的戰役，戰況激烈，雖然最後英軍號稱獲勝，但實際上是兩敗俱傷的局面。

麼。」她眼睛瞟著威士忌。

「那我們就休息一下。我可以幫妳打開那個瓶子。」馬修指著酒瓶自告奮勇道。

「我自己開，你別介意。」莎拉從馬卡斯手中接過酒瓶。「謝謝啦，馬卡斯。」

莎拉把爐火關小，在鍋上加了蓋子，然後我們列隊走進廚房。馬修替自己倒了杯葡萄酒，又問密麗安和馬卡斯要不要，但他們都拒絕了，然後替莎拉倒了威士忌。我替自己泡了茶——超市買來的立頓原味紅茶——馬修詢問兩個吸血鬼旅途狀況及實驗室的工作情形。

馬修的聲音裡沒有一點溫情，也沒有高興看見兒子的表示。自知不受歡迎的馬卡斯，不安地把重心從一隻腳挪到另一隻腳。我提議大家一起到起居室坐下，希望能消除尷尬的氣氛。

「我們還是到餐廳去好了。」莎拉對她迷人的甥孫舉起酒杯。「我們可以讓他們看看信。把戴安娜的畫拿來，馬修。他們也該看看那個東西。」

「馬卡斯和密麗安不會久留。」馬修語帶譴責道：「他們有事要告訴戴安娜，然後就要趕回英國。」

「可是他們是一家人。」莎拉強調，彷彿對房間裡的緊張氣氛毫無感覺。

馬修繼續怒目瞪著兒子，莎拉親自去把插畫拿過來。她率領我們到前面的房間去。馬修、艾姆和我坐在大餐桌的一端。密麗安、馬卡斯和莎拉坐另一端。大家坐定後，阿姨就開始敘述早晨發生的事。每當她要求馬修釐清一些細節時，他都只從牙縫裡擠出最簡單的答案，不做任何修飾。除了莎拉，房間裡每個人都似乎了解馬修不願意密麗安和馬卡斯知道那些事的詳情，但我阿姨興高采烈地說下去，還背了一段我母親的信，加上我父親的附筆，作為總結。她這麼做的時候，馬修一直堅定地握著我的手。

密麗安拿起化學婚禮的插畫，仔細研究了一番，然後轉過來看著我。「令堂說得對，這幅畫畫的是妳，還有馬修。」

「我知道。」我迎上她的目光。「妳知道它的意義嗎？」

「密麗安？」馬修立刻道。

「我們可以等到明天。」馬卡斯顯得不安，準備站起來。「時間不早了。」

「她已經知道了。」密麗安低聲道：「結婚以後會發生什麼事，戴安娜？鍊金術變化中，conjunctio的下一步是什麼？」

房間天旋地轉，我聞到七塔藥草茶的氣味。

「conceptio。」我身體變成一攤軟泥，隨即眼前一黑，沿著椅背滑下地。

第三十六章

我的頭夾在我兩膝之間，四周一片囂亂。馬修的手壓著我，我只能把注意力集中在腳下破舊的東方地毯的圖案上。我聽見馬卡斯的聲音隱約從後面傳來，他在跟莎拉解釋，如果她靠近我，他父親很可能會把她的腦袋扯掉。

「這是吸血鬼的特性。」馬卡斯安慰道：「我們非常保護自己的配偶。」

「他們什麼時候結的婚？」莎拉問道，她有點惶惑。

密麗安安慰艾姆的方式就不那麼令人放心了。「我們稱之為屏障。」她銀鈴似的女高音說道：「看過老鷹和牠的獵物嗎？那就是馬修採取的姿勢。」

「但戴安娜不是他的獵物，是嗎？他不會……咬她吧？」艾姆看一眼我的脖子。

「我相信不會的。」密麗安思索著這個問題，慢吞吞說道。「他不餓，她也沒在流血。危險性極小。」

「別說了，密麗安。」馬卡斯道：「沒什麼好擔心的，艾米莉。」

「我坐不起來。」我咕噥道。

「不要動，進入妳頭部的血流還沒有恢復正常。」馬修盡可能不對我咆哮，但就是控制不住。

莎拉發出一種好像被掐住脖子的怪聲，她一直懷疑馬修對我的血流虎視眈眈，這下可抓到證據了。

「你想他會讓我從戴安娜身旁通過，去拿她的檢驗報告嗎？」密麗安問馬卡斯。

「得看他有多生氣。如果妳這麼出其不意嚇我老婆，我就拿斧頭劈了妳，然後把妳當早餐吃掉。換作我是妳，就老實坐著不要動。」

密麗安的椅子刮過地板作響。「我要冒個險。」她衝過去。

「天殺的。」莎拉輕呼。

「她動作超快。」馬卡斯向她保證：「即使以吸血鬼而言。」

馬修讓我換成坐姿。就算這麼輕微的動作，還是讓我覺得頭好像要炸開，房間在旋轉。我暫且閉上眼睛，再睜開時，便見馬修關懷地看著我。

「還好吧，我的愛？」

「有點驚嚇。」

馬修的手指環繞我手腕，量我的脈搏。

「真抱歉，馬修。」馬卡斯囁嚅道：「我不知道密麗安會這麼做。」

「你是該抱歉。」他父親眼皮也不抬，冷漠地說：「說明你們來訪的目的——說快點。」馬修額頭的血管跳得很劇烈。

「密麗安——」馬卡斯開口。

「我沒問密麗安。我問的是你。」他父親打斷他。

「怎麼回事，戴安娜？」我阿姨問，她看起來很激動。馬卡斯仍摟著她的肩膀。

「密麗安認為那幅鍊金術插圖描寫的是我和馬修。」我謹慎地說：「製造賢者之石的過程中，那個階段叫做conjunctio，或者『結婚』，下一個階段叫conceptio。」

「conceptio？」莎拉道：「就是我想的那回事嗎？」

「很可能。這是拉丁文──意思是『受孕』。」馬修解釋道。

莎拉瞪大眼睛：「然後會生小孩？」

但我的心思卻在別處，翻閱著艾許摩爾七八二號裡的圖片。

「受孕的插畫也遺失了。」我伸手去拉馬修。「在某個人手中，就像我們持有婚禮一樣。」

密麗安時間拿捏得精準無比，就在這一刻，她拿著一疊紙回來：「我該把這個交給誰？」

馬修用一種我但願永遠都不要再看見的眼神瞪了她一眼，密麗安的臉色立刻由蒼白變為死灰。她連忙把報告送到他手中。

「妳拿錯了資料，密麗安。這份報告是一個男人的。」馬修不耐煩地看了前兩頁就說。

「這就是戴安娜的檢驗報告。」馬卡斯道：「她是個客邁拉，馬修。」

「那是什麼？」艾姆問道。客邁拉是神話中的生物，身體由母獅、龍和山羊組成。我低下頭，幾乎以為會看到兩腿之間出現一根尾巴。

「就是一個人的細胞有兩種以上不同的遺傳特徵，遺傳學上又稱之為『嵌合體』。」馬修半信半疑盯著第一頁看。

「這不可能。」我的心臟響亮地跳了一下。馬修把我兜進懷中，把檢驗報告放在我倆面前的桌上。

「這非常罕見，但不是不可能。」他嚴肅地說，眼睛在灰色的粗線條上移動。

「據我猜測是ＶＴＳ。」密麗安無視馬卡斯皺眉警告，說道：「那些結果來自她的頭髮。我們從拿到老宅去的棉被上收集到好幾束。」

「那是『失蹤雙胞胎症候群』（vanishing twin syndrome）的縮寫。」馬卡斯對莎拉解釋道。「芮碧嘉懷孕初期有沒有什麼問題？流血或擔心會小產？」

莎拉搖頭。「沒有。我想沒有。但當時他們不在這裡——史蒂芬和芮碧嘉在非洲。一直過了懷孕的前三個月，他們才回美國。」

從來沒有人告訴過我，我是在非洲受孕的。

「如果有問題，芮碧嘉也不會知道。」馬修搖頭道，嘴唇抿成堅決、剛硬的　條線。「大多數婦女發現自己懷孕之前，ＶＴＳ就已經發生了。」

「所以我原來是雙胞胎，我的同胞手足流產了？」

「妳的哥哥或弟弟。」馬修用空出來的手指著檢驗報告說：「妳的雙胞胎是男性。以妳的案例，存活下來的胎兒吸收了另一個胎兒的血液與組織。這發生在懷孕早期，找不到失蹤雙胞胎存在的證據。戴安娜的頭髮是否顯示她擁有ＤＮＡ檢驗報告沒有查出來的別種能力？」

「有一些——時光漫遊、變形、預知。」他兒子答道：「大部分都被戴安娜完全吸收了。」

「所以應該是我的兄弟才是個時光漫遊者，不是我。」我慢慢說道。

道發出磷光的軌跡顯示我外婆飄進了這個房間，她輕拍一下我的肩膀，然後在桌子另一頭坐下。

「那個男孩應該也有操縱巫火的遺傳傾向。」馬卡斯點頭道：「我們在頭髮樣本裡只找到火的標記——沒有其他元素魔法的跡象。」

「而你們認為，我母親不知道我有個兄弟？」我用手指觸摸那些灰色、黑色、白色的粗線條。

「哦，她知道的。」密麗安聽起來很有把握。「妳出生在女神的節日。她為妳取名戴安娜。」

「所以呢？」我打了個寒噤，把身穿涼鞋與長袍，騎馬穿過森林的記憶，以及巫火出現時，與之俱來的那種手拿弓箭的奇怪感覺，都推到一旁。

「月亮女神有個雙胞胎兄弟——阿波羅。『這頭獅子使太陽快速行進／與他的月亮姊妹親近。』」密麗安背誦這兩行鍊金術的詩句時，眼睛閃閃發亮，顯然有什麼企圖。

「妳會背〈狩獵綠獅子〉[99]。」

「下一個聯句我也會背：『藉由婚禮的神奇妙方／獅子讓他們生下一個國王。』」

「她在說什麼呀？」莎拉有點惱火了。

密麗安想回答，但馬修搖頭。這女吸血鬼就沈默下來。

「太陽國王與月亮王后——鍊金術中的硫與汞——結婚，孕育一個小孩。」我告訴莎拉：「在鍊金術的象徵中，生下來的小孩是雙性，象徵混合後的化學物質。」

「換言之，馬修，」密麗安忙不迭地打岔道：「艾許摩爾七八二號談的不僅是物種的原始，也不僅是演化與物種絕滅，還談到生殖。」

我怒斥道：「胡說。」

「也許妳認為是胡說，戴安娜，但我認為一切都很清楚。吸血鬼和女巫或許還是生得出小孩。其他不同物種結合也都有此可能。」密麗安勝利地往椅背上一靠，沈默地等著看馬修大發雷霆。

「但生理上吸血鬼不可能生殖。」艾姆道：「他們從來沒這種能力。不同物種也不能隨便結合。」

「物種會改變，適應新環境。」馬卡斯道：「生殖是一種非常強大的求生本能——強大的程度足以改變遺傳。」

⑲ The Hunting of the Green Lion是一首十六世紀的鍊金術長詩，有一個手抄本收在艾許摩爾的收藏品之中。

莎拉皺起眉頭：「你這麼說，好像我們即將滅種似的。」

「是有這種可能。」馬修把檢驗報告、紙條、艾許摩爾七八二號撕下的插畫，統統推到桌子中央。「女巫的子女人數愈來愈少，魔力逐漸減弱。吸血鬼用重生的方式改變溫血動物，製造吸血鬼，愈來愈困難。魔族也變得前所未有的不穩定。」

「我還是不懂，為什麼這樣就會讓吸血鬼跟女巫生出小孩來。」艾姆道：「而且即使要發生改變，又為什麼要從戴安娜和馬修開始？」

「密麗安是在圖書館看他們相處時，開始有這種想法。」馬卡斯解釋道。

「從前我們也看過吸血鬼在屏障他們的獵物和配偶時，展現保護的行為。但某些時刻，其他本能——狩獵、進食——會超越保護的衝動。馬修對戴安娜的保護本能卻是愈來愈強烈。」密麗安道：「然後他為了轉移外界對她的注意，開始以吸血鬼的方式，做出招展羽毛，表演猝降、下潛之類飛行特技等行為。」

「這是保護未來的子女的行為。」馬卡斯告訴他父親：「除這個目的之外，攫食者不會費這麼大工夫。」

「艾米莉說得對。吸血鬼跟女巫差距太遠。戴安娜跟我不可能有孩子。」馬修迎上馬卡斯的眼神，斷然說道。

「這我們不知道。不見得。鋤足蟾蜍就是個例子。」馬卡斯把手肘靠在桌上，手指頭勾在一起，指節打出劈啪聲。

「鋤足蟾蜍？」莎拉拿起化學婚禮的圖畫，不小心拗皺了邊緣。「且慢，這幅畫裡，戴安娜到底是獅子、蟾蜍，還是王后？」

「她是王后，可能也是獨角獸。」馬卡斯從阿姨的指縫裡輕輕抽出那張紙，然後繼續講他的兩棲動物。「某些情況下，雌的鋤足蟾蜍可以跟其他品種——不算完全沒有親屬關係——的蟾蜍交配。牠的後代就會出現有用的新特徵，等於加速演化，有助於求生。」

「吸血鬼跟女巫都不是鋤足蟾蜍，馬卡斯。」馬修冷峻地說。「異種交配造成的改變也不盡然是正面的。」

「你為什麼這麼抗拒這件事？」密麗安不耐煩地說：「跨物種繁殖就是演化的下一步。」

「遺傳的超級大拼盤——女巫跟吸血鬼生小孩就會有這種結果——會加速演化發展。所有物種都會採用這種躍進方式。我們報告的其實是你自己的發現，馬修。」馬卡斯辯護道。

「你們兩個都忽略了遺傳超級大拼盤的高死亡率。你們如果以為我會讓戴安娜冒這種險，那就大錯特錯了。」馬修的聲音柔和得格外危險。

「但她是嵌合體——又是Ｒｈ陰性的ＡＢ血型——所以可能比較不會排斥有一半吸血鬼基因的胚胎。她幾乎可以接受所有血型的輸血，也已經吸收過外來的ＤＮＡ。就像鋤足蟾蜍一樣，說不定是物種的求生壓力把她送到你面前來的。」

「你真會異想天開，馬卡斯。」

「戴安娜與眾不同，馬修。她跟其他女巫不一樣。」馬卡斯的眼光從馬修轉到我身上。「你還沒看她的粒線體ＤＮＡ報告呢。」

馬修在紙張中翻尋。他的呼吸嘶嘶作響。

那頁報告裡有許多個呼拉圈形狀的圖形，圓環上分成許多個區塊，塗滿不同的鮮豔色彩。密麗安在頂端用紅筆寫著「未知世系」，還有一個符號看起來像左右顛倒的大寫字母Ｅ，又多了一根尾巴。馬修很快瀏覽完這一頁，接著看下一頁。

「我知道你會質疑這批結果，所以我帶了對照資料來。」密麗安鎮定地說。

「世系是什麼意思？」我密切注意馬修，找尋了解他心情的線索。

「遺傳的世系。透過一個女巫的粒線體ＤＮＡ，我們可以回溯到最早的四個女人之一，她們是我們研究過的每一個女巫的女性始祖。」

「只有妳們例外。」馬卡斯對我說：「妳和莎拉不是她們任何一個人的後裔。」

「這又是什麼意思？」我指著那個倒寫的Ｅ問道。

「這是古埃及象形文字黑（heh），也是希伯來文的數字五。」馬修接著對密麗安問道：「這有多古老？」

密麗安小心斟酌用字：「黑是個非常古老的家族——不論你根據的是哪一種粒線體時鐘理論。」

「比伽馬（Gimel）家族還老嗎？」馬修提及的是希伯來文的數字三。

「是的。」密麗安遲疑了一下。「還有，先回答你接下來要提出的問題，這有兩種可能性。黑家族有可能是莉莉絲粒線體的另一支後裔。」

莎拉張口想發問，我搖頭示意她安靜。

「或者黑家族也有可能是莉莉絲粒線體的姊妹的後裔——如此一來，戴安娜的祖先也算是一個家族的女性始祖，但她的地位不等於女巫之中夏娃粒線體。不論是哪種情形，只要戴安娜沒有子女，黑家族恐怕就要在這一代滅絕。」

我把母親給的牛皮紙信封朝馬修推過去。「你能不能列個圖表？」這房間裡的人若沒有圖表輔助，根本聽不懂他們在說些什麼。

馬修快速翻閱報告，畫了兩個不斷延伸展開的圖。一個是長蛇形，另一個由上而下開枝散葉，好像什麼體育比賽的淘汰賽程表。馬修指著長蛇圖形說：「粒線體夏娃已知有七個女兒。科學家認為她們是所有西歐人的最近共同母系祖先。雖然這幾個女性ＤＮＡ記錄分別出現在不同歷史時間點和不同地區，但她們曾經有一個共同的女性祖先。」

「那就是粒線體夏娃。」我道。

「對。」他指著那個像賽程表的圖形說。「這是我們研究女巫母系血統的發現。一共有四條血統，或者可稱之為家族。我們依照發現的次序為她們命名，但事實上，阿爾法家族——我們發現的第一個家族——的母親，生存年代距我們最近。」

「請定義『最近』是什麼意思。」艾姆要求。

「阿爾法活在大約七千年前。」

「七千年？」莎拉很驚訝：「而畢夏普家族的母系祖先只能追溯到一六一七年。」

「伽馬活在大約四萬年前。」馬修沈重地說。「所以如果密麗安的說法正確，黑家族更老，可能大幅超過四萬年。」

「真要命！」莎拉又哼了一聲：「莉莉絲又是什麼人？」

「第一個女巫。」我把馬修畫的圖形拉近一點，想起在牛津的時候，我曾經問他是不是在找第一個吸血鬼，他的反應模稜兩可。「至少是現代女巫可以透過母系祖先追溯到的第一個女巫。」

「馬卡斯喜歡前拉斐爾派[100]，密麗安又熟知一大堆神話。這名字是他們一起挑的。」馬修解釋道。

「前拉斐爾派喜歡莉莉絲，羅塞蒂說她是亞當在遇到夏娃之前愛上的一個女巫。」馬卡斯的眼神變得如夢似幻：「於是妳的咒語／穿過他，讓他垂下挺直的頸項／一根令人窒息的金髮勒著他的心臟。」

「典出聖經的〈雅歌〉。」馬修道：「我妹子，我新婦，妳奪了我的心。妳用眼一看，用妳項上的一

[100] Pre-Raphaelites是英國畫家但丁・加百利・羅塞諦（Dante Gabriel Rossetti）、約翰・艾弗瑞・米萊（John Everett Millais），和威廉・霍爾曼・亨特（William Holman Hunt）於一八四八年發起的藝術運動。他們認為因襲米開朗基羅和拉斐爾以降的古典姿勢和過分強調畫面構成的優雅，對藝術有不利影響，需要改革，所以取了這個名字。前拉斐爾派的作品講究畫面寫實、細節豐富、色彩穠豔、構圖複雜，喜歡取材神話與民間故事，富有浪漫與唯美風格。

條金鍊，奪了我的心。」

「煉金術師都喜歡這一段。」我輕搖著頭低聲道：「《曙光乍現》裡也有類似的段落。」

「其他跟莉莉絲有關的記載就不那麼令人愉快了。」密麗安嚴肅的語氣讓我們的心思回到當前的問題上。「古老的故事裡，她是黑夜的生物，風和月亮的女神，也是死亡天使薩麥爾的伴侶。」

「月亮女神跟死亡天使有兒女嗎？」莎拉忽然瞪著我們問道。古老傳說、鍊金術文本、我跟吸血鬼相戀，這其間的類似之處再次顯得不可思議。

「有。」馬修從我手中將報告抽出，整齊地砌成一堆。

「原來合議會擔心的就是這個。」我低聲道。「他們擔心生出來的小孩既不是吸血鬼，也不是女巫，也不屬於魔族，而是混血兒。然後他們要怎麼辦？」

「這麼多年來，曾有多少超自然生物陷入妳和馬修的困境。」馬卡斯很好奇。

「目前有多少？」密麗安補充道。

「合議會不知道這些檢驗的結果——真是謝天謝地。」馬修把那疊紙推回桌子中間。「但仍然沒有證據顯示戴安娜生得出我的孩子。」

「那你母親的管家為什麼要教戴安娜泡那種茶？」莎拉問道：「她認為有可能。」

哎呀，我的天，我的外婆同情地說。這下子事情可鬧大了。

馬修全身一僵，他的氣味變得濃郁刺鼻。「我不懂。」

「戴安娜跟那個叫什麼名字來著——瑪泰——在法國配的茶。裡頭加了一大堆墮胎和避孕的藥草。茶罐一打開我就聞到了。」

「妳知道嗎？」馬修氣白了臉。

「不知道。」我低聲道：「也還沒有造成損害。」

馬修站起身，從口袋裡掏出手機，避開我的目光。「失陪一下。」他對莎拉和艾姆告罪一聲，便大步走出去。

「莎拉，妳怎麼可以？」前門一在他背後闔上，我就對莎拉大叫。

「他有權知道——妳也一樣。未得當事人同意，不可以隨便拿藥給人家吃。」

「但輪不到妳跟他說。」

「對。」密麗安滿意地道：「那是妳的工作。」

「妳別介入，密麗安。」我氣壞了，我的手在抽搐。

「我已經介入了，戴安娜。妳跟馬修戀愛使這個房間裡每一個生物都陷入危險。不論你們生不生小孩，都會改變一切。現在他又把拉撒路騎士團也扯進來。」密麗安跟我一樣生氣。「愈多超自然生物認可你倆的關係，就愈有可能爆發戰爭。」

「別荒唐了，戰爭？」薩杜烙在我背上的印記，開始不祥地刺痛起來。「國與國之間才會爆發戰爭，戰爭不會因為女巫跟吸血鬼相愛而爆發。」

「薩杜對待妳的方式是一種挑戰，馬修的回應正如他們意料：召集騎士團。」密麗安厭恨地冷哼一聲。「自從妳走進博德利圖書館，他就完全失去理智。他上次為一個女人失去理智，我丈夫就送了命。」

房間安靜得像座墳墓，就連我外婆也顯得很驚訝。

馬修不是個殺手，至少我一遍又一遍對自己這麼說。但他靠殺戮取得食物，他在佔有欲發作的盛怒中也會殺人。我知道這兩項事實，但仍然不顧一切地愛他。這說明了我是個什麼樣的人嗎，我竟然對這樣的一個生物愛得如此死心塌地？

「冷靜下來，密麗安。」馬卡斯警告道。

「不。」她狺狺怒吼：「這是我的故事，不是你的，馬卡斯。」

「那就說吧。」我抓住桌緣，簡單地說。

「貝傳德是馬修最要好的朋友。愛琳娜・聖勒傑遇害時，耶路撒冷瀕於戰爭邊緣。英國人和法國人互相仇視。他召喚拉撒路騎士團來解決衝突。結果我們差點在凡人面前曝光。」密麗安尖脆的嗓音已泣不成聲。「必須有人為愛琳娜的死付出代價。聖勒傑家族要求正義。愛琳娜死在馬修手裡，但當時他是團長，就像現在一樣。我丈夫出面承擔罪責——為了保護馬修，也為了保護騎士團。一個回教劊子手砍掉他的頭。」

「對不起，密麗安，對於妳丈夫的死真的很抱歉。但我不是愛琳娜・聖勒傑，這兒也不是耶路撒冷。那件事發生在很久以前，馬修已經改變了。」

「我覺得一切就像昨天才發生的一樣。」密麗安簡單地說。「這次馬修・柯雷孟還是想得到一件他不能擁有的東西，他根本沒有變。」

房間裡再度安靜下來。莎拉顯得既驚訝又害怕。密麗安的故事證實了她對所有吸血鬼，尤其是馬修，最擔心的事。

「也許妳會一直忠於他，甚至在妳更了解他以後。」密麗安繼續說道，聲音了無生氣。「但馬修為了妳，會再消滅多少超自然生物？妳以為薩杜・哈維倫能逃脫跟季蓮・張伯倫一樣的下場嗎？」

「季蓮怎麼了？」艾姆問道，提高了音量。

密麗安張口想回答，我右手的手指本能地彎曲，形成鬆弛的拳頭。食指和中指朝她那方向輕輕一彈，她便抱住喉嚨，發出咕嚕咕嚕的聲音。

這麼做不好，戴安娜。外婆搖著頭說。妳得當心自己的脾氣，小姑娘。

「別來惹我，外婆——還有妳，密麗安。」我凶狠地各瞪她們一眼，然後面對艾姆說：「季蓮死了。她跟彼得・諾克斯寄爸媽在奈及利亞的照片給我。那是威脅，馬修覺得他必須保護我。這是他的本能，就像呼吸一樣。請盡可能原諒他。」

艾姆臉色發白。「馬修因為季蓮寄照片就殺了她？」

「不僅如此。」馬卡斯說：「許多年來，她一直在監視戴安娜。季蓮和諾克斯闖進她在新學院的宿舍，到處搜索。他們要找DNA的證據，以便進一步了解她的力量。如果他們知道我們現在知道的這些事——」

如果季蓮和諾克斯得知檢驗報告的結果，那我就真的生不如死了。但馬修沒有親口告訴我這件事，還是讓我深受打擊。我藏起自己的思維，設法關閉眼睛後面那扇窗。我阿姨沒有必要知道我丈夫有事對我保密。

但這件事瞞不了外婆。*啊，戴安娜，*她道，*妳確實知道自己在做什麼嗎？*

「我要你們全體離開我的房子。」莎拉把椅子一推。「包括妳，戴安娜。」

從起居室正下方那座古老的根莖蔬菜儲藏室裡，傳出一陣悠長、緩慢的震動，沿著地板擴散開來。它攀上牆壁，搖撼窗戶上的玻璃。莎拉的椅子向前衝，把她壓在桌子的邊緣。餐廳和起居室之間的門砰一聲關上。

*每次莎拉想當家，房子都會生氣。*外婆說道。

我的椅子往後猛一退，讓我很失態地跌倒在地上。我扶著桌子站起來，才剛立定，就有看不見的手撥轉我的身體，把我推出房間，往前門口推去。餐廳的門在我身後砰一聲關上，兩個女巫、兩個吸血鬼和一個鬼被鎖在裡面。周圍隱隱有一種憤怒的聲音。

另一個鬼——我從來沒見過的——從家族休息室走出來，招手示意我過去。她穿一件有繁複繡花的緊身上衣，下身是件深色圓裙，長及地板，臉上滿是蒼老的皺紋，但頑固的下巴和長鼻子卻毫無疑問符合畢夏普家的特徵。

小心啊，孩子。她的聲音低沈而沙啞。妳站在十字路口，不在這兒也不在那兒。待在這種地方很危險。

「妳是誰？」

她看著前門，不回答我。門悄無聲息開了，平日總是嘎吱作響的鉸鍊滑順無聲。我早就知道他會來——而且是專程來找妳。這是我母親告訴我的。

我在畢夏普和柯雷孟兩個家族中間掙扎，一部分的我很想回餐廳去，另一部分的我卻想跟馬修在一起。那個鬼見我左右為難，不禁莞爾。

妳不但是個女巫，也一直是個處於中間地帶的孩子。但只要妳向前走，每條路上都會有他。不論妳選擇哪條路，都必須選擇他。

她消失了，留下幾縷逐漸熄滅的磷光。隔著敞開的門，只隱約看見馬修白皙的臉和手，車道另一頭暗影幢幢，什麼也看不清。但一看到他，選擇就變得很容易。

到了室外，我把衣袖拉下來蓋住手，遮擋寒冷的空氣。我抬起一隻腳……放下時，馬修已在我前面，背對著我。我只走了一步，就跨過整個車道的長度。

他正用極快的速度說著憤怒的奧克語。另一頭想必就是伊莎波。

「馬修。」我柔聲道，生怕驚嚇到他。

他皺著眉頭颼一下轉過來。「戴安娜。我沒聽見妳。」

「嗯，你聽不見的。我可以跟伊莎波談談嗎，拜託你？」我伸手去接電話。

「戴安娜，最好還是——」

我們的家人被鎖在餐廳裡，莎拉威脅要把我們統統趕出去。我們不需要切斷跟伊莎波和瑪泰的聯繫，就已經有夠多麻煩了。

「林肯總統有句關於房子的名言，怎麼說的？」

「從內部分裂的房子站不住腳。」[101]馬修滿臉困惑地答道。

「正是如此。手機給我。」他很不情願地交給我。

「戴安娜。」伊莎波的聲音一反往常，變得很緊張。

「不論馬修說了什麼，我都沒有生妳們的氣。沒有造成任何傷害。」

「謝謝妳。」她鬆了一口氣。「我一直想告訴他，那只是我們的一種預感。很久以前隱約留下的印象。當時戴安娜是掌管生育的女神。妳的氣味讓我聯想到那個時代，還有幫助婦女懷孕的女祭師。」

馬修的眼光隔著黑暗碰觸著我。

「妳也會告訴瑪泰吧？」

「會的，戴安娜。」她頓了一下。「馬修告訴我檢驗報告的結果，以及馬卡斯的理論。他會把妳的事情講給我聽，可見他受了多大的驚嚇。我真不知道該為這消息流出喜悅的眼淚或悲傷的眼淚。」

「時間還早，伊莎波——也許兩者都需要吧？」

她輕笑一聲。「我的孩子讓我流淚，這也不是第一次了。但如果揚棄悲傷時必須放棄快樂，那我寧願保留悲傷。」

「家裡一切都好嗎？」我沒來得及思考，這句話就脫口而出，只見馬修的眼神忽然柔和下來。

「家裡？」那個字眼的意義並沒有逃脫伊莎波的注意。「是啊，我們都很好。變得很……安靜，自從你們兩個離開。」

我熱淚盈眶。伊莎波雖然精明，卻也有豐富的母性。「恐怕，女巫比吸血鬼吵鬧。」

[101] 林肯在一八六八年接受共和黨提名，參選伊利諾州參議員時，發表演說宣稱，美國不可能維持部分州主張蓄奴，其他州反對蓄奴的狀態，如果不要國家瓦解，就一定要改變現狀。這是他最著名的幾篇演講之一。

「是的。快樂的聲音總是比悲傷響亮。這棟房子的快樂一直不夠多。」她的聲音輕快起來。「馬修該跟我說的話都已經說過了。我們只能希望他已經把怒火發洩完了。你們兩個好好照顧彼此。」伊莎波的最後一句話是事實的陳述。她的家族——我的家族——裡的女人為了摯愛的人都會這麼做。

「永遠。」我看著我的吸血鬼說，他的白皮膚在黑暗中發光，然後我按下斷話的紅色按鍵。車道兩旁的田野鋪滿寒霜，冰晶映著雲層後透出的淡淡月光在閃爍。

「你也懷疑到了嗎？所以你才不肯跟我做愛？」我問馬修。

「我告訴過妳我的理由。做愛是一種親密行為，不只是肉體需求。」聽起來，他對於被迫重複說過的話感到很沮喪。

「如果你不想跟我生孩子，我可以諒解。」我堅決地說，雖然一部分的我在小聲抗議。

他用力抓住我的手臂。「天啊，戴安娜，妳怎麼會認為我不想要我們的小孩？但可能會很危險——對妳，對他們。」

「懷孕一定有風險。就連你也不能控制大自然。」

「我們根本不知道我們的孩子會是什麼樣子，萬一他們像我一樣要喝血維生？」

「所有的嬰兒都是吸血鬼，馬修。他們都靠母親的鮮血獲取養分。」

「意義不同，妳也知道。我老早就放棄生育的希望了。」我們眼神相對，尋找我倆之間一切都沒有改變的保證。「但要我設想有一天會失去妳，也未免太快了一點。」

我無法忍受失去我們的孩子。

馬修沒說出口的話，就像飛越我們頭頂的貓頭鷹發出的鳴聲一樣清晰。失去路卡斯的悲痛始終沒有忘卻，留下的傷口比白蘭佳或愛琳娜的死更深刻。失去路卡斯時，他一部分的自我也跟著失落，而且再也彌補不回來。

「所以你決定了，再也不要小孩。你確定。」我把手放在他胸前，等待下一次心跳。

「我什麼也不確定。」馬修道：「我們還沒有時間討論。」

「那我們就採取預防措施。我會喝瑪泰的茶。」

「那是什麼鬼，妳要做得更多一點。」他板著臉說：「那玩意兒雖然比什麼都沒有好一點兒，但是遠不及現代醫藥。儘管如此，人類的避孕藥用在女巫和吸血鬼身上，仍然可能完全無效。」

「我還是會吃避孕藥。」我向他保證。

「但妳怎麼想？」他問，他用手托著我的臉頰，不讓我逃避他的視線。「妳想懷我的孩子嗎？」

「我從來沒考慮過要做母親。」一道陰影掠過他的臉。「但想到是你的孩子，感覺就好像理所當然。」

他放開我的臉頰。我們默立在黑暗中，他手臂攬著我的腰，我把頭靠在他胸前。空氣感覺很沈重，我發現那重量來自於責任。馬修要為他的家族、他的過去、拉撒路騎士團——現在還加上我——負責。

「你擔心你保護不了他們。」我忽然明白了，說道。

「我連妳也保護不了。」他苛刻地說，手指勾勒著烙在我背上的新月記號。

「我們暫時還不需要做決定。不論有沒有孩子，我們已經有一個大家族要維繫。」空氣的重量做了些調整，有一部分落在我肩膀上。我一輩子都只為自己而活，把家庭和傳統的義務丟在一旁。即使現在，還是有一部分的我想拋棄新責任，找回遺世獨立的安全。

他眼睛隨著車道往房子的方向望去。「我離開後發生了什麼事？」

「唉，都在你意料之中吧。密麗安告訴我們貝傳德和耶路撒冷的事——又洩漏了季蓮的事。馬卡斯告訴我們誰闖進我的宿舍。還有我們可能會引起某種戰爭的消息。」

「天啊，這些傢伙為什麼都關不住嘴巴？」他開始抓頭髮，他眼中明顯流露出對於這些事瞞不住我的遺憾。「一開始，我很確定一切都跟手抄本有關，後來我覺得一切都跟妳有關。現在我猜得出這究竟跟什麼有關才怪。有些古老而強大的祕密正在逐漸解開，我們被困在其中。」

「密麗安猜測這也涉及其他的超自然生物，她的看法有道理嗎？」我望著月亮，好像期待她答覆我的

問題。但回答的卻是馬修。

「我們恐怕不是第一對愛上不該愛的對象的超自然生物，應該也不是最後一對。」他挽起我的手臂。

「進去吧，我們得解釋一些事。」

往回走的途中，馬修指出，解釋跟吃藥一樣，搭配一些飲料比較容易下嚥。我們由後門進入，為的是

準備必要的配件。我把東西放上托盤時，馬修的眼光停留在我身上。

「什麼事？」我抬頭道：「我忘了什麼嗎？」

他嘴角泛起一個微笑。「不是，我的小母獅。我只是想知道我怎麼會找到這麼一個剽悍的妻子。即使

只是把杯子放在盤子上，妳也顯得那麼大無畏。」

「我才不大無畏。」我帶著自覺，把馬尾束緊一點。

「不，妳是。」馬修笑道：「否則密麗安不會這麼緊張。」

我們走到分隔餐廳與起居室的門前，側耳聆聽裡面有沒有大打出手的聲音，但只聽見喃喃低語，有人

在低聲交談。房子開了鎖，為我們把門打開。

「我們在想，你們可能口渴了。」我把托盤放在桌上，說道。

許多隻眼睛轉向我們——吸血鬼、女巫、鬼魂。我外婆背後站著一大群畢夏普家族的鬼，他們窸窸窣

窣地走來走去，好像正忙著適應餐廳裡有吸血鬼這件事。

「威士忌要嗎，莎拉？」馬修從托盤裡拿起一個玻璃杯問道。

莎拉深深看了他一眼。「密麗安說，同意你們結合就會招來戰爭。我父親打過第二次世界大戰。」

「我父親也一樣。」馬修邊倒威士忌邊說。他也參加過那場戰爭，不過他對這一點保持沈默。

「他總是說，威士忌幫助你在晚上閉起眼睛的時候，不會因為那一天之中你奉命執行的每一件事而痛恨自己。」

「不提供擔保，但絕對有幫助。」馬修把杯子遞過去。

莎拉接過酒杯。「如果你兒子對戴安娜構成威脅，你會殺死他嗎？」

他點點頭。「毫不猶豫。」

「他也這麼說。」莎拉對馬卡斯點點頭。「給他也來一杯。這不容易啊，知道自己的父親會殺自己。」

馬修幫馬卡斯倒了威士忌，然後替密麗安斟了一杯葡萄酒。我幫艾姆做了一杯牛奶咖啡。她哭過了，看起來比平時更脆弱。

「我不知道我能不能接受這種事，戴安娜。」她接過咖啡時低聲道：「馬卡斯解釋了季蓮和諾克斯的計畫。但我想到芭芭拉‧張伯倫和她接到女兒死訊時的心情——」艾姆打了個寒噤，不再說話。

「季蓮是個野心勃勃的女人，艾米莉。」馬修說道。「她一心想爭取一個合議會的席位。」

「但你不是非殺她不可。」艾姆堅持道。

「季蓮絕對相信女巫和吸血鬼必須隔離開來。合議會始終不相信他們已完全了解史蒂芬‧普羅克特的力量，所以要求她監視戴安娜。除非艾許摩爾七八二號和戴安娜都在合議會的掌握之中，否則她不會停手。」

「但那不過是一張照片。」艾姆擦拭眼睛。

「那是一項威脅。必須讓合議會知道，我不會袖手旁觀，讓他們帶走戴安娜。」

「薩杜還是把她抓走了呀。」艾姆反駁，她的聲音異乎尋常的高亢。

「夠了，艾姆。」我伸出雙手，用我的手包住她的手。

「孩子又是怎麼回事？」莎拉用杯子比著我們問道。「你們該不會做出這麼危險的事吧？」

「夠了。」我重複道，我站起身，用手一拍桌子，所有的人除了馬修，全都嚇得跳起來。「如果要作戰，我們不會為了一份中了巫術的鍊金術手抄本，或為了我個人的安全，或為了我們結婚生子的權利而戰，而是為了我們全體的未來而戰。」那樣的一個未來在我眼前一閃而逝，各種鮮明的可能性朝一千種不同的方向運轉。「如果我們的孩子沒有踏出演化的下一步，別人的孩子也會做到這一點。就連威士忌也不能讓我閉上眼睛，忘記這件事。再不會有人因為愛上所謂不該愛的人，經歷這樣的地獄。我絕不允許這種事。」

外婆慢慢展開一個甜美的笑容。*這才是我的好孫女，說得像個畢夏普。*

「我們不預期任何人來跟我們作戰。但有件事要說在前面：我們的軍隊只有一個將軍，就是馬修。不喜歡的人不要來入伍。」

前廳的老座鐘開始報午夜的時。

巫時[102]。外婆點頭說道。

莎拉看著艾姆。「怎麼樣，親愛的？妳要支持戴安娜，加入馬修的軍隊，或者逃跑讓魔鬼追？」

「我不懂，你所謂的戰爭是什麼意思？」艾姆用顫抖的聲音問馬修。

「合議會認為戴安娜可以解答他們所有的問題，他們不會停止搜尋她的。」

「但馬修和我不需要留在這裡。」我說：「我們早晨就可以離開。」

「我媽說我一旦跟畢夏普家的人糾纏不清，這輩子就不值得活了。」艾姆帶著一個微弱的笑容說。

「謝謝妳啦，艾姆。」莎拉說得很簡單，但她的表情卻彷彿有千言萬語。

鐘敲了最後一響。齒輪嘎嘎回到原位，準備在下一個整點時再度敲響。

「密麗安？」馬修問道：「妳要留在這裡，還是要回牛津？」

「我跟柯雷孟家族守在一起。」

「現在戴安娜也是柯雷孟家族的一員了。」他的聲音冰冷。

「我明白，馬修。」密麗安平視著我。「不會再發生了。」

「真有趣啊。」馬卡斯掃視整個房間，喃喃道：「先是分享祕密。現在三個女巫和三個吸血鬼又承諾對彼此忠貞。如果再加上三個魔族，我們就等於是個影子合議會⑩。」

「我們不大可能在麥迪森市中心找到三個魔族。」馬修面無表情道：「不論發生什麼事，今晚討論的事就只能有我們六個知道——懂嗎？戴安娜的DNA不關任何其他人的事。」

圍桌而坐的人紛紛點頭，馬修的雜牌軍就此成立，準備面對我們完全不了解、甚至無以名之的敵人。

我們互道晚安，回到樓上去。馬修一直用手臂摟著我，引導我穿過門框，進入臥室，而我連自己轉個彎都辦不到。我鑽進冷得像冰的被窩裡，牙齒直打顫。但是當他清涼的身體貼著我，牙齒就不抖了。

我睡得很沈，只醒來過一次。馬修的眼睛在黑暗中發光，他把我再度拉過去，我們像兩根湯匙般相擁而臥。

「睡吧。」他親吻我耳後，說道：「我在這兒。」他涼涼的手包覆著我的腹部，已經在保護尚未誕生的孩子。

⑩ The witching hour指午夜十二點的鐘聲敲第一響到第十二響之間，這段時間被認為是兩天之間的空隙，不屬於任何一天，也是黑魔法力量最強大的時刻。

⑩ 影子合議會是馬卡斯自創的詞彙，其意義可能跟影子內閣類似。這種制度由英國保守黨首創。實施內閣制的民主國家，國會最大反對黨的領袖會出面物色同黨議員，模擬內閣形式組成影子內閣。影子內閣凡事都跟現任內閣唱反調，有機會就指摘現任內閣的政策缺失，扮演民主制度的制衡工具。

第三十七章

接下來幾天，馬修的小部隊學會戰爭的第一個條件：戰友不可以互相廝殺。

我的阿姨接納吸血鬼住進家裡，固然不容易，但適應上真正遇到困難的其實是吸血鬼。問題不僅出在鬼魂和貓。吸血鬼跟溫血動物一起住在這麼小的空間裡，家中不僅要準備核果而已。第二天馬卡斯和密麗安把馬修找到車道上，討論了一番，隨即開越野路華離開。幾小時後，他們載回來一台有紅十字會標誌的小冰箱，還有足夠裝備一家陸軍野戰醫院的血液和醫療用品。在馬修要求下，莎拉撥出蒸餾室一角，給血液銀行使用。

「只是預防萬一。」馬修向她保證。

「萬一密麗安想吃點心？」莎拉拿起一袋Rh陰性的O型血液。

「我離開英國前就吃飽了。」密麗安一本正經地說，她沒穿鞋的小腳悄無聲息地滑行在石板地上，把東西一一收好。

這批貨還包括裝在一個醜陋的黃色塑膠盒，裡面裝的是氣泡式包裝的避孕丸，盒蓋上有一朵壓模成形的花。就寢時，馬修把藥交給我。

「妳可以從現在開始吃，或過幾天等月經來了再開始。」

「你怎麼知道我月經快來了？」我上次週期是在秋分節前一天結束——也就是我遇見馬修的前一天。

「從我知道妳打算跳過圍場的籬笆就可以想見，我要知道妳什麼時候會流血是多麼輕而易舉。」

「我月經期間，你可以待在我附近嗎？」我小心翼翼捧著那盒藥，好像它會爆炸似的。

馬修顯得很驚訝，然後笑了起來。「天啊，戴安娜。要是不能的話，全世界的女人都活不下來了。」

他搖搖頭。「那是不一樣的。」

我從當天晚上就開始服藥。

我們適應密集空間的同時，房子裡的活動也發展出新模式——大部分都以我為中心。我從不獨處，跟最接近我的吸血鬼的距離通常也不超過十呎。這完全符合野獸的群體行為。吸血鬼團結在我四周。

我的一天分割成若干活動區塊，中間以三餐隔開，這是出於馬修的堅持，他認為唯有規律的生活才能幫助我從皮耶堡的經驗中完全康復。從早餐到午餐，他陪我做瑜伽，午餐後，莎拉和艾姆設法教我如何使用魔法和咒語。我沮喪地拉扯頭髮時，馬修會拖我出去，趁晚餐前散個長長的步。溫血動物都吃飽以後，我們會流連在起居室的餐桌前，聊當前時事和老電影。馬卡斯不知從哪兒挖出來一個老棋盤，艾姆和我清理晚盤時，他就跟他父親下棋。

莎拉、馬卡斯和密麗安都酷愛黑色電影[104]，所以現在家裡看電視的節目表，簡直成了黑色電影的天下。這愉快的巧合是莎拉有次習慣性失眠症發作時發現的。她半夜下樓來，發現密麗安和馬卡斯正在看《漩渦之外》。他們三個也都喜歡拼字遊戲和玉米花。等屋裡其他人都清醒時，他們已經把起居室變成了電影院，茶几上的東西也全都被掃開，只留下一塊遊戲板，一個裝滿字母方塊的破碗和兩本翻爛的字典。

大家這才知道，密麗安原來是一個專背七個字母的古老字彙的天才。

「『Smoored』！」有天早晨，我下樓時，聽見莎拉在哇哇大叫。「見鬼了，『Smoored』是什麼字啊？如果妳指的是營火旁烤的那種全麥餅乾夾棉花糖的點心[105]，妳就拼錯了。」

「它的意思是『燜熄』。」密麗安解釋道：「指的是夜晚我們把灰鋪在炭火上，讓它慢慢悶燒，逐漸

---

[104] **film noir**泛指道德觀不明確、風格晦暗、悲觀、憤世嫉俗的偵探片，背景通常是罪案叢生的下層社會，主角的個性正邪難分。以好萊塢一九四〇年代至五〇年代、光線黯淡、帶有黑白片視覺風格的表現主義手法作品最具代表性。

[105] **s'more**，用兩片餅乾夾一大片巧克力和烤軟的棉花糖。

熄滅。不相信我，儘管去查字典。」

莎拉喃喃抱怨著到廚房裡去泡咖啡。

「誰贏了？」我問。

「還用問嗎？」吸血鬼露出得意的笑容。

不玩拼字遊戲或看老電影的時候，密麗安就開班教授「吸血鬼導論」。花了幾個下午，她就教會艾姆名字的重要性、群體行為、佔有的儀式、超自然感覺力，以及進食習慣。最近已講到如何殺死吸血鬼之類的進階課題。

「不對，即使割開我們的喉嚨也不見得萬無一失。」密麗安耐心地對她說。她們兩個坐在起居室裡，我在廚房裡泡茶。「妳要盡可能讓對方流失愈多血愈好，記得在鼠蹊也割一刀。」

馬修聽了這種話直搖頭，並趁機（因為所有其他人都在忙別的事）把我壓在冰箱門後面。我襯衫被拉得歪七扭八，頭髮垂到耳朵上時，我們的兒子正好抱著一堆木柴走進來。

「你在冰箱後面掉了什麼東西嗎，馬修？」馬卡斯一臉無辜狀。

「沒有。」馬修哼道。他把整張臉都埋在我頭髮裡，深深吸入我興奮的氣息。我徒勞無功地拍打他的肩膀，他卻把我抱得更緊。

「謝謝你添木柴，馬卡斯。」我上氣不接下氣地說。

「要我搬更多來嗎？」一條金色的眉毛挑高，模仿他父親模仿得維妙維肖。

「好主意。今晚會很冷。」我扭動頭部，想跟馬修說理，卻被他誤認為是再吻我一遍的邀請。馬卡斯和柴薪供應就變得無足輕重了。

馬修沒躺在黑暗的角落裡守候時，就會加入莎拉和馬卡斯，組成自從莎士比亞在大湯鍋周圍安排了三個女巫以來⑯最不神聖的煉藥三人幫。莎拉和馬修為化學婚禮的插畫配製的蒸汽，沒有顯示任何資料，但他們並不因此歇手。他們隨時盤據著蒸餾室，參考畢夏普魔法書，做出或散發惡臭、或者會爆炸，或兩者皆有的奇怪混合物。有次艾姆和我聯袂去調查，那聲巨響和接著傳出的陣陣雷鳴是怎麼回事。

「你們三個搞什麼鬼？」艾姆手扠著腰問道。莎拉滿臉黑灰，煙囪裡不斷有瓦礫掉下來。

「沒事。」莎拉喃喃道：「我只是想把空氣劈開，但咒語彎曲變形了，如此而已。」

「劈開？」我看著那片混亂，驚訝地問。

馬修和馬卡斯都嚴肅地點頭。

「妳最好趁晚餐前把這個房間清理乾淨，莎拉・畢夏普，否則我會讓妳見識真正的劈開是怎麼回事！」艾姆氣急敗壞道。

當然，住這兒的人也不見得時時刻刻都相處愉快。馬卡斯和馬修曾在日出時一起去散步，把我交給密麗安、莎拉和茶壺照顧。他們走得並不遠，總在廚房窗口望得見的地方，兩人頭靠在一起交談。有天早晨，馬卡斯忽然發足狂奔，怒氣沖沖回屋裡來，丟下他父親一個人在老蘋果園裡。

「戴安娜。」他大吼一聲，算是打招呼，隨即衝過起居室，直接往前門跑。「這種事給我做，真他媽的太年輕了！」他離開時大聲叫道。

他的引擎響起——馬卡斯喜歡跑車勝過休旅車——輪胎咬住碎石，他倒車，開出了車道。

「馬卡斯生什麼氣呀？」馬修回來時，我問道，趁他拿起報紙前，親了一下他冰冷的臉頰。

「公事。」他回親我一下，簡單地說。

「你不讓他擔任執事嗎？」密麗安無法置信地說。

馬修翻開報紙。「如果妳以為騎士團這麼多年來沒有個執事就能運作，妳對我的評價一定非常高。那

---

⑯《馬克白》的重要場景。

個位置已經有人了。」

「執事是什麼？」我把兩片吐司放進年久失修的烤麵包機。這具機器一共有六孔，但只有兩孔還算可靠。

「我的副手。」馬修答得很簡短。

「如果馬卡斯不是執事，那他幹嘛跑那麼快？」密麗安追問。

「我任命他做元帥。」馬修掃視著標題說。

「他是我見過最不適合做元帥的人。」她嚴厲地說：「他是個醫生，看在老天爺分上，為什麼不找巴德文？」

馬修從報紙上抬起頭，對她豎起眉毛。「巴德文？」

「好嘛，不要巴德文。」密麗安倉促答道：「總有別的人選吧。」

「如果像從前一樣，有兩千名騎士隨我挑選，可能會有別的人選。但目前聽命於我的只有八名騎士——其中一人還是不需要作戰的第九名騎士——幾名軍士和幾名隨從。必須有人擔任元帥。我做過菲利普的元帥。現在輪到馬卡斯了。」這些職位的名稱老到讓人想笑，但密麗安臉上的表情非常嚴肅，讓我保持安靜。

「你吩咐他揭竿了嗎？」密麗安和馬修繼續用我不了解的戰爭術語交談。

「元帥是什麼？」我肚子開始咕咕叫時，吐司也跳了出來，飛到廚房的中島上。

「馬修的軍事主將。」密麗安看著沒有人幫忙而自動打開的冰箱門。

「拿去。」馬修巧妙地在奶油從他肩膀上空飛過時將它接住，微笑著交給我，雖然一再被同事騷擾，他臉色仍很平靜。馬修雖是個吸血鬼，卻很明顯是個清晨型的人。

「說到揭竿，馬修，你開始募兵了嗎？」

「當然，密麗安。一直提到戰爭的人是妳。如果真的開戰，妳認為馬卡斯、巴德文和我，靠三人之力能對抗合議會嗎？」馬修搖頭。「妳知道這是不可能的。」

「費南多呢？他還活著，身體也不錯。」

馬修放下報紙，咆哮道：「我不要跟妳討論我的戰略，不要再干預，馬卡斯交給我處理就行了。」現在輪到密麗安抱頭鼠竄。她抿緊嘴唇，昂首走出後門，直奔樹林而去。

我默不作聲吃我的吐司，馬修繼續看他的報。過了幾分鐘，他把報紙放下，氣惱地哼了一聲。

「說吧，戴安娜。我聞到妳的思想，它害我沒法子專心。」

「哦，沒什麼。」我含著一口吐司說。「一座龐大的戰爭機器正在發動，它確切的性質我並不了解。你不大可能解釋給我聽，因為它是騎士團的某種祕密。」

「天啊。」馬修用手亂抓頭髮，弄得它根根豎立。「密麗安惹出來的麻煩比我任何一隻超自然生物都多，僅次於多明尼可・米歐勒和我姊姊露依莎。如果妳想知道騎士團的事，我告訴妳就是了。」

兩小時後，我腦子裡裝滿了騎士團的資訊，覺得頭昏腦脹。馬修在我的DNA報告的反面，畫了一張組織表。它複雜的程度讓人嘆為觀止──而且軍事部分還不包括在內。營運的綱領寫在幾張我們從餐具櫃裡找出來，我父母留下，印有哈佛大學抬頭的舊信紙上。我瀏覽一遍馬卡斯的多項新職責。

「難怪他會覺得受不了。」我用手描著幾根連接馬卡斯和位於他上方的馬修，以及他下方的七位騎士分團長及他們每人應負責召募的吸血鬼部隊的線條。

「他會適應的。」馬修冰涼的手揉著我背上繃緊的肌肉，他的手指停留在我肩胛骨之間那顆星星上。

「馬卡斯可以依賴巴德文和其他騎士。他能應付這些職責，要不然我不會找上他。」

或許如此，但他接受馬修交付的工作之後，就再也不能做原來的那個他了。每一件新挑戰都會削掉一部分他平易近人的魅力。想到馬卡斯會變成怎樣的一個吸血鬼，讓人很心疼。

「費南多又是什麼人？他會幫助馬卡斯嗎？」

馬修的表情變得神祕。「費南多是我元帥的第一人選，但他拒絕了，是他向我推薦馬卡斯的。」

「為什麼？」聽密麗安的口氣，這個吸血鬼是個受尊敬的戰士。

「馬卡斯令費南多聯想到菲利普。如果發生戰爭，我們需要一個具備我父親的魅力，能說服吸血鬼相信，他們不僅是為女巫而戰，也是為其他吸血鬼而戰的領袖。」馬修若有所思地點點頭，眼睛望著他帝國的大概輪廓。「是的，費南多會幫助他，使他不至於犯太多錯誤。」

我們回到廚房——馬修去找他的報紙，我想提前吃午餐——莎拉和艾姆也剛去市場採購完畢。她們取出好多盒微波玉米花、綜合核果，還有十月在紐約州北部買得到的每一種莓果。我挑了一包蔓越莓。

「妳在這兒啊。」莎拉眼睛發亮。「該上課了。」

「我需要再喝一點茶，還要吃點東西。」我抗議道，手拿著塑膠袋包裝的蔓越莓，在兩手之間拋來拋去。

「肚子空空，使不出魔法。」

「那個給我。」艾姆劈手搶走莓果。「妳把它們捏爛了，這是馬卡斯最愛吃的。」

「妳可以晚點再吃。」莎拉把我往蒸餾室裡推：「別表現得像個小娃娃，動作快一點。」

我現在仍然對咒語束手無策，跟我青少女時代一樣。我記不住咒語從何開始，又很容易胡思亂想，經常顛倒字句的次序，造成災難。

莎拉在蒸餾室的大桌上放了一根蠟燭。「點亮它。」她命令道，就低頭看那本沾滿許多無法形容的污漬的魔法書。

這是很簡單的把戲，十來歲的女巫都辦得到。但咒語從我口中發出時，不是蠟燭冒煙，燭芯卻點不著，就是別的東西冒出火焰。這次我燒掉了一把薰衣草。

「妳不能隨口念念那些字就算數，戴安娜。」莎拉把火撲滅後，教訓我道：「妳必須專心。再來一遍。」

我再來一次——一遍又一遍。只有一次，燭芯冒出一點微弱的火焰。

「這樣不行。」我的手指刺痛，指甲泛藍，我沮喪得想尖叫。

「妳會召喚巫火，卻點不亮一根蠟燭？」

「我手臂的動作讓妳聯想到某個會操縱巫火的人。這是兩回事，而且了解魔法比學這玩意兒重要。」我指著魔法書說。

「魔法不是唯一的對策。」莎拉嚴峻地說：「這就像用電鋸切麵包，有時一把小刀就夠了。」

「妳對魔法的評價不高，但我體內有大量的魔法，它想出來，必須有人教我如何控制它。」

「我不會。」莎拉聲音裡滿是遺憾。「我生來不會召喚巫火，也不會操縱巫水。但我就是見鬼的相信，妳可以學會用有史以來最簡單的咒語點亮一根蠟燭。」

莎拉說得對。但要精通這門技能要花那麼長的時間，而如果我又開始噴水，咒語也幫不上忙。

我重新念念有詞，對付蠟燭的時候，莎拉翻閱魔法書，找尋新的挑戰。

「這個好。」她指著一頁布滿咖啡色、綠色、紅色渣滓的紙說：「這是個修改過的顯形咒，可以製造所謂的回音——在不同的地點一字不差複製某人說過的話。非常有用。我們接下來就學這個。」

「不要，我們休息一下。」我轉個身，抬起腳，踏出一步。

再放下腳，我已經到了蘋果園。

房子裡，莎拉大叫：「戴安娜，妳在哪？」

馬修衝出門外，下了門廊前的台階。他犀利的眼睛輕易就找到我，幾步就來到我身旁。

「怎麼回事？」他抓緊我手肘，免得我再次失蹤。

「我需要脫離莎拉一會兒。我把腳放下來，人就到了這兒。前幾天晚上，在車道上，也發生同樣的事。」

「妳想要一顆蘋果嗎？到廚房去拿不是更方便嗎？」馬修嘴角輕輕抽動，他覺得很好玩。

「不。」我簡短地回答。

「太多事同時發生了，我的小母獅？」

「我不擅長巫術。它太……」

「精確？」他替我把話續完。

「需要太多耐心。」我承認。

「妳可能會覺得巫術和咒語不是好用的武器，」他用手背輕撫我繃緊的下巴，柔聲道：「但還是要學會使用它們。」命令的語氣很輕微，但就是存在。「我們先幫妳找點東西吃。這通常都會讓妳脾氣變好一點。」

「你在駕馭我嗎？」我悶悶不樂問道。

「妳到現在才注意到啊？」他輕笑道。「我已經全天候投入這項工作好幾個星期了。」

一整個下午，馬修都繼續在做這件事，重述他在報上看到的什麼失蹤家貓在樹上找到啊、消防隊炊事大會啊、即將來臨的萬聖節活動啊等報導。等我吞下一碗剩菜，食物在他信口閒聊中發揮了作用，我又能面對莎拉和畢夏普魔法書了。回到蒸餾室，每當我威脅要放棄莎拉巨細靡遺的教導時，就會想起馬修的話，於是再次打起精神，嘗試變出火焰、聲音，或她要求的其他東西。

經過好幾小時——進展都不怎麼好——的咒語訓練，他來敲蒸餾室的門，宣稱又到了我們的散步時間。我在後門玄關披上一件厚毛衣，穿上跑鞋，就飛奔到門外。馬修以比較悠閒的步伐跟上來，滿意地嗅著空氣，欣賞房子周圍田野上的光影變化。

十月下旬，天黑得快，現在黃昏成為一天之中我最喜歡的時刻。馬修或許是個清晨型的人，但他保護的天性在日落時比較薄弱。迤邐的陰影好像讓他覺得特別輕鬆，消逝的光線使他臉上強硬的線條變得柔和，蒼白的皮膚也比較不像來自異世。

他牽起我的手，我們在相知相偕的沈默中向前行，如此親近，遠離我們的家人，感覺很幸福。走到樹林邊緣，馬修加快速度，我卻故意落後，希望盡可能延長待在戶外的時間。

「來吧。」他對於配合我緩慢的步伐很不耐煩。

「不要！」我腳步更小、更慢。「我們只是一對正常夫妻，趁晚餐前散個步。」

「我們是全紐約州最不正常的夫妻。」馬修笑道：「這種速度妳甚至不會出汗。」

「你想做什麼？」我們前幾次散步，明顯可以看出馬修狼性的一面，他像一隻體型特大的小狗，喜歡在森林裡奔跑。他總會想出跟我的魔力嬉戲的新方式，使學習控制它的過程不覺得像件苦差事。比較單調、制式化的部分，他就交給莎拉。

「抓人。」他用令人無法抗拒的淘氣眼光看我一眼，以爆發性的速度和力量起跑。「來抓我呀！」

我哈哈大笑，跟著向前衝，我的腳離開地面，我的心思努力捕捉一個追上他寬闊的肩膀、碰到它的清晰畫面。我的速度不斷增加，畫面也愈來愈清楚，但我的靈活度還有很多需要改進之處。既要使用飛行力，又要在高速施展預知力，結果我被一叢灌木絆倒。還沒跌落地面，馬修已經把我抱了起來。

「妳有新鮮空氣和燒木柴的煙味。」他的鼻子湊在我的頭髮上說。

樹林顯得異常，主要是種感覺，眼睛看不見異狀。漸暗的暮光呈現一種折曲，四周有股能量，一種心懷叵測的氣氛。我轉頭東張西望。

「有人在這裡。」我說。

我們在上風處。馬修抬起頭，偵察氣味。他猛吸一口氣，辨認出來了。

「吸血鬼。」他低聲道，握住我的手，站起身，把我推去靠著一棵白橡樹的樹幹。

「是友是敵？」我的聲音在發抖。

「離開。**立刻**。」馬修取出手機，按下快速鍵，立刻撥給馬卡斯。只接通語音信箱，他咒罵了一聲。

「有人追蹤我們，馬卡斯。過來——趕快。」他掛掉電話，又按另一個鍵，開啟簡訊畫面。

風向變了，他繃緊嘴唇周圍的皮膚。

「天啊，不要。」他手指在鍵盤上飛快打出五個字，隨即把手機扔進附近的草叢。

「**緊急。茱麗葉。**」

他轉過身，抓住我肩膀。「做妳在蒸餾室做過的那件事。抬起腳，回房子裡去。**馬上**。我不是要求，戴安娜，這是命令。」

我的腳動也不動，拒絕服從他。「我不會，我做不到。」

「妳會的。」馬修把我壓在樹上，手臂在兩側，他背對森林。「很久以前，高伯特把這個吸血鬼介紹給我，她不可信任，也不容低估。十八世紀我們在法國共度過一段時光，十九世紀也在紐奧良一起生活過。我以後再解釋。現在，快走。」

「沒有你我不走。」我的聲音很頑固：「誰是茱麗葉？」

「我是茱麗葉•杜昂。」帶著法國腔，還有一點別的什麼的悅耳聲音從上方傳來。我們一起抬頭望去。「你們還真惹了不少麻煩。」

一個絕美的吸血鬼坐在不遠處一棵楓樹的粗大枝幹上。她的皮膚是加了幾滴咖啡的牛奶色，頭髮閃耀著褐色和赤銅色。她身穿秋季的色彩——咖啡、綠色、金色——看起來就像樹木的延伸。傾斜的顴骨上有雙淡褐色的大眼睛，骨架雖然予人纖弱的印象，但我知道絕不可以因此低估她的力量。

「我一直在看你們——也聽你們說話。你們的氣味整個兒糾纏在一起。」她發出一種表示不滿的低沈聲音。

我沒看到她離開樹枝，但馬修看到了。他調整身體的角度，使得她落地的時候，他依然擋在我前面。他面對她，嘴唇掀開，以示警告。

茱麗葉不理他。「我必須研究她。」她面向右側，稍微抬高下巴，專注地看著我。

我皺起眉頭。

她也皺眉。

馬修打了個寒噤。

我關心地看著他，茱麗葉的目光跟著轉過來。

她在模仿我的每一個動作。她下巴抬起的角度跟我一模一樣，她頭部傾斜的角度跟我一模一樣，感覺就像照鏡子。

驚慌湧進我全身，我嘴巴滿是苦味，我用力吞下一口口水，那吸血鬼也跟著吞嚥。她鼻孔掀開，然後哈哈大笑，聲音尖銳而堅硬，像鑽石一樣。

「你怎麼抗拒得了她，馬修？」她慢慢吸了一口長氣。「她的氣味應該會讓你餓得發狂。還記得我們在羅馬跟蹤那個嚇壞了的年輕女郎嗎？她聞起來跟這個很像，我覺得。」

馬修不吭聲，定睛看著那個吸血鬼。

茱麗葉向右走了幾步，強迫他調整方位。「你在期待馬卡斯。」她帶著憾意說：「他恐怕不會來了。他好帥。真希望再見到他。上次我們見面，他還好年輕，很容易受影響。我們花了好幾個星期，才處理掉他在紐奧良惹出的大麻煩，不是嗎？」

一道深淵在我眼前展開。她殺了馬卡斯嗎？莎拉和艾姆呢？

「他在講電話。」她繼續道：「高伯特要你兒子確定他了解自己冒多大的險。合議會的憤怒只針對你們兩個——目前來說。但如果你堅持，其他人也要付出代價。」

馬卡斯沒死。雖然這讓我鬆了一口氣，但她臉上的表情卻令我心驚膽戰。

馬修仍然沒有反應。

「為何如此安靜，我的愛？」茱麗葉聲音很親熱，眼神卻了無生氣。「你應該很高興見到我才對。我是你想要的一切。高伯特已確認了這一點。」

他仍然不答腔。

「啊，你安靜是因為我讓你吃了一驚是嗎？」茱麗葉道，她的聲音很奇怪地在悅耳與怨恨之間起落不定。「你也讓我大吃一驚呢。看上一個女巫？」

她佯裝左轉，馬修轉過去面對她。她翻了個筋斗越過他方才監視的空間，落在我身旁，手指環繞著我的咽喉。我動彈不得。

「真不懂他為什麼這麼想要妳。」茱麗葉的聲音很暴躁。「妳做了什麼？高伯特遺漏了什麼沒教給我？」

「茱麗葉，放開她。」馬修不敢冒險靠近，怕她掐斷我脖子，但他的腿卻因為被迫保持靜止而變得僵硬。

「耐心點，馬修。」她低下頭，說道。

我閉上眼睛，以為會被咬。

但卻是兩片冰冷的嘴唇吻上我的嘴。茱麗葉的吻很奇怪，絲毫不具感情，她還用舌頭撥弄我的嘴唇，想挑逗我的反應。見我無動於衷，她沮喪地嘆口氣。

「這該有助於我了解，卻沒有效果。」茱麗葉把我扔向馬修，卻抓著我一隻手腕不放，她像剃刀般鋒利的指甲在我靜脈上作勢欲割。「吻她。我要知道她怎麼做。」

「為什麼不放下這件事，茱麗葉？」馬修把我接進他冰冷的懷裡。

「我必須從錯誤中學習——自從你在紐約拋棄我，高伯特就一直這麼說。」茱麗葉用一種貪婪的表情專注地看著馬修，讓我全身起雞皮疙瘩。

「那已經是一百多年前的事，如果妳還不知道錯誤何在，妳就永遠都學不會了。」雖然馬修的憤怒不是針對我，它的力量還是令我瑟縮。怒火在他內心沸騰，火氣一波波向外發散出去。

茱麗葉的指甲插進我的手臂。「吻她，馬修，否則我會讓她流血。」

他用一隻謹慎、溫柔的手捧住我的臉，掙扎著拉開嘴角，露出一個微笑。「不會有事的，我的愛。」馬修的瞳孔縮小成灰綠色大海中的一個小點。他用大拇指輕撫我的下巴，彎下身來，嘴唇幾乎碰到我的唇。他的吻很慢很溫柔，是感情的見證。茱麗葉冰冷地瞪著我們，把所有細節看在眼裡。馬修放開我時，她悄悄靠近。

「啊。」她的聲音空虛而怨毒。「你喜歡你碰觸她時她的反應。但我已經不會感覺了。」

我看過伊莎波的憤怒、巴德文的無情。我感覺到多明尼可的不顧一切，也聞得出高伯特四周絕對無誤的邪惡氣息。但茱麗葉不一樣。她內心某些很基本的東西已經損壞了。

她鬆開我的手，跳出馬修伸手能及的範圍。他雙手分別抓住我的手肘，冰冷的手指輕觸我臀部。馬修以幾乎感覺不到的一推，再次對我下達離開的命令。

但我不打算丟下我丈夫獨自面對一個心理變態的吸血鬼。我內心深處有什麼在攪動。雖然巫風或巫水都不足以殺死茱麗葉，但至少可以分散她的注意力，讓我們有足夠的時間逃跑——但這兩種元素都不理會我沈默的命令。而過去幾天我學到的咒語，不論學得多麼不及格，現在也都忘得一乾二淨。

「別擔心。」茱麗葉眼睛發亮，柔聲對馬修說：「一切很快就會結束。我當然很願意多停留一會兒，跟你一起回味舊情。但如今我再怎麼親近你，都不能把她從你心裡趕出去，所以只好先殺了你，然後帶你的女巫回去面對高伯特和合議會。」

「讓戴安娜離開。」馬修舉手表示停戰。「這是我們兩個之間的事。」

她搖搖頭，讓一頭濃密光澤的秀髮飄拂起來。「我是高伯特的工具，馬修。他創造我的時候，沒有為我自身的欲望留下空間。我不想學哲學或數學。但高伯特堅持，學會才能取悅你。我確實取悅過你，不是嗎？」茱麗葉全副注意力放在馬修身上，她的聲音就跟她破碎心靈上的斷層一樣粗糙。

「是的，妳取悅過我。」

「我也這麼想。但高伯特已經擁有我。」她眼神轉向我。那雙眼神非常明亮，可見她才剛吃飽。「他也會佔有妳，戴安娜，用妳無法想像的方式。用只有我知道的方式。到時候，妳將會屬於他，對所有其他人都毫無感覺。」

「不。」馬修向茱麗葉撲去，但她一閃而過。

「現在沒時間玩遊戲，馬修。」茱麗葉道。

她動作極快——快到我看不見——然後帶著勝利的表情慢慢放開他。有一陣撕裂的聲音，深紅的血從他咽喉湧出。

「一開始這樣就夠了。」她滿意地說。

我腦子傳出咆哮。馬修站到我和茱麗葉之間。即使我不完美的溫血動物鼻子也聞得到刺鼻的血腥味。血濕透了他的毛衣，在他胸前漫成一片黑漬。

「不要這麼做，茱麗葉。如果妳曾經愛過我，就讓她走。她不該落入高伯特的掌握。」

茱麗葉用一片咖啡色皮革與肌肉混合的模糊光影回應。她高抬起一條腿，砰一記踢中馬修的小腹。他像一棵砍倒的樹，彎折成兩截。

「我也不該落入高伯特的掌握。」茱麗葉的聲音瀕於歇斯底里。「但我該得到你。你屬於我，馬修。」

我的手很沈重。不用看我就知道，弓和箭已在手中。我退離兩個吸血鬼，舉起手臂。

「快跑！」馬修喊道。

「不。」我用一個不屬於我的聲音說道，瞇起眼睛沿著左臂向前看去。茱麗葉站得離馬修很近，但我放箭不會碰到他。只要鬆開右手，茱麗葉就會死。儘管如此，我遲疑著，因為我沒有殺過人。

茱麗葉只需要那片刻。她的手指穿過馬修的胸膛，指甲像割裂紙張般撕裂衣服和肌肉。他痛呼一聲，茱麗葉發出勝利的咆哮。

所有的遲疑一掃而空，我右手拉緊又放鬆。一團火球從我伸直的左手指尖射出。茱麗葉聽見火焰爆發聲，也聞到空氣裡的硫磺味。她抽出插在馬修胸口血洞裡的手指，轉過身來，眼中滿是不信之色，整個人隨即被噴出黑色、金色、紅色火焰的火球包圍。她的頭髮先著火，她在驚慌中轉身想逃。但我早料到這一著，另一顆火球已經在等著。她剛好送上門去。

馬修跪倒在地，他用手把浸透鮮血的毛衣塞進心臟上面被她挖穿的洞裡。尖叫不已的茱麗葉伸出手，企圖把馬修拉進她的烈火地獄。

我手一揮，把風喚來，她被席捲而起，送到距馬修倒地處好幾呎外。她仰天倒下，全身都在燃燒。我很想跑到馬修身邊，但我眼睛離不開茱麗葉，因為她的吸血鬼骨骼與肌肉都能抗火。她的頭髮燒光了，皮膚也燒得焦黑粗糙，但即使如此，她還沒死。她嘴巴不斷蠕動，叫著馬修的名字。

我的手仍高高舉起，準備萬一發生不可能之事。她果真蹣跚爬起，我再放出一道閃電。它命中茱麗葉胸口正中央，穿過她的肋骨，從另一頭穿出，通過時粉碎了她堅韌的皮膚，把她的肋骨和肺都燒成焦炭。她的嘴扭曲成一個恐怖的死亡裂口。這下子她總算沒有藥救了，不論她的吸血鬼血液力量多麼強大。

我衝到馬修身旁，跪在地上。他已經坐不住，只能躺在地上，雙膝彎曲。到處都是血，深紫色的血從他胸前的洞一股一股湧出，脖子上的傷口血流比較穩定，顏色深得像柏油。

「我該怎麼辦？」我慌亂地用手壓住他的脖子。他蒼白的手仍然緊緊壓住胸前的傷口，但隨著每一分鐘的流逝，力量愈來愈微弱。

「抱住我好嗎？」他低聲道。

我背靠著橡樹，把他拉到我兩腿之間。

「我好冷。」他神智麻木，卻仍覺得有趣：「真奇怪。」

「你不可以離開我。」我凶惡地說：「我不准。」

「如今已無計可施，我是死神的囊中物。」馬修使用的是一千年來已變得罕見的詞彙，他逐漸低微的聲音隨著古老的抑揚頓挫起落。

「不行。」我克制住眼淚。「你要奮鬥，馬修。」

「我奮鬥夠了，戴安娜。妳安全了。馬卡斯會在合議會發覺發生了什麼事之前，帶妳離開這裡。」

「沒有你，我哪裡都不去。」

「妳一定要走。」他在我懷裡掙扎，挪動身體，為了看見我的臉。

「我不能失去你，馬修。求求你，一定要撐到馬卡斯趕來。」我體內的鎖鍊不斷搖晃，一個環節一個環節地鬆開。我試著把他緊抱在胸前，抗拒這件事。

「別吵。」他柔聲道，舉起一根染血的手指觸摸我的嘴唇。我的皮膚接觸他冰冷的血產生一陣刺痛，隨即麻木。「馬卡斯和巴德文都知道該怎麼辦。他們會把妳安全送到伊莎波那兒。沒有了我，合議會就沒法子對妳採取行動。那群吸血鬼和女巫一定不會高興的，但妳現在是柯雷孟家的一員，我的家人和拉撒路騎士團都會保護妳。」

「留下來陪我，馬修。」我低下頭，把嘴唇貼在他唇上，用意志力強迫他呼吸。他確實有呼吸——但不多——眼睛卻已閉上了。

「從誕生開始我就在找妳。」馬修微笑著低語，帶著濃重的法國口音。「自從找到妳，我有幸把妳抱在懷裡，聽妳的心跟我的心一起跳動。若不曾體會真愛就要死去，一定很可怕。」一陣輕微的顫抖從頭到腳穿過他全身，然後他就不動了。

「馬修！」我哭喊道，但他再也不能回應了。「馬卡斯！」我對眾樹尖叫，同時不斷對女神祈禱。等他兒子趕到我們身旁，我已經好幾度認為馬修已經死掉了。

「天啊。」馬卡斯一見茱麗葉燒焦的屍體和滿身浴血的馬修就說道。

「血止不住。」我說：「這麼多血是哪裡來的？」

「我得先檢查才知道，戴安娜。」馬卡斯試探地走上前一步。

我把我丈夫抱得更緊，覺得眼睛變得冰冷，我坐的地方有風升起。

「我不是要求妳放開他。」馬卡斯憑直覺就知道問題的癥結。「但我必須看看他胸口。」

他蹲在我們身旁，溫柔地撕開他父親的黑毛衣。衣料發出一種可怕的撕裂聲，分了開來。一道長長的裂傷從馬修的頸靜脈直達他的心臟。他心臟旁邊有個很深的洞，茱麗葉企圖從這兒打斷主動脈。

「頸靜脈幾乎斷成兩截，主動脈也受損。就連馬修的血也不可能以足夠的速度同時修復兩處。」馬卡斯低聲道，這些話其實不需要他說。茱麗葉給馬修的打擊足以致命。

我的阿姨們也都趕來了。莎拉微微喘氣。密麗安臉色煞白，跟在她們後面。她只看一眼就轉身，飛快逃回屋裡去。

「都是我的錯。」我抽泣著，把馬修當孩子一般搖晃著。「我老早可以命中，但我遲疑著。我從來沒有殺過人。如果我早點行動，她就碰不到他的心臟。」

「戴安娜，寶貝。」莎拉低聲道：「不是妳的錯。妳已經盡力了。妳現在得讓他走。」

我發出尖銳的哭聲，我的頭髮全都豎起來，圍繞著我的臉。「不！」吸血鬼和女巫眼中都浮現懼色，整片森林安靜下來。

「離她遠一點，馬卡斯！」艾姆喊道。他剛好來得及跳開。

我變了一個人——一種東西——完全不在乎這群超自然生物，也不在乎他們其實是來幫忙的。過去的遲疑是個錯誤。現在殺死茱麗葉的那部分的我，只想要一樣東西：一把刀。我的右臂閃電伸向我阿姨。

莎拉通常身上總會帶兩把刀，一把是黑色把柄，刀鋒很鈍，另一把白色把柄，刀鋒銳利。在我召喚之下，白柄刀劃破她的腰帶，刀尖向著我飛過來。莎拉舉起一隻手，想把它叫回去，我就想像在我和我家人驚訝的臉孔之間出現一道陰影與火的圍牆。白柄刀輕易穿過黑牆，輕輕落在我屈曲的膝蓋旁邊。我把馬修鬆開一點，去抓刀柄時，他的頭無力地垂下。

我溫柔地把他的頭轉過來，用力親吻他的唇，吻了很久。他的眼睛忽然張開。他看起來好疲倦，而且皮膚泛灰。

「別擔心，我的愛，我會解決問題。」我舉起刀。

火牆裡站著兩個女人。一個很年輕，身穿寬鬆短袍，腳踏涼鞋，肩上斜跨一把弓和一壺箭，繫帶跟她濃密黝黑的頭髮糾纏在一起。較年長的那個就是我在家族休息室看到的那個老婦人，她的圓裙走動時搖曳生姿。

「幫助我。」我哀求道。

要付出代價。年輕的女獵人道。

「我會付。」

不要隨便對女神做出承諾，孩子。老婦人搖頭低語。妳一定要遵守的。

「拿走任何東西——拿走任何人。只要把他留給我。」

女獵人考慮我的建議，點點頭。他是妳的了。

我眼睛盯著那兩個女人，舉起刀。我轉動馬修，讓他更靠近我，不讓他看見。我伸手過去，割破左邊手肘的內側。鋒利的刀鋒輕易就劃開衣服和肌肉。我的血湧了出來，先是點點滴滴，然後流得比較快。我放下刀，收緊左臂，把傷口靠在馬修嘴巴前面。

「喝吧。」我說，扶穩他的頭。馬修的眼皮再度張開，鼻孔也翕開。他從氣味認出這是我的血，掙扎著想躲開。我的手臂跟我後背緊靠著的那棵橡樹的枝幹一樣強壯。我把割開來流著血的手肘湊到離他嘴巴更近一點的地方。「喝吧。」

樹木的力量和大地的力量流經我的血管，這對垂死的吸血鬼而言，是件意想不到的生命贈禮。我對女獵人和老婦人的鬼魂露出感激的微笑，用我的身體滋養馬修。現在我就是母親，是除了少女和老婦之外，女神三種變貌的另一形象。藉由女神之助，我的血可以治癒他。

終於馬修向求生的本能屈服。他嘴巴緊緊銜住我手臂內側的柔嫩皮膚，露出尖牙。他的舌頭探索著粗糙的割痕，把我皮膚上的傷口撐得更大。他貼著我的血管用力大口吸吮。我忽然起了一陣短暫而尖銳的恐懼。

他的皮膚不再那麼蒼白，但要完全治癒他，光是靜脈血還不夠。我本來希望，嘗到我的滋味後，會讓他擺脫平時的自制，主動採取下一步，但我還是把白柄刀握在手中，以防萬一。

我看了女獵人和老婦人最後一眼，就把全部注意力放在我丈夫身上。我更堅定地靠在樹上，又有一波力量湧入我體內。

他進食的時候，我開始吻他。我的頭髮垂在他臉上，混合我的熟悉氣味加上他的血和我的血。他睜眼看我，淺綠色的眼神很疏遠，好像不確定我是什麼人。我再次吻他，在他舌頭上嘗到我自己的血。

以兩個迅速而流暢的動作，即使我想攔也攔不住，馬修從頸根抓住我的頭髮。他使我仰頭偏向一側，然後把嘴唇湊到我咽喉上。這時我不覺得恐懼，只有順從。

「戴安娜。」他全然滿足地說。

原來就是這麼回事。我想道。傳說就是這麼來的。

我使用過的衰竭的血，給他力量，讓他渴求更新鮮、更有生命力的東西。馬修鋒利的上排獠牙咬破他的下唇，形成一滴血珠。他的嘴唇輕拂我的脖子，性感而迅速。我一陣寒顫，出乎意料被他撩撥得亢奮起來。我的身體碰到他的血，就變得麻木。他牢牢捧住我的頭，手再度有力起來。

不要犯錯。我祈禱。

沿著我頸動脈有小小的刺痛。開頭幾下吸吮的壓力讓我驚訝地瞪大眼睛，我知道馬修已經找到了他需要的血。

莎拉別過頭，不忍再看。馬卡斯伸手拉住艾姆，她毫不遲疑投向他，靠在他肩上哭泣。

我把馬修的身體緊緊抱住，鼓勵他喝得更大口一點。他這麼做的時候，獲得的愉快非常明顯。他多麼飢渴地想要我啊，他克制了這麼久，又是多麼強悍啊。

馬修找到了進食的節奏，一陣一陣汲取我的血液。

馬修，聽我說。得感謝高伯特，我知道我的血液會傳遞信息給他。我唯一擔心的是，這現象很快就會消失，我的溝通力量會被吞食掉。

他在我咽喉上突然一驚，然後又繼續進食。

我愛你。

他又是一驚。

這是我的禮物。我在你裡面，給你生命。

馬修搖搖頭，好像要趕開一隻擾人的昆蟲，然後繼續喝血。

我在你裡面，給你生命。思考變得困難，看到火焰另一頭的景物也變得困難。我專心望著艾姆與莎拉。想用我的眼睛告訴她們，不用擔心。我也在找尋馬卡斯，眼睛卻無法動彈，看不見他。

我在你裡面，給你生命。我重複念誦這段話，直到再也無法說出口。

有種緩慢的搏動，是我的心臟開始死亡的聲音。

垂死跟我原先預期的完全不一樣。

有瞬間深入骨髓的寧靜。

離情依依與遺憾。

一片空無。

第三十八章

我的骨頭裡突然轟隆一聲巨響，好像兩個世界碰撞在一起。

什麼東西刺痛我的右臂，接著傳來乳膠和橡膠的氣味，還有馬修跟馬卡斯爭論的聲音。我身下有冰冷的泥土，樹葉發霉的怪味蓋過了所有其他氣味。我張開眼睛，但除了黑暗什麼也看不見。努力望去，勉強辨認出有許多禿了一半的樹枝在上方交錯重疊。

「用左臂——反正已經割開了。」馬修不耐煩地說。

「那隻手臂不能用了，馬修。所有組織都沾滿你的口水，任何其他東西都無法吸收。還是右臂好。她只是一時血壓太低，害我找不到靜脈，如此而已。」馬卡斯的聲音帶有急診室醫生那種司空見慣對死亡的異於常人的鎮定。

兩根粗大的麵條拖拉在我臉上。冰涼的手指碰到我鼻子，我想把它們甩開，卻只是被壓得更緊。密麗安的聲音從我右側的黑暗中傳來。「心跳過速。我給她打鎮靜劑。」

「不行，」馬修粗魯地說。「不能用鎮靜劑。她只有一點點意識，再打可能導致昏迷。」

「那就讓她安靜。」密麗安的聲音很實際。壓住我脖子的那隻冰冷纖細的小手，卻是意想不到的有力。「我不能一邊幫她止血，又要壓著她不讓她亂動。」

我周遭發生的事，只看得見一些不連貫的片段——正上方、用眼角瞥見的幾個畫面、費很大力氣轉動眼珠才追蹤得到的影像。

「妳幫得上忙嗎，莎拉？」馬修的聲音很痛苦。

莎拉的臉出現了，但像在游泳。「巫術無法治療吸血鬼的咬傷，要不然我們也不用如此害怕你們這種生物了。」

我開始往某個比較安靜的地方飄浮，但艾姆握住我的手，把我牢牢扣在自己的身體裡面，妨礙我前進。

「那我們別無選擇。」馬修聽起來很絕望。「我來做。」

「不行，馬修。」密麗安果斷地說。「你還不夠強壯，而且我做過不下一百次。」有撕裂的聲音。目睹過茱麗葉攻擊馬修後，我認出被撕開的是吸血鬼的身體。

「他們要把我改造成吸血鬼嗎？」我低聲問艾姆。

「不，我的愛。」馬修的聲音跟方才的密麗安一樣果決。「妳失去——被我吸掉——很多血。馬卡斯正用凡人的血液替妳補充。現在密麗安要治療妳的脖子。」

「哦。」情況太複雜，我的腦子一片混亂——幾乎跟我的舌頭和喉嚨一樣麻木。「我口渴。」

「妳想喝吸血鬼的血，但妳喝不到。躺著別動。」馬修說得很堅定，他把我肩膀壓得很緊，令我疼痛。馬卡斯冰冷的手指經過我耳朵到我下巴，把我嘴巴也關緊。「還有，密麗安——」

「不要吵了，馬修。」密麗安打斷他。「早在你重生前，我就在為溫血生物做這種事了。」

什麼尖銳的東西刺進我脖子，空氣裡滿是血腥味。

隨著穿刺的感覺而來，是一陣寒熱交加的痛楚。既熱又冷的感覺愈來愈明顯，深入我脖子的表皮組織之下，燒灼著下面的骨骼與肌肉。

我想逃離那種冰冷的侵襲，卻被兩個吸血鬼壓得不能動彈。我的嘴也被緊緊合攏，我只能呼出一口鬱悶而畏怯的氣。

「她的動脈不明顯了。」密麗安低聲道：「傷口必須先修補。」她響亮地唧一聲把血吸掉，皮膚暫時變得麻木，但她一離開所有痛覺就又洶洶而來。

極度疼痛使腎上腺素流進我全身的系統，驚惶失措的感覺隨之而來。皮耶堡的灰牆隱約出現在我四周，動彈不得使我產生又落入薩杜掌握的錯覺。

馬修的手指嵌進我的肩膀，把我帶回畢夏普老屋外面的森林。「告訴她妳在做什麼，密麗安。那個芬蘭女巫使她害怕所有看不見的事物。」

「只是幾滴我的血，戴安娜，從我手腕滴下去。」密麗安鎮定地說。「我知道這會痛，但目前我們只有這個。任何傷口碰到吸血鬼的血都會立刻癒合。它會封住妳動脈上的孔，效果比交由外科醫生縫合還好。妳不用擔心，在局部使用這麼少量的血，不會讓妳變成我們的同類。」

經過她的說明，我終於可以辨別精心滴在我綻裂傷口上的每一滴血。它在那兒跟我的女巫肉體混合，強迫它立即製造疤痕組織。我想道，吸血鬼處理這道程序時，想必需要無與倫比的自制力，才不至於向飢餓屈服。最後，冰冷的灼痛感終於告一段落。

「好了。」密麗安的語氣帶著些許的輕鬆。「接著只要把切口縫合就行了。」她的手指在我脖子上飛舞，拉扯縫補，讓身體恢復原狀。「我會盡量把傷口縫得整齊點，戴安娜。但馬修是用牙齒把皮膚撕開的。」

「現在我們要把妳搬回屋裡去了。」馬修道。

他托著我的頭和肩膀，馬卡斯抬我的腳，密麗安拿著急救裝備走在一旁。有人把越野路華開到曠野這頭來，它敞著後門正在等待。馬修和密麗安調換位置。他鑽到載貨區，整理出一塊空間給我。

「密麗安。」我低喚一聲。她彎下腰來。「如果出了問題——」我說不下去，但她必須了解我。我仍是個女巫，但我寧願變成吸血鬼也不要死。

她注視著我的眼睛，搜索了一會兒，然後點點頭。「妳不准死。如果我照妳要求的做，他會殺了我。」

開回屋子的途中，馬修說個不停，每當我想睡，他就溫柔地吻我。雖然他動作輕柔，但還是每次都讓我很痛苦。

回到房子裡，莎拉和艾姆跑來跑去，收集了一堆墊子和枕頭。她們在家族休息室的壁爐前面鋪了一張床。莎拉念了幾句咒，比了一個手勢，就點著了爐子裡那堆木頭。火焰很興旺，但我還是無法遏止地發抖，冷到骨髓裡。

馬修把我放在墊子上，用被子蓋好，密麗安替我包紮脖子。她忙碌的時候，我的丈夫和他的兒子在角落裡低聲交談。

「她就需要那個，我知道她的肺在哪裡。」馬卡斯不耐煩地說。「我不會刺破任何東西。」

「她很強壯，用不著中央靜脈導管。不必討論了。把茱麗葉殘餘的身體處理掉就是了。」馬修的聲音很低，但充滿威嚴。

「我去辦。」馬卡斯答道。他轉身離開，前門在他身後砰一聲關上，越野路華又動起來。

前門口的老座鐘滴滴答答送走每一分鐘。我的身體漸漸吸收溫暖，開始昏昏欲睡。馬修坐在我身旁，緊握著我一隻手，每當我試圖逃到期待已久的遺忘國度裡，他就把我拉回來。

直到密麗安說出那個魔法字眼：「穩定。」我才獲准向一直在我意識邊緣拍動的黑暗投降。莎拉和艾姆親過我便離開了，密麗安也跟著走了，終於只剩下馬修和幸福的寧靜。

但沈默一旦降臨，我就想起了茱麗葉。

「我殺了她。」我心念飛馳。

「妳別無選擇。」他語氣中沒有討論這件事的餘地。「那是自衛。」

「不，不是。巫火……」只有當他危急時，弓箭才會出現在我手中。

馬修用一個吻讓我安靜下來。「等明天再談。」

有件事不能等，有件事我現在就要他知道。

「我愛你，馬修。」薩杜把我從七塔劫走前，一直沒有機會告訴他。這次我一定要趁著別的事故再發生前，確實把話說出來。

「我也愛妳。」他低下頭，嘴唇貼在我耳朵上。「還記得我們在牛津的晚餐嗎？妳想知道妳是什麼滋味。」

我點點頭。

「妳的味道像蜂蜜。」他輕聲細語：「蜂蜜——和希望。」

我嘴角掀起，嘴唇呈弧形，然後睡著了。

但那不是一場平靜的好眠。我陷在醒與夢、皮耶堡與麥迪森、生與死之間。那個老婦人的幽靈曾警告我，站在十字路口很危險。有時死亡似乎就耐心地站在我身旁，等我決定要走哪條路。

那天晚上，我走過不知多少路，從一個地方逃到另一個地方，永遠只領先追趕我的人一步之遙——高伯特、薩杜、茱麗葉、諾克斯。每當旅行把我送回畢夏普的房子，馬修都在那兒。有時莎拉跟他一起。有時是馬卡斯。但大多數時候只有馬修。

夜深人靜，有人哼起彷彿隔世之前我們在伊莎波的豪華客廳裡起舞的那首樂曲。不是馬卡斯或馬修——他們正在交談——但我累得沒法子思考音樂從何而來。

「她從哪兒學會那麼老的一首歌？」馬卡斯問道。

「在家。天啊，即使在睡夢中，她也努力表現得很勇敢。」馬修的聲音很落寞：「巴德文說得對——我不擅長運籌帷幄。我早該料到會發生這種事。」

「高伯特預期你會忘記茱麗葉，畢竟事隔那麼久。他也知道，她出擊的時候，你會跟戴安娜在一起。他在電話上幸災樂禍。」

「是啊，他知道我很傲慢，總以為只要我在她身旁，她就很安全。」

「你一直在嘗試保護她。但你做不到——任何人都做不到。她不是唯一該停止逞強的人。」

有件事馬卡斯不知道，馬修也忘記了。一些談話的片段記憶回到我心上。音樂停下來，讓我好說話。

「我以前告訴過你，」我說，在黑暗中摸索馬修，卻只找到一大團柔軟的棉花，擠捏就散發出丁香的香味。「我一個人的勇氣就足夠我們兩個用。」

「戴安娜。」馬修急切地說：「張開眼睛，看著我。」

他的臉距我只有幾吋，他一隻手托著我的頭，另一隻清涼的手摟著我後背那輪新月斜斜橫過我身體的位置。

「你在這裡啊。」我喃喃道：「我還擔心我們迷失了呢。」

「不，達令，我們沒有迷失。我們在畢夏普家裡。妳不需要勇敢。換我來吧。」

「你會知道我們該走哪條路嗎？」

「我會找到正確的路。妳休息，這件事讓我處理。」馬修的眼睛好綠。

我再次飄浮，狂奔著逃避高伯特和茱麗葉，他們在我背後緊追不捨。將近黎明時，我沈睡過去，醒來時已是早晨。很快察看一下，我發現自己全身赤裸，緊緊裹了好幾層棉被，就像英國加護病房裡的病人。我右臂插著管子，左臂包著繃帶，還有什麼東西黏在我脖子上。馬修坐在附近，蜷著腿，背靠著沙發。

「馬修？大家都好吧？」我舌頭周圍包著棉花，口渴得不得了。

「大家都很好。」他的臉色鬆弛下來，拿起我的手，親吻我的手掌。馬修眼神落到我手腕上，茱麗葉的指甲在那兒留下腫脹的紅色半月形痕跡。

屋裡其他人聽見我們的說話聲，絡繹走進這個房間。首先是我的兩位阿姨。莎拉滿腹心事，眼睛下面有黑圈。艾姆顯得很疲倦，但總算放下心來，她撫摸我的頭髮，向我保證，一切都會平安無事。接著來了馬卡斯。他幫我做檢查，嚴肅地強調我需要休息。最後密麗安勒令所有的人出去，她好替我換繃帶。

「有多嚴重？」我們獨處時，我問她。

「如果妳是問馬修，情況很糟。柯雷孟家的人很不會處理失去親人的問題——即使只是威脅。菲利普去世時，伊莎波的情形更糟。幸好妳活下來，這不僅是為我個人著想而已。」密麗安以輕柔得不可思議的手法，把藥膏塗在我的傷口上。

她的話讓我眼前出現馬修瘋狂復仇的種種畫面。我閉上眼睛，關掉那些景象。「告訴我，茱麗葉是怎麼回事。」

密麗安低低發出一聲警告。「茱麗葉‧杜昂的故事輪不到我來講。去問妳丈夫。」她拆掉靜脈注射管，遞給我一件莎拉的舊法蘭絨襯衫。我掙扎了好一會兒，她才過來幫忙。她眼光落在我背後的印記上。

「我不在意那疤痕，它代表我在戰鬥中活了下來。」但我還是穿上襯衫，把它遮住。

「他也不在意。愛上柯雷孟家的人總是留下疤痕。沒有人比馬修更清楚這種事了。」

我用顫抖的手指扣好鈕扣，不願接觸她的目光。她遞給我一條黑色的鬆緊踩腳褲。

「像妳那樣拿血餵他，危險性深不可測。他很可能一喝就停不下來。」她聲音裡有佩服的意味。

「伊莎波告訴過我，柯雷孟家的人為他們所愛的人戰鬥。」

「他母親會了解，但馬修是另一回事。他會把一切都發洩出來——妳的血，昨晚發生的事，所有的一切。」

茱麗葉。這個未出口的名字懸在我倆之間的空中。

密麗安重新把靜脈注射管接好，調整流量。「馬卡斯會帶他去加拿大。馬修可能要花幾個小時找到他願意喝血的對象，但也不能挽回什麼。」

「他們兩個都離開了，莎拉和艾姆會安全嗎？」

「妳替我們爭取到一些時間。合議會做夢也想不到茱麗葉會失敗。高伯特跟馬修一樣傲慢，也幾乎一樣不會犯錯。他們要好幾天才能重整旗鼓。」她忽然動也不動，臉上有愧疚的表情。

「我想跟戴安娜談談。」馬修站在門口冷靜地說，表情很可怕。他臉上變得明顯的稜角，以及眼睛下面淡紫色的斑點，都帶著飢渴。

他默默看著密麗安繞過我的臨時病床。她關上沈重的棺材門，鎖門喀一聲扣上。他轉身面對我時，顯得很擔心。

馬修渴血的需求正在跟他保護的本能交戰。

「你什麼時候離開？」我問道，希望把自己的意願表達清楚。

「我不離開。」

「你必須恢復體力。下次合議會不可能只出動一個吸血鬼或女巫。」我倒很想知道，合議會能差遣多少來自馬修過去的超自然生物來找我們，我掙扎著想坐起身。

「妳現在戰鬥經驗夠豐富了，我的小母獅，已經能看穿他們的伎倆了嗎？」從表情看不出他真正的想法，但他的聲音卻流露一絲取笑。

「我們已經證明，要打敗我們沒那麼簡單。」

「簡單？妳差點送命。」他坐在我身旁的墊子上。

「你還不是。」

「妳用魔法救了我。我聞得出來──羽衣草和龍涎香。」

「沒什麼啦。」我不希望他知道我為了換他活命做了什麼樣的承諾。

「不許撒謊。」馬修用指尖捏著我的下巴。「妳如果不想告訴我，儘管說。妳的祕密屬於妳自己，但不許撒謊。」

「如果我保留祕密，我也不是咱們家族唯一這麼做的人。告訴我茱麗葉‧杜昂的事。」

他放開我的下巴，心神不寧地走到窗前。「妳知道高伯特介紹我們認識。他從開羅一家妓院綁架了她，三番兩次把她折磨到死亡邊緣，最後才把她改造成吸血鬼，然後又把她塑造成對我有吸引力的類型。我仍然不知道她是在高伯特找到她之前就已經瘋了，或者是被他折磨得精神崩潰。」

「為什麼？」我掩飾不住聲音裡的懷疑。

「她本來應該設法博得我的歡心，然後介入我的家族事務。高伯特一直想加入拉撒路騎士團，卻被我父親一再拒絕。一旦茱麗葉探明騎士團的複雜事務，或得知任何柯雷孟家族的有用情報，就可以殺死我。高伯特把她訓練成我的刺客兼情人。」馬修撥弄著窗框上剝落的油漆。「我第一次見到她的時候，她還比較擅長掩飾她的病情。我花了很長時間才看清種種跡象。巴德文和伊莎波始終不信任她，馬卡斯也厭惡她。但我──高伯特把她調教得很好。她讓我想起露依莎，而她脆弱的感情好像可以解釋她古怪的行為。」

他一向喜歡脆弱的東西。伊莎波警告過我。馬修受茱麗葉吸引不僅因為性，他對她有更深的感情。

「你真的愛她。」我想起茱麗葉奇怪的吻，不由得打了個寒噤。

「從前。很久以前。基於所有錯誤的理由。」馬修繼續道：「我觀察她——在安全距離外——確認她得到良好的照顧，因為她不會照顧自己。第一次世界大戰爆發時，她失蹤了，我以為她已遇害。我從來沒想到她還活在別的地方。」

「你觀察她的那段時間，她也在觀察你。」茱麗葉專注的眼睛把我每一個動作都看在眼裡，她一定也曾同樣敏銳地觀察過馬修。

「如果能早點知道，她絕沒有機會靠近妳。」他望著窗外晨光中淡淡的風景。「但另外有件事我們必須討論清楚。妳一定要答應我，再也不要用妳的魔法救我。我根本不想活得比該活的久。生與死都是非常強大的力量。伊莎波曾經為了我干預那股力量。妳不該再做這種事，也千萬不可以要求密麗安——或任何其他人——把妳變成吸血鬼。」他的聲音冷酷得嚇人，他很快跨了幾個大步，走到我身旁。「沒有人——包括我——會把妳改造成不一樣的東西。」

「那你必須也承諾我一件事作為交換。」

他有點不高興地瞇起眼睛。「什麼事？」

「絕對不要在你陷於危險時要求我離開。」我凶惡地說：「我絕不會那麼做。」

馬修開始計算，既要遵守他的承諾，又要不讓我受傷害，需要哪些條件。我也忙著考慮，我有哪些自己都不太了解的力量需要精通，才能真正保護他，而不至於把他燒成焦炭，或把我自己淹死。我們充滿戒備地對望了一會兒。最後我摸摸他臉頰。

「跟馬卡斯打獵去吧。只有幾個小時，不會出事的。」他的氣色不好。我不是唯一失血過多的人。

「妳不該獨處。」

「先不提密麗安，我還有我阿姨，在博德利圖書館的時候，她告訴過我，她的牙齒跟你一樣鋒利。我相信她。」現在我對吸血鬼的牙齒很有概念了。

「我們天黑時回來。」他不怎麼放心地說，用手輕拂我的顴骨。「我離開前，妳需要什麼嗎？」

「我想跟伊莎波通個電話。」那天早晨莎拉顯得很疏遠，我想聽一個母性的聲音。

「當然。」他道，趕快伸手到口袋裡掏手機，掩飾他的驚訝。有人到樹叢裡去把它找了回來。他只按一個鍵，就撥了七塔的電話。

「媽媽？」電話裡流瀉出來一連串法文。「她很好。」馬修打斷她，然後用安撫的語氣說：「戴安娜要——她自己要求——跟妳講電話。」

一陣沈默，然後一個直截了當的答案：「好。」

馬修把電話交給我。

「伊莎波。」我聲音破碎，忽然熱淚盈眶。

「我在這兒，戴安娜。」伊莎波的聲音還是那麼悅耳。

「我差點失去他。」

「妳應該聽他的話，盡可能遠離茱麗葉。」伊莎波的聲音先是很嚴厲，但又柔和下來，說道：「但我很高興妳沒聽。」

我隨即痛哭起來。馬修替我把額前的頭髮拂到後面，把那綹特別不聽話的頭髮拉到耳後，然後離開，讓我繼續講電話。

在伊莎波面前，我終於可以暢言我的悲傷，承認我未能趁第一個機會殺死茱麗葉。我把一切都告訴了她——關於茱麗葉出乎意料現身、她奇怪的吻、馬修開始吸血時我的驚恐、瀕臨死亡卻又復生是什麼感覺。馬修的母親什麼都了解，我早知道她會了解。伊莎波唯一打斷我的一次，是在我講到少女獵人和老婦人的時候。

「所以女神救了我兒子。」她低語道。「她很有正義感，也有幽默感。不過那故事太長，不適合今天講。改天妳來七塔，我再講給妳聽。」

她提到城堡，讓我產生濃烈的鄉愁。「真巴不得我現在就在那兒。我不確定麥迪森有沒有人能把我該學的事教給我。」

「那我們找另一位老師，總有個地方可以找到幫得上忙的超自然生物。」

伊莎波對我下了一連串命令：要服從馬修、照顧他、照顧我自己、盡快回城堡去。我也一改向來的作風，統統都立刻表示同意，然後掛了電話。

過了策略性的幾分鐘，馬修開門走進來。

「謝謝你。」我吸著鼻子，把電話遞過去。

他搖頭道：「留著吧。妳隨時可以打給馬卡斯或伊莎波，他們的快速鍵分別是數字二和三。妳需要一支新手機，還需要一支手錶。妳的錶連充電功能都沒有。」馬修溫柔地扶我靠在座墊上，親吻我前額。

「密麗安在餐廳裡工作，最小的聲音她都聽得見。」

「莎拉和艾姆呢？」我問。

「正等著要來看妳呢。」他笑道。

跟阿姨見過面之後，我睡了幾個小時，直到對馬修的渴望紛紛擾擾，把我弄醒。

艾姆從最近回來的我外婆的搖椅上站起身，端著一杯水走過來，她額頭上出現好幾條前幾天還沒有的深紋。外婆坐在沙發上，盯著壁爐旁的嵌版發呆，顯然是在等候房子傳送另一則訊息來。

「莎拉在哪？」我捧住杯子。我喉嚨還是很乾，這杯水有如天賜恩物。

「她出去一會兒。」艾姆秀氣的嘴抿成一條細線。

「她把這件事都怪到馬修頭上。」

艾姆跪在地上，讓眼睛跟我的眼睛在同一水平。「跟馬修無關。妳拿自己的血去餵吸血鬼——一個絕望、垂死的吸血鬼。」她用眼神制止我的抗議。「我知道他不是什麼隨便的吸血鬼。儘管如此，馬修還是有可能殺死妳。而莎拉對於沒辦法教妳如何控制妳的才能，也感到很難過。」

「莎拉不需要為我擔心。妳看見我怎麼對付茱麗葉了嗎？」

她點頭。「還有其他事。」

現在外婆不看嵌版了，注意力全放在我身上。

「我看到馬修吸妳的血時，顯得多麼飢渴。」艾姆低聲繼續說道：「我也看到那個少女和那個老婦人，站在火幕另一邊。」

「莎拉也看見了嗎？」我小聲問，希望密麗安聽不見。

艾姆搖頭。「沒。馬修知道嗎？」

「他不知道。」我把頭髮撥到一側，莎拉不知道昨晚發生的事，讓我鬆了一口氣。

「妳答應女神用什麼換馬修的命，戴安娜？」

「她要什麼都可以。」

「哦，親愛的。」艾姆的臉皺成一團。「妳不該那麼做的。根本不知道她什麼時候會採取行動——也不知道她會要什麼。」

外婆把搖椅搖得極快。艾姆瞪著椅子瘋狂的動作。

「我必須那麼做，艾姆。女神看起來並不意外，感覺就是無可避免——反正就是對的。」

「之前妳見過那個少女和那個老婦人嗎？」

我點頭。「少女曾經出現在我夢裡。有時感覺我好像在她體內，她騎馬或打獵時我往外看。老婦人是在家族休息室外面遇見的。」

妳麻煩大了，妳掉進深水裡了，戴安娜。外婆沙沙說道。希望妳會游泳。

「妳不可以輕易召喚女神。」艾姆警告道：「那是一種妳還不了解的強大力量。」

「我根本沒有召喚她。我決定給馬修我的血時，她們就出現了。她們心甘情願來幫助我的。」

說不定給的不是妳的血。外婆繼續前後搖晃，搖得地板嘎吱作響。妳有沒有想到過這一點？

「妳才認識馬修幾星期，卻那麼容易就聽從他的命令，甚至願意為他死。這麼說妳就該明白莎拉為什麼擔心了。我們認識多年的戴安娜不見了。」

「我愛他。」我強悍地說。「他也愛我。」馬修的許多祕密——拉撒路騎士團、茱麗葉，甚至馬卡斯——我把這些都拋在一旁，還有我知道他暴烈的脾氣，習於控制他周遭每件事、每個人的欲望。

但艾姆知道我在想什麼。她搖搖頭：「妳不能不管這些事，戴安娜。妳當初這麼對待妳的魔法，結果它還是找到了妳。馬修身上妳不喜歡、不了解的部分，有朝一日也會找到妳。妳不能永遠躲起來，尤其是現在。」

「妳是什麼意思？」

「有太多超自然生物對這個手抄本有興趣，也對妳和馬修有興趣。我感覺到他們正向著這棟房子和妳步步進逼。我不知道這場鬥爭他們站在哪一邊，但第六感告訴我，我們很快就會知道。」

艾姆替我把被子拉好，又在爐子裡添了一根木柴，便走出了房間。

我被我丈夫身上獨特的辛香味喚醒。

「你回來了。」我揉著眼睛道。

馬修看起來休息夠了，皮膚又恢復正常的珍珠色澤。

他吃飽了，吸的是凡人的血。

「妳也一樣。」他拿起我的手湊到唇邊。「密麗安說，妳睡了幾乎一整天。」

「莎拉在家嗎？」

「每個人都在家，各司其責。」他頑皮地一笑。「包括塔比塔在內。」

我要求見大家，他毫不囉唆就幫我拆掉靜脈注射管。見我兩腿無力，沒法子走到起居室，他就乾脆把我抱過去。

艾姆和馬卡斯大張旗鼓，把我安頓在沙發上。低聲交談和觀賞電視播出的最新黑色電影精選這種不費力氣的活動，很快就讓我筋疲力盡，馬修再次把我抱起。

「我們上樓去。」他宣布道：「明天見。」

「要我把戴安娜的靜脈注射器送上去嗎？」密麗安刻意提醒。

「不必，她已經用不著了。」馬修的聲音很粗率。

「謝謝你沒再給我裝那個東西。」他抱著我穿過前廳時，我說道。

「妳的身體還是很虛弱，但以一個溫血動物而言，恢復力可說非常好。」馬修爬樓梯時說道。「我想這是作為一台永動機的獎勵。」

他把燈都關掉後，我蜷縮在他身旁，發出一聲滿足的嘆息，我滿懷佔有欲地把手指張開，貼在他胸前。月光從窗口湧進來，把他的新疤痕照得格外清晰。它們已經從紅色褪成白色。

我雖然疲倦，但目睹馬修的心思忙碌地運轉，根本不可能入睡。從他嘴巴的角度和明亮的眼神，就看得出他正在為我們挑選前進的路，正如他昨晚的承諾。

「告訴我。」懸疑氣氛再也無法忍受時，我說。

「我們需要的是時間。」他沈思道。

「合議會不可能給我們時間。」

「那我們自己去拿。」他的聲音幾乎低不可聞。「我們去時光漫遊。」

第三十九章

第二天早晨，我們才下了半截樓梯就必須停下來休息，但我決心靠自己的力量走到廚房。很意外地，馬修並沒有嘗試說服我放棄。我們保持友善的沈默，坐在老舊的木頭階梯上。溶溶似水的晨光穿過前門兩旁凹凸不平的玻璃片，顯示這將是陽光普照的一天。起居室方向傳來拼字板喀答碰撞的聲音。

「你什麼時候才要告訴他們？」可以透露的其實不多——這計畫基本的輪廓還在規劃當中。

「晚一點。」他道，向我靠過來。我也向他靠過去，我們的肩膀貼在一起。

「等莎拉聽到這計畫，恐怕喝再多咖啡她都會昏倒。」我手扶欄杆，撐著站起來，嘆口氣：「繼續下樓吧。」

進了起居室，艾姆幫我端來第一杯茶。我坐在沙發上啜飲，馬修和馬卡斯得到我沈默的祝福，出去散他們的步。我們離開前，他們應該盡可能多抽點時間共處。

喝完茶，莎拉替我做了她有名的炒蛋。蛋裡加了一大堆洋蔥、蘑菇、起司，還澆了一匙莎莎醬。她把熱氣騰騰的一盤放在我面前。

「謝謝，莎拉。」我不多做拘泥，埋頭便吃。

「不光是馬修需要食物和休息呢。」她眺望窗外的果園，那兩個吸血鬼正走到那兒。

「今天我覺得好多了。」我嚼著一口吐司說。

「至少妳的胃口看起來是恢復了。」堆成一座小山的炒蛋已明顯少了許多。

馬修和馬卡斯回來後，我已開始吃第二盤食物。他們表情都很悲傷，但馬修對我投過去的好奇眼光搖搖頭。

顯然他們聊的不是我們時光漫遊的計畫。有別的事情讓他們心情不好。馬修拉過一張圓凳，翻開報紙，專心讀新聞。我吃著蛋和吐司，泡了更多杯茶，在莎拉清洗和收拾碗盤時靜待時機。

終於馬修摺好報紙，放在一旁。

「我要到森林裡去，去茱麗葉喪命的地方。」我宣布。

他站起身。「我去把車開到門口來。」

「你們瘋啦，馬修。太快了。」馬卡斯轉向莎拉，尋求支持。

「讓他們去吧。」莎拉道：「不過戴安娜得先換上保暖的衣服，外面很冷。」

艾姆一臉困惑地走過來。「我們在期待訪客嗎？房子認為有人要來住。」

「妳開玩笑吧！」我道：「從上次家族團圓以來，這棟房子不曾添過一個房間。客房安排在哪裡？」

「在浴室和堆雜物的房間中間。」艾姆指著天花板。**早告訴過妳，這不僅是妳和馬修而已**。我們上樓去查看新變化時，她無聲地對我說。**我的預感很少出錯**。

新出現的房間裡，有張古老的銅床，四根床柱各鑲一顆打磨得雪亮的圓球；蹩腳的紅格子棉布窗簾，艾姆堅稱是當著她的面冒出來的；地上鋪著地毯繡鉤織的手藝品，赤褐色配深紫色的圖案，看起來很礙眼；陳舊的盥洗架上安放著缺了角的粉紅臉盆和水壺。全都是我們不曾看過的東西。

「這都是從哪兒來的？」密麗安驚訝地問道。

「天曉得這棟房子把這些東西藏在哪兒？」莎拉坐在床上，用力彈跳了幾下。它發出一連串憤怒的嘎吱怪叫。

「這棟房子最傳奇的大手筆，發生在我十三歲生日當天。」我憶起往事，不由得咧嘴微笑。「它打破記錄一口氣添了四間臥室，外加一整套維多利亞式的客廳家具。」

「還有一套二十四人份的中式青柳青花圖案⑩的細瓷餐具。」艾姆回憶道：「我們現在還留著幾個茶杯，不過親戚離開後，大件的碗盤幾乎都不見了。」

每個人都參觀過新房間和變小了許多的隔壁儲藏室後，我就去換好衣服，一步一頓地下了樓，坐上越野路華。開到茱麗葉殞命地點附近，馬修停下車。沈重的輪胎輾進柔軟的泥土裡。

「剩下這段路我們走過去吧？」他建議道。「我們可以慢慢走。」

今天早晨的他很不一樣。他既沒有把我捧在手心，也沒有用命令的口氣吩咐我做這做那。

「發生了什麼改變？」我們接近那棵老橡樹時，我問道。

「我看到妳作戰。」他沈著地說：「戰場上，最勇敢的人也會在恐懼中崩潰。他們會忽然間無法戰鬥，連自己都救不了。」

「但我曾經無法動彈。」我的頭髮向前飄拂，遮住我的臉。

馬修忽然停下腳步，他的手緊緊抓住我的手臂，讓我也停下來。「當然妳會。因為妳即將奪走一條生命。但妳不怕死。」

「不怕。」我從七歲開始，就跟死亡一起生活——有時甚至渴望它。

他撥轉我身體，讓我面對他。「在皮耶堡，薩杜打擊妳的心靈，使妳徬徨無著。妳一輩子受到保護，不曾面對恐懼。我不確定妳在緊要關頭是否有能力戰鬥。但現在我該注意的卻是，不要讓妳冒太多不必要的危險。」他眼神飄到我脖子上。

馬修溫柔地牽著我向前走。草上的黑痕讓我知道，我們已到達目的地。我全身一僵，他放開了我的手臂。

火燒的痕跡一直通往茱麗葉倒下的地方。森林寂靜得怪異，沒有鳥鳴或其他有生命的聲音。我從地上拾起一小塊燒焦的木頭。手指一用力，它就碎成煤灰。

「我不認識茱麗葉，但那一刻我恨她恨到想殺死她。」她褐綠色的眼睛會永遠躲在樹木的陰影裡糾纏著我。

我沿著魔火燒出的圓圈，走到少女和老婦人同意幫我救馬修時所站的位置。我抬頭望向那棵橡樹，不由得驚呼。

「它昨天才開始變成這樣的。」馬修順著我的眼光望去。「莎拉說妳抽走了它的生命。」

我上方的枝幹根根綻裂枯萎。裸露的樹枝分岔再分岔，形狀彷彿鹿角。褐色的葉片盤旋落到我腳下。馬修之所以能活下來，是因為我把它的生命力透過我的血管輸進他的身體。這棵老橡樹粗糙的樹皮曾經散發永恆的光輝，但現在只剩一個空殼。

「力量永遠要付出代價。」馬修道。

「我做了什麼？」一棵樹的死亡不能抵償我欠女神的債。我第一次對自己做的交易感到恐懼。

馬修穿過空地，走過來抱住我。我們相擁，緊抱不放，因為知道我們差點就失去一切。

「答應我，妳以後不可以再那麼大膽任性。」他聲音帶著怒意。

我也生他的氣。「你本來可以不用毀滅的。」

---

⑩⑦ Blue Willow是一組在歐美很受歡迎的青花圖案，很多著名陶瓷廠都有出品，價格也不貴，所以非常普及。青柳圖案很容易辨識，圖中必定有一棟中式大宅第，旁邊有河，河上有橋，橋上有三個行人，河邊有棵大柳樹，樹上有對比翼雙飛鳥。

他把額頭靠在我的額頭上。「我早該告訴妳茱麗葉的事。」

「是啊，你應該。她差點就把你從我身邊奪走。」我的脈搏在脖子上貼的膠布下面猛力跳動。馬修把大拇指放在那個曾經被他咬穿的位置上，他的觸感出乎意料地溫暖。

「太危險了。」他手指纏在我頭髮裡，重重吻上我的嘴。我們站在那兒，在寂靜中，心貼在一起。

「我殺死茱麗葉的時候，就使她成為我的一部分——永遠。」

馬修撫平我的頭髮。「死亡本身是種強大的魔法。」

我再度鎮定下來，默默向女神致謝，不僅為馬修的生命，也為我自己的生命。

我們向越野路華走去，但半路上我就因疲倦而腳步蹣跚。馬修把我背在背上，走完剩下的路。

我們回到家的時候，莎拉正在她的辦公室裡伏案工作。她衝到外面來開車門，速度快得連吸血鬼看了都會妒忌。

「可惡，馬修！」她看到我疲乏的臉，說道。

他們合力把我攙進屋裡，再次躺在起居室的沙發上，我把頭枕在馬修腿上。周圍悄悄活動的聲音很快就催我入睡，我有清楚印象的最後一件事，就是香草的味道和艾姆的老攪拌器運轉的聲音。

馬修叫醒我吃午餐，吃的是蔬菜湯。從他的表情看得出來，我很快就需要補充營養。他即將把他的計畫告訴我們的家人。

「準備好了嗎，我的愛？」馬修問道。我點點頭，刮乾淨最後一點午餐。馬卡斯的頭轉向我們。馬修說：「我們有些事要告訴你們。」

這棟房子現在有個新規矩：每逢有大事要討論，大家都到餐廳集合。所有人到齊以後，每雙眼睛都望向馬修。

「你做了什麼決定？」馬卡斯直接問道。

馬修特意先吸一口氣，然後才開始道：「我們必須到一個合議會不容易追蹤的地方去，在那兒，戴安娜可以有足夠的時間，還有老師幫助她精通她的魔法。」

莎拉冷笑一聲。「這種地方在哪？哪個法力強大而有耐心的女巫會不介意有個吸血鬼在附近晃蕩？」

「我考慮的重點不是地點。」馬修神祕地說：「我們要把戴安娜藏在時間裡。」

所有的人不約而同開始大叫。馬修握住我的手。

「勇氣。」我用法文低聲說，重複我第一次見伊莎波時他給我的忠告。

他哼了一聲，回我一個憂鬱的笑。

我多少有點認同他們的驚訝與無法置信。昨晚我躺在床上時，反應也跟他們差不多。首先我堅持這是不可能的事，接著我又針對我們究竟要去何時何地的細節，掃出上千個疑問。

他盡可能解釋——資料並不多。

「妳想要用妳的魔法，但現在卻是魔法在用妳。妳需要一個老師，比莎拉或艾姆更厲害的老師。她們幫不上忙，不是她們的錯。從前的女巫不一樣。她們的很多知識都已經失傳了。」

「哪裡？什麼時代？」我在黑暗中小聲說。

「不要太遠——雖然最近的過去也有風險——但要倒退得夠遠，我們才好找女巫訓練妳。首先我們必須跟莎拉談談，這件事怎麼做最安全。然後我們要找到三件物品，以便控制方向，去到正確的時代。」

「我們？」我驚訝地問：「我到古代遇見你不就好了嗎？」

「除非沒有選擇，否則不要這麼做。從前的我跟現在不一樣，我不會放心把妳交給過去的我。」

我點頭同意時，他嘴唇的線條鬆弛下來，變得柔和。幾天前他還否定時光漫遊的念頭，但停留在原地不動的風險顯然更大。

「其他人怎麼辦？」

他的大拇指慢慢沿著我頭部後方的靜脈移動。「密麗安和馬卡斯回牛津去。合議會一定會先到這兒來找妳。莎拉和艾姆最好離開，至少離開一段時間。她們願意去伊莎波那兒住嗎？」馬修沒什麼把握。

表面上，這想法似乎很荒唐。莎拉跟伊莎波處於同一個屋簷下？但我愈想愈覺得，這也沒什麼不合理。

「我不知道。」我思索道。但隨即有新的憂慮出現。「馬卡斯。」我不是很了解拉撒路騎士團的複雜結構，但馬修不在時，他必須挑起更多責任。

「沒有其他辦法。」馬修在黑暗中說，用一個吻讓我安靜下來。

現在艾姆要討論的就是這個問題。

「一定有其他辦法。」她駁斥道。

「我努力想出了一個辦法，艾米莉。」馬修懷著歉意說。

「你們打算去什麼地方——或者該說——什麼時代？戴安娜並不容易融入古代的環境。她太高了。」密麗安低頭看著自己的小手。

「不論戴安娜是否能融入環境，都太危險。」馬卡斯堅決地說：「你們可能落入一場戰爭中間，或一場瘟疫。」

「或獵捕女巫的風波。」密麗安這麼說並無惡意，但還是有三顆腦袋生氣地轉過來。

「莎拉，妳覺得如何？」馬修問道。

房間裡所有的超自然生物之中，她最安靜。「你要帶她到另一個時空，讓她接近有能力幫助她的女巫？」

「是的。」

莎拉把眼睛閉上一會兒，然後張開。「你們兩個在這裡不安全。茱麗葉就是證據。如果你們在麥迪森不安全，到任何地方都不會安全。」

「謝謝妳。」馬修開口想說別的，但莎拉舉起手來。

「不必對我承諾任何事。」她的聲音繃得很緊。「但是為了戴安娜，即使不為你自己著想，你也要特別小心。」

「現在我們只需要煩惱如何展開時光漫步了。」馬修換成公事公辦的口吻。「戴安娜需要三件來自特定時空的東西，才能保障移動的安全。」

莎拉點點頭。

「我可以算一件東西嗎？」他問她。

「你有脈搏嗎？你當然不是東西！」這是有史以來莎拉給吸血鬼的最高評價。

「如果你們需要舊東西引導方向，這些東西歡迎利用。」馬卡斯從上衣領口挖出一根皮繩，翻過頭頂取下來。繩子上繫著各式各樣稀奇古怪的小玩意兒，包括一顆牙齒、一枚銅板、一小塊黑色夾雜金色會發亮的東西，還有一枚破舊的銀哨子。他把它扔給馬修。

「這不是你從一個已故的黃熱病患者身上拔下來的嗎？」馬修摸著那顆牙齒問道。

「在紐奧良。」馬卡斯答道：「一八一九年的傳染病大流行。」

「紐奧良不考慮。」馬修斷然道。

「我猜也是。」馬卡斯偷看我一眼，然後又對他父親說：「巴黎怎麼樣？那裡有一個芬妮的耳環。」

馬修撫摸那顆鑲在黃金細絲花樣裡的小紅寶石。「菲利普和我送你離開巴黎，芬妮也一起走。他們稱之為恐怖時代，還記得嗎？那地方不適合戴安娜。」

「你們兩個像老太婆一樣為了我考慮東考慮西。我已經經歷過一場革命⑱。何況，如果你們要在歷史裡找到一個安全的地方，找死了也不會有的。」馬卡斯嘟囔了幾句，眼睛忽然一亮：「費城？」

「你在費城和加州的時候，我都沒跟你在一起。」馬修不給兒子說話的機會，搶先說道：「我們最好是去一個我知道的時間和地點。」

「就算我們去的地方你很熟，馬修，我也不確定我能不能施展這魔法。」我又陷入敬魔法而遠之的思考習慣了。

「我相信妳做得到。」莎拉直率地說。「妳已經這麼做了一輩子。妳還是小嬰兒的時候，妳小時候跟史蒂芬玩捉迷藏的時候，還有妳的青春期。還記得那些早晨我們把妳從樹林裡拖出來，替妳清洗乾淨，趕著去上學嗎？妳以為妳那時候在做什麼？」

「當然不是時光漫遊。」我真心真意地說：「這件事的科學理論一直讓我不安。我到別處去的時候，這具身體在哪裡？」

「誰知道？不過妳不用擔心，這種事發生在每個人身上。開車去上班時，忽然不記得自己怎麼來到這地方。或一整個下午過完，卻完全想不起來自己做過些什麼。每當發生這種事，就可以確定，附近一定有個時光漫遊者。」莎拉解釋道。她對時光漫遊的展望，倒是一點也不悲觀。

馬修察覺我膽怯，握起我的手。「愛因斯坦說，所有物理學家都知道，區分什麼過去、現在、未來，不過是種『愚蠢而頑固的幻覺』。他不僅相信各種奇事神蹟，也相信時間有彈性。」

門上傳來試探的敲門聲。

「我沒聽見有人開車來。」密麗安站起來，戒備地說。

「大概是山米來收報費。」艾姆從椅子上起身。

我們默不作聲，等她穿過門廳，地板在她腳下抗議。從馬修和馬卡斯的手平壓著桌面的姿勢看來，他們已蓄勢待發，準備撲到門口。

冷空氣吹進餐廳。

「什麼事？」艾姆用困惑的聲調問。馬卡斯和馬修立刻衝過去，跟她站在一起。支持群體領袖不遺餘力，以幫助他處理重大事務為己任的塔比塔，當然也不甘落後。

「不是送報生。」莎拉看一眼我身旁的空位，多此一舉地說。

「請問妳是戴安娜・畢夏普嗎？」一個低沈的男性嗓音問道，他有種聽來耳熟的外國腔，說話時母音沒有變化，尾音拉長。

「不是，我是她阿姨。」艾姆答道。

「有什麼事我們可以效勞嗎？」馬修聲調冰冷，雖然措辭很客氣。

「我叫雷瑟尼・魏爾遜，這是我太太蘇妃。有人告訴我們，這裡可以找到戴安娜・畢夏普。」

「誰告訴你的？」馬修和顏悅色問道。

「他的母親——艾嘉莎。」我起身走向門口。

他的口音讓我想起布萊克維爾書店遇見的那個魔族，澳洲來的時裝設計師，有雙美麗的褐眼。

密麗安試圖攔阻我，不讓我進入門廳，但看到我臉上的表情，就退到一旁。馬卡斯沒那麼好對付。他抓住我手臂，不讓我走出樓梯下面的陰影。

雷瑟尼的眼睛在我臉上輕柔地推壓。他看起來才二十出頭，有熟悉的金髮和巧克力色澤的眼睛，繼承了他母親的闊嘴和清秀的五官。但艾嘉莎身材纖細小巧，雷瑟尼卻幾乎跟馬修一般高大，擁有游泳健將的寬肩和窄臀。他一邊肩膀上搭著一個龐大的背包。

「妳是戴安娜・畢夏普嗎？」他問。

一張女人的臉從雷瑟尼旁邊探出來張望。那是張甜美的圓臉，有雙聰明的褐眼，下巴上有個凹窩。她

---

⑩⑧可能是指資訊革命。

也是二十出頭，從她眼光造成的溫和而詭譎的壓力可知，她也是個魔族。

她打量我的時候，一根褐色的長辮子滑落到肩上。「是她。」年輕女子說，柔和的口音透露，她生長在美國南方。「她跟我在夢中看到的一模一樣。」

我說：「沒關係的，馬修。」這兩個魔族不會比瑪泰和伊莎波更危險。

「原來你就是那個吸血鬼。」雷瑟尼打量了一下馬修，說道：「我母親警告我要當心你。」

「你該聽她的話。」馬修建議道，他的聲音溫柔得格外危險。

雷瑟尼不理他。「她告訴我，你們不歡迎合議會成員的兒子。不過我不是合議會的代表。我是為了蘇妃而來。」他以保護者的姿勢把妻子拉到臂彎裡，她發著抖靠攏過去。他們兩人身上的衣服都不夠應付紐約州的秋天。雷瑟尼穿一件舊的穀倉夾克，蘇妃更是除了高領毛衣和一件及膝的手織毛線開襟外套，就沒有更保暖的衣物了。

「他們兩個都是魔族？」馬修問我。

「是的。」我答道，但不知為什麼，我有點遲疑。

「你也是吸血鬼？」雷瑟尼問馬卡斯。

馬卡斯獰笑：「有！」

蘇妃還在用她典型魔族的眼光推壓著我，但另外還有種微弱的刺痛感。她的手以一種宣示主權的姿勢撫著肚皮。

「妳懷孕了！」我喊道。

馬卡斯驚訝得放開了我的手臂。馬修見我走過他面前，趕緊拉住我。房子因為有兩位不速之客，加上馬修突兀的動作，變得很激動，砰一聲把家族休息室的門緊緊關上，發洩它的不滿。

「妳那種感覺——是因為我。」蘇妃再向她丈夫靠過去一吋。「我的親戚都是巫族，但我生下來就不對勁。」

莎拉走進門廳，看到訪客，攤開雙臂說：「又有人來了。我告訴過你們，麥迪森很快就會有魔族出現。儘管如此，這房子對於該做哪些事，通常都比我們更有概念。兩位既然來了，就請進來裡面坐一下吧。外面很冷的。」

魔族進到室內，房子發出一聲好像真的很厭惡我們似的呻吟。

「別擔心。」我說，想讓他們放心。「是房子告訴我們你們要來的，別在意它發出的怪聲。」

「我外婆的房子也這樣。」蘇妃微笑道：「她住在七魔市諾曼家族的老房子裡。我是那兒的人。它其實該算是北卡羅萊納州的一部分，但我爸說，沒有人會浪費力氣跟鎮上的居民說明這事。我們就像是一個獨立的國家。」

家族休息室的房門忽然大開，我外婆和另外三、四個畢夏普家族出現在那兒，好奇地觀察我們的發展。那個提莓果籃的男孩招招手。蘇妃也害羞地招手回禮。

「外婆家也有鬼魂。」她鎮定地說。

但鬼魂、兩個不友善的吸血鬼和一棟表態過於強烈的房子，卻讓雷瑟尼吃不消。

「我們不會待太久，只把事情交代清楚，蘇妃，妳來送一個東西給戴安娜。我們把該做的事完成就上路。」雷瑟尼道。密麗安偏又選中這一刻從餐廳的暗影裡走出來，她交叉雙臂，抱在胸前。雷瑟尼退後一步。

「先是吸血鬼。現在是魔族。接下來會是什麼？」莎拉嘟囔道。她轉向蘇妃：「所以妳已經懷孕五個月了。」

「上週開始，胎兒有胎動了。」蘇妃答道，雙手搭在肚子上。「就在那時，艾嘉莎告訴我們哪兒可以找到戴安娜。她對我的家人一無所知。我夢見妳已經連續好幾個月。我不知道艾嘉莎看到什麼令她那麼害怕。」

「什麼樣的夢？」馬修問道，他的聲音很急躁。

「先讓蘇妃坐下，然後再審問她不遲。」莎拉溫和地接管。「艾姆，妳可不可以拿點餅乾過來？還有牛奶？」

艾姆進廚房去了，我們聽見遙遠的玻璃杯碰撞聲。

「可能是我的夢，但也可能是寶寶的夢。」蘇妃看著自己的肚子，讓莎拉帶著她和雷瑟尼更深入這棟房子。她回頭看馬修一眼。「她是個女巫，你知道。或許雷瑟尼的媽媽擔心的就是這件事。」

所有眼光都落在蘇妃藍毛衣下面突起的肚子上。

「餐廳。」莎拉用非常嚴肅的語氣說：「大家進餐廳去。」

馬修拉住我。「他們在這種時候出現，也未免太巧合了一點。不要在他們面前提起時光漫遊。」

「他們是無害的。」所有的直覺都肯定這一點。

「沒有人是無害的，尤其是艾嘉莎・魏爾遜的兒子。」坐在馬修身旁的塔比塔，喵喵叫著表示贊成。

「你們兩個來是不來，還是要我把你們拖進這個房間？」莎拉喊道。

「我們就來了。」馬修乖巧地說。

莎拉坐在首位，她指著她右邊的空位說：「坐。」

我們坐在蘇妃和雷瑟尼對面，他們跟馬卡斯中間隔一個空位。馬修的兒子把注意力平分給他父親和兩個魔族。我坐在馬修和密麗安中間，他們都目不轉睛地盯著雷瑟尼看。艾姆走進來，捧著一個裝滿葡萄酒、牛奶、幾碗莓子、核果，還有一大盤餅乾的托盤。

「天啊，餅乾讓我恨不得自己還是溫血動物。」馬卡斯崇敬地說。他拿起一片嵌滿巧克力的金黃色大圓餅乾，湊在鼻子前面。「聞起來好香，但吃起來很可怕。」

「那就吃這個吧。」艾姆推過去一碗胡桃。「這有香草糖衣，雖然不是餅乾，但也很接近。」她遞給他一瓶酒和一個開瓶器。「打開，幫你父親倒一杯。」

「謝謝，艾姆。」馬卡斯含著一嘴黏搭搭的胡桃說，已經把木塞拔了出來。「妳最好了。」

莎拉專心看著蘇妃口渴地拿起玻璃杯喝牛奶，又吃了一片餅乾。女魔族伸手去拿第二片時，我阿姨對雷瑟尼說：「說說看，你把車停哪兒？」方才發生了那麼多事，她用這個問題開場，著實有點奇怪。

「我們走路來的。」雷瑟尼沒有碰任何一樣艾姆放在他面前的東西。

「從哪裡？」馬卡斯半信半疑問道，把酒遞給馬修。他看過周遭的田野，所以知道步行到得了的範圍之內沒有人家。

「我們先搭朋友的車從達勒姆到華府。」蘇妃解釋道：「然後坐火車到紐約市。我不怎麼喜歡那個城市。」

「然後我們坐火車到奧本尼，再到雪城。然後坐巴士到卡澤諾維亞。」雷瑟尼把一隻警告的手放在蘇妃手臂上。

「他不要我告訴你們，我們搭陌生人的便車。」蘇妃推心置腹地微笑道：「那位女士知道這棟房子在哪裡。她的孩子最喜歡萬聖節前夕到這兒來，因為妳們是真正的女巫。」蘇妃又喝了一小口牛奶。「我們其實不需要問路，這棟房子有很多能量，我們絕不會錯過的。」

「你們挑選這麼迂迴曲折的路線，有特別的理由嗎？」馬修問雷瑟尼。

「有人跟蹤我們直到紐約，但蘇妃跟我又去搭回華府的火車，所以他們失去了興趣。」雷瑟尼帶著敵意地說。

「後來我們在紐澤西下車，回到紐約市。車站的人說，觀光客總是搞不清楚哪班火車走哪個方向。他們甚至沒收我們錢，是嗎，雷瑟尼？」看起來，蘇妃對美國鐵路公司的親切招待非常滿意。

馬修繼續盤問雷瑟尼。「你們打算住哪裡？」

「他們住這裡。」艾姆提高嗓門說。「他們沒有車，房子也為他們準備好了房間。更何況，蘇妃有事要跟戴安娜談。」

「我很樂意住這裡。艾嘉莎說你們幫得上忙，關於要給寶寶的一本書。」蘇妃柔聲道。馬卡斯的目光飛快落在拉撒路騎士團組織結構圖那張紙上，下面露出一截艾許摩爾七八二號撕下的那頁插圖。他忙不迭把所有紙張砌成一堆，把一份看起來無害的DNA檢驗報告挪到最上面。

「什麼書，蘇妃？」我問道。

「我們沒告訴艾嘉莎我的家人都是巫族。我甚至沒告訴雷瑟尼——直到他到我家去拜見我爹。我們在一起將近四年了，我爹病了，不能再控制他的魔法。我不想嚇著雷瑟尼。總而言之，我們結婚的時候，我們覺得最好不要小題大作。那時艾嘉莎已經加入合議會，經常把什麼隔離規則啦、破壞規則的人會有什麼下場啦，掛在嘴邊。」蘇妃搖搖頭。「我覺得這麼做毫無意義。」

「書呢？」我溫和地重複，希望能引導談話的方向。

「哦。」蘇妃皺起眉頭，顯得很專心，然後沈默下來。

「我母親對孩子的事很興奮。她說要讓她成為全世界有史以來服裝最講究的小孩。」雷瑟尼溫柔地對妻子微笑。「然後那些夢就開始了。蘇妃覺得大禍將至。她的預知能力在魔族當中算很強的，就像我母親一樣。九月她開始看到戴安娜的臉，聽到她的名字。蘇妃說，別人想要搶妳的某件東西。」

馬修的手指輕觸我尾椎上薩杜留下的疤痕。

「給他們看我幫她做的人面壺，雷瑟尼。那只是照片。我本來想把實物帶來，但他說我們不可能把一個四公升大的壺從達勒姆扛到紐約州。」

她的丈夫聽話地取出手機，叫出一張照片。雷瑟尼拿照片給莎拉看，她驚呼一聲。

「我是個陶匠，就像我媽媽和她的媽媽。外婆燒陶用巫火，但我就用普通的方式。我把夢見的每一張臉都燒在我的壺上。不見得每張臉都很可怕，妳的臉就不會。」

莎拉把手機遞給馬修。「好漂亮，蘇妃。」他很誠懇地說。

我必須同意。那個高高的圓壺是淺灰色，窄窄的壺嘴兩旁各有一個弧形的把手。正前方是一張臉——我的臉，不過為了配合壺身比例有點扭曲。我的下巴從表面突出來，還有我的鼻子、耳朵和整片眉骨。厚厚一層黏土的線條代表頭髮。我閉著眼睛，嘴巴露出祥和的笑意，好像我藏著一個祕密。

「這也是給妳的。」蘇妃從毛線外套口袋裡取出一個塊狀的小物品。它包著防水布，還用繩子捆好。「從寶寶胎動開始，我就確定這個屬於妳。寶寶也知道。或許就因為如此，艾嘉莎擔心得不得了。當然我們非得想個對策不可，因為寶寶是個女巫。雷瑟尼他媽認為妳可能有辦法。」

蘇妃解開繩結時，我們默默圍觀。「抱歉。」她說：「這是我爹綁的。他從前是海軍。」

「我幫妳好嗎？」馬卡斯問道，伸手想去拿那個小包。

「不用，我快好了。」蘇妃甜蜜地對他一笑，繼續解她的結。「這一定要包起來，否則會發黑，但它不應該發黑，它應該是白色的。」

我們的集體好奇心完全被挑逗起來了。整棟房子裡鴉雀無聲，只除了正在清洗爪子的塔比塔舌頭舔舐的聲音。繩子拆開了，接著是防水布。

「喏。」蘇妃悄聲道。「我也許不是個女巫，但我是最後一個諾曼家族的人，我們一直為妳保存著這個。」

那是一座小人像，充其量只有四吋高，用古銀製作，就像躺在博物館展示盒裡的同類展覽品一樣，有種打磨過的幽微光澤。蘇妃把人像轉過來，讓它正面對著我。

「戴安娜。」我說得有點多餘。女神的模樣做得維妙維肖，從額前的新月到腳上的涼鞋一應俱全。她正要行動，一隻腳跨步向前，一隻手伸到背後，從箭囊裡抽出一支箭，另一隻手搭在一頭公鹿的角上。

「妳從哪裡拿到這個？」馬修的聲音很古怪，他臉色又變得灰敗。

蘇妃聳聳肩膀。「沒有人知道。諾曼家族一直擁有這個。它在家族裡由一代女巫傳給下一代女巫。『時間到了，就把它交給需要的人。』我外婆這麼叮嚀我父親，我父親又這麼告訴我。這句話本來寫在一張小紙片上，但紙片很久以前就遺失了。」

「怎麼回事，馬修？」馬卡斯不安地看著他。雷瑟尼也一樣。

「那是一顆棋子。」馬修幾乎說不出話。「白王后。」

「你怎麼知道？」莎拉批判地看著那個小人像。「它跟所有我看過的棋子都不像。」

馬修必須從僵硬的嘴唇後面把話一個字一個字逼出來。「因為它曾經屬於我，我父親給我的。」

「那它又怎麼會跑到北卡羅萊納去？」我向那座銀像伸出手，它就沿著桌面滑過來，好像願意歸我所有。我將它握在手中時，公鹿的角刺著我的掌心，金屬很快就因為跟我接觸而溫暖起來。

「我賭輸掉的。」馬修平靜地說。「但我不知道它怎麼會跑到北卡羅萊納去。」他把臉埋在手中，喃喃說了一個我聽不懂的字眼。「克特。」

「你還記得你最後擁有它大概是什麼時候嗎？」莎拉追問道。

「我記得很清楚。」馬修抬起頭來。「很多年前一個萬靈節的晚上，我用它下棋。就在那時候，我輸了賭注。」

「下星期就是萬靈節。」密麗安在椅子上挪動一下身體，迎上莎拉的目光。「時光漫步在萬聖節和萬靈節期間⑲會不會比較容易成功？」

「密麗安。」馬修咆哮，但已經來不及了。

「什麼是時光漫步？」雷瑟尼悄聲問蘇妃。

「媽媽就是個時光漫步者。」蘇妃也悄聲答道：「而且她很厲害，總是從一七〇〇年代帶一大堆設計壺和罐的點子回來。」

「妳母親能回到過去？」雷瑟尼無力地問道。他看看房間裡的各種超自然生物，然後又看看他老婆的肚皮。「這種能力在女巫家族裡會遺傳嗎？就像千里眼一樣嗎？」

莎拉趁魔族講悄悄話的當兒，回答密麗安的問題。「從萬聖節前夕到萬靈節這段期間，生者與死者之間沒有阻隔。所以在過去與現在之間來去，應該比較容易些。」

雷瑟尼顯得愈發焦慮。「生者與死者？蘇妃跟我只是把這個雕像還是什麼的東西送過來，希望這麼一來，她夜裡能睡得安穩而已。」

「到那時候，戴安娜身體會夠強壯嗎？」馬卡斯不理雷瑟尼，只管問馬修。

「一年的這個時候，戴安娜要去時光漫遊應該容易得多。」莎拉大聲說出內心的想法。

蘇妃環顧餐桌旁的眾人，顯得很快樂。「這讓我想起從前，外婆跟她的姊妹聚在一起，聊東家長西家短。她們好像沒一個人聽別人說話，但她們總是知道彼此說了些什麼。」

餐廳的門砰然打開又關上，接著家族休息室那兩扇笨重的門也發出轟然巨響，房間裡許多組各自為政的交談頓時停止。雷瑟尼、密麗安和馬卡斯都跳了起來。

「見鬼的這是怎麼回事？」馬卡斯問道。

「房子。」我疲倦地說：「我去看看它要什麼。」

馬修拿起小雕像，跟在我後面。

⑽ 基督教以每年十一月一日的萬聖節（All Saints Day）紀念所有的聖人，又以十一月二日的萬靈節（All Souls Day）紀念所有的亡者，只舉行莊嚴的儀式並禱告。但追根溯源，這兩個節日還有更古老的異教淵源，例如萬聖節前夕（Halloween）的慶祝活動，與凱爾特信仰中十月三十一日大開鬼門、放群鬼到人間找替身，十一月一日清晨關鬼門的傳說如出一轍。

穿繡花緊身上衣的老婦人，等在家族休息室門前。

「哈囉，夫人。」蘇妃跟在我們後面，客氣地跟老婦人打招呼。她細看我的面貌。「那位女士長得有點像妳，是嗎？」

所以你們選好了路。老婦人道。她的聲音比先前更微弱。

「我們選好了。」我說。後面傳來腳步聲，餐廳裡其他人紛紛來看混亂因何而起。

你們的旅程還需要別的東西。她道。

棺材門刷一下打開，我背後那群超自然生物的數量，跟守候在壁爐前的那群鬼魂可說旗鼓相當。應該很有趣。站在群鬼之首的外婆淡淡說道。

牆壁裡面發出像搖晃骨頭的怪聲。我坐在外婆的搖椅上，我的膝蓋已負擔不起我的體重。

窗戶到壁爐之間的壁板出現一條裂縫。它沿著對角線不斷延伸和擴大。舊木頭不斷震動，嘎吱作響。一個有手有腳、軟綿綿的東西，從裂縫裡飛出來。它掉在我腿上時，我瑟縮了一下。

「乖乖隆地咚！」莎拉道。

壁板再也不能恢復原狀了。外婆看著綻裂的木板，遺憾地搖著頭說。

飛到我身上的那件不知名物品是用粗布做的，顏色已褪成無法分辨的灰褐色。除了四肢，它還有個可以算是頭的一團東西，裝飾著褪色的頭髮。有人在應該是心臟的位置上縫了一個X記號。

「這是什麼？」我伸出食指，想摸那不勻稱的紅褐色縫線。

「別碰它！」艾姆大叫。

「我已經碰到它了。」我困惑地抬頭看她。「它就在我腿上。」

「我沒見過這麼舊的人偶。」蘇妃低頭看著它說。

「人偶？」密麗安皺眉道：「妳的一個祖先不是就因為人偶惹上麻煩？」

「布麗姬・畢夏普。」莎拉、艾姆和我異口同聲道。

穿繡花上衣的老婦人出現在外婆身旁。

「這是妳的嗎？」我小聲問道。

一個微笑出現在布麗姬嘴角。*站在十字路口的時候，記得要謹慎，孩子。妳無從知道那兒埋藏著什麼樣的祕密。*

我低頭看人偶，輕觸一下它胸前的X。布料綻裂開來，露出裡面的樹葉、樹枝、乾燥花等填充物，散發出藥草的氣味。「芸香。」我說，認出這味瑪泰藥草茶的主料。

「根據氣味判斷，還有苜蓿、金雀花、兩耳草和赤榆皮。」莎拉用力吸了幾口氣。「那人偶是用來招引某人的——大概就是戴安娜——但還加了一道保護的咒語。」

*妳把她調教得很好。*布麗姬滿意地望著莎拉點點頭，並對外婆說。

咖啡色雜物中間，有一點東西在發光。我輕輕一拉，人偶整個解體，碎成好幾片。

*它毀了。*布麗姬嘆道。外婆撫慰地拍拍她。

「是一個耳環。」它繁複的金色表面會反光，一端鑲著一顆極大的、亮閃閃的淚滴形珍珠。

「這可怪了，我母親的耳環怎麼會在布麗姬・畢夏普的人偶裡？」馬修的臉再度變得灰白。

「多年前那個晚上，你母親的耳環跟你的棋子組放在同一個地方嗎？」密麗安問道。耳環跟棋子都非常古老——比人偶老，也比畢夏普的住宅老。

馬修思索了一會兒，點點頭。「是的。一個星期的時間夠嗎？妳能準備好嘛。」他迫切地問我。

「我不知道。」

「妳當然會準備好。」蘇妃對著她的肚子低吟道。「她會幫妳把一切都安排好，小女巫。妳當她的教母。」蘇妃露出燦爛的笑容。「她會很高興。」

「把寶寶算進去——鬼魂不算數，當然。」馬卡斯故做輕鬆的閒聊語氣，讓我聯想到馬修承受壓力時說話的方式。「這房間裡剛好九個人。」

「四個女巫，三個吸血鬼，兩個魔族。」蘇妃做夢似的說，手仍然按在肚皮上。「但我們缺一個魔族。少了這個魔族，我們的異議會⑩就不能成立。馬修和戴安娜離開後，我們需要另一個吸血鬼。馬修的母親還活著嗎？」

「她累了。」雷瑟尼帶著歉意說，他把妻子的肩膀摟緊。「她一累就無法集中注意力。」

「妳剛說什麼？」艾姆問蘇妃，極力保持聲音的冷靜。

蘇妃的眼神不再迷離。「異議會。從前他們就這麼稱呼一群異議分子的聚會。不信可以問他們。」她把頭朝馬卡斯和密麗安的方向一偏。

「我告訴過妳，這不光是畢夏普或柯雷孟的家務事。」艾姆對莎拉說：「甚至也不是馬修和戴安娜，或他們能否結合的問題。這也包括蘇妃和雷瑟尼。這關係到未來，正如戴安娜說的。我們就用這種方式跟合議會對抗——不是個人，不是家族，而是——妳說是什麼來著？」

「異議會。」密麗安道：「我一直很喜歡這個詞彙——其中蘊含的威脅是那麼令人高興。」她露出滿意的微笑，舒服地往後一靠。

馬修轉向雷瑟尼道：「似乎令堂的判斷很正確。你們果然屬於這裡，跟我們是一夥的。」

「他們當然屬於這裡。」莎拉起勁地說。「你們的臥室已經準備好了，雷瑟尼，就在樓上，右手邊第二扇門。」

「謝謝妳。」雷瑟尼道，聲音輕鬆下來，但仍帶著謹慎，他依舊警戒地看著馬修。

「我叫馬卡斯。」馬修的兒子向魔族伸出手。雷瑟尼穩穩握住，對吸血鬼身體驚人的冰冷，好似沒有感覺。

「瞧，我們不需要訂那家旅館的，甜心。」蘇妃帶著幸福無比的微笑對丈夫說。她在人群中尋找艾姆。「還有餅乾嗎？」

第四十章

過了幾天，馬修和我散步回來時，只見蘇妃拿了六個南瓜和一把鋒利的刀，坐在廚房中島前面。天氣變涼了，空氣中已出現鬱鬱寡歡的冬天氣息。

「你們覺得如何？」蘇妃把南瓜轉過來，問道。它跟所有萬聖節南瓜一樣，有空洞的眼睛，三角眉，大嘴洞開，但她把平凡的五官塑造得與眾不同。嘴唇加幾根線條，額上多幾根皺紋，眼睛稍微歪斜。整體效果就讓人不寒而慄。

「了不起！」馬修開心地打量這顆南瓜。

她咬住下唇，批判地端詳自己的作品。「我覺得眼睛還不夠好。」

我笑起來。「至少它還有眼睛。莎拉有時候懶得弄，拿螺絲起子在側面鑽三個洞就算數了。」

「萬聖節是女巫最忙碌的節日。我們不見得有時間處理枝微末節。」莎拉插嘴道。她從蒸餾室裡走出來，檢查蘇妃的作品，滿意地點頭道：「但今年鄰居都會羨慕我們。」

---

(110) 基督新教興起後，一部分人主張，一般信徒可以在沒有神職人員監督下自行舉辦稱做Conventicle的聚會，禱告、讀經、討論宗教問題等。但這種行為受到執政者猜忌，從十六到十七世紀，英國政府相繼頒布了三個管制宗教與聚會的法案，禁止此種聚會，違反者可以判下獄、處死等重刑。一六二〇年赴北美移民的五月花號乘客，就都是這種異議會的支持者。

蘇妃害羞地微笑，把另一顆南瓜拿到面前。「下一個不要做得那麼怕人，我們可不想把小孩子嚇哭。」

距萬聖節不到一星期了，莎拉和艾姆都有一大堆事要忙，為麥迪森巫群每年例行的秋季狂歡派對做準備。到時會供應食物，無限暢飲的飲料（包括艾姆聞名遐邇的香料酒，至少有一個七月誕生的小孩是它的功勞），還要安排足夠的巫術活動，讓吃多了糖的孩子有事可做，而且讓他們從「不給糖就搗蛋」的遊行回來後，不會太靠近篝火。例如用嘴銜蘋果的遊戲，只要在水果上施個咒語，就可以提高困難度。

我阿姨暗示，她們也可以取消原訂計畫，但馬修搖頭。

「如果妳們不到場，鎮上每個人都會想知道出了什麼事，這會是個正常的萬聖節前夕。」

我們都很懷疑，畢竟天天在倒數距萬聖節還有幾小時的人，不僅只有莎拉和艾姆而已。

昨晚馬修和我排妥了房子裡每一個人離開的次序表，由雷瑟尼和蘇妃開始，最後是馬卡斯和密麗安。他認為這會讓我們的離去比較不那麼引人注目——而且這件事沒有討論的餘地。

馬修做完宣布後，馬卡斯和雷瑟尼長長地對望一眼。結果這魔族抿緊嘴唇，不斷搖頭，而那年輕的吸血鬼定睛看著桌面，下巴的肌肉不斷抽搐。

「那誰來發糖果？」艾姆問道。

馬修沈吟道：「戴安娜跟我負責好了。」

聚會結束，我們分頭離開，兩個年輕的男性搶著衝出門，說什麼要去買牛奶。他們上了馬卡斯的車，飛快駛出車道。

「你最好不要再吩咐他們做這做那。」馬修跟我一起到前門口，看著他們離開，我責備他道：「他們都是成年人。雷瑟尼還有妻子，而且不久就要做父親了。」

「如果讓他們作主，馬卡斯和雷瑟尼明天就會把一支吸血鬼大軍召集到門口。」

「你下星期就不在這兒對他們發號施令了。」我看著他們車子的尾燈轉往市區方向，提醒他道：「就輪到你兒子當家了。」

「我擔心的就是這件事。」

真正的問題在於，我們正處於睪丸酮大量分泌，爆發中毒症狀最嚴重的階段。雷瑟尼和馬修只要待在同一個房間裡，就會火花四射，但房子裡人這麼多，他們簡直不可能避不見面。

那天下午，貨送到時，他們又發生一場爭論。盒子上貼滿膠帶，印著紅色大字「生化毒物」。

「這是什麼玩意兒？」馬卡斯小心翼翼把盒子捧進客廳，問道。雷瑟尼從手提電腦上抬起頭，褐眼緊張地瞪得老大。

「是我的。」馬修從兒子手中接過盒子，若無其事地說。

「我老婆正在懷孕！」雷瑟尼勃然大怒道，啪一下關上電腦。「你怎麼可以把那種東西拿到房子裡面來？」

「那是戴安娜的預防針。」馬修勉強壓抑內心的不快。

我放下雜誌。「什麼預防針？」

「妳要回到過去，就必須盡可能做好疾病防護，到蒸餾室來。」馬修伸出手說。

「先告訴我盒子裡是什麼東西。」

「後續疫苗——破傷風、傷寒、小兒痲痺、白喉——還有些妳可能沒打過的疫苗，包括最新的單劑狂犬病預防針，最新的感冒預防針，霍亂預防針。」他頓了一下，手仍然伸著。「還有天花疫苗。」

「天花。」我出生前幾年，政府已不再為學童施打天花疫苗。換言之，蘇妃和雷瑟尼也沒有天花免疫力。

馬修拉我站起來。「我們開始吧。」他堅決地說。

「你今天休想在我身上插針。」

「今天挨一針，明天不會長天花，也不用擔心破傷風。」他駁斥道。

「慢著。」雷瑟尼的聲音像一根鞭子爆響。「天花疫苗有傳染性。蘇妃跟寶寶怎麼辦？」

「解釋給他聽，馬卡斯。」馬修下令道，並閃到一旁，讓我通過。

「即使感染也不是天花，事實上。」馬卡斯努力說得令人放心。「那是病毒的另一個分支。蘇妃不會有事，只要她不碰戴安娜的手臂或她手臂接觸過的任何東西。」

蘇妃對馬卡斯微笑。「可以。我做得到。」

「你總是做每一件他吩咐你去做的事嗎？」雷瑟尼輕蔑地對馬卡斯說。他從沙發上站起身來，低頭看著妻子。「蘇妃，我們走。」

「別鬧了，雷瑟尼。」蘇妃說：「你說要走，房子會生氣的——寶寶也會。我們哪兒都不去。」

雷瑟尼恨恨地瞪了馬修一眼，又坐下來。

在蒸餾室裡，馬修叫我脫掉運動衫和高領毛衣，開始用酒精棉擦拭我的左臂。門嘎吱一聲開了。是莎拉。馬修跟雷瑟尼對話時，她站在旁邊沒出聲，雖然她的目光幾乎沒離開過剛送來的盒子。

馬修已經割開了保麗龍容器周圍的保護膠帶。裡面裝著七個小藥瓶，還有一包藥丸，一個乍看像鹽瓶的容器，還有兩個我從沒見過的附尖叉的金屬工具。他又進入我最初在他牛津大學的實驗室裡看到的那種臨床的疏離狀態，不花時間閒聊，也沒有一句親切的問候。莎拉出現，給我很大的精神鼓舞。

「我有幾件舊的白襯衫妳可以穿。」莎拉讓我暫時忘記馬修在做什麼。「很容易就可以漂白。還有幾條白毛巾。妳把髒衣服留在樓上就好，我會處理。」

「謝謝妳，莎拉。這樣又可以少擔心一種傳染的風險。」馬修挑出一個藥瓶道：「我們從破傷風的後續疫苗開始。」

他每打一種藥劑到我手臂裡，我都會縮一下。打到第三針，我額頭上已冒出薄薄一層汗水，心跳也開始加速。「莎拉。」我有氣無力說道：「可不可以請妳不要站在我後面？」

「抱歉。」莎拉走開，改站在馬修背後。「我替妳拿杯水。」她遞給我一杯冰冷的水，外面有水滴凝結，滑溜溜的。我感激地接過，努力專心把它拿穩，不去管馬修打開的下一瓶藥劑是什麼。

又一根針刺進我皮膚，我跳了起來。

「最後一針。」馬修道。他打開那個像是裝滿食鹽結晶的容器，小心地把它倒進一瓶液體裡。用力搖晃一陣後，把它交給我。「這是霍亂疫苗，是口服的。然後給妳種牛痘，接下來幾晚，還有些藥丸要在晚餐後服用。」

我很快把它喝下，但藥水又濃又難喝，讓我差點噁心作嘔。

馬修打開裝有兩支牛痘針的密封小包。「妳們知道傑佛遜總統寫信給牛痘發明人金納，提到這種疫苗時，怎麼說嗎？」他聲音帶有催眠的力量。「傑佛遜說，這種藥是醫學史上最有用的發現。」涼涼的酒精碰到我的右臂，然後是疫苗針尖端劃破皮膚的刺痛。「這位總統不重視哈維發現的血液循環，說那不過是醫學知識『美好的補充』。」馬修以畫圓的動作讓活性疫苗分布在我皮膚上。

他分散注意力的手法很成功。我忙著聽他的故事，沒注意自己的手臂。

「傑佛遜稱讚金納是因為他的接種法使天花沒落，成為一種只有歷史學家才知道的疾病。他把人類從一個致命強敵手中搭救出來。」馬修把空藥瓶和接種器都扔進一個密封的生化毒物容器。「完成了。」

「你認識傑佛遜嗎？」我已經在幻想到十八世紀的維吉尼亞州去時光漫遊了。

「我跟華盛頓比較熟。他是個軍人——讓行動替自己說話的人。傑佛遜話多。但要接觸機智背後的那個人很不容易。我如果要帶一個像妳這樣的才女到他家去，一定要事先通知才行。」

我伸手去拿高領毛衣，但馬修攔下我的手臂，小心地在接種的部位貼上一塊防水膠布。「這是活性病毒，一定要蓋好，蘇妃和雷瑟尼不可碰到它或任何跟它接觸過的東西。」他走到水槽前面，用冒著蒸汽的水用力洗手。

「要多久？」

「它會長出一個膿包，然後結痂。膿包癒合前，任何人都不能碰。」

我把變形的舊毛衣套到頭上，小心不讓膠布移位。

「這件事情辦妥了，我們得想想，怎麼能讓戴安娜在萬聖節前夕帶著你——還有她自己——到一個遙遠的時代去。雖說她從襁褓就開始時光漫遊，但還是不容易。」莎拉憂心忡忡，眉頭皺得臉都歪了。

艾姆出現在門口。我們騰出空間，讓她也在桌前坐下。

「最近我也在時光漫遊。」我承認道。

「什麼時候？」馬修暫停清理剩下的接種用品的工作。

「第一次是那回你在車道上跟伊莎波講電話的時候。然後是莎拉試圖逼我點燃一根蠟燭那次，我從蒸餾室跑到果園裡。兩次我都是抬起腳，希望自己在別個地方，腳放下就到了我想去的地方。」

「聽起來很像是時光漫遊。」莎拉慢吞吞說道。「當然，妳走得並不遠——也沒有攜帶任何東西。」

她打量著馬修的體型，滿臉懷疑。

有人敲門。「我可以進來嗎？」蘇妃的聲音有點模糊。

「她可以嗎，馬修？」艾姆問。

「只要她不碰到戴安娜。」

艾姆開門的時候，蘇妃正用雙手安撫地摸著肚皮。「一切都會好的。」她站在門外，平靜地說：「只要馬修跟他們要去的地方有聯繫，他就能幫助戴安娜，不會拖累她。」

密麗安出現在蘇妃背後。「發生了什麼有趣的事嗎？」

「我們在聊時光漫遊。」我說。

「妳要怎麼練習？」密麗安繞過蘇妃，見她企圖跟進來，就堅決地把她推到門外。

「戴安娜每次倒退幾小時，然後擴大間隔。我們先增加時間，再增加空間，最後把馬修也加進去，看會發生什麼結果。」莎拉看著艾姆：「妳可以幫助她嗎？」

「一點點吧。」艾姆審慎地回答。「史蒂芬告訴過我，他是怎麼做的。他回到過去從不使用咒語——他的法力強大到不需要咒語。根據戴安娜小時候時光漫遊的經驗，加以她學巫術又那麼辛苦，我們應該模仿他的方式。」

「妳跟戴安娜何不到穀倉去練習。」莎拉溫和地建議道：「她可以直接回蒸餾室來。」

馬修想跟在我們後面，莎拉伸手攔住他。「留下。」

馬修的臉又開始泛灰。他不喜歡我待在另一個房間，更別提另一個時間了。

蛇麻子穀倉裡殘留著古早收成的甜美香氣。艾姆站在對面，鎮定地給我指令。「站著盡可能別動。」她道：「思想淨空。」

「妳說話像我的瑜伽老師。」我道，調整四肢，擺出熟悉的瑜伽山式。

艾姆微笑道：「我一直覺得瑜伽和魔法有很多共通點。現在，閉上眼睛。想妳剛離開的蒸餾室。妳想到那兒去的欲望必須遠超過待在這兒。」

我在心裡建構蒸餾室的畫面，為它添加物品、氣味、人。我皺起眉頭：「妳在哪裡？」

「得看妳抵達的時間。如果是我們剛離開前，我在那裡。要不然，我就在這裡。」

「這麼一來，物理學無法解釋。」我滿腦子都在擔憂宇宙要怎麼處理突然冒出來的好多個戴安娜和艾姆——還不說密麗安和莎拉。

「不要管物理學。你爹在那張紙條上怎麼寫的？『喪失了好奇心，對任何事都不覺得驚奇的人，都目光黯淡，與死無異。』」

「很接近。」我不情願地承認。

「時候到了，妳該大步跨出，走進神祕境界，戴安娜。魔法與奇蹟是妳與生俱來的權利，正等著妳取用。現在，想著妳要去的地方。」

我等到心中滿溢蒸餾室的意象，便抬起腳來。

腳放下時，我仍在蛇麻子穀倉裡，跟艾姆在一起。

「沒有用。」我開始驚慌。

「妳太在意那個房間的細節了。想想馬修。妳不想跟他在一起嗎？魔法在心裡，不在理智裡。這不像巫術，要背一串字句，遵守一定程序。妳必須用**感覺**。」

「欲望。」我看見自己把《筆記與疑問》從博德利圖書館的書架召喚下來，再一次覺得置身萬靈學院馬修的宿舍裡，他的唇第一次壓在我唇上。穀倉消逝了，馬修正在講傑佛遜和金納的故事給我聽。

「不對。」艾姆的語氣強硬。「不要想傑佛遜。想馬修。」

「馬修。」我讓心念回到他冰冷的手指碰到我皮膚的感覺，他聲音裡豐富的變化，我們在一起時那種生命力熾盛的感覺。

我抬起一隻腳。

它落在蒸餾室的一個角落裡，我被夾在幾個舊木桶後面。

「萬一她迷失怎麼辦？」馬修聽起來很緊張：「我們怎麼把她弄回來？」

「不必擔心。」蘇妃指著我道：「她已經回來了。」

馬修猝然轉過身，吁出一大口氣。

「我離開了多久？」我覺得有點頭昏，失去方向感，但其他方面都沒問題。

「大約九十秒。」莎拉道：「但已經足夠馬修精神崩潰了。」

馬修把我抱進懷裡，用下巴抵著我。「謝天謝地，還要等多久，她才可以帶我一塊兒去？」

「我們不要操之過急。」莎拉警告道：「一步一步來。」

我四下張望。「艾姆在哪裡？」

「在穀倉裡。」蘇妃微笑道：「她會趕上的。」

等了二十幾分鐘，艾姆才回來。進門時，她的臉因擔心和寒冷而發紅，但一看到我站在馬修身旁，她的緊張就減輕了很多。

「妳做得很好，艾姆。」莎拉親吻她道，這是她絕少公開展示的親暱行為。

「戴安娜一開始想的是傑佛遜。」艾姆道：「她很可能會跑到蒙蒂塞洛[111]去。後來她專注想她的感覺，她身體的邊緣變得模糊。我一眨眼，她就不見了。

那天下午，在艾姆細心訓練下，我做了較長的旅行，回到早餐。接下來幾天，每次時光漫步，我都走得更遠一點。藉著三件物品的輔助，回到過去總比回到現在容易一點，後者需要極大的專注，還要能精確預測妳想到達的時間與地點。最後終於到了嘗試帶馬修同行的時刻。

莎拉堅持，為了因應額外付出的努力，必須盡量減少變數。「開始和結束都選相同的地點。」她建議道：「這樣妳只要把心思放在回到特定的時間。地點就不用管它了。」

黃昏時分，我帶馬修回到臥室，沒有告訴他即將發生什麼事。戴安娜的小雕像和布麗姬・畢夏普的人偶肚子裡取出來的金耳環，都放在五斗櫃上，就在我父母的照片前面。

「雖然我很想跟妳在這兒消磨幾個小時——獨處——可是快要吃晚餐了。」他抗議道，但他眼睛裡有

[111] Monticello位於美國維吉尼亞州的夏洛茨維爾，曾是美國第三任總統湯瑪斯・傑佛遜的住所，現為國家級古蹟。

老謀深算的光芒。

「時間多得很。莎拉說我已經可以帶你去時光漫遊了。我們要回到我們在這棟房子裡度過的第一個晚上。」

馬修考慮了一會兒，眼神更加明亮。「是不是就是星星出來的那個晚上——在室內？」

我吻他一下，算是回答。

「哦。」他高興得有點不好意思。「我該做什麼？」

「什麼都不用做。」這對他而言，該是時光漫步最困難的部分。「你一直怎麼跟我說的？閉上眼睛，放輕鬆，其餘部分讓我來。」我促狹地咧嘴一笑。

他把手指跟我的交纏。「女巫。」

「你甚至不會知道它發生。」我向他保證。「很快。只要把腳抬起來，等我叫你放下時就放下。還有不可以放開手。」

「做夢都別想。」馬修道，手握得更緊。

我想著那個晚上，我遇見薩杜後我們第一次獨處。我想起他撫摸我背部，既凶猛又溫柔。我立刻感覺跟我們共度的過去那一刻，產生了一種牢不可分的聯繫。

「現在。」我悄聲道。我們一起抬腳。

但是跟馬修一起時，時光漫遊變得不一樣。有他在，速度會變慢，我第一次意識到有改變發生。過去、現在與未來在我們周圍閃爍，結成一張光影與色彩的蜘蛛網。網上的每一股絲都以幾乎感覺不出來的慢速在移動，有時會在觸及另一根絲線後輕輕飄開，像受風吹拂。每當蛛絲相觸——無時無刻都有百萬條細絲互相接觸——就有個聽不見的原始聲音，發出低柔的回音。

一時之間，眼前看似無限的可能性分散了我的注意力，很容易就看不見那條我們打算追隨的、捲曲纏繞、紅白兩色的時間線。我收攝精神，一心一意跟著它，知道它會帶我們回到我們在麥迪森度過的第一個晚上。

我放下腳，赤腳碰到了堅硬的地板。

「妳說會很快。」他聲音沙啞：「我感覺不怎麼快。」

「對，這次不一樣。」我同意道：「你看見光了嗎？」

馬修搖頭。「只有一片黑暗。我在墜落，速度很慢，只有妳的手讓我不至於掉下去。」他把我的手舉到唇邊，親了一下。

安靜的房子裡有流連不去的辣椒味，外面是黑夜。「你能告訴我有誰在嗎？」

他翕開鼻孔，閉上眼睛。然後微笑起來，快樂地嘆口氣。「只有莎拉和艾姆，還有妳和我。孩子們一個都不在。」

我咯咯笑著把他拉過來。

「這棟房子裡人再多一點就要爆炸了。」馬修把臉埋在我脖子裡，然後忽然一縮。「妳還貼著繃帶。這代表我們回到過去時，也還是現在的我們，不會忘記我們在這兒發生的事。」他冰冷的手伸進我的毛衣下襬。「妳找回了時光漫遊的能力，以這種能力估計時間的流逝，準確度有多高？」

雖然我們流連在過去很快樂，但還是在艾米莉做好沙拉之前就回來了。

「時光漫遊很適合你，馬修。」莎拉審視他輕鬆的表情說道。她給他一杯紅酒作為獎勵。

「謝謝妳，莎拉。因為我有好手帶路。」他舉杯向我致意。

「很高興聽你這麼說。」莎拉淡然道，語氣很像我已經成為鬼魂的外婆。她把切片的小紅蘿蔔扔進我見過最大的沙拉碗。

「那是哪兒來的？」我把頭探進碗裡，遮掩我發紅的嘴唇。

「房子給的。」艾姆用打蛋器在打沙拉醬。「它很高興有那麼多張嘴要餵。」

第二天，房子通知我們，它在期待另一個訪客。

莎拉、馬修和我正在討論下一次時光漫遊要去牛津或是七塔時，艾姆抱著一堆待洗衣物過來說：「有人要來。」

馬修放下報紙，站起身。「很好。我訂的貨今天會送到。」

「不是送貨員，人也還沒到，但房子已經做好準備了。」她說完便鑽進洗衣間。

「再一個房間？這房子把房間放在哪裡？」莎拉朝著她背影喊道。

「馬卡斯旁邊。」艾姆的回答從洗衣機肚子裡傳來。

我們打賭來者會是誰。猜測從艾嘉莎・魏爾遜乃至艾米莉住在櫻桃谷那個喜歡不先通知就跑來參加這個巫群的萬聖節派對的朋友。

接近中午時，門上傳來頗具威嚴的敲門聲。開門只見一個有雙睿智的眼睛、身材瘦小的黑皮膚男人。那張經常出現在倫敦名流派對照片和電視新聞座談會的面孔，一望即知是什麼人。我很熟悉的那種顴骨受到輕輕推壓的感覺，也消除了對他身分最後的一絲懷疑。

我們的神祕訪客是馬修的朋友哈米許・歐斯朋。

「妳一定就是戴安娜。」他語氣不帶欣喜，也沒有開場白，蘇格蘭口音把母音拖得特別長。哈米許穿著工作的服裝，一套鐵灰色細條紋西裝，剪裁完全合身，淺粉紅色的襯衫搭配沈重的銀袖扣，還有一條繡著極小黑蒼蠅的桃紅色領帶。

「沒錯。哈囉，哈米許。馬修知道你要來嗎？」我退到一旁，請他進來。

「恐怕不知道。」哈米許回答得很明快，站在門口沒有動。「他在哪？」

「哈米許。」馬修動作極快，我先覺得身後一陣風吹過，才聽見他的腳步聲。他伸出手。「真是意想不到。」

哈米許瞪著伸過去的手看了一會兒，然後把目光轉往手的主人。「意想不到？我們來談談什麼叫意想不到。我加入你的……『家族企業』時，你跟我發誓說這個永遠不會寄來的。」他揮舞一個信封，黑色的封印已經斷了，但還黏在信封上

「是有這麼回事。」馬修把手放下，戒備地看著哈米許。

「原來你的承諾這麼不值錢。依照這封信的內容，還有我跟令堂的談話，有麻煩了。」哈米許看我一眼，又繼續瞪著馬修。

「是的。」馬修抿緊嘴唇。「但你是第九名騎士。你不需要介入。」

「你封一個魔族為第九名騎士？」密麗安跟雷瑟尼一塊兒從餐廳裡走出來。

「他是誰？」雷瑟尼手裡抓著一把拼字遊戲的字母塊，邊搖動邊從頭到腳打量這個新來者。

「我是哈米許・歐斯朋。你又是誰？」哈米許好像在跟一個魯莽的員工說話。這棟房子目前最不需要的，就是更多罣丸酮。

「哦，我是無名小卒。」雷瑟尼靠在餐廳門上，一副無所謂的樣子。但馬卡斯從旁走過時，他卻緊盯著。

「哈米許，你來做什麼？」馬卡斯顯得很困惑，然後看到那封信。「哦。」

我的祖先都聚集在家族休息室裡，房子在地基上搖晃。「我們能不能到裡面談。這棟房子，你知道。它有點不安，因為你是魔族——又在生氣。」

「來吧，哈米許。」馬修試圖把他從門口拉開。「馬卡斯和莎拉還沒有把我們的威士忌存貨完全消滅。我們替你弄點喝的，然後在火爐旁安排一個座位。」

哈米許留在原地，繼續說下去。

「我去看過你母親，她比你更願意回答我的問題，當時我聽說你跟家裡要了幾樣東西。讓亞倫跑那麼遠的路實在很過分，而我反正本來就要到這裡來問個清楚，你到底在搞什麼鬼。」他提起一個龐大的皮製公事包，外側是柔軟的皮革，卻裝了一個令人卻步的大鎖，還有一個較小的硬殼箱子。

「謝謝你，哈米許。」話是說得很有誠意，但馬修對於計畫被打亂，顯然不是很高興。

「說到解釋，法國人不在乎輸出英國的國寶，真是件他媽的好事。把這玩意兒運出英國要填多少份表格，你可有任何概念？那還是說，如果他們讓我運的話，這一點我可完全沒有把握。」

馬修從哈米許手中接過公事包，抓住他的手肘，把他的朋友拖進屋裡。「等一下再說。」他匆促道。「馬卡斯，你帶哈米許去介紹給戴安娜的家人，我來把這些東西收好。」

「哦，是你啊。」蘇妃從餐廳走出來，開心地說。她突起的肚子在繃緊的北卡羅萊納大學運動衫下面非常明顯。「你跟雷瑟尼一樣，不像我這麼沒腦筋。我的人面罐上也有你的臉。」她對哈米許微笑，哈米許顯得受寵若驚。

「還有嗎？」他問我，把頭一偏，這動作使他像一隻眼睛特別亮的小鳥兒。

「多著呢。」蘇妃愉快地回答。「不過你看不見他們。」

「來見我的阿姨。」我連忙道。

「女巫？」無從知道哈米許在想什麼。他犀利的眼睛什麼也不放過，表情幾乎就像馬修一樣高深莫測。

「是的，女巫。」

馬修消失在樓上。馬卡斯和我把哈米許介紹給艾姆。他對她似乎不像對馬修和我那麼生氣，她立刻就開始為他忙進忙出。我們在蒸餾室門口遇見莎拉，她是想知道外面為何騷動才跑出來的。

「我們現在是一個合格的異議會了，莎拉。」蘇妃伸手去取廚房中島上堆成小山似的新出爐餅乾，說道：「總共九員——女巫三人，魔族三人，吸血鬼三人——全員到齊。」

「看起來是如此。」莎拉表示同意，打量一番哈米許。她看著自己的同居伴侶像隻無頭蒼蠅般在廚房裡跑來跑去。「艾姆，我看咱們的新客人並不需要茶或咖啡。餐廳裡有威士忌嗎？」

「戴安娜跟我把那兒叫做『作戰室』，」蘇妃親熱地挽著哈米許的手臂，推心置腹道：「不過我們似乎不可能打一場戰爭而不被凡人發現。目前那是唯一夠大、可以容納我們每一個人的地方。還有幾個鬼魂也設法擠進去。」

「鬼魂？」哈米許抬手鬆開領帶。

「餐廳。」蘇妃抓住哈米許另一隻手臂。「大家都在餐廳裡。」

馬修已經在那兒。空中瀰漫一股熱蠟的味道。我們都拿好自己挑選的飲料，各就各位時，他就出面主導。

「哈米許有幾個問題。」馬修道：「雷瑟尼和蘇妃也一樣。我想我的故事該由我自己講——我的故事和戴安娜的故事。」

接著，馬修深深吸一口氣，從頭開始。他把所有的事都講了出來——艾許摩爾七八二號、拉撒路騎士團、牛津宿舍遭人闖入、薩杜和皮耶堡發生的事，甚至巴德文的憤怒。還有人偶、耳環和人面壺。馬修解釋時光漫遊和我需要三件物品才能去到特定的時間與地點時，哈米許嚴厲地瞪著馬修。

「馬修・柯雷孟。」哈米許來勢洶洶，從桌子對面靠過來，問道：「就是我從七塔帶來的那些東西嗎？戴安娜知道嗎？」

「不。」馬修承認，顯得有點不安。「萬聖節前夕她就會知道。」

「哼，到了那天，她非知道不可，不是嗎？」哈米許怒嘆一聲。

雖然哈米許和馬修的對話火藥味很濃，但那天，情勢緊張到可能爆發成內戰的狀況只出現過兩次。不用說也猜得到，兩次都發生在馬修與雷瑟尼之間。

第一次是在馬修向蘇妃解釋戰爭會以什麼形式發生時——攻敵不備，血族與巫族之間蓄積已久的仇恨將會沸騰，超自然生物互相以魔法、巫術、蠻力、速度、超能力詭計作戰，必定造成慘烈的死亡。

「現在沒有人用那種方式作戰了。」雷瑟尼低沈的聲音打斷了說明結束後掀起的一片低語聲。馬修的眉毛挑了起來，他滿臉不耐煩的怒火。「是嗎？」

「戰爭在電腦上進行。現在不是十三世紀，沒必要徒手搏鬥了。」他指著他擺在餐具櫃上的手提電腦。「有了電腦，你不需要發射一槍、流一滴血，就能幹掉敵人。」

「現在可能不是十三世紀，雷瑟尼，但有部分戰士活過那些時代，他們在感情上丟不開舊式的殺人手段。這方面就交給我和馬卡斯吧。」馬修以為這件事到此可以結束。

雷瑟尼搖頭，眼睛瞪著桌面。

「你還有別的話要說嗎？」馬修問道，喉嚨深處開始發出不祥的呼嚕聲。

「你已經表示得很清楚，不管怎麼樣，你就是要一意孤行。」雷瑟尼抬起坦率的褐眼，表示挑戰，但又聳聳肩膀。「隨你便。但你如果以為敵人不會用更現代化的方法消滅你，那你就錯了。再怎麼說，我們都必須考慮凡人。如果吸血鬼跟女巫在街上大打出手，他們一定會知道的。」

馬修跟雷瑟尼的第二場鬥爭跟戰爭無關，而跟血有關。一切始於一個無害的話題，馬修提到雷瑟尼跟艾嘉莎・魏爾遜的關係，以及蘇妃的巫族父母。

「我們有必要分析他們的ＤＮＡ。孩子也要，只等她誕生。」

馬卡斯和密麗安都點頭認同，覺得理所當然。我們其他人卻都有點吃驚。

「雷瑟尼和蘇妃使你的理論面臨考驗，你說魔族的特徵來自無法預測的突變，而非遺傳。」我大聲說出內心的想法。

「我們的資料太少。」馬修用科學家檢查兩件新標本的冷漠眼光瞟一下哈米許和雷瑟尼。「目前的發現可能是誤導。」

「蘇妃的案例也令人想到一種可能性，或許魔族跟巫族的關係比我們以為的密切。」密麗安的黑眼睛望向女魔族的大肚子。「我從沒有聽說過女巫生下魔族，更不要說魔族生下女巫了。」

「你以為我會交出蘇妃的血——還有我孩子的血——給一群吸血鬼嗎？」雷瑟尼看起來已在失控的邊緣。

「戴安娜不是這房間裡唯一合議會想研究的對象，雷瑟尼。」馬修的話絲毫沒有安撫到這魔族的效果。「令堂很清楚你的家族面臨的危險，要不然她不會派你來這裡。有一天你可能會發現你的妻子和女兒失蹤了。一旦發生這種事，你再見到她們的機會可能非常渺茫。」

「夠了。」莎拉決斷地說：「沒必要威脅他。」

「你不准碰我的家人。」雷瑟尼道，呼吸粗重。

「我對她們沒有危險性。」馬修道：「危險來自合議會，來自我們三個物種公開為敵的可能，還有更可怕的是裝作這一切都沒發生。」

「他們會來抓我們，雷瑟尼。我看見了。」蘇妃的聲音意味深長，她突然變得很精明的表情，就跟艾嘉莎在牛津時一樣。

「為什麼不早點告訴我？」雷瑟尼問道。

「一開始我告訴艾嘉莎，但她攔住我，勒令我不可以再吐露一個字。她嚇壞了。後來她就給我戴安娜的名字和畢夏普家的地址。」蘇妃的臉又恢復一貫的迷濛。「我很高興馬修的母親還活著。她會喜歡我的罐子。我會把她的臉做在其中一個的上面。你想要我的DNA，隨時都可以，馬修——寶寶的也一樣。」

蘇妃的宣告有效地讓雷瑟尼不再反對。馬修回答完所有他願意回答的問題後，便拿起一個原來一直放在他手邊，沒人注意到的信封。信封上有黑色的封蠟。

「現在只剩下一件未了之事。」他站起來，遞出那封信。「哈米許，這是給你的。」

「我不要，你休想。」哈米許雙臂交叉在胸前。「交給馬卡斯。」

「雖然你是第九名騎士，但你也是拉撒路騎士團的執事，又是我的副手。有些規則我們一定要遵守。」馬修鐵面無私地說。

「馬修最清楚了。」馬卡斯低聲道：「他是我們騎士團有史以來唯一辭過職的團長。」

「現在我是唯一辭過兩次職的團長。」馬修仍要遞出那個信封。

「見鬼的規則。」哈米許一拍桌子，怒道。「所有人離開這房間，除了馬修、馬卡斯、雷瑟尼，都給我出去。」最後他想到，又加了一個字：「請。」

「為什麼要我們離開？」莎拉狐疑地問。

哈米許對我阿姨打量了一會兒。「妳最好也留下。」

那天剩下的時間，他們五個一直關在餐廳裡。其間有一次，筋疲力盡的哈米許出來要三明治。他解釋說，餅乾老早吃光了。

「是我多心，或者妳們也覺得，那群男人趕我們出來，是為了在裡面痛快地抽雪茄、聊政治？」我問道，為了分散自己對餐廳會議的注意，我在搭不上線的老電影和午間電視節目之間不斷轉台。艾姆和蘇妃都在打毛線。密麗安在解一則她在一本叫做《惡魔高難度數獨》的書中找到的題目。她不時咯咯輕笑，在空白處做個記號。

「妳在做什麼，密麗安？」蘇妃問道。

「計分。」密麗安道，又在書頁上添了個記號。

「他們在說什麼？誰贏了？」我問道，實在妒忌她聽得見那群男人對話的能力。

「他們在規劃一場戰爭，戴安娜。至於誰贏，不是馬修就是哈米許吧——積分太接近了。」密麗安答道。

「不過馬卡斯和雷瑟尼也有幾次優異的表現，而莎拉就是原地踏步吧。」

散會時，天已經黑了，艾姆和我正在做晚餐。雷瑟尼和蘇妃在起居室裡低聲交談。

「我要趕打幾通電話。」馬修親吻過我後說。他溫柔的聲音跟緊張的表情很不搭。

看他那麼疲倦，我決定我的問題可以等。

「當然。」我摸摸他的臉。「慢慢來。晚餐一小時後才好。」

馬修再吻我一下，這次更長更深，然後從後門走出去。

「我要喝一杯。」莎拉呻吟道，直奔門廊去抽根煙。

隔著莎拉噴出的煙雲望去，馬修只剩一條影子，他穿過果園，向蛇麻子倉庫走去。哈米許從我背後走過來，用他的眼光推壓著我的背部和脖子。

「妳完全康復了嗎？」他客套地問。

「你覺得呢？」這是漫長的一天，哈米許也毫不掩飾他對我的不滿。我搖搖頭。

哈米許的目光飄向別處，我跟著望過去。我們都看到馬修進入穀倉前，舉起白皙的手抓頭髮。

「虎，虎，烈火光明／照耀黑夜叢林。」哈米許引了兩句布萊克⑫的詩。「這首詩總讓我聯想到他。」

我把刀放在砧板上，面對他。「你要說什麼，哈米許？」

「妳對他有把握嗎，戴安娜？」他問。艾姆在圍裙上把手擦乾，無奈地看我一眼，走了出去。

「是的。」我迎上他的眼睛，努力表明我對馬修有信心。

⑫William Blake，一七五七—一八二七，英國浪漫主義的詩人與畫家。

哈米許點點頭，一點都不顯得詫異。「我曾經懷疑過，一旦妳知道他過去是個什麼樣的人——現在也仍然是——是否還會接納他。看起來妳似乎不怕抓老虎的尾巴。」

我無言以對，回頭對著砧板，繼續切我的菜。

「要小心。」哈米許把一隻手放在我手臂上，強迫我抬頭看著他。「在你們要去的那個地方，馬修是個不一樣的人。」

「不會的。」我皺眉道：「我的馬修會跟我一起去，他會跟現在完全一樣。」

「不。」哈米許冷酷地說：「他不會。」

哈米許認識馬修的時間比我長得多。他從那個公事包裡裝的東西拼湊出我們的目的地。我還是什麼都不知道，只知道我要到一個早於一九七六年的年代，去一個馬修曾經在那兒下過棋的地方。

哈米許到室外加入莎拉，不久就有兩縷灰色的煙雲升入夜空。

「外面一切都好嗎？」艾姆從起居室回到廚房時，我問道。密麗安、馬卡斯、雷瑟尼、蘇妃都在那兒聊天、看電視。

「是啊。」她答道：「這兒呢？」

「還好。」我專心看著那些蘋果樹，等待馬修從黑暗中歸來。

第四十一章

萬聖節前夕的前一天，我胃裡忽然有種翻騰的感覺。我仍躺在床上，伸手去拉馬修。

「我好緊張。」

他闔上正在讀的那本書，把我拉過去。「我知道。妳眼睛還沒有睜開就在緊張了。」

房子裡的活動已熱鬧地展開。樓下辦公室裡，莎拉的印表機正在一頁接一頁不停地輸出。電視機開著，烘乾機在遠處微弱地呻吟，對新洗的一堆衣服提出抗議。我鼻子一嗅，就知道莎拉和艾姆今天的咖啡消耗已經開始了。吹風機呼嚕呼嚕的聲音從走廊另一端傳來。

「我們是最晚起床的嗎？」我努力想安撫我的胃。

「我想是吧。」他微笑道，雖然他眼睛裡有擔憂的陰影。

下了樓，莎拉正在接受現做雞蛋的點餐，艾姆剛把一盤又一盤烤好的瑪芬蛋糕從烤箱裡拿出來。雷瑟尼有條不紊地把蛋糕一個接一個從模型裡敲出來，然後整個送進自己的嘴巴。

「哈米許在哪？」馬修問道。

「在我辦公室，用印表機。」莎拉深深看了他一眼，然後轉去顧她的鍋子。

馬卡斯丟下拼字遊戲到廚房來，準備跟他父親一起去散步。他離開時抓了一大把核果，嗅嗅瑪芬，因為欲望受挫而發出一聲呻吟。

「怎麼回事？」我低聲問。

「哈米許負責當律師。」蘇妃把厚厚一層奶油塗在瑪芬上，答道。「他說有很多文件要簽。」

稍後，哈米許把我們統統叫進餐廳。我們捧著酒杯或馬克杯，散漫地擠進去。他看起來好像一夜沒睡。紙張一疊疊砌好，整齊地排放在寬大的桌面上，還有幾條黑色的封蠟和兩枚屬於拉撒路騎士團的印璽——一大一小。我的心臟撞上我的胃，然後反彈到喉嚨口。

「我們坐下好嗎？」艾姆問道。她拿進來一壺新鮮咖啡，替哈米許把杯子倒滿。

「謝謝妳，艾姆。」哈米許感激地說。兩把空椅子很正式地擺在桌子的首位。他示意馬修和我坐上去，並拿起第一疊文件。「昨天下午，我們討論了很多跟我們目前所處狀況有關的實際問題。」

我的心跳加速，眼光又飄到印璽上。

「少擺一點律師架子，哈米許，拜託你。」馬修道，他攬住我的背。哈米許怒目瞪他一眼才又繼續。

「按照計畫，戴安娜和馬修要趁萬聖節前夕去時光漫步。不論馬修另外還要求你們做什麼事，都不用管他。」哈米許這番話顯然說得樂在其中。「因為我們都同意，最好是讓所有的人都……消失一段時間。從現在開始，暫時擱置你們的舊生活。」

哈米許把一份文件放在我面前。「這是一份委任書，戴安娜。它授權我——或任何擔任執事職位的人——替妳處理一切法律事務。」

委任書使原本很抽象的時光漫遊的觀念，忽然有種成為定局的新感受。馬修從口袋裡取出一支鋼筆。

「來。」他說，把筆放在我面前。

那支筆的筆尖不適應我的角度與手勁，我在線上簽名時，它沙沙作響。我簽完後，馬修拿過去，在底部滴上一滴溫熱的黑色蠟油，然後拿起他的私人印章，蓋在蠟上。

哈米許拿起下一疊紙。「妳也要在這些信上簽名。一封信通知妳原訂十一月要參加的那個討論會的主辦者，妳無法去演講。另一封要求下學年度請病假。妳的醫生——馬卡斯．惠特摩大夫——開了證明。如果明年四月你們還沒回來，我就替妳把信寄給耶魯大學。」

我仔細讀完那兩封信，抖索著手簽了名，放棄我在二十一世紀的生活。

哈米許雙手扶著桌面，支撐身體，顯然要為接下來更重要的事打起精神。「我們不知道戴安娜和馬修何時會回到我們這裡來。」他倒沒有提到「會不會回來」，但這種涵意仍然瀰漫在房間裡。「每當公司的成員或柯雷孟家族的一員準備做長途旅行，或暫時隱居，我的職責就是保障他們的業務都能維持常態。戴安娜，妳沒有遺囑。」

「沒有。」我的思想一片空白。「但我也沒有財產——連汽車都沒有。」

哈米許挺直身體。「這不盡然是事實，是嗎，馬修？」

「給我。」馬修有點勉強地說。哈米許交給他厚厚一大摞文件。「這是我上次在牛津的時候草擬的。」

「皮耶堡之前。」我說，沒有去碰那疊紙。

馬修點點頭。「基本上，這是我們的結婚協議。它把我三分之一的私人財產分給妳，不可以撤銷。即使妳離開我，那些財產仍屬於妳。」

日期是在他回家之前——在我們依照吸血鬼的習俗成為終身配偶之前。

「我永遠不會離開你，我也不需要這個。」

「妳還不知道內容是什麼呢。」馬修道，把那疊文件推到我面前。

有太多資料要理解。多得不得了的一筆錢、倫敦高級地段的一戶獨棟住宅、巴黎一間公寓、羅馬市郊一棟別墅、老房子、耶路撒冷一棟房子，位於威尼斯和塞維亞等城市的更多房子、幾架噴射機、好多輛汽車——我覺得天旋地轉。

「我有一份穩定的工作。」我把文件推開。「這完全沒必要。」

「還是要給妳。」馬修粗聲粗氣地說。

哈米許等我恢復鎮定，才扔出下一顆炸彈。「如果莎拉去世，妳也會繼承這棟房子，條件是只要艾米莉願意，就可以一直住在這裡，以此為家。妳也是馬修唯一的繼承人。所以妳確實有財產——我需要知道妳的遺願。」

「我不要談這件事。」薩杜和茱麗葉的記憶還很新鮮，死亡的感覺太貼近。我站起身，準備逃走，但馬修抓住我的手，而且抓得很緊。

「妳一定得處理這件事，我的愛。我們不能把它丟給馬卡斯和莎拉去傷腦筋。」

我坐回去，平靜地思索該如何處理如此龐大的一筆超乎想像的財富，以及這棟有朝一日會屬於我、破破爛爛的農舍。

「我的遺產要平分給我們所有的孩子。」最後我說：「這包括所有馬修的孩子——吸血鬼或自然生育的子女，他自己創造的或我們一起生的。等艾姆不需要的時候，他們也可以得到畢夏普的房子。」

「我會確認這件事。」哈米許向我保證。

桌上最後剩下的文件，藏在三個信封裡。兩封蓋著馬修的印章。另一封用一條銀黑兩色的絲帶綁住，繩結上包著一塊封蠟。絲帶下面還吊著一個有點心碟那麼大的厚重圓盤，那正是拉撒路騎士團的大印。

「最後我們要解決騎士團的問題。馬修的父親創辦騎士團的時候，它以扶助沒有能力保護自己的弱小者而聞名。雖然大多數超自然生物都遺忘了我們，但我們依然存在。馬修離開以後，我們更有必要繼續生存下去。明天，馬卡斯離開這棟房子前，馬修會正式辭去他在騎士團的職位，任命他的兒子為團長。」

哈米許把蓋有馬修私章的兩個信封交給他本人，然後把那個有大印的信封交給雷瑟尼。密麗安瞪大了眼睛。

「一旦馬卡斯就任新職，他馬上就要這麼做。」哈米許嚴肅地看了馬卡斯一眼。「他就要打電話給雷瑟尼，雷瑟尼已同意加入本公司，擔任八位地區分團長之一。雷瑟尼一旦破壞這份委任狀上的蠟印，就成為拉撒路騎士團的一員。」

「你不能一直讓哈米許和雷瑟尼這樣的魔族加入騎士團！雷瑟尼怎麼可以作戰？」密麗安的語氣充滿震駭。

「用這個。」雷瑟尼在空中扭動手指。「我懂電腦，我可以執行任務。」他的聲音很凶惡，還目露凶光看了蘇妃一眼。「沒有人可以用他們對付戴安娜的方式對付我的妻子和女兒。」

一陣目瞪口呆的沈默。

「還不僅如此。」哈米許拉過來一把椅子，坐下，把手指交叉擱在面前。「密麗安認為戰爭即將來臨。我不同意。我認為戰爭已經開始了。」

房間裡每一隻眼睛都看著哈米許。顯然外界的人希望他投身政界——馬修也挑選他做副手——是有道理的。他是天生的領袖。

「我們在這個房間裡了解打這場戰爭的原因。這關係到戴安娜，以及合議會為了理解她與生俱來的能力，會使出何等令人髮指的手段。這也關係到艾許摩爾七八二號，我們擔心它一旦落入巫族之手，書中祕密就會永遠消失。這還關係到我們共同的信念，沒有人可以禁止兩個超自然生物相愛——不論他們屬於哪個物種。」

哈米許掃視室內一眼，確定沒有人分心，才又繼續往下說。

「凡人早晚會察覺我們的衝突。他們會被迫承認有魔族、血族和巫族跟他們生活在一起。這種事發生的時候，我們必須使蘇妃的異議會具有實質功能，而不僅是個名稱而已。到時會有人傷亡、歇斯底里、混亂。必須靠我們——異議會和拉撒路騎士團——幫助他們了解這一切，並且讓生命的損失和破壞減至最少。」

「伊莎波在七塔等你們。」馬修的聲音平靜而穩定。「城堡的界線可能是其他吸血鬼唯一不敢逾越的地界。莎拉和艾米莉會設法控制其他巫族不要輕舉妄動。畢夏普這姓氏應該有幫助。拉撒路騎士團會保護蘇妃和她的孩子。」

「所以我們要分散。」莎拉對馬修點頭道：「然後在柯雷孟家重新集合。到時候，我們會想出接下來怎麼走。我們一起走。」

「在馬卡斯的領導之下。」馬修舉起半滿的酒杯。「敬馬卡斯、雷瑟尼，和哈米許。光榮與長壽。」

「我已經很久沒聽到這句話了。」密麗安低聲說道。

馬卡斯和雷瑟尼對於新贏得的注目，都有點羞澀，對新挑起的責任也似乎有點不安。哈米許看起來就只是疲倦而已。

向他們三人敬完酒——他們看起來都太年輕，不需要在意長壽的問題——艾姆就把我們統統趕進廚房去吃午餐。她在中島上安排了一場盛宴，我們在起居室裡繞來繞去，迴避不得不開始告別的那一刻。

終於到了雷瑟尼和蘇妃離開的時刻。馬卡斯把這對夫妻的一點兒物品，放進他小巧的藍色跑車的後車廂。馬卡斯和雷瑟尼站在一起，兩個金髮的腦袋湊在一塊兒交談，蘇妃則跟莎拉和艾姆道別。說完再見，她轉向我。我被趕到家族休息室去，確保沒有人會不小心碰到我。

「這不是真正的告別。」她隔著大廳對我說。

我的第三隻眼睜開來，在映著欄杆閃爍的陽光中，我看見自己被蘇妃熱烈地擁抱著。

「確實。」我道，這個畫面讓我既驚訝又安慰。

蘇妃點點頭，好像她也瞥見了這段未來。「瞧，我告訴過妳的。說不定妳回來的時候，寶寶已經出生了。記得喔，妳要做她的教母。」

趁雷瑟尼和蘇妃跟大家告別時，馬修和密麗安把所有南瓜沿著車道擺好。莎拉手一揮，嘰哩咕嚕念了幾個字，就把它們都點亮了。還有好幾個小時才天黑，但至少蘇妃可以有個概念，知道它們在萬聖節前夕看起來會是什麼樣子。她拍著手，衝下階梯，撲進馬修的懷抱，然後是密麗安。她把最後一個擁抱保留給馬卡斯。他低聲跟她說了幾句話，就把她送上低矮的後仰式座椅。

「謝謝你的車。」蘇妃欣賞著儀表板上的木瘤紋路，說道：「雷瑟尼本來都開快車，但現在為了寶寶，他開車像個老太太。」

「不可以超速。」馬修斷然道，聽起來很有父親的樣子。「到家以後，打電話給我們。」

我們揮手送走他們。他們駛出視線後，莎拉熄滅了那些南瓜燈。剩下的家人漫步走回屋裡，馬修用手臂攬著我。

「我幫妳準備好了，戴安娜。」哈米許走到門廊上，說道。他已經穿好西裝外套，準備趁回倫敦前去一趟紐約。

我簽了兩份遺囑，由艾姆和莎拉做見證。哈米許把其中一份捲好，裝進一個金屬圓筒。他用銀黑兩色的絲帶把圓筒兩端纏好，然後澆上封蠟，蓋上馬修的章。

馬修等在租來的黑車旁邊，等哈米許彬彬有禮地跟密麗安道別，然後親吻艾姆和莎拉，邀請她們前赴七塔途中，到他那兒小住。

「妳需要任何東西，就打電話給我。」他告訴莎拉，握住她的手，輕捏一下。「妳有我的號碼。」然後他轉向我。

「再見，哈米許。」我回報他的親吻，先親一邊臉頰，再換一邊臉頰。「謝謝你為了讓馬修放心所做的一切。」

「那是我的工作。」哈米許強顏歡笑道。他忽然壓低聲音：「記住我告訴妳的話。妳需要的時候可沒法子打電話求助。」

「我不會需要的。」我說。

幾分鐘後，那輛車的引擎開始轉動，哈米許也走了，紅色的尾燈在逐漸轉濃的暮色中閃爍。

房子不喜歡空蕩蕩的新狀況，每當有人走進或走出一個房間，它就把家具摔來摔去，低聲呻吟。

「我會想念他們。」艾姆做晚餐時說道。房子發出頗有同感的嘆息。

「去吧。」莎拉對我說，並從艾姆手中接過菜刀。「帶馬修去七塔，然後回來做沙拉。」

討論了一番，我們終於決定時光漫遊到我發現他那本《物種起源》的晚上。

但是把馬修帶到七塔，卻是一場比我預期更大的挑戰。我手裡拿滿了幫助我定向的東西——他的一支筆和書房裡的兩本書——馬修必須抱緊我的腰。然後我們被卡住了。

彷彿有看不見的手撐著我的腳，不肯讓我在七塔落腳。我們倒退回去的時代愈早，纏繞在我腳上的蛛絲就愈粗。時間也用結實而糾纏的藤蔓拉住馬修。

最後我們終於抵達馬修的書房。房間跟我們離開時一樣，生著火，沒有標籤的酒瓶在桌上等待。

我把書和筆都扔在沙發上，累得渾身發抖。

「出了什麼問題？」馬修問道。

「就像是太多過去一起湧來，簡直不可能穿越過去。我好害怕你會鬆手。」

「我感覺沒什麼不一樣。」馬修道：「花的時間比上次久，但我已有心理準備，時間和距離都更遠了嘛。」

他替我們兩人都倒了些酒，我們討論下樓的好處與壞處。最後想見伊莎波和瑪泰的欲望得勝。馬修提醒我換穿那件藍色的毛衣，它的高領可以遮住脖子上的膠布，所以我到樓上去換衣服。

我下來時，他臉上慢慢綻開一個欣賞的微笑。「還是那麼漂亮，跟上次一樣。」他深深地吻我。「也許更漂亮。」

「小心點。」我笑了一聲，警告他道：「那時你還沒有決定要不要愛我呢。」

「哦，我決定了。」他再吻我一次。「只是沒告訴妳罷了。」

伊莎波她們就坐在我們預期的地方，瑪泰在看她的謀殺推理小說，伊莎波在讀報。對話或許不盡然相同，但似乎也無所謂。那天晚上最困難的部分，或許是旁觀馬修跟他的母親跳舞。他帶著她旋轉時，臉上那種苦澀又甜蜜的表情或許是新的，而且上次跳舞結束後，他絕對沒有給過她那麼一個凶猛的擁抱。他來向我邀舞時，我特別捏一下他的手表示同情。

「謝謝妳這麼做。」他帶著我翩翩旋轉時，在我耳邊呢喃道。他柔情地吻我脖子，這也是上次絕對沒發生過的事。

馬修跟上次一樣，宣布要送我上床，將這個夜晚告一段落。這次我們說再見時，心裡知道是真正的告別。回程大致還是一樣，但因為已經熟悉，所以不那麼可怕。時間阻撓我們通過時，我既沒有驚慌，也沒有分心，只一心一意想著在畢夏普老屋裡做晚餐的熟悉步驟。我們趕到時，還有充裕的時間做沙拉。

晚餐時，莎拉和艾姆講我年少時的冒險故事，娛樂一群吸血鬼。我阿姨的故事講完時，馬修就用馬卡斯十九世紀投資房地產失利的災難、二十世紀投入新科技的大筆資金始終沒賺到錢，以及他一看見紅髮美女就失魂落魄等糗事取笑他。

「我就知道我喜歡你。」莎拉把她那頭不馴的紅髮壓平一點，替他倒了更多威士忌。

萬聖節前夕的黎明清澄明亮。我們住在樹林邊緣，下雪的機率總是很大，但今年的天氣看起來還滿樂觀的。馬修和馬卡斯散步花的時間比平時更長，我留在家裡，陪莎拉和艾姆喝咖啡。

電話響起時，我們都跳起來。莎拉去接聽，我們從她這一半的談話判斷，這通電話完全出乎意料。她掛掉電話，到起居室跟我們一起圍著餐桌而坐。現在這張桌子又足夠容納我們所有的人了。「是斐伊打來的，她跟詹娜在獵人酒店。她們想知道我們要不要加入她們的秋季旅行。她們要開車去亞利桑納，然後北上去西雅圖。」

「女神最近很忙。」艾姆微笑道。她們兩個已經盤算了好多天，卻還想不出如何能從麥迪森抽身離開，而不至於引起一大片蜚短流長。「我想這樣就把問題解決了。我們先去旅行，然後去跟伊莎波見面。」

我們把一包包食物和其他用品搬上莎拉破舊的老爺車。車子完全裝滿，後視鏡也幾乎什麼都看不見後，她們開始發號施令。

「糖果在流理台上。」艾姆吩咐道：「我的道具服裝掛在蒸餾室的門背後，妳穿會合身。別忘了襪子。孩子們喜歡襪子。」

「不會忘記的。」我向她保證。「還有帽子，雖然它可笑到極點。」

「妳當然要戴帽子！」莎拉不滿地說：「這是傳統。你們離開時要確實熄滅爐火。四點正要餵塔比塔。如果不餵，牠就會嘔吐。」

「我們都會處理。妳們已經開了一張清單。」我拍拍她的肩膀道。

「馬卡斯和密麗安離開後，妳可以打電話到獵人酒店來通知我們嗎？」艾姆問道。

「來。拿去。」馬修撇嘴一笑，把他的手機交給她們。「妳自己打電話給馬卡斯。我們要去的地方收不到信號。」

「你確定嗎？」艾姆懷疑地問。我們都覺得馬修的電話就像他一個額外的肢體。看它離開他的手，感覺很奇怪。

「絕對確定。大部分資料都刪除了，但我還替妳保留了幾個聯絡號碼。如果妳需要任何東西──隨便什麼都可以──就打電話找人。如果妳擔心，或遇到奇怪的事，就趕快跟伊莎波或哈米許聯絡。他們會安排，派人去接妳們，不論妳們在哪裡。」

「他們有直升機。」我把手插進艾姆臂彎，低聲告訴她。

馬卡斯的手機響了。「雷瑟尼。」他看一眼螢幕說道。然後他閃到一旁，擺出新的保密姿態講電話，跟他父親一貫的動作如出一轍。

馬修帶著悲傷的笑容注視著兒子。「那兩個小子會給自己惹來各式各樣的麻煩，不過至少馬卡斯不會覺得那麼孤單。」

「他們很好。」馬卡斯道，回過身來面對我們，掛掉電話。他微笑著抓抓頭髮，這又是一個令人聯想到馬修的動作。「我該通知哈米許，所以我說完再見就打電話給他。」

艾姆抱著馬卡斯長長久久，眼淚掉了下來。「也要打電話給我們。」她凶巴巴地對他說。「我們要知道你們兩個一切安好。」

「注意安全。」莎拉抱住他時緊緊閉著眼睛。「不要懷疑你自己。」

密麗安跟我阿姨告別時比較泰然自若，我相形之下差多了。

「我們非常以妳為榮。」艾姆雙手捧起我的臉說，她已經熱淚縱橫。「妳父母也一定會這麼覺得。你們要互相照顧。」

「會的。」我向她保證，同時擦掉眼淚。

莎拉牽起我的手。「要聽老師的話——不論他們是誰。沒聽完他們的話，不要急著說不。」我點點頭。「你的資質比我認識的任何一個女巫都高——也許比那些活了很多很多年的女巫都更厲害。」莎拉繼續道：「我很高興妳不會浪費它。戴安娜，魔法是天賜的禮物，就像愛情一樣。」她轉向馬修說：「我把一件寶貝交託給你，別讓我失望。」

「不會的，莎拉。」馬修承諾道。

她接受我們的親吻，然後就衝下台階，鑽進等待的汽車。

「告別對莎拉是件困難的事。」艾姆解釋道：「我們明天再聊，馬卡斯。」她鑽進前座，回頭揮手。車子噗嘟噗嘟活了過來，跌跌撞撞輾過車道上的車轍，往市區開去。

回到屋裡，密麗安和馬卡斯都在門廳裡等候，腳下放著行李。

「我們覺得該留點時間讓你們兩個獨處。」密麗安把她的行李袋交給馬卡斯。「而且我討厭告別拖得太久。」她環視一遍。「也罷。」她走下門廊的台階，輕快地說：「等你們回來再見嘍。」

馬修對著密麗安遠去的背影搖搖頭，便走進餐廳，拿著一個信封出來。「拿著。」他對馬卡斯說，聲音有點沙啞。

「我根本不想當什麼團長。」馬卡斯道。

「你以為當年我想嗎？那是我父親的夢想。菲利普逼我承諾，騎士團遠不會落到巴德文手中。我也要你做同樣的承諾。」

「我承諾。」馬卡斯接過信封。「真希望你不用去。」

「對不起，馬卡斯。」我吞下梗在喉嚨裡的一團東西，把我溫暖的手輕輕放在他冰冷的身上。

「為什麼？」他的笑容燦爛而真誠。「因為讓我父親快樂嗎？」

「因為逼你坐上這個位子，而且留下一團混亂。」

「我不怕戰爭，如果妳是指那個。我煩惱的是追隨馬修的腳步。」馬卡斯擘開封蠟。藉著那麼一個乍看無足輕重的小動作，他就成為拉撒路騎士團的團長了。

「我聽從您的指揮。長官。」馬修低頭行禮，低聲說道。巴德文在拉瓜狄亞機場也說過相同的話。這句話發自肺腑時，聽起來感覺很不一樣。

「那我命令你要回來，再次接管拉撒路騎士團。」馬卡斯豪放地說：「要趁我把事情搞得一團糟之前。我不是法國人，我也不是塊騎士的料。」

「你體內不止一滴法國人的血，而且我這件工作也不止交託給你一個人。況且你還可以發揮你著名的美國式魅力。而且很有可能，到頭來你會喜歡當團長。」

馬卡斯哼了一聲，隨即按下他手機上的數字八。「完成了。」他簡單扼要地對另一頭的人說。他們簡單對話了幾句。「謝謝你。」

「雷瑟尼接受了他的職位。」馬修喃喃道，他嘴角輕輕抽搐。「他的法文說得出乎意料的好。」

馬卡斯瞪了他父親一眼，走開幾步，跟那個魔族又說了幾句話，然後走回來。

父子兩人對望了很久，互相握住手與肘，一手壓住背部——千百次類似的告別場合採用的典型模式。對於我，就是一個溫柔的吻，低低說聲：「保重」，於是，馬卡斯也離開了。

我伸手去握馬修的手。

只剩我們了。

第四十二章

「現在只有我們和鬼魂了。」我的肚子咕嚕咕嚕叫。

「妳最喜歡吃什麼？」他問。

「披薩。」我立刻答道。

「妳該趁吃得到的時候多吃一點。訂一些，我們過去拿。」

我們從抵達以來，一直沒有走出畢夏普老屋周邊的範圍，因為坐在吸血鬼身旁，開越野路華到大麥迪森地區兜風，感覺很奇怪。我們走小路到漢彌頓，從南邊翻過丘陵進入市區，然後再往北開去買披薩。一路上，我指點著我小時候去游泳的地方，我第一個真正的男朋友的住所。滿城都是萬聖節的裝飾——黑貓、騎掃帚的女巫，甚至樹上也裝飾了橙色和黑色的蛋。世界的這個角落，認真慶祝這個節日的，不只女巫而已。

我們來到披薩店，馬修跟我一起下車，似乎不在乎被女巫或凡人看見我們。我踮起腳尖親他，他回親我時發出一陣幾乎無憂無慮的笑聲。

替我們結帳的大學女生把披薩交給馬修時，用著迷到不行的表情盯著他看。

「好在她不是女巫。」回到車上時，我說：「否則她會把我變成蠑螈，然後騎上掃把，載著你飛走。」

靠披薩——胡椒香腸加蘑菇——補充了元氣，我開始收拾亂成一團的廚房和起居室。馬修把餐廳裡的紙張一把一把送到廚房的爐子裡去燒掉。

「這個我們怎麼處理？」他拿著我母親的信和那三行神祕短句，以及從艾許摩爾七八二號撕下來的插畫，問道。

「留在家族休息室。」我告訴他：「房子會處理。」

我不斷跑來跑去，洗衣服，整理莎拉的辦公室。直到上樓去收拾我們的衣服時，才發現兩台手提電腦都不見了，我慌得不知如何是好，急忙跑下樓。

「馬修！電腦不見了！」

「哈米許拿走了。」他把我抱進懷裡，替我把頭髮拂到腦後。「沒事。沒有人闖進這棟房子。」

想到很可能遭到另一個多明尼可或茱麗葉的突襲，我不禁垂頭喪氣，心兒狂跳。

他泡了茶，在我喝茶時替我按摩雙腳。這段期間，他淨講一些無關緊要的事——漢彌頓的房子讓他想起某個時代的某個地方啦，他第一次聞到番茄的氣味啦，他在牛津看到我划船時的感想啦——直到我在溫暖與舒適之中放鬆下來。

周圍沒有別人時，馬修的態度總是不一樣，但在我們的家人都離開後，這種對照尤其明顯。自從來到畢夏普老屋，他逐漸把另外八條命的責任都扛到自己身上。他照顧每一個人，不論他們是什麼出身，跟他有什麼關係，都一樣盡心盡力。但現在他只需要顧好一隻超自然生物就行了。

「我們連私下聊個天的時間都沒有。」我憶起自從我們相遇就開始如狂風驟雨般接踵發生的事件。

「沒有獨處的機會。」

「過去幾個星期發生的事，就像聖經裡的試煉一樣，我想我們唯一沒碰到的就是蝗災吧。」他頓了一下。「但如果上天真的要用古老的方式考驗我們，今天也該告一段落了吧。到今天晚上就滿四十天了。」[113]

這麼短的時間裡，發生了這麼多事。

我把空茶杯放在桌上，伸手去握他的手。「我們要去哪裡，馬修？」

「妳能再多等一會兒嗎，我的愛？」他望著窗外。「我希望這一大能持續得更久，但很快就要天黑了。」

「你喜歡跟我玩家家酒。」一綹頭髮落到他額頭上，我替他拂到後面。

「我最喜歡跟妳玩家家酒。」他抓住我的手說道。

我們又靜靜聊了半小時，馬修才再望向室外。「上樓去泡個澡吧。把熱水器裡的每一滴水都用光，順便沖個長長久久、熱騰騰的淋浴。未來日子裡，妳可能會常常想吃披薩，但比起洗熱水澡的渴望，那根本算不了什麼。再過幾個星期，妳可能會願意為了洗個淋浴而殺人。」

我洗澡時，馬修幫我把萬聖節前夕的化妝服飾拿上樓：一件長達膝蓋的黑色高領洋裝，尖頭靴和尖頂帽。

「能否請問一下，這是什麼？」他揮舞著一雙紅白相間橫條紋的長襪。

---

[113]《新約聖經》中的〈馬太福音〉、〈馬可福音〉、〈路加福音〉都記載，耶穌受洗之後，受聖靈引導，到曠野禁食四十晝夜，魔鬼在這期間現身引誘他，他都不為所動，通過了考驗。

「這就是艾姆提到過的襪子。」我呻吟道：「如果我不穿，她一定會知道。」
「如果我手機還在身邊，就幫妳拍一張穿這種可怕衣服的照片，然後可以永遠勒索妳。」
「有什麼可以讓你保持沈默的嗎？」我縮進浴缸裡。
「我相信一定有。」馬修笑著把襪子往背後一扔。
一開始我們只是玩耍，昨晚的晚餐和今天的早餐時，我們都小心地避免提到，這可能是我們親近的最後一個機會。我還是新手，但艾姆告訴過我，即使經驗最豐富的時光旅行者，都知道在過去與現在之間移動，充滿不可預測的變數，也都承認很容易就會迷失在時間的蛛網裡，流浪永無止境。
馬修意識到我心情有變化，先是用更多的溫柔回應，但最後他不得不施展強烈無比的佔有欲，勒令我除了他，什麼都不准想。
雖然我們很明顯都需要安慰與保證，但我們還是沒有圓房。
「等我們安全。」他喃喃道，沿著我的鎖骨不斷親吻。「等有更多時間。」
不知什麼時候，我的牛痘水泡破了。馬修檢查了一下，宣稱它狀況絕佳——這麼形容一個一毛錢硬幣大小、紅統統的開放型傷口，實在很奇怪。他剝下我脖子上的膠布，密麗安的縫線只剩依稀可見的痕跡，然後把我手臂上的包紮也拆掉。
「妳痊癒得很快。」他贊許地說，然後親吻我手臂內側他喝過我的血的位置。他嘴唇碰到我的皮膚，感覺很溫暖。
「真奇怪，我這裡的皮膚很冷，」我碰碰自己的脖子。「這兒也一樣。」
馬修用大拇指撫摸我的頸動脈最接近皮膚表面的位置。我被他摸得一陣戰慄。通過那兒的神經數量好像增加為三倍。
「額外的敏感。」馬修道：「好像一部分的妳變成了吸血鬼。」他彎腰把嘴唇貼在我的脈搏上。

「哦。」我驚呼一聲，感覺強烈到令我不由得退縮。

想到時間不早，我扣上洋裝，腦後編了條辮子，看起來活像從十九世紀照片裡走出來的。

「真可惜我們不是時光漫步到第一次世界大戰。」馬修拉拉洋裝的袖子說。「你這身打扮真像一九一二年前後的小學女教師。」

「穿上這個就不像了。」我坐在床上，開始套上耶誕拐杖糖條紋的襪子。

馬修縱聲大笑，求我趕快把帽子也戴上。

「我會想把自己燒死。」我抗議道：「先等我把南瓜燈點亮吧。」

我們拿著火柴到外面去，打算用凡人的方式點亮那些南瓜。但外面有風，火柴一點就滅，遑論點蠟燭。

「該死。」我咒罵道：「不該浪費蘇妃的好手藝。」

「妳可以用咒語嗎？」馬修問道，但他已經準備再用火柴試試看。

「如果不行，我還有什麼資格在萬聖節前夕扮女巫？」愈煩惱要如何跟蘇妃解釋我的失敗，我就愈專心想著當前的要務，燭芯冒出了火花。我點亮了陳列在車道上的另外十一顆南瓜，一顆比一顆奇形怪狀，也更顯得恐怖。

六點正，有人用力敲門，隱隱傳來「不給糖就搗蛋！」的喊聲。馬修沒有在美國過萬聖節前夕的經驗，他迫不及待去迎接我們的第一批訪客。

不論外面是什麼人，都先看到他令人心跳停止的微笑，然後他微笑著示意我過去。

一個小不點兒女巫和一個稍大一點的吸血鬼，手牽著手，站在門廊上。

「不給糖就搗蛋。」他們舉起敞開的枕頭套，異口同聲道。

「我是個吸血鬼。」那男孩說，對馬修露出獠牙。他指著妹妹道：「她是女巫。」

「看得出來。」馬修看著他的黑斗篷和臉上的白粉，一本正經地說。「我也是個吸血鬼。」男孩用批判的眼光打量他一番。「你媽媽應該在你的化妝上多用點心。你一點也不像吸血鬼。你的斗篷呢？」這小吸血鬼一手抓一把緞質的斗篷，張開手臂，露出蝙蝠造型的翅膀。「瞧，你得有斗篷才能飛，否則就不能變身蝙蝠了。」

「啊，這真是個問題。我的斗篷在家裡，現在我又沒法子飛回去拿，或許我可以向你借。」馬修在每個枕頭套裡放了一把糖，兩個孩子都因他的慷慨瞪大眼睛。我從門口探出頭，向他們的父母揮揮手。

「看得出她是個女巫。」小女孩說道，對我的紅白條襪子和黑靴子認可地點點頭，在父母催促下，他們高聲喊著謝謝，快步跑出去，鑽進等待的汽車。

接下來三小時，我們接待了川流不息的精靈公主、海盜、鬼魂、骷髏、美人魚、異星生物，以及更多的女巫和吸血鬼。我溫和地告訴馬修，每隻小妖精只能給一顆糖，如果他不趕快停止論把發糖的作風，早在「不給糖就搗蛋」法定的結束時間九點之前，我們就沒有存貨了。

但以他那麼明顯的愉快心情，要批評他實在很困難。他對來到門口的孩童的態度，顯露他個性中我不曾見過的一面。他蹲下身軀，讓自己不那麼令人望而生畏，詢問他們扮裝的細節，並告訴每一個扮吸血鬼的男孩，他是他所見過最可怕的吸血鬼。

但他接待一個穿戴著尺寸過大的翅膀和紗裙的精靈公主的方式，最牽動我的心。那女孩被節日折騰得慌亂又疲倦，當馬修問她要哪一顆糖果時，竟然哭了起來。她那個扮演雄赳赳氣昂昂海盜的六歲哥哥，極度不屑地甩開她的手。

「我們去問妳媽媽。」馬修一把抱起精靈公主，一手揪著小海盜的頭巾，將兩個小孩平安送回他們父母等候的臂彎裡。但早在抵達前，精靈公主已經忘記了眼淚，伸出一隻黏答答的小手摟住馬修的毛衣領子，用魔杖輕敲他的頭，不斷重複道：「嗶滴嗶滴，澎！」

「等她長大夢想白馬王子時，一定拿你當範本。」他回到屋裡時，我對他說。他低頭親我時，一大蓬銀色粉屑從頭上掉下來。「你滿身都是仙女塵。」我笑著幫他拍掉頭髮上最後的亮粉。

大約八點開始，精靈公主和海盜逐漸變成奇形怪狀的青少年，他們塗抹著黑色唇膏，穿著披掛了許多鍊條的皮革服飾，馬修把籃子交給我，躲進家族休息室去。

「膽小鬼。」我嘲弄道，扶正帽子，去為另一批黑暗族群開門。

只差三分鐘就可以安全地關掉門廊上的燈，而不至於敗壞畢夏普家族的萬聖節名聲了，我們聽見有人大聲敲門，吼道：「不給糖就搗蛋！」

「誰啊？」我呻吟一聲，重新戴上帽子。

兩個年輕的巫師站在門口台階上。其中一個是送報的男孩。跟他一起來的男孩是個瘦高個兒，皮膚很糟，戴著鼻環，我大概有點印象，好像是歐尼爾家族的孩子。他們的扮裝令人不敢恭維，包括撕破的牛仔褲、別了別針的T恤、假血跡、塑膠假牙，還有一截狗鍊。

「你玩這個會不會有點太大了，山米？」

「嗯現在叫松姆。」山米在變聲，聲音起落不定，假牙又讓他變成大舌頭。

「哈囉，山姆。」糖果籃裡還剩五、六顆糖。「剩下的都給你們吧。我們正要熄燈呢。你不是該去獵人酒店玩搶蘋果遊戲嗎？」

「我們聽說妳們家今年的南瓜頭特別酷。」山米把重心從一隻腳換到另一隻腳。「而且，呃，是這樣啦……」他脹紅了臉，取出塑膠假牙。「羅伯發誓說，他前幾天在這兒看到一個吸血鬼。我跟他打賭二十塊錢，畢夏普家不會讓吸血鬼進門的。」

「你怎麼確定你看到的是吸血鬼呢？」

話題中的吸血鬼從家族休息室走出來，站在我背後。「兩位先生。」他氣定神閒道。兩個青少年的下巴掉了下來。

「我們要不是凡人，就是笨到極點，否則不可能認不出他們。」羅伯欽佩地說：「他是我所見過最大的吸血鬼。」

「酷啊。」山米笑得嘴巴咧到兩邊耳朵。他跟朋友高舉起手來擊掌，然後撈走了糖果。

「別忘了付清賭注，山姆。」我一本正經地說。

「還有，山謬爾。」馬修說，他的法國口音異乎尋常地濃重：「可不可以拜託你們——算是幫我一個忙——不要把這件事告訴別人？」

「永遠嗎？」山姆想到這麼精彩有料的消息不能公告周知，就覺得做不到。

馬修嘴角抽動一下。「不。我明白你的意思。你可以保密到明天嗎？」

「當然！」山米點點頭，又看一眼羅伯，徵求同意。「今天只剩三小時了。我們做得到。沒問題。」

「他們沒事的。雖然不是吸血鬼，但找到進城的路絕對沒問題。」

他們騎上腳踏車，離開了。

「路很黑。」馬修擔心地皺眉道：「我們應該開車送他們。」

兩輛腳踏車忽然停住，揚起一片碎石。

「要我們幫忙把南瓜燈熄滅嗎？」山米在車道上高聲問。

「你們願意的話，可以啊。」我道：「謝謝嘍！」

羅伯‧歐尼爾站在車道左邊，山米負責右邊，一揮手，以令人羨慕的輕鬆熄滅了所有的南瓜燈，便騎車離開。他們的腳踏車摩擦到路上的轍痕，月光和正在萌芽的少年巫師的第六感，都使他們這一路上走得更輕鬆。

我關上門，背靠著門板，呻吟道：「我的腳痛死了。」我解開靴子的鞋帶，將它們踢開，把帽子扔到樓梯上。

「艾許摩爾七八二號那一頁不見了。」馬修靠在樓梯口的欄杆上，平靜地宣布。

「我媽的信呢？」

「也不見了。」

「那麼時間到了。」我離開古老的門板，房子低低哀鳴一聲。

「替妳自己泡杯茶，到起居室跟我會合，我去拿行李。」

他在沙發上等我，軟皮公事包放在他腳邊，銀棋子和金耳環放在咖啡桌上。我遞給他一杯紅酒，在他旁邊坐下。「最後一杯酒。」

馬修看一眼我的茶。「那也是妳最後一杯茶。」他緊張地抓抓頭髮，深深吸一口氣。「我很想到一個比較接近、比較沒那麼多疾病和死亡的時代。」他開始道，聽起來很沒有把握。「最好也近得有茶和自來水管線。不過我相信，妳一旦適應了，也會喜歡上它的。」

我還是不知道，所謂的「它」在哪裡？

馬修彎腰開鎖，打開公事包，看到最上面的東西，他鬆了一口氣。「謝天謝地。我本來還擔心伊莎波會送錯東西。」

「你到現在還沒打開過這包包？」我對他的自制感到很意外。

「沒有。」馬修取出一本書。「我不願意想太多，以防萬一。」

他把那本書交給我。它有黑色的皮革封面，鑲著簡單的銀邊。

「好漂亮。」我撫摸它的表面說。

「翻開來。」馬修顯得很焦慮。

「一翻開就知道我們要去哪裡了嗎？」如今我手中有了第三樣物品，我竟然奇怪地有點抗拒。

的是木板。

封面吱一聲翻開了，絕對不會錯的故紙與墨水的氣味散發到空中。沒有大理石紋的扉頁，沒有藏書票，也沒有十八、九世紀藏書家裝訂在書裡的額外空白頁。封面觸手很沈重，顯然光滑緊繃的皮革下面襯的是木板。

第一頁上，用黑色墨水寫了兩行字，是十六世紀末通行的那種緊密而有很多尖突的字體。

「致只屬於我的親愛的馬修，」我高聲朗讀：「『哪場戀愛不是始於一見鍾情？』」

這段題詞沒有署名，但句子很熟悉。

「莎士比亞嗎？」我抬眼望著馬修。

「不是他的原創。」他答道，表情很緊張：「威爾專門收集別人的佳句，像隻喜鵲一樣。」⑭

我慢慢翻開下一頁。

這不是印刷的書，而是一份手抄本，全部是與題詞相同的濃黑筆跡。我細看辨認字跡。

放下你的研究，浮士德，開始

說點兒合於你深度的話。

「天啊。」我聲音沙啞，啪一聲把書合攏。我的手在發抖。

「他聽到妳這種反應，一定會笑得像傻瓜一樣。」馬修道。

「這是我以為的那本書嗎？」

「很可能。」

「你怎麼得到的？」

「克特給我的。」馬修輕撫一下封面。「《浮士德》一直是我最喜歡的作品。」

所有研究鍊金術的歷史學者都對克里斯多夫·馬羅的詩劇《浮士德》耳熟能詳，他筆下的浮士德，出賣靈魂給魔鬼，換取知識與權力。我翻開書，用手指觸摸題詞時，馬修繼續往下說。

「在那個危機四伏，幾乎所有超自然生物都不可信任的時代，克特和我做了朋友——很好的朋友。我們胡鬧得厲害，也做了不少驚人之事。蘇妃從她口袋裡取出我輸給他的棋子時，似乎很明顯，我們的目的地應該是英國。」

但我指尖的觸感偵察到，題詞裡的情愫不是朋友情誼。那是情人的題贈。

「你當時也愛他嗎？」我平靜地問道。

「不。」馬修答得很簡短。「我愛克特，但不是妳說的那種方式，也不是他要的方式。如果一切由克特作主，結果會大不相同。但問題是由不得他，我們始終只是朋友而已。」

「他知道你是什麼嗎？」我把書抱在胸前，好像那是一件無價之寶。

「是的。我們不能隱藏祕密。更何況他是個魔族，而且觀察力特別敏銳。你很快就會發現，任何事想瞞過克特都是徒勞無功。」

說馬羅是個魔族倒滿有道理，根據我對他有限的了解。

「所以我們要回英國。」我慢慢道：「什麼時間，說得精確一點？」

「一五九〇年。」

「什麼地方呢？」

「每年我們這群人都會在老房子聚首，慶祝萬聖節和萬靈節等天主教的老節日。很少人膽敢慶祝，但克特覺得多少紀念一下，感覺既勇敢又冒險。他會念最新的《浮士德》草稿給我們聽，他總在修改，始終

---

⑭威爾是威廉・莎士比亞的暱稱，上引句出自英國劇作家與詩人馬羅（Christopher Marlowe，一五六四—一五九三）的長詩〈希羅與黎安德〉（Hero and Leander），後來莎士比亞在《As You Like It》（此劇名梁實秋譯做《如願》，朱生豪譯為《皆大歡喜》）一劇中引用。

不滿意。我們喝大量的酒，下棋，熬夜到天亮。」馬修從我懷抱中抽出手抄本。他把書放在桌上，然後握起我的手。「妳覺得這樣可以嗎，我的愛？我們不是非去不可。我們可以考慮別的時代。」

但已經太遲了。我內在的歷史學家已緊咬這個機會不放，一心想到伊麗莎白一世治下的英國去生活。

「一五九〇年的英國有鍊金術士。」

「是的。」他提高警覺道：「但他們都不是容易相處的人，因為他們的工作方式很奇怪，容易汞中毒。更重要的是，戴安娜，那時代有女巫──強大的女巫，她們可以在魔法上給妳指導。」

「你會帶我去劇場？」

「我能不讓妳去嗎？」馬修挑起眉毛。

「大概不行。」我的想像力被眼前展開的種種可能性套牢。「我們可以到皇家交易所⑮去逛逛嗎？在他們開燈以後？」

「是的。」他把我抱進懷裡。「還會去聖保羅大教堂聽講道，還去泰伯恩刑場⑯看處決。我們甚至可以跟貝得蘭醫院⑰的職員聊聊裡面的病人。」他的身體因為努力壓抑笑意而抖動。「天啊，戴安娜，我要帶妳去一個遍地瘟疫，沒有現代化配備，沒有茶喝，滿口爛牙的時代，妳卻只想看葛瑞雄的交易所夜間是什麼模樣。」

我把他推開，興奮地看著他。「我會見到女王嗎？」

「當然不會。」馬修打了個寒噤，緊緊抱住我。「一想到妳跟伊麗莎白・都鐸見面時可能會說什麼話──她又會對妳說什麼話──我就嚇壞了。」

「膽小鬼。」這是我當晚第二次說這句話了。

「妳要是多了解她一點就不會這麼說了。她拿朝臣當早餐吃。」馬修頓了一下：「況且，我們在一五九〇年還有別的事可做。」

「什麼事？」

「一五九〇年，某處有一份後來被艾許摩爾收藏的手抄本，我們可以去找找看。」

「那時這本手抄本可能還是完整的，魔法沒有受損。」我掙脫他的懷抱，往椅墊上一靠，滿懷好奇地看著茶几上的三樣物品。「我們真的要回到過去。」

「是的。莎拉特別警告我，不可以帶現代物品進入過去。瑪泰幫妳做了一件罩衫，幫我做了一件襯衫。」馬修從公事包裡取出兩件樸素的麻質衣服，都是長袖，領口有繫帶。「她必須用手縫，時間又很急迫。衣服不好看，但至少不會嚇著我們第一個遇見的人。」

他把衣服抖開，夾在衣褶裡的一個黑絲絨小袋子跟著掉出來。

馬修皺起眉頭。「這是什麼？」他拾起袋子說道。袋子外面釘了一張紙條。他打開。「伊莎波給的。

『這是從前你父親送我的結婚週年禮物。我想你可能樂意把它送給戴安娜。它看起來過時，但合她的手。』」

袋子裡有一枚戒指，是三股金環纏在一起。外側兩股設計成華麗的袖子，塗上彩色琺瑯，鑲著小寶石，做出類似繡花的效果。兩邊袖口各伸出一隻金色的手，精緻到最小的骨頭、纖細的肌肉和極小的指甲，都做得維妙維肖。

兩手緊緊夾住鑲在內環上的一大顆寶石，乍看很像玻璃。它很清澈，也沒有做切面，嵌在一個黃金座台上，背景塗成黑色。但任何珠寶匠都不會把一大塊玻璃鑲在這麼精緻的戒指上。那是一顆鑽石。

---

115 Royal Exchange是倫敦商人葛瑞雄（Thomas Gresham）於一五六五年興建的商業中心，也從事股票交易。十七世紀與十九世紀經過兩度火災與重建，如今已看不到原始建築的風貌，目前該場地經營百貨公司。

116 Tyburn位於倫敦市郊，十二世紀開始就在此執行死刑，十六世紀設立絞刑台，使這地名成為死刑的同義詞。

117 Bedlam是有史以來第一家專門收容精神病患的醫院。

「這應該放在博物館，不該戴在我手上。」我看著那雙栩栩如生的手，深為著迷，努力不去想它們捧著的那塊石頭有多重。

「從前我母親無時無刻都戴著它。」馬修用食指和大拇指拈起它說道：「她說這是她的寫字戒，因為她可以用鑽石的尖端在玻璃上寫字。」他犀利的眼睛看到一些我看不見的戒指上的細節。他扭轉兩隻金手，三環戒指就分開成扇形，躺在他手心。每個戒環上都刻著字，字句環繞著平坦的表面。

我們瞪著纖小的字跡看。

「這是短詩——寫給親愛的人表示情意的詩句。這句是『**a ma vie de cœr entier**』，」馬修用指尖輕觸金色的表面。「這是古法文，意思是『付出我所有的愛所有的生命』。接著這一句，『**mon debut et ma fin**』，意思是『始終不渝』。」

我的法文還夠翻譯這一句——「我的開始和我的結束。」

「內環說什麼？」

「雙面都有刻字。」馬修把戒環轉來轉去，讀上面的句子。「『**Se souvenir du passe, et qu'il ya un avenir**』，『記取過去，未來就在其中』。」

「這短詩完全適合我們。」許多年前，菲利普為伊莎波挑選的詩句，今天對馬修和我仍然適用，真是一件奇怪的事。

「某種程度上，吸血鬼也算是時光漫遊者吧。」馬修把戒指重新拼在一起，牽起我的左手，把頭別開，唯恐看到我的反應。「妳願意戴嗎？」

我用手指捏住他的下巴，把他的頭轉向我，然後點點頭，因為我已說不出話來。馬修的表情有點羞澀，他垂下眼瞼，看著仍握在他手中的我的手。他把戒指套在我的大拇指上，讓它停在指關節上方。

「藉由這枚戒指，我與妳成婚，藉由我的身體，我以妳為尊。」馬修的聲音很低，有點微微顫抖。他取下戒指，換到我的食指，把它套到中間的指關節：「我把所有的俗世財物送給妳。」接著戒指換到中指，最後在我左手無名指找到真正的歸屬。「以聖父、聖子、聖靈之名。」他把我的手湊到嘴邊，眼睛再次凝視我的眼睛，冰冷的唇把戒指壓進我的皮膚。「阿門。」

「阿門。」我重複道：「所以無論從吸血鬼的角度或教會法制的角度，我們都算結過婚了。」戒指感覺很沈重，但伊莎波說得對，它很適合我。

「我希望，在妳眼中也算數。」馬修說得很沒把握。

「在我眼中，我們當然結過婚了。」我的快樂一定很明顯，因為他回報我一個我所見過最大、最真摯的笑容。

「再來看看媽媽還捎來什麼驚喜。」他又在公事包裡掏摸一陣，拿出來幾本書。另外還有一張紙條，也是伊莎波寫的。

「這些跟你要的手抄本放在一起。」馬修讀道：「我把它們一塊兒寄上——以防萬一。」

「這也都是一五九〇年的物品嗎？」

「不是。」馬修的聲音若有所思。「都不是。」他又伸手到包裡，這次取出的是那枚伯大尼朝聖者的銀章。

沒有紙條解釋它為何在這裡。

前廳的鐘敲了十響。我們就要離開了——很快。

「但願我知道她為何送這些東西來。」馬修聽起來很擔憂。

「或許她認為，我們該把其他你覺得珍貴的物品都帶著。」我知道他多麼依戀那具銀色的小棺材。

「如果會妨礙妳把注意力集中在一五九〇年上，就不能帶。」他瞥一眼我左手的戒指，我把手握緊。他休想把它拿下來，管它是不是一五九〇年的物品。

「我們可以打電話問問莎拉的看法。」

馬修搖頭。「不，不要再麻煩她了。我們現在知道我們該做什麼——帶三樣物品，任何其他來自過去或現在的東西都不要有，免得造成干擾。我們就為戒指破個例，既然它已經戴在妳手上了。」他翻開最上面一本書，忽然僵住。

「怎麼了。」

「這本書上有我的評註——我根本不記得寫過。」

「這本書已經四百多年了。也許你忘了。」話雖這麼說，我的脊椎仍不禁一涼。

馬修又翻了幾頁，深深吸口氣。「如果我們把這些書和朝聖徽章都放在家族休息室裡，房子會替我們保管嗎？」

「我們拜託它就會。」我道：「馬修，怎麼回事？」

「我等一下再告訴妳。我們該走了。這些，」他舉起書和拉撒路的棺材：「必須留在這兒。」

我們在沈默中換裝。我把所有衣服都脫掉，那件麻布罩衫從肩膀上滑下來時，我打了個大寒噤。袖子蓋住我手腕，下襬垂到我腳踝，抽緊繩子，可以縮小寬大的領口。

馬修很快脫掉衣服，穿上襯衫，它簡潔地垂到他的膝蓋，露出兩條白皙的長腿。我收拾我們的衣服時，馬修走進餐廳，拿了信封、信紙和一支他最喜歡的鋼筆出來。他很快寫了幾行字，把紙摺好，裝進一旁的信封。

「給莎拉的便條。」他解釋道：「我們也拜託房子處理這事。」

我們把多餘的書、便條和朝聖徽章都拿到家族休息室裡。馬修小心地把它們都放在沙發上。

「燈要讓它開著嗎？」他問。

「不用。」我說：「只要留門廊的燈，萬一她們回來時天還是黑的。」

關掉燈，出現一抹綠光。是我外婆坐在搖椅上。

「再見，外婆。」布麗姬・畢夏普和伊麗莎白都沒跟她在一起。

再見，戴安娜。

「這些要給房子照顧。」我指著沙發上那堆東西。

除了妳要去的地方，什麼都別掛心。

我們慢慢穿過房子，走到後門，沿路把所有的燈都關掉。馬修拿起《浮士德》、耳環和棋子。

我環顧熟悉的咖啡色廚房，看了最後一眼。「再見了，房子。」

塔比塔聽見我的聲音，尖叫著從蒸餾室跑出來。牠忽然停下，眼睛眨也不眨地盯著我們看。

「再見了，我的小乖乖。」馬修彎腰抓抓牠的耳朵。

我們決定從蛇麻子穀倉離開。那兒很安靜，沒有任何現代生活用品分散注意力。我們光著腳穿過蘋果園，踩在覆滿冰霜的草上。寒意讓我們加快腳步。馬修打開穀倉大門時，我的呼吸在冷風中清晰可見。

「我冷死了。」我把罩衫拉緊，牙齒捉對兒打顫。

「到了老房子就可以烤火了。」他把耳環遞給我道。

我把纖細的耳鉤穿進我的耳洞，伸手去接女神像。馬修讓它落進我手心。

「還有什麼？」

「葡萄酒，當然——紅酒。」馬修把書交給我，把我摟進懷中，在我額頭上印下堅定的一吻。

「你的房間在哪裡？」我閉上眼睛，回憶老房子。

「樓上，內院的西側，可以眺望鹿場。」

「那兒聞起來是什麼味道？」

「像家一樣。」他道：「木頭的煙味，僕人區傳來的烤肉味，蠟燭的蜂蠟味，還有用來保持床單桌布清新的薰衣草味。」

「你聽得見什麼特殊的聲音嗎？」

「沒有。除了聖馬利教堂和聖米該勒教堂的鐘聲，火焰劈啪聲，還有樓下狗群打呼的聲音。」

「你在那兒的時候有什麼感覺？」我問，專心聽他的話，體會那些字句帶給我的感覺。

「在老房子的時候，總覺得……一切都很家常。」馬修柔聲道：「那是個我可以做自己的地方。」

空中出現一縷薰衣草的氣味盤旋，在十月底麥迪森一座蛇麻子穀倉裡，可說完全時空錯置。我對這縷氣味感到很訝異，隨即想起我父親留下的字條。現在我的眼睛已經完全張開，看到魔法的各種可能。

「我們明天要做什麼？」

「我們到鹿場裡散步。」他說，他的聲音低迴，手臂像鋼圈緊繞我的肋骨。「如果天氣好，我們去騎馬。到了這時節，花園大概沒什麼看頭了。但有個地方有把魯特琴，如果妳願意，我可以教妳彈。」

又一股氣味——甜美的辛香——混雜在薰衣草之中，我看到一棵樹結滿沈重的金黃色果實。有隻手高舉，鑽石在陽光中閃爍，但果實卻遙不可及。強烈的欲望使我沮喪，我想起艾米莉告訴過我，魔法不僅在理智裡，更在感覺裡。

「花園裡有棵榲桲樹嗎？」

「是的。」馬修的嘴唇貼著我的頭髮。「果實現在該成熟了。」

樹消失了，但蜂蜜般的香氣還在。現在我看見一個淺淺的銀盤放在一張木製的長桌上。磨得雪亮的桌面在燭光與火光下相映生輝。盤子堆滿鮮豔的黃色榲桲，是香氣的來源。我手指緊緊捏著手裡那本書，但在我意識中，手掌抓住的是一顆過去的果實。

「我聞到榲桲的氣味。」我們在老房子的新生活已經在向我招手。「記住，不可以放手——無論發生什麼事。」過去把我團團包圍，唯一令我害怕的就是可能會失去他。

「永遠不會。」他堅決地說。

「抬起你的腳，等我通知你的時候才能放下。」

他輕笑一聲。「我愛妳，我的小母獅。」這樣的回應很奇怪，但這樣就夠了。

回家，我想道。

渴望牽扯著我的心。

不熟悉的鐘聲在整點時敲響。

火的暖意觸及我的皮膚。

空氣中滿是薰衣草、蜂蠟和熟透的榲桲的味道。

「時間到了。」我們一起抬起一隻腳，踏向未知。

第四十三章

房子異常安靜。

對莎拉而言，它之所以顯得空洞，不是因為沒有談話聲，或少了七顆活躍的心靈。是因為未知。

她們比往年提早離開巫會的聚會，宣稱要回家收拾行李，準備跟斐伊和詹娜一塊兒坐車去旅行。艾姆看到空了的公事包放在起居室的沙發上，莎拉找到整堆放在洗衣機上的衣服。

「他們走了。」艾姆道。

莎拉直接撲進她懷抱，肩膀抖個不停。

「他們好嗎？」她悄聲問道。

「他們在一起。」艾姆答道。這不是莎拉想要的答案，但很誠實，就像艾姆的為人。

她們把自己的衣服扔進旅行袋，幾乎全不在意自己在做什麼。塔比塔和艾姆已經上了休旅車，斐伊和詹娜耐心等著莎拉把房子關好。

莎拉和吸血鬼最後一晚在這棟房子裡共處時，在蒸餾室裡聊了好幾個小時，共飲一瓶紅酒。馬修告訴她一部分他的過去，也分享他對未來的恐懼。莎拉聆聽著，努力不對他敘述的某些故事透露她自己的震撼與驚訝。雖然她不是基督徒，但莎拉明白他想要告解，並給她派了一個神父的角色。她盡可能赦免他的罪，但也一直都知道，有些行為永遠得不到原宥，也不會被遺忘。

但有一個祕密他始終不肯透露，所以莎拉至今不知道她的外甥女去了什麼地方，什麼時代。

莎拉穿過熟悉、黝暗的房間時，畢夏普老屋的地板嘎嘰嘎嘰齊聲呻吟、喘氣。她關上家族休息室的門，轉身向她所知唯一的家說再見。

家族休息室的門轟隆一聲敞開。靠近壁爐的一片地板彈跳起來，露出一本黑色封皮的小書和一個乳白色的信封。那是整個房間裡最亮的東西，在月光下閃閃發光。

莎拉克制住驚呼的衝動，伸出手。乳白色的長方形輕易飛進她手中，觸手時發出輕微的啪一聲，自動翻了個身。信封上只寫了兩個字。

「莎拉」。

她觸摸字跡，便看見馬修白皙修長的手指。她把信封拆開，心跳加速。

信上寫道：「**莎拉，別擔心。我們成功了。**」

她的心跳平靜下來。

莎拉把那張紙放在她母親的搖椅上，對那本書比個手勢。房子把東西交代出去後，地板發出老木頭的呻吟，舊釘子尖叫幾聲，一切回復正常的位置。

她翻到第一頁。《夜之陰影，內含兩首紳士G. C.創作之讚美詩，一五九四年》。書的氣味很舊，但並不令人感到不愉快，就像灰塵滿布的教堂裡的薰香味。

就像馬修。莎拉微笑著想道。

一張紙從書的上方突出來，引導她翻開題贈頁。「送給我親愛而最可敬的朋友馬修・羅伊登。她再細看，就看到一個褪色的圖案，畫著一隻穿荷葉邊袖子的手，專橫地指著那個名字，下面用古老的墨水寫著一個數字「29」。

莎拉乖乖翻到二十九頁，努力隔著淚水閱讀畫有底線的段落：

她造就獵人：又用同樣的資質造獵狗
牠們吠聲震天，深掘大地造成傷口，
無須羨慕優雅絕倫的仙女寧芙
獵犬追捕獵物當然要凶猛粗魯。
須知她精通變化無所不能，幻為
最快的動物，隨心所欲逃脫無蹤。

這些字句組成戴安娜的形象——清晰、生動、不請自來——她的臉以薄紗般的翅膀為背景，她脖子上纏著一圈白銀與鑽石。一顆淚滴形狀的紅寶石在她皮膚上顫抖，宛如一滴鮮血，躺在鎖骨之間的凹痕裡。

在蒸餾室裡，太陽升起時，他承諾會給些線索，讓她知道戴安娜平安。

「謝謝你，馬修。」她親吻那本書和那張字條，然後把它們統統扔進活像個大洞穴的壁爐。她念了個咒，召喚來一蓬白熱火焰。信紙很快點燃，那本書的邊緣也開始捲曲。

莎拉看著火燒了一會兒，便走出前門，沒有上鎖，也沒有回頭。

門一關上，古老的銀棺材就從煙囪裡飛出，落在燃燒的紙上。熱力催逼之下，從護身符的空洞核心流出兩滴含著鮮血的水銀，圍繞著書的表面追逐了一陣，然後掉進爐子裡。它們在那兒滲入壁爐古老的灰泥，往房子的心臟行去。等它們抵達目的地，房子就放心地嘆口氣，散發出一種被遺忘的、禁忌的氣味。

莎拉吸一口清冷的晚風，爬上休旅車。她的嗅覺不夠敏銳，分辨不出空氣裡舞動的肉桂與山楂、金銀花與甜菊的氣味。

「都好嗎？」艾姆問道，聲音很安詳。

莎拉探身越過裝塔比塔的籠子，捏一下艾姆的膝蓋。「很好。」

斐伊轉動鑰匙點火，開出車道，沿著鄉間小路往州際公路開去，一路聊著要在哪兒停車吃早餐。

四個女巫距離太遠，沒有發覺房子周圍的氣氛發生了改變，因為數以百計的夜行生物已發覺吸血鬼跟女巫混雜的反常氣息，也沒有看到家族休息室窗前，有兩個鬼魂的綠點。

布麗姬・畢夏普和戴安娜的外婆注視著那輛車離開。

我們現在要做什麼？戴安娜的外婆問。

不就是我們一直在做的事嗎，裘娜。布麗姬答道。**牢記過去——等待未來。**

致謝

在本書寫作過程中，逐章閱讀本書的每一位朋友和家人，我都欠他們最大的一份情：卡拉、凱倫、麗莎、瑪格麗特，以及我母親奧利芙。還有自始至終提供美味伙食、親切陪伴、睿智建議的佩格與琳恩。我尤其要感謝麗莎・霍杜倫整理手稿以便投稿，所費的編輯工夫。

我遠離自己的專業領域，到處遊走時，多位同事慷慨提供專業知識的協助。Phillippa Levine、Andrés Reséndez、Vanessa Schwartz與Patrick Wyman都在我誤入歧途時，把我導回正確方向。但若還有任何錯誤，當然該由我自行負責。

Frances Goldin文學經紀公司的Sam Stoloff聽說我寫出來的是一本小說，而不是另一部歷史著作時，表現的善意與幽默感，我會永遠銘感於心。他也用敏銳的眼光閱讀我的初稿。另外要特別感謝這家公司的Ellen Geiger挑選晚餐伴侶的慧眼！

維京出版團隊等於是我的第二個家。我的編輯Carole DeSanti是所有作者在寫書當時的美夢成真：一個不但會欣賞你寫出來的東西，還能預見這些字句只要這麼那麼擺弄一下，就會變成怎麼樣的一個故事。超級審稿大師Maureen Sugden在打破記錄的短時間內潤飾完全書文字。還要感謝版權組的Clare Ferraro、Leigh Butler、Hal Fassenden；Nancy Sheppard、Carolyn Coleburn以及行銷業務小組；Victoria Klose、Christopher Russell，以及幫忙把這件作品從一堆紙變成一本書的每一個人。

因為這是一本關於書的書，我寫作期間參考了為數可觀的文本。好奇的讀者參考Douay-Rheims 翻譯的聖經、Marie-Louise von Franz翻譯與評註的《曙光乍現》（Pantheon書店，一九六六），Paul Eugene Memmo翻譯喬達諾・布魯諾的《勇往直前的狂熱分子》（北卡羅來納大學出版社，一九六四），可以找到其中一部分。實際去探索的讀者請諒察，本書裡的譯文都出自我的手筆，純屬我個人的解讀與表達方式。有興趣深入探討達爾文心靈的人，布朗（Janet Browne）的《達爾文傳》（Charles Darwin: A Biography，上下二冊，Alfred Knopf，分別於一九九五與二〇〇二年出版）是個理想的起點。關於粒線體DNA及其用於解決人類歷史上的種種疑問，薩克斯（Brian Sykes）所著《夏娃的七個女兒》（The Seven Daughters of Eve，W. W. Norton書店，二〇〇一）提供清晰的介紹。

LOCUS

LOCUS